La chica invisible

Blue Jeans

La chica invisible

Planeta

Av. Diagonal, 662-664, 08034 Barcelona
www.editorial.planeta.es
www.planetadelibros.com

Primera edición: abril de 2018
Séptima impresión: diciembre de 2019
Depósito legal: B. 6.081-2018
ISBN: 978-84-08-18478-2
Preimpresión: J. A. Diseño Editorial, S. L.
Impresión: Egedsa
Printed in Spain - Impreso en España

El papel utilizado para la impresión de este libro está calificado como **papel ecológico** y procede de bosques gestionados de manera **sostenible**

GUÍA DE PERSONAJES
(EN ORDEN ALFABÉTICO)

Aitana Álvarez: madre de Julia, forense.

Alberto Montero: profesor de Educación Física en el Rubén Darío.

Almudena Díaz: madre de Emilio, abogada.

Ana López: profesora de Historia en el Rubén Darío.

Antonio Viñales: padre de Emilio, abogado.

Arturo Peñaranda: sargento de la Unidad Central Operativa (UCO) de la Guardia Civil.

Aurora Ríos: estudiante de primero de bachillerato y compañera de Julia.

Bely Herrero: hermana pequeña de Patricia Herrero.

Bernardo Ríos: padre de Aurora.

Diego Soler: profesor de Lengua y Literatura en el Rubén Darío.

Emilio Viñales: compañero de clase y mejor amigo de Julia.

Fernando Castellanos: marido de Virginia Ayuso. Trabaja como director comercial.

Ingrid San Juan: compañera de clase de Julia y mejor amiga de Vanesa.

Iván Pardo: estudiante de segundo de bachillerato del que Julia está enamorada.

Jonathan Vila: profesor de Filosofía en el Rubén Darío y tutor de Julia y de sus compañeros.

Juan Otamendi: juez instructor del caso Ríos.
Julia Plaza: estudiante de primero de bachillerato y protagonista de esta novela.
Lázaro Martínez: director del Rubén Darío y profesor de Francés.
Miguel Ángel Plaza: padre de Julia y sargento de la Policía Judicial.
Milena Bolado: novia de Pedro Soria. Trabaja en una agencia de viajes familiar.
Nicolás Neri, EneEne: estudiante repetidor de cuarto de la ESO en el Rubén Darío.
Nuria Almagro: profesora de Economía en el Rubén Darío.
Patricia Herrero: estudiante de primero de bachillerato y amiga de Julia.
Pedro Soria: alcalde del pueblo.
Roberto Méndez: periodista de la televisión local.
Santiago Mantovani: profesor de Religión en el Rubén Darío.
Scarlett Smith: profesora de Inglés en el Rubén Darío.
Vanesa Izquierdo: compañera de clase de Julia y novia de Iván.
Vera Domínguez: madre de Aurora. Trabaja en un bar.
Virginia Ayuso: profesora de Matemáticas en el Rubén Darío.

LISTADO DE ALUMNOS
PRIMERO DE BACHILLERATO B

—

Miguel Alonso Sánchez
Ámbar Asensio Bellerín
María Baeza Domínguez
Irene Castro Pedrosa
Francisco Javier Cepeda Campoamor
Jesús Fernández Gómez
María del Mar Gallego Expósito
Sara García Alfaro
Laura Gómez Ocaña
Alejandro González García
Domingo Hernández Méndez
Abigail Lucía Hermoso Rodríguez
Patricia Herrero Pérez
Vanesa Izquierdo Gómez
Yi Lin
Dunia López de la Fuente
Jason José Mendoza
Julia Plaza Álvarez
Aurora Ríos Domínguez
Ana Romero Carmona
Ricardo Sáez Fernández
Ingrid San Juan Pérez
Pablo Solís Almeida
Emilio Viñales Díaz

LISTADO DE PROFESORES
PRIMERO DE BACHILLERATO B

—

Lázaro Martínez (Francés y director del centro)
Jonathan Vila (Filosofía y tutor)
Alberto Montero (Educación Física)
Diego Soler (Lengua y Literatura)
Nuria Almagro (Economía)
Santiago Mantovani (Religión)
Ana López (Historia)
Scarlett Smith (Inglés)
Virginia Ayuso (Matemáticas)

PRÓLOGO

Viernes, 19 de mayo de 2017

Se acerca hasta su ordenador y busca un tema para escuchar mientras se cambia de ropa. Después de pensárselo durante unos segundos, selecciona *Castle on the hill*, de Ed Sheeran, su artista preferido. La de veces que las canciones del británico pelirrojo la han acompañado en su adolescencia. En momentos de soledad, de gran tristeza. En días muy duros y complicados, en los que nada iba bien. Ahora, al menos, ha encontrado una razón para sonreír. Una enorme razón repleta de emociones e incertidumbres.

¿En qué momento está exactamente?

Aurora examina su armario. ¿Qué se pone? Tampoco tiene mucho donde elegir. No le vendría mal ir de compras algún día a la ciudad. En aquel pueblo apenas existen tiendas y las que hay están pasadas de moda, como su triste y gris vestuario. Finalmente, se decide por un vaquero negro, de hace un par de años, que le está bastante ajustado y una camiseta roja que le regaló su madre las Navidades pasadas. Es de una marca desconocida, pero el dinero que entra en casa no da para más. Suspira resignada y se desnuda. Baja la mirada y contempla su vientre mientras lo acaricia orgullosa.

Hace calor, algo lógico porque el mes de mayo está llegando a su fin. No disponen de aire acondicionado, solo de un ventilador que se turna con su madre. Se coloca delante del aparato y deja que el aire le dé primero en el abdomen y después se agacha para que le golpee suavemente en el rostro. Siente un alivio momentáneo. Nunca ha soportado las altas temperaturas. Prefiere el frío. Siempre ha sido así.

Una vez que se ha vestido, camina hasta el cuarto de baño. Se peina su melena castaña con un cepillo y se queja para sí misma de que el pelo no le crece todo lo rápido que le gustaría. La peluquera le mintió o no acertó con sus predicciones. Ya se lo olió cuando se vio en el espejo justo después de que le cortaran las puntas.

—Necesitabas sanearlo. No te preocupes, Aurora: en seis semanas, lo tendrás igual de largo que antes, pero mucho más bonito —le aseguró Maite, su peluquera habitual.

Y una mierda. Han pasado dos meses y medio y su cabello no ha recuperado ni la mitad de los centímetros que aquella mujer le había arrebatado con las tijeras. Su enfado fue mayúsculo, pero no se lo dijo a nadie. Ella no se queja; al menos, no en voz alta. Ha aprendido a mantener la boca cerrada. Muchas veces, mordiéndose la lengua, sellando sus labios con sangre. Simplemente, su opinión no es más que eso: una simple y estúpida opinión. ¿A quién le importa? Tal vez a una sola persona en todo el planeta Tierra. Suficiente.

Aurora abre uno de los cajones de la cómoda en la que su madre guarda el maquillaje. Necesita un pintalabios que no sea de un color demasiado intenso. No le agrada pintarse, pero aquella tarde de viernes es especial. Últimamente, el viernes es su día preferido de la semana. Así que toma prestada una barra rosa pálido y se repasa los labios con ella. A continuación, se pone rímel, que hace que destaquen más sus bonitos ojos azules. Algo de colorete para sus níveas mejillas, y se acabó la sesión de puesta a punto. Se mira al espejo y chasquea la lengua. Aunque nunca se ha visto guapa, no está mal. Se conforma con lo que ve.

Antes de salir de la casa, recibe un WhatsApp.

«¿Vienes ya? No podré estar mucho tiempo. Hasta las nueve como máximo. Date prisa».

Aurora comprueba que son casi las ocho. Menos mal que solo está a cinco minutos del lugar en el que han quedado. Responde que va enseguida.

Sale a toda prisa de su casa y se dirige al instituto en el que estudia primero de bachillerato. Camina veloz, distraída. Tan ensimismada en sus pensamientos que no ve a su vecina pese a cruzarse con ella. La señora Ofelia López, una simpática mujer que la ha visto crecer y que debe de rondar las setenta primaveras, grita para llamar su atención.

—¡Aurora! ¿Adónde vas tan ligera?

—A comprar leche, doña Ofelia —le miente. Si alguien supiera la verdad…

—¿Con los ojos y los labios pintados? ¿No te me habrás *enamorao* del Narciso?

La chica sonríe tímida y mueve la cabeza negativamente. Narciso, el dueño de la tienda de ultramarinos del barrio, suma más de cincuenta años, está casado y tiene dos hijos gemelos de su edad a los que conoce de toda la vida, aunque hace mucho que no habla con ellos. En realidad, todos en aquel pueblo se conocen o creen conocerse. Como en cualquier lugar pequeño, los secretos y los rumores están presentes en cada familia, aunque nadie podría determinar qué es cierto y qué no.

Son cuatro calles las que recorre hasta llegar al instituto. La puerta de entrada está abierta. Algunos profesores tienen tutoría y también siguen allí los alumnos que van a clase por la tarde, todos ellos mayores de dieciocho años.

Con sigilo, procurando que nadie la vea, la chica entra en el Rubén Darío, pero ignora el edificio principal y se dirige hacia la parte trasera, donde se encuentran la pista de baloncesto y la de fútbol sala. Normalmente, no hay nadie por allí a esa hora. Sin embargo, esta vez no es así. Un chico está lanzando a canasta. Rápidamente lo reconoce. Va a su clase. Joder. ¿Y ahora qué hace? No quiere que la vea. No le queda más remedio que aguardar a que se marche. Se refugia tras unos matorrales y envía un WhatsApp.

«Ha surgido un problema. No puedo ir al vestuario porque alguien está jugando al baloncesto. ¿Nos vemos en otro sitio?».

La joven espera ansiosa una respuesta que no llega. ¿Qué le habrá pasado? Siente la tentación de marcar su número, pero no lo hace. A ese acuerdo llegaron. Nada de llamadas telefónicas.

Los minutos continúan pasando y empieza a ponerse nerviosa. Escribe otro mensaje.

«¿Estás bien? ¿Por qué no respondes? ¿Dónde te has metido?».

Justo en el instante en que Aurora envía el WhatsApp, el joven que juega al baloncesto recoge sus cosas y se marcha de la pista. Vía libre. Cuando está convencida de que nadie la puede ver, corre hacia el cuarto que el instituto utiliza como vestuario: un viejo almacén, bastante amplio, en el que el centro instaló duchas y que está acondicionado adecuadamente para que los chicos se cambien allí dentro. Aurora abre la puerta y se mete. Es una suerte que desde hace varios meses la cerradura permanezca rota y nadie se haya preocupado de arreglarla. ¿Para qué? Allí no hay nada de valor y contratar a un cerrajero costaría una cantidad de dinero que el instituto seguro que prefiere emplear en otras cosas.

Todavía no es de noche, así que no necesita encender la luz. Se sienta en una de las banquetas y busca en el bolsillo del pantalón un caramelo de menta. Le quita el papel y se lo mete en la boca. Mientras lo chupa, revisa otra vez el móvil. No hay ningún mensaje nuevo.

—¿Dónde estás? —susurra impaciente al descubrir que son casi las ocho y veinte.

Resulta muy extraño que no aparezca. Seguramente le haya surgido algún tipo de imprevisto y no la ha podido avisar. Trata de no ponerse tensa. Se resigna e intenta entretenerse mirando fotos y leyendo mensajes que conserva en su teléfono. Le prometió que los borraría, pero no lo ha hecho.

> «Hola. Esto que vamos a hacer es una locura. Pero estoy deseando pasar un rato a solas contigo. Solo tú y yo. Te veo a las siete y media en el vestuario. Por favor, sé discreta y que no te vea nadie. Hasta luego, Aurora».

Es un WhatsApp que le envió hace algo más de dos meses. Fue uno de los días más maravillosos de su vida. La chica sonríe al ir pasando un mensaje tras otro. Se detiene en una fotografía en la que...

De repente, escucha pasos. Se pone de pie y se acerca hasta la puerta. ¡Por fin! El rostro se le ilumina y sus ojos azules vuelven a brillar.

La puerta se abre y la expresión de Aurora cambia en cuestión de un segundo. Confusa, da un par de pasos hacia atrás. Se traba con sus propios pies y cae al suelo. No comprende absolutamente nada.

—Hola. ¿Y esa cara? ¿Es que no soy la persona a la que esperabas?

CAPÍTULO 1

Viernes, 19 de mayo de 2017

—¿Alguna vez te he dicho que me encantan tus ojos color avellana?

—Julia, vete a paseo.

—No, en serio. Tienes una mirada superinquietante.

Emilio enarca las cejas sorprendido por las palabras que le dedica su amiga, que se echa a reír al otro lado de la pantalla. Llevan media hora hablando por Skype: han decidido tomarse un descanso de derivadas y perífrasis verbales.

—Una mirada superinquietante… Eso sí que no me lo habían dicho nunca —comenta el joven, que, con la mano derecha, revuelve su cabello tintado de azul y con la mano izquierda se pone otra vez las gafas—. Te noto excesivamente feliz. Te recuerdo que pronto empiezan los exámenes finales y nos jugamos el curso.

—Ya lo sé. ¡Que comiencen los septuagésimo primeros Juegos del Hambre! —bromea Julia mientras alcanza el cubo de Rubik que tiene al lado.

—Insisto: ¿por qué estás tan contenta? ¡Tenemos que estudiar mucho! ¡Estoy agobiadísimo!

—No gano nada preocupándome más de la cuenta, ni poniéndome nerviosa. Y tú tampoco.

—Claro. Para ti es muy fácil.

—Emi, te he repetido un millón de veces que, para sacar buenas notas, me tengo que esforzar como cualquiera —responde la joven templando su tono de voz.

—Pero tienes una ventaja que los demás no tenemos.

—Una ventaja que hay que saber administrar. Por muy lista que sea y muy buena memoria que tenga, sin trabajo y esfuerzo no se consigue nada.

Y, esbozando media sonrisa, le muestra a su amigo el cubo de Rubik resuelto: cada cara, con su color correspondiente. Cuarenta y siete segundos ha tardado en hacerlo.

Cuando sus padres la llevaron al psicólogo con cinco años, ya sospechaban que aquella niña era especial. Acertaron. Las pruebas determinaron que el cociente intelectual de Julia era muy alto, de los más altos que habían visto; y su memoria, prodigiosa. Además, esta adolescente de dieciséis años es muy intuitiva y observadora. Le encanta el violín, que ha aprendido a tocar mediante tutoriales de YouTube, jugar al ajedrez y leer libros de misterio. Y, por supuesto, resolver una vez tras otra el cubo de Rubik.

—Ya me gustaría tener a mí tu mente maravillosa.

—Y a mí tus ojos avellanados y tu mirada inquietante.

—¡Qué graciosa estás hoy! —exclama Emilio, que fuerza una sonrisa.

—No te lo tomes a mal, hombre. Ya paro. Aunque intente convencerme de lo contrario, también estoy un poco nerviosa por los finales. ¿Quedamos mañana para estudiar juntos?

El chico hace como que se lo piensa: coloca las manos en el mentón y, a continuación, se ajusta las gafas. Mira a la cámara y sonríe.

—Vale. En tu casa, que en la mía mis padres nos volverían locos.

—Seguro que no es para tanto.

—Eso lo dices porque no vives con ellos. Son muy pesados. Dicen que soy un friki y que no salgo de mi habitación.

—Y es verdad, Emi. Eres un friki y solo sales de tu cuarto para ir al instituto. ¡Si hasta te subes la comida en una bandeja!

—Porque me pone nervioso que el perro esté baboseando a mi lado en la cocina mientras comemos.

—Al bueno de Cásper lo tienes desde hace cuatro meses y llevas haciendo eso desde que te conozco.

—También es por mis padres. Ellos creen que soy una especie de bicho raro. Pasan mucho de mí y, cuando estoy con ellos, se meten conmigo y no paran de hacerme preguntas extrañas. Sinceramente, prefiero estar solo.

Ahora Julia no hace bromas. Conoce bien a Emilio y aquel asunto le afecta de verdad. Nunca ha sido un chico «normal», ni muy sociable. Eso, en un pueblo pequeño, significa cavar tu propia tumba. Sin embargo, a ella le cayó bien desde el primer instante. Ya han pasado casi tres años desde que se mudó a aquella localidad y Emi apareció en su vida. Incluso, en su día, hasta llegó a gustarle. Le parecía un tío interesante, distinto y, aunque no era guapo, sí poseía cierto atractivo. Pero aquellos sentimientos se habían ido transformando a lo largo del tiempo. Lo que antes eran sonrojos y mariposas en el estómago cuando hablaba con él se ha convertido en confianza y buen rollo. Pura amistad, sin más pretensiones.

—Mañana por la mañana no estarás solo. Vente pronto y te invito a desayunar.

—No quiero madrugar en fin de semana.

—No vamos a madrugar. ¿Te parece bien a las diez?

—Diez y media.

—Hecho. Diez y media —acuerda Julia sonriente—. Te tengo que dejar ya. Está invadiendo mi habitación el olor de la cena y me muero de hambre.

—¿Todavía no has cenado?

—No. Estábamos esperando a mi padre. Creo que acaba de llegar, he oído la puerta. ¡Mañana a las diez y media! ¡Que no se te peguen las sábanas!

—Vale. Adiós.

—¡Adiós!

La chica sale de Skype y reclina la pantalla del portátil. Inmediatamente, se guarda el móvil en el bolsillo trasero del pantalón y baja las escaleras con las prisas que le da el hambre. En la entrada de la cocina, junto a su madre, ve a un hombre alto que se desabrocha un botón de la camisa, exhausto tras una larga jornada laboral. Ese mes de mayo se han cumplido tres años desde que Miguel Ángel ejerce como sargento de la Policía Judicial en aquel lugar. Cuatro meses después, él, su mujer y su hija se trasladaron definitivamente allí y establecieron su hogar en el pueblo.

—Ya era hora, papá —dice Julia mientras se acerca a su padre para darle un beso—. ¿Por qué has llegado tan tarde?

—Un accidente de tráfico. Se lo estaba contando a tu madre.

—¿Un accidente? ¿Ha habido muertos?

—No, por suerte solo un herido leve. Ha sido un atropello —comenta Miguel Ángel antes de dirigirse a las escaleras—. Me cambio de ropa y os lo explico durante la cena.

—Pero ¿a quién han atropellado?

El hombre no responde y sube deprisa a la primera planta de la casa, donde se encuentran los dormitorios.

—¿Tú sabes a quién han atropellado? —le pregunta la chica a su madre.

—No me lo ha dicho. Menos mal que no ha habido víctimas mortales. En caso contrario, lo más probable es que hubieras tenido que pedir una pizza para cenar.

La media sonrisa de Aitana sorprende a su hija, que niega con la cabeza. A veces no entiende el sentido del humor oscuro que tiene su madre.

—Mamá, eres forense. No deberías hacer bromas de ese tipo.

—¡Si ha sido una tontería! La muerte es algo muy serio. Sobre todo para el que se muere.

—¡Mamá!

—¿Qué pasa?

—Que no sigas con esa clase de... Oye, ¿no huele a quemado?

—¡La lasaña!

La mujer da media vuelta y entra en la cocina a toda prisa. Julia va tras ella. Del horno sale un humillo negro que empieza a extenderse por toda la casa. Aitana se cubre las manos con dos guantes y saca la bandeja con la cena. La parte de arriba está completamente chamuscada. Y la de abajo, también.

—Esto es cosa del karma —se lamenta la mujer resignada al comprobar que aquello es incomestible—. Al final tendremos que pedir una pizza para cenar.

La chica resopla. Tiene muchísima hambre y el servicio a domicilio de la única pizzería con la que cuenta el pueblo suele ser bastante lento. Mira el reloj: son casi las once de la noche.

—¿No hay nada en el frigorífico que podamos preparar en un momento?

—Nada. Ha sido una semana de locos. Mañana iré con tu padre al centro comercial y llenaremos la despensa. ¿La quieres con piña?

Julia asiente con la cabeza. Por lo visto, todavía tardarán un buen rato en cenar. Pero no puede reprocharle nada a su madre, y tampoco a su padre. Los dos trabajan muchísimas horas al día. En ocasiones, más de las que les tocan. No tienen profesiones fáciles. Y, si se presenta una urgencia, deben acudir en cuanto reciben el aviso. Aitana lleva ejerciendo cinco años como forense en la región. Trabaja en la ciudad, pero cubre todos los municipios de alrededor. Por su parte, cuando Miguel Ángel fue ascendido a sargento de la Policía Judicial de la Guardia Civil, sus funciones y responsabilidades se multiplicaron, lo que también ha provocado que pase menos tiempo en casa.

A la vez que su madre pide las pizzas por teléfono, suena su móvil. Julia lo saca del bolsillo trasero de su pantalón y descubre que aquel número no lo tiene registrado entre sus contactos. Vacila un instante, pero termina respondiendo.

—¿Sí?

—¿Julia?

—Sí, soy yo. ¿Quién es?

—Hola, buenas noches. Soy Vera, la madre de Aurora, la chica que va contigo a clase. Me ha dado tu teléfono Patricia Herrero, vuestra compañera.

No había reconocido su voz. En realidad, no tenía por qué hacerlo, ya que apenas ha hablado con aquella mujer un par de veces.

—¡Ah! ¡Hola! ¿Qué tal?

—Preocupada. ¿Está mi hija contigo?

A la joven le extraña que la madre de su compañera de instituto le pregunte por ella. No le cae mal, pero no son amigas. De hecho, Aurora apenas habla con nadie. A veces da la impresión de que ni está. Emilio y ella la llaman «la chica invisible».

—No, no está conmigo. La última vez que la vi fue al salir de clase.

—Vaya. Es muy raro que no esté en casa a estas horas. Siempre me la encuentro cuando regreso del trabajo. Y la he estado llamando al móvil, pero lo tiene desconectado. ¿No sabes dónde puede estar?

—No, lo siento —se limita a contestar Julia, que se siente muy confusa.

Se produce un silencio tenso en la conversación. La chica intenta recordar algo con lo que ayudar a aquella mujer. Aurora es una persona solitaria, silenciosa y que no suele relacionarse con nadie en los recreos. Solo en una oportunidad tuvo contacto directo con ella. Fue al comienzo de aquel curso, cuando les tocó hacer un trabajo en grupo. Eran cuatro: Patricia Herrero, Yi Lin y ellas dos.

—Julia, perdona que te haga esta pregunta —dice Vera titubeante—. Nunca me ha gustado meterme en la vida privada de Aurora, pero ¿tú sabes si tiene novio o conoces el nombre de algún chico con el que pueda estar?

—Pues… —Está a punto de responderle que es imposible que aquella chica tenga novio porque no se relaciona con nadie en el instituto. Sin embargo, se contiene—. Que yo sepa, no. No la he visto con ningún chico.

—¿Y por Internet? Las cosas han cambiado mucho en los últimos tiempos. ¿No te ha dicho nunca nada de algún ligue que haya conocido en Twitter o Instagram?

—No. Lo siento. Si es así, a mí no me lo ha contado.

El suspiro largo y profundo de Vera se oye al otro lado de la línea. A Julia le empieza a preocupar también la situación. ¿Dónde estará Aurora? No cree que se encuentre con alguien de su clase estudiando para los exámenes finales. Tampoco se la imagina en la casa de ningún chico con el que esté saliendo.

—Bien. Gracias por todo. Y perdona las molestias.

—No se preocupe. Seguro que aparece pronto. Habrá ido a alguna parte y se habrá entretenido.

—Eso espero. Buenas noches, Julia.

—Buenas noches.

Cuando se despide de Vera, la chica se queda inmóvil unos segundos. Tiene un mal presentimiento. Es la voz de su madre la que la devuelve a la realidad.

—¿Todo bien? ¿Quién era?

—La madre de una chica de mi clase, Aurora Ríos. No sé si te acuerdas de ella: vino un día a casa para hacer un trabajo. No suelo ir demasiado con ella.

—Me suena, aunque no le pongo cara. ¿Qué quería su madre?

—Saber si estaba conmigo o sabía algo de ella. Cuando ha llegado del trabajo, no la ha encontrado en su casa.

—Es viernes. ¿No ha podido salir de fiesta?

—Puede ser, pero no me imagino a Aurora saliendo de fiesta. Ella es… ¿Cómo explicarlo? Poco sociable.

—¿Quién es poco sociable? —La voz grave de Miguel Ángel irrumpe en la cocina—. ¿A qué huele?

El hombre enseguida descubre la bandeja con la lasaña chamuscada. Observa a su mujer con los brazos extendidos y los ojos muy abiertos.

—No te preocupes, he llamado a la pizzería —lo tranquiliza Aitana.

—¿A qué hora llegan?

—En treinta minutos. O eso es lo que me han asegurado. Te la he pedido con anchoas y aceitunas negras.

El hombre retira una de las sillas de la mesa de la cocina y se sienta en ella. Fija los ojos en Julia, que parece distraída.

—¿Qué ocurre? —le pregunta—. ¿Todo bien?

—No lo sé. Me ha llamado la madre de una chica de mi clase. Está nerviosa porque su hija no está en casa y eso no es habitual en ella.

—¿La ha llamado al móvil?

—Sí, pero le sale desconectado.

—En este pueblo la cobertura es horrible. ¿Has dicho que va contigo al instituto? ¿Quién es?

—Se llama Aurora.

—¿Aurora Ríos? ¿La hija de Vera Domínguez?

—Sí. ¿Sabes quién es?

—Claro. Su padre se fue de casa justo la semana de mayo en la que me ascendieron. Vera se pasó por la comisaría para contarnos lo que sucedió. Yo mismo la atendí.

Miguel Ángel les explica a Julia y a Aitana lo que aquella mujer le contó hace ya tres años. Tenía miedo de Bernardo, su exmarido. Juró que nunca le había puesto la mano encima; sin embargo, varias veces la amenazó con marcharse y llevarse a la chica con él. Finalmente, sí que se fue, pero Aurora se quedó con su madre. El hombre desapareció y ni siquiera luchó por la custodia de su hija.

—Esa chica sufrió mucho. Ya sabéis todas las cosas que generan los casos así en los pueblos —concluye el hombre—. La gente habla de más.

—Y los hijos siempre son los que peor lo pasan en la separación de sus padres —añade Aitana.

—¿Crees que Bernardo puede tener algo que ver con la desaparición de Aurora? —pregunta alarmada Julia.

—No podemos hablar todavía de desaparición. Seguramente esa chica aparezca esta noche. Habrá salido a dar una vuelta.

—Su madre dice que no sale por las noches.

—Quizá hoy ha cambiado de opinión y está por ahí pasándoselo en grande —insiste Miguel Ángel—. Ya verás como todo se queda en una anécdota.

Julia asiente, pero no puede quitarse a la chica invisible de su cabeza. Sigue creyendo que algo no va bien. En cualquier caso, no puede hacer nada. Mañana, a primera hora, llamará a Vera para asegurarse de que todo ha sido una falsa alarma.

—Cambiando de tema, me estabas contando antes lo del accidente. ¿A quién han atropellado? —interviene Aitana interesada—. ¿Es del pueblo?

—Sí. Es un chaval de aquí. Pero solo tiene rasguños y una muñeca dislocada. Iba en bicicleta y un coche se lo ha llevado por delante. Es un milagro que no se haya hecho nada grave. Tal vez lo conozcas, Julia. Es un año mayor que tú. Va a segundo de bachillerato en tu instituto. Se llama Iván Pardo.

La chica palidece en cuanto escucha el nombre de la víctima del atropello. No puede creérselo. ¡No puede creer que sea el mismo Iván del que lleva tantos meses enamorada!

CAPÍTULO 2

Viernes, 19 de mayo de 2017

Iván Pardo. Moreno, pelo corto, rapado por detrás. Ojos oscuros, casi negros. Más de uno ochenta de estatura y *piercing* en la ceja izquierda. Un hoyuelo en la barbilla y una cicatriz de tres puntos en la frente, solo visible para alguien que se fije bien. Alguien como ella.

Todo empezó hace casi un año. Fue en junio, el once concretamente, cuando aquel chico se cruzó en su camino. Desde entonces, piensa demasiado en él, aunque no han quedado nunca para salir. Ni siquiera hablan en el instituto o viven cerca el uno del otro. Es más, Julia no tiene su número de móvil. Lo máximo que ha podido conseguir es que Iván la siga en Instagram. Y fue ella la que dio el primer paso siguiéndole a él. Fue aquel mismo once de junio del año pasado, cuando se quedaron los dos encerrados en el ascensor de un supermercado casi una hora. Durante los primeros quince minutos, apenas hablaron. Miradas, suspiros y quejas por lo absurdo de la situación. Después, comenzaron a fluir las palabras entre ellos:

—No debería haber cogido el ascensor —lamenta el joven. Lleva una cesta repleta de comida y parece muy pesada—. Nunca lo cojo. No merece la pena para solo una planta.

—Yo también suelo ir por las escaleras —explica Julia, que resopla.

—Entonces, es el destino el que nos ha encerrado aquí a los dos por algún motivo.

—Creo que tiene más que ver con lo viejo que es el ascensor.

Una atractiva sonrisa aparece en el rostro del chico. Ella la contempla embobada y siente una especie de cosquilleo por dentro.

—Me suena tu cara. Vas al Instituto Rubén Darío, ¿no?

—Sí, a cuarto de la ESO.

—Yo a primero de bachillerato. Me llamo Iván.

—Yo soy Julia.

Hecha la presentación, se dan dos besos. A continuación, al mismo tiempo, bajan la cabeza y echan un vistazo a sus móviles. Diez segundos después, vuelven a mirarse, otra vez, como si estuvieran sincronizados. Y los dos sonríen.

—Imagino que vives por aquí —dice el joven mientras se sienta en el suelo.

—Sí, en la calle de atrás. ¿Tú? —pregunta Julia, que también se deja caer frente a Iván.

—Yo no. Vivo en la parte nueva del pueblo. Pero mis abuelos tienen la casa aquí al lado y, cuando vengo a visitarlos, mi abuela aprovecha y me manda a hacer la compra.

—Qué buen nieto eres.

—No tan bueno. Hay truco. Me dan diez euros cada vez que les hago los recados.

Aquella confesión provoca la sonrisa de la joven, que nota sus labios agrietados. Se le ha secado la boca, así que echa mano a una Coca-Cola de su cesta y la abre. Menos mal que la cogió del refrigerador. Todavía está fría. Da un sorbo y se la ofrece a su compañero de ascensor. Este se lo agradece y pega un trago.

—Y si vives en la parte nueva, ¿no te pilla un poco lejos el Rubén Darío? Por cercanía, tendrías que ir a El Maquinista.

—Ya. Pero prefiero el Rubén Darío. Conozco a más gente de ahí. Solo son diez minutos en bicicleta.

—¿Vas al instituto en bicicleta?

—Sí, todavía no tengo edad para sacarme el carné —bromea Iván—. Pero en cuanto cumpla los dieciocho, eso será lo primero que haga.

—Yo en eso no tengo prisa.

—¿No te hace ilusión tener el carné de conducir?

—Hay otras cosas que me ilusionan más —comenta Julia después de dar otro sorbo al refresco.

—¿Como por ejemplo?

—Estudiar una carrera, escribir una novela de misterio o conocer a Magnus Carlsen.

—¿Quién es Magnus Carlsen?

—¡El mejor jugador de ajedrez de la historia! Fue campeón del mundo con solo veintidós años. Es mi ídolo.

—¿Tu ídolo es un jugador de ajedrez?

—Él y Agatha Christie.

—¿En serio?

—Totalmente. ¿Tiene algo de malo?

—Para nada. Al contrario, me parece que tus gustos son muy interesantes.

Aquel comentario hace enrojecer a Julia. No esperaba que le soltara algo así. Sin embargo, no debió de parecerle tan «interesante», porque luego pasó de ella. Sí, se siguieron en Instagram en cuanto ambos salieron del ascensor y llegaron a sus casas. E intercambiaron un par de comentarios en privado, pero ahí terminó todo. La primera vez que volvieron a encontrarse fue en el instituto, al comienzo de la semana siguiente. Julia se acercó para saludarle. En cambio, Iván fingió que no la había visto y se metió en el baño de los chicos. Ella se extrañó y aguardó, a cierta distancia, a que saliese. Le apetecía hablar con él, repasar la anécdota del ascensor del sábado y verle sonreír de cerca. Había estado pensando en su sonrisa todo el fin de semana. Sin embargo, la que realmente lo recibió fue Vanesa, una de las repetidoras de su clase, a la que dio un largo beso en la boca antes de entrar en el aula. Desde ese instante, cuando se encuentran, solo se saludan con la mirada. A veces, ni eso.

Son las tres de la madrugada y Julia no puede dormir. Piensa en el accidente que ha sufrido Iván con la bicicleta. Su padre le ha explicado que el chico está bien, que milagrosamente solo han sido unos rasguños. Aun así, no puede evitar preocuparse. ¿Le escribe un mensaje privado por Instagram? No tiene nada de malo que lo haga, aunque son muchos meses sin hablar con él. ¿Se atreve? Le da miedo que no le responda o que sea demasiado seco con ella. ¿Qué hace?

—Si tardo menos de un minuto en hacer el cubo de Rubik, le escribo —se dice para sí misma mientras se estira para agarrar su pasatiempo favorito de la mesita de noche.

Sentada en la cama, lo examina, a izquierda y derecha, de un lado y de otro, y analiza la posición de los colores. Antes de empezar a girar las caras, pone el cronómetro del móvil a cero y se coloca el teléfono encima de la pierna izquierda. Está preparada. Pulsa el botón que activa el contador de segundos y comienza el reto.

No puede distraerse demasiado. Si piensa en otra cosa, no logrará solucionarlo en menos de un minuto. Pero a Julia le viene a la cabeza el recuerdo casi exacto de aquel día en el que Iván y ella se quedaron encerrados en el ascensor del supermercado. Tiene memorizada aquella hora en la que estuvieron juntos. Recuerda, prácticamente palabra por palabra, todo lo que se contaron. Y le pareció encantador. Pillarse de aquel tío no es lo más inteligente que ha hecho en su vida. ¿Acaso es posible hacerle frente a lo que dictamina tu corazón? De momento, lo ha conseguido. O, al menos, lo ha disimulado ante todo el mundo y ha debido de representar muy bien su papel porque nadie imagina que el chico de sus sueños es él. Qué pena que tener un cociente intelectual tan elevado no le permita controlar lo que siente. Para eso no sirven sus neuronas, ni su gran memoria. En el amor no ganan los más listos.

No quiere mirar el cronómetro, pero sabe que ha consumido más de la mitad del tiempo. Por eso, intenta que su mente solo se centre en los colores del cubo. Aquello le resulta más sencillo que lograr que Iván se fije en ella. Él ya se ha fijado en otra. Lleva saliendo con Vanesa algo más de un año. Se liaron por primera vez a finales de abril del curso anterior, en una fiesta de cumpleaños. Lástima, llegó tarde por seis semanas.

Ya tiene una cara del cubo hecha, con los nueve cuadros blancos en el mismo lado. Aún le falta bastante. Debe darse prisa o no lo conseguirá. Sus dedos trabajan a gran velocidad, como su cerebro. Siempre ha sido capaz de calcular el siguiente paso. Desde niña es consciente de que logra darse cuenta de las cosas antes que los demás. Por eso le gusta tanto el ajedrez. Porque consigue anticiparse al contrario y ve las jugadas con tres o cuatro movimientos de antelación.

Julia sospecha que ha entrado en los últimos quince segundos del minuto que se ha dado de plazo. A algunos les podría parecer una tontería la apuesta que ha hecho consigo misma. Sin embargo, ella necesita justificar su manera de actuar de alguna forma. Y ha confiado su suerte a su mente.

—Cinco, cuatro, tres… —cuenta en voz baja—. Dos. ¡Listo!

Y mira el cronómetro, que marca cincuenta y ocho segundos cuando pulsa el botón que detiene el tiempo. Sonríe. ¡Prueba superada! Ha resuelto el cubo de Rubik en menos de un minuto. Eso significa que va a escribirle a Iván.

Se incorpora y camina por la habitación con el móvil en la mano. Pulsa el icono de Instagram y busca el perfil del chico. Experimenta un curioso cosquilleo al ver sus fotos. Clica en la pestaña para enviarle un mensaje directo e intenta encontrar las palabras adecuadas para dirigirse a él.

«Hola, Iván. Hace tiempo que no hablamos. Bueno, en realidad, solo hemos hablado un día. Aquella mañana en la que nos quedamos encerrados en el ascensor del supermercado. ¿Recuerdas? Te he visto varias veces en el instituto, pero no he querido molestarte. Siempre vas muy bien acompañado. Vanesa es muy simpática, enhorabuena. Hacéis una bonita pareja.

Te escribo para preguntarte cómo te encuentras. Mi padre me ha contado lo de tu accidente con la bici. Me ha dicho que solo tienes unos rasguños y una muñeca maltrecha. Solo ha sido eso, ¿verdad? ¡Menudo susto, ¿no?!

Ahora estarás durmiendo y no verás este mensaje hasta dentro de unas horas. Escríbeme para decirme que estás bien. Nada más. Nos vemos por el instituto.

Que te mejores».

La chica relee lo que ha escrito en varias ocasiones antes de enviárselo. ¿Por qué tiene tantas dudas? Da un último repaso a sus palabras y finalmente decide borrarlo todo.

«Hola, Iván. ¿Cómo estás? Me ha dicho mi padre que has tenido un accidente con la bici. Espero que te encuentres bien. Nos vemos en el instituto».

Este nuevo mensaje sí que lo manda enseguida. Más sobrio, menos entusiasta. Ella no tiene una relación tan cercana con Iván como para tratarlo con la familiaridad y confianza con la que le escribió en primer lugar.

Comprueba el reloj del móvil y resopla. Las tres y treinta y tres de la madrugada. No tiene sueño. Se ha desvelado por completo. ¿Podrá dormir esa noche? Necesita estar fresca para poder estudiar al cien por cien por la mañana. Regresa a la cama y se tumba bocarriba. Quizá leer un rato sea la solución. Enciende el flexo y toma el libro que tiene en la mesita de noche. Lleva doscientas páginas de *Legado en los huesos*, la segunda parte de la trilogía del Baztán, de Dolores Redondo. La primera le encantó. Solo aguanta un par de capítulos. Los ojos se le cierran. Su idea ha dado resultado.

Vuelve a dejar el libro encima de la mesilla y apaga el flexo. Justo en ese momento se abre la puerta de la habitación. Julia da un respingo y mira hacia el umbral. La figura de un hombre alto y corpulento surge en la penumbra. Estira el brazo y enciende otra vez el flexo. Es su padre.

—Perdona, cariño. He visto luz por debajo de la puerta y he imaginado que estabas despierta.

—No puedo dormir —le explica Julia, que nota a Miguel Ángel preocupado—. ¿Y tú qué haces levantado a estas horas? Son casi las cuatro.

—Me han llamado desde el cuartel. Me voy ahora para allá.

—¿Ahora? ¿Qué ha pasado?

—Vera ha denunciado la desaparición de su hija. Aurora todavía no ha vuelto a casa.

CAPÍTULO 3

Sábado, 20 de mayo de 2017

No ha pegado ojo en toda la noche. Después de que su padre se fuera, ya no ha habido manera de conciliar el sueño. Julia ha perdido la cuenta del número de veces que ha resuelto el cubo de Rubik durante la madrugada para intentar tranquilizarse.

Sentada en la cocina, a las ocho y media, remueve un Cola Cao con una cucharilla. Su madre está frente a ella, con una taza de café humeante en las manos. Su rostro muestra preocupación. Aitana sabe que las primeras horas son cruciales en una desaparición. Teme que en cualquier momento suene su teléfono y le anuncien malas noticias. Pero no quiere ser pesimista. Todavía no. Pese a todas las películas y las series de televisión que tratan sobre secuestros y situaciones parecidas, lo lógico sería que Aurora volviera a casa y que su ausencia tuviera una razón coherente. Que todo se quede en una simple anécdota.

—¿Por qué no llamamos a papá? —pregunta la joven impaciente—. A lo mejor tiene novedades.

—Si tu padre supiera algo nuevo, me lo habría dicho. Tranquila. El noventa y ocho por ciento de las desapariciones acaban bien.

—Tengo miedo, mamá. Esta no es una desaparición normal.

—Ninguna lo es, Julia. Tenemos que conservar la calma y no adelantarnos a los acontecimientos. Papá y su equipo seguro que están haciendo todo lo posible para encontrarla. No debemos molestarle.

La chica asiente. Le da un sorbo a su bebida y busca en su memoria todo lo relacionado con Aurora. La última vez que la vio fue a la salida del instituto. Todavía estaba sentada en su mesa, guardando las cosas en la mochila, cuando ella y Emilio se marcharon. ¿Notó algo extraño? ¿Algo fuera de lo normal? No, nada diferente. ¿Qué ropa llevaba puesta? Hace un esfuerzo y consigue recordar que vestía una camiseta negra de manga corta y un pantalón vaquero blanco, algo gastado. El pelo… suelto. Sí, le caía por la espalda, como la mayoría de las veces, aunque se lo había cortado hacía un par de meses.

Mientras piensa, suena su móvil. Es un mensaje de Emilio, que le dice que se ha levantado antes de tiempo y que tardará en llegar a su casa unos diez minutos.

—No sé cómo vamos a poder estudiar sabiendo que Aurora ha desaparecido —comenta Julia, que responde a su amigo con un simple «OK».

—¿Vamos? ¿Tenemos visita?

—Sí. ¿No te lo mencioné?

—No. Que yo sepa.

—¡Ah! Pues viene Emilio. Hemos quedado para estudiar juntos.

Al escuchar el nombre del joven, a Aitana se le escapa una sonrisilla que trata de esconder detrás de la taza. Sin embargo, su hija se ha percatado de la expresión de su madre y se la queda mirando.

—¿Qué pasa?

—Nada —responde la mujer tras soltar el café y ponerse seria—. ¿A qué hora viene… Emilio?

—Ya. En unos minutos. ¿Por qué usas ese tono para referirte a él?

—¿Qué tono? —pregunta Aitana de nuevo sonriente—. De verdad, no sé de qué me hablas.

—¿Sigues pensando que me gusta?

—¿Quién?

—Mamá, eres la mejor forense de la historia, pero no conozco a una persona que mienta peor que tú.

—Si te gusta ese chico, me parece fenomenal.

—No me gusta.

—Es un poco raro —continúa Aitana, sin hacer caso a su hija—. ¿De qué color lleva el pelo ahora?

—Azul.

—Azul —repite la mujer con intención—. Tiene personalidad.

—Emi es un buen chico. Pero no me gusta. No me gusta de esa manera que tú no dejas de insinuar.

—Vale, no te gusta. Comprendido —afirma Aitana, aunque a Julia le parece justo lo contrario. No ha comprendido nada. Es más, no cree que tenga intención de cambiar de opinión—. Azul. Sí, ese chaval tiene mucha personalidad. Sin duda.

Julia está a punto de volver a replicar cuando suena el teléfono de su madre. Aitana se abalanza sobre el aparato y se apresura a contestar.

—¿Es papá? —pregunta la chica, a la que le ha dado un vuelco el corazón.

La mujer asiente con la cabeza y arrastra el botón verde de su móvil para responder.

—Hola, Miguel Ángel. ¿Qué tal?

Aitana se pone de pie, sale al patio con el teléfono pegado a la oreja y cierra la puerta de la cocina tras de sí. ¿Es que piensa ocultarle lo que hable con su padre? A veces, tiene la sensación de que la siguen tratando como si fuera una niña.

Se toma de un trago el Cola Cao que le queda en el vaso y también se levanta de la silla. Abre la puerta y contempla a su madre justo al otro extremo del patio. Habla en voz baja y, cuando se da cuenta de la presencia de su hija, le hace un gesto con la mano para que no se acerque. La chica obedece a regañadientes y apoya la espalda contra la pared de azulejos.

La conversación no dura demasiado. Aitana cuelga, se guarda el móvil en uno de los bolsillos del vaquero y desanda el camino andado minutos antes. Su hija la recibe inquieta y temerosa.

—¿Qué te ha dicho papá? ¿Se sabe algo de Aurora?

—No, no hay noticias nuevas sobre la chica. Hay seis policías buscándola por el pueblo y los alrededores. Papá se ha quedado en la comisaría, con la madre de Aurora.

—Esto no pinta nada bien. Le ha tenido que pasar algo.

—Como te he dicho antes, hay que conservar la calma, Julia.

—¿Han hablado con su padre?

—No lo sé.

—A lo mejor se ha ido con él. O se la ha llevado; amenazó con hacerlo cuando se marchó de casa, ¿no?

—Seguro que ya han pensado en eso y están investigándolo —responde Aitana, que procura transmitirle tranquilidad a su hija—. Tenemos que confiar en tu padre y en su equipo. ¿Por qué no te das una ducha antes de que venga Emilio e intentas desconectar un poco de todo esto? Te vendrá bien.

En un primer momento, la joven rechaza la propuesta de su madre, pero no tarda en cambiar de opinión. No es mala idea. Al menos, la despejará. Sube hasta la primera planta y entra en su habitación. Uno de los motivos por los que le gusta tanto vivir allí es porque dispone de un cuarto de baño propio. En su anterior piso, mucho más pequeño que esta casa situada en el casco antiguo del pueblo, lo compartía con sus padres.

Aquellos cinco minutos bajo el agua tibia no le sirven para olvidarse de la desaparición de Aurora. También piensa en Iván y en su accidente de bicicleta. Afortunadamente, él sí está bien. El caso de Aurora la ha tenido tan absorta que ni ha prestado atención a su cuenta de Instagram. ¿Le habrá contestado?

Se seca con una toalla y, envuelta en ella, alcanza el móvil. Entra en la red social y comprueba que tiene un mensaje directo. Es de él. Nervios, muchos nervios, antes de abrirlo.

> «Hola. ¡Qué sorpresa recibir un mensaje tuyo! Estoy bien. Gracias. Me duelen un poco el brazo y la muñeca, pero podría haber sido mucho peor. Se ha quedado solo en un susto. Que pases un buen fin de semana y, si vas al supermercado, no cojas el ascensor».

La última frase del mensaje directo de Iván la hace sonreír. Cada vez que va a comprar a ese sitio, le viene a la cabeza la hora que pasó encerrada en el ascensor con él. Llegó a desear que no apareciera nadie y no los sacaran de allí. Recuerda perfectamente aquella sensación.

Desde su habitación, escucha el timbre de la casa. Debe de ser Emilio. Deja el móvil sobre la mesita de noche y se quita la toalla. Su madre grita desde abajo que su amigo ya ha llegado.

—¡Ya voy! ¡Dos minutos!

Y eso necesita exactamente para estar completamente lista. Un par de minutos. Ataviada con un *short*, una camiseta roja de manga corta y unas zapatillas deportivas, baja las escaleras. Emilio está conversando con su madre. ¿Le habrá dicho algo sobre la desaparición de Aurora?

—Al final has madrugado —comenta la joven. No se dan dos besos. Nunca lo hacen.

—Estoy perdiendo facultades. Hasta hace nada, los sábados y los domingos solía levantarme no antes de las once.

—Eso sería porque te acostabas muy tarde —interviene Aitana—. Pero es mejor despertarse pronto para tener toda la mañana por delante.

—Discrepo con usted. ¿De qué vale tener tanta mañana si te vas durmiendo por las esquinas? Hay que dormir mucho para estar descansado el resto de las horas en las que estés despierto.

—Mirándolo de esa manera... Bueno, os dejo solos. Si necesitáis cualquier cosa, avisadme. Dentro de un rato iré al supermercado a comprar algo de comer. Pasadlo bien.

La mujer se encamina hacia las escaleras y sube a la primera planta. Julia la contempla hasta que desaparece por la puerta del dormitorio. Ya solos, le da un golpecito en el brazo a Emilio y recuerda lo que le dijo la noche anterior.

—Vamos, te invito a desayunar.

A pesar de que ella ya se ha tomado un Cola Cao, repite. En esta ocasión acompañándolo con magdalenas. El chico come lo mismo que Julia. Mientras desayunan, la joven duda sobre si debe contarle lo que ocurre con Aurora. Su compañera de clase nunca le ha caído demasiado bien a su amigo. En general, poca gente le resulta simpática a Emilio.

—¿Qué quieres que estudiemos primero? —pregunta él después de mojar una de las magdalenas en el vaso.

—No lo sé. ¿Qué te apetece?

—Nada.

—A mí tampoco me apetece estudiar.

El chico se queda mirando fijamente a su amiga, con la mitad del bollo que se está comiendo en la mano. Algo pasa. Julia es muy inteligente, la persona más inteligente que conoce, pero no es capaz de ocultar su malestar cuando no está bien. Siempre ha sido muy transparente.

—¿Y eso? ¿Qué ocurre para que no quieras ponerte a estudiar?

—No he dormido bien esta noche.

—¿No? ¿Tú no sueles quedarte como un tronco en cuanto caes en la cama?

—Sí, pero me desvelé de madrugada y ya no conseguí dormir más.

—Debe de ser cosa de los astros. Tú no duermes, yo madrugo... Desde que le dieron el óscar a Leonardo DiCaprio, se ha alterado el orden del universo.

Emilio consigue que Julia sonría, aunque no por mucho tiempo. La joven apoya las manos en el vaso y agacha la cabeza, pensativa. El chico entonces se niega a seguir dando más rodeos.

—Vamos, cuéntame qué está pasando. ¿Por qué tu sonrisa ha tardado en desaparecer menos que estas magdalenas en el vaso del Cola Cao?

—Aurora ha desaparecido —suelta Julia sin más preámbulos.

—¿Aurora? ¿La de clase?

—Sí, anoche me llamó su madre para preguntarme por ella. No estaba en su casa cuando ella llegó del trabajo. Mi padre ha llamado hace un rato para decirnos que continuaban sin saber nada de ella. La policía la está buscando.

—¡Joder! ¡Qué fuerte!

—Tengo un mal presentimiento, Emi. No es lógico que

Aurora pase la noche por ahí y que no avise a su madre. Además, tiene el móvil desconectado.

El joven se acaricia la barbilla y saca su teléfono del bolsillo. Entra en WhatsApp y busca entre sus contactos.

—No se conecta desde ayer por la tarde.

—¿Tienes su móvil? —pregunta sorprendida Julia. Ni siquiera cuando hicieron el trabajo juntas, Aurora le dio su número a alguna de sus compañeras. Y es la única que no está en el grupo de WhatsApp de clase.

—Sí, hace mucho éramos amigos. Antes de que tú llegaras al pueblo.

—No lo sabía.

—Bueno, no me gusta demasiado hablar del pasado. Ya lo sabes —le recuerda Emilio algo inquieto—. Éramos dos bichos raros. Dos marginales. Eso nos mantenía unidos. Pero...

En ese instante, la pareja escucha como Aitana baja las escaleras a toda velocidad. Ambos miran hacia la puerta de la cocina y observan a la mujer, que se dirige hacia ellos con el rostro desencajado. La sensación de que algo horrible ha pasado se apodera de los dos.

—Me tengo que marchar. Ha habido una urgencia.

—¿Una urgencia? Dime que no es por... ella —ruega temblorosa Julia.

El silencio de su madre la enfada y la chica eleva la voz como pocas veces lo ha hecho.

—¡Mamá! ¡Dime la verdad! ¡Por favor! ¿Es por Aurora?

La mujer suspira y se frota los ojos. Luego se peina nerviosa y se muerde los labios antes de contestarle a su hija y darle la noticia que Miguel Ángel le acaba de comunicar por teléfono.

—Ha aparecido el cuerpo de una adolescente... sin vida. La han encontrado muerta en vuestro instituto. Creen que es Aurora. Me han asignado el caso.

CAPÍTULO 4

Martes, 7 de marzo de 2017

Al sonar el timbre, que pone fin a la última clase, Aurora recoge rápidamente sus cosas y sale del aula sin despedirse de nadie. Como siempre. Hace tiempo que apenas habla con sus compañeros de instituto. Hasta le molesta hacer trabajos en grupo. Prefiere estar sola. Sin embargo, aquel martes de marzo, alguien la espera en el pasillo. No es un alumno. Se trata de su profesor de Filosofía. Jonathan Vila también es su tutor y uno de los pocos de aquel centro a los que todavía soporta.

—Tenemos una conversación pendiente —le dice él cuando la chica pasa a su lado—. ¿Es un buen momento?

¿Un buen momento? Nunca lo es. Hace mucho que no existen los buenos momentos en su vida. Pero Jona lleva algunas semanas detrás de ella. Quiere hablar. Y se le ve preocupado. Nadie la espera en casa para comer, porque su madre hoy tiene doble turno en el bar en el que trabaja. Tarda unos segundos en decidirse, pero termina aceptando.

—¿De qué quieres hablar?

—Vamos mejor a mi despacho. Allí estaremos más tranquilos.

La chica accede y, en silencio, camina junto a él hasta el

pasillo en el que se encuentran los despachos de los profesores. El penúltimo de la pared de la derecha es el de Jonathan. Entran y el hombre la invita a que se siente en un pequeño sofá azul de dos plazas. A Aurora le extraña que haya elegido esa opción disponiendo de una mesa de caoba y dos sillas, una frente a la otra, más habitual para una charla profesor–alumna. Sin embargo, no dice nada y ocupa el lugar que le ofrece.

—Bueno, aquí estás por fin. Mira que llevaba tiempo queriendo hablar contigo. ¿Cómo te encuentras? ¿Qué tal llevas el curso?

El tono que el hombre emplea es amable. Su voz suena cálida y realmente parece interesado en su situación. O eso es al menos lo que ella piensa. ¿O es solo una trampa para que se abra emocionalmente ante él?

—Podría ir mejor —responde Aurora sin demasiado entusiasmo, todavía desconfiando de sus intenciones.

—Siempre podemos mejorar. Me alegro de que no seas conformista con tus notas.

¿Sus notas? ¿Quién ha hablado de notas? Muchas veces sus calificaciones son lo que menos le interesa en el mundo. Ella sabe cuáles son los verdaderos problemas de la vida.

—Ya.

—Filosofía la llevas bien.

—De momento, sí.

En el primer trimestre sacó un siete en el examen final y en el segundo lleva la asignatura al día, con todos los ejercicios hechos. Además, no ha faltado a ninguna clase. Y no precisamente porque no quisiera saltársela varias veces.

—¿Y el resto cómo va?

—Bien. Aceptable.

—¿Y estás a gusto con tus compañeros? ¿Te tratan bien?

La chica piensa un instante la respuesta. En realidad, no

tiene problemas directos con la gente de su clase, por lo menos con la mayoría. Y no los tiene porque, sencillamente, no habla con sus compañeros. Ya se encargan ellos de hablar de ella a sus espaldas y de repetir las mismas mentiras una vez tras otra.

—No me tratan mal —se limita a responder. Pasa de líos.

—Me alegro. Si tienes problemas, puedes contármelos a mí.

—Hecho. ¿Eso es todo? ¿Me puedo ir?

—Estás a la defensiva.

—Estoy bien. Me quiero marchar.

—¿Puedes enseñarme los brazos?

—¿Perdón? ¿Cómo has dicho? —pregunta Aurora muy sorprendida. ¿Ha oído bien?

—Que si puedes remangarte el jersey y mostrarme los brazos. Por favor.

La petición de Jonathan coge completamente desprevenida a la joven, que no esperaba que su profesor le pidiera algo así. Se muerde el labio y mira a un lado y a otro nerviosa.

—Es solo algo rutinario. Es por lo de la «ballena azul». Imagino que habrás oído hablar de ello, ¿no?

—Sí, sé lo que es la ballena azul.

Mucha gente en Internet habla del tema. Incluso se han creado foros y páginas dedicadas a esta especie de yincana del horror. Se trata de cincuenta retos para superar, en los que la última prueba es el suicidio. Por lo que se cuenta, en varios países se investigan muertes de adolescentes provocadas presuntamente por este macabro juego. Una ballena dibujada en la piel con un objeto punzante es una de las marcas que aparecen en las víctimas.

—No es que no confíe en ti. Es un control que estamos haciéndole a todo el mundo —apunta Jonathan sonriente—. Tranquila, solo será un segundo.

—No voy a enseñarte los brazos.

La expresión de Aurora se contrae y esconde los brazos bajo las piernas. Mira desafiante a su profesor, que no se inmuta pese al rechazo de su alumna.

—Si tienes un problema, podemos ayudarte.

—No necesito ayuda.

—Aurora, entre nosotros: siempre estás sola. Nunca te veo acompañada de nadie.

—Eso es asunto mío.

—Lo sé. Pero entiende que nos preocupemos por ti. ¿Por qué no me quieres enseñar los brazos?

—Porque no tengo ninguna obligación de hacerlo. Lo que haga con mi cuerpo no te importa.

—¡Claro que me importa! ¡Me importa muchísimo! —exclama el profesor de Filosofía, que alza la voz a propósito—. Todo lo que les ocurra a mis alumnos, a vosotros, es muy importante para mí. Y no solo para mí, también para el resto del profesorado de este centro. Y seguro que también eres importante para muchos de tus compañeros.

—¿Estás de broma? Lo único que le ha importado a este puto pueblo de mierda es lo que pasó entre mis padres. Se dijeron tantas mentiras… Todavía hay gente que habla del tema y continúa extendiendo rumores sobre mi familia y soltando barbaridades a mis espaldas. ¿Y dices que mis compañeros y los profesores se preocupan por mí? ¿Quieres que me ría o que me ponga a llorar?

—No pretendía ofenderte. Discúlpame.

—Esta no ha sido una buena idea.

La chica se levanta del sofá de un brinco, dispuesta a marcharse del despacho de Jonathan Vila. Sin embargo, el profesor no ha dado por terminada la charla. También se pone de pie y se coloca rápidamente delante de la puerta, bloqueándole la salida.

—Siéntate, por favor.

—Quiero irme a casa. No puedes retenerme aquí.

—No es mi intención retenerte. Simplemente, quiero que hablemos.

—No quiero hablar más.

—Puedo ayudarte, Aurora —insiste Jona sin perder los nervios y esbozando una sonrisa—. Si estás metida en el juego ese de la ballena azul o en cualquier otro asunto parecido, podemos solucionarlo. De verdad. Confía en mí.

—Yo no confío en nadie —asegura. Y, tras subirse las mangas del jersey, le muestra los brazos. Ni rastro de cortes ni de sangre. Su piel luce blanca y limpia, sin ningún tipo de señal.

—¿Contento?

—Sí, gracias. Pero… ¿por qué no hablamos un poco más?

—Ya tienes lo que querías. Me voy.

Aurora se hace hueco empujando con las manos hacia un lado a su profesor de Filosofía y avanza hasta la puerta del despacho. Abre y sale sin despedirse. Mientras camina por el pasillo, resopla y vuelve a bajarse las mangas del jersey.

—Estúpido —murmura temblorosa.

Aquella conversación no le ha agradado absolutamente nada. ¿Control rutinario? No se lo cree. Seguro que ella ha sido la única a la que ha examinado. Por ser la rarita de bachillerato. La que va sola. La que no habla con nadie. Si todo el mundo no se hubiera comportado con ella de la manera en que lo han hecho, no sería así. Pero ya no puede confiar en nadie. Lo pasó muy mal cuando su padre se marchó de casa. En lugar de apoyo, de cariño, lo único que recibió fue una puñalada tras otra. Algunos se alejaron, otros se acercaron para cotillear, para averiguar si lo que se decía era verdad. Mentiras y más mentiras. Algunas muy dolorosas. ¡Si hasta llegó a escuchar que habían abusado de ella!

Gilipollas…

Va tan inmersa en sus pensamientos, con la cabeza agachada, que no ve a Virginia, su profesora de Matemáticas, que viene de frente, también distraída. Las dos chocan y un montón de folios caen al suelo.

—Perdona, Aurora —dice la mujer avergonzada—. No te he visto. Estaba respondiéndole un WhatsApp a mi marido y…

—Yo tampoco te he visto. Lo siento.

La chica ayuda a Virginia a recoger los papeles que están esparcidos por el pasillo. Su profesora de Matemáticas es otra de las que se salvan del odio que siente hacia la gente de aquel instituto. Quizá porque es una recién llegada al pueblo y no vivía allí cuando sucedió lo de sus padres. Siempre se muestra amable con ella. En realidad, es así con todos. Se nota que acaba de empezar en el mundo de la enseñanza. A sus treinta años, aún está repleta de energía y le sobran ganas de dar lo mejor de sí misma. A pesar de que no siempre se lo ponen fácil. Cada día debe aguantar miradas y sonrisitas de los estudiantes más descarados. La profesora de Matemáticas no pasa desapercibida, aunque ella le resta importancia y se centra en sus clases. «No se pueden controlar las hormonas», es lo que suele decir a sus compañeros de profesión cuando le advierten de las miraditas que le echan los alumnos. Realmente, les daría dos buenas tortas a aquellos chavales para que espabilasen y dejaran de babear. Pero sabe contenerse y mirar hacia otro lado. Ya madurarán cuando les vayan cayendo los años y las calabazas.

Entre las dos recogen todos los papeles del suelo y continúan caminando juntas hasta la puerta del instituto.

—¿Quieres que te lleve en coche? —le pregunta Virginia al salir del centro—. Mi marido no come conmigo y voy a ir a un restaurante que está al lado de tu casa. Estoy agotada, no tengo ganas de hacerme la comida hoy.

A la chica le sorprende que su profesora sepa dónde vive. Aunque enseguida recuerda que el instituto dispone de una ficha de todos los estudiantes en la que constan la dirección y el móvil de cada uno de ellos.

—No hace falta. Voy andando —responde Aurora tímidamente—. No te molestes.

—Venga, mujer. Que me pilla de camino. No es ninguna molestia.

La chica teme que aquello sea otra encerrona como la de Jonathan Vila. Sin embargo, la insistencia y dulzura de Virginia terminan por convencerla.

Caminan en silencio hasta el aparcamiento del instituto y se aproximan a un Fiat 500 de color blanco. Aurora ocupa el asiento del copiloto y se pone el cinturón de seguridad. De reojo, observa a Virginia mientras esta sintoniza la radio. La deja en Cadena Dial, donde se oye un tema de la andaluza Marta Soto.

—¿Te gusta? Puedo poner otra cosa si quieres.

—No, está bien, gracias. Me gusta mucho.

La profesora asiente y arranca el coche. La distancia es corta. No les va a llevar ni diez minutos. Sin embargo, en mitad del recorrido, el móvil de la joven suena. Aurora comprueba quién la llama y suelta una palabra malsonante en voz baja. Ahora no es el mejor momento para hablar por teléfono con su padre.

CAPÍTULO 5

Sábado, 20 de mayo de 2017

Al colgar el teléfono, a Julia le entran unas ganas inmensas de llorar, aunque logra reprimirlas. Su madre le acaba de confirmar, ya desde el instituto, que la chica que han encontrado en el vestuario es Aurora. Ella será la encargada de hacerle las primeras pruebas al cadáver y la posterior autopsia. Aunque no puede decir nada, a Aitana se le ha escapado que la muerte de la chica se ha debido a un fuerte golpe en la cabeza.

—¿Y qué más te ha contado? —le pregunta Emilio, que parece también impactado por la noticia.

—No le permiten hablar sobre el tema. Solo me ha revelado lo del golpe en la cabeza y que la ha encontrado el conserje en el vestuario.

—Menudo susto que se habrá llevado el pobre Fermín.

—Sí, estará todavía en *shock*.

Julia siente arcadas al imaginar el cuerpo sin vida de Aurora. Después piensa en Vera, en lo que estará sufriendo. Ninguna madre debería pasar por el mal trago de perder a un hijo.

—¿Quién crees que ha podido hacerle eso?

—No tengo ni idea, Emi.

—Sería muy fuerte que el culpable fuera alguien del pueblo. ¿Te imaginas? Un asesino entre nosotros.

—No debemos especular. Esto es algo muy serio.

—No me digas que no lo has pensado... Ahora mismo, cualquiera con el que te cruces por la calle puede ser el que la ha matado.

Lo ha pensado. Claro que Julia ha pensado en eso. Pero se niega a sospechar de alguno de sus vecinos. Su padre es el encargado de la investigación; y su madre, la forense que se encargará de hacer la autopsia del cadáver. Ellos son los que deben buscar y encontrar al responsable.

—¿Alguien de nuestra clase? —insiste Emilio.

—No sé quién de clase podría querer hacer algo así —dice Julia molesta por la persistencia del chico—. Aurora no se metía con nadie.

—Todos tenemos enemigos. Gente a la que le caemos mal. Aunque trates de ser invisible.

La joven percibe cierto resquemor en el tono que usa Emilio para hablar de su compañera de instituto.

—Antes me has dicho que Aurora y tú erais amigos hace un tiempo. ¿Qué pasó para que os distanciarais?

—Nada del otro mundo. Discutimos por una tontería y nuestra amistad se enfrió.

—¿Hace cuánto de eso?

—Ya te lo dije. Un año antes de que tú llegaras. Estábamos en segundo de la ESO. Ha llovido mucho desde entonces.

Julia asiente con la cabeza. Fue durante el curso anterior a que ella se mudara a aquel pueblo. Emilio nunca le ha contado hasta ahora que él y Aurora se llevaban tan bien, ni que hubiesen discutido por algo que los alejó. Conoce perfectamente a aquel chico, pero no deja de sorprenderle la frialdad y hasta la desidia con la que habla de la joven que acaba de fallecer. ¿Cuál habrá sido el motivo por el que se enfadaron?

—¿Por qué no vamos al instituto? —sugiere Emi, que cierra el libro de Matemáticas—. Ni tú ni yo vamos a ser capaces de estudiar en toda la mañana.

—¿Al instituto? ¿Qué se nos ha perdido a nosotros allí?

—Lo mismo que aquí.

—No... no podemos ir. Mis padres se enfadarían.

—Pues quédate tú. Yo me voy.

—¡Emi! ¡No puedes ir! ¡Es el escenario de un crimen!

Pero el joven no le hace caso. Sale de la habitación de Julia y baja las escaleras. La chica protesta para sí y corre detrás de él. Lo alcanza cuando ya está en el patio.

—¿Vienes conmigo? —le pregunta Emilio, que se da la vuelta para mirarla—. Simplemente vamos a echar un vistazo. Quizá nos enteremos de algo. ¿A ti no te gusta Agatha Christie?

—Esto es la vida real, no una novela de misterio.

—Más interesante aún. El escritor no te puede engañar con pistas falsas puestas a propósito para que no resuelvas el crimen hasta la última página.

Julia tose y, a continuación, suelta un resoplido a modo de queja.

—Me parece increíble que te tomes la muerte de una compañera de clase con tanta tranquilidad. ¿No sientes ningún tipo de miedo? ¿Pena? ¿Escalofrío?

—No soy de piedra.

—Lo pareces. A mí me sigue temblando todo el cuerpo. ¡Ayer la vimos! ¡En nuestra clase! ¡Viva!

Emilio se encoge de hombros. Abre la puerta de la calle y sale de la casa de su amiga, que lo observa resignada. No le queda más remedio que acompañarlo. No puede negar que, a pesar de lo macabro del asunto, siente cierta curiosidad por lo que ha sucedido. Eso sí, deben andar con cuidado. Si sus padres la ven merodeando por los alrededores del instituto, se pueden enfadar con ella. No es el mejor lugar para estar ahora mismo.

—Entonces, todavía no tienen ningún sospechoso —comenta Emi mientras caminan.

—No creo. Es pronto para eso. Mi madre ni siquiera le ha hecho la autopsia aún.

—Aitana tiene una profesión poco agradable. ¿Cómo alguien puede dedicarse a abrir cuerpos y diseccionarlos?

—Ella dice que alguien tiene que hacerlo.

—Yo no podría. Me mareo en cuanto veo sangre. El otro día me hice un corte en la barbilla afeitándome y casi me desmayo.

—Qué exagerado eres.

—¿Exagerado? Si dices eso es que no me conoces tanto como crees.

Julia va a replicarle, pero prefiere no insistir en el tema. Lo conoce bien. Muy bien, como si fuera su hermano. En esos casi tres años ha sido la persona con quien más momentos ha compartido. Sabe que odia el tomate, que ama el J-Pop, que ha leído tres veces cada uno de los libros de Harry Potter o que le dan pánico las avispas. También estaba al corriente de su animadversión por la sangre; no es la primera vez que se lo comenta.

El Instituto Rubén Darío está a pocos minutos de la casa de Julia. Se halla situado en el terreno que anteriormente pertenecía a la antigua harinera del pueblo. Allí se levantó hace veinte años un gran edificio que funciona como centro público de educación secundaria y que da cabida a más de doscientos estudiantes. Se considera que el nivel medio del alumnado y las exigencias de los profesores son más altos que los de El Maquinista, el otro instituto de la localidad. Lo demuestran las notas de acceso a la universidad. Durante los últimos quince años, las calificaciones de los chicos del Rubén Darío han superado a las obtenidas por los de El Maquinista. Por ese motivo lo eligió Julia cuando llegó hace tres cursos y no simplemente por la cercanía a su casa.

Doscientos metros antes de llegar al centro, los chicos comprueban que no son los únicos que han sentido curiosidad por lo que está ocurriendo. Hay al menos cien personas tras el cordón policial que los agentes han colocado frente a la puerta principal del instituto. Posiblemente, la mayoría de los que se han congregado allí no tienen ni idea de lo que verdaderamente está pasando.

—Definitivamente, en este pueblo todos somos unos cotillas sin solución. Hay más gente aquí que en la ofrenda a la patrona.

A Julia le cohíbe el tumulto que se ha montado a las puertas del Rubén Darío y le pide a su amigo que se detengan a una distancia prudencial para que nadie los vea. Desde su posición, reconoce a Samuel y a Bienvenido, dos de los policías locales con los que ha coincidido en alguna ocasión y que hacen guardia en la entrada del centro para que no pase nadie. También ve a varios profesores. Distingue a Virginia Ayuso, la profesora de Matemáticas, a Diego Soler, el que les da Lengua y Literatura, y a Nuria Almagro, la de Economía. Jonathan Vila, el profesor de Filosofía, y que además es su tutor, está dialogando con los agentes.

—Me parece que Jona les está pidiendo que lo dejen pasar —comenta Emilio mientras señala al que es su profesor favorito de bachillerato.

—Era el tutor de Aurora. Querrá estar informado de todo de primera mano.

—¿Ya sabrá que se trata de ella?

—Seguro que sí. Será de los primeros a los que han comunicado la noticia. ¿Lo dejarán pasar?

—Apuesto a que sí. No conozco a nadie que tenga un poder de convicción mayor que él. Hasta ha conseguido que me caigan bien los presocráticos.

A Julia también le gusta su profesor de Filosofía. Es una suerte que sea su tutor. No hay muchos que se impliquen tanto con sus alumnos como él. A sus treinta y tres años, Jona es lo suficientemente joven como para entenderlos y lo suficientemente adulto como para hacerse respetar cuando hace falta.

—Es un gran profesor —añade la chica justo antes de que los dos policías abran paso y creen un pequeño pasillo para que Jonathan entre en el instituto.

—Ya está dentro. Lo sabía.

Los otros tres profesores también reciben la autorización necesaria para acceder al edificio. Esto coincide con la aparición del sargento de la Policía Judicial, que los saluda y les da unas indicaciones antes de que crucen la puerta principal del Rubén Darío.

Julia, al ver a su padre, rápidamente se esconde detrás de Emilio. No desea que la descubra por allí.

—Tranquila, ya se ha ido. Ha entrado con ellos. ¿Por qué tienes tanto miedo de que te vean? ¡Estamos aquí medio pueblo!

—Porque el lugar en el que han matado a alguien no es un sitio para estar. Y menos si tus padres están relacionados con el caso.

—Eso es una tontería. Voy a acercarme un poco más. A ver si me entero de algo.

—¡Emi! ¡No vayas!

Sin embargo, el chico hace oídos sordos y avanza en dirección a la multitud que se aglutina en torno a la puerta del instituto. Julia maldice a su amigo y se queda parada en el mismo sitio, observando cómo se aleja. En ese momento, una voz a su espalda pronuncia su nombre. Cuando se gira, se encuentra a Vanesa y a Ingrid, dos repetidoras que también van a su clase. Junto a ellas está Iván. Algo se le remueve en el estómago al verlo de la mano de su novia.

—Oye, Julia, ¿qué coño está pasando? —pregunta Vanesa, que masca chicle de forma exagerada mientras habla—. Hemos visto a tu madre y a tu padre dentro del instituto. ¿Ha muerto alguien?

La joven no sabe qué responder. ¿Qué se supone que debe o no debe decir? Además, Vanesa no es que sea precisamente una persona que le caiga bien. Y no solo por estar saliendo con el chico que le gusta. Aquella rubia de pelo rizado, mirada seductora y sonrisa embaucadora nunca le ha transmitido demasiada confianza. Tampoco Ingrid, su amiga del alma y de la que pocas veces se separa.

—No lo sé —se limita a contestar Julia, que mira hacia abajo después de que sus ojos tropiecen un segundo con los de Iván.

—¡Venga ya! ¿Tus padres están dentro y no te han dicho nada? No me lo creo.

—Ellos no pueden hablar de su trabajo. Es información confidencial.

—¿Confidencial? ¡Ni que hubieran encontrado un ovni dentro del instituto!

El comentario de Vanesa saca una sonrisa a Ingrid, aunque no a su novio, al que parece que no le ha hecho gracia la broma.

—Vamos a dar una vuelta —propone Iván antes de tirar de la mano de la chica—. Ya nos enteraremos luego de lo que pasa.

—No quiero dar una vuelta. Quiero saber qué está sucediendo. Si la forense está ahí es porque hay un cadáver. ¿Y si es el de alguno de nuestros amigos? ¿O el de un profesor?

—Te estás precipitando, Vane. Ni siquiera sabemos si…

En ese momento, suenan al mismo tiempo los móviles de Julia, Vanesa e Ingrid. Ámbar Asensio, otra de sus compañeras, ha escrito algo en el grupo de WhatsApp de la clase. La chica del pelo rubio rizado lee en voz alta.

> «No me lo puedo creer. Me acabo de enterar de que han encontrado a Aurora muerta en el instituto. ¡Dios mío! Parece que alguien la ha asesinado».

Vanesa da un grito e Ingrid se tapa la boca con la mano. Julia, por su parte, intercambia una mirada con Iván, que se apresura a abrazar a su novia. Una estudiante del Rubén Darío ha muerto asesinada. Aquello parece un mal sueño. Sin embargo, la pesadilla en aquel pueblo no ha hecho nada más que comenzar.

CAPÍTULO 6

Sábado, 20 de mayo de 2017

Emilio se mezcla con la multitud congregada frente al Rubén Darío. Siente mucha curiosidad por lo que ha pasado, y eso que él mismo ha criticado a esos chismosos que se agolpan delante del instituto en busca de carnaza. No todos los días uno se encuentra tan cerca del escenario de un crimen. Aunque parezca morboso y la víctima sea una chica de su clase, su vena periodística le puede, le hace querer saber más. Y es que, cuando acabe el instituto, va a estudiar la carrera de Periodismo. Lo tiene muy claro. Solo espera que su nota media se lo permita.

De todas maneras, aquel suceso es muy extraño. Le cuesta asimilar que la muerta sea Aurora. Si hubiese pasado hace unos años, le habría dolido como ninguna otra cosa en el mundo. La quería. Estaba enamorado de aquella muchacha de cabello liso castaño, ojos celestes y sonrisa inteligente. Pero ella no sentía lo mismo. Y no fue nada agradable con él el día que le confesó sus sentimientos. De ahí en adelante, todo cambió entre ellos. El amor dio paso al odio y luego a la indiferencia. Emi pasaba de Aurora y Aurora pasaba de Emi, como empezó a hacer con todo el mundo tras la marcha de su padre. Desconectó de la vida y se hizo invisible.

—Tiene pinta de que algo muy grave ha ocurrido —le comenta una señora a otra, justo a su lado—. Tanta policía no es normal.

—¿Habrán robado en el instituto?

—Parece más serio que un robo.

—¿Un asesinato?

—Por Dios y por la Virgen de Regla, espero que no —dice la mujer santiguándose—. Sería una tragedia.

Emilio escucha la conversación entre las dos vecinas, aunque no interviene. No puede decir que hay una chica del pueblo muerta en las instalaciones del instituto. A pesar de que está convencido de que la noticia no tardará en propagarse como el fuego en una tienda de muebles; solo es cuestión de tiempo.

De repente, se oye un gran alboroto. La totalidad de los presentes se giran y miran hacia la derecha. Por el centro de la calle, aparecen dos mujeres. Una de ellas va ataviada con unas gafas de sol y camina a trompicones, con los brazos cruzados sobre su vientre; mientras que la otra trata de sostenerla. Las acompaña una guardia civil.

—¿Esa no es Vera? —pregunta refiriéndose a la mujer de las gafas de sol, la señora que antes se santiguaba—. Sí, es ella. Y la otra es Alicia Martos, la psicóloga.

Los agentes que están en la puerta ayudan a que la madre de Aurora y la otra mujer entren en el instituto y evitan que nadie se les acerque demasiado. Una vez que las dos están dentro del centro escolar, cada uno de los asistentes comenta sus impresiones al que tiene más cerca. Todas las especulaciones van por el mismo camino.

—Está muy claro. Es por Aurora. Todo esto es por Aurora —asegura un anciano mientras niega, apesadumbrado, con la cabeza.

—Seguro que el padre tiene algo que ver —apunta otro hombre mayor.

—Ya lo dijo cuando se fue: que algún día se vengaría —insiste el anciano.

—Ha sido él. Ha matado a su hija —remata una señora, que no cesa de abanicarse. El calor que envuelve a la multitud resulta sofocante.

El malestar entre la gente aumenta a cada minuto que pasa. La mayoría opina que el culpable de la presunta muerte de Aurora es su padre. A Emilio todo aquel espectáculo empieza a agobiarle. Le falta aire. Necesita salir de allí; respirar. Se hace sitio a empujones y consigue abandonar el lugar. Se aleja unos metros del tumulto y se mete en una cafetería. Pide un vaso de agua fría y se bebe la mitad de un trago. A continuación, examina su móvil. En el grupo de WhatsApp de la clase, Ámbar acaba de escribir que Aurora ha aparecido muerta en el instituto. La noticia va a hacerse viral en menos que canta un gallo. Pronto lo sabrá todo el pueblo.

—Paco, ponme un güisqui solo con hielo, por favor —dice una voz ronca y apagada a su lado. Sabe de quién se trata.

Emilio se gira y contempla a Lázaro Martínez, el director del Rubén Darío. Su aspecto es el de una persona cansada. En lugar de cincuenta y cinco años, parece que tiene setenta. Sus frondosas y prominentes ojeras indican que, al menos esa noche, no ha descansado bien.

El hombre agarra el vaso que le sirve el camarero, remueve el hielo y da un gran sorbo. La fuerte quemazón del alcohol atraviesa su garganta y le hace toser.

—¿Está bien, director? —pregunta Emilio interesado por el que también es su profesor de Francés.

Lázaro mira a su alumno y asiente con la cabeza. Después le pide un vaso de agua al camarero y bebe para refrescarse la laringe, que siente hirviendo.

—No me deshago de ti ni los fines de semana, Viñales —comenta el hombre, que fuerza una sonrisa.

—Si quiere, la semana que viene no voy a clase. Así no tendrá que aguantarme.

—No, hombre, no. Que el examen está a la vuelta de la esquina.

—No me lo recuerde —dice Emi, que resopla y señala con la barbilla el vaso de güisqui—. ¿No es demasiado temprano para eso? ¿No prefiere un cafetito?

—Necesitaba algo más fuerte que un café. Llevo despierto varias horas.

—¿Por lo de Aurora?

El hombre enarca una ceja y observa muy serio al chico, que ha mencionado a propósito a su compañera de clase fallecida. Es el director del instituto, seguro que dispone de información exclusiva. Quizá pueda sonsacarle algo.

—¿Cómo sabes tú eso?

—Ya se ha enterado medio pueblo. Es increíble lo que ha pasado.

—Sí, increíble.

Lázaro agarra de nuevo el vaso de güisqui y da otro trago. Le vuelve a quemar el alcohol en la garganta, pero esta vez lo soporta mejor que antes. Mira hacia delante y remueve el hielo. Emilio también bebe de su agua mientras decide si debe poner toda la carne en el asador o no. Finalmente, se lanza.

—¿Se sabe quién ha sido? —se atreve a preguntar el chico tras unos segundos de silencio.

—¿Quién ha sido el qué?

—El que ha matado a Aurora. Hay rumores de que puede estar implicado su padre.

—Eso es asunto de la policía —replica contundente el director del Rubén Darío—. No metas las narices en esto, Viñales. Es un tema muy serio.

—Lo sé. No pretendía…

—Hay una chica muerta. Dejemos que sean los profesionales quienes se encarguen de descubrir la verdad. No podemos acusar a nadie sin fundamento, ni extender rumores.

—Estoy de acuerdo con usted.

—Bien.

El hombre da un último trago y deja un billete de cinco euros sobre el mostrador. Le dice a Paco que se quede con la vuelta y se pone de pie. A continuación, se despide del joven y se dirige hacia la puerta con paso atrancado. Emilio, que se le queda mirando mientras sale de la cafetería, se lamenta de no haber podido obtener más información que aquella de la que dispone. ¿Sabrá Julia algo nuevo? Saca el móvil y graba un mensaje de voz a través de WhatsApp:

«Julia, estoy en la cafetería de Paco. Acabo de hablar con el director, Lázaro, y no me ha contado nada especial. Está bastante afectado. ¿Tú sabes algo nuevo? ¿Has vuelto a hablar con tus padres? Parece que todo el pueblo ya se ha enterado de la noticia. Muchos culpan a Bernardo, el padre de Aurora».

El chico separa el dedo de su *smartphone* y le envía el audio a su amiga. Sin embargo, todavía no ha terminado. Vuelve a pulsar el micrófono del WhatsApp y graba un nuevo mensaje:

«Y perdona por ser tan impulsivo. Acuso a la gente de cotilla y soy el primero que intenta enterarse de todo. Ya sabes, quiero ser periodista. No puedo controlarlo. Bueno..., ¿dónde nos vemos? ¿Te espero aquí?».

La respuesta de Julia tarda en llegar unos minutos. En otro mensaje de audio, le dice que sí, que la espere allí. Se reunirá con él enseguida. Emilio le contesta con un «*OK*, hasta ahora» y le pide a Paco otro vaso de agua fría. Tiene mucha sed. Aún no se ha recuperado completamente del agobio que ha sentido en medio de la muchedumbre reunida en torno al instituto.

Mientras espera a su amiga, examina en Internet si ha aparecido en algún sitio la noticia del asesinato de Aurora. No encuentra nada. Quizá todavía es demasiado pronto para que los medios informen del suceso.

En cambio, en el grupo de WhatsApp de clase todo el mundo está muy nervioso y solo se habla de eso. Ha tenido que silenciarlo para no escuchar constantemente el pitido que anuncia las notificaciones. Lee para sí los últimos comentarios:

Ricardo: «Pero ¿está confirmado que sea Aurora la que ha muerto?».

Yi: «Eso. ¿Alguien lo sabe con total seguridad?».

Ricardo: «Ámbar, ¿cómo te has enterado?».

Laura Gómez: «Eso. ¿Quién te lo ha dicho?».

Ámbar: «Me ha llamado mi tía, que está en la puerta del instituto. Se lo ha escuchado a un policía local. Ayer me llamó su madre preguntándome si sabía dónde estaba. Su madre y la mía se conocen desde hace tiempo».

Patri: «A mí también me llamó».

Yi: «Joder. Esto es una pesadilla. No me lo puedo creer».

Jason: «Pobre Aurora».

Sara: «Sí, pobrecita. Ella no se metía con nadie».

Yi: «Estoy llorando».

Dunia: «Yo también. Es increíble que haya muerto».

Ricardo: «Da mucha pena. Espero que se haga justicia y encuentren rápido al culpable».

Jason: «Es una putada. Aunque casi no tenía relación con ella, la voy a echar de menos».

Emilio suelta una sonrisa irónica y mueve la cabeza de un lado a otro. No se puede creer lo que está leyendo. ¿Ahora les da pena Aurora? ¿Y qué pasaba cuando estaba viva? Nadie le hacía caso. Peor aún: muchos hablaban mal de ella a sus espaldas. Él tampoco se salva, pero no piensa ser hipócrita como sus compañeros de clase. Precisamente, hace nada escuchó una conversación entre Ricardo y Jason, en los baños del instituto, en la que se metían con ella. «Es la tía más rara que he visto en mi vida —había asegurado el primero—. Está buena, pero no tendría jamás nada con ella. Yo creo que se ha vuelto loca».

Se guarda el móvil en el bolsillo del pantalón y resopla malhumorado. ¿Y todavía Julia le pregunta por qué no soporta a la gente de su clase?

En ese instante, se abre la puerta del bar y escucha su nombre. Emilio se gira y contempla a su amiga caminando hacia él. No viene sola. Un chico de segundo de bachillerato la acompaña. Se trata del novio de Vanesa, otra que se las trae.

Nunca ha hablado con aquel tipo. Julia le contó hace un tiempo que se quedó encerrada en el ascensor del supermercado con él. Pero ¿desde cuándo son amigos?

CAPÍTULO 7

Sábado, 20 de mayo de 2017. Minutos antes…

—Tú lo sabías —le dice Vanesa a Julia tras unos segundos en los que ninguno ha sido capaz de soltar una palabra. El tono que usa no es nada agradable—. Estabas enterada de todo por tus padres.

—¿Qué coño ha pasado? ¿Cómo la han matado? —interviene ahora Ingrid, que tampoco se muestra simpática con su compañera de instituto.

Julia agacha la cabeza, sin responder. Los pitidos en los móviles de las tres chicas no cesan. En el grupo de WhatsApp de clase, los comentarios se suceden uno tras otro sin pausa. Todos hablan y especulan sobre lo mismo.

—¿Por qué no contestas? ¡Aurora ha muerto! Tenemos derecho a saber qué ha ocurrido —insiste Vanesa, que gesticula exageradamente y cada vez más alterada.

—Sé lo mismo que vosotros —responde tímidamente la aludida—. No he hablado con mis padres del tema.

—No te creo. Seguro que sabes mucho más de lo que nos cuentas. Eres una mentirosa.

El insulto de la joven del pelo rizado hiere a Julia, que desea alejarse de allí cuanto antes. No tiene por qué aguantar aquello.

—Para ya, Vane —le pide Iván, que sujeta a su novia del brazo—. Vamos a dar una vuelta y a tranquilizarnos.

—Suéltame. Te repito que no quiero dar una vuelta. Quiero que Julia me explique qué sabe de la muerte de Aurora.

—Ya te ha dicho que no sabe nada. Déjala en paz.

—¿Por qué la defiendes?

—No la defiendo.

—Es lo que estás haciendo.

La chica se aparta de su novio, se pone frente a Julia y aproxima su rostro al de ella. En actitud desafiante, la mira fijamente a los ojos.

—No me engañes. ¿Tu padre ya sabe quién es el autor del crimen?

—No lo sé.

—¿Es del pueblo?

—No sé nada de lo que ha sucedido. Es una investigación policial. Ni él ni sus compañeros pueden hablar sobre ello.

Vanesa se desespera y suelta un insulto en voz baja. Se gira y consulta a Ingrid con la mirada. Su amiga se encoge de hombros.

—Está bien, Julia. Si no quieres decirnos nada, no lo hagas. Pero si pasa algo más…

—Si pasa algo más, no será culpa de ella —vuelve a intervenir Iván—. ¿De qué la vas a acusar?

—¡Otra vez defendiéndola! ¡Se acabó! ¡No aguanto más!

Vanesa emite un gruñido y se marcha de allí caminando deprisa. Ingrid va tras ella. En cuestión de segundos, las dos chicas desaparecen y dejan a solas a Julia y a Iván. El joven resopla y alza la mirada al cielo. Se frota las sienes con los dedos e intenta recobrar la tranquilidad perdida.

—Cuando se pone así, no hay quien la soporte. Se comporta como una niña caprichosa y se tiene que hacer lo que ella diga —comenta Iván. Se nota que no es la primera vez que ha tenido que hacer frente a una situación como aquella.

—La entiendo. Está nerviosa por lo que ha pasado.

—Eso no justifica que te hable de esa manera. Te pido perdón en su nombre. Vanesa es una buena chica.

—No pasa nada. De verdad.

Julia se sonroja cuando él le sonríe y, con las dos manos, se coloca el pelo por detrás de las orejas. Hacía mucho tiempo que deseaba estar a solas con el chico que le gusta. Sin embargo, rápidamente se da cuenta de que la coyuntura no es la idónea y se pone seria de nuevo. Se fija en que lleva la muñeca vendada y recuerda el problema que tuvo con la bicicleta.

—¿Cómo estás después del accidente de ayer? —pregunta la joven señalando la zona dañada.

—Bien. El brazo derecho me cuesta moverlo. Pero, por suerte, no ha sido nada grave.

—¿Te atropelló un coche?

—Sí. No me vio y me llevó por delante. Es un milagro que no me pasara nada. Solo tengo unos rasguños sin importancia.

La chica asiente y suspira. Menos mal. Si la muerte de Aurora ha sido dolorosa, no quiere pensar qué hubiera sentido si a Iván le hubiera ocurrido lo mismo que a su compañera de clase.

—¿Has presentado una denuncia?

—No.

—¿No?

—Paso de jaleos. El conductor y yo estamos bien. Eso es lo que importa realmente. Tengo selectividad dentro de unos días y no quiero más problemas.

A Julia le sorprende la respuesta de Iván, pero no la cuestiona y continúan hablando del estado de su brazo derecho. Su móvil no para de sonar constantemente durante la conversación. Por fin, decide examinarlo y se da cuenta de que, además de lo que se dice en el grupo de clase, tiene dos WhatsApp de Emilio. Ambos son audios. Se pega el teléfono al oído y escucha lo que su amigo le cuenta.

—¿Todo va bien? —pregunta el joven al observar el rostro preocupado de Julia.

—Es mi amigo Emilio. No sé si lo conoces.

—De vista. Un chico con gafas que lleva ahora el pelo azul, ¿no?

A la chica se le escapa una sonrisa. Emi no habla con mucha gente y no le cae simpático a la mayoría. Sin embargo, se hace notar y no pasa desapercibido en el pueblo.

—Exacto. Ese es.

—Es un chaval muy peculiar. ¿Estáis juntos?

—¿Juntos?

—Que si sois... novios. Siempre que te veo estás con él.

—¡No! ¡No! Emi y yo solamente somos buenos amigos —aclara Julia nerviosa—. Espera, que le voy a contestar.

La chica graba un audio para decirle a su amigo que va hacia el bar en el que se encuentra.

—Me tengo que ir. Emilio está esperándome.

—Voy contigo si no te importa. No tengo ganas de ponerme a estudiar para selectividad. Se me ha quedado mal cuerpo con esto y será imposible concentrarme. ¿Puedo ir?

—Emm. Sí, claro que puedes —responde Julia sorprendida.

No imaginaba que Iván quisiera acompañarla. Creía que saldría corriendo en busca de Vanesa para hacer las paces con ella lo antes posible. Sin embargo, no es así.

La pareja comienza a andar en dirección al bar de Paco.

Los primeros segundos transcurren en silencio, algo que incomoda a Julia. Quiere escuchar su voz, regresar a aquel día en el que los dos se quedaron encerrados en el ascensor del supermercado. Aquel instante en el que su corazón se activó y puso la maquinaria de los sentimientos en funcionamiento. Su cabeza va muy deprisa. Piensa muy rápido y cientos de ideas surcan su mente. Pero, a diferencia de lo que le suele ocurrir, unas se amontonan sobre otras, se pisotean sin contemplaciones. No piensa con claridad. Qué bien le vendría su cubo de Rubik en ese instante para relajarse.

—¿Qué tal llevas selectividad? —Es lo único que se le ocurre preguntar para eliminar el silencio que se ha instalado entre ambos.

—Estoy un poco agobiado.

—¿Necesitas una nota muy alta?

—Quiero estudiar Traducción e Interpretación. Necesito más de un once y medio.

—Es alta, pero la puedes conseguir. ¿Tienes buena media hasta ahora?

—De momento, sí. Aunque casi la fastidio en... el examen de Historia. Bueno, ya pasó. Todo ha ido bien. O eso creo. Hasta la semana que viene no sabremos las notas.

A Iván se le ha ensombrecido la expresión de la cara. De hecho, la chica tiene la impresión de que prefiere cambiar de tema. Pero no se le ocurre nada más de lo que conversar con él. Otro silencio incómodo. Hasta que el joven toma la iniciativa.

—Vanesa me ha contado que eres la chica más lista del instituto. Que eres algo así como superdotada.

Julia enrojece otra vez. Nunca ha ido pregonando por ahí lo de su alto cociente intelectual, ni lo de su memoria fotográfica. Le da mucha vergüenza. Sí, es inteligente, pero ¿y qué? Ella no ha hecho nada para ser así. No tiene ningún mérito, nació con altas capacidades.

Le cuesta reaccionar y no sabe muy bien qué decirle. Tampoco está segura de lo que Vanesa le ha explicado y de la forma en la que lo habrá hecho. Julia es muy consciente de que a veces se habla de la gente inteligente de forma despectiva.

—¿No tienes mucha presión? —pregunta Iván adelantándose a sus palabras—. Tus padres saben que puedes conseguir muy buenas notas. Y tú misma eres consciente también. ¿No te hace eso estar demasiado obligada a cumplir con lo que se espera de ti?

—Bueno... Yo hago lo que puedo. Me esfuerzo. No le doy demasiadas vueltas al tema.

—¿No? ¿No te bloquean las exigencias?

—No creo que mis padres sean muy exigentes conmigo.

—Qué suerte tienes.

El joven suelta aquella última frase en voz baja, y su tono de voz destila cierta tristeza. ¿Es que sus padres lo presionan mucho? A Julia le gustaría profundizar en el tema. Animarlo. Pero han llegado al bar de Paco. En cuanto abre la puerta, localiza a Emilio sentado en un taburete de la barra. Lo llama y el chico se gira. Se da cuenta de que su amigo observa con cierta desconfianza a Iván, como si fuese una pieza que no encaja en aquel lugar.

—¿Has estado con el director? —le pregunta rápidamente a Emilio, obviando el recelo que su acompañante parece haber despertado en su amigo.

—Sí, he estado con él. Se acaba de ir.

—¿Al instituto?

—Imagino que sí.

—¿Te ha contado algo?

—Nada nuevo.

La chica tiene la impresión de que Emilio habla con el freno de mano echado. La presencia del otro chico impide que se exprese libremente.

—Conoces a Iván, ¿verdad?

—Sí, de vista. Hola.

Los dos se dan un apretón de manos e inmediatamente, como si estuvieran sincronizados, miran a Julia a la vez. Esta esboza una sonrisa tensa. La situación apenas se prolonga un instante porque el móvil de Iván comienza a sonar. Este se aleja unos pasos y responde.

—¿Qué hace aquí ese tío?

—No hables tan alto. Puede oírte. ¿Tampoco te cae bien?

—Ya sabes lo que pienso de su novia.

—Él no tiene nada que ver con Vanesa. Son muy distintos.

—Si salen juntos, muy diferentes no serán —comenta Emilio, que sigue mostrándose receloso—. No me has contestado. ¿Por qué está contigo?

—Ha discutido con Vanesa por defenderme a mí y su novia lo ha dejado plantado.

—¿Te ha defendido?

—Más o menos.

Julia le cuenta a Emi el episodio de hace unos minutos. El final de la explicación coincide con el regreso de Iván. La chica percibe enseguida que no trae buena cara.

—Tengo que irme. Vanesa quiere hablar conmigo.

—Vale. Nos vemos el lunes en el instituto.

—No iré. A los de segundo de bachillerato ya nos han dado libertad para que preparemos selectividad. Podemos ir cuando queramos a las tutorías, pero no sé cuándo las necesitaré. Así que ya nos veremos.

—Pues… hasta cuando sea.

—Hasta cuando sea.

El joven esboza una leve sonrisa y se despide con la mano de Julia. Más serio, repite idéntico procedimiento con Emilio. Se da la vuelta y se dirige hacia la puerta del bar. Hasta que no ha desaparecido por completo de su vista, los chicos no dicen nada.

—La que le espera. No querría estar ahora en su lugar —comenta Emilio antes de levantarse del taburete.

—No será para tanto.

—Parece que no conozcas a Vanesa. Esa tía es lo peor.

—Iván dice que no es mala chica. Seguro que hablan y lo arreglan.

—¿Y eso te molestaría?

—¿El qué?

—Que lo arreglen.

—¿A mí? ¡No! ¡Por supuesto que no! ¿Por qué no querría yo que Iván y Vanesa hagan las paces?

Emilio va a responderle, pero le interrumpe la voz de un hombre pidiendo silencio. Paco acaba de subir el volumen de la tele. Todos los clientes del local, incluidos los dos chicos, prestan atención a la pantalla. Y es que en el canal de televisión del pueblo están anunciando, en directo, el asesinato de Aurora Ríos. La cámara consigue captar de lejos cómo introducen su cuerpo en un coche funerario que lo trasladará a la ciudad para que la madre de Julia le practique las pruebas forenses.

La voz del periodista suena terriblemente afectada:

—Esta, señoras y señores, es sin duda la noticia más triste que he tenido que dar en los más de veinte años que llevo como profesional en esta cadena.

CAPÍTULO 8

—

Sábado, 20 de mayo de 2017

Con el cubo de Rubik en la mano, ya en su casa, Julia escucha atentamente lo que dice en la tele local Roberto Méndez, el periodista todoterreno del canal del pueblo. Aquel hombre, de pelo blanco, piel bronceada y más de cien kilos —no de músculo precisamente—, continúa informando desde la puerta del Instituto Rubén Darío sobre la muerte de Aurora Ríos. Aunque, a decir verdad, allí no tiene mucho más que rascar. El cuerpo de la joven ya ha sido trasladado al Instituto Anatómico Forense de la capital para que Aitana le realice las pruebas pertinentes *post mortem* y averigüe todo lo posible acerca de lo ocurrido.

A Julia la angustia la invade por dentro. ¿Quién ha podido hacer algo así? Siente muchísima pena por la que fue su compañera de clase, pero todavía más por su madre. El periodista de la televisión local intentó entrevistarla cuando salió del instituto, pero la mujer no quiso hacer ninguna declaración. Se la veía destrozada. La vida no es justa con algunas personas. Con Vera, en especial, ha sido inmensamente cruel.

Del padre de Aurora, Bernardo Ríos, todavía no se sabe nada. Eso, al menos, es lo que ha dicho Roberto Méndez.

Muchos lo acusan de ser el responsable del asesinato de su hija. Sin pruebas. Simplemente, basándose en lo que la gente cree que sucedió hace tres años. Todo son rumores y hechos sin confirmar.

—¡Hola! ¿Julia?

La voz de Miguel Ángel irrumpe en la casa de repente. Estaba tan ensimismada en sus pensamientos que ni siquiera ha oído la puerta. La chica se pone de pie y sale del salón. Corre hasta su padre y le da un fuerte abrazo. No es fácil hallar consuelo cuando la pena es grande, pero aquello la reconforta un poco. A continuación, entran juntos en la cocina. El hombre abre el frigorífico y elige una lata fría de Coca-Cola. De un trago, se bebe la mitad.

—Mamá me ha dicho que te avise de que no viene para comer —dice el sargento apoyando la espalda en la pared, con el refresco en la mano.

—Ya lo he imaginado. ¿Y tú? ¿Comes conmigo?

—No, cariño. Lo siento de verdad. Tengo que regresar al trabajo. Solo he venido a ver cómo estabas y a darme una ducha. Apenas dispongo de media hora.

—Se te ve cansado.

—Lo estoy. Han sido una madrugada y una mañana muy difíciles. Siento mucho lo de tu amiga.

Julia asiente con la cabeza y no contradice a su padre. En realidad, ella y Aurora no eran amigas, solo compañeras de clase. Pero ¿qué más da eso ahora? La noticia de su muerte la ha afectado mucho y le resulta complicado asimilar que no volverá a verla en el instituto.

—Voy a subir a darme una ducha rápida. A ver si me espabilo y me quito el calor de encima. Ahora te veo.

El hombre guarda la media lata de Coca-Cola que le ha sobrado en el frigorífico. Le da un beso en la cabeza a su hija y sube rápidamente a la primera planta, donde está el cuarto de baño que comparte el matrimonio. La chica permanece en la cocina y se percata de que su padre ha dejado sobre la mesa una carpeta azul. En la parte delantera, en una pegatina blanca, ve escrito con rotulador negro «CASO RÍOS». Julia sabe que la Policía bautiza con un nombre en clave cada una de sus operaciones. En esta ocasión, parece que han elegido el primer apellido de Aurora para referirse a la investigación que trata de resolver la muerte de la estudiante del Rubén Darío.

Sabe que no debe mirar. Que no debe tocar aquel informe. Se trata de documentos confidenciales. Pero la curiosidad es muy grande, tanto que casi le parece un pecado no echar un ojo. ¡Maldito Emilio! Él es quien le ha contagiado su espíritu fisgón. ¿Qué hace? No pasa nada si lee solo un par de páginas de las muchísimas que seguro que contiene la carpeta. No lo comentará con nadie, ni siquiera con su mejor amigo.

¿A quién pretende engañar? Lo que va a hacer está mal. Sin embargo, se atreve y finalmente coge la carpeta. Nerviosa, y sintiéndose culpable, se acomoda en una de las sillas de la cocina y ojea el informe del caso Ríos.

Lo que encuentra la deja con la boca abierta. No solo hay páginas redactadas por la Policía Judicial en las que se recogen diferentes pruebas del lugar en el que han asesinado a Aurora. Además, hay imágenes. Decenas de fotografías del vestuario del instituto, desde todos los ángulos, en las que se ve el cuerpo inerte de la chica. También han fotografiado su rostro. Hay primeros planos aterradores.

Julia cierra la carpeta impresionada por lo que ha visto y respira agitada. Le cuesta unos segundos recuperar el aliento. Debería haber intuido que en el informe policial habría ese tipo de imágenes. Suelta los documentos sobre la mesa y se levanta. Abre el frigorífico y escoge una botella de agua mineral. Se echa un vaso y se lo bebe de una vez. ¿Quién le manda ser tan curiosa?

Sin embargo, pese al sobresalto que le han provocado las imágenes de Aurora, Julia no ha saciado su inquietud. Ahora, algo más serena, recrea en su mente lo que ha visto y se le presentan algunas dudas. Sobre todo, hay una por encima de todas: ¿por qué se había maquillado? Ella nunca lo hacía.

La chica tamborilea con los dedos en la mesa, observando de reojo la carpeta. Necesita echar otro vistazo. La alcanza otra vez y examina su contenido, ya consciente de lo que va a volver a contemplar.

Pasa una foto tras otra para constatar lo que antes creyó ver. Confirmado: Aurora se había puesto rímel en los ojos, pintado los labios de rosa y aplicado colorete en las mejillas. Lleva una ropa diferente a la que tenía ayer por la mañana en clase. Es como si se hubiera preparado para una cita. ¿Había quedado con alguien? ¿En el instituto? ¿Dentro del vestuario?

Todo eso le resulta muy extraño.

Aurora está bocarriba y tiene los ojos cerrados. Hay sangre alrededor de su cabeza. No entiende mucho del tema y seguramente su madre tenga una explicación lógica a la colocación de su cuerpo, pero, si la han golpeado por detrás, como parece, atendiendo a dónde está la herida y de dónde proviene la sangre, no tiene mucho sentido que se encuentre en esa posición. Debería estar bocabajo. O eso sería lo normal. Es como si la hubiesen movido y puesto así por algún motivo.

¿Por qué razón el asesino le daría la vuelta al cuerpo? ¿Para asegurarse de que la chica estaba muerta? Para eso hubiera sido más comprensible que comprobara su pulso en el cuello o en el brazo.

Deja las imágenes a un lado y se dispone a leer el informe. Tiene que darse prisa porque ya no oye el ruido del agua en la ducha. Su padre estará a punto de bajar.

Allí están las declaraciones de Fermín, el conserje, que encontró el cadáver. Según relata, él no llamó a la policía, sino al director, Lázaro Martínez. Este acudió al instituto de inmediato y fue quien avisó del hallazgo del cuerpo. En su declaración explica que ni él ni el conserje tocaron ni modificaron nada del lugar en el que apareció la chica.

Pero lo que más llama la atención de Julia es el apartado referente a la señalización de pruebas. Cada elemento marcado tiene un cartelito con un número:

1. *Diente. Presuntamente, de la víctima.*
2. *Cordón de zapato.*
3. *Una gomilla para el pelo.*
4. *Envoltorio de papel de caramelo.*
5. *Una brújula.*

¿Una brújula? ¿Qué pinta una brújula al lado del cuerpo de Aurora? El objeto se encuentra a su derecha, a menos de un metro de la chica. Otra cosa que no tiene ningún sentido.

Julia confía en su memoria. Probablemente, lo que ha leído y visto no se le olvide. Sin embargo, con su móvil hace una fotografía de la página en la que se señalan los cinco elementos que se hallan junto al cadáver y otra de una imagen de cómo estaba el vestuario, tal y como lo encontró la policía.

Hay un par de circunstancias más en las que la joven se fija. Unas notas que su padre se ha encargado de redactar y que están en negrita.

«No se ha encontrado el móvil de Aurora Ríos en la escena del crimen ni en los alrededores».

«No hemos hallado, ni identificado, el objeto con el que golpearon a Aurora Ríos».

Los pasos de su padre bajando la escalera hacen que Julia suelte inmediatamente la carpeta encima de la mesa. Se pone de pie y finge que está hablando por teléfono.

—Sí, Emi. El tema diecisiete cae en el examen. —En ese instante, Miguel Ángel entra en la cocina y mira a su hija. Esta le pide con la mano que espere—. Bueno, te llamo luego. Estudia mucho.

La chica hace como que cuelga y se guarda el móvil en un bolsillo del pantalón corto. Odia mentirle a su padre, pero en esta ocasión no le ha quedado más remedio. Espera que su actuación haya sido convincente. Parece que sí.

—¿Os podéis concentrar en estudiar con lo que está pasando? —le pregunta el hombre a su hija al tiempo que abre el frigorífico. Coge la lata de Coca-Cola que antes dejó por la mitad y se la termina.

—No. Pero no nos queda más remedio. Los exámenes finales se nos están echando encima.

—El lunes no habrá clase con seguridad. Tenemos que hablar con los alumnos y los profesores del Rubén Darío.

—¿Nos interrogaréis?

—Simplemente hablaremos con algunos de vosotros —indica Miguel Ángel, que tira a la basura, al compartimento de reciclaje de envases, la lata vacía de refresco—. Bueno, me tengo que ir.

—¿Al instituto?

—No. A la casa de Aurora. Debemos hacer algunas comprobaciones.

—¿Estará Vera?

—Sí. Hemos quedado con ella allí.

—Pobre mujer. Me da muchísima pena.

El hombre coloca una mano sobre el hombro de Julia, que agacha la cabeza desolada.

—Su amiga Alicia, que es psicóloga, la está atendiendo. No le podemos devolver a Aurora con vida, pero haremos todo lo que esté en nuestra mano para que se encuentre lo mejor posible. Y también para dar con el individuo que la ha... asesinado.

—¿Ha... Ha visto... a su hija... muerta?

—No, no lo hemos permitido. Quería hacerlo, pero es mejor que pasen unas horas y vaya asumiendo lo que ha ocurrido. No era el mejor momento. Cuando tu madre acabe la autopsia, la llevaremos al Instituto Anatómico Forense si lo desea —explica Miguel Ángel antes de besar a su hija en la cabeza y de echar mano a la carpeta del caso Ríos—. Cariño, me están esperando. Luego hablamos. Ánimo.

—Gracias, papá. Ten cuidado.

El sargento de la Policía Judicial se despide de Julia y sale de la casa. La chica lo ve marcharse con la carpeta azul bajo el brazo.

Nunca, en los casi tres años que lleva viviendo en aquella casa, había notado tanto el silencio como en ese instante. Un silencio duro, amargo y complicado de llevar. Le saltan las lágrimas, pero necesita reaccionar. No es momento de venirse abajo.

Pensativa, se dirige al salón. Una vez sentada en el sofá, saca el móvil del bolsillo del *short*. Busca la imagen del informe que ha fotografiado. Suspira mientras la analiza minuciosamente. Aurora maquillada, incomprensiblemente bocarriba, una brújula junto a ella, no ha aparecido su móvil y el objeto con el que la han golpeado no se encuentra en el vestuario ni se ha identificado. Demasiadas piezas por encajar. A sus padres les queda mucho trabajo por delante.

Sin embargo, hay algo que llama su atención. Algo que

ve en el fondo de la fotografía. ¿Podría ser que…? Un hormigueo sacude su estómago. ¿Su intuición será correcta? Aumenta el *zoom* en la parte trasera del vestuario. No puede describirlo, pero tiene una corazonada tan fuerte que apostaría su cubo de Rubik a que es certera. Cuenta y… ¡Once! Lo sabía. Pero quiere asegurarse de que no ha cometido ningún error. Vuelve a contar y no hay ningún fallo… ¡De nuevo once!

Once. No existe ningún tipo de duda.

Resopla y se pasa nerviosa una mano por la frente. ¿Es posible que haya descubierto el objeto con el que golpearon a Aurora Ríos?

CAPÍTULO 9

—

Sábado, 20 de mayo de 2017

Los comentarios en el grupo de WhatsApp de clase continúan sucediéndose sin descanso. Incluso se han intensificado después de que la prensa haya confirmado el asesinato de Aurora Ríos. Casi toda la clase está hablando del asunto y lamentándose del suceso. Emilio, en cambio, prefiere no decir nada. Sus compañeros son unos auténticos hipócritas. Está convencido de que, en realidad, a pocos les ha afectado de verdad la muerte de aquella chica, invisible para la mayoría. Quizá a ninguno.

Cuando el joven del cabello tintado de azul entra en su casa, se marcha directamente a su habitación. Ni siquiera saluda a sus padres, a los que escucha conversando en el salón. Coge el portátil y se tumba con él sobre la cama. Siente la tentación de avisar a Julia para que se conecte a Skype, pero no quiere resultar pesado. Acaban de estar juntos y no desea agobiarla. Aunque, ¿por qué se iba a agobiar? Simplemente, son amigos. ¿Debería contarle que...?

—Emilio. —Es su madre, que acaba de entrar en el cuarto sin llamar. Detrás va su padre—. ¿Te has enterado de lo que ha ocurrido? Han dicho en la televisión que una niña ha aparecido muerta en el Rubén Darío.

—No era una niña, mamá. Tenía diecisiete años. Y se llamaba Aurora Ríos. Era la hija de Vera y Bernardo.

—¡Joder! Se habló mucho de ese matrimonio hace unos años. ¿Erais amigos?

El chico resopla ante la pregunta de su padre. No le apetece hablar con ellos del tema. No están interesados en su relación con ella ni en cómo le ha afectado la noticia. Está claro que le preguntan por el morbo de saber más de la fallecida.

—Éramos compañeros de instituto —se limita a responder Emilio sin apartar la mirada de la pantalla del ordenador.

—¿Iba a tu clase?

—Sí, papá, iba a mi clase.

—Entonces, ¿erais amigos?

Emilio comienza a impacientarse. ¿Aquel interrogatorio va a durar mucho? Hace tiempo que la relación con sus padres no es la mejor. Hablar con ellos le incomoda, y por eso procura evitar cualquier charla de más de un minuto. Sin embargo, en esta ocasión cuenta hasta diez mentalmente para no darle una mala contestación a su padre. De hecho, intenta ser amable.

—Hubo una época en la que más o menos nos llevábamos bien. Ahora casi ni nos dirigíamos la palabra.

—¿Te llevabas mal con ella?

—No he dicho eso. Ni bien ni mal, mamá. Era una chica muy extraña. Prácticamente no tenía relación con nadie.

Los padres de Emilio se miran entre sí. Almudena se inclina sobre Antonio y le comenta algo al oído. El hombre asiente con la cabeza. El chico no comprende muy bien lo que está pasando… hasta que su madre vuelve a abrir la boca.

—¿Has discutido últimamente con Aurora?

—¿Qué?

—¿Has tenido problemas con ella?

—¡No! ¡Claro que no! —exclama Emilio fuera de sí—. ¿Estáis insinuando que yo he matado a Aurora?

—Por supuesto que no, hijo —intenta tranquilizarlo Antonio—. Pero somos tus padres. Y, además, abogados. Queremos tener las cosas claras.

—No entiendo absolutamente nada.

—Solo estamos mirando por tu bien, Emilio. Como siempre.

—No me puedo creer que mis propios padres piensen que... Es que... no... Hemos llegado... a un punto que... no puede ser.

Al chico se le traban las palabras al hablar. No le salen. Mira a su padre y luego a su madre. Los dos conservan una expresión dura y lo observan con frialdad.

—¿Dónde estabas a la hora en que murió Aurora? —pregunta Antonio mientras se sienta en la cama, al lado de su hijo—. Tenemos que preparar una coartada por si acaso.

—¡No sé a la hora que murió! ¡No lo han dicho en ninguna parte!

—Seguramente estabas en tu cuarto. Como siempre. Aunque eso lo pondrá más difícil. No hay forma de demostrarlo.

—Esto es de locos.

—Todos cometemos locuras, Emilio. Si te ha pasado algo con esa chica, será mejor que nos lo cuentes y nosotros prepararemos una buena defensa por si la policía te acusa.

—¡¿De qué me van a acusar?! —grita cada vez más alterado.

—De asesinato, de homicidio involuntario, de homicidio emocional... Depende de cómo fuera.

—Yo no he hecho nada.

—Seguro que no —dice su padre sin mucho convencimiento—. Todavía no nos has contado si has discutido con ella en las últimas semanas. ¿Alguien te vio?

El joven cierra los ojos y niega con la cabeza. ¿Por qué insisten en eso? ¿Por qué están tan seguros de que discutió con Aurora? ¿Cómo se han enterado? Sí, discutieron. Y no, nadie los vio. O eso es lo que cree. No había nadie alrededor. Solo estaban ella y él dentro del vestuario.

—Yo... No os puedo decir nada.

En ese momento, Emilio escucha un sonido que le resulta muy familiar. El chico abre los ojos y descubre en la pantalla de su portátil que Julia está solicitando una videollamada mediante Skype. Mira a su alrededor y no ve a sus padres. Está solo.

Se peina con las manos y acepta la petición de su amiga.

—Hola —saluda mientras continúa arreglándose el pelo azul.

—¿Estabas dormido?

—No —miente.

—Pues tienes cara de empanado. ¿Qué hay de esa mirada inquietante?

—Tú tampoco te salvas, ¿eh? He visto mejores versiones tuyas.

—Es que yo no he dormido nada en toda la noche —protesta Julia, que no comprende que su amigo se ponga a la defensiva con ella—. Ya lo sabes.

Los dos se quedan unos segundos en silencio, hasta que Emilio recupera la conversación, algo más relajado.

—Perdona, sí estaba dormido —reconoce—. Me ha despertado tu llamada.

—Vaya, lo siento.

—No te preocupes. Me ha venido bien que me despertaras. Estaba en medio de una pesadilla.

—¿Con qué soñabas?

—Con…

A Emilio le viene enseguida a la cabeza la conversación con sus padres. Ellos le acusaban de haber tenido que ver con lo que le había pasado a Aurora. Se empeñaban en que confesara que había discutido con ella. Él, por su parte, lo negaba todo, a pesar de que llevaban razón.

Estúpida Aurora. Incluso muerta, le fastidia en sueños.

A Julia no puede contarle nada. Así que trata de disimular que no se acuerda de lo que ha soñado.

—¿Te puedes creer que ahora no lo recuerdo? Se me ha ido —explica intentando ser convincente. Y rápidamente cambia de tema—. ¿Has vuelto a hablar con tus padres? ¿Se sabe algo nuevo?

—Para eso te he llamado.

—¿En serio? ¿De qué te has enterado?

—No iba a decirte nada, porque he visto algo que no tenía que haber visto. Pero, si no hablo con alguien del tema, me voy a volver loca. Así que prométeme que todo lo que te diga quedará entre nosotros dos.

—Joder, Julia. Te lo prometo. Pero cuéntamelo ya. Me has puesto nervioso.

Por lo que conoce a su amiga, Emilio sabe que lo que tiene entre manos es algo muy serio. Sus ojos la delatan.

—No te voy a mentir. Si te lo cuento es porque no me lo puedo guardar para mí sola. Y, de momento, a mis padres no les voy a decir nada.

—O te dejas de rodeos o la próxima vez que te vea te robaré el cubo de Rubik y le quitaré las pegatinas. ¡Suéltalo ya!

La chica mira a un lado y a otro y luego se acerca a la cámara. Emilio contempla nítidamente en la pantalla de su portátil las múltiples pequitas en el rostro de la joven y su nariz pequeña de punta redondeada. Se fija en sus largas pestañas y en sus transparentes y muy abiertos ojos castaños. Cuando le habla, visiona una dentadura perfecta, blanquísima. Su pelo corto está algo despeinado, pero le da un aspecto divertido. No es la chica más guapa del mundo, aunque a él le gusta. Le encanta. Le enamora. Desde hace tiempo. Aunque sabe que ella no siente lo mismo.

—He leído el informe de la Policía Judicial sobre el caso de Aurora —susurra Julia como si tuviera a alguien alrededor y no quisiera que se enterase de lo que está diciendo.

—¿En serio? ¿Y eso?

—Mi padre se lo dejó sobre la mesa de la cocina mientras se duchaba y no pude evitar echarle un ojo.

—¡Eso es justo lo que yo habría hecho!

—Lo sé. Te estás convirtiendo en una mala influencia.

A Emilio se le escapa una pequeña carcajada. Seguro que Julia ha tenido mil dudas y se ha sentido culpable al incumplir las reglas.

—Bueno, ¿qué has leído en ese informe?

—Leído y visto. La carpeta estaba llena de fotografías del vestuario y del cuerpo de Aurora.

—¿Has visto a Aurora?

—Por desgracia, sí.

La chica agacha un instante la cabeza y suspira. De nuevo experimenta esa sensación de angustia que tuvo hace un rato y se le saltan las lágrimas. Será imposible hacer desaparecer de su mente la imagen de su compañera de clase tirada en el suelo bocarriba… muerta.

—Hay varias cosas que me han llamado mucho la atención —dice tras recuperar otra vez la compostura—. Y otras que no he entendido.

Durante varios minutos, Julia le explica a Emilio sus impresiones acerca del caso Ríos. El chico escucha atento y, de vez en cuando, realiza alguna pregunta que su amiga intenta aclararle. Hablan sobre la posición del cuerpo de Aurora, sobre los objetos encontrados alrededor de ella, sobre la ausencia del móvil y sobre lo inusualmente maquillada que iba. Tras comentarle que no han encontrado el objeto con el que la golpearon, le envía mediante WhatsApp la fotografía del vestuario.

—¿Lo ves?

—¿Qué se supone que tengo que ver?

—Hay once y debería haber doce —comenta Julia con un tono de voz muy firme.

—¿Doce qué?

—¡Bates de béisbol! ¡Cuéntalos! Solo hay once. Estoy casi segura de que la golpearon con el que falta y se lo llevaron.

En Educación Física, su curso eligió béisbol como deporte optativo. El instituto compró doce bates, ya que en aquella clase de primero de bachillerato son veinticuatro alumnos y practican por parejas. Uno lanza y otro batea. En cambio, en la imagen que Julia tomó de la carpeta de su padre se ven solo once bates de béisbol, colocados en fila y apoyados en la pared del fondo.

—Es verdad. Falta uno.

—Apostaría a que es el arma del crimen —comenta Julia excitada por su descubrimiento—. Pero no puedo decírselo a mi padre porque se supone que no debería haber abierto la carpeta con el informe.

—Entiendo. ¿Y si le mandamos un anónimo a la policía?

—Lo investigarían, terminarían descubriéndonos y nos meteríamos en un lío de dimensiones galácticas.

—¿Entonces? ¿Qué propones?

La chica se echa hacia atrás y se queda pensativa. De repente, sonríe y chasquea los dedos. Vuelve a acercar su rostro a la cámara y susurra satisfecha:

—Creo que voy a hacer una llamada de teléfono a cierta forense.

CAPÍTULO 10

Martes, 7 de marzo de 2017

—¿No lo coges? —le pregunta Virginia a Aurora al ver que esta no responde al teléfono.

La chica no sabe qué decirle a su profesora de Matemáticas. No puede contarle que la persona que la está llamando es su padre.

—Es... Patri, la de clase. Luego le devolveré la llamada —miente.

—Aunque sea tu profesora, puedes hablar con ella delante de mí —le explica sonriente Virginia—. No voy a asustarme a estas alturas. No hace tanto tiempo que fui adolescente.

—No pasa nada. Después la llamaré. Será para algo de clase.

—Como quieras.

La joven le dedica una sonrisa a su profesora de Matemáticas y silencia el móvil. Abre el bolsillo de la mochila y lo guarda en su interior. No desea más interferencias de su padre mientras esté con ella. Se supone que nadie debe saber que se ven de vez en cuando.

—¿Es bueno el restaurante La posada de Gala? Es donde voy a comer. Me lo han recomendado mucho.

—Imagino que sí. Yo no he estado.

—¿No? Vives al lado.

—Ya. Pero nunca voy con mi madre a comer o a cenar fuera de casa.

El tono de voz de Aurora suena apagado, algo que percibe Virginia. La mujer gira un momento la cabeza para observar a la chica: tiene los ojos tristes. Siempre la ve sola y aislada en los recreos. No se relaciona con nadie. Para algunos profesores solo es una friki antisocial, pero a ella le da pena y le gustaría ayudarla de alguna manera. Siempre ha adorado a los incomprendidos. Quizá porque, de niña, ella también lo fue.

—¿Quieres venir conmigo a comer? —suelta de repente la profesora—. Yo te invito.

El ofrecimiento pilla desprevenida a la chica, que mira muy sorprendida a Virginia. ¿Cuánto hacía que alguien no le proponía algo parecido? Quizá desde que Emilio Viñales la invitó a merendar en su cafetería preferida. Recuerda perfectamente el sabor de aquel batido de fresa y del riquísimo trozo de pastel de mango que se comió. Fue hace tres años, la tarde antes de su cumpleaños. Tal día como aquel. Se llevaba muy bien con Emilio. Lástima que todo se fastidió.

—No te preocupes. Ahora me prepararé cualquier cosa cuando llegue a casa. Gracias.

—¿Comes sola?

—Sí, mi madre trabaja hasta la noche. Hoy tiene turno doble.

—Pues entonces, ¡que no se hable más! ¡Te vienes conmigo! Y si me dices que no, tendrás muy complicado aprobar Matemáticas en este curso. Que lo sepas.

Aurora esboza una tímida sonrisa y termina por aceptar la invitación de su profesora. Últimamente, no está acostumbrada a tratar con la gente, pero ella le cae bien.

Aparcan lo más cerca posible de la calle en la que se encuentra La posada de Gala y caminan juntas hasta el local. En la puerta, la chica le dice a Virginia que vaya cogiendo sitio; primero debe llamar a Patricia. La mujer asiente y entra sola en el restaurante. Cuando Aurora está segura de que no tiene a nadie cerca que pueda escucharla, saca el teléfono de la mochila y marca el número de móvil que la llamó hace unos minutos. En el tercer *bip*, la voz profunda de un hombre contesta.

—¿Por qué no me lo has cogido antes? —pregunta Bernardo. Se le nota molesto, y con un cierto deje en la voz que a Aurora le resulta desgraciadamente familiar.

—Lo siento, papá. Estaba regresando del instituto y tenía el móvil guardado. No lo he oído.

—¿Está tu madre cerca?

—No, mamá está trabajando. Tiene doble turno.

—Bien. ¿Quedamos hoy? Hace mucho que no nos vemos —comenta el hombre, que arrastra las palabras al hablar.

Aurora suspira. Conoce aquel comportamiento, aquella manera de decir las cosas. No tiene ninguna duda de que su padre ha vuelto a consumir.

—Lo siento. Tengo que estudiar.

—A la mierda los estudios. ¿Son más importantes un puñado de libros que tu padre?

—Papá, no puedo quedar. Me estoy jugando el curso.

—Te he comprado algo por tu cumpleaños.

—No hacía falta.

—¡Joder! ¡Soy tu padre! —grita Bernardo, que rápidamente suaviza el tono de voz al darse cuenta de su comportamiento agresivo—. Hija, mañana cumples diecisiete años y entiendo que lo pases con tu madre y con tus amigos. Pero ¿no tienes un hueco hoy para mí? Por favor. Solo serán un par de horas.

A Aurora le conmueve que su padre le ruegue de esa forma. Él también está solo en la vida. Ella, al menos, tiene a su madre, aunque muchos días apenas se ven. El problema es que no siempre que queda con él se comporta como debería. A veces, se vuelve demasiado agresivo, hasta tal punto que llega a temerle. Por suerte, la sangre jamás ha llegado al río y Bernardo acaba arrepintiéndose de sus actos y pidiéndole perdón.

—No sé, papá. Tengo mucho que estudiar.

—Por favor, hija. Solo será un rato. He ahorrado para comprarte un regalo y me gustaría dártelo. Prometo que me portaré bien. No será como la última vez. De verdad.

La última vez: diciembre, antes de Navidad. También hubo una llamada previa parecida a aquella. Bernardo le había comprado un detalle a su hija y quería dárselo. Le suplicó que se encontrasen y la joven accedió. Quedaron a las afueras del pueblo y su padre la recogió en su coche. En cuanto lo vio, supo que su estado no era normal. Había vuelto a consumir aquellos polvos blancos que habían destrozado su vida. Al principio, fue cordial; tal vez demasiado efusivo. Pero cuando el hombre aparcó en una venta de carretera para que tomaran un café, el teléfono de Aurora sonó. Era su madre. La charla duró muy poquito, aunque lo suficiente para que él perdiera los papeles. Una vez más. Le gritó, insultó y amenazó. Aquel rato era para ellos, ¿por qué coño tenía que hablar con la arpía de su exmujer, que tanto daño le había causado? Aurora aguantó como pudo el chaparrón y Bernardo se fue calmando poco a poco. Tomaron el café, le regaló un anillo que nunca se puso y la llevó al pueblo de nuevo. Desde aquel instante, hubo varias llamadas, pero no volvieron a quedar.

—Está bien, papá. Nos vemos en La Curva a las seis. Pero solo podré estar contigo hasta las ocho.

—Genial, hija. ¡Verás qué bonito es lo que te he comprado!

—Seguro que sí. Ahora tengo que colgar. Me está esperando… una amiga.

—Muy bien, cariño. Tengo muchas ganas de verte.

—Yo también. Hasta luego.

—Hasta luego, Aurora. Y muchas gracias. Te quiero.

Es la chica la que cuelga y da por finalizada la llamada. Se queda alrededor de un minuto con el móvil en la mano. Pensativa. No está muy segura de que aquello que va a hacer esté bien ni sea lo más aconsejable. Pero es su padre y, por muy cabrón que haya sido en la vida, tiene derecho a verla de vez en cuando.

Las putas drogas han convertido a un hombre bueno y generoso en alguien que pierde el control frecuentemente. Le ha prometido tantas veces que va a buscar ayuda y lo va a dejar que ha perdido la cuenta. Ya no tiene la esperanza de que cumpla con su palabra. Ninguna esperanza.

Resignada, entra en el restaurante. Virginia se ha sentado en una mesa para dos del fondo del local, que está prácticamente lleno. La mujer la ve y levanta la mano, sonriente, para llamar su atención. Aurora se dirige hacia allí y se acomoda en la silla libre.

—¿Todo bien? —le pregunta la profesora de Matemáticas, que enseguida nota en su rostro que algo ha pasado.

—Sí. Muy bien.

Virginia no quiere insistir, ni incomodar a su alumna. Es una chica que casi no habla en clase y que apenas se deja conocer. En los meses que van de curso solo han conversado en un par de ocasiones fuera del aula. Poco a poco.

—¿Te gusta más la carne o el pescado? —le pregunta la mujer, segundos después, con la carta en la mano.

—No sé. Las dos cosas. Imagino.

—¿Quieres que compartamos? Podemos pedir algo de

carne y algo de pescado y comemos las dos de ambos platos. ¿Te parece?

La chica asiente y esboza una sonrisa. Entre las dos eligen lubina y solomillo a la pimienta. Virginia pide una copa de vino blanco y Aurora un refresco de limón. Mientras esperan la comida, charlan sobre las clases, el instituto y lo que queda de curso. Sin embargo, cada vez que surge alguna referencia personal, la joven se pone a la defensiva y se cierra completamente. La profesora de Matemáticas es consciente de aquello y decide hablar de sí misma para ver si definitivamente rompe el hielo con su alumna.

—Yo llevo casada algo más de seis años —dice Virginia después de dar un sorbo a su copa de vino—. Fue una locura. Acababa de cumplir veinticuatro años y llevaba solo diecinueve meses saliendo con Fernando. Pero, cuando me lo propuso, no lo dudé y le dije que sí, que me casaba con él.

—Vaya. Fue todo muy rápido.

—Sí. Muy rápido. Organizamos una ceremonia sencilla con nuestros familiares más cercanos. Por lo civil, ya que ni él ni yo somos creyentes. Fue una boda increíble. Preciosa. Estaba tan enamorada…

—¿Estabas? ¿Ya no? —se atreve a preguntar Aurora.

—Bueno. No sé qué contestarte a eso.

El camarero aparece en ese instante con el plato de lubina, que coloca delante de Virginia, y con el solomillo a la pimienta, que sirve a la chica.

—Quiero a Fernando —prosigue la profesora una vez que están de nuevo a solas y tras dar un gran sorbo al vino—. Pero no de la manera en que lo quería hace seis años. La intensidad no es la misma. Normal, ¿no?

Aurora se encoge de hombros. Baja la cabeza y clava el tenedor en la carne. Luego corta un trozo de solomillo y se lo lleva a la boca. Mientras come, escucha hablar a Virginia de la relación con su marido. Le relata cómo se conocieron y cómo decidieron irse a vivir a aquel pueblo cuando a ella le surgió la posibilidad de ocupar la vacante libre de profesora de Matemáticas de bachillerato en el Rubén Darío.

Cuando las dos han dado buena cuenta de la mitad del plato, lo intercambian. La mujer pide otra copa de vino y Aurora un vaso de agua.

Virginia la nota más relajada; cree que puede ser un buen momento para intentar que se abra un poco. Tal vez necesite desahogarse.

—Y tú, ¿tienes novio? ¿Te gusta algún chico de clase? ¿Alguien del instituto?

La pregunta de su profesora le saca los colores a Aurora, que no responde inmediatamente. Bebe un poco de agua y tose un par de veces para aclararse la garganta y que su voz salga clara al contestarle. Sin embargo, Virginia se adelanta.

—Perdona, no quería ponerte en un compromiso. Es asunto tuyo. No me digas na...

—¿La verdad? —la interrumpe Aurora—. Mi cabeza está hecha un auténtico lío. No sé muy bien lo que siento.

CAPÍTULO 11

Sábado, 20 de mayo de 2017

Después de llamarla tres veces sin éxito, por fin, a la cuarta, escucha la voz de su madre al otro lado de la línea.

—Dime.

—Hola, mamá. ¿Puedes hablar?

—Estoy trabajando. Estaba en la sala de autopsias. Voy a empezar a... —Aitana se calla de repente. La chica sabe perfectamente el motivo: no quiere hacerle más daño hablándole de Aurora—. Te llamo dentro de un rato, ¿vale?

—Espera. Solo será un segundo —señala Julia algo nerviosa.

—Cuéntame, ¿qué pasa?

—Antes me dijiste que a Aurora la golpearon con un objeto en la cabeza, ¿no?

—Mejor no hablemos de ese tema. No debí contarte nada. Se me escapó, no sé en qué estaba pensando.

—¿Ya se sabe con qué fue? —insiste la chica ignorando las palabras de su madre.

—Julia. No pienses más en eso, por favor.

—No te preocupes, mamá. Estoy bien. Es que me he acordado de algo y... quería consultártelo.

—¿De qué te has acordado? —pregunta Aitana. Julia ha despertado su curiosidad.

—Sabes que en este curso estamos haciendo béisbol como deporte optativo en Educación Física, ¿verdad?

—Sí, claro que lo sé.

—Bien. Quizá es absurdo, pero en clase el profesor siempre nos está advirtiendo de que tengamos cuidado con los bates de béisbol, no le demos a algún compañero y «le abramos la cabeza».

Se produce un silencio valorativo de varios segundos entre ambas antes de que la chica continúe hablando:

—¿Podría haber sido un bate de béisbol el objeto con el que golpearon a Aurora? —pregunta Julia sin ocultar su impaciencia en el tono de voz.

—Podría. Todavía no lo sabemos. Estoy analizando el...

—Pero es una posibilidad, ¿no?

—Es una posibilidad entre muchas.

—¿Lo comprobaréis?

—Eso es cosa de la policía —indica Aitana extrañada por la insistencia de su hija—. Tengo que irme a trabajar. Hablamos luego.

—Vale, mamá.

—Y no pienses más en esto, por favor.

Demasiado tarde. ¿En qué quiere su madre que piense? Sabe que lo que intenta es protegerla, pero su mente ya se ha puesto en funcionamiento.

Espera haber servido de ayuda. No le podía contar que ha visto las fotografías de la carpeta de su padre. En el vestuario solo había once bates. Está convencida de que el que falta es el objeto que buscan. ¡Tiene que serlo!

Julia regresa a su habitación y se dirige de nuevo a la mesa donde se encuentra el ordenador. En la pantalla, conectado a Skype, continúa Emilio.

—¿Y bien? —pregunta su amigo nada más verla.

—Ya se lo he dicho. De una manera sutil le he dejado

caer a mi madre que podrían haber matado a Aurora con un bate de béisbol.

—¿Lo investigarán?

—Imagino que sí.

—Bien. ¿Te ha contado algo nuevo?

—No. Ni creo que lo vuelva a hacer. Tengo la impresión de que trata de protegerme para que sufra lo menos posible con este asunto.

—Entiendo a tu madre, pero no tienes siete años.

—No soy una niña. Aunque es comprensible que no quiera que me involucre en el caso más de la cuenta. No deja de ser mi madre.

El chico asiente con la cabeza y después mira hacia la derecha, alertado por unas voces. Son sus padres hablando junto a la puerta de su habitación, que permanece entornada. Se levanta y, sin dirigirles la palabra, la cierra completamente echando el cerrojo.

—Bueno, ¿y ahora qué? —pregunta Emilio, otra vez frente a la cámara de su ordenador.

—Imagino que tendremos que esperar a ver cómo se desarrollan los acontecimientos. Mi madre está con la autopsia y el equipo de mi padre y la Científica van a ir a la casa de Aurora para revisar su habitación en busca de pruebas.

—¿Ya tienes una idea de quién ha podido hacerlo?

—No quiero hacer conjeturas, Emi —responde la joven mientras se acaricia la barbilla—. No creo que sea algo planeado, ya que utilizó un bate de béisbol que encontró en el vestuario. Fue algo irracional. Improvisado. Y si le quitó el móvil fue porque algo tendría en él que pudiera incriminarle. Tiene pinta de que pudo hacerlo alguien cercano a ella. Alguien que la conocía bien.

—¿Su padre?

—No lo sé. Puede.

—¿Y la brújula? ¿Una firma?

—Ni idea. No tiene sentido. Si fue improvisado, no se entiende que firmara su crimen.

—¿Y el maquillaje de Aurora?

—También es muy extraño. Ella no se pintaba nunca —comenta Julia mientras intenta recordar si en alguna otra ocasión la vio maquillada—. Posiblemente había quedado con alguien.

—¿Una cita romántica? ¿En el vestuario del instituto? Suena a clandestino.

—Quizá ella no quería que se supiera que estaba saliendo con alguien. O ese alguien no quería que se supiera que estaba saliendo con Aurora.

—No me imagino a Aurora con novio. Siempre estaba sola. Ni siquiera tenía amigos.

Un «toc–toc» se oye en la habitación del chico. Este vuelve a mirar hacia la derecha, donde está la puerta de su cuarto, y escucha la voz de su padre, que lo llama por su nombre. Emilio no se levanta.

—¿No vas a abrir?

—No. No tengo ganas de hablar con ellos.

—Emi, no me quiero meter en tus cosas, pero…

La voz de Antonio se oye con más fuerza llamando a su hijo. Emilio empieza a ponerse nervioso. Se quita las gafas y se frota los ojos. La siguiente vez que su padre pronuncia su nombre no lo soporta más.

—¿Qué coño quieres? ¡Estoy ocupado! —exclama muy enfadado.

Lo siguiente que Julia escucha es un gran golpe en la puerta de la habitación de su amigo. Contempla, a través de la cámara, como Emilio se pone de pie y desaparece de su campo de visión. De repente, la imagen y el sonido se van. Ha desconectado Skype.

Espera un par de minutos, pero el chico no regresa. La discusión debe de estar siendo importante. Lo siente por Emilio. Desgraciadamente, situaciones como esa se repiten muy a menudo y sabe que le afectan. Le afectan más de lo que reconoce. Pero tampoco trata de encontrar una solución. Si se sentara a hablar tranquilamente con sus padres para buscar una manera de entenderse con ellos y les explicara cómo se siente, seguro que la relación mejoraría.

Si no da señales de vida, dentro de un rato lo llamará.

Le rugen las tripas. Mira el reloj del móvil y se da cuenta de que ya es hora de comer. Se guarda el teléfono en el bolsillo trasero del *short* y baja rápidamente las escaleras. Va directa a la cocina. Abre el frigorífico y lo descubre casi vacío. Solo hay huevos, refrescos y una botella de agua mineral. Tampoco hay nada apetecible en el armario de la despensa. Ya le advirtió ayer su madre que hoy pensaba ir a la compra, aunque no ha sido así finalmente por el desarrollo de los acontecimientos. A su padre tampoco le ha dado tiempo. Los dos están demasiado ocupados.

Hace calor afuera y no le apetece salir, pero menos aún freírse un huevo o hacer una tortilla. Así que decide ir al supermercado a comprar algo para comer. Antes de salir, coge dinero de un bote de Cola Cao en el que sus padres guardan monedas.

Efectivamente, hace bastante más calor que antes. Deben de estar a más de treinta grados. Julia camina pensando en mil cosas. Se pregunta si su madre habrá avisado a su padre de lo del bate de béisbol. Y no deja de darle vueltas a lo de la brújula y a lo del maquillaje. ¿Qué habría en el móvil de Aurora para que el asesino se lo llevara? ¿Mensajes? ¿Llamadas? ¿Alguna foto incriminatoria?

—Hola, Julia —escucha a su espalda justo antes de entrar en el supermercado. Cuando se gira, ve a un hombre orondo, de piel marrón y vestido con una chaqueta gris que le viene bastante pequeña.

Roberto Méndez es el periodista de la televisión local. En la cadena, es el hombre orquesta: lo mismo retransmite un partido de fútbol que cubre el Pleno del Ayuntamiento. Lleva muchos años al frente del único medio del pueblo, que se mantiene gracias al dinero que los pequeños comercios aportan a cambio de publicidad en forma de anuncios cutres.

Además, es vecino de Julia, aunque a ella nunca le ha caído bien.

—Hola, Roberto.

—¿Tienes un minuto? —pregunta el periodista, y, sin dejar que la chica responda, continúa hablando—: ¿Te has enterado de lo de Aurora?

—Sí —responde dubitativa. No tiene muy claras las intenciones de aquel hombre.

—¿Erais compañeras de clase?

—Sí, íbamos las dos a primero B en el Rubén Darío.

Roberto saca una libreta del bolsillo y un bolígrafo Bic de tinta negra y apunta algo.

—Tengo a mi cámara en la calle de atrás. ¿Te importa contarnos algo sobre ella?

—¿Sobre Aurora?

—Sí. Algo bonito, que emocione a los que la querían.

La chica se sorprende de que aquel hombre le esté pidiendo algo así. Sabe perfectamente que es menor de edad y que para grabarla necesita una autorización de sus padres. Además, aquello solo lo hace por morbo.

—Lo siento, Roberto. No soy la persona indicada —se niega educadamente.

—Entiendo. Oye, ¿tu madre ya ha terminado la autopsia? ¿Se sabe ya cómo ha muerto la chica?

—Eso debes preguntárselo a ella.

—No me coge el móvil. Debe de estar muy ocupada. ¿Y tu padre? ¿Por dónde anda? Lo vi salir del instituto, pero le he perdido la pista.

—No sé dónde está.

El hombre asiente y se guarda la pequeña libreta en el bolsillo. A cambio, saca un pañuelo de tela y se seca el sudor de la frente mientras sonríe exageradamente.

—Si hablas con tu madre o con tu padre, ¿les puedes decir que me llamen? Necesito datos concretos. Tenemos que tranquilizar a la gente y ofrecerle al pueblo toda la información posible sobre el «Asesino de la brújula».

Aquellas palabras dejan helada a la chica, que contempla petrificada como el periodista se aleja de ella con su sibilina y desagradable sonrisa dibujada en el rostro. ¿El Asesino de la brújula? ¿Cómo se ha enterado de que en el vestuario había una brújula junto al cuerpo de Aurora? ¿Quién se lo ha contado?

CAPÍTULO 12

Sábado, 20 de mayo de 2017

En las noticias de las tres, tanto La 1 como Antena 3 se hacen eco del hallazgo del cuerpo sin vida de Aurora Ríos en el Instituto Rubén Darío. En ambos telediarios ya se habla del Asesino de la brújula como el responsable del crimen.

Julia muerde una rodaja de melón, que ha comprado en el supermercado, mientras intenta calmarse. Al final se ha conformado con una ensalada César y un poco de fruta. Se le ha cerrado el estómago y no le apetecía nada, pero se ha obligado a comer algo.

¿Quién habrá filtrado, y cómo, el detalle de la brújula en el vestuario?

Seguro que a su padre, al resto de la policía y al juez instructor del caso no les ha hecho ninguna gracia. La discreción en un asunto de ese tipo es fundamental. Si descubren al que se ha ido de la lengua, se le va a caer el pelo.

La chica ha llamado a Emilio en un par de ocasiones sin éxito. El móvil de su amigo se encuentra apagado. Tampoco se ha vuelto a conectar a Skype y no ha escrito en sus redes sociales. Teme que la bronca con sus padres haya sido tan grande como para hacerle desaparecer durante unas cuantas horas. Y le preocupa. Le preocupa de verdad.

Un problema más que añadir a la lista.

Demasiados frentes abiertos. Demasiada incertidumbre. Los cabos sueltos la inquietan, la ponen nerviosa. Ella necesita respuestas; soluciones. Aunque en ese momento poco más puede hacer.

Termina la rodaja de melón y se limpia la boca con una servilleta. Se levanta y lleva a la cocina los platos, los cubiertos y el vaso que ha utilizado en la comida. Los enjuaga y deja en el lavavajillas. Su mente no puede evitar pensar mientras tanto en los sucesos de las últimas horas. Busca un recuerdo en su prodigiosa memoria que le ofrezca alguna pieza más de aquel rompecabezas.

Una brújula. No tiene ningún sentido.

Y entonces recuerda algo. Solo es una imagen. Una sencilla y simple imagen de hace un tiempo. Marzo. Llovía. Y se refugió en el recreo con Emilio en la cafetería del instituto. Allí coincidió con un grupito de chicos, un año menor que ellos. ¿Tiene el móvil de alguien de cuarto?

¡Claro! Nicolás Neri, más conocido por sus amigos como EneEne, aunque Julia siempre lo ha llamado Nico. Iba a su clase el año pasado, pero repitió. En este curso casi no han hablado salvo para saludarse alguna vez que se han cruzado en los pasillos del Rubén Darío. Y no lo lamenta demasiado. Aquel tipo no le cae precisamente bien. Pero es el único que puede darle la información que necesita.

La chica encuentra su número entre los contactos de su agenda y lo marca. Transcurren unos segundos antes de que su excompañero responda.

—¿Julia?

—Hola, Nico. ¿Qué tal?

—Sorprendido.

No le extraña. De toda la gente a la que ha conocido en los tres años que lleva en el pueblo, Nicolás Neri estaría en el *top* cinco de últimas personas a las que llamaría por teléfono. Y no solo porque intentara ligar con ella —como con el resto de las chicas del instituto, mayores y pequeñas— con palabras y artes inadecuadas. También por su comportamiento machista y prepotente cada vez que abre la boca. EneEne piensa que todas las mujeres del universo caerán rendidas a sus pies cuando él lo decida. Lo peor es que alguna vez esa actitud le ha funcionado.

—Solo te llamo para hacerte una pregunta.

—¿Te lo has pensado mejor?

—¿Cómo? ¿El qué?

—Venirte conmigo un día de marcha. Te aseguro que disfrutarías de una noche inolvidable —susurra Nico, que intenta que su voz suene seductora—. Ya sabes a lo que me refiero.

Julia mira hacia arriba y pone los ojos en blanco. Está a punto de colgarle. ¡Maldito baboso! Resopla apartando de su cara el móvil para que no se escuche el aire que expulsa por la boca. Se arma de paciencia e intenta ser amable.

—Estoy muy liada ahora con los exámenes. Quizá en verano.

—Perfecto. Llámame o mándame un WhatsApp cuando te animes y te haré un hueco en mi agenda. Siempre has sido de mis preferidas.

—Qué honor. Gracias —dice Julia con la voz teñida de ironía—. Bueno. Te llamaba solo para que me confirmes algo.

—Dime, guapa.

—En el segundo trimestre, ¿hicisteis orientación en Educación Física?

—Sí. Menudo coñazo. Suspendí. Pero es que Montero me tiene manía.

Lo hubiera adivinado. Aquel tío no se toma nada en serio. Ni siquiera ha sido capaz de aprobar algo tan sencillo. ¿Sabrá distinguir el norte del sur?

—Usabais brújula, ¿verdad?

—Claro. Aunque no tengo ni idea de cómo funciona —suelta Nicolás antes de echarse a reír—. ¿Estás segura de que no puedes quedar la semana que viene?

—Completamente segura. Gracias, Nico. Te veo en el instituto.

—A tus pies, princesa.

Julia no tarda ni una milésima de segundo más en colgarle. Suspira y se frota los ojos con los dedos. ¿Aquel tío de verdad puede gustarle a alguien?

Aunque ha merecido la pena el mal rato. Tiene la información que necesitaba y es lo que sospechaba: cuarto de la ESO dio orientación en el segundo trimestre de Educación Física con Alberto Montero. Su memoria ha vuelto a funcionar. Recuerda a aquel grupo de chicos jugueteando con una brújula en la cafetería del instituto durante el recreo. Es decir, que muchos estudiantes de cuarto tienen una. Incluido el profesor. ¿Sería alguna de esas brújulas la que apareció junto al cuerpo de Aurora?

Cuantas más cosas va sabiendo del caso Ríos, más confuso le parece.

Piensa en Alberto Montero, el profesor de Educación Física. También le da clase a su curso. Es un tipo tosco, de modales poco refinados. No tiene ningún problema en soltar palabras malsonantes cuando algún alumno hace algo mal ni en acordarse de la familia de alguien si hace falta. ¿Sería capaz de golpear a Aurora con un bate de béisbol? De cometer un crimen, sería de esa forma tan violenta. Sin miramientos. Pero ¿qué podría tener contra ella?

La chica reflexiona durante unos minutos sobre los motivos por los que el profesor de Educación Física pudiera hacerle algo así a Aurora. Sin embargo, no encuentra ninguna conexión entre ellos salvo la relación docente–alumna.

El sonido del móvil se inmiscuye en sus cavilaciones. Julia se apresura a responder cuando descubre que quien la llama es Emilio.

—¡Hola, Emi! ¿Cómo estás?

—Mal. Mis padres son lo peor.

—¿Qué ha pasado? ¿Habéis discutido mucho?

—Más que nunca. Hasta ahora mismo. Nos hemos soltado de todo —dice nervioso el chico—. Necesito salir de aquí. ¿Me invitas a un café?

—No hay café en casa. Tenemos que hacer la compra. ¿Quedamos en la plaza y tomamos algo en una cafetería de por allí?

—Me parece bien. ¿Te veo en quince minutos?

—Perfecto.

La plaza principal es un lugar de reunión muy habitual para la gente del pueblo; especialmente, para los más jóvenes. Hay una docena de bares y restaurantes repartidos por todo su entorno. Uno de esos locales es la cafetería La Comarca, a la que Julia y Emilio terminan yendo. Los chicos se sientan en una de las mesas pegadas a la cristalera; desde ella pueden observar a los transeúntes paseando por la calle. Ambos piden un café con leche a la camarera que los atiende.

—No puedo más. He llegado a un punto en el que no quiero ni que me hablen —comenta Emilio, que va directo al grano mientras echa el azúcar en su taza—. Si pudiera, me marcharía hoy mismo de casa.

—Son tus padres, Emi. No puedes estar así con ellos.

—Tú no vives en ese infierno —replica molesto el joven—. Ya no solo piensan y me repiten una vez tras otra que soy un friki y que no hago nada decente con mi vida; ahora también me echan en cara que vivo como un rey a su costa y que trabajan mucho para mantenerme. ¿Qué quieren que haga? ¿Dejo el instituto y me pongo a trabajar? Yo no elegí nacer. A veces pienso que, si no existiera, les haría un favor.

—No digas eso. Sabes que no es así.

—¿Y por qué me lo ponen tan difícil? No soy como ellos quieren que sea. Vale. Lo siento mucho. Pero ¿no tengo derecho a desarrollar mi propia personalidad?

—Claro que tienes derecho. Todo el derecho del mundo.

Julia lo observa con tristeza. Su amigo es un tipo peculiar. Y sus padres no lo comprenden. No entienden que lleve el pelo de un color diferente cada seis meses, ni sus aficiones, ni su manera de ser. Él tampoco pone nada de su parte y salta a la mínima. Su carácter se ha ido agriando conforme ha ido creciendo y las peleas en casa son demasiado frecuentes.

—¿Sabes qué me han dicho? —continúa Emilio—. Que me van a llevar al programa ese. A *Hermano mayor.* A ver si ahí me enderezan. ¿Te lo puedes creer?

A Julia se le escapa una pequeña carcajada. Su amigo, molesto, niega con la cabeza y baja la mirada hacia el café.

—No te enfades, hombre. Simplemente me ha hecho gracia.

—Pues no la tiene.

—Lo sé. Perdona —se disculpa la chica antes de colocar una mano sobre la de él—. Solo hace falta que también te enfades conmigo. No he debido reírme de algo tan serio. Lo siento.

El joven levanta la vista otra vez y se encuentra con los preciosos ojos de Julia y su bonita y dulce sonrisa. Se estremece al sentir cómo su amiga le acaricia cariñosamente la mano. Experimenta un cosquilleo que le sube desde el estómago al pecho. Nota cómo le arden las mejillas. Solo espera que ella no se dé cuenta. Aunque no sabe hasta cuándo va a conseguir ocultar lo que siente.

—No pasa nada —dice Emilio, que aparta su mano de la de ella y agarra la taza de café con fuerza. Antes de dar un sorbo, cambia de tema—. ¿Sabes algo nuevo del Asesino de la brújula?

—¿Tú también lo llamas así?

—Es como lo ha denominado la prensa, ¿no? Lo he visto en las noticias.

Julia chasquea la lengua y después bebe de su café. Seguro que a su padre no le ha agradado la filtración. Todo ha ido demasiado rápido. Apenas hace unas horas que hallaron a Aurora en el vestuario del instituto. Y, en muy poco tiempo, la noticia ha saltado a la prensa nacional e incluso ya ha habido quien le ha puesto nombre al asesino y ha dado detalles que se supone que son confidenciales.

—Lo de la brújula es muy llamativo, pero no tiene sentido —comenta la joven tras soltar la taza sobre la mesa—. ¿Sabes que los de cuarto hicieron orientación en el segundo trimestre? Todos tienen una brújula. Incluido Montero.

—Montero no me cae nada bien. Tiene cara de malo de película.

—Sí. Y sus formas no son las más adecuadas para tratarse de un profesor.

—¿Crees que él ha podido matarla? —pregunta Emilio arqueando una ceja.

Julia se encoge de hombros. Se echa hacia atrás en la silla y continúa buscando en su mente algo que pueda enlazar a su profesor de Educación Física con Aurora. Algún momento en el que los dos tuvieran una disputa o una charla fuera de tono. Pero no da con nada que le sirva. Ni un pequeño indicio que le señale un motivo convincente para que aquel tipo quisiera deshacerse de su alumna.

—El objeto con el que la golpearon es un bate de béisbol de los que usamos en su clase —piensa en voz alta Emilio—.

Y en el mismo lugar donde encuentran a Aurora, que es el vestuario que utilizamos en Educación Física, aparece una brújula que, curiosamente, también está relacionada con las clases de Montero. Yo, si fuera policía y llevara el caso, le haría alguna que otra pregunta a nuestro «amable» y «querido» profesor. ¿Tú qué piensas?

La chica asiente, aunque poco convencida. Sí, aquel hombre es un posible sospechoso. Sin embargo, no encuentra la razón por la que querría matar a la chica. Y sin un móvil claro, se niega a culpabilizar a nadie. A pesar de eso, está de acuerdo con Emilio: su padre no debería tardar mucho en hablar con Alberto Montero y preguntarle por su alumna fallecida, Aurora Ríos.

CAPÍTULO 13

—

Sábado, 20 de mayo de 2017

Abre la puerta del apartamento y se dirige rápidamente hacia la mesa donde tiene el ordenador. Alcanza la silla que tiene más a mano y se sienta. Más bien, se deja caer sobre ella. El cansancio se ha apoderado de la totalidad de su cuerpo. Sobre todo, es un cansancio mental, psicológico. Enciende el portátil y, mientras se inicia la sesión, cierra los ojos. ¿Cuánto tiempo lleva sin dormir cuatro horas seguidas?

Hasta ahora ha intentado aparentar tranquilidad, pero por dentro la tensión le está devorando. Literalmente. Hasta ha vomitado un par de veces, y no cree que sean las últimas. Aurora nunca debería haber muerto. Todo se ha complicado demasiado. Demasiado.

—Joder. Me cago en la puta —murmura antes de abrir de nuevo los ojos. El ordenador ya está listo.

Pasea el cursor por la pantalla y lo lleva hasta la carpeta llamada «Fraternidad». Dentro, se encuentra con cincuenta subcarpetas más. Clica en la que pone «Obligaciones». Otras cien subcarpetas. Elige la que se llama «Tormenta». Dentro de ella, de los ciento cincuenta archivos que contiene, selecciona el denominado «Océano». Clic. Se sabe aquel camino de memoria. Último paso, última elección. Diez subcarpetas finales. Pone el cursor en una carpeta titulada «Sabiduría» y la abre.

Allí guarda todo su arsenal. Decenas de carpetas llenas de imágenes, clasificadas por curso y año. El corazón le palpita muy deprisa y el pulso se le dispara. Como siempre. Sin embargo, en esta ocasión es diferente. ¿Por qué debe deshacerse de todo aquello? ¿Por qué tiene que eliminar el trabajo de tanto tiempo y que le ha costado tantísimo esfuerzo?

Sabe la respuesta. La policía anda demasiado cerca, al acecho. Podría investigar y encontrarse con aquellas fotos. Aquellas imágenes que, aunque no hacen daño a nadie, supondrían el final de todo. Su final. Nadie le comprendería. Nadie se detendría a escucharle. Para la sociedad, aquello está mal. Fatal. Es propio de una persona enferma.

¡A la mierda la sociedad y su puritanismo! Son instintos. No se puede luchar contra el instinto. Es imposible. Resopla y se cubre los ojos con las manos, que le sudan copiosamente. Observa la pantalla por el hueco que queda entre los dedos y se fija en la carpeta «Bachillerato 1B, 16/17». Es la clase en la que estaba Aurora. Por su culpa, todo será diferente. Siente rabia, mucha rabia; tanta que no se puede contener. Golpea la mesa con las manos y emite un gruñido malhumorado.

—¡Si es que me cago en la puta!

Selecciona todas las carpetas con el cursor y pulsa el botón derecho del ratón. ¿Eliminar? No le queda más remedio. Tiene que resignarse. ¿Cuántos años le podrían caer? Joder. No quiere ir a la cárcel. Tiene que borrar aquellas fotos. Fotos de sus escotes, de sus culos, de sus bonitos y jóvenes rostros. Fotos de algún afortunado descuido. Fotos que ha mirado decenas de veces y que tanta satisfacción le han dado. Fotos prohibidas de todas las estudiantes que han pasado en los últimos años por el Instituto Rubén Darío. Fotos con las que ha sido inmensamente feliz y que ahora pueden condenarle.

CAPÍTULO 14

Sábado, 20 de mayo de 2017

Durante la tarde de aquel sábado, Julia no se atreve a llamar a sus padres para preguntarles cómo va todo. No desea molestarlos. Seguro que el trabajo no les ha dejado tiempo ni para respirar. Lo que menos necesitan es a una hija cotilla queriendo enterarse de cuestiones que no le corresponden. Aunque se muere de ganas de averiguar si su padre ha investigado lo del bate de béisbol o si se han producido novedades relacionadas con el caso.

Después de tomar un café con Emilio y de charlar un rato con él, ha regresado a casa y ha intentado ponerse a estudiar. A pesar de que ya ha recibido la confirmación del instituto de que el lunes no hay clase, los exámenes no se suspenden y están a la vuelta de la esquina. Pero le ha resultado imposible concentrarse en los apuntes. Con todo lo que ha sucedido en las últimas horas, no tiene la cabeza para ecuaciones, sintagmas o escritores de la generación del 27. Así que se ha dedicado a leer todo lo que ha ido apareciendo en la prensa digital sobre la muerte de Aurora. En realidad, la mayoría cuenta lo mismo. Algunos intentan adornar sus artículos con frases de cosecha propia, pero la información no deja de ser prácticamente igual en un medio y en otro. Lo que sí se ha generalizado en todas las páginas que ha visto es el apodar al autor del crimen de la chica como el Asesino de la brújula. Julia sigue preguntándose quién ha podido filtrar lo de la brújula. La policía lo llama caso Ríos; lo vio en el informe que se dejó su padre sobre la mesa de la cocina. Así que hay alguien que ha accedido al contenido de aquella carpeta y va contándolo por ahí.

Son más de las ocho cuando la puerta de casa se abre. La joven, que está sentada frente a su portátil, sale disparada de su habitación hacia la escalera. Desde el primer piso observa a sus padres en el patio. Los saluda efusivamente y baja corriendo. Tras darle dos besos a cada uno, los tres entran en el salón y se sientan. Aitana y Miguel Ángel en el sofá de tres plazas y Julia en uno de los sillones individuales. Por el aspecto de sus caras, la chica comprende que deben de estar agotados.

—No esperaba que vinierais juntos —confiesa Julia.

—Cuando tu madre ha terminado, me ha llamado por teléfono y me ha recogido en la comisaría. Necesito un descanso. Ha sido un día muy largo.

Y tan largo. Su padre se marchó de madrugada cuando le informaron de la desaparición de Aurora y solo ha parado media hora para darse una ducha. El trabajo físico y emocional de la jornada ha tenido que ser muy exigente.

—¿Ha... Habéis estado con Vera? —se atreve a preguntar Julia al tiempo que mira primero a su padre y luego a su madre.

—Sí —responde la mujer—. Ha estado conmigo en el Instituto Anatómico Forense y con Alicia, su amiga psicóloga. Lo ha pasado mal, pero ha sido muy fuerte.

—Pobre mujer.

A Julia se le saltan las lágrimas y se le forma un nudo en la garganta al pensar en ella y en su dolor. No puede ni imaginar lo que tiene que ser perder a una hija, su única hija, y quedarse sola en el mundo.

—También ha estado conmigo cuando hemos ido a su casa a inspeccionar la habitación de Aurora —comenta Miguel Ángel. Se le nota el cansancio hasta en la voz—. No sé si se recuperará de esto. Aunque, como dice tu madre, es una mujer muy fuerte.

—Necesitará motivaciones. Y, cuando pase el luto, tendrá que encontrar razones para seguir adelante.

—Ahora lo único que desea es que encontremos al que mató a su hija —añade el sargento de la Policía Judicial.

—¿Y cómo vais?

—En ello estamos —se limita a responder su padre.

A Julia le dan ganas de seguir preguntando e insistir acerca de la investigación. Pero ya conoce la posición protectora de su madre. No va a soltar nada. Por eso, mira a su padre y se lanza.

—¿Habéis comprobado lo del bate de béisbol?

El hombre mira a su mujer antes de responder. Ella suspira y hace una mueca cuyo significado se le escapa a Julia.

—¿Cómo sabías lo del bate de béisbol? —responde por fin Miguel Ángel mientras se echa hacia delante en el sofá.

—Yo… no lo sabía.

—Vamos, Julia. No nos mientas.

—No os miento, papá —se excusa la chica nerviosa—. Solo le dije a mamá algo que se me había ocurrido.

—¿No es mucha casualidad que algo que se te ocurre así, de improviso, resulte ser cierto?

—Entonces, ¿tenía razón? ¿El bate de béisbol es el objeto con el que la golpearon?

En ese instante, se produce un nuevo cruce de miradas entre Aitana y Miguel Ángel. Le da la impresión de que la mujer le reprocha a su marido que continúe revelándole detalles del caso. Está muy claro que su madre es la más reacia de los dos a seguir hablando con ella sobre el tema.

—Sí, tenías razón —afirma su padre.

—¡Miguel! ¡No podemos implicar a Julia en esto! ¡Ha muerto una compañera de clase!

—No es una niña. Ya tiene dieciséis años. Edad suficiente para asimilar ciertas cosas. Y gracias a ella hemos descubierto lo del bate de béisbol —sentencia el hombre con una media sonrisa de satisfacción—. Dinos la verdad: ¿cómo lo supiste?

El color rojo se apodera de las mejillas de Julia. Se las acaricia con las manos y comprueba que le hierven. No está acostumbrada a mentirles a sus padres ni a que estos desconfíen de su palabra. Pero, en esta ocasión, se dan ambas circunstancias.

—Veréis, yo... —titubea la joven. Para ella no es fácil reconocer que no ha dicho toda la verdad—. Lo deduje de una foto.

—¿Una foto? ¿Qué foto? —pregunta confusa Aitana.

Julia saca su móvil y les enseña la imagen que fotografió de la carpeta de su padre.

—Esta foto.

—¡Pero si es el vestuario! ¡Y está Aurora tirada en el suelo! ¿De dónde la has sacado?

—Del informe de la Policía Judicial, papá. Te lo dejaste encima de la mesa de la cocina mientras te duchabas y no pude evitar mirarlo. Lo siento. Fue instintivo.

—¡Julia! ¡No me creo que hayas hecho algo así! —exclama asombrada su madre—. ¡Esto no es propio de ti!

—Perdón. No pude resistirme.

—¡Esa carpeta es confidencial! ¡Nadie puede verla salvo la policía! ¡Es una investigación sobre un crimen, no es un ju...!

—Ya, Aitana. Cálmate —interrumpe Miguel Ángel a su

esposa—. Ella sabía perfectamente que no podía abrir la carpeta. Pero lo hizo y nos ha ayudado a identificar más deprisa el objeto con el que golpearon a Aurora.

Julia agacha la cabeza y no sabe si sonreír o echarse a llorar por la tensión que se respira en el salón. De reojo, mira a su madre que, poco a poco, va recuperando la tranquilidad. No suele tener enfrentamientos con ella y mucho menos de ese tipo, en el que hasta le ha levantado la voz. Es la propia Aitana, segundos más tarde, la que le pregunta a su hija en un tono mucho más sosegado por la cuestión que todavía no tiene clara.

—¿Cómo lo supiste por la foto?

—Conté los bates de béisbol que había en el vestuario. Falta uno. Nosotros somos veinticuatro en clase, tenemos un bate por pareja. Y en la imagen solo aparecen once. Tendría que haber doce.

—Muy observadora —indica sonriente Miguel Ángel—. Cuando tu madre me explicó lo que le dijiste por teléfono, fuimos al instituto y enseguida hicimos la misma deducción que hiciste tú al ver la foto. Las pruebas lo han confirmado.

—¿Las pruebas?

—Sí. Gracias a la autopsia, tu madre ha descubierto que en la herida que causó la muerte de Aurora hay restos muy pequeñitos de madera y de barniz. Evidentemente, los bates que utilizáis no son de buena calidad y, en el golpeo, saltaron astillas que quedaron incrustadas en la cabeza de la chica.

—No hace falta que le des más detalles, Miguel —protesta de nuevo Aitana, que deja escapar un suspiro.

—Aunque estamos plenamente convencidos de que el bate que falta es el arma homicida, no sabemos dónde está.

—¿No lo habéis encontrado?

—No. Posiblemente el asesino se lo llevó bajo la ropa y ya se ha deshecho de él. O lo tiene escondido en algún lugar.

Desde que se produjo el asesinato hasta que encontraron el cuerpo de la chica, pasaron varias horas. Ha tenido tiempo de hacer con él lo que creyera oportuno.

—¿A qué hora la mataron?

—Entre las ocho y cuarto y las nueve de la tarde de ayer.

Aitana chasquea la lengua y se cruza de brazos. No le gusta que su marido le dé a Julia tanta información del suceso. Pero se resigna y prefiere mantenerse en silencio.

—¿Puedo preguntar algo más? —dice la chica, cada vez más interesada en lo que su padre le cuenta.

—Adelante.

—Si, como indica la herida de la cabeza, la golpearon por detrás, en la parte de la nuca, ¿no se supone que su cuerpo debería estar totalmente bocabajo, o al menos parcialmente?

—Eso sería lo lógico, aunque pudo tambalearse y caer al revés, de espaldas.

—Le dio la vuelta —interviene otra vez Aitana con firmeza—. Ya sabes que estoy segura, al cien por cien, de que el asesino giró su cuerpo. Quizá para asegurarse de que el golpe había sido definitivo. O para arrebatarle el teléfono que tal vez cayó debajo de ella o lo tenía metido en un bolsillo y le era imposible hacerse con él si no la movía. No sé el motivo, pero seguro que la movió.

—Ya has escuchado la opinión de tu madre. Si ella lo dice… Es la mejor forense del mundo.

Julia asiente. Le acaba de confirmar lo que ella sospechó desde que vio las fotografías de Aurora tumbada en el suelo del vestuario. Debió caer bocabajo, pero el asesino giró su cuerpo y lo dejó bocarriba por algún motivo.

—¿Y de la brújula habéis averiguado algo? —insiste Julia, que ya hace las preguntas con menos pudor que antes.

—La brújula tiene poco sentido. Pero contiene huellas.

Están comprobando de quién son —explica Miguel Ángel. También él se siente ahora más cómodo respondiendo a su hija. Sin duda, no solo es una chica muy inteligente, sino que está demostrando una gran madurez—. Lo que no nos ha gustado ha sido lo que la prensa ha publicado. Eso de llamarlo el Asesino de la brújula puede provocar que la gente entre en pánico y crea que se trata de un loco que mata en serie y deja una brújula junto a sus víctimas para firmar sus crímenes.

—Y no es así, ¿verdad?

—No creemos que sea así. Las características de este crimen nos hacen pensar que lo ha cometido alguien que conocía a la chica.

Ella también lo piensa. Un golpe visceral por detrás, con un arma ocasional, en un lugar de reunión, como bien definió antes Emilio, casi clandestino, no parece propio de alguien que se dedique a matar a personas en serie.

—Yo no descartaría nada todavía. Es muy pronto —comenta Aitana más cauta—. Aunque no hay que alarmar al pueblo, como ha hecho la prensa.

—¿Se sabe quién lo ha filtrado?

—Tenemos nuestras sospechas.

El sonido del móvil de Miguel Ángel se cuela en la conversación con su familia. El hombre se disculpa y responde tras informarlas de que es el número del cuartel de la Guardia Civil. Julia y Aitana lo observan intrigadas mientras habla. La conversación apenas dura treinta segundos. Cuando cuelga, el sargento de la Policía Judicial se incorpora y se mesa el cabello con ambas manos.

—Se terminó el descanso. Me tengo que marchar —señala el hombre sin mucho entusiasmo—. Acaban de encontrar a Bernardo, el padre de Aurora. Lo están llevando al cuartel en estos instantes. Por lo que me han contado, no se halla en muy buen estado.

CAPÍTULO 15

Martes, 7 de marzo de 2017

A las seis menos dos minutos de la tarde, Aurora llega al lugar que en el pueblo llaman La Curva. Se trata de un descampado a las afueras, donde antes existía una gasolinera con ese mismo nombre; se llamaba así por la forma curvada del tramo de carretera en la que se encontraba. Ahora solo quedan los restos de aquella estación de servicio que dejó de funcionar hace algún tiempo. Por allí no se aventura a pasar prácticamente nadie y está casi siempre desierto, motivo por el que Bernardo lo eligió como punto de encuentro con su hija.

Aurora se sienta en una especie de montículo de piedra y espera a que su padre aparezca. Ser puntual no es una de sus virtudes. En realidad, aquel hombre no reúne demasiados aspectos positivos. Pero es su padre. Y le quiere. O eso es de lo que trata de convencerse. Muchas veces, incluso se obliga a ello. Y se engaña a sí misma perdonando todos los errores que acumuló en el pasado. Algunos, muy graves. Aunque nada del estilo de lo que insinuó la gente del pueblo cuando estalló la tormenta. Aquellos rumores le hicieron tanto daño que su mecanismo de defensa se activó hasta el punto de no querer hablar con nadie. ¿Cómo podían decir que abusó de ella? ¿O que le dio una paliza a su madre? Incluso alguno soltó que las amenazó de muerte.

Nada de eso sucedió.

Bernardo era un buen hombre hasta que conoció a ciertas personas que le condujeron por el peor camino posible: el de las drogas. Malas compañías que distorsionaron su realidad e hicieron que su personalidad cambiara por completo. Las que lo pagaron fueron su mujer y su hija. Y aunque parecía que había desaparecido para siempre y que no volvería por aquel pueblo, no fue del todo así. Desde hace algo más de dos años, se ve ocasionalmente con Aurora en secreto. Sin que nadie lo sepa. Porque en aquel sitio de mierda no es bien recibido. Aunque a él le da lo mismo. Le vale con ver a su pequeña de vez en cuando. Menos de lo que le gustaría, pero la ve.

Bernardo sabe que no ha sido un buen padre. Ni siquiera peleó por la custodia de Aurora. No estaba preparado para ello. Si no era capaz de cuidar de sí mismo, ¿cómo iba a pretender cuidar de su hija? Pero sí necesitaba verla. Y, por eso, en febrero de 2015 decidió llamarla tras un tiempo en paradero desconocido.

—¿Sí? —pregunta extrañada Aurora, que no tiene registrado en su móvil el número desde el que la llaman.

—Cariño, soy yo. Papá.

—¡Papá! ¿Dónde estás?

—Eso da igual ahora. ¿Está tu madre por ahí?

—No. Ha salido.

—Bien —dice el hombre, y su hija lo escucha sollozar al otro lado del teléfono.

—Papá, ¿dónde estás? —insiste Aurora, pero no obtiene

respuesta. El sollozo de su padre se intensifica hasta convertirse en llanto—. Papá, ¿te encuentras bien?

—No —susurra Bernardo con dificultad—. Quiero verte.

La chica se pone nerviosa. Hacía mucho que no sabía de él. Desde que se marchó de casa. Escuchar su voz de nuevo despierta en ella multitud de sensaciones, tanto positivas como negativas.

—¿Vas a venir? —pregunta Aurora temblorosa.

—No, al pueblo no puedo ir. Pero podemos quedar en algún sitio.

—Papá, no sé si…

—Hija, necesito verte. Te he echado mucho de menos. Por favor. Solo será un rato.

Las súplicas de Bernardo dieron sus frutos y Aurora acabó por acceder a reunirse con él. Desde aquel día de febrero de 2015 hasta ese mes de marzo, dos años más tarde, se han visto ocho veces. Aunque nadie más está al corriente de los encuentros furtivos entre padre e hija.

La joven mira de nuevo su móvil. Ya son las seis y cuarto. Resopla impaciente. Debería estar estudiando y no perdiendo el tiempo de esa forma. Si tarda diez minutos más, regresará a casa.

Mientras espera, le vienen a la cabeza los dos encuentros que ha tenido durante ese día. El primero, con Jonathan Vila, el profesor de Filosofía, que también es su tutor. Él quería saber si formaba parte de aquel estúpido juego. Ha oído hablar de la ballena azul, como todos los jóvenes de su edad. Está en Internet, recorriendo la Red por multitud de páginas, pero no la seduce para nada. Sin embargo, Jona no estaba del todo desencaminado. Aurora se levanta un poco la sudadera y se roza con las yemas de los dedos una herida que todavía no ha terminado de cicatrizar, localizada en la parte izquierda del abdomen. Afortunadamente, su tutor solo se interesó por sus brazos. No está orgullosa de aquellos cortes. Los detesta. ¿Por qué se los hace, entonces? La primera vez fue en el mes de noviembre pasado, el día diecisiete concretamente, y de forma inconsciente. Estaba desnuda llorando frente al espejo del cuarto de baño y, cuando se dio cuenta, se vio a sí misma rajándose la piel con una cuchilla. Sintió dolor, pero también cierto alivio. Por unos segundos, se olvidó de su estúpida existencia y se concentró en la herida de la que emanaba sangre caliente. ¿Aquello era placer? Se lo parecía. Pero sabía que no estaba bien y se prometió no volver a reaccionar así ante un momento de debilidad. En cambio, una semana más tarde repitió; en esta oportunidad, de forma deliberada.

Durante esos meses, la chica acostumbraba a autolesionarse entre dos y tres veces por semana. Siempre en la zona abdominal, para que nadie pudiera verlo. Incluso heridas que habían cicatrizado se volvían a abrir cuando la hoja de la cuchilla repasaba las marcas anteriores. Y pese a que se juraba que aquella vez sería la última, no era así. Siempre había una más.

La tensa reunión en el despacho con Jonathan ha sido completamente distinta a la comida que ha tenido con Virginia Ayuso. Su profesora de Matemáticas la ha hecho reír y se ha sentido muy a gusto con ella. Hacía mucho tiempo que no disfrutaba charlando con alguien. La mujer le ha hablado de su época de estudiante, de su relación con el resto del profesorado del Instituto Rubén Darío e incluso de su matrimonio, que no pasa por el mejor de los momentos. Su sinceridad la ha impresionado, hasta tal punto que Aurora se ha contagiado y también le ha revelado algunas de sus intimidades. En aquel clima de confianza han salido a la luz sentimientos que jamás ha contado a nadie. Sensaciones muy personales que ha descrito a su profesora envueltas en una tela de vergüenza y pudor.

¿Se arrepiente de sus confesiones? No, definitivamente no.

Las seis y veinticinco. El plazo ha terminado. Se ha cansado de esperar. Aurora se pone de pie y se sacude el polvo del pantalón. Cuando está a punto de alejarse de allí, escucha el ruido del motor de un coche. Mira hacia la carretera: se acerca un viejo Ford Escort rojo. Al llegar a su altura, pega un gran frenazo y se detiene en seco. La cabeza de un hombre calvo, flacucho y con barba de varios días se asoma por la ventanilla del conductor.

—Hija, perdona. Me he retrasado un poco —dice Bernardo, que arrastra las palabras al hablar y tiene los ojos rojos—. Sube.

—Mejor, baja tú. No estás en condiciones de conducir. —La chica, molesta, se cruza de brazos.

Enseguida se ha dado cuenta del lamentable estado de su padre. No es la primera vez que se presenta así. De las veces que han quedado, por lo menos en la mitad se encontraba bajo el efecto de las drogas.

—Estoy bien. Sube al coche. Quiero llevarte a un sitio en el... en el que ponen... unos batidos buenísimos.

—Papá, no voy a montarme en el coche contigo.

—Vamos, hija. Me encuentro perfectamente.

—He dicho que no. No estás en condiciones.

—¡Joder! ¡Aurora! ¡¿Quieres subir al puto coche de una puta vez?!

De repente, el brazo izquierdo de Bernardo sale por la ventanilla del Ford Escort. El hombre agarra el codo de su hija con brusquedad y tira de ella violentamente. La chica suelta un grito y se libera con un movimiento rápido. Da tres pasos hacia atrás mientras contempla como su padre baja del vehículo. Siente pánico. Él nunca le ha pegado, aunque sí se ha mostrado agresivo con ella. ¿Rebasará esta vez ese límite?

Aurora está a punto de salir corriendo. Su instinto de supervivencia se lo ordena. Sin embargo, no lo hace. Se queda quieta. No huye, pese a que está temblando de miedo. Tiene a su padre delante y se espera lo peor. En cambio, Bernardo agacha la cabeza y respira hondo varias veces. Se frota la cara con las manos y después observa consternado a la chica.

—Tienes razón. No estoy en condiciones de conducir —afirma, y apoya las dos manos en la nuca—. Tienes razón.

La joven suspira aliviada. Intenta sonreír, aunque su sonrisa se queda a medias. Le señala a su padre el montículo de piedra en el que antes estuvo esperándole y los dos se dirigen hacia allí.

—No puedes seguir así —comenta Aurora cuando se han sentado—. Lo prometiste.

—Lo sé, hija. Y sé que te lo prometí. Pero no es tan fácil. Siempre que quedamos, me lo propongo. Deseo cambiar. Te lo aseguro, Aurora.

La chica detecta sinceridad en sus palabras, y más después de verlo derramar algunas lágrimas mientras habla. Su aspecto no es saludable y va desaliñado. Ha adelgazado mucho en los últimos años. Se le marcan los huesos de los pómulos y las cuencas de los ojos son oscuras y profundas. Cada vez son más evidentes en él las huellas de las drogas que consume.

—Papá, tienes que dejarlo por ti. No por mí. Si continúas así, puedes terminar mal. Muy mal.

—Quizá eso sea lo mejor. Que todo se termine. No aporto nada bueno al mundo.

—No digas tonterías.

—No es ninguna tontería. Si me muriera, nadie lo lamentaría.

—Eso no es verdad —lo contradice Aurora. Y así, sin buscarlo, se le presenta la oportunidad de decirle que le quiere y que ella sí que lo echaría mucho de menos, como cuando se marchó de casa hace casi tres años. Una oportunidad que no aprovecha porque realmente no está muy segura de lo que siente hacia su padre. Prefiere cambiar de tema e intentar que la conversación vaya por otro lado—. ¿No me habías comprado algo por mi cumpleaños?

El hombre asiente sin hablar y se seca las lágrimas con las mangas de la chaqueta. Se pone de pie y avanza hacia el coche. Entra en el vehículo y de la guantera saca un pequeño paquete envuelto en papel de regalo. Regresa con su hija y le entrega lo que parece una caja pequeñita.

—Felicidades adelantadas —dice Bernardo mientras Aurora desenvuelve su regalo.

—Gracias, papá.

Bajo el papel de colores, Aurora encuentra efectivamente una cajita negra. La abre con cuidado y, en su interior, descubre un precioso anillo de plata. Tiene grabada su fecha de nacimiento.

—Fue el día más feliz de mi vida —confiesa el hombre, que vuelve a llorar emocionado—. ¿Te gusta?

—Sí, muchas gracias, papá. Es muy bonito —comenta la joven mientras se coloca el anillo en el dedo anular de la mano derecha.

Aurora fuerza otra sonrisa y, a continuación, abraza a su padre. Permanecen unidos en aquel abrazo unos cuantos segundos. Y, entonces, a ella también le resbala alguna lágrima por la mejilla. Qué diferentes habrían sido las cosas para todos si aquel hombre no se hubiera perdido en el mundo de las drogas. Para su madre, para ella y hasta para él mismo. Una vida limpia y llena de oportunidades. Pero la realidad es otra muy distinta. Una realidad cruel y despiadada. Una realidad en la que aquel anillo iría directamente al pequeño cofre en el que guarda los regalos que su padre le ha hecho en aquellos últimos dos años de encuentros clandestinos.

Un cofre que la policía descubriría dos meses y medio después, escondido en la habitación de la chica que había aparecido muerta en el vestuario del Instituto Rubén Darío.

CAPÍTULO 16

Sábado, 20 de mayo de 2017

—Muy bien, Miguel Ángel. Tranquilo... Hasta luego. Un beso.

Aitana cuelga y se guarda el móvil en el bolsillo trasero del gastado pantalón vaquero que se acaba de poner tras una reconfortante ducha. Julia observa a su madre: está inquieta. Su padre acaba de llamar para hablarle de Bernardo, el padre de Aurora, al que han encontrado, por lo que ha entendido, bajo los efectos de alguna droga. Por lo que ha captado de la conversación entre ellos, cree que el hombre está encerrado en un calabozo del cuartel de la Guardia Civil y que en breve será interrogado. Pero la chica desea saber más.

—¿Qué te ha contado papá? —pregunta Julia impaciente—. ¿Ha confesado algo?

—Cariño, no creo que debamos hablar más sobre este tema. Demasiado te hemos revelado ya.

—Pero Aurora estaba en mi clase. ¡La veía todos los días! Quiero ayudar en lo que pueda.

—Ya has ayudado mucho. Ahora tienes que centrarte en el final de curso y dejar que la policía haga su trabajo y se ocupe de todo.

—No es justo —protesta Julia, que abre el frigorífico y lo

cierra inmediatamente de un portazo al comprobar que no hay nada para cenar—. ¡No es nada justo!

Aitana se sorprende de la reacción de su hija. No es habitual que responda de esa forma, y menos que se queje tan enérgicamente. Nunca la había visto dar un portazo. Va a reprenderla, pero se detiene a tiempo. Es normal que Julia se comporte de una manera diferente. Aunque no deja de ser una adolescente de dieciséis años, se trata de una chica muy lista y bastante madura. Y la que ha muerto es una compañera de clase. Parece lógico que esté nerviosa.

—¿Quieres que vayamos a cenar por ahí? Tu padre tomará algo con sus compañeros cuando pueda.

—No me apetece salir —responde muy seria y de malos modos.

—¿No tienes hambre?

—Estoy bien.

—¿Te vas a ir a dormir sin comer nada?

—Eso parece.

La mujer respira hondo e intenta acariciar el cabello de su hija, pero esta no se lo permite.

—Vamos, Julia. No te enfades conmigo.

—Pues no me trates como si tuviera cinco años —replica la joven alzando de nuevo la voz—. Ya sé que Aurora está muerta. Alguien la ha asesinado brutalmente con un bate de béisbol de los que usamos en Educación Física. He visto sus ojos sin vida y la sangre esparcida por el suelo del vestuario. ¿De qué me quieres proteger, mamá? No hay nada que me vaya a impresionar más. Y quiero ayudar.

La mujer se queda pensativa, analizando lo que su hija le ha soltado. Tiene razón. Su profesión le ha enseñado a no cerrarse en banda, a buscar alternativas. A admitir errores cuando los hay. Nada es completamente exacto, nada es totalmente definitivo. O casi nada. Se lo enseñaron así. Tal vez está siendo excesivamente protectora. Julia ha demostrado ser una chica de gran entereza y madurez.

—Si te invito a cenar algo muy rico y menos quemado que la lasaña de anoche, ¿me perdonas? —pregunta Aitana después de casi un minuto sin dirigirle la palabra.

—No tengo nada que perdonarte, mamá.

—Cuando alguien se equivoca y lo admite, tiene que pedir disculpas. A lo mejor me he pasado sobreprotegiéndote.

—Lo has hecho. Te has pasado.

—Es que no me doy cuenta de que creces y te haces mayor. O, tal vez, no quiero darme cuenta.

—¡Pues espabila, mamá! —exclama Julia, esta vez con media sonrisa.

La mujer asiente con la cabeza y se lanza sobre su hija para abrazarla. Ambas firman la paz definitiva y deciden irse a cenar juntas. Van a un bar que está cerca de donde viven. No es ni mucho menos sofisticado y el olor a comida se cuela irrefrenablemente en el pequeño y oscuro salón donde se sientan. Pero en aquel antro ponen los mejores y más gigantescos bocadillos de lomo con queso de toda la provincia. Y las dos están hambrientas.

Rápidamente las atienden y les sirven la cena: el famoso bocadillo, acompañado de un refresco de naranja para cada una. No han vuelto a hablar de Aurora, ni a mencionar el caso Ríos. Sin embargo, en la televisión del bar tienen puesto el canal local. Roberto Méndez está dando la última hora acerca del Asesino de la brújula en un plató de pequeñas dimensiones que parece sacado de los años ochenta:

—Según hemos podido saber, el padre de Aurora, Bernardo Ríos, se encuentra detenido en el cuartel de la Guardia Civil de nuestra localidad. A esta hora, nadie nos ha confirmado oficialmente que él sea el Asesino de la brújula, aunque sí podemos considerarlo como uno de los principales sospechosos. Les recordamos que esta mañana, en el Instituto Rubén Darío, la joven Aurora Ríos, de diecisiete años, aparecía muerta en el vestuario del centro educativo. Durante todo el día de hoy les hemos estado informando del suceso, minuto a minuto. Segundo a segundo. ¿Hay un criminal entre los habitantes de este tranquilo y ejemplar pueblo?

—Este tío es tonto. Solo busca sensacionalismo barato —protesta enfadada Aitana, que habla con la boca llena.

—Ya. Me lo encontré al mediodía y quería grabarme dedicándole unas palabras a Aurora para hacerle una especie de homenaje.

—¿En serio?

—Totalmente. Me negué, claro. Luego me preguntó por vosotros y me dijo que no os localizaba. Que os avisara cuando os viera, cosa que no he hecho porque he visto por dónde iba. ¿Habéis hablado con él?

—Yo no. Creo que tu padre tampoco.

—Sabía lo de la brújula. ¿Ha sido Roberto quien le ha puesto el nombre al asesino y el que lo ha hecho viral?

—Es lo que pensamos —dice Aitana después de dar un sorbo a su bebida para poder tragar el trozo de bocadillo que masticaba—. Según le ha contado una periodista de Televisión Española a tu padre, Roberto fue quien le soltó lo del «Asesino de la brújula». Es posible que haya hecho lo mismo con el resto de los medios de comunicación nacionales. Está muy claro que busca relevancia y tener su minuto de gloria.

—¿Y cómo lo supo él?

—No estamos seguros. Pero Roberto y el conserje del instituto, Fermín, el que encontró el cuerpo de Aurora, fueron compañeros de clase en el colegio. No me extrañaría que, por una módica cantidad de dinero, le revelara datos de lo que vio. Datos que deberían ser confidenciales.

Es lo que tienen los pueblos como aquel: todo el mundo

se conoce o sabe quién es quién. Resulta muy complicado guardar secretos. Roberto Méndez, además, es periodista. Sabe dónde escarbar para encontrar historias. La moralidad de estas y la forma de conseguirlas es otra cuestión.

—¿La filtración puede perjudicar a la investigación?

—Esperemos que no. Aunque puede crear algún tipo de psicosis entre la gente. No queremos alarmar a nadie.

—¿Piensas que el padre de Aurora es el culpable?

—No lo sé, Julia —admite Aitana, que da otro mordisco a su bocadillo de lomo y queso—. Aquí hay piezas que no encajan bien. Y hasta que las cosas se vayan aclarando es mejor no dar nada por sentado.

La chica tampoco tiene claras varias cuestiones del caso y mucho menos que Bernardo sea el asesino de Aurora. ¿Para qué iban a quedar en el vestuario del instituto pudiendo reunirse en cualquier otro lugar más discreto? El riesgo era excesivo e innecesario. ¿Y el motivo? ¿Por qué querría matar a su hija? ¿Venganza? ¿Para hacer daño a Vera? ¿Tres años después? Puede ser, pero no le cuadra.

—Si Bernardo hubiera querido matar a Aurora, no lo habría hecho en el vestuario del instituto —afirma Julia. Está convencida.

—Tal vez no era esa su intención. Simplemente, discutieron y le propinó un golpe mortal con lo primero que vio.

—Es una teoría posible —dice Julia con la boca pequeña.

—¿Tú qué piensas? ¿Se te ocurre algo?

La joven arquea las cejas confusa. ¿Realmente su madre le está pidiendo su opinión? Hace media hora ni siquiera podían hablar del tema.

—Yo creo que Bernardo no ha sido.

—Lo dices con mucha seguridad.

—Es que, si yo no me maquillara nunca, tampoco lo haría para quedar con mi padre.

—Eso tiene sentido.

—Y Bernardo es una persona poco grata en el pueblo. El vestuario del instituto es el lugar menos adecuado para reunirse con su hija. Habría elegido un lugar a las afueras, donde nadie los viera.

Aitana se muestra de acuerdo con su hija. Muerde el bocadillo de lomo con queso y, mientras mastica, reflexiona sobre un asunto. No está segura de querer compartirlo con Julia. Traga, bebe de su refresco de naranja y decide que, ya que han iniciado aquella conversación, no pierde nada por preguntarle.

—¿Conocías bien a Aurora?

—No, no mucho, la verdad. Era una chica que permanecía aislada de todos y no se relacionaba con nadie. Emilio y yo la llamábamos «la chica invisible».

—Ella se comía todos sus problemas y los digería sola, ¿no?

—Sí, imagino que sería así.

A Julia la invade un gran sentimiento de culpabilidad. Tal vez podría haber hecho algo más para acercarse a la que fue su compañera de clase. Pobre Aurora. Se puede decir que ha muerto prácticamente sola.

—Eso explica lo que he encontrado en su cuerpo.

—¿Qué has encontrado?

—Cortes. Por todo su abdomen. Tenía la piel llena de cicatrices.

—¿Aurora se autolesionaba? —pregunta Julia sobrecogida.

—Sí. Aunque todas las heridas estaban cicatrizadas —responde Aitana después de beber el último trago de su refresco—. Podría asegurar que dejó de hacerlo hace un par de meses o tres. En febrero o marzo, los cortes que Aurora se hacía en su vientre cesaron. ¿Tienes alguna idea de por qué?

CAPÍTULO 17

Domingo, 21 de mayo de 2017

El padre de Aurora estuvo retenido en la comisaría toda la noche. A la mañana siguiente, aquel domingo de mayo, muy temprano, Bernardo se encontraba un poco mejor. Lo suficiente como para que pudiera hablar con la policía. Declaró que estaba durmiendo entre las ocho y cuarto y las nueve de la tarde del viernes, el tramo horario en el que asesinaron a su hija. Nadie puede atestiguarlo porque se encontraba solo. Como de costumbre. ¿Por qué tenía desconectado el móvil cuando lo llamaron los agentes para preguntarle por la desaparición de la chica? Porque estaba sin batería. Se dio cuenta a las cuatro de la tarde del día siguiente, cuando se despertó. ¿Había dormido casi veinticuatro horas seguidas? Sí, llevaba prácticamente cuatro días sin pegar ojo. Solo se levantó dos o tres veces para beber agua e ir al baño, pero no prestó atención a su teléfono. ¿Por qué no le había abierto a la policía cuando fueron a su casa? No se había enterado. Tiene el sueño muy profundo y siempre duerme con la puerta de la habitación cerrada. ¿Y por qué no avisó a nadie cuando supo lo de su hija? Cuando puso la televisión y vio lo que había sucedido, y después comprobó que tenía un montón de llamadas perdidas en el móvil, se asustó. No estaba muy lúcido. Así que se vistió, cogió el coche y se marchó sin saber adónde dirigirse. Sobre las ocho de la tarde, lo encontraron unos excursionistas en el bosque situado a diez kilómetros de allí, tirado en el suelo, tembloroso y con la mirada perdida. También ha reconocido que, tanto antes de irse a dormir como en la tarde de ayer, consumió cocaína.

—¿Dice la verdad? —le pregunta Julia a su padre durante el desayuno.

—Están comprobándolo mediante las cámaras de tráfico cercanas a su casa. Aunque no será fácil y nos llevará tiempo. También estamos examinando las grabaciones de algunas cámaras de vigilancia de negocios cerca del instituto. Aunque, si Bernardo no es el culpable, resolver este caso nos resultará tan complicado como buscar una aguja en un pajar. No tendríamos un objetivo claro al que investigar en esas grabaciones.

—Entiendo.

La chica mira el móvil y ve que están a punto de dar las diez de la mañana. Anoche, después de cenar con su madre, quedó con Emilio en que se reunirían más o menos a esa hora en su casa. No ha sido una madrugada fácil. Intentó dormir, y lo consiguió, pero las pesadillas se fueron sucediendo una tras otra como en una carrera de relevos. Todas ellas relacionadas con Aurora.

—Bernardo ha confesado que, desde hacía dos años, se veía con su hija a escondidas, ocasionalmente. Pero niega rotundamente haberla matado —comenta Miguel Ángel, que le quita el envoltorio a una magdalena para mojarla en el café. Es la cuarta de la mañana, pero es que ayer casi no comió—. Quedaban en La Curva y luego iban a alguna cafetería de la ciudad o se quedaban en el coche charlando. También ha admitido que le hacía regalos.

—¿Qué tipo de regalos?

—Ayer encontramos en la habitación de Aurora un pequeño cofre con un anillo, unos pendientes y una pulserita. Todos de muy buena calidad.

En ese instante, Aitana entra en la cocina. Ha escuchado lo último que ha dicho su marido. Todavía no se han puesto al día. Cuando él llegó por la noche, era casi la una de la madrugada y ella estaba dormida. Y esa mañana el sargento de la Policía Judicial se fue a la comisaría alrededor de las seis y media. Aún no han hablado de la declaración de Bernardo. Pero hay algo que le ha llamado la atención.

—Entre los regalos que le hizo, ¿no había una cadena tobillera?

—No. Tampoco encontramos ninguna entre sus cosas.

—Es muy raro. En su tobillo derecho tenía la marca de una de esas cadenitas. Lo puse en el informe de la autopsia, aunque no le di ninguna relevancia. Me centré más en la herida que presentaba en la cabeza y en las cicatrices de los cortes que tenía en el vientre.

A Julia entonces le viene un recuerdo de hace un par de semanas. Ella había visto esa cadena en el tobillo de Aurora. Era plateada. Fue mientras la chica se ataba los zapatos de deporte antes de la clase de gimnasia. El pantalón de chándal se levantó ligeramente y tenía el calcetín algo bajado. Entonces la vio, pero no le había dado importancia.

—La llevaba hace unos días —asegura Julia a sus padres. Y les describe la escena que su memoria grabó en aquel instante.

—Luego preguntaré a Bernardo y a Vera si alguno de los dos se la regaló —comenta Miguel Ángel.

—En cualquier caso, ¿dónde está ahora? —pregunta Aitana—. ¿Quién la tiene? ¿O es que la perdió?

Julia se acaricia la barbilla. Se le acaba de ocurrir una

teoría que enlaza varias piezas del rompecabezas que supone aquel caso.

—¿Y si se la quitó el asesino? La misma persona para la que se maquilló y con la que quedó en el vestuario del instituto. Quizá se la regaló él y, para ocultar la prueba, se la arrebató. Igual que hizo con el móvil.

—Tiene lógica —reconoce su padre.

—Mamá, ayer me dijiste que Aurora dejó de cortarse hace dos o tres meses, ¿verdad?

—Sí, eso es lo que pienso y lo que he puesto en mi informe.

—¿A lo mejor paró de autolesionarse porque empezó a salir con alguien? Alguien con quien se veía en secreto, para quien se maquillaba y que le regaló esa cadenita tobillera.

Miguel Ángel y Aitana se miran entre sí. Lo que su hija deduce tiene mucho sentido. Tienen una hipótesis y ahora deben tirar de ese hilo. El hombre sonríe y le da una palmadita en el hombro a la chica.

—Hay que investigar quién es esa persona. ¿La has visto con algún chico? ¿Sabes si le gustaba alguien? ¿Algún ex?

—Que yo sepa no. Nunca la he visto con ningún chico.

—Si lo llevaban en secreto, es normal que no se dejaran ver en público —dice Aitana mientras se prepara un café con leche—. Pero ¿por qué ocultarse?

El timbre de la casa suena. Los tres se giran y miran hacia la puerta principal, que se puede ver desde la cocina.

—Es Emilio. Vamos a ir a estudiar juntos a alguna cafetería de la plaza —apunta Julia, que se dirige rápidamente a abrir.

—Emilio… Estudiar. Bien.

—¡Mamá! ¡No empieces!

La chica dibuja una sonrisilla y niega con la cabeza ante las insinuaciones de su madre. Abre esperando encontrar a su amigo. Ha llegado puntual. Sin embargo, su sorpresa es mayúscula cuando descubre quién es la persona que está al otro lado de la puerta.

—Ho... Hola, Iván.

—Buenos días, Julia. ¿Puedo hablar contigo? Serán solo diez minutos.

—¿Ahora? He quedado con Emilio. Está a punto de llegar.

—No te entretendré mucho. Necesito tu ayuda.

—¿Mi ayuda?

—¡Sí! —exclama impaciente—. Ven un segundo y hablamos, por favor.

La chica asiente, entorna la puerta tras de sí y sale a la calle junto a Iván. Se le ve muy tenso; y a ella se le contagian sus nervios. Se siente inquieta por lo que aquel chico va a pedirle. ¿Qué necesitará de ella?

Están solos. No suele pasar mucha gente por allí, y menos un domingo por la mañana. Los dos caminan una decena de pasos hacia la derecha. El joven respira y comienza a hablar.

—Han llamado a Vanesa. La policía. La han citado para preguntarle por Aurora —dice Iván atropelladamente.

—¿A Vanesa?

—Sí. Le han dicho que harán lo mismo con los que fuisteis sus compañeros de clase y con algún alumno más del instituto. También imagino que hablarán con sus profesores.

—Mi padre me ha avisado de eso. Están recopilando toda la información posible.

—A mí no me han llamado hasta ahora —explica el joven a la vez que se toca nervioso el *piercing* de la ceja—. Aunque puede que lo hagan. Por eso necesito que me eches una mano.

—¿Cómo puedo ayudarte?

—Te lo explico. Pero, por favor, no me juzgues. Ni hagas preguntas. ¿Vale?

—Bueno, no sé si podré...

En ese momento, aparece al otro lado de la calle un joven no demasiado alto y con el pelo tintado de azul, que lleva una mochila negra a cuestas. Camina mirando al suelo y con las manos metidas en los bolsillos. Julia e Iván ven a Emilio y este alza la mirada y también los ve a ellos.

—Mierda —dice en voz baja el joven del *piercing* en la ceja—. ¿Te vas?

—He quedado con él.

—¿Cuándo podré hablar contigo?

—Pues…

A Julia no le da tiempo a responder. Emilio está demasiado cerca de ellos. Parece consternado. Sin duda, no imaginaba encontrarse allí al novio de Vanesa.

—Me tengo que marchar. Ya nos veremos —dice Iván, que ni siquiera saluda al recién llegado—. Hasta luego.

Y acelerando el paso, casi corriendo, se aleja dejando atrás la perpleja mirada de Emilio y la sensación de incertidumbre que ha sembrado en Julia.

—¿Qué quería ahora ese tío? —pregunta el joven del pelo azul, que se quita las gafas para limpiarlas cuando se quedan a solas.

—Si te soy sincera, no lo sé muy bien.

—¿Estás de broma?

—No. Quería hablar conmigo de algo, pero no me ha dicho sobre qué.

En realidad, Julia no miente. Si Iván le hubiese explicado lo que necesitaba de ella, posiblemente no le habría confiado esa información a Emilio. Como no ha sido así, ha podido contarle la verdad a su amigo.

—No me gusta ese tipo.

—¿Por qué? Iván es un buen chico.

—Si sale con Vanesa, tan bueno no será.

—Seguro que ninguno de los dos son tan malos como piensas —lo recrimina Julia mientras se dirige hacia la puerta de su casa—. Cojo mis cosas y nos vamos, ¿vale?

—Bien. Te espero aquí.

La chica abre y deja a Emilio en el umbral. No sabe lo que le ha fastidiado a su amigo verlos juntos. Es la segunda vez en el fin de semana. Le ha dado un pellizco muy fuerte en el pecho. ¿Habrá algo entre ellos?

Julia sube rápidamente a su cuarto y baja enseguida con una carpeta. Se despide de sus padres y se reúne de nuevo con el chico.

De camino a la cafetería de la plaza, dialogan sobre el caso Ríos, ya conocido también como el del Asesino de la brújula. Emilio le pregunta acerca de las novedades y Julia va respondiendo lo que ha ido sabiendo en las últimas horas. En cambio, su mente está en otro lugar.

¿Qué querría Iván y de qué manera puede ella ayudarle?

CAPÍTULO 18

Domingo, 21 de mayo de 2017

—Emi, no hemos hecho absolutamente nada desde que hemos llegado —se queja Julia mientras tamborilea con un lápiz sobre la mesa de la cafetería a la que han entrado a estudiar—. ¡Y llevamos aquí casi dos horas!

—¿Ya han pasado dos horas?

La chica asiente con la cabeza y le muestra el reloj del móvil a su amigo. Efectivamente, son las doce del mediodía y permanecen allí sentados desde las diez y diez. Los cafés, que ambos han pedido, se han ido enfriando y la página de ejercicios de matemáticas, que se plantearon solucionar, continúa sin resolverse. Ni siquiera han intentado realizar el primer problema.

Y es que no han dejado de hablar del caso Ríos ni un solo instante.

—Creo que, hasta que no pase un poco la tormenta, no vamos a poder concentrarnos en otra cosa que no sea la muerte de Aurora —dice Emilio, que saca un bolígrafo azul de un viejo estuche y le da la vuelta a la página de ejercicios, que está en blanco—. A ver, repasemos.

—¿Repasemos el qué?

—Lo que tenemos del asesinato.

—¡Venga ya! ¿Otra vez?

—Sí, otra vez. Quiero apuntarlo todo. Para ti es fácil recordar cada dato y ordenarlos en tu brillante cabecita. El resto de los mortales lo tenemos más complicado.

—Estás un poco obsesionado con este asunto.

—¿Tú no?

—Yo… Solo intento echar un cable a mis padres.

—Bueno, vamos al lío. ¿Qué tenemos?

Julia comienza a recitar casi de memoria lo que sabe del caso, y Emilio va apuntando cada detalle en la hoja. Elabora una especie de esquema con flechas que tienen origen en dos círculos. Por un lado, dentro de la primera circunferencia escribe «El Asesino de la brújula» y, por otro, en el interior de la segunda, el nombre de «Aurora». Cuando cree que lo tiene todo anotado, el chico comienza a leer en voz alta.

—Bien. Del Asesino de la brújula sabemos: uno, usó un bate de béisbol del vestuario, que no ha aparecido todavía; dos, dejó una brújula junto al cuerpo de Aurora; tres, el asesinato ocurrió entre las ocho y cuarto y las nueve de la tarde del viernes (según el informe de la forense); cuatro, le dio la vuelta al cadáver, sin que sepamos para qué ni por qué; cinco, Bernardo es el principal sospechoso, aunque no creamos que sea el responsable de la muerte de su hija; seis, se llevó el móvil de Aurora y, posiblemente, una cadenita tobillera. ¿Por qué? ¿Se la regaló él? Siete, si el Asesino de la brújula no es su padre, ¿quién puede ser? Cualquiera.

—Cualquiera, tampoco —protesta Julia, que ha escuchado atenta todo lo que su amigo ha leído.

—Os descarto a ti y a tus padres.

—Creo que hay bastantes más personas a las que puedes eliminar como sospechosas.

—No muchas más —insiste Emilio, que se dispone ya a repasar las flechas que salen del otro círculo—. ¿Qué sabemos de Aurora? Uno, estaba en el vestuario del instituto cuando la mataron; dos, posiblemente había quedado allí con alguien. ¿El asesino? Tres, la golpearon por detrás y en la cabeza; cuatro, iba maquillada, algo inusual en ella; cinco, se veía con su padre a escondidas y este le hizo varios regalos, que se han encontrado en su habitación guardados en un cofre (anillo, pendientes y pulsera); seis, perdió un diente en la agresión; siete, tal vez no era tan invisible como pensábamos y salía con alguien. ¿En secreto? Y ya está. ¿Me falta algo?

—Que la encontró Fermín ayer por la mañana y que quien llamó a la policía fue el director Lázaro.

—Lo apunto. ¿Algo más?

Julia se acaricia la barbilla y cae en la cuenta de que todavía no han hablado de un tema muy importante.

—Los cortes.

—¿Qué cortes? —pregunta inquieto Emilio.

—Aurora se cortaba en la zona abdominal. Mi madre lo vio cuando le hizo la autopsia. Tenía un montón de heridas cicatrizadas en el vientre y en el costado. Por lo que parece, se autolesionaba.

El chico arruga la frente y mira hacia otro lado, como si hiciera memoria de algo. Su expresión ha cambiado de repente.

—¿Qué te ocurre, Emi?

—Vi esos cortes y discutí con ella.

—¿Qué? ¿Cuándo?

—No recuerdo bien. Hace un mes, más o menos. Y da la casualidad de que fue en el vestuario.

—¿En el vestuario?

—Sí. No sabía que estaba allí. Entré y la vi… desnuda. Bueno, llevaba la ropa interior. Se puso a gritar como una loca. Y yo me puse a gritar también.

—No entiendo nada. ¿Me lo puedes explicar mejor?

El chico vuelve a suspirar, se coloca bien las gafas y comienza a relatar lo que recuerda de aquel día.

Viernes, 21 de abril de 2017

—¡Emilio! ¡Ven un momento!

La voz chillona de su madre penetra en sus oídos de nuevo. Es la tercera vez que grita su nombre en aquella tarde de abril.

—¿Qué quieres ahora?

—¡Que vengas!

El chico pone en pausa la partida del *Final Fantasy XV* y deja el mando de la PlayStation sobre la cama. Su madre está muy pesada, más que de costumbre. Se ha tomado el día libre y ha decidido poner patas arriba toda la casa. Ya ha cambiado de sitio los muebles del salón, ha colgado dos cuadros en el recibidor y ha ordenado todos los armarios de la casa. Cuando se pone en ese plan, no hay quien la frene. Dice que es para combatir el estrés del despacho, pero lo único que consigue es estresarse más y estresarlo a él.

—¿Dónde estás?

—¡En el cuarto de la lavadora! —grita Almudena todo lo alto y fuerte que sus pulmones le permiten.

Hacia allí se dirige el joven sin dejar de refunfuñar. Menuda tardecita le está dando su madre. Primero le mandó ir a comprar un martillo, luego quiso que ordenara por colores las corbatas de su padre… ¿Y ahora?

—¿Qué pasa?

—Voy a poner una lavadora de color. ¿Tienes algo que lavar aparte de lo que está en la cesta de la ropa sucia?

—No.

—¿Y la chaqueta del chándal con el que has ido hoy al instituto? Solo he encontrado el pantalón.

Emilio está a punto de contestarle que no lo sabe y que ya la buscará, pero le mentiría. Se da un manotazo en la frente al recordar dónde ha olvidado la chaqueta.

—¡Me la he dejado en el instituto!

—¿Qué? ¿Te has dejado en el instituto la chaqueta de un chándal que me costó sesenta euros?

—Sí. Hacía calor, me la quité y luego...

—¡No quiero excusas! ¡Corre inmediatamente a por ella!

Y no tarda ni un minuto en cumplir la orden de su madre. No le queda otro remedio. Emilio sale de su casa a toda velocidad en busca de la prenda que se ha olvidado en el Rubén Darío. Se la ha dejado en el vestuario, cree recordar que encima de las colchonetas. Por la cuenta que le trae, ya puede seguir allí.

Afortunadamente, el instituto está cerca y no tarda mucho en llegar. Ve abierta la puerta y entra en el centro. No pasa por el edificio principal, sino que se dirige directamente a la parte de atrás. Si no aparece, preguntará en secretaría.

En aquella tarde de abril, el cielo está encapotado y empiezan a caer algunas gotas, a pesar de que sobrepasan los veinticinco grados. Emilio acelera el ritmo para no mojarse demasiado. Ve la puerta del vestuario cerrada, pero sabe que simplemente está encajada. La cerradura hace tiempo que se rompió y nadie la ha arreglado. Abre y no puede creer lo que ve.

—¡Qué haces, gilipollas!

Aurora grita horrorizada y se tapa el pecho con las manos. Su compañera de clase solo lleva puesto un sujetador blanco y unas bragas del mismo color.

—¿Qué hago yo? ¡¿Qué haces tú aquí?! —exclama también el chico, que contempla atónito el cuerpo semidesnudo de la joven.

Su mirada se detiene en las marcas que tiene en el costado y en el abdomen. Al principio, piensa que son estrías. Sin embargo, no hay duda de que se trata de heridas cicatrizadas.

—He venido a… a entrenar —contesta la joven, que recupera una camiseta azul que está sobre una de las banquetas y se cubre con ella rápidamente.

—¿A entrenar? ¿Un viernes por la tarde? ¿Al instituto?

—¡Sí, estúpido! ¡Sí! ¡Y deja de mirarme!

—No te estoy mirando. ¡Y no me insultes más!

La chica gruñe para sí y coge su pantalón, que se encuentra tirado en el suelo, bajo la misma banqueta. Se sienta y también se lo pone. Mientras, Emilio descubre que su chaqueta de chándal sigue en el sitio donde se la dejó olvidada: el montón de colchonetas. No tarda en recuperarla.

—Por lo que veo, sigues siendo el mismo despistado de siempre —comenta Aurora, que sonríe con malicia.

El joven decide no responder. Se anuda la chaqueta a la cintura y camina hacia la puerta del vestuario. No quiere volver al pasado y discutir con ella. Sin embargo, cuando va a marcharse, está cayendo el diluvio universal.

—Joder. Lo que me faltaba —murmura Emilio. Se da la vuelta y decide esperar a que escampe la lluvia. Se sienta al lado de Aurora, que se está calzando unas deportivas blancas—. ¿Y cómo ha ido el entrenamiento?

—Bien.

—¿Qué has entrenado? Si se puede saber.

—Emmm… Béisbol. Se me da fatal y tengo que practicar si no quiero suspender. Le he pedido permiso a Montero.

—¿Y has venido sola? Así es difícil jugar al béisbol.

—Para los torpes como tú es imposible —se revuelve la

chica—. Lanzo la bola hacia arriba y la golpeo con el bate cuando baja. ¿Contento?

No. El bate hay que agarrarlo con las dos manos. Es imposible hacer lo que dice. Emilio sabe que le está mintiendo. No tiene ni idea de lo que hace allí, pero Aurora no ha ido a jugar al béisbol. Además, ¿qué hacía medio desnuda en el vestuario? No tiene ropa con la que cambiarse. No tiene sentido que se haya quitado lo que llevaba puesto y se haya vuelto a vestir de la misma forma.

—Lo que tú digas.

—Vale. Pues no preguntes más. Me agobias.

La chica termina de ponerse los zapatos y resopla. Se pone de pie y contempla la lluvia a través de la ventana.

—Menuda mierda. Espero que pare pronto.

—No creo que dure mucho. Escampará enseguida.

En cambio, cinco minutos después, la lluvia continúa cayendo con fuerza sobre el suelo del Rubén Darío. En ese tiempo ninguno habla. Se entretienen con los móviles y esperan el momento adecuado para salir de allí. Emilio, de vez en cuando, observa de reojo a su compañera de clase. Recuerda aquellos días en los que estaba enamorado de ella. Eran muy buenos amigos, pero todo se fastidió. Hacía mucho que no pasaban un rato a solas. Aparecen la nostalgia y los antiguos sentimientos. Y de buenas a primeras se ve a sí mismo echando de menos aquellos momentos.

—Oye, ¿cómo te va? —pregunta Emilio sin apartar la mirada del móvil.

—¿Por qué lo preguntas? —responde Aurora, que tampoco ha dejado de contemplar su teléfono—. ¿Lo dices por algo en concreto?

—No. Lo decía en general. No hablamos mucho últimamente.

La joven se guarda el móvil en el bolsillo y se levanta de

la banqueta. Mira por la ventana y confirma que, por fin, la lluvia cae con menos fuerza.

—Lo preguntas por lo que has visto, ¿verdad?

—No sé a qué te refieres.

—Claro que lo sabes, Emi. Pero por suerte ya no lo hago. Ya no me corto.

La frialdad con la que la chica habla sorprende al joven. Aurora se sube un poco la camiseta y le muestra el costado derecho a su compañero de clase.

—¿Ves? Es solo una cicatriz. Simplemente es una estúpida cicatriz —comenta, sonriente, señalando una de las marcas—. Por favor, no le comentes esto a nadie. Nunca. Jamás.

—Pero...

—Emi, si alguna vez me has querido, o me has tenido cierto aprecio, jamás hables de lo que has visto. Es algo que me tienes que jurar.

—No se lo diré a nadie.

—Júramelo, por favor.

—Tranquila. Puedes confiar en mí. Te lo juro.

Y la promesa que Emilio le hizo a Aurora en aquella lluviosa tarde de abril se ha mantenido vigente hasta que Julia ha sacado el tema un mes después. Guardar aquel secreto ya no tenía ningún sentido. Aunque otra gran pregunta corre ahora por la cabeza de los dos amigos: ¿qué estaba haciendo Aurora en el mismo vestuario en el que la tarde del viernes pasado alguien la asesinó con un bate de béisbol?

CAPÍTULO 19

Domingo, 21 de mayo de 2017

El Asesino de la brújula continúa en la portada de los diarios digitales e informativos del país durante aquel domingo de mayo. Muchos periodistas de medios de comunicación se han trasladado al pueblo para cubrir la noticia *in situ*, tanto nacionales como extranjeros. A Julia le resulta extraño y morboso que hablen de un asesino en serie cuando solo ha habido una víctima. ¿Es que dan por hecho que se van a cometer más crímenes? Lo de la brújula les ha dado juego. Si no hubiera aparecido junto al cadáver o no se hubiera filtrado aquel dato, la noticia no habría dado para tanto. Sí: una adolescente había aparecido muerta en un instituto y esa ya era suficiente carnaza para que la prensa hablara de aquel asesinato y no de otros; pero la supuesta firma del asesino supone un extra muy aprovechable. ¿Es lo que pretendía? ¿Notoriedad? ¿Relevancia? ¿Que la gente hable de él?

—Es increíble lo que les gusta el sensacionalismo a los medios —dice Julia, que revisa las noticias en su móvil mientras camina junto a Emilio.

—El sensacionalismo nos gusta a todos. Solo había que ver cómo estaba ayer por la mañana el instituto y la cantidad de cotillas que se reunieron allí. La prensa en este caso solo hace su trabajo.

—¿Su trabajo es especular sobre la muerte de alguien y relatar la historia de la forma más morbosa posible? ¡Ellos se han inventado lo del Asesino de la brújula!

—Informan de un hecho que se ha confirmado. Los periodistas no tienen la culpa de que apareciera una brújula al lado de Aurora. ¿No es más responsable la policía por no haber controlado que se filtrara un detalle de ese tipo?

—¿Les estás echando la culpa a mi padre y a su equipo?

—¡No! ¡Pero tampoco culpes a los periodistas! Ellos solo informan del caso, están del bando de los buenos. No han cometido el crimen.

A Julia no le convence la explicación de Emilio. Comprende que deba defender a los medios de comunicación. Él quiere ser periodista. Va a estudiar para convertirse en uno de ellos. Sin embargo, no acepta el todo vale que parece que es lo que impera en los últimos tiempos. No hay ningún indicio que confirme que el responsable de la muerte de Aurora sea el primero de una serie de crímenes. Más bien, da la impresión de que se trata de alguien cercano a la chica que se dejó llevar por un macabro impulso. En cambio, la prensa está vendiendo el caso como más le conviene, y sin tener pruebas.

—Afortunadamente, no se han enterado de lo de los cortes —apunta la joven—. A saber por dónde habrían salido.

—Ese tema no tiene nada que ver con el asesinato de Aurora.

—No lo sabemos. Quizá esté todo relacionado. Los cortes, el maquillaje, el lugar de encuentro, el objeto con el que la golpearon…

—¿De verdad piensas que sus autolesiones se pueden vincular de alguna manera a su muerte?

—No se puede descartar nada, Emi. Pero si los medios descubren que Aurora se cortaba, seguro que lo utilizan para sus intereses y para hacer la noticia todavía más sensacionalista.

—Un buen periodista no lo haría.

—Imagino que la mayoría son buenos periodistas. Pero están supeditados a los medios de comunicación para los que trabajan. Al final, son empresas que necesitan sacar el máximo rendimiento y dinero a lo que publican.

—No se puede generalizar, Julia.

—Estoy de acuerdo. No hay que generalizar. Aunque, por desgracia, en la mayoría prevalece el vender la noticia a cualquier precio. Sea verdad o mentira.

Tan enfrascados están en el debate que la pareja llega a la casa de Julia casi sin darse cuenta. La chica se despide de su amigo y se dirige hacia la puerta. Después de comer lo llamará. Sin embargo, Emilio continúa inmóvil en la calle. Saca el teléfono de su bolsillo y comprueba la hora. Resopla y agacha la cabeza. La chica se gira y se da cuenta de que algo sucede. Deja la puerta entornada y regresa junto a él.

—¿Qué te pasa, Emi? ¿Estás bien?

—No quiero volver a casa.

—¿Has discutido otra vez con tus padres?

—La realidad es que no me hablo con ellos —reconoce el joven, que se quita las gafas para limpiarlas con la camiseta. Cuando se las coloca de nuevo, continúa explicándose—: Hoy no les he dirigido la palabra en toda la mañana. No hablamos desde la discusión de ayer.

Julia lamenta la situación, cada vez más tensa, que su amigo está atravesando en casa. Le encantaría ayudarle, aunque sabe que poco puede hacer al respecto. Es él quien debe solucionarlo. Hablar detenidamente con ellos y aclarar lo que sucede.

—¿Quieres comer conmigo?

—¿Aquí? ¿Con tus padres?

—No sé si estarán en casa. Últimamente andan muy ocupados.

—Bueno, yo…

—Eso sí, prohibido decir nada del tema de Aurora. No saben que te estoy contando los detalles del caso.

—Tranquila, no abriré la boca. ¿Seguro que no es molestia?

—¡Qué va, hombre! Anda, vamos, que estoy muerta de hambre.

A Emilio se le dibuja una sonrisa enorme en el rostro y acepta de buena gana la invitación de Julia. Le da un poco de vergüenza comer con ella y con sus padres, pero no quiere regresar a casa con los suyos. ¿Hasta cuándo podrá soportar aquella guerra?

Cuando entran, descubren rápidamente que no hay nadie. En el frigorífico de la cocina encuentran una nota.

> «Cariño, papá y yo nos hemos ido a trabajar. Nos ha dado tiempo a comprar algo para comer. Tienes una tortilla de patatas en el microondas. De esas que hace tu padre cruditas y con cebolla que tanto te gustan. Luego te llamo. No hemos querido molestarte mientras estabas "estudiando" con tu "amigo". Un beso. Mamá».

Julia se pone roja como un tomate al leer lo que su madre le ha escrito y darse cuenta de que Emilio también lo ha hecho. Coge el papel y lo convierte en una bola que arroja a la bolsa donde reciclan el papel.

—¿Te gusta la tortilla de patatas? —le pregunta a Emilio mientras abre el microondas para mostrarle la que ha hecho su padre. Todavía está caliente—. Esta tiene cebolla.

—La tortilla me gusta de cualquier forma.

—Bien. ¿De beber?

—Me conformo con un vaso de agua.

Emilio observa a Julia mientras saca una botella de Lanjarón de la nevera y la coloca encima de la mesa. ¿Qué insinuaba la madre de la chica entrecomillando las palabras «estudiando» y «amigo» en la nota que le ha dejado? ¿Es que ella piensa que son algo más? Su cabeza está hecha un lío. No quiere ilusionarse. ¿Habrá hablado con Aitana de él? ¿De sus sentimientos? ¿Le gustará?

No, eso no puede ser. ¡No puede ser!

—¿Nos sentamos? —pregunta Julia, que percibe algo raro en el comportamiento del chico. ¿No será por la nota del frigorífico? ¡Qué estará pensando! Esas comillas… ¡Cuando vea a su madre se va a enterar!

—Claro.

La joven le entrega un vaso, un tenedor y una servilleta y ocupa el lado derecho de la mesa. Emilio se sienta en el izquierdo. A continuación, con un cuchillo, Julia parte la tortilla por la mitad y separa los trozos en dos platos. Le da uno a su amigo y después le sirve agua.

—Que aproveche.

—Gracias. Igualmente.

La pareja come callada. Prácticamente no conversan entre ellos. No hacen referencia al Asesino de la brújula ni a los medios de comunicación. Ni siquiera hablan acerca de los padres de Emilio. Un par de comentarios relacionados con la tortilla y la buena mano que tiene cocinando el sargento de la Policía Judicial es todo lo que comparten durante la comida. Viéndolos en ese instante, nadie sospecharía que han estado más de cuatro horas juntos en las que no han parado de charlar ni un minuto.

El sonido del móvil del chico rompe el silencio que se ha instalado en la cocina. El joven se apresura a comprobar de quién se trata, pero cuando contempla el nombre de la persona que lo está llamando prefiere no responder y permite que el teléfono continúe sonando.

—Es mi madre. ¡Qué pesada es!

—Querrá saber dónde estás. Que no te hables con ellos no significa que no se preocupen por ti. Mándale, por lo menos, un WhatsApp diciéndole que estás en mi casa.

—Prefiero no hacerlo.

—Vamos, Emi. No seas cruel. Acaba de morir una chica de nuestra clase en el pueblo. Estoy segura de que están muy nerviosos porque no has aparecido a la hora de comer.

El chico recapacita durante unos segundos y concluye que su amiga tiene razón. Le hace caso y le envía a su madre un mensaje a través del móvil para advertirla de que está comiendo con Julia. La mujer no tarda en responderle con un simple y escueto «OK».

—No parece que estuviera muy afectada. —Emilio le enseña a su acompañante la contestación de su madre—. En fin. Perdona por la interrupción.

Y, con rabia, corta un trozo de tortilla y se lo lleva a la boca. Lo mastica furioso. Su enfado es muy evidente, a pesar de que Julia, por encima de cualquier sentimiento de ira, capta en la cara de su amigo tristeza y frustración.

No hablan mucho más hasta que terminan el postre. Dos yogures de plátano que había en la nevera.

—¿Vamos a mi cuarto e intentamos estudiar algo? —propone Julia mientras mete los platos y los cubiertos en el lavavajillas.

—Vale.

Aunque hace ya tres años que se conocen y son amigos desde que ella llegó al pueblo, Emilio solo ha entrado en cuatro o cinco ocasiones en la habitación de Julia. Y de eso hace mucho tiempo.

Debe reconocer que aquello le pone algo nervioso. Muy nervioso.

Suben la escalera hasta la planta de arriba y entran en el dormitorio de la joven. Aquel lugar ha cambiado bastante desde la última vez que el chico estuvo allí. Antes la decoración era más infantil, más colorida. Recuerda peluches, fotos en un corcho y paredes color rosa chicle. Ahora están pintadas de un tono ámbar cálido y una de ellas la ocupa un póster, a tamaño natural, de un chico con el pelo alborotado jugando al ajedrez.

—¿Este es Magnus?

—¡Sí! ¡Magnus Carlsen! ¡El mejor ajedrecista de todos los tiempos!

Sin saber muy bien por qué, Emilio siente celos de aquel tipo. El campeón noruego es el ídolo de Julia y uno de sus referentes. Pero simplemente lo admira, no es su amor platónico. O, al menos, que él sepa. En realidad, nunca han hablado de amores. ¿Estará enamorada? ¿De quién? Otra vez vienen a su cabeza las palabras entrecomilladas de la nota del frigorífico. ¿Qué querría decir su madre con eso de «amigos»?

—¿Estudiamos Matemáticas? —pregunta la chica, que abre la carpeta que contiene sus apuntes.

—Como quieras.

—Pero tenemos que concentrarnos en hacer estos problemas, ¿eh?

—Lo intentaré.

Emilio también saca los apuntes de su mochila negra y los extiende sobre el escritorio. Julia le cede su silla y ella va a por otra. Regresa enseguida con una que ha cogido del cuarto de invitados.

—Voy a enviarles un WhatsApp a mis padres para pedirles que no me molesten y pondré el móvil en silencio. Así no habrá interrupciones y podremos centrarnos en las mates.

—Me parece muy bien.

La chica sonríe y le escribe primero a su madre. No nombra a Emilio por lo que pueda pensar. Copia y pega y le envía el mismo a su padre. Sin embargo, cuando está tecleando, el sonido de su teléfono la avisa de que alguien le ha mandado una imagen. Se trata de Iván. Sin que Emilio se percate, la chica abre el archivo y descubre algo sorprendente. El joven se encuentra en el cuartel de la Guardia Civil y de fondo se ve a su padre, que no se entera de que lo están fotografiando. Otro WhatsApp no tarda en llegar desde el móvil del chico del *piercing* en la ceja. Esta vez es un mensaje de texto.

> «Ayúdame, por favor. Necesito que confíes en mí. Es cuestión de vida o muerte».

CAPÍTULO 20

Domingo, 21 de mayo de 2017

A Julia no se le había olvidado que Iván quería hablar con ella y pedirle algo importante. Pero ha estado muy ocupada con Emilio y lo ha ido retrasando. ¡No imaginaba que era tan urgente!

No quiere correr el riesgo de que su amigo se entere, así que se levanta de la silla y se dirige al otro lado de la habitación para escribirle un WhatsApp a Iván.

«¿Qué haces en el cuartel con mi padre? ¿Hablamos? ¿Te puedo llamar ahora?».

¿Qué habrá pasado? Julia se muestra inquieta mientras espera una respuesta. No tiene ni idea de lo que ha ocurrido y del motivo por el que se encuentra allí. ¿Estará retenido? ¿Lo acusan de algo? La contestación no tarda en llegar.

«Voy a decirles que necesito ir al baño. En dos minutos te llamo yo. Muchas gracias».

La chica le da el *OK*.

—Ahora vengo. Ve preparándolo todo. No tardo —le dice a Emilio sin más explicaciones. No quiere mentirle, pero tampoco puede darle más detalles de lo que pasa. En realidad, ella tampoco lo sabe.

Sale de la habitación y baja deprisa las escaleras hasta el patio. Entra en el comedor y se sienta en uno de los sillones a esperar la llamada de Iván. Esta se produce a los pocos segundos.

—No tengo mucho tiempo —comenta en voz baja el joven. Se le nota acelerado.

—¿Qué pasa, Iván? ¿Por qué estás en el cuartel?

—Me van a preguntar por lo que hice el viernes por la tarde. La tarde en la que asesinaron a Aurora.

—¿Qué? ¿Y eso?

—Alguien le ha dicho a la policía que me vio salir del instituto con la bicicleta a toda velocidad.

—¿En serio? ¿Estabas en el instituto?

—A ver, Julia, no puedo darte explicaciones —la interrumpe Iván cada vez más nervioso—. Por lo menos de momento. No hay tiempo que perder. Solo te pido que me ayudes y que confíes en mí. Te necesito.

La chica no sabe qué contestarle. No puede darle una respuesta hasta que no le cuente qué ocurre.

—Dime qué está pasando. ¿Cómo puedo ayudarte?

—Voy a contarle a la policía que no es cierto lo que han dicho. Que no era yo al que vieron salir del instituto.

—Pero ¿eras tú?

—Eso da lo mismo —responde muy tenso el chico—. ¿Estabas sola el viernes por la tarde entre las ocho y cuarto y las nueve menos cuarto?

—¿Sola? Sí, a esa hora estaba estudiando en mi habitación.

—¿Y tus padres? ¿Cuándo llegaron a casa?

—Mi madre un poco después de las nueve y mi padre regresó muy tarde.

—Perfecto. Perfecto… Julia, sé que lo que te voy a pedir es demasiado, pero necesito que le cuentes a la policía que estaba contigo entre las ocho y cuarto y las nueve menos cuarto de la tarde del viernes. Justo antes del accidente que tuve con la bicicleta.

—¿Me estás pidiendo que mienta?

—A ti te creerán, Julia. Tu padre es sargento y eres la mejor alumna del Rubén Darío. Nadie dudará de ti.

—Pero… ¡No puedo mentirle a la policía!

—Por favor, solo tienes que decirles que estuve contigo durante esa media hora. Nada más. Es la única forma de que…

En ese instante, Iván deja de hablar. Julia pronuncia su nombre varias veces, pero el chico no contesta. Sin embargo, la llamada no se ha cortado. Aproximadamente treinta segundos después, la voz del joven regresa. El tono apresurado y nervioso del chico se mantiene.

—Julia, que seas mi coartada es la única forma que tengo de salir de esta. Eres la única posibilidad que tengo para salvarme. Por favor, cuéntales que estuve contigo en tu casa entre las ocho y cuarto y las nueve menos cuarto. Vives cerca del instituto. Es completamente creíble. Si no lo haces, no sé qué será de mí. Te lo suplico. Ayúdame.

—Iván. Yo no puedo engañar a mi padre y a sus compañeros de…

La frase de Julia se queda a medias. Ha colgado. La joven se queda mirando fijamente su teléfono, repleta de dudas y confusión. El corazón le late muy deprisa y siente una gran presión en el centro del pecho. Realmente no sabe qué hacer. ¿Qué decisión debe tomar?

Si Iván le cuenta a la policía que estuvo con ella el viernes por la tarde, solo tiene dos caminos: o miente y reafirma su testimonio o le contradice y deja al chico completamente en fuera de juego, con las consecuencias que eso tendría para él.

Se pasa más de cinco minutos sentada en aquel sillón del salón reflexionando. Tiene ganas de gritar. Es la situación más difícil a la que se ha enfrentado en su vida. Si no fuera Iván, posiblemente no existiría ninguna duda. Pero lo que siente por ese chico la lleva a plantearse si sería capaz de mentir y servirle de coartada. ¡Será tonta!

Además, hay una cuestión que no se le puede pasar por alto: ¿qué hacía Iván en el instituto el viernes por la tarde a la hora en la que mataron a Aurora?

Le flojean las piernas al imaginar la posibilidad de que el chico de quien está enamorada tenga algo que ver con el asesinato de su compañera de clase. ¡Si miente, y dice que estaba con él, ella sería cómplice si resulta que es culpable!

—Julia, he bajado porque tardabas mucho. ¿Va todo bien?

Emilio la observa desde la puerta del salón. ¿Cuánto tiempo lleva ahí? Espera que no haya escuchado la conversación con Iván.

—Sí, todo correcto —responde procurando disimular la tensión que la embarga—. ¿Ya has preparado los apuntes de mates?

—Lo siento.

—¿Lo sientes? ¿Qué es lo que sientes?

Emilio camina hasta otro de los sillones del salón y allí se instala. Ruborizado, evita mirarla directamente a los ojos y lo suelta sin más rodeos:

—No tengo ganas de estudiar. Mi cabeza está ocupada en mil cosas ahora mismo.

Julia resopla aliviada. Creía que el chico había escuchado la charla telefónica con Iván. Sabe que no le cae bien. Seguro que la habría intentado convencer de que no mintiera a su padre y a la policía cuando le preguntaran por él.

—Estoy como tú. Está siendo un fin de semana muy extraño. ¿Lo dejamos para luego?

—O para mañana. Quizá mejor para el martes.

—Vale. Pero del martes no pasa. ¿Trato hecho?

La chica extiende el brazo derecho e invita a su amigo a que le estreche la mano. Emilio aguarda unos segundos y acaba aceptando el pacto con Julia. Los dos se sonríen tímidamente y después se levantan a la vez.

—Han puesto en el grupo de clase que mañana será el entierro de Aurora —le explica el joven mientras suben de nuevo por la escalera hasta la primera planta.

—¿Quién lo ha dicho?

—Parece que lo han anunciado en la televisión. Será a las diez. Todos van a ir.

—El pueblo entero estará en el cementerio —comenta Julia antes de entrar en su habitación.

—Son todos unos hipócritas. La mayoría ni siquiera sabía que Aurora existía. Por no hablar de los que la criticaban a sus espaldas. Esos son los peores. Me he contenido mucho estos días para no enfrentarme a unos cuantos y recordarles lo que realmente pensaban de ella.

Las palabras de Emilio son sinceras. Julia se da cuenta. Aunque él y Aurora ya no se llevaban bien, se nota que le tuvo un cariño especial en el pasado.

—La gente es así.

—Pues no lo entiendo. No digo que no te sientas mal por la muerte de alguien. Pero ¿a qué vienen tantas lágrimas o ese falso sentimiento si, mientras estaba viva, no la soportabas o ignorabas su existencia?

—Aurora tampoco se dejaba conocer demasiado. Por lo menos, desde que yo llegué.

—Porque pasó por mucho, Julia. En este pueblo se dijeron muchas mentiras sobre ella y su familia. Pero no siempre fue así. Es cierto que no era la persona más sociable del mundo. Nunca tuvo muchos amigos. Como yo. Éramos bichos raros. Sin embargo, cuando sucedió lo de su padre y la gente empezó a escupir rumores, cortó todo tipo de relación con el mundo. Los que eran sus amigos dejaron de serlo y los que simplemente eran conocidos se convirtieron en completos desconocidos. Nadie se esforzó para que fuera diferente. Ni siquiera yo.

Julia escucha atentamente a su amigo. Hay mucha rabia dentro de él. Lo invita a que se siente en la cama, a su lado, y le pasa la mano por la espalda. Dos toquecitos en el hombro de consuelo, media sonrisa amable y una mirada de complicidad. En cambio, sus cariñosos gestos no dan fruto y Emilio mantiene aquella expresión de dolor en la cara.

—Quizá yo pude hacer algo más para que no se encontrara tan sola —prosigue Emilio—. Me siento culpable. En realidad, aunque pertenecía al bando de Aurora, soy como el resto.

—Eso no es verdad, Emi.

—Sí lo es. ¡Cuando me rechazó, todo se terminó entre nosotros! —exclama el joven desconsolado—. Mi orgullo se impuso a nuestra amistad. Me enfadé. Fui egoísta. Y en lugar de preocuparme por ella e intentar ayudarla, me aparté de su lado y no quise saber nada de sus problemas. Y ahora... Ahora está muerta.

El chico se tapa el rostro con las manos y, por primera vez desde que supo lo que le había sucedido a Aurora, suelta lo que lleva dentro.

—Tranquilo, Emi. Tú no eres el responsable de lo que le ha pasado.

—Nunca podré perdonarme.

—No hay nada por lo que debas pedir perdón —insiste Julia, que agarra las manos del chico y se las aparta de la cara.

Están frente a frente, a menos de medio metro de distancia—. Escúchame. Las cosas salieron así. No hay marcha atrás. Pero no debes culparte de lo que ha sucedido. ¿Entiendes? Tú no eres el que ha terminado con la vida de Aurora.

El joven niega con la cabeza, hasta que su amiga lo abraza. Emilio siente el calor del cuerpo de Julia. Le reconforta. Y mil y un sentimientos atraviesan su corazón. Uno de ellos muy intenso. Incontrolable. Devastador.

Se separa de ella y, sin decir nada, la mira a los ojos como nunca lo había hecho. Su boca se aproxima rápidamente a la de la joven y los labios de ambos se juntan en un beso, hasta ese instante, desconocido para los dos.

CAPÍTULO 21

Domingo, 21 de mayo de 2017

Desde que se enteró de la muerte de Aurora, Patricia Herrero no es la misma. No solo porque la chica que apareció ayer por la mañana asesinada en el instituto estuviera en su clase y la conociera desde que eran pequeñas; su inquietud llega avalada por otros motivos.

¿Debería de haber denunciado lo que sabe? ¿Se habría salvado Aurora si lo hubiera hecho?

Aquellas dos preguntas le llevan martilleando la cabeza todo el fin de semana. Porque se enfrenta a algo muy serio. No es ningún juego de esos que tanto le gustan a ella. Aunque, realmente, no posee la certeza de que lo que sabe y lo que ha sucedido estén relacionados de alguna forma. ¿Cómo averiguarlo?

La chica, a la que muchos de sus amigos llaman Aria por su parecido físico con la actriz de la serie de televisión *Pequeñas mentirosas,* alcanza el móvil y se sienta en su cama. En el grupo de WhatsApp de clase continúan hablando de Aurora. Por lo visto, el entierro será mañana a las diez. La mayoría asegura que asistirá. Ella todavía no lo ha decidido. Ni siquiera lo ha pensado. Sus prioridades en ese momento son otras.

La puerta de su habitación se abre de golpe y una niña morena con un lazo rojo en el pelo entra corriendo.

—Patri, ¿vienes a merendar?

—¡Bely! ¡¿Cuántas veces te he dicho que llames primero?!

—Muchas. Pero se me olvida —se disculpa la pequeña sin perder el entusiasmo con el que ha llegado hasta el cuarto de su hermana—. ¡Papá ha hecho tarta de manzana!

—Lo imaginaba. Huele desde aquí.

—¿A que huele genial? Entonces, ¿vienes?

—Luego. Ahora estoy muy ocupada.

La niña es incapaz de ocultar su decepción. Tuerce la boca y se pone muy seria. Da un saltito y se sienta en la cama, a su lado.

—¿Estás triste?

—¿Por qué me lo preguntas?

—Desde ayer te veo diferente. ¿Es por lo de esa chica? ¿La que ha muerto?

Patri se sorprende al escuchar a su hermana pequeña. Solo tiene siete años, aunque en ocasiones parece mayor. Está creciendo muy deprisa.

—¿Qué sabes tú de eso?

—Lo vi en la tele. Mamá me dijo que se cayó y se dio un golpe en la cabeza. ¿Era tu amiga?

—Íbamos a la misma clase —le explica Patricia, que prefiere no hablar más con Bely de ese tema—. ¿Tiene buena pinta la tarta de manzana?

—¡Buenísima!

—¿Me das dos minutos y voy? Tengo que hacer algo importante antes de merendar.

—Vale. Te guardo un trozo grande.

—Gracias, Bely.

Y, tras besarla en la mejilla, la niña sale muy contenta de

la habitación de su hermana mayor, con el entusiasmo recuperado. A Patricia, por el contrario, enseguida le desaparece la sonrisa con la que ha despedido a la pequeña. Recupera el móvil, que había abandonado sobre el colchón, y entra en la carpeta en la que están guardados sus contactos. Nunca le ha llamado por teléfono. ¿Debe hacerlo ahora? ¿Es seguro? Si esa persona tiene que ver con la muerte de Aurora, quizá está cometiendo una gran imprudencia.

Pero tiene que actuar. No puede quedarse por más tiempo con los brazos cruzados.

Marca su número y espera ansiosa a que conteste.

No hay respuesta. Ni a la primera ni a la segunda vez que llama. Tampoco a la tercera.

La voz de su hermana pequeña gritando su nombre llega impaciente desde el comedor.

—¡Ya voy, Bely!

La chica efectúa una cuarta llamada con el mismo resultado que en las tres anteriores. No contestan al otro lado de la línea. ¿Qué se supone que debe interpretar? ¿Es que no quiere cogerle el teléfono? No tiene ni idea de lo que sucede. De lo único que está convencida es de que debería haber actuado de otra manera cuando descubrió aquel asunto. Ahora tiene miedo. Miedo de hablar. Miedo de que Aurora pueda haber sufrido las consecuencias de su silencio. Y miedo de que aquella historia no haya hecho más que comenzar.

¿Y si ella es la siguiente?

Pero ¿y si está equivocada y una cosa no tiene nada que ver con la otra?

En cualquier caso, todo se ha vuelto oscuro en su vida. Muy oscuro.

Su teléfono suena hasta en cuatro ocasiones. La que llama es Patricia Herrero, de primero B. Evidentemente, no va a responder. No puede hacerlo, sería una completa estupidez.

Esa chica solo ha generado problemas en los últimos días. Si no le hubiera descubierto, ahora no tendría tantas preocupaciones.

Eliminar su colección no va a ser suficiente.

Sabe por qué llama. Está muy claro: Aurora. Esa estúpida niñata lo ha relacionado todo. Si ella revela su secreto, corre peligro. Muchísimo peligro.

Debería hablar con Patricia. Pero no por teléfono. Quizá en el instituto, aunque mañana no hay clase.

Joder. ¿Qué coño hace ahora? ¿Y si la chica va a la policía y confiesa lo que sabe?

—¿Es que nada me va a salir bien? ¿Tan mal lo he hecho? —murmura para sí mientras se frota los ojos con desesperación.

No. ¡No! ¡No ha hecho nada malo! La culpa es de la sociedad. Si la gente tuviera constancia de cómo son las cosas y se planteara que los instintos no se pueden controlar, la realidad sería completamente distinta. ¡Si muchas de esas chicas hasta han tenido relaciones sexuales con compañeros imberbes e inmaduros!

Maldita Aurora.

Aurora. Jamás fue su favorita. Ni siquiera estaba en su *top* diez. Sin embargo, por su culpa ha tenido que borrar las fotos. Y ahora tendrá que ocuparse de Patricia.

Joder, ¿por qué todo tiene que ser tan complicado?

Vuelve a tener ganas de vomitar. Debe relajarse. O se tranquiliza o acabará mal.

Enciende la televisión y se tumba en el sofá. Está puesto el canal local. Reconoce esa voz. Es el gordo aquel que le cae tan mal:

—(...) Aunque Bernardo Ríos continúa detenido, parece ser que la Policía Judicial y Juan Otamendi, el juez de instrucción que lleva el caso, tienen abiertas otras vías de investigación que no han sido reveladas. ¿Será el padre de Aurora el Asesino de la brújula? Desde el punto de vista de este humilde periodista, y por lo que conocemos hasta ahora, yo diría que es bastante improbable. Pero quién sabe.

»Unos anuncios muy interesantes de nuestros patrocinadores y seguimos en directo. No se vayan.

Menudo impresentable. ¿Ha dicho «humilde»? ¿Lo ha escuchado bien? ¡Ese gilipollas de Roberto Méndez no tiene ni una pizca de humildad en su orondo cuerpo! Eso sí, el tío está en su salsa. Y por fin está recibiendo algo de atención. Hasta ese fin de semana nadie veía la televisión local. Tres abuelas aburridas y cuatro gatos más. Ahora seguro que muchos la ponen para enterarse de las novedades de aquel caso. ¿Quién va a estar mejor informado que el periodista del pueblo?

Tras ocho anuncios de empresas locales, Roberto aparece de nuevo en la pantalla, en aquel plató cutre. Aunque esta vez no se encuentra solo. Hay alguien sentado junto a él.

—(...) ¿Quién era Aurora Ríos? Hemos querido hablar con una persona que la conocía muy bien: su profesor de Filosofía y tutor en el Instituto Rubén Darío. Buenas tardes, Jonathan, muchas gracias por estar con nosotros en estos momentos tan difíciles.

Patricia se sienta en la mesa del comedor con su hermana y sus padres. Bely le coloca delante un plato con un inmenso trozo de tarta de manzana.

—¿Quieres batido de fresa? —pregunta la niña, que sostiene como puede la botella.

—Sí, gracias.

Mientras la pequeña le echa la bebida en el vaso, Patri revisa el móvil. Alguien en el grupo de WhatsApp de clase pide que pongan el canal local. Van a entrevistar a Jonathan Vila, su tutor. La chica agarra el mando y enciende la televisión. Cambia hasta llegar al número diez. En la pantalla ve a Roberto Méndez y, sentado a su lado, a Jona. El profesor de Filosofía, que tiene las piernas cruzadas y una mano en la barbilla, escucha lo que el periodista le dice:

—No es ningún secreto que los padres de Aurora Ríos tuvieron un altercado hace tres años y que posteriormente el hombre dejó el pueblo —comenta Roberto en un tono sobrio—. ¿Influyó esto en la chica?

—Bueno, Aurora era una joven bastante introvertida. Es lógico que lo que pasa en casa influya en la manera de ser de los chicos. Además, era una adolescente. Se estaba formando y cualquier circunstancia en su vida podía impactarle y condicionar su personalidad.

—¿Y en el instituto qué papel desarrollaba? ¿Era buena estudiante?

—Sí. Definitivamente, sí. No era de sobresalientes, pero sacaba notas altas y cumplía con el día a día. Nunca dio un problema. Tal vez no era muy comunicativa y tampoco participaba demasiado, pero era buena chica y todos la respetábamos mucho, profesores y compañeros de instituto.

—¿Cómo va a tratar la situación el Rubén Darío? ¿Vais a hablar con los alumnos? ¿Se le va a hacer un homenaje a Aurora? ¿Qué hay planeado?

—Pues todavía no sabemos cuáles son los pasos que se van a dar. Esta ha sido una gran desgracia que nos ha cogido a todos desprevenidos. Lo que está claro es que tenemos que tranquilizar a los chicos y a sus familiares. No tener miedo. Todos estamos dispuestos a colaborar en lo que haga falta con la policía para que cuanto antes se aclare lo que ha pasado. De todas maneras, nuestro director, Lázaro Martínez, te podrá informar de las medidas que va a tomar el centro mucho mejor que yo.

—Hemos intentado hablar con él, pero no lo hemos localizado.

—Han sido dos días muy duros para Lázaro. No ha parado ni un segundo desde ayer. Se estará tomando un respiro.

—Bien. No le culpo. Es un momento muy complicado. Y ser el director del instituto en el que ha aparecido muerta una estudiante no tiene que ser nada agradable.

—Evidentemente no lo es. Ni para él ni para ningún habitante de este pueblo, que tan bien me acogió cuando me vine a vivir aquí.

Patricia tiene bastante con lo que ha escuchado. Pulsa el botón rojo del mando a distancia y apaga la televisión.

—¿Aurora está en el cielo? —pregunta Bely, que tiene rosa la comisura de los labios. En su vaso ya no queda ni una sola gota de batido de fresa.

Sus padres se miran entre sí y no responden. Tampoco lo hace Patricia. Esta se levanta sin decir nada y sale del comedor. Necesita estar sola en su habitación. Mientras se sienta en la cama, piensa en qué es lo que puede hacer ella. No lo sabe, pero, sea lo que sea, no le devolverá la vida a su compañera de clase. Sin embargo, quizá pueda colaborar para que Aurora sea la última víctima. Para eso, debe pensar muy bien su próximo movimiento. No está en mitad de ningún juego, de eso está segura. Los juegos la apasionan, pero aquello debe tomárselo en serio. Un paso en falso podría ser determinante y muy peligroso para ella.

CAPÍTULO 22

Domingo, 21 de mayo de 2017

Sentada en el comedor, con la televisión encendida y mirando hacia ninguna parte, Julia intenta comprender lo que ha sucedido hace un rato. Emilio, su querido y entrañable Emilio, la ha besado. Un minuto después de que sucediera, en plena confusión, el chico le pidió disculpas y se marchó corriendo de su casa. No han vuelto a hablar.

¿Desde cuándo le gusta a su amigo? ¿O ha sido un impulso repentino?

Está claro que su inteligencia no le sirve para reconocer ese tipo de sentimientos. ¿No dicen que las chicas detectan esas cosas?

Ella no.

Ha cogido hasta en tres ocasiones el móvil para llamarlo. Sin embargo, cuando estaba a punto de marcar su número, se ha echado atrás.

Resopla y echa mano al cubo de Rubik que está sobre la mesa. Mientras lo gira a un lado y a otro, piensa en lo acontecido durante el día. Menudo domingo lleva. Primero la historia de Iván y después el beso de Emilio. ¿Qué será lo próximo? Es imposible de predecir, pero tarde o temprano deberá resolver lo que tiene pendiente.

En el grupo de WhatsApp de clase todos hablan de la entrevista que Roberto Méndez le ha hecho a Jonathan Vila sobre Aurora. Su tutor ha estado bien. Tranquilo. No le ha dado juego al periodista y ha eludido con brillantez las preguntas sensacionalistas. Simplemente se ha limitado a honrar la memoria de la chica y a no echar más leña al fuego:

—(...) Lo importante es que encuentren al culpable y que el pueblo vuelva a respirar tranquilo. Para eso debemos respetar y dejar trabajar a las fuerzas del orden y que ellos se encarguen de todo. Nosotros solo podemos ofrecernos a colaborar y llevar siempre a Aurora en nuestro corazón.

Esas han sido las últimas palabras de su profesor de Filosofía antes de abandonar el plató de la televisión local. Ha estado impecable y ha dado una lección de cómo se dicen y se hacen bien las cosas. Todo lo contrario que Roberto Méndez, que en la entrevista no ha parado de buscar titulares y cotilleos que no venían a cuento.

Julia se pone de pie, apaga la tele y sube de nuevo a su habitación. Sus padres no la han llamado en toda la tarde. Sabe que la próxima vez que hable con ellos le preguntarán acerca de Iván. ¿Seguirá en el cuartel? ¿Le habrá contado ya a la policía lo que tenía pensado decirles?

Se sienta en la cama y cierra los ojos. Necesita reflexionar. Pensar en lo que ha vivido en las últimas horas. ¿Habrá algo dentro de su cabeza que le aporte soluciones? ¿Algún recuerdo útil grabado en su memoria?

Lo primero que le viene a la mente son sus propios sentimientos. Lo que experimentó al llegar a aquel pueblo, cuando sentía lo que sentía por Emilio, y lo que en la actualidad surge en su interior cada vez que se encuentra con Iván o piensa en él. Ambos sentimientos, en silencio. Si Emi la hubiera besado cuando ella estaba loquita por él, las circunstancias habrían sido diferentes. Ni siquiera está segura de cuál ha sido su reacción al notar sus labios rozando los suyos. A lo mejor se ha mostrado excesivamente brusca al apartarse de golpe. ¿Le ha dado pie a su amigo para que se lanzara? ¿Habrá malinterpretado algo? ¿Tendría que estar molesta con Emi? ¿Y con Iván? Este último le ha pedido que mienta, que le dé una coartada para la tarde en la que mataron a Aurora. Sin explicaciones. Sin compartir con ella las razones por las que debería ayudarlo.

Julia abre los ojos y mira a su alrededor. No se oye nada. Aquel silencio le resulta perturbador. Incómodo. Un silencio repleto de tensión, que gorgorea en sus sienes y le presiona la mandíbula. Sorbe por la nariz y descubre que está sangrando. Corre al cuarto de baño extrañada y se tapona el orificio derecho con un poco de algodón. Cuando deja de sangrar, se lava la cara y regresa a su dormitorio.

¿Qué está pasándole?

Aire. Necesita respirar.

Guarda el móvil en el bolsillo trasero del *short* que lleva puesto y sale de su casa. El sol todavía preside un cielo completamente azul, aunque ya no hace tanto calor. Julia camina despacio por la calle, sin un rumbo fijo. No va hacia ningún lugar en concreto. Solo desea olvidarse de todo durante unos minutos y recuperar el control de la situación. La presión le ha provocado aquel estado, desconocido por ella hasta ese instante.

Llega a la plaza principal del pueblo, en la que hay menos gente de lo habitual para tratarse de un domingo por la tarde. ¿Será consecuencia del asesinato de Aurora? Imagina que, tras lo del viernes, muchos padres tendrán miedo de que sus hijos estén solos fuera de casa. Sigue caminando y se queda parada junto a la gigantesca farola situada en el centro. Los bancos que ve de frente están todos llenos: una madre con un carrito, una pareja de novios besándose, un grupo de ancianos charlando y una muchacha leyendo un libro de Megan Maxwell. Sin embargo, cuando se gira, contempla que, en el otro lado de la plaza, solo está ocupado uno de los bancos. Reconoce enseguida al hombre que está sentado en él.

Alberto Montero no es precisamente uno de los profesores que mejor cartel tienen dentro de su instituto. Un cuarentón grandote, divorciado, poco agradable, que dirige las clases de Educación Física con un silbato y sin esforzarse demasiado. De los que no suelen predicar con el ejemplo y prefieren dar dos voces bien dadas cuando el ejercicio sale mal. Está mirando el móvil y dando continuos resoplidos.

La chica abandona el centro de la plaza y camina hasta él para sentarse a su lado. El hombretón la observa desconcertado. Julia puede apreciar entonces que sus ojos están rojos. Irritados. Como si hubiese estado llorando. Jamás se puso en la tesitura de que aquel rudimentario profesor supiera llorar.

—Julia Plaza, ¿qué haces por aquí? —le pregunta Alberto con su voz ronca de ultratumba.

—He salido a dar un paseo.

—¿Sola? No deberías —la regaña el hombre—. ¿Tus padres no te han advertido de que las chicas no tienen que andar solas por la calle?

Sus padres no viven en la prehistoria, piensa Julia. Pero prefiere no discutir con su profesor. Sabe que no lo dice con mala intención. Aun así, no está conforme con su idea.

—No tardaré en regresar. Solo estoy dando una vuelta para tomar un poco el aire.

—La calle no es un sitio seguro para una chica como tú. Mira lo que le ha pasado a Aurora. Hay muchos locos sueltos.

—¿Cree que a Aurora la ha matado un loco?

—No sé quién la ha... matado —responde nervioso—.

Pero, si se hubiese quedado en su casa, seguro que ahora estaría viva.

—No nos podemos quedar las veinticuatro horas del día metidas en casa.

—Pues seguirá habiendo muertes. El maniaco ese de la brújula está por ahí al acecho. Decidiendo quién será su próxima víctima. No va a parar. No se va a detener hasta que lo cojan.

Las palabras de Montero suenan con tanta seguridad que asustan. Parece convencido de que el asesino de Aurora volverá a actuar.

—Seguro que lo atraparán pronto —comenta Julia con menos rotundidad que la que ha mostrado Alberto—. No podemos tener miedo de salir a la calle.

—Eres muy ingenua, Julia Plaza.

—Quizá. Pero confío en la policía y sé que lo cogerán.

—Tu padre es el que lleva la investigación, ¿no?

—Sí, es uno de los responsables.

—Mañana lo veré. Tengo que declarar en la comisaría. Nos han citado a todos los profesores de Aurora después del entierro.

A Alberto Montero le tiembla el ojo izquierdo al hablar. Nunca le había visto aquel tic nervioso. Posiblemente sea algo reciente. Lo recordaría si llevara más tiempo con aquella vibración ocular.

—¿Sabes qué es lo más gracioso de todo? —prosigue el profesor de Educación Física del Rubén Darío—. Que no encuentro mi brújula. He buscado por todas partes y no aparece. ¿Te imaginas que es la que ha usado el asesino para firmar el crimen?

—¿Ya lo sabe la policía?

—No. Me acabo de dar cuenta. Mañana se lo contaré. La he estado buscando por toda mi casa, pero no aparece.

Si la brújula es de Alberto, sumado a que a Aurora la golpearon con uno de los bates de béisbol que utilizan en Educación Física, aquel hombre tendrá que responder a muchas preguntas. Aunque, evidentemente, ninguna de las dos circunstancias le hacen ser culpable de asesinato. Ni siquiera sospechoso. ¿O sí?

—Otra cosa graciosa: yo estaba en el instituto el viernes por la tarde. Muchos de los profesores andábamos por allí. Algunos daban clase a los mayores de dieciocho años y otros estábamos de tutoría o preparando los exámenes finales de junio. Imagino que por eso nos habrán convocado a todos mañana. El personal se está empezando a poner nervioso.

—El que no tenga nada que ocultar estará tranquilo.

—Todos tenemos cosas que ocultar, Julia —dice levantándose. Su voz ha sonado muy contundente—. Por favor, vuelve a casa. Este pueblo no es seguro ahora mismo.

El hombre se despide de la chica con un leve gesto de la mano y desaparece por una de las calles anexas a la plaza. Julia no le hace caso a su profesor y permanece sentada en el banco. Todavía no le apetece regresar.

No sabía que la mayoría de los profesores se encontraban en el instituto el viernes por la tarde. El equipo de su padre seguro que ha hecho un informe sobre la localización de cada uno de ellos en el margen horario en el que asesinaron a Aurora. Le encantaría leer ese documento. También le gustaría estar presente en la declaración que van a hacer mañana en la comisaría. Aunque ninguno sea culpable o sospechoso, la Policía Judicial podría obtener alguna información válida para el caso. Hay veces en las que un simple detalle, que para alguien no tiene ninguna importancia, se convierte en la pista fundamental para resolver un enigma.

Hay otra circunstancia que a Julia le llama la atención: habiendo tanta gente en el instituto, ¿cómo se las arregló el asesino para salir del vestuario con el bate de béisbol sin ser visto? ¿Dónde lo guardó? ¿Y si alguien sí que lo vio, pero no lo ha relacionado con el crimen?

El móvil suena y da un brinco encima del banquito, sobresaltada. Tiene el teléfono en el bolsillo trasero del pantalón corto, así que no sabe quién la está llamando. ¿Emilio? ¿Iván? ¿Alguno de sus padres? Hasta que lo comprueba, son unos segundos cargados de incertidumbre y nervios. Se tranquiliza al ver «Mamá móvil» en la pantalla de su *smartphone*.

—¿Sí?

—Julia, ¿dónde estás?

—Dando una vuelta por el pueblo —responde la chica, que se pone de pie y comienza a caminar en pequeños círculos—. Ahora mismo estoy en la plaza.

—Podías haber dejado una nota o enviado un WhatsApp. Me he preocupado cuando he llegado a casa y no te he visto.

—Tienes razón. Perdona.

—No pasa nada. ¿Vienes ya?

—Sí, en cinco minutos estoy ahí. ¿Y papá?

—Continúa en el cuartel. Aunque me ha dicho que volvería pronto. Mañana le espera un día muy largo y complicado.

—Lo imagino. Bueno, te cuelgo. Nos vemos ahora.

—Julia, una cosa —dice Aitana. La chica se teme lo peor. Ahora es cuando le pregunta por Iván y su coartada.

—Dime, mamá.

—Compra pan. La panadería de la plaza creo que está abierta. Esta noche haré unos bocadillos para cenar. Si no tienes dinero, dile a Begoña que mañana se lo pago.

La joven resopla aliviada y mira en dirección al local que le indica su madre. Efectivamente, no han cerrado aún. Se mete la mano en el bolsillo y descubre que dentro hay un billete de diez euros.

—Tengo dinero, no te preocupes. Voy enseguida. Adiós.

La joven cuelga y se guarda el móvil en el *short.* Rápidamente, rodea la plaza y se dirige a la panadería de Begoña. Además de vender pan, en aquel comercio hacen unos dulces muy ricos. Por eso abren en días festivos por la tarde. ¡Cuántas veces ha comido pasteles de aquel sitio para merendar los domingos! Antes era una especie de tradición. Ella no es muy dulcera, pero la bollería casera de Begoña es increíble.

Está a punto de cruzar a la otra acera, donde está la panadería, cuando a unos metros de ella ve que se detiene un coche. Los frenos chirrían al parar. Es un Hyundai i30 de color cereza. Una mujer se baja enérgicamente del vehículo por el lado del copiloto y da un portazo. El conductor también desciende del turismo, aunque se limita a observarla mientras se aleja. No hay duda de que es Virginia, su profesora de Matemáticas, y su marido. A él solo lo ha visto en un par de ocasiones que fue a recogerla al instituto. No parecen muy contentos. De hecho, más bien da la impresión de que han discutido. Una pelea fuerte. Resulta extraño porque aquella mujer no se inmuta nunca, ni suele perder los nervios. Y motivos no le faltan. Algunos de sus compañeros de clase la ponen constantemente al límite de la paciencia. No solo en el aula. También en los pasillos del Rubén Darío. Y es que Virginia se ha convertido durante aquel curso en una profesora que desata pasiones entre los alumnos, padres y compañeros de profesión.

CAPÍTULO 23

Miércoles, 8 de marzo de 2017

Aquel día, amanece como otro cualquiera. No es especial, ni ella desea que lo sea. Hace tiempo que cumplir años no resulta ilusionante para Aurora. Ni ha previsto nada diferente ni mucho menos lo va a celebrar.

Se asoma por la ventana de su habitación y ve que el cielo está gris. No podía ser de otra manera. Su vida cada día es un poquito más insípida. Vive por vivir. ¿Hasta cuándo se soportará a sí misma?

Sale del dormitorio y camina hasta el cuarto de baño. Su madre todavía debe de estar durmiendo, ya que no se escucha ningún ruido en la casa. ¿Se acordará del día que es cuando se despierte? Quizá no. El año pasado no la felicitó hasta que regresó por la noche. La pobre está muy ocupada y trabaja mucho para poder seguir adelante.

Se desnuda y entra en la ducha. Regula el agua hasta que sale muy caliente. Cuelga la alcachofa en el soporte que está encima de ella y deja que los chorros golpeen su cabeza. Aquel es el único momento del día en que disfruta y siente algo de placer. Pero tiene algo más preparado. Descorre la cortina y estira el brazo para alcanzar un pequeño objeto que ha llevado consigo y que oculta entre la ropa. Aurora examina el filo de la cuchilla y después se la coloca en el vientre. El agua caliente sigue cayendo con fuerza sobre su piel. Cierra los ojos y se deja llevar. No la impresiona, lo ha repetido muchas veces. Aquel minuto de desconexión del mundo y de la realidad es su particular autorregalo de cumpleaños.

Al salir del cuarto de baño, se encuentra con su madre. De hecho, casi tropieza con ella. La mujer tiene una taza de café en una mano y en la otra un cruasán.

—¡Muchas felicidades, cariño! —dice Vera, que le da un beso en la frente a su hija. Al final, sí que se ha acordado.

—Gracias, mamá.

—Diecisiete ya. Mírate, te has hecho mayor.

La chica fuerza una sonrisa; con ella intenta disimular la apatía con la que se ha despertado. ¿Quién quiere hacerse mayor sintiéndose de aquella manera? No es fácil levantarse cada mañana y encontrarse con que nada ha cambiado. Que todo sigue igual. Y tener la certeza de que no hay posibilidades de mejorar.

—Bueno, una no se hace mayor de la noche a la mañana.

—Claro que no. Pero me acuerdo de cuando no me llegabas ni a la cintura y querías que te regalara un poni por tu cumpleaños —comenta la mujer. Le brillan los ojos—. Eras muy mona.

Y feliz, sobre todo era feliz. Sin preocupaciones y con una familia unida que la quería y a la que ella adoraba. Solo les tenía miedo a las arañas y la única sangre que había visto era la de los rasguños que se hacía cuando corría en el patio y se caía al suelo. Un beso de mamá o de papá y una tirita, y la herida se curaba. Ahora el dolor es permanente, constante. Y no hay tirita ni beso que lo alivie.

—Voy a prepararme para ir al instituto. No creo que por ser mi cumpleaños me vayan a perdonar llegar tarde.

—¡Espera! ¡Tengo algo para ti! ¿O es que pensabas que me había olvidado?

Vera termina el cruasán y se sacude la mano contra el pantalón antes de marcharse. A los pocos segundos, aparece de nuevo con un paquete en las manos: está envuelto en papel de colores.

—Feliz cumpleaños, hija —le dice, y, tras darle un beso en la mejilla, le entrega el regalo.

La chica entra en su cuarto, acompañada de su madre, para abrirlo. Las dos se sientan en la cama y Aurora empieza a desenvolver el paquete. Al principio, sin excesivo entusiasmo. Pero, conforme quita capas de papel, la curiosidad va apoderándose de ella. Su madre lo ha preparado concienzudamente y una caja da lugar a otra caja, todas envueltas. Así hasta siete. Como si fueran muñecas rusas. La última es muy pequeña.

—¡Mamá! ¡Esto… esto es demasiado! —exclama la joven al descubrir de lo que se trata. Son dos entradas para el concierto de Ed Sheeran, su cantante preferido—. Te habrán costado mucho dinero. ¡No nos lo podemos permitir!

—No te preocupes por eso. Entonces, ¿te gusta tu regalo?

—¡Me encanta! ¡Muchas gracias!

Aurora se lanza sobre su madre y le da dos sonoros besos en la mejilla. Vera se emociona con la reacción de su hija. Hacía mucho que no la veía sonreír así. Sabe que desde hace tres años no es feliz. Las cosas no han ido bien para ellas, pero tiene la esperanza de que algún día la vida les devuelva la alegría que les ha arrebatado.

—Siento que no sea un poni.

—¡Quién quiere un poni cuando voy a poder ver a Ed en directo! Vendrás conmigo, ¿no?

—Pues… no lo sé. Es el ocho de abril por la noche. Seguramente me toque trabajar.

—¿Y con quién voy?

—Con quien tú quieras. Díselo a alguien de tu clase. ¿Emilio, por ejemplo? Es un chaval muy majo.

Un chaval con el que no tiene trato desde hace casi tres años. Ni siquiera puede considerarlo ya como amigo. Ni a él ni a nadie. Es cierto que mantuvieron una bonita relación de amistad, pero entre los dos terminaron tirándola a la basura.

—No creo que le guste Ed Sheeran —se excusa Aurora, que no va a explicarle ahora a su madre que no tiene amigos en el instituto—. Me parece que en mi clase no hay ningún seguidor de él.

—Bueno, si no encuentras a nadie en los próximos días, intentaré ir yo contigo. Y ahora date prisa o de verdad vas a llegar tarde al instituto.

La mujer se levanta y, tras darle otro beso en la cabeza a su hija, se marcha de su habitación. Aurora también se pone de pie. Guarda las entradas en un cajón y piensa qué puede hacer con la que le sobra. Su madre se ha gastado mucho dinero en ellas. Dinero que no abunda y que seguro que le ha supuesto un gran esfuerzo reunir. Podría ir sola y revender la otra. Recuperaría la mitad del importe. Y ella no necesita a nadie para disfrutar de un concierto. En cualquier caso, todavía dispone de unos días para decidir lo que hacer. ¡Y se le ha hecho terriblemente tarde!

Aurora se da toda la prisa del mundo para llegar a tiempo. A primera hora tiene Matemáticas y, o corre mucho, o no encontrará la puerta abierta del aula. Virginia es un encanto, pero también está obsesionada con la puntualidad y no permite que nadie entre en clase después de que ella esté dentro. Tres faltas injustificadas o por llegar tarde te dejan sin examen final. Y ya tiene un par acumuladas.

La joven se encuentra a cien metros del Rubén Darío cuando suena la campana. Mierda. El día de su cumpleaños llega tarde y se perderá Matemáticas. Le fastidia decepcionar a Virginia, que tan bien se portó ayer con ella, y sumar una falta más.

Entra en el instituto y, a toda velocidad, se dirige hacia su clase. El pasillo ya está desierto. Sin embargo, al final, una puerta todavía continúa abierta. Es la de primero B. Aurora no se lo puede creer y corre todo lo rápido que sus piernas le permiten. Justo antes de llegar, aparece una mujer con un elegante vestido azul marino que la recibe en la entrada. Virginia no parece molesta, al contrario. Sonríe y le da un abrazo.

—Muchas felicidades, Aurora —dice la profesora de Matemáticas mientras la achucha.

La joven se sonroja y trata de recuperar el aliento perdido durante la carrera. Se veía fuera de clase, pero Virginia la ha esperado.

—Gracias.

—Te he visto por la ventana y no podía permitir que el día de tu cumpleaños pasaras un mal trago. Pero que no se repita, ¿eh?

—Gracias otra vez. No se repetirá.

—Estoy segura de que no. Por cierto, pásate por mi despacho en el recreo. Te he comprado un detallito por tu cumple.

Eso sí que no lo esperaba. La chica asiente sorprendida y las dos entran juntas en el aula, donde el resto de los alumnos se encuentran ya sentados. Aurora se dirige hasta su mesa, sin que nadie más la felicite. Le da lo mismo. Las entradas para el concierto de Ed Sheeran y el breve encuentro con su profesora le han alegrado el día. A pesar de que queda mucha jornada por delante, aquello ya es bastante más de lo que había imaginado.

Matemáticas no se le hace pesada. Durante toda la hora piensa en lo que puede haberle comprado Virginia y fantasea sobre ello. En cambio, Filosofía y Educación Física son eternas. ¿Por qué han elegido béisbol como deporte opcional? Hoy son impares —ha faltado Julia— y se queda sin pareja. Así que su profesor, Alberto Montero, se pone con ella. No le da ni una vez a la pelota con el bate. Aquel tipo no cesa de gritarle, pidiéndole que se concentre, un montón de veces. Imposible. El deporte no es lo suyo, y menos aquel. Ese absurdo trozo de madera le pesa mucho y es incapaz de coordinarse.

—¡La bola! ¡Aurora! ¡Mira la puta bola!

Afortunadamente, las clases solo duran cincuenta y cinco minutos. Y después de Educación Física hay un recreo de media hora. La joven sale del vestuario en cuanto queda liberada y se dirige directamente al despacho de su profesora de Matemáticas. La puerta está abierta. En cuanto la ve, Virginia la invita a pasar y le pide que cierre. Aurora obedece.

—Siéntate, por favor —le dice la mujer al tiempo que señala la silla dispuesta delante de su mesa.

La profesora abre un cajón y de él extrae una cajita, envuelta en un papel parecido al que había usado su madre para su regalo.

—No tenías por qué comprarme nada, Virginia.

—Claro que sí, tonta. Es tu cumpleaños. Además, solo es un detalle. Toma. Espero que te guste.

Es el segundo regalo de la mañana y debe reconocer que ambos le hacen la misma ilusión. Quizá incluso un poco más el de su profesora, por ser del todo inesperado. Da lo mismo lo que haya dentro de esa caja. Aunque ahora está deseando averiguarlo.

Aurora trata de no parecer ansiosa y procura no romper el papel. Despacio, lo desenvuelve y se encuentra con un cofrecito rojo.

—Ábrelo. A ver si te gusta.

La chica obedece a Virginia y levanta la tapa. Lo que ve le encanta. Es una cadenita plateada que lleva grabado su nombre con letras que parecen élficas. La joven la saca y la admira mientras la sujeta con una mano.

—¡Dios! Es preciosa.

—Es una cadena tobillera. Espero que no tengas ya una. Aunque siempre te la puedes colocar en el otro pie.

—No tengo ninguna. Muchas gracias, Virginia. Aunque me… me parece demasiado. No lo merezco.

—No digas tonterías. Todo el mundo merece que le hagan regalos en el día de su cumpleaños.

—Pero esto…

—¿No te gusta?

—¡Claro que me gusta! Ya te he dicho que es preciosa. ¡Me encanta!

—Pues no se hable más —sentencia Virginia, que se pone de pie y rodea la mesa del despacho. Se coloca junto a Aurora y le pide que le entregue la cadenita—. ¿Tobillo derecho o izquierdo?

La joven se encoge de hombros y le da a su profesora la opción de elegir. Esta se agacha y opta por colocarle la cadena en el pie derecho.

—Muchas gracias de nuevo, Virginia.

—No me las des más veces. Solo espero que esta cadenita te sirva de amuleto y te dé toda la suerte del mundo.

CAPÍTULO 24

Domingo, 21 de mayo de 2017

Colecciona estupideces. Pero como la de esa tarde pocas. Ninguna. Solo a él se le ocurre besar a su mejor amiga sin venir a cuento. Emilio sabe que ha cometido un gran error y que solucionar un fallo como aquel va a ser imposible. Julia no lo ha llamado en toda la tarde y él tampoco ha dado el paso. No sabría qué decirle ni qué explicarle. Lo que está muy claro es que el beso no ha sido recíproco. Ella se ha encontrado con sus labios y, cuando se ha dado cuenta de lo que sucedía, se ha apartado. ¿Qué esperaba? ¿Que fuera como en las películas? Chico besa a chica y chica confiesa que llevaba toda la vida esperando aquel momento y le devuelve el beso de forma apasionada y sincera.

No, en su película aquella escena no cuadra. El beso con la actriz protagonista pertenece a otro actor.

Desde que salió de la casa de su amiga, ha ido dando tumbos por todo el pueblo. Lo ha recorrido de norte a sur y de este a oeste. No es que sean demasiados kilómetros cuadrados, pero ya le duelen las piernas de tanto andar. Emilio opta por sentarse en el bordillo de una fuente para tomarse un descanso. Se quita las gafas y las limpia con la camiseta. En ese instante, suena su móvil. Es un mensaje de WhatsApp.

Se coloca las lentes y examina el teléfono con la esperanza de que sea Julia. Pues no. Es su madre.

«Emilio, ¿a qué hora vas a venir a cenar? Esto que estás haciendo es una prueba de inmadurez. Pero tu padre y yo te perdonamos. No tardes mucho en regresar».

El joven se queda a cuadros cuando lee aquellas palabras. ¿Que le perdonan? ¿Va en serio? Sus padres no entienden nada. Ellos solo se miran el ombligo y no se preocupan por comprenderle. Si tuviera medios, mañana mismo se marcharía de casa.

Se plantea no responder a su madre y que sufra un poco con su silencio. Sin embargo, después de unos minutos en los que logra tranquilizarse, decide contestarle.

«Dentro de un rato voy para allá».

Antes de que se vuelva a guardar el móvil, su madre le envía un nuevo mensaje con un simple «OK» que lo saca un poco más de sus casillas. Aquel fin de semana está siendo para olvidar. En la vida debería existir una tecla para borrar días. Si la hubiera, eliminaría los tres últimos. Se ahorraría las últimas broncas con sus padres, no habría besado a Julia y… Aurora seguiría viva. El recuerdo del que fue su primer amor le provoca un vacío que va en aumento conforme pasan los días. No deja de preguntarse si podría haber hecho más para que ella fuera un poquito más feliz. No la apoyó en los malos momentos y se convirtió en uno más. Otro de los que la ignoraron. Ahora ya no podrá decirle que lo siente y que cuente con él para lo que necesite.

Se le han empañado las gafas otra vez. Se las quita, se seca los ojos húmedos con los dedos y vuelve a limpiar las lentes con la camiseta. Al terminar, se las coloca y ajusta en la nariz. Entonces, ve a un chico y a dos personas mayores saliendo del edificio de enfrente. No se había dado cuenta de que se ha sentado delante del cuartel de la Guardia Civil. El joven es Iván y los que le acompañan parecen sus abuelos. ¿Qué habrá ido a hacer allí? Aquel tipo nunca le ha dado buena espina.

El estudiante de segundo de bachillerato se despide de los dos ancianos y toma el camino contrario al de ellos. Emilio decide seguirle. Lo hace con sigilo, para que no le descubra. No sabe dónde vive, así que no está muy seguro de si se dirige a su casa o no.

Cuando llevan cinco minutos andando, Emi empieza a cuestionarse el motivo real por el que va tras él. Ninguno. Realmente, no hay ninguna razón. Está jugando al detective privado sin saber qué investiga ni por qué. ¿Le guía su instinto?

Se dirigen hacia la parte nueva del pueblo, que se aleja mucho de su casa. Si continúa persiguiendo a Iván, el paseo de vuelta va a resultar kilométrico. Y ya tiene las piernas cansadas de caminar durante toda la tarde. Así que se detiene y se dispone a regresar por donde ha venido. Pero, en ese momento, el chico al que sigue también se para. Se gira y sus miradas se encuentran. Emilio traga saliva. ¿Le ha descubierto?

Durante varios segundos, aquello parece un duelo al sol. De esos del viejo Oeste, con un pistolero en cada extremo de la calle. Desafiantes.

El intercambio de miradas concluye cuando Iván comienza a caminar hacia él. Emilio no se mueve. Permanece clavado en el mismo lugar hasta que el otro chico llega a su altura. Frente a frente, vuelven a mirarse a los ojos.

—¿Me estabas siguiendo? —pregunta Iván sin más rodeos.

—No. Simplemente pasaba por aquí. Ha sido un encuentro casual.

—Mientes muy mal. Y siguiendo a gente eres todavía peor. Me he dado cuenta de que venías detrás de mí hace quince minutos. ¿Qué quieres?

Emilio se rasca la nuca nervioso. ¿Qué quiere? ¡Como si lo supiera! ¿Le dice que le ha estado persiguiendo porque no le da buena espina y se ha dejado llevar por su intuición? Eso no solo sonaría mal, sino también ridículo.

—Te he visto salir del cuartel —dice el chico del cabello tintado de azul—. ¿Qué hacías allí?

—Eso a ti no te importa.

—¿Tienes algo que ocultar?

Iván endurece la expresión de su rostro. Emilio traga saliva de nuevo. Parece que le ha molestado mucho su comentario. Si aquel chico quisiera, terminaría con él de un solo soplido. Él nunca se ha pegado con nadie. Caería *KO* en el primer asalto.

—¿Te ha dicho algo Julia? —pregunta Iván al tiempo que, de repente, rebaja la tensión de sus gestos.

—¿Julia? ¿Qué pinta ella en esto?

—Entonces, ¿no habéis hablado?

—Hemos estado juntos. Y hemos hablado. Aunque no sé a qué te refieres exactamente.

—Vale. No te ha dicho nada.

Emilio sigue sin comprender. Julia ha hablado con Iván de alguna historia. ¿Sería cuando estaban en su casa y ha tardado tanto en regresar a la habitación? Al bajar a buscarla la vio distinta, como si estuviera muy preocupada por algo. Incluso le preguntó si todo iba bien y ella cambió de tema al instante. Fue cuando decidieron aparcar hasta el martes los estudios y las tareas pendientes.

Por lo visto, él no es su único confidente.

—Todavía no me has contestado: ¿qué hacías en el cuartel de la Guardia Civil?

—Sí te he contestado. Te he dicho que no es asunto tuyo.

El odio que Emilio siente hacia aquel tipo va creciendo segundo a segundo. Ya no es que no se fíe de él, es que encima tiene secretitos con Julia. Demasiada complicidad. Un pensamiento terrible pasa por su cabeza en ese instante. ¿Y si su amiga está enamorada de él?

—Bien. Pues ahora llamaré a Julia y le preguntaré. Sospecho que ella tiene la respuesta. Seguro que me lo dirá.

—Deja a Julia en paz. No la presiones. Si no te ha contado nada es porque sabe ser discreta. Menudo amigo eres.

—¿Cuestionas cómo llevo mi amistad con ella?

—Siempre estás a su lado, como si fueras su mascota. ¿Por qué la controlas tanto? ¿Para que nadie te la quite? Si no te cuenta algo será porque no es asunto tuyo.

Aquellas palabras hieren profundamente a Emilio, que se siente muy ofendido. Ese estúpido no es nadie para hablarle así, y mucho menos para decirle cómo debe actuar con su amiga.

—¿Estás celoso de mí? —contraataca furioso Emi—. ¿A lo mejor es que ya no te gusta tanto tu querida novia Vanesa y te has enamorado de una tía de verdad?

—¿Yo enamorado de Julia? ¿No estarás hablando de ti mismo?

—Lo nuestro es una gran amistad que ya dura tres años. ¿Cuántas veces has hablado tú con ella? ¿Tres? ¿Cuatro?

—Las suficientes como para pedirle un favor y que ella me guarde el secreto.

Touché. Aquel tío no es tan estúpido como pensaba. Sabe lo que hace y siempre consigue quedarse con la última palabra. Tiene que admitir que le ha sorprendido.

—Mira, paso de discutir más contigo. Es tarde y me esperan en casa para cenar.

—Bien, pelo azul. Espero que no vuelvas a seguirme.

—Tranquilo. No eres tan importante.

—No soy importante, pero te he hecho andar hasta aquí. Estás muy lejos de tu casa, ¿me equivoco?

—Las distancias en este pueblo son pequeñas. No te preocupes.

—No me preocupo. Tú tampoco eres tan importante.

Iván sonríe de lado e, inmediatamente, a Emilio también se le escapa otra sonrisa. Y, sin despedirse del otro, ambos se giran y emprenden la marcha en direcciones opuestas. En cambio, cuando se han alejado unos cuantos metros, Iván pronuncia el nombre del otro chico, que se da la vuelta.

—Si aceptas un consejo, cuida lo que tengas con Julia. Es una chica increíble y muy especial.

—Lo sé, no hace falta que me lo digas.

—Perfecto. ¡Ah! Lo último. Tenías razón: en cierta manera, estoy celoso de lo que hay entre vosotros. Sea lo que sea.

—Solo somos amigos. Muy buenos amigos.

—Pues que dure mucho esa amistad. Ya nos veremos, pelo azul.

Ahora Iván sí que se despide de Emilio. Lo hace con una especie de reverencia, inclinando la cabeza hacia delante.

Emi se coloca bien las gafas y de nuevo emprende el camino de vuelta a casa. Al final, aquel tipo no va a ser tan malo como pensaba, aunque sigue odiándolo mucho. Eso sí, le ha parecido mucho más inteligente de lo que creía. Puede que se haya equivocado con él. De todas maneras, no va a confiarse. Hay algo que no termina de convencerle. Además, mantiene un secreto con Julia del que no ha querido hablar. Eso le fastidia.

Y otra cuestión importante que no le ha aclarado: ¿qué demonios estaba haciendo en el cuartel de la Guardia Civil? ¿Tendría que ver con el asesinato de Aurora?

CAPÍTULO 25

Domingo, 21 de mayo de 2017

Mientras regresa, Julia le da vueltas a la discusión que ha presenciado entre Virginia y su marido. ¿Qué habrá motivado que su profesora perdiera los nervios de esa manera? Desde donde se encontraba no pudo oír lo que decían, pero parecía evidente que la bronca entre los dos era considerable. A pesar de todo, la profesora de Matemáticas conservó las formas. Ni en una situación así pierde su habitual elegancia.

Abre la puerta de casa y enseguida ve a su madre sentada en la mesa de la cocina. Tiene el móvil en la mano y está leyendo algo en la pantalla. Muy concentrada. La aparición de su hija la devuelve a la realidad. Aitana se pone de pie y le da un gran abrazo. A la chica le resulta extraña tanta efusividad de bienvenida. No es lo normal.

—Nunca me habías recibido así por traer el pan —bromea Julia.

—Es que te quiero mucho. Y ese pan huele muy bien.

—Pues no sé si confesarte que también he comprado pastelitos para el postre. Casi me has asfixiado con tu achuchón.

Aitana se ríe y le da dos besos muy sonoros a la joven en la mejilla. La mujer se da cuenta de que le ha dejado la cara manchada con pintalabios, aunque ni se lo quita ni se lo advierte.

—Me encanta cuando hablas y te comportas como yo. Es de las pocas veces que demuestras que eres hija de tu madre. ¿De qué son los pastelitos?

—De chocolate y nata.

—Tu padre se chupará los dedos. Son sus preferidos. Al pobre le vendrá bien un poco de azúcar después de este fin de semana tan intenso.

—¿Viene a cenar?

—Sí, me ha escrito diciendo que volverá pronto. Ya ha terminado el trabajo que tenía que hacer en el cuartel.

Julia se pregunta si el trabajo del que su madre habla está relacionado con Iván. ¿Le habrá comentado algo su padre acerca de lo que el chico le pidió antes por teléfono? Si es así, disimula muy bien. A no ser que aquella muestra de cariño tenga que ver con eso. En cualquier caso, si tienen que hablar de ese tema, prefiere que lo saque ella. O a lo mejor está esperando a que regrese su padre para abordar el asunto.

—¿Qué estabas leyendo en el móvil cuando he llegado? Parecías muy interesada.

—Tu padre me ha enviado varios *links* en los que se habla del Asesino de la brújula. A cuál más sensacionalista. Estamos preocupados de que se extienda la alarma social y la gente vea asesinos en serie por todas partes. Yo misma me he preocupado mucho cuando he llegado a casa y no te he visto.

—Debería haberte avisado.

—Sí, pero tampoco es raro que salgas a dar una vuelta por el pueblo un domingo por la tarde y se te olvide dejar una nota o escribirme. Sin embargo, durante un minuto me he puesto en la piel de la madre de Aurora y se me ha caído el mundo encima imaginando que podría haberte sucedido algo. Hasta se me han saltado las lágrimas cuando hemos terminado de hablar. Si yo, que estoy al tanto de todo e informada de primera mano del caso, me siento así, no quiero imaginar qué pueden sentir los padres de cualquier chico del pueblo al leer todo lo que se está publicando.

—¿Y no se puede hacer nada? Dar una rueda de prensa o que la policía haga una declaración aclarándolo todo.

—Esto no es una película americana, Julia. Aquí no disponemos de un departamento de prensa que pueda elaborar una nota explicativa o convocar a los medios de comunicación. Tampoco tenemos una idea clara de lo que ha sucedido. Si se da un paso en falso, puede ser todavía peor.

—Comprendo.

—Hay muchas cosas que la gente lee en las novelas policíacas o ve en las películas y las series de televisión que son muy diferentes en la vida real. Esto no deja de ser un pueblo pequeño, con sus grandes limitaciones. De hecho, ya sabes que yo trabajo en la ciudad y todas las pruebas las hacemos allí. Que me hayan dado el caso de Aurora ha sido una casualidad, porque podrían habérselo adjudicado a cualquier otro forense del departamento.

—¿No ha influido que tú vivas aquí?

—Puede, pero no es determinante. Nosotros no elegimos. Hay unos responsables, mis jefes, que se encargan de asignar cada caso a cada forense. Aunque ha sido duro hacerle la autopsia a una chica que conocía y hablar con su madre, me alegro de poder ayudar a tu padre y a su equipo con mis aportaciones. La confianza es fundamental entre nosotros y la policía cuando hay tanta presión de por medio.

Julia asiente y entiende a la perfección lo que su madre le explica. Ni ella ni su padre pueden cometer errores en su trabajo. En algunos casos, está en juego la vida de personas y, en otros, averiguar todo lo relacionado con su muerte y quién ha podido ser el responsable del crimen. Afortunadamente, no son muy numerosos los casos como el de Aurora. No todos los días hay un asesinato. Ni todos los meses. Pero, cuando se dan, la tensión casi se puede masticar y aumenta la presión para todos los que se encargan de los aspectos relacionados con la investigación. El pueblo está pendiente de ellos y de sus progresos.

—Papá y tú sois los mejores en lo vuestro. La gente debe estar tranquila.

—Hacemos lo que podemos. Aunque creo que todavía nos queda mucho trabajo que hacer en este caso.

—¿Tú no has acabado? El entierro de Aurora es mañana.

—Yo he terminado el trabajo con el cuerpo de la pobre chica. Pero he mandado hacer pruebas al laboratorio y que analicen varias tomas de cabello, sangre, piel, uñas... para confirmar algunas cosas y ver si se nos ha escapado algo. Parece muy claro que la muerte fue provocada por el impacto de un objeto contundente de madera en la cabeza, estando Aurora de espaldas a su agresor, sobre las ocho y media, más o menos, de la tarde del viernes. Eso lo tenemos. Pero no nos conformamos. No podemos hacerlo.

—Del bate de béisbol no se sabe nada, ¿no?

—No. Pero en algún lado tiene que estar.

—El instituto estaba lleno de profesores el viernes por la tarde. También estaban por allí los estudiantes mayores de dieciocho años. Y un bate de béisbol... pequeño no es. Además pesa mucho. Es complicado que alguien no viera al agresor con el bate.

—Tuvo suerte o quizá es una persona precavida y lo escondió muy bien al salir del vestuario. O tal vez alguien viera al homicida con el bate y no le ha dado importancia. Ten en cuenta que en los medios no han especificado el objeto con el que golpearon a Aurora. Así que solo el asesino y nosotros sabemos que fue con un bate de béisbol. Aunque, al no aparecer, no podemos darlo por seguro al cien por cien. También he mandado analizar las astillas que extraje de la herida para corroborar nuestra teoría.

—Y el diente que encontraron en el vestuario, ¿ya se sabe seguro que era de Aurora?

—Sí. Lo he examinado y a ella le faltaba en su dentadura. Coincide. Quizá lo tenía algo flojo y se le cayó. Aun siendo así, que se le cayera significa que el golpe fue brutal. Por detrás y sin que ella se lo esperara. Además, no hay signos de lucha, ni una pelea anterior al impacto. O al menos no he encontrado pruebas de que eso sucediera.

El procedimiento del crimen está resuelto. Falta lo más importante: saber quién lo hizo y por qué. Y, hasta ese momento, solo ha habido un sospechoso. El padre de Aurora continúa en un calabozo del cuartel, pero mañana lo pondrán a disposición judicial. El juez Otamendi se encargará de decidir si deja en libertad a Bernardo con o sin fianza o si ingresa en prisión preventiva.

—Me he enterado de que mañana, después del entierro, los profesores del instituto irán a declarar a la comisaría.

—Sí, esta semana se les va a tomar declaración a las personas con las que Aurora tenía algún tipo de relación. No para acusarlas, sino para ver si se consigue alguna información que pueda ayudar en la investigación.

La chica repasa mentalmente los rostros de los nueve profesores que tiene en primero de bachillerato, que son los mismos que le daban clase a la joven asesinada. Lázaro Martínez, además de su director, también es su profesor de Francés. Jonathan Vila le da Filosofía y ejerce como tutor del curso. Alberto Montero es el de Educación Física y Virginia Ayuso, la de Matemáticas; a ambos los ha visto hoy en la plaza del pueblo. También están Diego Soler, profe de Lengua y Literatura; Nuria Almagro, profesora de Economía; Ana López, de Historia; Santiago Mantovani, que les da Religión, y Scarlett Smith, profesora de Inglés. ¿Cuántos estarían en el Rubén Darío el viernes por la tarde? ¿Alguno tendría algo en contra de Aurora tan grave como para quitarle la vida?

Sinceramente, a ninguno de ellos lo ve como culpable. Ni siquiera a Montero, con el que ha hablado antes. Es el más rudo, el que peor genio tiene de todos, pero ¿por qué querría matar a Aurora? No hay ninguna explicación que se le ocurra.

—¿En qué piensas, hija? —pregunta Aitana después de unos segundos en los que Julia no dice nada.

—En que no veo a ninguno de mis profesores capaces de cometer un crimen.

—Es lógico. Nadie puede imaginar que convive a diario con alguien capaz de hacer algo así. Desgraciadamente, luego la vida te sorprende.

—¡Pero es un asesinato, mamá! ¡Le han quitado la vida a una persona! ¡A una adolescente que no hacía ruido! ¡Que no se metía con nadie! ¿Cómo va a ser uno de mis profesores o alguno de mis compañeros de clase el responsable de un acto tan terrible? Por la espalda, a sangre fría.

—Alguien lo ha hecho, Julia. No sé quién, ni si tenía relación con tu instituto, pero hay alguien en alguna parte que ha matado a Aurora. E igual que no hay que culpar a nadie, y menos sin pruebas, tampoco hay que descartar a nadie porque aparentemente no dé el perfil de un asesino.

La chica suelta una bocanada de aire y se cruza de brazos. Si el culpable frecuenta su instituto, en algún instante ha tenido que ver algo fuera de lugar. Su mente puede que lo haya registrado. Lo difícil es encontrar ese momento. Bucear en sus recuerdos y atar cabos. Por muy inteligente que sea y por muy buena memoria que tenga, no es infalible, ni dispone de superpoderes. Pero le da rabia no hallar la solución de un asunto que tiene toda la pinta de que se ha ido fraguando en sus propias narices.

Aunque existe la posibilidad de que nada tenga que ver con el Rubén Darío ni con primero B.

—Voy a preparar los bocadillos para la cena. ¿Filete con tomate?

—Vale —contesta Julia, que sigue pensativa.

—Hija, no le des más vueltas al tema. No es tu labor. Sigo creyendo que te estamos involucrando demasiado en esta historia y que quizá es mejor no volver a hablar sobre ello.

—Estoy bien, mamá. No te preocupes.

La respuesta no convence a la mujer, que vuelve a besar en la cara a su hija. Es inevitable que se preocupe por ella y por la carga emocional que está soportando en esos días.

Mientras Aitana prepara la cena y Julia rastrea en su memoria, sentada en la cocina, la puerta de la casa se abre. Han pasado un par de minutos de las nueve. Miguel Ángel se dirige hasta donde se encuentran las dos chicas más importantes de su vida y las besa a ambas. A su mujer en los labios y a su hija en la mejilla.

—¿Por qué tienes pintalabios por toda la cara, Julia? —pregunta el hombre sonriente.

—Culpa mía —reconoce Aitana levantando una mano—. Solo era una pequeña broma. Y está tan adorable...

—Mamá, no tienes remedio —protesta la chica mientras se limpia con una servilleta.

Miguel Ángel ríe y se sienta en una de las sillas de la cocina. Se desabrocha un botón de la camisa y estira las piernas. Está agotado. Julia lo mira expectante, esperando que en cualquier momento le diga algo de Iván. Pero van pasando los minutos y su padre no le pregunta por el chico del *piercing* en la ceja y lo que se supone que le ha contado acerca de su coartada con ella.

La joven no entiende nada. ¿Es que no va a asegurarse de que estaban juntos en el momento en el que murió Aurora?

La respuesta llega en forma de WhatsApp mientras cenan. El mensaje es de Iván:

«Al final no le he dicho a la policía que estaba contigo el viernes por la tarde. Simplemente, he desmentido que estuviera en el instituto a esa hora. No sé si me han creído o no. Como no estaba detenido, sino que era una consulta, me han dejado ir. Pero, tarde o temprano, volverán a interrogarme. Y puede que hasta me detengan. Siento haberte metido en este lío. No te lo merecías».

Aquello lo aclara todo. Julia resopla, aunque sigue preocupada por Iván. El marrón se ha solucionado parcialmente, pero quedan demasiadas cuestiones pendientes. Cuestiones que no le permiten dormir mucho esa noche, en la que sueña con Iván preso en la cárcel y con el beso que le ha dado Emilio.

Emilio…

De su amigo no vuelve a saber nada durante aquel domingo. Quizá necesitan un tiempo distanciados para que ambos aclaren en sus cabezas lo que ha pasado entre ellos.

¿Solo ha sido un beso? ¿Un impulso?

Ella no lo tiene muy claro. ¿Y Emilio? ¿Qué sentirá?

CAPÍTULO 26

Lunes, 22 de mayo de 2017

Si hubiese sido un lunes normal, ahora mismo se estaría preparando para ir a clase. Estaría centrada en que solo queda una semana para que empiecen los exámenes finales y en que, en poco menos de un mes, comenzarán las vacaciones de verano.

Pero aquel no es un lunes normal, ni para Julia ni para ningún habitante de aquel pueblo.

No hay instituto y a las diez asistirá al entierro de la que fue su compañera de clase. No eran amigas y apenas la conocía. No sabe cuál era su color preferido, ni si estaba enganchada a alguna serie. Tampoco si le gustaba algún chico o si quería ir a la universidad. Si prefería el té o el café o si era católica o no le rezaba a ningún dios. Sin embargo, Aurora ha estado presente en la cabeza de Julia desde que Vera la llamó el viernes por la noche para preguntarle por ella. Desde ese instante, ha estado más pendiente de la chica invisible que en los casi tres años anteriores en los que compartieron aula, compañeros y profesores.

La joven mira por la ventana de su cuarto y descubre que el cielo se ha despertado de un color grisáceo poco amable. Se asoma y percibe una extraña calma en el ambiente. Hay más silencio que de costumbre. No circulan coches ni cantan los pájaros. Ningún vecino le grita a su hijo que va a llegar tarde a clase ni se oye silbar al viento del norte.

Es un lunes diferente a todos.

Julia baja la escalera y se encuentra a su madre desayunando en la cocina. La saluda con un beso y ella misma se sirve un café con leche.

—¿Ya se ha ido papá?

—Sí, hoy tiene mucho trabajo que hacer. Le espera una jornada larguísima. No creo ni que venga a casa a comer.

—¿No va a ir al entierro de Aurora?

—Irá con sus compañeros de la Guardia Civil —comenta Aitana, que le ofrece una magdalena a su hija. Esta la acepta y le quita el envoltorio—. Aunque habrá mucha gente, ellos estarán vigilando a los asistentes por si se produce algún comportamiento fuera de lo normal.

—Pobre papá, siempre está trabajando.

—Es lo que le toca. Un sargento de la Policía Judicial hace mucho trabajo de campo y sobre sus hombros recae una gran responsabilidad. Tiene que dirigir a un equipo y, a su vez, recibe órdenes de unos superiores que confían en él, pero que suelen ser muy exigentes.

Julia moja la magdalena en el café y se la come de tres bocados. Lo hace lentamente, al tiempo que se cuestiona si el asesino de Aurora asistirá a su entierro. Ha leído que algunos criminales acuden a los funerales de sus víctimas para recrearse en el dolor de las familias.

—¿Tú vas a ir con Emilio?

—Pues... —La pregunta coge desprevenida a la joven, que busca otra magdalena dentro de la bolsa—. No hemos quedado, ni creo que lo hagamos ya para ir juntos.

—¿Y eso? ¿Habéis discutido?

—Algo así. Pero no es nada grave. No te preocupes.

—Los que se pelean se desean.

—¡Mamá!

Aitana carraspea y sonríe mirando para otro lado. A Julia le molesta la actitud de su madre. ¿Por qué sigue con eso? Enrabietada, muerde la magdalena y se atraganta con el gran trozo que se mete en la boca.

—¿Quieres que vayamos juntas? —pregunta su madre cuando ve que su hija se ha recuperado—. Si no, me tocará ir sola.

Ahora mismo está enfadada con ella por sus continuas insinuaciones respecto a su relación con Emilio. ¡Ya le ha dicho que no hay nada entre ellos! Menos mal que no se ha enterado de lo que sucedió ayer por la tarde. Pero si no va con su madre, ella también irá sola. Y tampoco le apetece afrontar sin nadie al lado el mal trago que va a suponer el entierro.

—Vale. Pero basta de hacer eso.

—¿Hacer el qué?

—No te hagas la tonta, mamá. ¡Lo sabes perfectamente!

La mujer se encoge de hombros y, esbozando una pícara sonrisa, mete su vaso en el lavavajillas, se despide de Julia y sube a la primera planta de la casa. La joven se lamenta de que su madre continúe bromeando con ese tema; y más ahora, tras el asunto del beso. Se ha levantado con una sensación rara. No está muy segura de cómo debe comportarse con su amigo. Seguramente se verán en un rato, en el entierro de Aurora. Y entonces, ¿qué pasará?

Al terminar de desayunar, sube para darse una ducha. Antes, en su habitación, repasa las redes sociales en el móvil. A continuación, hace lo mismo con el WhatsApp. Hay un montón de notificaciones que no había leído en el grupo de clase, pero Emi no ha escrito en él. Tal vez no se encuentre bien o quizá necesite recapacitar y estar solo. Lo que sea prefiere tratarlo en persona y no por teléfono.

Suelta el móvil en la cama y se aproxima al armario. Lo abre y se queda más de un minuto contemplando la ropa. Las chicas de su clase van a ir todas de negro, lo han anunciado en el grupo. Pero ella solo dispone de dos vestidos de ese color y ninguno es apropiado para un funeral. ¿Tendrá su madre algo que prestarle que le quede bien? Casi miden lo mismo. Si no aparece nada, deberá conformarse con un vestido gris oscuro que solo se ha puesto una vez y no le agrada demasiado. Un regalo de cumpleaños de una de sus tías, que conoce poco sobre sus gustos.

Va a salir de la habitación para hablar con su madre cuando suena el móvil. Rápidamente, se lanza a por él pensando que puede ser Emilio. No es él, sino el otro chico con quien tiene cuentas pendientes.

—Buenos días, Iván —dice Julia, que anoche prefirió no responder a su mensaje de WhatsApp.

¿Por qué no lo hizo? Estaba cansada y harta de aquel domingo repleto de sobresaltos. Si le contestaba, corría el riesgo de que él volviera a escribirle y aquella conversación se alargara en la noche. Ya sabía por qué su padre no le había preguntado por Iván, con eso le bastaba. Al menos, hasta ese momento.

—Buenos días, Julia. ¿Cómo estás?

—Todo lo bien que se puede estar en estas circunstancias. ¿Y tú?

—Igual. Ayer fue un día complicado. No he dormido mucho.

—Yo tampoco.

Y no va a revelarle que ha soñado con él en la cárcel. En aquella pesadilla, ni siquiera sabía el motivo por el que lo habían encerrado. Simplemente, estaba entre rejas, vestido con la indumentaria de presidiario y con una bola de acero atada a una pierna. Iván gritaba que lo soltaran, que no lo volvería a hacer, pero nadie le hacía caso. Ni siquiera ella, que lo observaba desde una especie de ojo de buey de un barco. Surrealista.

—¿Estás enfadada conmigo? Comprendería que así fuera.

—No. Más bien estoy preocupada por ti y por lo que escondes —se sincera la chica.

—Julia, no quiero hablar de eso. Solo te he llamado para disculparme de nuevo por ponerte en un compromiso. No debí presionarte. Anoche no te llamé porque no me pareció que fuera oportuno. Fue un domingo muy tenso para todos.

—Está bien. Si no quieres contarme nada, no me lo cuentes.

La propia Julia se sorprende del tono que ha usado con Iván. Ha sonado muy directa y contundente. No suele ser tan autoritaria con sus palabras. Y al joven también le ha impactado su manera de dirigirse a él. Tanto que no vuelve a hablar en unos segundos.

—Es normal que estés molesta —prosigue Iván. Se le nota afectado—. Pero las circunstancias no son fáciles para mí. Todo me ha salido al revés. Quizá yo tendría que haber…

Y se detiene. Cuando parecía que iba a soltar lo que guarda solo para sí, el chico prefiere no continuar hablando.

—¿Tendrías que haber… qué, Iván? —le anima Julia a completar la frase al ver que no sigue—. Cuéntame qué hacías el viernes por la tarde en el instituto.

—Yo, yo… la vi. A ella.

—¿A Aurora?

—No. A… a ella. Entró en el vestuario. La vi. Claramente.

—¿A quién viste, Iván? ¡Por Dios! ¡Dímelo!

Sin embargo, el joven no responde. Julia insiste para que continúe hablando. Pero unos segundos después la llamada se corta.

—No, no, no. ¡No!

La chica maldice porque Iván haya colgado y lo llama

inmediatamente. Sin embargo, el teléfono está desconectado. El joven ha apagado el móvil. Frustrada, arroja el *smartphone* contra la almohada y se masajea la frente.

Ahora sí que no entiende nada. ¿Ella? ¿Una mujer?

Julia se sienta en la cama e intenta recapacitar. Pegar las piezas del jarrón roto. ¿Hay una mujer implicada en el asesinato de Aurora? ¿O es que Iván se lo ha inventado? ¿Puede realmente confiar en él?

—¿Todavía estás así? —Su madre acaba de asomarse por la puerta de su habitación—. Son las nueve y diez. La misa empieza a las diez.

—Lo sé. Es que no encuentro nada que ponerme. Las chicas de mi clase van a ir todas de negro y ya sabes que en mi armario no hay ningún vestido de ese color, salvo los de las dos últimas Nocheviejas.

—Ya. Y no vamos a tomarnos las uvas precisamente.

—¿Tú no tienes nada que me pueda valer?

—No lo sé. Me conservo bien —presume Aitana, que coloca las manos en la cintura simulando una jarra—. Aunque mi cuerpo ya no es el de una jovenzuela. Tengo más caderas, más pecho y más espalda que tú. Pero vamos a mirar.

Madre e hija buscan en el armario de la mujer algo que satisfaga a Julia. Y, tras unos minutos de pasar de percha en percha, encuentran un vestido negro, con unos cuantos añitos, que cumple los requisitos. La chica se lo prueba y, aunque le está un poco grande, le sirve.

—Parezco Miércoles Addams, pero me vale.

—Estás preciosa, hija. Y ahora date prisa o no llegaremos a tiempo.

La joven se ducha lo más rápido que puede, se viste y, a las diez menos veinte, está preparada. Su madre también está lista a la misma hora. Salen de la casa y suben al Citroën Picasso rojo que usa habitualmente Aitana para ir a trabajar a la ciudad.

Antes de dirigirse al cementerio, hay programada una misa en la iglesia de San Pedro. No es demasiado grande, por lo que muchos se desplazarán directamente al lugar del entierro. Julia y su madre sí que asisten a la ceremonia. Van saludando a unos y a otros hasta que se instalan en un hueco libre en la cuarta banqueta de la izquierda.

La iglesia está abarrotada. Incluso algunas personas se quedan de pie durante la celebración.

En el primer banco de la derecha, Julia ve a Vera, la madre de Aurora, vestida completamente de negro. Lleva puestas unas gafas oscuras y sostiene un pañuelo blanco en la mano, con el que se seca las lágrimas constantemente. A su lado, hay una señora mayor, rodeándola con el brazo, que imagina que es su madre.

Bernardo no está presente en la iglesia. ¿No lo han dejado asistir?

Los que sí se encuentran allí son algunos de sus profesores del Rubén Darío. El director Lázaro, su tutor Jonathan, Virginia —la de Matemáticas—, Nuria —la profesora de Economía— y Santiago —que le da Religión— están sentados juntos en la tercera fila de la derecha.

En un momento de la misa, Julia se gira hacia atrás buscando a Emilio, del que continúa sin saber nada desde ayer por la tarde. Su amigo no ha escrito en sus redes sociales ni en WhatsApp durante las últimas horas. Tampoco ha ido a la iglesia y la chica empieza a preocuparse seriamente por él. Si no aparece en el cementerio, lo llamará por teléfono.

El sacerdote no alarga demasiado el responso. Dedica unas últimas palabras emotivas a Aurora y ruega a Dios que ayude a la policía a encontrar al responsable del crimen.

—¿Quieres darle el pésame a Vera aquí o en el cementerio? —le susurra Aitana a su hija tras ponerse de pie.

La joven mira hacia donde se encuentra la madre de Aurora. Unas veinte o veinticinco personas la rodean. Algunas le estrechan la mano, otras le dan dos besos. Qué difícil debe ser para una madre pasar por aquel trance. Quizá lo que aquella mujer quiera justo en esos momentos es que todos la dejen tranquila y llorar con su entorno más cercano o en la soledad de su habitación.

—Prefiero no agobiarla. Bastante tiene ahora y tendrá después.

Su madre asiente comprensiva. Le da un abrazo y después salen juntas de la iglesia de San Pedro. Se dirigen hasta el coche caminando muy despacio. Saben que pasará un buen rato hasta que todos lleguen al cementerio.

—Mamá, ¿crees que el asesino de Aurora podría ser una mujer? —La pregunta de Julia sorprende a su madre.

—¿Una mujer? ¿Por qué piensas eso?

—No es que lo piense. Solamente es un planteamiento diferente. Una posibilidad más.

—Mmm. ¿Sabes algo que nosotros no sepamos?

La chica niega con la cabeza y le oculta a su madre de dónde ha obtenido aquella información. Necesita hablar otra vez con Iván y que le aclare quién es la mujer a la que vio entrar en el vestuario.

—No. Olvídalo. No tiene mucho sentido, ¿verdad?

—El golpe parece realizado por un hombre por la fuerza que empleó con el bate de béisbol; recuerda que a Aurora hasta se le cayó un diente. Sin embargo, hay mujeres que pueden multiplicar su fuerza en un momento determinado. Odio, rabia, autodefensa. Por eso no podemos eliminar esa hipótesis. El porcentaje es más bajo si examinamos otros casos y tenemos en cuenta la manera en que se cometió el homicidio. Lo lógico sería que el asesino fuera un hombre, pero no hay que descartar, en absoluto, que la persona que le quitó la vida a Aurora fuera una mujer.

CAPÍTULO 27

Lunes, 22 de mayo de 2017

El camposanto se encuentra a casi dos kilómetros del centro del pueblo. Julia y Aitana aparcan y se bajan del Citroën Picasso. No son de las primeras en llegar. Muchos ya hacen guardia en el cementerio porque han decidido no ir a la misa celebrada en la iglesia de San Pedro. Esperan en la puerta principal a que lleguen Vera y el coche fúnebre para acompañarlos hasta la tumba en la que será enterrada Aurora.

—Estoy segura de que si la pobre se hubiera muerto ahogada con el hueso de una aceituna no habría venido tanta gente —le dice en voz baja Aitana a su hija.

—Ya. Ni la décima parte.

Entre la muchedumbre que se va congregando a las puertas del cementerio, Julia no ve a Emilio. Su amigo es uno de los que sí han sentido de verdad la muerte de la que fue su compañera de clase y está segura de que le gustaría despedirse. Tal vez lo que no quiere el chico del pelo azul es coincidir con ella después de lo del beso. Por vergüenza, por miedo. Porque está decepcionado. No lo sabe. Aunque, a cada minuto que pasa, más acuciante se vuelve su necesidad de resolver el tema cuanto antes. Lo echa de menos y sobre todo le preocupa su silencio.

—Mira quién viene por ahí —le susurra a Julia su madre, que señala con la cabeza a un hombre trajeado, con barba, que camina de la mano de una joven.

Se trata de Pedro Soria González, el polémico alcalde de aquel pueblo desde hace algo más de dos años. La chica que lo acompaña es su actual novia, veinte años más joven que él y por la que dejó a su mujer tras ganar las últimas elecciones. La relación provocó un gran revuelo y generó todo tipo de opiniones. Pero lo que realmente ha puesto en el disparadero al regidor ha sido su imputación en un caso de presunto acoso sexual que todavía está en los juzgados pendiente de resolución. Una funcionaria del Ayuntamiento lo acusó de propasarse verbalmente en varias ocasiones, de mirarla inadecuadamente e incluso de rozarse con ella de forma consciente y lasciva. Un escándalo de enormes proporciones que ha quedado en un segundo plano desde que se produjo el asesinato de Aurora.

El hombre le pide a su pareja que se detenga justo delante de la forense y de su hija. A pesar del momento amargo y el lugar en el que se encuentran, el alcalde esboza una sonrisa de oreja a oreja.

—Hola, Aitana —la saluda Pedro dándole dos besos—. Buenos días, Julia. Siento mucho lo de tu amiga.

—Gracias —se limita a contestar la chica. Nunca le ha gustado aquel tipo.

Se acuerda perfectamente del día en que estuvo en el instituto. Ni le agradó su manera de hablar ni mucho menos lo que dijo. Un alcalde no puede intentar convencer a unos adolescentes de que les expliquen a sus padres el gran trabajo que el Ayuntamiento ha hecho en el área de Educación, mejorando tal o cual instalación, subiéndoles el sueldo a los profesores o acondicionando las aulas. Medio en broma, medio en serio, les pidió que recordaran todo eso cuando llegaran las próximas elecciones y ya tuvieran edad para votar.

—¿Tu marido está por aquí? Me gustaría hablar con él un minuto.

—No lo he visto, aunque vendrá. De servicio, pero vendrá.

—Muy bien. Está realizando un gran trabajo. Estoy muy contento con él y con todo el equipo de la Policía Judicial de la Guardia Civil.

El alcalde sonríe y mira a Julia buscando un gesto cómplice que no obtiene. La chica ni se inmuta. No va a bailarle el agua a aquel señor.

—Mamá, voy a saludar a los chicos de mi clase. He visto que algunos han llegado ya. Ahora vuelvo.

Aitana asiente y Julia se aleja sin despedirse del hombre ni de su pareja. En realidad, no ha visto a nadie de su clase, pero prefiere quitarse de en medio y no soportar las miradas edulcoradas de Pedro Soria.

Al cementerio sigue llegando gente del pueblo. A unos los conoce de haber hablado alguna vez con ellos; a otros, solo de vista. En un sitio pequeño todo el mundo se ha encontrado alguna vez por la calle, comprando en el supermercado o tomando café en algún local. ¿Y si alguno de ellos es el asesino o la asesina de Aurora?

Emilio continúa sin aparecer, y tampoco ha visto a Iván. Sin embargo, Vanesa sí que ha ido. La novia del chico del que está enamorada conversa con Jonathan Vila. El profesor de Filosofía tiene los brazos cruzados y escucha lo que la chica le cuenta. No parece muy entusiasmado, pero su función como tutor es la de oír lo que tienen que decirle sus alumnos. En eso, Jona es el mejor.

—Hola, Julia —la sorprende una voz femenina por detrás. Cuando se gira, ve a Patricia Herrero, una de sus compañeras de clase.

—Hola, Aria. ¿Cómo estás? —Aquella chica cada día se parece más a la protagonista de *Pequeñas mentirosas*, aunque esa mañana no tiene muy buen aspecto.

—Regular. La muerte de Aurora me está afectando más de lo que pensaba.

—Ha sido un palo muy grande.

—Enorme. Cuando me llamó su madre el viernes, intuí que algo malo había pasado. Aunque nunca sospeché que... que estaría muerta. También te llamó a ti, ¿no?

—Sí. Habló conmigo para preguntarme si sabía algo de ella.

Fue la propia Patricia quien le dio a Vera el teléfono de Julia. Ellas dos y Yi Lin, otra estudiante de primero B, habían formado grupo con Aurora al principio de curso para un trabajo de Historia.

—No me lo quito de la cabeza. ¿Te das cuenta? Estamos en el entierro de una compañera de clase. Solo tenía diecisiete años.

—Es muy triste.

—Podríamos haber sido cualquiera de nosotras.

En ese instante, dos hombres se unen al diálogo de las chicas. Uno es el director del instituto, Lázaro Martínez. El otro, el profesor de Lengua y Literatura, Diego Soler.

—Hola, chicas —las saluda el que también es su profesor de Francés—. ¿Cómo lo estáis llevando?

—Con mucho dolor, director —se anticipa a responder Julia—. Todavía no nos lo creemos. Es difícil de asimilar.

La chica observa a ambos. Lázaro parece realmente afectado. Se le nota el cansancio acumulado de esos últimos días. Sus ojeras son interminables, va despeinado, no se ha afeitado y juraría que huele a alcohol. Diego, por su parte, da la impresión de controlar más la situación. Viste muy elegante, con un traje, una camisa y una corbata completamente negros. Su aspecto es el habitual, aunque se aprecie cierta tristeza en la expresión de su rostro y no se permita a sí mismo sonreír, natural o forzadamente.

—Vamos a dar otro día más de luto —continúa Lázaro, que arrastra un poco las palabras al hablar—. Mañana no habrá clase. Y el miércoles hemos organizado unas charlas especiales para que os desahoguéis y nos contéis cómo os sentís. Si necesitáis algún tipo de ayuda, estamos a vuestra disposición. ¿Cómo lo veis?

—Es una buena idea —contesta Julia.

—Es un momento para estar más unidos que nunca —interviene ahora Diego—. Lo que ha pasado es una tragedia, pero la vida sigue. Hay que recuperar la normalidad cuanto antes.

Julia está a punto de responder a su profesor de Lengua y Literatura, pero Patricia se le adelanta.

—Decís que tenemos que hablar con vosotros si necesitamos algo. ¿No es mejor hacerlo con la policía?

—Bueno, depende de para lo que sea —reconoce Lázaro.

—Julia, tu padre es uno de los investigadores de la muerte de Aurora, ¿verdad?

—Sí. Es uno de los encargados del caso.

—Si yo supiera algo de..., si tuviera alguna pista relacionada con el asesino de la brújula, ¿es con quien debería hablar?

—Si sabes algo del tema, ve al cuartel de la Guardia Civil y cuéntalo. A mi padre o a quien esté de guardia. Te atenderán encantados.

—¿Aunque no esté segura?

—Cualquier cosa que creas que sabes debes soltarla, Patricia —señala Lázaro—. La policía está para eso. Si te equivocas, no pasa nada. Todos cometemos errores.

La chica se queda pensativa durante un par de segundos y después mira a Diego Soler. Este asiente para confirmar que está de acuerdo con lo que el director ha dicho. Al grupo de cuatro se unen tres alumnos más de primero B y las profesoras de Historia y de Economía. Julia contempla a lo lejos que su madre vuelve a estar sola y decide abandonar la improvisada reunión. Empezaba a agobiarse. Aunque le preocupa lo que Aria le ha preguntado. ¿De verdad sabe algo importante sobre el caso o solo son imaginaciones suyas? Aquella chica tiene una mente brillante, pero le obsesionan los juegos y el misterio. ¿Qué habrá de realidad en su cabeza con relación a la muerte de Aurora?

—Ya tengo claro a quién voy a votar en las próximas elecciones —dice Aitana cuando su hija regresa.

—Espero que no sea a Pedro Soria.

—¿Bromeas? Me da lo mismo quién sea su rival. El que se presente en su contra tiene mi voto asegurado. ¡Aunque sea una jirafa!

La chica sonríe. No esperaba menos de su madre. Comparte completamente su opinión. Si no hay elecciones anticipadas y se celebran después de que haya cumplido los dieciocho, ella hará lo mismo. En este caso no puede aplicarse eso de «más vale malo conocido que bueno por conocer».

La mañana avanza y, aunque el cielo continúa gris, la temperatura en los termómetros sigue subiendo. A las once y media, ya están a treinta grados. Julia no se separa de su madre. A ellas se acercan amigos de la familia, alumnos del instituto y algunas personas del pueblo con las que apenas han mantenido contacto en los casi tres años que llevan viviendo allí. A nadie se le escapa que Aitana es la forense que examinó a Aurora. Estar a su lado y hablar con ella resulta hasta exótico.

—Eres la estrella del momento, mamá —le dice Julia entre dientes.

—Por poco tiempo.

Aitana señala con el dedo a unas mujeres que se bajan de una furgoneta negra. Son Vera, su madre y Alicia, su amiga psicóloga, que ha estado a su lado desde que sucedió lo de Aurora. Como si fuera un enjambre de abejas que avista un panal de rica miel, la gente se acerca a ellas rápidamente. Lo hacen sin pudor, amontonándose en masa.

Enseguida llega el coche fúnebre. Y entonces sí, en la puerta del cementerio se instala un silencio devastador, plomizo como una losa de mármol.

Un silencio que dura poco. Los allí congregados comienzan a murmurar cuando aparece un vehículo de la policía. De él se bajan varios guardias civiles y un hombre. El traje que le han prestado a Bernardo le está demasiado grande. Aunque eso a él no le importa. Tampoco algunos gritos llamándole asesino y otros insultos que los presentes le dedican.

Y es que Juan Otamendi, el juez instructor del caso, ha determinado que aquel padre tiene derecho a despedirse de su hija. Les guste o no les guste a los enfadadísimos y ruidosos habitantes del pueblo.

CAPÍTULO 28

Lunes, 22 de mayo de 2017

Una vez que la Guardia Civil contiene y controla el impacto de la llegada de Bernardo Ríos, los presentes acompañan al coche fúnebre y a Vera hasta el lugar del cementerio en el que enterrarán a Aurora. Julia y Aitana van más o menos en el centro de la comitiva. La chica continúa pensando que toda aquella gente está allí por el morbo. ¿Cuántos realmente conocían a Aurora? ¿Cuántos habían hablado alguna vez con ella? Pocos, muy pocos. Eso sí, está totalmente convencida de que todos sabían lo que había sucedido tres años atrás en su familia y habían opinado al respecto.

La tumba está situada al final del cementerio. Aunque la distancia no llega ni a quinientos metros, van tan despacio que el camino se hace denso y tedioso.

—No he visto a tu amigo Emilio —comenta en voz baja Aitana—. ¿No ha venido?

—No lo sé, mamá.

—¿Era amigo de Aurora?

—En su día lo fueron. Últimamente Aurora no se relacionaba con nadie.

—Una chica poco sociable.

—Exacto.

Madre e hija siguen caminando lentamente, como el resto, detrás del coche fúnebre. Julia se fija en la mujer que va delante de ellas. Virginia se ha puesto unas gafas de sol y se suena la nariz continuamente. Su marido no ha ido con ella; seguramente siguen enfadados después de la discusión que presenció ayer por la tarde. Pero no se queda sola por mucho tiempo: enseguida llega Jonathan, que la rodea con el brazo por la cintura y juntos siguen andando con la cabeza agachada. Muy cerca de ellos se sitúa Roberto Méndez, al que acompaña un cámara de la televisión local. El periodista saluda al profesor de Filosofía con un breve gesto de la mano y avanza deprisa hacia la cabeza de la comitiva. Sin duda, busca coger un buen sitio para poder grabar, desde primera línea, el descenso del féretro.

—Hija, ¿puedo preguntarte algo? —vuelve a la carga Aitana—. Pero sin que te enfades.

—A ver, dispara.

—No te enfades, ¿vale?

—No me enfado.

—¿Se puede saber el motivo por el que habéis discutido Emilio y tú?

Julia respira hondo y suelta todo el aire de golpe en un gran resoplido. Cuando quiere, su madre puede resultar verdaderamente pesada. ¿Por qué se empeña en sacar ese tema?

—Por una tontería.

—Si fuera una tontería, me lo contarías. Así que no debe de ser algo tan tonto. Además, el chico no ha venido al entierro. ¿Es para no encontrarse contigo?

—Aunque no lo parezca, no todos los habitantes del pueblo han venido.

—Ya, pero si fue amigo de Aurora, ¿no es extraño que no esté aquí?

—Mamá, estamos en un funeral. ¿No podemos hablar de esto en otro momento?

—Está bien. Perdona. Pero quiero que sepas que puedes contarme cualquier cosa. Incluidos temas relacionados con amores y desamores.

—Gracias.

Evidentemente, no piensa contarle nada de Emilio, del beso, de Iván, ni de cualquier elemento o circunstancia que tenga que ver con su vida amorosa. No amorosa, más bien. Pero ahora no toca pensar en eso. Ya tendrá ocasión de abordar esos asuntos. Será lo primero que haga cuando concluya el entierro. Llamará a Emilio y resolverán la situación como adultos. Luego tratará de contactar con Iván y quedar con él. Y esta vez no se le escapará sin que le confiese los secretos que guarda. ¿Por qué estaba en el instituto la tarde en la que mataron a Aurora? ¿Quién es la misteriosa mujer a la que vio entrar en el vestuario? ¿Qué es realmente lo que esconde y no puede decirle a nadie?

—Cariño, eso que suena... ¿no es tu móvil vibrando? —Aitana señala el bolsito que lleva Julia en la mano, uno negro y feúcho que también le ha prestado su madre.

La joven lo abre y descubre que la mujer tiene razón. Ha quitado el volumen de su teléfono para no molestar y lo ha puesto en modo vibrador. El corazón le da un vuelco cuando ve el nombre de su mejor amigo en la pantalla. Saca el *smartphone* del bolso y responde tratando de no hablar muy alto.

—¿Emi? ¿Dónde estás?

—En la calle.

—¿En la calle?

—Sí, en una de las que dan a la plaza —contesta el joven, que parece desanimado.

—¿Y qué haces ahí? ¿Por qué no has venido al entierro de Aurora?

—Han pasado cosas. Demasiadas cosas.

—¿A qué te refieres, Emi? Si lo dices por lo de ayer, podemos hablarlo. Me cogió desprevenida y, no sé, fue raro.

Julia escucha a su amigo suspirar. Lo hace en tres ocasiones en menos de cinco segundos.

—Me voy unos días. Voy camino de la estación de autobuses.

—¿Qué? ¿Te vas?

—Sí, necesito escapar de aquí.

—¿Escapar? ¿Cuánto tiempo?

—No sé. Un par de semanas. Un mes. Ni idea.

—Pero ¿por qué? Los exámenes son la semana que viene. Te estás jugando el curso.

La chica alza un poco la voz y llama la atención de su madre y de los que están a su alrededor. Pide disculpas y se concentra en escuchar lo que Emilio le cuenta.

—Ayer por la noche tuve otra pelea con mis padres. La más fuerte de todas —le explica el joven, que parece que está a punto de echarse a llorar—. Casi… casi llegamos a las manos.

—¿Qué dices, Emi? ¿Qué pasó?

—No lo sé muy bien. Discutimos y de buenas a primeras me encontré agarrando a mi padre por la solapa de la camisa.

—Madre mía. ¿Os pegasteis?

—No. Estuvimos a punto. Él me empujó para quitarme de encima y seguimos insultándonos —indica Emilio muy afectado—. Bueno, solo te llamaba para despedirme. Me hubiera gustado ir al entierro de Aurora, pero… no… no ha podido ser.

—No sabes cuánto siento lo que te ha sucedido, Emi. ¿Adónde te vas?

—A la casa de la playa. Se lo he rogado a mi madre y al

final me ha dado permiso. Tengo quinientos euros ahorrados. Con eso tiraré. Ahora me alegro de no haberme gastado lo que me dan en mi cumpleaños y por Navidades. Que mi familia sea poco detallista y prefiera regalarme dinero en lugar de comprarme algo me ha venido bien.

Julia se imagina, aun sin poder verlo, la sonrisa triste de Emilio y que está ajustándose las gafas, nervioso, en su gesto característico. Y no anda desencaminada. Aquel tic lo ha repetido en varias ocasiones durante la conversación. El chico se ha detenido en mitad de la calle para hablar con su amiga. Lleva con él una maleta azul oscuro con ropa y una mochila en la que guarda un bocadillo para el camino.

—Emi, ¿no hay forma de que reconsideres tu decisión? El curso está a punto de terminar. Repetirás. Vas a perder un año.

—Haré los exámenes en septiembre. No aguanto ni un día más.

—Puedes quedarte en mi casa. Hablaré con mis padres y les explicaré la situación. Tenemos una habitación de sobra. Serás bienvenido, como siempre.

El chico no responde inmediatamente y se produce un extenso silencio en la línea. Julia mira a su madre, que le pregunta a través de gestos si va todo bien. No responde, solo se encoge de hombros. Prácticamente han llegado al final del camino. La gente se está colocando alrededor de la tumba de Aurora. Allí se encuentra su padre, que la saluda con una sonrisa, vestido con chaqueta y corbata, elegantísimo. Lo acompañan varios de sus compañeros de la Policía Judicial y otros integrantes de la Guardia Civil y de la Policía Local, muy pendientes de todo el que va llegando.

—Gracias, Julia —dice por fin Emilio—. Pero he tomado una decisión. Estaré bien en la casa de la playa. Ya me contarás qué tal ha ido el entierro. Hasta luego.

—Emi, espera…

Pero es demasiado tarde. El chico ha colgado. Y la sensación que le queda a ella es de total impotencia. Le duele que su amigo tenga que marcharse de casa, que no haga los exámenes finales y que posiblemente repita curso. ¡No se lo merece! Ni siquiera han hablado del beso. Cuando lo ha mencionado, Emilio ha cambiado rápidamente de tema.

—¿Te encuentras bien? —le pregunta preocupada Aitana.

—No. No estoy bien.

Sin embargo, no hay tiempo para que madre e hija continúen hablando. El foso en el que introducirán a Aurora está preparado. Se escuchan sollozos y rezos. El ataúd comienza a descender mediante cuerdas. Llantos. Algún que otro grito. Vera se arrodilla y su amiga psicóloga la ayuda a reincorporarse. Bernardo, custodiado por dos guardias civiles, se cubre la cara con las manos. Ahora mismo nadie se acuerda de él. Todos tienen los ojos clavados en aquella caja de madera que está bajando a las profundidades de la tierra.

—No puedo aguantar más —dice una voz a la derecha de Julia.

Virginia junta sus brazos sobre el vientre y se marcha caminando deprisa y ocultando sus lágrimas tras las gafas de sol. Jonathan va tras ella. Pocos les prestan atención. Aunque Julia se percata de una persona que sigue a ambos con la mirada hasta que los profesores del Rubén Darío desaparecen de su campo de visión. ¿Por qué los ha observado tan exhaustivamente la novia del alcalde mientras se alejaban? ¿Son imaginaciones suyas o ha dibujado una sonrisa?

Milena Bolado acaba de cumplir los veinticinco. No es del agrado de muchos, y algunos habitantes del pueblo, con sorna, la llaman «Primera Dama». Empezó a salir con Pedro Soria cuando este ganó las últimas elecciones municipales. Por lo menos, fue cuando la relación se hizo oficial. La rumorología local, en cambio, habla de que el actual alcalde le fue infiel a su mujer con aquella joven hace más de cuatro años. Hija de un matrimonio que regenta la única agencia de viajes de la localidad, Milena se diplomó en Turismo y ahora trabaja con sus padres en el negocio familiar.

Julia se pregunta si la reacción que ha apreciado en aquella joven ha sido la acertada. Se ha podido confundir y ver algo que no es. Puede pasar. Si no, ¿por qué sonreía? No solo resulta inadecuado sonreír en un momento como aquel; también es muy extraño. ¿Habrá alguna cuenta pendiente entre Milena y Virginia? ¿O ha sido por Jonathan? ¿Y si son ilusiones de ella?

La joven se frota los ojos con las manos y mueve la cabeza negativamente. Desde el sábado no para de hacerse preguntas continuamente. Su mente no descansa. Siempre intuye dobles intenciones o crea una historia de cualquier situación. Se fija en todos los detalles y les saca punta. ¿Se está volviendo paranoica? ¿Y si su obsesión está empezando a jugar con ella? ¿Qué es real y qué no lo es?

Cuando aparta las manos de su rostro, sin saber por qué, mira a su profesor de Religión, que está justo enfrente. Santiago Mantovani también la está contemplando directamente a ella. La chica se sonroja y aparta su mirada de él, no sin antes leerle los labios. Un escalofrío recorre su espina dorsal mientras la tierra sepulta el ataúd con el cuerpo de Aurora dentro. Julia no podrá apartar de su pensamiento durante horas lo que aquel hombre le ha susurrado al viento:

—Polvo eres y en polvo te convertirás.

CAPÍTULO 29

Martes, 14 de marzo de 2017

Hoy está de buen humor. Llega a clase con otra cara. Incluso se ha permitido alguna sonrisa y ha respondido amablemente al saludo de un compañero del instituto. Uno de los chicos más guapos de cuarto de la ESO, por el que están loquitas todas las niñas de su curso. Bonitos ojos azules. Y no es que las cosas estén mucho mejor. Pero..., siempre hay un pero. En este caso, positivo. Hoy tiene una misión que espera concluir con éxito. Por fin se ha decidido.

Como siempre, Aurora va al cuarto de baño al final del recreo para encontrarse con cuanta menos gente, mejor. Bien, no hay nadie. Frente al espejo se ve más guapa que otras veces. No se ha maquillado, nunca se maquilla. Pero ha dormido bien, se ha levantado antes que de costumbre y le ha dado tiempo a desayunar con tranquilidad. Así que, a esa hora de la mañana, está repleta de energía. Eso le influye en el ánimo. Eso y lo que espera que suceda dentro de un rato.

Está a punto de irse cuando escucha susurros en una de las cabinas individuales. Después oye besos y un par de gemidos. Resulta que no estaba tan sola como creía. Una pareja se ha escondido en el baño de chicas para... Eso. Que lo disfruten. No es asunto suyo.

De puntillas, para no molestar y no alertar de su presencia, camina hacia la salida. En ese instante, suena la campana que pone fin al recreo. La puerta de la cabina se abre antes de que Aurora se marche del baño. De su interior sale Ingrid, una de sus compañeras de clase. No son precisamente amigas. Algún enganchón que otro han tenido en el pasado. Aunque hace tiempo que pasa de ella y de las que son como ella.

Las dos chicas se miran con estupefacción.

—¿Qué coño haces aquí? —pregunta Ingrid, que rápidamente empuja con la cadera la puerta de la cabina para cerrarla.

—Este es el baño de chicas. No un motel barato —responde nerviosa Aurora. Es lo primero que se le ha pasado por la cabeza.

—Tú eres gilipollas. No te metas en lo que no te importa.

Pero Aurora no quiere problemas. Se da la vuelta y se dispone a marcharse. Sin embargo, a través del espejo, de refilón y sin querer, contempla que la puerta de la cabina ocupada no se ha cerrado del todo. Hay una rendija lo suficientemente amplia como para divisar a la persona que está dentro. Su sorpresa es mayúscula al descubrir a Vanesa sentada encima del váter con las manos apoyadas en las rodillas, a la espera de que ella se vaya para salir. Solo es un segundo, pero las dos se percatan de la situación. También es consciente Ingrid, que sujeta del brazo a Aurora para que no se vaya.

—Suéltame. No quiero llegar tarde a clase.

—Espera. Te irás cuando yo te diga.

Vanesa sale en ese momento de la cabina. Se alisa el vestido, que se le ha arrugado, y se arregla el pelo con las manos. Cuando finaliza, contempla desafiante a su compañera de clase.

—Esto no es lo que crees.

—No creo nada.

—Me da lo mismo. Creas lo que creas, imagines lo que imagines, no le vas a contar a nadie nada de esto. ¿De acuerdo?

—Me trae sin cuidado lo que hagáis con vuestras vidas. ¿Me puedo ir ya a clase?

—Vete. Y calladita. O…

Pero Aurora no permite que Vanesa continúe amenazándola. Se libera de Ingrid y abre la puerta del cuarto de baño. Camina deprisa por el pasillo hasta el aula de primero B, donde ahora tiene Matemáticas con Virginia. Las dos chicas van tras ella. La adelantan y Vanesa la desplaza hacia un lado con un empujón, provocando que se golpee contra la pared.

—Ya sabes. Silencio. Como si estuvieras muerta —le dice en tono desafiante la rubia de pelo rizado. Y, junto a Ingrid, entra en clase.

Aurora suspira resignada. No le tiene miedo a ninguna de las dos. Vanesa e Ingrid nunca le han caído bien y sus amenazas le entran por un oído y le salen por el otro. Además, le da lo mismo que estén liadas. Lo siente por el chico de segundo que sale con Vanesa, pero no es su problema. Bastante tiene con su vida como para meterse en la de gente que ni le va ni le viene.

Entra en el aula y se dirige a su asiento a esperar que llegue Virginia. Matemáticas se ha convertido en su clase preferida. Aquella profesora es diferente. La mejor que ha tenido en el instituto. Desde el día de su cumpleaños no se ha quitado la cadenita tobillera que ella le regaló. Le hace sentir mejor cuando recuerda que la lleva puesta. Por supuesto, ni su madre ni nadie sabe de su existencia.

Pasan diez minutos de la hora en que debería haber comenzado la clase y la profesora no se ha presentado. Sus compañeros están encantados, pero Aurora empieza a impacientarse. Quería hablar con Virginia. Proponerle algo para agradecerle el regalo que le hizo en su cumpleaños. ¿Aceptará?

La decepción de la chica se completa cuando el que aparece en el aula es Santiago Mantovani, el profesor de Religión. Pide silencio y, en su habitual tono pausado y sobrio, se dirige a la clase:

—Chicos, la profesora Ayuso no va a poder venir hoy. Así que tenemos dos opciones: avanzamos una clase de Religión o bien tenéis la hora libre.

Ni que decir tiene que, cuando lo someten a votación, el noventa por ciento de alumnos elige la hora libre. Santiago les comenta que pueden salir al patio, sin hacer ruido, o ir a la cafetería del instituto. La otra opción es la de quedarse en clase.

Todos deciden irse. Aurora, en cambio, opta por permanecer sentada en su mesa. Es la única. Saca una libreta y garabatea en ella. Está entre triste y enfadada. Le da rabia que Virginia no haya ido precisamente hoy.

—Hola, Aurora —le dice Santiago, que se acerca hasta su mesa—. ¿Tú no te vas?

—No, prefiero quedarme.

—Bien. Yo tengo que estar aquí hasta el cambio de clase. Te haré compañía.

El hombre se sienta en la mesa de al lado, saca una pequeña biblia del bolsillo de su chaqueta y la abre por la mitad.

—¿Sabe por qué no ha venido la profesora Ayuso?

—No, no me lo han dicho. Se habrá constipado. Hay mucha gripe en esta época del año.

—Ayer se encontraba bien.

—Estos resfriados son imprevisibles. Estás perfecto y, a los diez minutos, lo único que te apetece es meterte en la cama mientras tiritas y te mueres de frío.

—Ya. Si es así, espero que se recupere pronto —comenta Aurora decepcionada.

—¿Necesitas algo de Virginia?

—Bueno... no. Sí. Tenía que hablar con ella de un asunto.

—¿Quieres que le envíe un mensaje al móvil?

—No, no se preocupe. No es urgente.

—Muy bien. De todas formas, voy a escribirle para preguntarle si está enferma —dice Santiago sacando su viejo móvil, uno de esos que ya ni siquiera se fabrican.

Aurora asiente. Vuelve a centrarse en su libreta, aunque de reojo observa a su profesor de Religión teclear en aquel aparatejo que no tiene menos de siete u ocho años. Aquel hombre nunca ha sido de su agrado por sus ideas arcaicas y completamente desfasadas. Mantovani tiene a Dios como principio de todo y ella hace tiempo que no cree en nada. ¿Cómo puede haber un Dios que permita lo que les ha ocurrido a ella y a su familia?

—Ya le he mandado el mensaje. A ver si me contesta.

—Muy bien.

Profesor y alumna intercambian una sonrisa tibia y regresan a lo que estaban haciendo.

Los minutos pasan y Virginia no responde. Aurora mira constantemente a Santiago, que parece muy concentrado en su lectura. Una de esas veces, el hombre se da cuenta de que la chica lo observa y también se la queda mirando.

—¿Has leído alguna vez la Biblia?

—Entera no. Solo lo que leemos en clase.

—¿No te llama la atención? Es un libro muy interesante.

—Es un libro de ciencia ficción. Nada de lo que pone es real.

El hombre arquea las cejas y sonríe irónicamente. Cierra la biblia y la deja sobre la mesa. Acaricia la tapa del libro mientras habla.

—¿Tú crees que nada de lo que hay escrito aquí es real?

—Exacto. Esa es mi opinión.

—¿Y si te digo que estás equivocada?

—Pues muy bien. Pero no me va a hacer cambiar de opinión.

—Te creía una persona más inteligente, Aurora. Mucho más inteligente.

Aquel comentario ofende a la chica, que arruga la frente al escucharlo. Bastante tiene con dar aquella asignatura como optativa. Una optativa obligatoria, porque no hay más ofertas en el instituto. ¿Desde cuándo creer o no creer lo que dice la Biblia tiene que ver con la inteligencia de las personas? Pensaba que era más una cuestión de fe. Pero no va a discutir con su profesor. Opta por callarse y sacar de debajo de la mesa la carpeta de apuntes para preparar la siguiente clase. Toca Lengua y Literatura, con Diego Soler. En cambio, Santiago Mantovani continúa insistiendo.

—Está de moda decir o pensar que todo lo que tiene que ver con Dios o con la Biblia es falso. La gente joven habla de cualquier tema y opina esto o lo otro porque el de al lado se lo ha dicho. Borreguismo, lo llamo yo. Hay infinidad de pruebas que demuestran que la Biblia es un libro bastante fiel a la historia y que Jesucristo existió.

A Aurora le entran ganas de rebatir a Mantovani. Pero continúa sin hacerlo. Aprieta el bolígrafo contra el papel en el que sigue dibujando cosas sin sentido y se muerde la lengua. ¿Es que creer en Dios, Jesús o la Biblia no es porque se ha ido transmitiendo de unos a otros, con la Iglesia de intermediaria? ¿No es eso más borreguismo que cuestionar una historia que tiene poca o ninguna base de ser verdad?

—Lo que más gracia me hace de todo esto es que durante siglos prácticamente nadie decía nada en contra de la Biblia. ¿Toda esa gente estaba equivocada? Millones, millones y millones de personas. ¿Los jóvenes de ahora son los únicos que tienen la razón? Son los que...

El sonido del móvil interrumpe el monólogo de Santiago Mantovani. Abre el mensaje que ha recibido y lo lee en voz alta.

—«Estoy con algo de fiebre, Santiago. Nada grave. Muchas gracias por preguntar. Dale mi móvil a Aurora y que me llame cuando acaben las clases. Espero estar de vuelta mañana. Un beso».

La chica ha escuchado muy atenta al profesor de Religión. Bien. Al final aguantar a aquel hombre y sus teorías sin fundamento ha merecido la pena. Va a poder hablar con Virginia cuando salga del instituto. Es la mejor noticia de aquella jornada gris.

—Toma, este es su teléfono —le dice Santiago, que le entrega un papelito con el número de la profesora de Matemáticas apuntado—. Y, hazme caso, no seas tan incrédula como santo Tomás.

—No puedo creer en algo que no es real.

—Me decepcionas, Aurora. Me decepcionas mucho —dice moviendo la cabeza en señal de negación.

Y, tras agarrar su biblia, Santiago Mantovani se pone de pie y camina hasta la pizarra. La chica lo sigue con la mirada. El hombre coge una tiza y escribe con ella.

«Mañana, examen de Religión. Temas 7, 8, 9, 10, 11 y 12. Estudiad mucho y que Dios os coja confesados».

Aquel examen no estaba programado. Cuando lo vea la gente de su clase, se van a enfadar mucho. No está segura, pero le da la impresión de que ha sido una rabieta del profesor. ¿Por lo que ha discutido con ella?

Cada día tiene más claro que aquel instituto es lo peor.

Primero lo de Ingrid y Vanesa y ahora ese ataque de ego de Mantovani. Se siente frustrada. Aunque por lo menos tiene el número de móvil de Virginia, a la que llamará en cuanto acaben las clases. Aurora sonríe al pensar en ello.

Por su parte, el profesor de Religión se marcha de la clase con la sensación de que cada día hay más gente desagradecida y que no merece el aire que respira. Si alguien desconfía o no cree en quien ha creado todo lo que tiene alrededor, ¿qué pinta esa persona en este mundo?

—Ojalá Dios enviase otro diluvio universal —murmura para sí Santiago, que mañana piensa poner el examen más difícil de su vida. Y que todos esos jóvenes sigan pensando que Dios no existe. Malnacidos.

CAPÍTULO 30

Lunes, 22 de mayo de 2017

Iván continúa con el móvil apagado. Julia lo ha llamado varias veces después del entierro de Aurora y en todos los intentos ha obtenido el mismo resultado.

Sube al Citroën Picasso muy seria y abre la ventanilla del asiento del copiloto. Su madre la observa preocupada.

—Antes te pregunté si estabas bien y me respondiste que no. Fue una pregunta estúpida. ¿Cómo vas a estar, hija mía? Si estuvieras bien, serías una piedra y no una persona maravillosa y con el corazón enorme, como eres. ¿Qué puedo hacer para que te sientas un poquito mejor?

—Nada, mamá. No te preocupes.

—Te está afectando haber discutido con Emilio, ¿verdad? —pregunta la mujer mientras arranca el coche.

Esta vez Aitana no esboza ninguna sonrisilla burlona ni desea fastidiar a su hija. No bromea. Sabe que Julia no se encuentra bien, algo que no es habitual. Siempre ha sido una chica sonriente, alegre y extrovertida. Los problemas los afronta desde el optimismo. Aunque es cierto que nunca los había tenido de la magnitud de los actuales.

—Emi se ha ido de su casa.

—¿Qué? ¿Adónde?

—A un apartamento que tienen sus padres en la costa. No sé exactamente en qué sitio. Va a estar allí unas semanas.

—¡Pero se perderá los exámenes finales!

—Ya se lo he advertido, pero dice que no hay marcha atrás. De hecho, ya ha debido de coger el autobús.

—¿Y cuál es el motivo por el que se va?

—Sus padres —responde con rotundidad.

¿Y el beso? ¿En qué medida ha influido el beso que se dieron ayer por la tarde? Julia ha pensado mucho en eso desde la conversación telefónica con él. Que Emilio se haya marchado justo el día después de que ocurriera le genera esa duda. ¿Solo se ha ido por la pelea con sus padres?

La chica le explica a su madre los problemas que su amigo tiene en casa. Aitana escucha en silencio la historia mientras conduce. Cuando Julia acaba, resopla.

—Qué complicado. Quizá les venga bien un tiempo alejados para que los tres reflexionen y se den cuenta de los errores que ha cometido cada uno.

—Perderá el curso y posiblemente repita.

—Lo sé, hija. Pero, a veces, hay que hacer ciertos sacrificios para buscar soluciones. Lo que puede parecer un paso atrás, a lo mejor, con el tiempo, significa un gran paso adelante.

Julia no lo ve tan claro. Los padres de Emi son bastante intransigentes y no les gusta la forma de ser de su hijo. Y él es un cabezota de mucho cuidado. Para que lleguen a un acuerdo y se acaben las peleas, los tres tendrían que poner mucho de su parte. Y no cree que distanciarse y huir ayude demasiado.

—Entonces, ¿tú y él ya habéis hecho las paces?

—Sí, mamá. Ya lo hemos solucionado. Hasta le he ofrecido quedarse en casa durante unos días para que no tenga que perderse los exámenes finales.

—¿Y ha rechazado tu propuesta?

—Sí. Tenía la decisión tomada.

—Es un chico muy particular. Me hubiera gustado tenerlo unos días con nosotros. A tu padre tampoco creo que le hubiese importado. Una pena.

Pues sí, una pena. Además, habría hablado con él sobre el beso y habrían tratado de resolver el tema. Ahora mismo, no sabe en qué punto está ese asunto. Ni si volverán a sacarlo a colación algún día o será una cuestión intocable para siempre. ¿Afectará a su relación cuando Emilio regrese? ¿O borrón y cuenta nueva?

—Y hablando de papá, hoy tampoco comerá en casa. Se va a reunir ahora, en el cuartel, con los profesores del instituto. Y va para largo —continúa Aitana—. Así que estaremos las dos solas. ¿Vamos al supermercado juntas y compramos algo para prepararnos una buena comida?

—Vale. ¿Tú te has tomado el día libre?

—Sí. Tengo que repasar unos informes, pero lo haré luego en casa. Así que, para cualquier cosa que necesites o de la que quieras hablar, hoy me tienes para ti... ¡a tiempo completo!

A la chica se le escapa una sonrisa al escuchar gritar a su madre. Es increíble que, pese a toda la carga emocional que conlleva su trabajo, posea ese espíritu jovial, repleto de energía. Acaba de salir del funeral de una chica a la que le ha hecho la autopsia y en lo que piensa es en pasar tiempo con ella y animarla. Es una mujer excepcional, aunque a veces se ponga muy pesada. Por eso la quiere tanto.

Aparcan cerca de donde viven y desde ahí se dirigen a pie hasta el supermercado. Compran para toda la semana y regresan cargadas a casa. En el camino, se cruzan con Vanesa e Ingrid, que van en la dirección contraria por la otra acera. Se miran, pero no se saludan. Las ha visto en el entierro de Aurora, aunque no ha hablado con ellas. Iván no las acompañaba antes ni tampoco lo hace ahora.

—Mamá, adelántate tú —dice Julia, que se detiene y suelta las bolsas en el suelo—. Esas chicas van a mi clase. Quiero hablar un segundo con ellas.

—Muy bien. Pero no tardes. Estoy muerta de hambre.

La joven agarra de nuevo las bolsas y acelera el paso. Cruza a la otra acera y rápidamente llega a la altura de Vanesa e Ingrid. Estas se sorprenden cuando Julia se coloca delante jadeante y con tres bolsas de la compra en las manos. Las deposita con cuidado sobre el pavimento y respira aliviada.

—Hola, chicas.

—¿Qué quieres, Julia? —pregunta Vanesa con gesto de desagrado.

—¿Sabes algo de Iván? Necesito hablar con él.

—No tengo ni idea de dónde está ni quiero saberlo —responde la chica del cabello rizado después de mirar un instante a Ingrid—. Hemos roto.

—Vaya, lo... lo siento.

—No pasa nada. Hay más peces en el mar. Y mucho mejores.

Aunque se está haciendo la dura, Julia se da cuenta de que a Vanesa le tiemblan las manos y le brillan los ojos cuando habla. No es tan fría como quiere hacerle creer y es obvio que le duele la ruptura con Iván.

—¡Por supuesto que hay más! ¡Muchísimos más! —exclama Ingrid, que coge la mano de su amiga—. Y tú te mereces al mejor de todos. Ese tío no estaba a tu altura. Él se lo pierde.

—Él se lo pierde.

Por lo que las dos chicas comentan entre sí, da la impresión de que ha sido Iván el que ha dejado a Vanesa y no al contrario, como creía al principio. ¿Cuándo habrá sido? ¿Antes o después de que el joven estuviera en el cuartel de la Guardia Civil? ¿Y el motivo?

—Bueno, me tengo que marchar. Ya nos veremos.

—¿A ti no te han llamado para declarar? —pregunta Vanesa cuando Julia está a punto de irse—. ¿O es que como tu padre es el encargado de la investigación juegas en una liga diferente al resto?

—Nosotras vamos esta tarde —añade Ingrid—. No sé para qué. No tenemos nada que decir. Menudo coñazo.

—Será una absoluta pérdida de tiempo. Apenas tratábamos con Aurora.

Si solo acudiera a declarar la gente de su clase que tenía algún tipo de relación con la chica fallecida, no iría nadie. Imagina que la policía está buscando hacerse una idea de la personalidad de Aurora a través de los testimonios de sus compañeros y de sus profesores y, de esa manera, intentar encontrar alguna pista que conduzca hasta el responsable de su muerte.

—Aún no me han avisado, pero seguro que también me llamarán.

—Eso está por ver —señala Ingrid esbozando una sonrisa sarcástica—. En este pueblo hay mucho enchufe.

Y muchas personas como ella que opinan sin saber. Pero Julia prefiere no continuar con aquella conversación. Bastante tiene encima como para enfrentarse a Ingrid y a Vanesa. Agarra de nuevo las bolsas de la compra, se da la vuelta y, tras despedirse de ellas con un simple «adiós», emprende el camino de vuelta a casa.

—¡Si ves o hablas con Iván, dile que se vaya a la mierda! ¡No doy segundas oportunidades!

—¡Que se busque a otra que lo aguante!

Es lo último que escucha salir de las bocas de Vanesa y de Ingrid cuando ya está a cierta distancia del dueto de amigas. Son tal para cual. No entiende qué les ha hecho el mundo para que se comporten así. ¿Cómo pudo Iván soportarlo? El amor es indescifrable, que se lo digan a ella. Aunque no puede negar que se alegra de que aquel chico haya roto con su compañera de clase. Ahora solo le falta dar con él para felicitarlo, algo que seguro no hará, a pesar de que hay motivos para una buena fiesta.

Vuelve a llamarle al móvil, pero continúa apagado. Empieza a preocuparse. ¿Le habrá sucedido algo? Seguro que no. Simplemente no quiere hablar con ella. Iván sabe que lo presionará para que le cuente lo que está sucediendo y no querrá pasar por ese mal trago. Al menos, no de momento. No va a estar toda la vida con el teléfono desconectado y sin dar explicaciones. Aquel es un ejercicio de paciencia, mientras se van sucediendo los acontecimientos. Julia se acuerda entonces de su ídolo, Magnus Carlsen. ¡Él sí que tiene paciencia en cada partida que juega para encontrar la debilidad de su rival y realizar el movimiento adecuado! Debe aplicarse la fórmula del mejor jugador de ajedrez que ha visto en su vida.

Llega al portal de su casa sonriente. Pensar en Magnus la hace feliz de una forma muy especial. Algunos tienen como referente a Cristiano o a Messi; otros, a algún cantante pop o a raperos de moda. Incluso sabe de compañeros de su clase que darían lo que fuera por pasar un rato con algún concursante de *Gran Hermano*. Para ella, sin embargo, el campeón noruego es lo máximo. Ojalá pudiera charlar con él algún día. Uno de sus sueños se haría realidad.

Con Carlsen en la cabeza, abre la puerta de su casa. Entra cargada con las bolsas, que deja caer al suelo. Los ojos se le abren como platos, y su boca dibuja una gran O al ver a su madre acompañada de la persona que menos podía esperar que estuviera allí.

—¡Mira a quién tenemos aquí! Al final, no cogió el autobús —dice con alegría Aitana—. Emilio, ponte cómodo. Estás en tu casa.

CAPÍTULO 31

Lunes, 22 de mayo de 2017

—Tranquilo. Puedes quedarte con nosotros el tiempo que necesites.

—Muchas gracias, Aitana. Como mucho serán un par de semanas.

—Lo que sea. No te preocupes. Cualquier cosa que necesites, pídela sin miedo. Ahora te traeré toallas limpias.

—Gracias de nuevo. Intentaré no dar mucha guerra.

La mujer sonríe y le da una palmadita al chico en el hombro. Después, lo deja con Julia en la habitación de invitados y cierra la puerta. El joven no sabe muy bien cómo actuar. Se sienta en la cama y balancea las piernas nervioso.

—Bienvenido —susurra Julia, que tampoco está muy segura de cómo debe comportarse. Opta por quedarse de pie—. Me alegro de que hayas reconsiderado tu decisión.

—¿No te molesta entonces que pase aquí unos días con vosotros?

—¿Recuerdas quién te lo propuso?

Emilio sonríe tímidamente. Se recoloca las gafas y echa un vistazo a la habitación. No es más pequeña que la suya. Las paredes están pintadas de azul y tiene una gran ventana por la que entra mucha luz. Además, dispone de una televisión pequeña y ya ha comprobado que el wifi funciona perfectamente. No hay dudas de que allí estará muy bien. Aunque eso depende sobre todo de su relación con Julia.

—¿Les has dicho a tus padres que al final no te vas a la casa de la playa?

—No, aún no les he contado el cambio de planes. Todo ha sido muy rápido. Estaba ya subido al autobús cuando he sentido que había una alternativa mejor. Me he bajado corriendo, le he hecho abrir el maletero al chófer y me he venido a tu casa. No estabais cuando he llegado, pero he preferido no llamarte por teléfono para no molestar más.

—Has sido inteligente. Podrás hacer los exámenes y no perderás un curso.

—Julia, si te soy sincero, eso ahora me da lo mismo.

—Pues no debería darte igual, Emi —le regaña su amiga, que continúa de pie, aunque un par de pasos más cerca del chico—. Llevas un año esforzándote mucho como para perderlo todo en unos días; y no porque no estés preparado, sino porque ni siquiera te ibas a presentar a los finales. Y si repites curso, ¿a quién voy a molestar yo el año que viene en clase?

El joven cabecea sonriente. Julia nunca le ha molestado en clase. Al contrario, si alguien habla cuando no toca o despista al otro es él. Ella atiende siempre y está atenta a todo lo que cuenta el profesor de turno. Y si, por algún motivo, se pierde, enseguida logra recuperar la estela de la explicación.

—Todavía tengo que aprobarlo todo, que no va a ser fácil.

—Yo te ayudaré en lo que necesites. Como siempre, ya lo sabes.

—Gracias.

Los nervios iniciales de ambos y la tensión acumulada de esos días van quedándose atrás. Poco a poco, Julia y Emilio recuperan la confianza en el otro. En sus palabras. No les hacen falta demasiados minutos. Les bastan un par de bromas, un rato comiendo sentados en la misma mesa y cuatro salidas de tono de Aitana para que las aguas vuelvan a su cauce. Sin embargo, los dos son conscientes de que hay un tema pendiente que no les queda más remedio que tratar. Más temprano que tarde.

Después del postre y un café, el chico llama a su madre y le explica la situación. Tras hablar con ella, la pareja sube hasta la habitación de Julia. Se sientan cada uno en un lado del cuarto y, en silencio, revisan sus redes sociales y las últimas noticias que han acontecido en el mundo. Los dos terminan prácticamente a la vez y se miran. Una sonrisa nerviosa y la necesidad de encontrar una solución.

—Emilio —Julia solo lo llama por su nombre completo cuando hay algo serio de por medio—. ¿Por qué me besaste?

El chico se sonroja y atusa su pelo azul. Después se ajusta nuevamente las lentes. Pese a que la pregunta no le coge desprevenido, una nebulosa invade sus pensamientos.

—No lo sé.

—Vamos, Emi. Nos conocemos muy bien. Somos amigos inseparables desde hace prácticamente tres años. Hay confianza.

—Lo sé, Julia. Pero… fue un impulso. No entiendo qué se me pasó por la cabeza. La semana pasada fue la peor de mi vida y… hago cosas sin saber muy bien por qué las hago. No pienso.

—Entonces, ¿solo fue un arrebato momentáneo?

—Sí, solo eso.

La chica mira a su amigo, que está visiblemente emocionado. Se levanta para acercarse a él. Comprende por lo que está pasando y que la presión que está soportando en las últimas fechas le llevó a comportarse de esa forma.

Esa es la versión oficial y la que da por buena. Pero ella sabe que hay algo más. Lo nota en los ojos de Emilio y en su manera de expresarse. Sin embargo, no puede hacer nada por ayudarle. No puede darle más que su amistad. No puede enamorarse de él otra vez, ahora mismo no. Y lo siente, lo siente de verdad.

Julia duda si darle un abrazo o no. Emilio parece muy vulnerable y lo último que desea es confundirle. Pero la amistad está por encima de todo. Se inclina sobre él y lo abraza con fuerza. Regalándole unos segundos de «voy a estar a tu lado, aunque no te quiera de la misma forma que tú me quieres a mí».

—Bueno, tienes que ponerme al día sobre el Asesino de la brújula y de todo lo relacionado con Aurora en las últimas horas —le pide Emilio a Julia al separarse—. He estado un poco desconectado de todo.

Agradece el apoyo de su amiga, a pesar de que el dolor del desamor se lo esté comiendo por dentro. Pero cuanto antes encuentre la estabilidad emocional, antes podrá afrontar los próximos días con ella desde la normalidad. Lo que suele denominarse «hacer de tripas corazón».

—El entierro de Aurora ha sido multitudinario —le explica la chica, que se incorpora de nuevo y se sienta en la silla en la que estaba antes—. Han ido todos los profesores y nuestra clase entera. Estaba más de medio pueblo allí.

—Normal. Es lo más morboso que le ha pasado a este sitio en los últimos cuarenta años.

—Incluso había televisiones nacionales y medios de comunicación extranjeros.

—Y Roberto Méndez seguro que también andaba por allí, ¿no?

—Sí, con un cámara del canal local. Aunque no les han dejado grabar el momento en el que enterraban el ataúd y se ha enfadado. Decía que era en homenaje a Aurora, pero todos sabemos que lo que buscaba era otra cosa.

—Menudo elemento. Eso no es periodismo. Ni siquiera es capaz de respetar a los muertos. No creo que el asesinato de Aurora le haya afectado demasiado.

—A la que sí he visto muy afectada es a Virginia —le explica Julia mientras repasa en su mente las escenas de la mañana—. De hecho, no aguantó hasta el final. Se marchó cuando el ataúd descendía a la fosa. Estaba destrozada.

—Es curioso que la profesora que lleva menos tiempo sea la que más lo sienta.

—Las vi varias veces juntas, charlando en los pasillos del instituto. Parecían caerse bien.

—Es complicado que Virginia le caiga mal a alguien. Es un encanto de mujer —comenta Emilio, que considera a la profesora de Matemáticas una de las mejores del centro.

—Estoy de acuerdo contigo. Me encanta Virginia. Lo que me llama la atención es que alguien consiguiera acercarse a Aurora.

—Era su profesora. No lo veo tan raro. También la vi hablar varias veces con Jonathan y con Santiago Mantovani.

Cuando Emilio menciona al profesor de Religión, Julia recuerda su encuentro de miradas en el entierro. Aquel hombre no le da muy buen rollo. Sus ideas están muy lejos de las de ellas. Y si a Virginia la vio compungida y rota por la muerte de su alumna, en Mantovani apreció todo lo contrario. Su rostro reflejaba una indiferencia que asustaba, como si le diera lo mismo.

—¿Más comportamientos significativos en el entierro?

—Sí, de alguien que no cae muy bien en el pueblo. ¿Sabes si la novia de nuestro querido alcalde tiene algo en contra de Virginia o de Jonathan?

—¿Milena? ¿También ha estado en el funeral?

—Sí, acompañada del ilustrísimo Pedro Soria.

—¡Guau! La pobre Aurora se estará removiendo en su tumba —comenta Emilio con las dos manos apoyadas en la nuca—. ¿Por qué me has preguntado eso?

—No sé. Igual estoy empezando a ver cosas que no son. Pero, cuando Virginia se marchó, Jona fue detrás de ella. En ese momento, por casualidad, me fijé en Milena, que los miraba sonriendo sibilinamente. Aunque ya te digo que no sé si fue una ilusión óptica y me lo imaginé.

—Esa chica está saliendo con Pedro Soria. No me extrañaría nada de ella.

—No hay que juzgarla por eso.

—No la juzgo por ser la novia de un alcalde, ni por la diferencia de edad, ni siquiera por liarse con un hombre casado. Ella estaba libre cuando empezaron a acostarse, el que no lo estaba era Pedro. De haber culpables, sería él, no ella. La juzgo por su mal gusto para elegir pareja.

—En eso, querido amigo, estoy contigo. Un gusto horrible.

Los dos se ríen y continúan intercambiando opiniones durante un buen rato sobre Pedro Soria y Milena Bolado. Aquella conversación sirve para terminar de romper la barrera que el beso del día anterior había levantado entre los dos.

—Hay algo más que tengo que contarte, Emi.

—Sorpréndeme.

—No sé si será importante. Ni si hay que darle mucho valor. El caso es que Aria se me acercó mientras esperábamos al coche fúnebre en la puerta del cementerio para preguntarme si era a mi padre a quien se debía dirigir si disponía de alguna información del Asesino de la brújula.

—¿En serio? ¿Y qué información es esa?

—No me lo dijo. Empezó a llegar gente hasta nosotras y yo regresé con mi madre, que ya se había librado del alcalde.

Tampoco he hablado con mi padre para preguntarle si ella le ha hecho alguna revelación acerca del caso.

—¿Por qué no llamas a Aria? Así salimos de dudas.

—No quiero presionarla.

—Solo es una simple llamada para que te cuente si ha ido al cuartel a hablar con tu padre o con algún otro policía. Y, de paso, a ver si le sacas información sobre lo que cree que sabe.

—¡Emi! ¡No puedo hacer eso!

—¿Prefieres que la llame yo? ¡No puedo quedarme con esta intriga!

La chica chasquea la lengua y alcanza su móvil. Busca el número de Patricia y lo marca. Un mensaje de voz desesperantemente conocido la recibe.

—El teléfono al que llama está apagado o fuera de cobertura —dice Julia en voz alta, cansada de escuchar lo mismo durante todo el día.

¿Por qué todo el mundo con quien intenta hablar apaga el móvil?

La respuesta en el caso de Patricia Herrero, a quien sus amigos llaman Aria, la va a tener pronto. Y es que, unas horas más tarde, la estudiante de primero B del Rubén Darío aparecería sin vida en el instituto, con una brújula a su lado como acompañante y único testigo de su muerte.

CAPÍTULO 32

Lunes, 22 de mayo de 2017

Su madre es quien le da la noticia por teléfono. Hace un rato la llamaron para que fuera urgentemente al Rubén Darío. Pasan siete minutos de las ocho de la tarde. Todavía no ha anochecido y flota en el ambiente un desagradable calor pegajoso. Emilio la observa con preocupación a menos de dos metros de distancia, en la habitación de invitados. Allí llevaban charlando varias horas, recuperando sensaciones.

Cuando Julia cuelga, los ojos se le encharcan de lágrimas en un instante.

—Han encontrado a Aria muerta en el instituto —suelta a quemarropa.

El chico no dice nada. Abraza a su amiga y después se sientan juntos en la cama. La pierna derecha de ella toca la pierna izquierda de él y sus brazos se rozan. Pero eso ahora no les importa a ninguno de los dos.

—Estaba en el despacho del director. Tirada en... el suelo. Al parecer, la han golpeado en la cabeza. Y... había una brújula junto a ella.

—Dios mío. Otra vez. ¿Se sabe algo más?

—No lo sé. Eso es lo único que me ha contado mi madre.

Están en el instituto la Policía Científica, la Judicial y Otamendi, el juez de instrucción.

—Esto es una pesadilla. Un vecino de este maldito pueblo es un asesino en serie.

Julia se seca las lágrimas con las manos y piensa en lo que su amigo acaba de asegurar. Hay alguien en aquel sitio que está matando a chicas adolescentes y firmando sus crímenes con una estúpida brújula. ¿Un asesino en serie? ¿O alguien con un motivo para matar a Aurora y a Patricia?

—No estoy tan segura de que sea un asesino en serie, Emi.

—Ha matado a dos chicas de la misma edad, de la misma forma y dejando la misma marca.

—Ya, pero recuerda que Aria creía que tenía información sobre algo relacionado con el crimen. ¿Y si era cierto que sabía algo que no tenía que saber y el asesino de Aurora se enteró?

—Es una posibilidad, pero...

El móvil de la chica vuelve a sonar e interrumpe a Emilio. El que llama es su padre. Julia responde inmediatamente.

—Hola, papá.

—Hola, hija. ¿Cómo te encuentras?

—Muy triste —reconoce antes de sorber por la nariz. Entonces, siente la mano de Emilio apretando la suya. Se miran y se sonríen—. ¿Estás en el instituto?

—Sí. Todavía seguimos aquí. Siento mucho... lo de Patricia. Sé que os llevabais bien.

A Julia se le encoge el estómago y se le cierra la garganta. Prácticamente no puede hablar. A duras penas consigue evitar las arcadas. Con mucho esfuerzo, logra reponerse y reanudar la conversación con su padre.

—Papá, ¿Aria habló contigo o con alguien en comisaría?

—¿Aria?

—Sí, así llamábamos a Patricia. ¿Se puso en contacto con alguno de vosotros?

—No, que yo sepa. ¿Por qué lo dices? ¿Te contó algo a ti?

—Sí, en el entierro. Sospechaba que sabía algo del Asesino de la brújula, aunque no estaba segura. Le aconsejé que hablara contigo o con alguien en el cuartel.

—Conmigo no habló. Ahora preguntaré a los chicos, pero, si hubiera ido al cuartel, me habría enterado. ¿A ti te dijo algo más?

—No. Nada.

—Lo investigaremos —asegura Miguel Ángel. Su hija le nota el cansancio en la voz. Lleva muchos días durmiendo muy poco y con una gran presión encima. Presión que crecerá tras la muerte de Patri—. Julia, sé que Emilio se va a quedar un tiempo en casa. Me lo ha dicho tu madre.

—Sí. No te importa, ¿verdad?

—No, al contrario. Prefiero que estés con alguien. No sabemos qué intenciones tiene el individuo este. El asesinato de Patricia ha sido prácticamente un calco del de Aurora. Así que, si sales a la calle, ten mucho cuidado, por favor.

—Lo tendré. No te preocupes, papá.

—Se van a suspender las clases en los dos institutos y en los colegios del pueblo hasta el lunes. Nos lo acaban de comunicar.

—Es lógico. Los padres van a ponerse muy nerviosos en cuanto se enteren de lo que ha pasado.

—Roberto Méndez ya anda revoloteando por aquí, así que la noticia no tardará mucho en salir a la luz. Aunque esta vez seremos nosotros los que le demos la información. Así no podrá especular.

—Hará lo que le dé la gana. Todo sea por la audiencia.

—Está claro.

Emilio le da un suave codazo a Julia y le muestra su móvil. Roberto Méndez ya ha anunciado en Twitter que han encontrado muerta a otra chica en el instituto. La joven avisa a su padre y lee en voz alta el tuit del periodista.

—«Estoy en el Rubén Darío. Otra chica muerta. De momento, desconocemos su identidad. En diez minutos entramos en directo». Y cierra el tuit con el *hashtag* #ElAsesinodelabrújula.

—Joder. Este tío no da ninguna tregua. Ahora mandaré a alguno de los chicos a que hable con él antes de que empiece a decir cosas que no debe y a montarse una película. Julia, hablamos luego. Y si sales de casa, ten cuidado, por favor.

—Tranquilo, papá. Suerte.

—Gracias, hija. Nos vemos luego.

Miguel Ángel cuelga y la joven tiene una sensación de *déjà vu*, como si ya hubiera pasado por aquello. Realmente, la situación es muy parecida a la que vivió el sábado, cuando se enteró del fallecimiento de Aurora.

—¿Y bien? —pregunta Emilio al ver que Julia no hace ningún comentario.

—Se alegra de que estés conmigo. Y me pide que tengamos cuidado.

—Habrá que tenerlo. Si es un asesino en serie, seguirá matando hasta que lo pillen. No se detendrá.

Aquellas palabras de Emilio le recuerdan lo que le dijo ayer Alberto Montero, su profesor de Educación Física: «No va a parar. No se va a detener hasta que lo cojan». Ella sigue sin verlo claro. Julia no quiere discutir con su amigo y volverle a insistir en que no es seguro que la persona que está cometiendo los crímenes sea un asesino en serie. Ni siquiera está probado que sea un hombre. La alternativa de que la culpable sea una mujer continúa rondando por su cabeza.

—Emi, me gustaría hablarte de algo más. De alguien, más bien.

—¿De quién?

La joven no quiere tener secretos con Emilio. Si van a pasar mucho tiempo juntos en los próximos días, cuanto más sepa por ella, mucho mejor.

—Iván.

—¿Qué pasa con ese tío? Por cierto, ayer lo vi salir del cuartel de la Guardia Civil. Se me olvidó decírtelo.

—¿Lo viste?

—Sí. Fui a dar una vuelta y lo encontré allí. Estaba con sus abuelos, me parece.

—Sé que fue a declarar. Me lo dijo. Es de lo que te iba a hablar precisamente.

—¿Tiene que ver con la muerte de Aurora?

Julia se pone de pie y camina hasta el escritorio. Tras dar un brinco y sentarse encima de la madera, coloca las manos en las rodillas y se echa ligeramente hacia adelante. Tienen cosas de las que hablar.

—A ver, todo lo que te voy a contar no puede salir de aquí. Debe quedar entre tú y yo.

—Vale. Aunque no sé a quién podría ir yo a revelarle secretos. No me llevo bien con mucha gente. Prácticamente, solo hablo contigo.

—Por si acaso te echas una novia por Internet.

—La que tuve me dejó —bromea Emilio, que oculta el latigazo que acaba de sufrir su corazón—. No des más rodeos, ¿qué pasa con Iván?

—Demasiadas cosas.

Julia dedica los diez minutos siguientes a poner al corriente de todo a su amigo. Le explica desde el accidente en bici que sufrió el chico hasta la petición que le hizo rogándole que fuera su coartada para la tarde en que asesinaron a Aurora. También le cuenta lo de la mujer que Iván vio entrar en el vestuario y, por último, que ha roto con Vanesa.

—Y desde esta mañana su móvil está apagado —concluye Julia, que suspira—. Si te soy sincera, no sé qué pensar de él.

—¿Es tu amigo?

—¿Mi amigo? Bueno, sí. No lo sé. Me cae bien.

—¿Solo te cae bien?

—¿A qué te refieres?

—¿No... no te gusta? Ahora que ya no sale con Vanesa, está libre.

Emilio sabe que la respuesta de Julia puede agrandar la herida que tiene abierta en el lado izquierdo de su pecho. Los tres segundos que la chica tarda en contestar se le hacen eternos.

—Paso de más líos. Con lo que está sucediendo ahora y el final de curso tengo bastante, ¿no crees?

El joven se encoge de hombros. No ha respondido a lo que le ha preguntado. Al menos, no de forma directa. Que no lo haya admitido, ni lo haya negado, es señal de que algo siente hacia Iván. De todas maneras, debería darle igual. No es su novia ni va a serlo jamás.

—No sé si Iván tendrá algo que ver con lo de Aurora —dice Emilio, que intenta quitar de en medio sus sentimientos y centrarse de nuevo en los acontecimientos de los últimos días—. Pero es claramente sospechoso. Puede que se haya inventado lo de la mujer del vestuario.

—¿Y por qué iba a inventarse algo así?

—No lo sé. Lo que sí sé es que estaba en el instituto cuando mataron a Aurora y que anda desaparecido, con el móvil apagado, el mismo día en que han asesinado a Aria.

—¿Y los motivos?

—Cualquiera sabe. ¿Es que un loco necesita motivos para matar a alguien? No conozco el pasado de Iván. A lo mejor se está vengando por algo que le ocurrió cuando era niño o tiene un problema en la cabeza.

—No lo veo claro, Emi. No tiene mucho sentido.

—¿Y qué hacía entonces en el instituto? Demasiada casualidad, ¿no?

Julia sigue dándole vueltas al asunto. No ve a Iván como un asesino de chicas. Aunque estuviera en el lugar del crimen a la hora en la que se cometió. Ni a pesar de que lleva desaparecido unas horas, durante las cuales han matado a la pobre Aria.

—Tengo que hablar con él —sentencia la joven, que coge el móvil y vuelve a marcar su número. La respuesta es la misma de siempre—. No puede tener el teléfono desconectado toda la vida.

—¿Sabes dónde vive?

—Bueno... sí. Eso creo.

—¿Y por qué no vamos a su casa?

—No podemos ir.

—¿Por qué no?

La chica va a responder, pero se queda callada. Realmente no hay ninguna razón por la que no pueda ir a hacerle una visita a Iván. Quizá ya va siendo hora de que el chico de sus sueños —literalmente— le resuelva todas las cuestiones que tienen pendientes.

CAPÍTULO 33

Lunes, 22 de mayo de 2017

El piso en el que vive Iván está situado en la parte nueva del pueblo: un conglomerado de calles, que parecen todas iguales, con bloques de apartamentos alineados y ordenados simétricamente. Julia sabe dónde reside el chico exactamente. En el año que lleva enamorada de él, le ha dado tiempo a descubrir detalles como aquel y alguno que otro más. A pesar de que se han pasado muchos meses sin hablar, la chica ha seguido sus redes sociales e iba almacenando en su cerebro un montón de datos que le llegaban del joven de una u otra manera. La calle y el número del piso los consiguió de una conversación entre Vanesa e Ingrid que oyó de casualidad. Lo confirmó con una foto en la cuenta de Instagram del chico en la que Iván posaba justo delante del edificio en el que vive. A pesar de que es un asiduo a las redes sociales, en los últimos tres días no ha subido nada a Internet: ni imágenes ni comentarios.

—¿Te has dado cuenta? —pregunta Emilio ya en la zona nueva del pueblo.

—¿Darme cuenta de qué?

—No hay nadie por la calle.

—Normal, Emi. Acaban de asesinar a otra chica. Son dos en cuatro días. La gente tiene miedo.

—Este pueblo es tan cotilla que me sorprende que el terror le pueda a la curiosidad. Tal vez todo el mundo está en la puerta del instituto haciendo guardia.

—Ya se habrán llevado el cuerpo de Aria al Instituto Anatómico Forense de la ciudad para que mi madre le haga la autopsia. Allí ya no tienen nada que ver ni que husmear.

El chico asiente y continúan caminando. Casi ha anochecido y se ha levantado una ligera brisa fría que les sirve de alivio tras otra jornada calurosa. Da la impresión de que el verano va a ser infernal en cuanto a temperaturas.

—¿No te parece extraño que los dos crímenes hayan sido en el instituto? ¿Tendrá algún sentido?

—No lo sé, Emi. Más que extraño, me parece horrible.

—Quizá es porque no hay cámaras de seguridad y el asesino puede campar a sus anchas.

Puede que ese sea uno de los motivos. El Rubén Darío está desprovisto de cámaras. Tampoco las hay alrededor, al no tener ningún edificio cercano a menos de trescientos o cuatrocientos metros. El instituto se levantó en el terreno en el que funcionaba la vieja harinera y se encuentra aislado del resto de las casas construidas en la misma calle.

—Sabemos que Aurora había quedado allí con alguien. Pero ¿qué hacía hoy Patri en el instituto? No había clase. ¿Había quedado con algún profesor? ¿Con alguno de nuestros compañeros de primero o con algún estudiante de otro curso? —insiste Emilio, al que se le acumulan las dudas.

—Podía haber quedado con cualquiera. Precisamente, al no haber clase y estar el instituto vacío, era un lugar perfecto para verse con alguien a escondidas.

—¿En el despacho del director? Suena raro.

—Los despachos no tienen cerradura. Puede entrar cualquiera. ¿Nunca te has fijado?

—¿En serio? ¿No están cerrados con llave?

—No. Es algo que siempre me he preguntado. La seguridad en el instituto brilla por su ausencia. Ni cámaras ni cerraduras. En general, este pueblo es bastante confiado.

—Claro. Porque nunca pasa nada —señala Emilio, que abre los brazos descorazonado—. Pero, a partir de ahora, les tocará ponerse las pilas. Mañana mismo debería de haber colocadas diez cámaras de seguridad que vigilen cada pasillo del Rubén Darío.

—¿Crees que eso frenará al asesino o asesina?

—Como mínimo, evitaría que hubiera más muertes dentro del instituto. O, por lo menos, el crimen quedaría grabado y eso permitiría atrapar al culpable.

—Esperemos que no haya más muertes en ninguna parte y que pronto lleguemos al final de esta macabra historia.

Las palabras de Julia resuenan en sus cabezas en aquel atardecer repleto de silencio. Les hace darse cuenta de que no están viviendo ningún juego. Hay dos estudiantes de secundaria, dos adolescentes, muertas. Dos chicas a las que conocían y con quienes compartían aula. Y hay otra persona, un monstruo, que se ha encargado de quitarles la vida. ¿Habrá más víctimas? ¿Cuánto tardará la policía en descubrir la identidad del asesino? ¿Qué motivaciones se esconden tras aquellos crímenes? ¿Estarán realmente ante un asesino en serie?

—El asesinato de Aria nos ha dejado clara una cosa —prosigue Julia mientras supervisa el número del piso que tienen delante. Diecisiete. Iván vive en el veintitrés de esa misma calle.

—¿Qué cosa?

—Que podemos descartar definitivamente a Bernardo, el padre de Aurora. Está a disposición judicial. No ha podido cometer el crimen de Patricia. Ahora solo podrán juzgarlo por el tema de las drogas.

—Cierto. No lo había pensado.

—En el entierro de su hija, muchos lo han insultado y le han llamado asesino.

—Pobre hombre. No solo ha perdido a Aurora, sino que ha tenido que soportar que lo acusen de su muerte. Este pueblo es la leche. Seguro que nadie le pide perdón.

Julia piensa lo mismo. Está muy claro que ningún habitante de aquel lugar presentará sus disculpas ni le dará el pésame a Bernardo. Muchos siguen pensando que maltrató a Vera y que abusó de su hija antes de desaparecer. Incluso algunos seguirán creyendo que él es el responsable de las muertes de las dos chicas, pese a su coartada inapelable.

—Aquí es —indica la joven cuando llegan al número veintitrés.

Se trata de un bloque de tres plantas fabricado con ladrillos en color ocre. Los apartamentos que dan a la calle están provistos de amplios balcones. En uno de esos pisos vive Iván. Concretamente, en el segundo B.

La puerta del edificio está abierta. La pareja entra y, al verlos, un conserje bajito y rapado al cero sale de una pequeña habitación acristalada para recibirlos.

—¿Qué tal, chicos? ¿A qué piso vais? —pregunta el hombre amablemente.

—Vamos al segundo B —responde Julia algo nerviosa.

—¿Venís a ver a Iván?

—Sí, somos compañeros del instituto. ¿Podemos subir?

—Claro. Un momento.

El hombre los acompaña hasta la puerta del ascensor. Con una sonrisa, invita a los jóvenes a pasar. Una vez que están en el interior, él mismo pulsa el dos y después cierra, quedándose en el recibidor.

—Muy simpático el hombrecillo —comenta Emilio. Le ha agradado el trato del conserje—. ¿Tiene cara de duende o me lo parece solo a mí?

—Calla, que te puede oír.

—Cara de duende no es un insulto.

—Depende de cómo lo digas —replica Julia justo antes de llegar al segundo piso.

Cuando el ascensor se detiene, un cosquilleo sacude su estómago. Va a volver a ver a Iván y este tendrá que explicarle qué está sucediendo. Eso la pone muy nerviosa. ¿No se habrán precipitado yendo a abordarle a su propia casa?

El ascensor se abre y, a la derecha, encuentran el segundo B.

—Si sale su padre o su madre, ¿hablas tú? —le dice el chico a su amiga.

—Bueno, vale.

Emilio es quien hace sonar el timbre y se echa a un lado, dejando a Julia frente a la puerta. Unos tacones anuncian que alguien se acerca. Abren y la que aparece delante de ellos es una mujer de unos cuarenta y tantos años, elegantemente vestida y peinada como si acabara de llegar de la peluquería.

—Hola —los saluda sorprendida—. ¿Qué queréis?

—Hola, señora. Venimos a ver a Iván. Es amigo nuestro —responde Julia. Le tiembla la voz—. ¿Es su madre?

—Sí, soy su madre. Pero Iván no está.

—¿No está? ¿Y cuándo volverá?

—El domingo. A no ser que esos estúpidos policías vuelvan a llamarle para declarar. Ya nos han hecho perder bastante tiempo —comenta la mujer, que se cruza de brazos—. Le he obligado a marcharse con su primo a la ciudad, para que se concentre. Tiene selectividad dentro de muy pocos días y todo lo que está pasando le está distrayendo demasiado.

Julia resopla. Eso sí que no se lo esperaba. Lo que la mujer le cuenta hace que sus ánimos se vengan un poco abajo.

—Lo hemos estado llamando a su móvil y lo tiene desconectado —interviene ahora Emilio al comprobar que su amiga no dice nada más—. ¿Sabe cómo podríamos hablar con él?

—No podéis. Su móvil lo ha dejado aquí. Solo se ha llevado el teléfono que usa para hablar con su familia. Esta semana no está disponible para nadie. Lo siento, chicos, pero Iván se juega su futuro. Y si no saca buena nota en selectividad, no podrá estudiar lo que queremos.

Emilio y Julia se miran entre sí. Ninguno de los dos sabe cómo continuar. Tal vez lo mejor sea marcharse y regresar a casa antes de que se haga demasiado tarde. Sin embargo, al chico se le ocurre una última pregunta.

—Señora, ya nos vamos. Pero ¿podría decirnos a qué hora se ha marchado Iván con su primo? ¿Lo ha recogido él?

—Su primo no ha podido venir. Así que ha tenido que coger el bus. El de las siete me parece que ha sido.

Todavía no han hecho oficial la hora a la que han matado a Patricia, pero seguro que ha sido bastante antes de las siete de la tarde. Tanto a Julia como a Emilio ese dato no les pasa desapercibido.

—Hasta que se ha ido a coger el autobús, ¿ha estado Iván el resto del día metido en casa?

—No. Estuvo dando una vuelta después de comer. Para despejarse… ¿A qué viene tanta pregunta?

La mujer parece enfadada por la insistencia de los chicos. Estos se disculpan por las molestias causadas y deciden no continuar interrogándola. Se despiden de ella y regresan al ascensor.

—Claramente sospechoso —suelta Emilio, que pulsa el botón del cero—. Y encima ha huido. Buena excusa la de selectividad.

Julia no responde. Debe pensar y aclarar las ideas. Se le ocurren demasiadas posibilidades como para emitir una sentencia tan pronto. Ni para acusarlo ni para librarle de ninguna culpa. Está claro que Iván ha hecho algo que no quiere ni puede decir. ¿Es ese algo el asesinato de Aurora? Ojalá la respuesta sea que no.

Los chicos saludan de nuevo al portero y salen del edificio. Les toca caminar un rato de regreso, y ya se ha hecho completamente de noche.

—¿De verdad que no te importa que me quede contigo? —pregunta el chico tras unos minutos en los que permanecen en silencio.

—Emi, ni una vez más. Estoy muy contenta de que pases unos días en casa. Pero como continúes insistiendo…

—Me matarás y pondrás una brújula al lado de mi cuerpo.

—No juegues con eso, por favor —le recrimina muy seria la joven—. Cero bromas con este tema.

—Lo siento. Tienes razón. No tiene ninguna gracia. Estoy muy tonto estos días.

—No pasa nada.

—¿No tienes la sensación de que todo esto te está pasando por encima? Porque a mí me sucede constantemente. Desde que me dijiste que Aurora había desaparecido, vivo como si tuviera un nubarrón enorme sobre mi cabeza. No actúo con normalidad.

—Tú nunca has sido normal, Emi.

La media sonrisa que Julia le dedica a su amigo le sirve de apoyo. Le encanta cuando sonríe así. Pero no debe caer otra vez en el magnetismo de esa joven de pelo cortito y ojos brillantes. Va a estar mucho tiempo con ella y necesita controlar sus emociones. Si no, terminará mal. Le toca ser fuerte mentalmente y no dar la lata. Su padre es el encargado de la investigación más importante en la historia de aquel pueblo. Y si él puede echar una mano, en lo que sea, aquella extraña situación habrá valido completamente la pena. Aunque le duela que Julia pase de él y se haya enamorado del principal sospechoso de los asesinatos de Aurora y Patricia. Porque, para Emilio, Iván tiene el cartel de culpable escrito en la frente. Aunque ella no lo quiera ver.

CAPÍTULO 34

Lunes, 22 de mayo de 2017. Hace unas horas

Patricia llega a casa después del funeral de Aurora. Le duele en el alma lo que le ha pasado a su compañera de clase. Cuando ha visto su ataúd descender al interior de la fosa, casi se desmaya. Y ha llorado como nunca en su vida. No se quita de encima cierto sentimiento de culpabilidad. De que podía haberlo evitado.

Sin embargo, él le ha jurado y perjurado que no ha sido el responsable de su muerte.

¿Debe creerle?

—Me destrozarás la vida si cuentas lo que sabes. Puedo ser muchas cosas, pero no un asesino. Patricia, te juro que yo no le haría daño ni a una mosca. ¿Cómo iba a matar a la pobre Aurora?

Sus palabras se repiten en su cabeza mientras come con sus padres y su hermana pequeña. Se han visto a escondidas, detrás de unos cipreses. Al margen de todos, sin que nadie pudiera verlos hablar. Pero no era el lugar. En el cementerio había demasiada gente. ¿Por qué no quedar más tarde? ¿En el instituto? Hoy está vacío, no hay clases. Podrán charlar tranquilamente y aclarar las cosas.

—No vayas a la policía, por favor. Te doy mi palabra de

honor de que no he sido yo. Me suicidaré si desvelas nuestro secreto.

Eso se lo había dicho en varias ocasiones. Desde el día en que hablaron y le explicó lo que sabía. Amenazó con tirarse de un puente. En otra ocasión con cortarse las venas. Y quizá que se muriera sería lo mejor, lo que ella desea. Pero aquel tipo despreciable no deja de ser un ser humano, una persona que está enferma. Y prometió que nunca más volvería a hacerlo. ¿Estaba al corriente también Aurora de lo que hacía y por ese motivo la mató? Él le ha asegurado que incluso tiene una coartada para las horas en las que asesinaron a su compañera, pero ¿por qué debería ella fiarse?

—¿En qué piensas? —le pregunta Bely mientras mastica una albóndiga que se ha metido entera en la boca.

Los carrillos hinchados de su hermana le provocan una pequeña carcajada. Le llena el vaso con agua y le pide que beba y trague con cuidado. Belinda obedece. Una vez que la bola de carne ya no es un problema, la niña vuelve al ataque.

—¿Por qué estás todo el rato en las nubes?

—No estoy en ninguna nube.

—Pues cuando yo me distraigo y miro hacia arriba, mamá me dice que estoy en las nubes.

La madre de las chicas sonríe al escuchar a su hija pequeña. Bendita ingenuidad. Las dos se llevan muy bien y son buenas hijas. Aunque es verdad que ella también nota a Patri algo distante en los últimos días. La muerte de Aurora le ha afectado mucho. Quizá el fin de semana se vayan los cuatro a hacer un pícnic al campo para desconectar de todo lo que está sucediendo en el pueblo. Respirar aire fresco siempre es bueno y relajante.

—Después de comer he quedado con Yi y con Sara para hacer un trabajo —miente Patricia mientras destapa un yogur de fresa.

—¿Un trabajo? ¿Precisamente hoy? —interviene ahora su padre—. Acabáis de enterrar a una compañera. ¿No os podéis tomar unos días libres?

—La semana que viene empiezan los exámenes finales y también tenemos que entregar varios trabajos. Vamos muy atrasadas con el de Literatura.

—¿Os aprieta mucho Diego?

—Sí, papá. Demasiado.

Diego Soler, el profesor de Lengua y Literatura de primero B, y Agustín, el padre de Patricia Herrero, son amigos desde hace mucho tiempo. Son compañeros de pádel. Tienen la misma edad y ha comido varias veces en su casa, sobre todo desde que se separó de su mujer hace un par de años. Es un tipo atractivo, elegante y que siempre va muy bien arreglado. Las clases las da vestido con una americana y, a veces, incluso se pone corbata.

—Ya hablaré yo con él para que no os meta tanta caña.

—No hace falta. Gracias —dice la chica, que no se acaba el yogur de fresa—. Voy a mi habitación para prepararlo todo antes de marcharme.

La joven obsequia con un beso en la frente a su hermana pequeña, que todavía está peleándose con las albóndigas, y se marcha a su cuarto. Se sienta en el escritorio y se queda pensativa mirando por la ventana. ¿Hace bien yendo sola a aquel encuentro en el instituto? Precisamente en el Rubén Darío es donde el viernes mataron a Aurora. Si aquello fuera una película de miedo, ella misma estaría gritándole a la protagonista que no fuera tan tonta y confiada como para acudir sola al lugar de la escena del crimen a charlar con el probable asesino. Sonríe ante su propia ocurrencia. No es una película de miedo, se trata de la vida real. Y debe hablar con él. Necesita conocer su coartada y además valorar si, aun siendo inocente de asesinato, debería denunciarlo ante la policía por sus otras actividades delictivas... Desde luego, si estuviera segura de que él no ha matado a Aurora, ella podría quitarse de encima el peso de la culpabilidad que ahora mismo siente.

Pero, por si acaso resultara que está tratando con el asesino...

Se le ha ocurrido algo, quizá demasiado pintoresco. Peliculero, más bien. No debería ver tantas series de detectives en Netflix. Aunque es una idea interesante. Y le encantan los juegos.

Abre su portátil y entra en Google. Escribe un nombre y busca información. Ahí tiene lo que necesita. Alcanza un folio y un bolígrafo y durante media hora se dedica a elaborar su plan. Si le pasa algo, su amiga sabrá encontrar la solución. Está convencida de ello.

Cuando termina, dobla el papel por la mitad y lo introduce en un sobre que cierra extendiendo su saliva por el borde de la solapa. En la parte posterior escribe: «Para Julia Plaza».

Ahora solo le queda ponerlo en un lugar seguro y esconderlo para que su hermana no lo encuentre. Sabe que Bely entra en su dormitorio cuando ella no está en casa y registra sus cosas. Esta vez, aunque la pequeña consiga hacerse con aquel sobre, no descifrará su contenido. Tampoco sus padres lo conseguirían. Solo Julia será capaz de hacerlo.

Aunque espera que su amiga nunca lo reciba. Será la señal de que todo ha ido bien y de que nadie le ha hecho daño.

Horas más tarde, Patricia Herrero aparecerá muerta en el despacho del director del Instituto Rubén Darío. El propio Lázaro Martínez será el encargado de avisar a la policía del descubrimiento del cadáver.

CAPÍTULO 35

Sábado, 11 de febrero de 2017

Seis chicas meriendan en una cafetería que se ha puesto de moda en el centro de la ciudad. Invita Patricia Herrero, que cumple diecisiete años. Disfrutan de ricos pasteles de varios sabores, que entran igual por la boca que por los ojos, y de enormes batidos hechos a base de helado y nata. Aunque el verdadero plato fuerte del cumpleaños de Aria viene después. Tras dar un sorbo a su bebida y tragar el último pedazo de un dulce de frambuesa, Patri les explica el plan a sus cinco compañeras de clase.

—Ya sabéis que me encantan los juegos, los enigmas y todas esas cosas. ¡Por eso he reservado dos salas de *escape room*!

—¿Dos salas de qué? —pregunta Yi, que no sabe a lo que su amiga se refiere.

—De *escape room.* ¿Nunca habéis oído hablar de esto?

Sara, Julia y Dunia sí están al corriente de lo que se trata, pero Yi Lin y Ana no tienen ni idea. La protagonista del cumpleaños les cuenta de lo que va.

—Una *escape room* es una habitación en la que te encierran y, a través de pistas que debes ir resolviendo, tienes que conseguir salir de ella. Te dan una hora y están ambientadas en asesinatos, misterios o historias de esa clase. ¡Yo estuve una vez con mis primos y es superdivertido!

Julia ya ha escuchado hablar de este nuevo tipo de ocio interactivo que cada vez tiene mayor aceptación. Le brillan los ojos. Durante un rato podrá ser como su querido Hércules Poirot o como la entrañable Miss Marple, los personajes de Agatha Christie, su escritora favorita. ¡Aria ha tenido una idea fantástica!

—Haremos dos equipos de tres. Competiremos entre nosotras, a ver quién es capaz de salir antes de la habitación. Así será más interesante —comenta Patricia. Se la nota muy ilusionada—. Si queréis, sorteamos ahora quién va con quién.

Ninguna de las chicas se opone a la propuesta de la cumpleañera. Esta echa mano a una servilleta de papel, la corta en seis pedacitos y, con un bolígrafo que le presta uno de los camareros de la cafetería, escribe su nombre y el de sus cinco amigas. Dobla los seis papelitos y los coloca sobre sus manos, que pone en forma de cuenco.

—¿Una mano inocente?

—¡Yo! —grita enseguida Yi entusiasmada también con la propuesta del *escape room*—. Soy la más inocente de las seis. ¿No?

Las otras cinco sonríen. Piensan lo mismo. Yi es una buena chica, pero es como si tuviera cuatro o cinco años menos que el resto del grupo. Todas van a la misma clase de primero de bachillerato en el Rubén Darío.

—Muy bien. Pues elige tres papelitos. Esas irán a la habitación «El asesinato del doctor Márquez». A las otras tres les tocará «El crimen del jugador de cartas». Las dos son de nivel medio, así que nos tendremos que esforzar mucho para salir de la habitación.

—Uf. Como dependa de mí, no vamos a salir hasta el año que viene.

—No seas negativa, Ana. Ya verás como lo haces muy bien —anima Patricia a la que considera una de sus mejores amigas desde que eran niñas. Se conocieron en la guardería—. Bueno, Yi, coge tres papelitos y déjalos encima de la mesa.

La chica seleccionada para hacer los equipos obedece a Patricia. Los elige uno por uno, con cierto suspense, como si tratara de adivinar qué nombre hay escrito en cada papel. Todas la observan expectantes hasta que termina de separarlos.

—La suerte está echada —dice Dunia—. Espero que me toque ir con Julia, que es la más lista de nosotras.

—Yo espero lo mismo —indica Ana—. *¡Team Plaza!*

Julia se sonroja al escuchar a sus amigas y se pone algo nerviosa. Por un lado, se siente halagada, pero, por otro, muy presionada. Las que vayan con ella le darán la responsabilidad de ir resolviendo las pistas e ir avanzando en la prueba lo más deprisa posible. ¡Y es un juego! ¡Quiere divertirse, no competir ni que sus amigas estén pendientes de lo que hace!

—Dejad a la pobre Julia en paz —se queja Patricia, que rodea a su amiga con el brazo en ademán protector—. Que cada una lo haga lo mejor que pueda e intente resolver el mayor número de pistas. ¡Trabajad en equipo!

Y, sin decir nada más, comienza a desenvolver los papelitos. Uno por uno, lee en voz alta los nombres que van saliendo. Al terminar, repasa cómo han quedado conformados los grupos. A la habitación de «El asesinato del doctor Márquez» van Patricia, Ana y Sara. Y «El crimen del jugador de cartas» intentarán resolverlo Julia, Yi y Dunia.

—¿Conformes? —pregunta Patri al acabar.

—¡Sí! —grita Yi contenta por coincidir en el mismo equipo con Julia.

El resto de las chicas no se pronuncia, pero ninguna se queja de lo que la suerte ha determinado.

La reserva de las salas la tienen a las seis de la tarde. Hasta que llega la hora, bromean entre ellas y terminan de merendar. Yi hasta se atreve a planificar una estrategia que hace reír a las demás: «Hacer lo que diga Julia».

—Yo seré tu doctora Watson —le suelta al tiempo que se mete la mitad de un pastelito de manzana en la boca—. Además, me parezco a la protagonista de *Elementary*, ¿no? Las dos somos medio asiáticas.

—¡Pero si tú naciste en un pueblo de Albacete!

Las carcajadas vienen y van con las ocurrencias de Yi, hasta que se levantan de la mesa y se dirigen al *escape room*, a tres calles de allí.

—¿Te puedes creer que estoy nerviosa? —le susurra Julia a Patricia cuando entran en el edificio en el que se encuentran las habitaciones.

—¡Venga ya! ¿En serio?

—Sí. ¿Y si me quedo en blanco y no resuelvo ninguna pista?

—No te preocupes, Yi te salvará —dice con una sonrisa Aria—. Ahora en serio: si os bloqueáis, hay un *game master* que controla el juego desde fuera y os echará una mano. De todas formas, estoy convencida de que lo harás genial y te lo pasarás bomba.

Las palabras de su amiga tranquilizan a Julia. Patri es una chica estupenda. Está algo loca y vive obsesionada con los juegos. Recuerda el día en que le confesó quién era el chico que le gustaba a través de un poema acróstico. Al unir la primera letra de cada verso, se formaba el nombre de Alfonso Setién, un chaval monísimo de la clase de al lado.

—¡Bienvenidas, chicas! —las saluda efusivamente un joven con el pelo tintado de amarillo pollito y gafas de pasta roja. A Julia enseguida le recuerda a Emilio. Aunque este chico tiene unos diez años más que él y es un poquito más alto que su amigo—. Espero que lo paséis bien y salgáis de la habitación a tiempo. Os voy a explicar cómo funcionan nuestras salas de *escape room* y lo que tenéis que hacer para salir de ellas. Hay cena preparada por si acaso no andáis muy finas.

La broma del doble de Emilio saca una sonrisilla a Julia y al resto de sus amigas. El muchacho les cuenta el funcionamiento del juego en unos minutos y, cuando son las seis, conduce a las chicas hasta las habitaciones. Las amigas se dividen en los grupos de tres que antes han sorteado y cada equipo entra en una sala. La puerta se cierra y la investigación comienza. Tienen una hora para resolver el misterio y salir de allí.

¡Empieza el juego!

CAPÍTULO 36

Lunes, 22 de mayo de 2017

Los medios de comunicación no tardan en hacerse eco del asesinato de Patricia Herrero. Algunos lo introducen en sus informativos como noticia de última hora. Se dan detalles del suceso que la policía no ha podido contener. Al parecer, a la chica de diecisiete años le asestaron varios golpes en la cabeza con un objeto contundente que no ha sido hallado ni identificado. Como en el caso de Aurora. El cuerpo ha aparecido en el despacho del director del Instituto Rubén Darío, que avisó a la policía en torno a las seis y media de la tarde. Junto al cadáver han encontrado una brújula. Las clases han sido suspendidas hasta el lunes de la siguiente semana.

—Twitter se ha llenado de hipótesis y de rumores con el *hashtag* #ElAsesinodelabrújula —dice Emilio, que no quita los ojos de su móvil. Va deslizando el dedo en la pantalla y leyendo un mensaje tras otro. Alguno en voz alta—: «Esto solo es el principio. La Policía española no está preparada para algo así. Inútiles. ¿Cuántas muertes más llegarán?».

Julia mueve la cabeza negando. Se ha abierto la veda. Las redes sociales van a empezar a pedir responsabilidades y responsables, sin ningún tipo de rigor. La jungla del vale todo.

—Qué fácil es escribir sentado cómodamente en un sillón, a través de un teclado y sin que nadie te vea la cara —protesta la chica, que piensa en el duro trabajo que están haciendo sus padres. Ninguno de los dos ha vuelto todavía a casa.

—Como si fuera tan sencillo encontrar a ese desgraciado. Mira lo que dice este otro energúmeno…

—Emi, por favor, no me leas más tuits. O me va a explotar la cabeza.

El chico le pide disculpas y opta por dejar a un lado el teléfono. Observa a su amiga, que tiene las manos apoyadas en la cara, con una actitud bastante negativa. Está así desde que salieron del piso de Iván. No está acostumbrado a ver tan cabizbaja a Julia. No sabe muy bien qué hacer para tratar de animarla.

—¿Vemos una película? Tengo cuenta en Netflix.

—No me apetece, Emi.

—¿Y una partida de ajedrez? Me ganarás seguro, pero así practicas un poco.

—No, gracias.

—¿Un FIFA? ¿Trivial? ¿Rummikub?

La joven mira fijamente a su amigo y cambia la expresión de su cara. Esboza una tímida sonrisa y se pone de pie. Agarra de la mano al chico, que también se levanta.

—Anda, vamos a preparar algo de cena. Mis padres no creo que vuelvan pronto.

—¿Quieres que cocine yo? No se me da mal.

—Mejor hacemos algo juntos. Estoy segura de que eres un gran chef, pero no me termino de fiar de ti.

—¿De verdad que no te fías de mí?

—Poquito. Ya el otro día a mi madre se le quemó la cena. No quiero volver a pasar por lo mismo y tener que pedir una pizza.

Emilio suspira y finge que se siente dolido por aquel comentario. Los dos entran en la cocina y repasan lo que hay en el frigorífico y en los armarios donde guardan la comida. Tras algunas dudas, deciden preparar espaguetis a la carbonara. Sencillito, rápido y a ambos les gusta.

Julia prepara la pasta y Emilio se encarga de la salsa. Después de unos minutos en silencio, en los que cada uno se dedica a lo suyo, la chica se le acerca y le habla en voz bajita.

—Gracias por intentar animarme. Me alegro de que estés aquí.

El chico se sonroja y se ajusta las gafas. Siente un hormigueo por todo el cuerpo. Algo bueno, excesivamente bueno. Sin embargo, los nervios le juegan una mala pasada y el cuchillo con el que está cortando el beicon le hace un tajo en el dedo corazón de la mano izquierda. Emilio da un grito y enseguida brota la sangre.

—Joder. Qué torpe soy —se lamenta antes de dejar el cuchillo sobre la encimera. Camina hasta el fregadero y coloca el dedo bajo el agua fría. Se está mareando. No puede con la sangre.

—Deja que te mire eso.

—No es nada, una heridita sin importancia.

Pero Julia no se fía de su amigo, que se ha puesto blanco. Así que examina el corte tras agarrarle la mano derecha con suavidad. El chico siente un nuevo cosquilleo. Pese a la sangre, ese está siendo el mejor momento del día.

—Te has hecho una buena raja. Aunque no creo que necesites puntos. Vamos al cuarto de baño. Allí tenemos el botiquín.

—No hace falta.

—¡Emi! No te hagas el duro y acompáñame para que pueda curarte esa herida. Ya.

El joven le hace caso y los dos se dirigen al baño de la

planta baja. Es pequeñito, funcional. Ni siquiera tiene ducha ni bañera. En la pared hay un pequeño armario con puertecitas de cristal. Julia lo abre y de su interior saca algodón, agua oxigenada, alcohol y una tirita. Regresan al salón y se sientan en el sofá.

—Con el agua oxigenada valdrá. No necesito que me eches alcohol.

—Por supuesto que te voy a echar alcohol. Hay que desinfectar eso. No me seas gallina.

La chica empapa el algodón con alcohol y agarra la mano de Emilio. Este no quiere mirar, la sangre sigue allí y no lo soporta. En cambio, se estremece ante el contacto suave de los dedos de su amiga. Más hormigas, más cosquilleo. Aunque lo que viene a continuación no resulta tan placentero.

—¡Escuece! —grita el joven dando un brinco y cerrando los ojos—. ¡Escuece mucho!

—Ya está casi listo. Es un buen corte, ¿eh?

Julia limpia la herida con cuidado. Emilio se deja hacer, ya más calmado, aunque permanece con los ojos cerrados. Le encanta que sus manos estén en contacto. Se pasaría así toda la vida.

Después del alcohol, la chica coge otro algodón y vierte agua oxigenada en él.

—A partir de ahora, deja que yo use los cuchillos y tú te encargas de lo que no sea peligroso —indica Julia con una sonrisa sarcástica mientras continúa la cura del dedo de su amigo.

—No me trates como a un niño pequeño.

—El grito que has dado cuando te he puesto el alcohol no es propio de un chaval de dieciséis años.

—Porque escuece mucho.

—Quejica.

Julia deja sobre la mesa el algodón con el agua oxigenada y abre la caja de las tiritas. Extrae una y quita el adhesivo. Alza la vista y se encuentra con que Emilio la está mirando fijamente. Pupilas que brillan. Están muy cerca. Sus bocas, a pocos centímetros. La situación es similar a la de ayer, cuando se besaron. Y los dos se dan cuenta. Sin embargo, en esta oportunidad él gira la cara rápidamente y hace como el que no quiere mirar lo que está pasando. Julia le pone la tirita y se asegura de que está bien ajustada al dedo.

—Listo. No te aprieta mucho, ¿no?

—No. Está bien. Gracias.

—De nada. Y procura tener cuidado a partir de ahora. Un poco más y tenemos que ir a urgencias a que te den puntos.

—No ha sido para tanto.

La pareja se sonríe, todavía sentada en el sofá. Hasta que Emilio olfatea y se da cuenta de que algo no va bien.

—¿No hueles a quemado?

—¡Los espaguetis! ¡No!

Julia se incorpora como un resorte y corre hasta la cocina. Emilio va detrás a toda velocidad. Cuando llegan, se encuentran con una espesa cortina de humo. Londres en un día de niebla. La chica se abalanza sobre la vitrocerámica y apaga el fuego. Revisa con horror la olla en la que se cocía la pasta y enseguida es consciente de la tragedia.

—Se han quemado. Completamente.

—Parece que no solo yo meto la pata en la cocina.

—Si no te hubieras cortado, no habría pasado esto.

—Ya, ya. Échame a mí la culpa ahora. ¿Tienes superpoderes que te sirven para memorizar libros enteros, pero no te valen para recordar que has puesto a cocer unos espaguetis?

—¡Tonto! No tengo superpoderes para nada.

—Un poco Supernena sí que eres...

Julia tuerce el labio y abre mucho los ojos antes de soltar

a continuación una carcajada. Emilio también ríe y se alegra de ver a su amiga recuperando la alegría que la caracteriza. Le encantaría hacerla sonreír cada minuto del día.

—¿Cactus, Pétalo o Burbuja? ¿A cuál de ellas me parezco? —pregunta la joven, que enciende la campana extractora de la cocina.

—Ahora que lo dices… Tu peinado es muy parecido al de Cactus.

—Vaya. Yo siempre he sido más de Pétalo. ¿Tú?

—Yo de Oliver y Benji.

—¡Pero si esa es una serie de los noventa!

—¡A mí me la ponían de pequeño! ¡Mi padre tiene la serie completa en CD!

Al nombrar a su padre, a Emilio se le cambia el gesto. Recuerda el motivo por el que está en la casa de Julia y añora los tiempos en los que se llevaba bien con sus padres. El enfrentamiento con ellos ha llegado hasta tal punto que ni siquiera pueden vivir bajo el mismo techo. ¿Cómo han sido tan torpes como para provocar aquella situación? ¿En qué instante empezó aquella sinrazón?

—¿Estás bien? Te has puesto muy serio de repente.

—Me han venido a la cabeza momentos de mi infancia y me ha entrado la ñoñería. Echo de menos algunas cosas.

—¿A Oliver y Benji?

—También… También. —El joven intenta recuperar el ánimo y sonríe como puede—. Bueno, ¿qué? ¿Pedimos una pizza?

Julia se da un manotazo en la frente y termina accediendo. No le apetece ponerse a cocinar otra cosa, ni respirar el humo que todavía queda en la cocina. El olor a chamuscado no es nada agradable.

Mientras la cena llega, encienden la tele y ven la cadena local. No hay novedades sobre la muerte de Patricia Herrero, aunque Roberto Méndez habla de una bomba para el final del programa. Una bomba que resulta ser el anuncio de una entrevista en exclusiva con Bernardo Ríos, el padre de Aurora.

—Será mañana por la noche —explica el periodista, que exuda arrogancia y autocomplacencia hasta por las orejas—. Bernardo ha quedado libre hoy de toda culpa y nos contará en exclusiva lo que ha sentido en estos días.

La chica chasquea la lengua al escuchar a Roberto. Su vecino parece que está en todas partes, a todas horas. Como si hubiese más de uno. ¿Se habrá clonado?

—Este tío está haciendo todo lo posible para tener más protagonismo que los propios asesinatos —comenta indignado Emilio—. Lo veo capaz de todo para que la gente hable de él.

Capaz de todo. Eso a Julia le recuerda una historia que una vez le contó su padre sobre un periodista que tenía la exclusiva de todo lo que pasaba en torno a unos crímenes. Incluso el asesino le escribía personalmente a él. Al final se descubrió que el propio reportero era el culpable y que todo lo que hacía era para darse a conocer y que la gente supiera quién era. Se le fue tanto de las manos que terminó asesinando a siete personas. ¿Hasta dónde sería capaz de llegar Roberto Méndez para hacerse famoso a nivel nacional?

Mientras la pareja comenta la exclusiva que tiene preparada el periodista del canal local para el día siguiente, la puerta de la casa se abre. Miguel Ángel entra en el salón agotado. Saluda a Emilio dándole la mano y después besa a su hija en la mejilla. Su rostro demacrado y unas ojeras kilométricas muestran lo difícil que ha sido el día. Pero hay algo más que no tarda en revelar. El sargento de la Policía Judicial de la Guardia Civil tiene un sobre en la mano.

—Toma, Julia. Es para ti —dice mientras se lo entrega a

la chica—. Lo encontramos en la habitación de Patricia Herrero. Va a tu nombre. Ya lo hemos analizado por dentro y por fuera y no hemos encontrado nada extraño. He pedido un permiso especial al juez para traértelo. Tenía mis dudas de que lo permitiera, pero ha accedido. Juan Otamendi es la persona con mayor sentido común del mundo que conozco. Puedes abrirlo.

La joven obedece sorprendida. Saca un papel doblado del interior del sobre y lo contempla asombrada. Un tablero de ajedrez aparece dibujado en la parte inferior del folio. Cada casilla contiene una letra. Le resulta desconcertante porque no sigue un orden lógico a simple vista ni forma ninguna palabra o frase.

Pero Julia se queda todavía más a cuadros cuando lee lo que hay escrito en la parte superior de la página, en Times New Roman, a cuerpo doce y sin espaciado en el interlineado.

«Si esta carta te llega es que me ha pasado algo.

Aquí tienes la respuesta de quién nos mató a Aurora y a mí. O eso creo.

¿Por qué he sido tan críptica? A veces me gusta serlo, ya lo sabes. Una que es así. La verdad es que tampoco puedo arriesgarme a que mi hermana o mis padres encuentren esta carta antes de tiempo y acusar a una persona de un delito que no ha cometido. Ojalá sea solo una coincidencia, pero ya no estoy segura de nada. Bueno, Julia, confío en ti.

Impresiónanos una vez más. Lo que viví contigo el día de mi cumpleaños fue increíble. Bendita inteligencia la tuya. Así que sé que estoy en buenas manos. Oh, capitana, mi capitana.

Mis padres y Bely son lo mejor que tengo en esta vida. A ellos diles que los quiero mucho y que no lloren por mí ni una lágrima, por favor.

Gracias por todo, amiga.

P. D.: No puedo acabar esta carta sin decirle a la Patricia de dentro de dos horas que se deje de historias y de juegos y se ponga a estudiar los finales. Usted, señorita, es demasiado fantasiosa y debe madurar. ¡Si no apruebas todo, sí que te van a matar!».

CAPÍTULO 37

Viernes, 11 de febrero de 2017

—¡Joder! ¡Esto es muy realista! —exclama Yi mientras camina por la sala de la *escape room* mirando a un lado y a otro.

Lo que las tres chicas se encuentran en El crimen del jugador de cartas es una biblioteca. Lo primero que ven es una gigantesca librería, que ocupa por completo la pared de la derecha según han entrado. A la izquierda de la estantería, hay una vitrina con trofeos y junto a ella, en la esquina, una lámpara de pie. Un escritorio de madera —con algunos documentos y papeles— y un sillón de piel ocupan el centro del espacio. Debajo de ambos se extiende una bonita alfombra persa. En la pared más alejada de la puerta, a la izquierda, contemplan en la parte superior un cuadro con una gran rosa pintada en él. En la parte inferior hay una especie de mueble bar repleto de botellas de bebidas alcohólicas y de vasos de cristal.

—¿Y esto? —pregunta Dunia acercándose a una zona que está rodeada por una cinta negra y amarilla, como las que usa la policía para precintar.

—Ahí es donde se ha cometido el crimen —indica Julia, que también se aproxima hasta allí.

Se trata de una mesa para jugar a las cartas. La chica la

examina con atención. Hay cartas de póker y fichas encima del tapete verde. Por lo que puede apreciar, estaban jugando cuatro personas. Una de ellas era la víctima. De ella solo queda su silueta, dibujada con pintura blanca y que representa fielmente la posición en que quedó tras morir.

—¿Lo asesinaron mientras jugaba al póker? —pregunta Yi, que de reojo mira el reloj que está en la pared, sobre la mesa: indica que llevan un minuto y medio de juego.

—Eso parece —responde Julia—. Chicas, tenemos que organizarnos. Como veis hay candaditos en el mueble bar y en la vitrina de trofeos. Tenemos que averiguar cómo abrirlos. Yo voy a probar una cosa. Vosotras id buscando por toda la habitación para ver si encontramos objetos que nos den alguna pista de lo que tenemos que hacer.

Yi y Dunia obedecen a su amiga y comienzan a rastrear la biblioteca. Mientras, Julia contempla atentamente la mesa. A cada jugador le han repartido cinco cartas que están bocarriba y alineadas. Tiene una intuición. Se agacha y observa el candado del mueble bar. Se abre con cinco dígitos. Bien. Lo sospechaba. Esos cinco números seguro que corresponden a alguna de las jugadas. ¿Cuál? Prueba con la del jugador muerto. Pero el candado no se abre.

—¡Aquí hay una tabla con las jugadas del póker! —exclama Yi mostrando un folio que ha encontrado sobre el escritorio.

—Perfecto. Me has dado la pista que necesitaba.

Julia examina de nuevo las cartas que hay sobre la mesa y comprueba quién ganó la partida. Fue el jugador sentado a la izquierda del que murió, con un *full* de sietes y cincos. Se inclina de nuevo y coloca en el candadito la combinación 77755.

—¡Se ha abierto! ¡Chicas, hemos conseguido abrir el mueble bar!

Yi y Dunia corren hasta su amiga y la felicitan. No han

pasado ni cuatro minutos y Julia ya ha conseguido solucionar la primera prueba. Dentro del mueble bar hay un llavero con más de cincuenta llaves y una fotografía en la que aparecen cuatro personas.

—Una de estas llaves abre el candado de la vitrina —indica Julia, que antes se había fijado en ese detalle.

—¿Y la foto? —pregunta Dunia.

—Son los cuatro jugadores de póker. Seguramente nos sirva para algo. Ahora tenemos que abrir la vitrina de trofeos.

—¿Hay que probar con todas esas llaves?

—Tardaríamos mucho tiempo. Seguro que en alguna parte de la habitación hay una pista de la llave que es.

Julia se fija bien. En cada una de las llaves hay un símbolo. ¿Cuál será la buena?

—¡Aquí hay algo! —grita Dunia, que está junto a la lámpara—. ¡Es una linterna!

Y, de repente, se apaga la luz. Yi da un grito que asusta a Julia. La joven reacciona rápidamente y corre hasta donde está Dunia. Le pide la linterna y la enciende. Ilumina la pared en la que está la vitrina de los trofeos y allí, como por arte de magia, aparece un símbolo. Enseguida se da cuenta de lo que es: la letra gamma del alfabeto griego. Revisa el llavero y una de las llaves tiene el mismo símbolo. Sonríe y la introduce en el candado. La puerta de cristal se abre y la luz se enciende de nuevo.

—¡Eres increíble, Julia! —grita Yi emocionada—. ¡Vas a batir el récord de las *escape rooms*!

Pero Julia no se entretiene a darle las gracias a su amiga por los halagos. En alguna de aquellas copas debe de haber algo que le dé la siguiente pista.

—Chicas, ayudadme a buscar. Mirad dentro y debajo de todos los trofeos. Seguro que aquí está lo próximo que tenemos que encontrar.

Dunia y Yi se ponen manos a la obra. Hay bastantes que revisar, pero ellas son tres. Y una es Julia, que piensa y deduce a la velocidad de la luz. No tarda mucho en darse cuenta de dónde debe buscar. Se trata de una especie de cilindro dorado. La chica lo coge y se lo muestra a sus amigas.

—Este trofeo es el primer premio de una regata celebrada en Miconos, una isla griega, como la letra que aparece en la llave —indica Julia, que les enseña a sus dos acompañantes la plaquita del soporte donde lo pone—. Apuesto a que…

Y tira hacia arriba, sin mucho esfuerzo, al notar que el cilindro está suelto de la base.

—¡Joder! ¿Qué es eso? —pregunta Yi, que contempla sorprendida un tubito pequeño que se encontraba en el interior del cilindro dorado.

—Es un láser.

—¡Un láser! ¡Esta gente es la leche!

Julia sonríe al escuchar a Yi, tan emocionada como asombrada por el descubrimiento que acaban de realizar.

—¿Y qué tenemos que hacer con el láser?

—Seguramente tengamos que apuntar a alguna parte y encontremos una nueva pista —responde Julia a Dunia mientras examina el pequeño objeto.

—¿Y adónde apuntamos?

Julia lo piensa unos segundos, con el láser en la mano. ¿Dónde apunta? Entonces, mira a Yi Lin, que tiene el soporte del trofeo en la mano. Se fija bien en la etiqueta y se da cuenta de que uno de los picos sobresale un poquito.

—Yi, ¿puedes intentar despegar la plaquita del trofeo?

La chica le hace caso a su amiga y trata de quitarla rascando con sus uñas. Lo consigue al instante y comienza a dar saltitos de alegría. Debajo de la etiqueta hay un pequeño dibujo.

—¡Es la rosa del cuadro! —grita Dunia impresionada.

—Ahí es donde hay que apuntar —comenta Julia, que enciende el láser y lo dirige a la pintura que tiene enfrente.

En el tallo de la rosa aparecen entonces siete letras mayúsculas: MOBEURT.

—¿Qué significa esto?

—No lo sé, Yi. Pero vamos a averiguarlo.

Julia examina el reloj y comprueba que llevan quince minutos transcurridos desde que empezó el juego. Después corre al escritorio y coge un folio y un bolígrafo. Escribe las letras que ha visto en el cuadro de la rosa en el orden en el que están y comienza a jugar con ellas. No tarda ni dos minutos en dar con la clave. Mira a sus compañeras y esboza una sonrisa.

—Umberto. Esa es la palabra —dice satisfecha—. ¿Y sabéis a qué nos lleva eso?

—No —responden al unísono Yi y Dunia.

—Una rosa, Umberto... —Pero las dos jóvenes siguen negando con la cabeza—. *¡El nombre de la rosa!* ¡De Umberto Eco! Uno de los mejores libros que he leído.

Julia mira hacia la librería situada en la pared de la derecha. Camina deprisa hacia ella y no tarda en encontrar la novela que acaba de mencionar. Sus amigas se acercan a ella y vuelven a felicitarla. Pero Julia va lanzada. Coge aquel ejemplar de *El nombre de la rosa* y detrás de él ve un interruptor. Lo pulsa e, inmediatamente, se escucha un pitido. Al mismo tiempo, la librería comienza a moverse, como si fuera la puerta de un garaje que se abre lateralmente.

—¡Eso es otra habitación! —exclama Yi—. ¡Hay otra sala!

Las tres chicas pasan de un lado al otro asombradas. Lo que ahora ven es una especie de despacho. Destaca por encima de todo una gran pantalla situada en la pared de enfrente. En ella pone «Pulsa Enter». En la pared de la derecha, hay un corcho con varios artículos de periódicos. También se encuentran en aquella habitación una mesa con un ordenador sobre ella y un armario abierto, lleno de ropa.

—Esa es la salida, ¿no? —pregunta Dunia señalando una puerta blindada.

—Sí. Y para abrirla imagino que tendremos que marcar un código —comenta Julia, que ya ha localizado un cuadro de números similar a los que se utilizan en las cajas fuertes.

—¿Y cómo se abre?

—Me da que parte de la solución está en el ordenador —le dice Julia a Yi. Pulsa la tecla *enter* y aparece un fondo de pantalla en el que sale un enorme y brillante sol con una barra blanca en el centro—. Hay que meter una contraseña para que esto funcione.

—¿Qué contraseña?

—No lo sé.

Julia piensa durante unos segundos. ¿Qué tendrá que escribir para que el ordenador se ponga en marcha? Echa un vistazo a su alrededor y se fija en el corcho. Hay un símbolo musical en la parte superior y debajo cinco recortes de prensa ordenados en horizontal. La chica se acerca y lo observa más de cerca. Dunia y Yi se colocan a su lado y también contemplan el mural.

—Son noticias sobre regatas ganadas por un tal Joseph Rémy —indica Dunia—. Están escritas en francés y las redactaron en varias ciudades del mundo.

—También hay una clave de sol —añade Yi, que lleva varios años dando solfeo en un conservatorio.

—¡Una clave de sol! ¡Claro! —exclama Julia risueña—. En el corcho está la solución de la contraseña del ordenador.

—¿Cómo lo sabes?

—Es muy obvio esta vez, Yi. Hay un sol en el fondo de pantalla del ordenador. Clave de sol… No hay que darle muchas más vueltas.

—¿En las páginas de periódico encontraremos la contraseña?

—Eso parece.

Julia examina una por una las noticias clavadas en el corcho. Como antes dijo Dunia, están escritas en francés y cada una pertenece a una regata ganada por Joseph Rémy en cinco ciudades diferentes: Pescara, Aomori, Róterdam, Ibiza y Sídney.

—¿Ves algo? —pregunta Yi. El francés no se le da nada bien.

Pero Julia no responde. Durante más de dos minutos mira casi sin pestañear las hojas de periódico. Sus dos amigas están más pendientes de ella que de lo que hay en el corcho. Parece como si hubiera entrado en trance, hasta que por fin…

—¡Ya lo tengo! —grita Julia antes de dirigirse rápidamente al ordenador—. La clave es… París.

Escribe el nombre de la capital francesa y pulsa el *enter*. El fondo de pantalla con el sol desaparece y se abre una nueva página, que se proyecta en la pared de enfrente. Aparece una pregunta («¿Quién es el asesino?») y cuatro opciones: 1) Antoine Ginola. 2) Joseph Rémy. 3) Fabian Rigaudeau. 4) Alan Fignon. También hay una advertencia escrita tras un asterisco: «Solo pulsa *enter* cuando lo hayas resuelto. No hay vuelta atrás. Una de tres».

—¿Cómo has sabido que era París? —pregunta Dunia, que todavía está boquiabierta.

—Muy sencillo: era un acróstico. Uniendo la primera letra de cada ciudad en la que se redactó cada noticia, puestas en el mismo orden en que las páginas están alineadas en el corcho, se forma la palabra «París». No era difícil.

—¡Joder que no! —exclama Yi con las manos en la cabeza—. ¡Yo no me entero de nada! ¡Si fuera por mí, no salimos de aquí hasta Semana Santa! ¡Qué suerte contar contigo, Julia!

—De verdad que no es para tanto. Incluso si os fijáis bien, cada letra está en mayúscula y en negrita. Solo había que pensar un poquito.

Sus dos amigas siguen alabando la capacidad de Julia para resolver enigmas. Pero la chica ya está cavilando en el siguiente reto. ¿Quién es el asesino? Hay cuatro posibilidades. Posiblemente esa cifra sea la primera que hay que marcar en el cuadro de números que aparece en la puerta blindada para salir de allí. «Una de tres», lee en la pantalla.

—¿Tenéis por ahí la foto que encontramos antes con los cuatro muchachos? Creo que nos toca usarla ahora —pregunta Julia tras unos segundos dándole vueltas a la cabeza.

—Está en la otra habitación —indica Yi Lin—. Voy a por ella.

La chica de padres asiáticos, pero nacida en un pueblo de Albacete, corre hacia el cuarto de al lado y enseguida aparece con la imagen. Se la entrega a Julia, que, inmediatamente, la estudia con detenimiento. Son cuatro chicos sonrientes, vestidos con chaqueta y corbata, y parece que celebran algo. Instintivamente, mira hacia el armario, que se encuentra abierto. Y allí la ve.

—Dunia, ¿puedes alcanzarme aquella corbata amarilla?

Su amiga le hace caso. Alcanza la llamativa corbata y se la entrega a Julia. Esta sonríe al contemplar las dos letras grabadas en la tela, que en la fotografía uno de los chicos tapa con sus brazos. Son la F y la R.

—El asesino es Fabian Rigaudeau. Está clarísimo. Esta corbata es la que aparece en la foto, aunque él mismo ocultaba sus iniciales bordadas al cruzarse de brazos. Así que el número es el tres. ¡Anotadlo! —les pide Julia, que se precipita rápidamente hacia el ordenador. Pulsa el *enter* y aparece la siguiente cuestión: «¿Cómo lo mató?». Junto a la pregunta pueden observar un círculo y una flecha hacia abajo. También contemplan la misma advertencia de antes, con el asterisco delante: «Solo pulsa *enter* cuando lo hayas resuelto. No hay vuelta atrás. Dos de tres».

—¿Qué significa ese simbolito?

—No tengo ni idea —le responde Dunia a Yi.

Julia tampoco lo entiende. En aquella habitación no hay mucho más donde mirar. Camina hacia el otro cuarto y se sienta en una de las sillas de la mesa de póker. ¿A qué se referirá aquel dibujo? El reloj indica que faltan veinticinco minutos para llegar a la hora y que se termine el tiempo. Van muy bien, pero aquel penúltimo enigma puede tirar por tierra todo lo que han logrado hasta ahora.

—¿Cómo lo mató? —dice Yi Lin en voz alta—. Un círculo y una flecha. ¿Con un arco?

—¿Un arco? —pregunta Dunia desorientada.

—Por lo de la flecha.

—¿Y dónde hay un arco? ¿A qué número equivale eso?

—Yo qué sé. ¿Al uno?

Julia intenta abstraerse de la conversación entre sus dos amigas y mira a su alrededor. Hay algo en alguna parte de aquel sitio que da la solución a ese problema. ¿Dónde? Se pone de pie y vuelve a contemplar la biblioteca. Un círculo y una flecha hacia abajo…

—¿Y si el círculo es por algo circular? —pregunta Yi simplemente por romper el silencio que se ha instalado en la sala desde hace algunos minutos.

—Eso es una tontería —contesta Dunia.

Sin embargo, Julia reacciona y no ve tan tonto lo que acaba de decir su amiga. Algo circular, como la mesa de cartas. Y una flecha hacia abajo. ¿Podría ser que la solución estuviera ahí? Se gira y comienza a palpar por debajo de la mesa, hasta que encuentra un sobrecito pegado a la madera. Lo despega y de su interior extrae un folio doblado y una carta: el ocho de tréboles. Ya tienen el segundo número.

—¡Esto ha sido gracias a mí! —grita Yi emocionadísima—. ¡Solo nos falta un número! ¿No?

Julia asiente. Sí, ya han logrado averiguar dos de tres respuestas. También sonríe muy ilusionada. Le está encantando el desafío. Patri ha tenido una idea genial al llevarlas allí. Solo falta un último paso. Un último número que, seguro, tiene que ver con el folio doblado que hay dentro del sobre. Lo despliega nerviosa y enseguida comprueba que se trata de una carta escrita a mano. Su autor es el inspector Hazard, encargado de la investigación del caso. La chica la lee en voz alta.

«A las autoridades responsables:

Fabian llevaba veinte años en la cárcel. Todas las pruebas apuntaban a él como el asesino del jugador de cartas. Odiaba a su íntimo amigo Joseph, al que envenenó mientras jugaban al póker. Lo conocía tan bien que sabía que Joseph se mojaba los dedos con saliva antes de cada partida. Bastó con poner veneno en las cuatro esquinas del ocho de tréboles, cambiar el naipe, que escondía bajo la mesa, y dárselo para asesinarlo. Fabian estaba obsesionado con Joseph. Le tenía envidia. Una envidia insoportable. Y cuando no pudo contenerse más, decidió acabar con su vida.

Caso cerrado. Eso es lo que todos pensábamos y de esa forma se juzgó: cadena perpetua.

Fabian acaba de morir en su celda. Más delgado que nunca y arrepentido de lo que hizo. Sin embargo, en los últimos minutos de su existencia, ha revelado algo que nunca habríamos imaginado: el asesinato de Joseph no lo cometió solo. La que lo organizó y planeó todo fue una mujer. Solo sé que su nombre empieza por la letra R. Fabian no tuvo fuerzas para decir nada más en su agonía final.

¿Quién es esa misteriosa mujer cómplice del asesinato de Joseph Rémy cuyo nombre comienza con la letra R?

Yo no lo sé. Espero que ustedes encuentren la respuesta.

Atentamente,

Didier Hazard».

—¡Guau! ¡Esto se pone superinteresante! —dice Yi al borde del frenesí—. ¿Hay que darle al *enter* del ordenador para que nos hagan la última pregunta?

—Sí, vamos.

Las tres chicas regresan a la segunda habitación. Pulsan la tecla indicada del PC y, en la pantalla gigante de enfrente, se proyecta la cuestión final: «¿Quién es la mujer misteriosa?». Y siete opciones: 1) Renate. 2) Rose. 3) Ronela. 4) Rachel. 5) Rosette. 6) Régine. 7) Roxanne. Después hay escrita otra frase con un asterisco: «Última prueba. Tres de tres».

—¿Y cómo vamos a saber esto? —pregunta Dunia con los ojos muy abiertos.

—¡Eso! ¿Cómo? ¿Hay que volver a buscar en las dos habitaciones? —dice Yi inquieta.

—Es posible —les contesta Julia, que parece muy tranquila—. Seguramente habrá que mirar en los dos cuartos y encontraremos oculta la última pista que nos dé la solución y el último número del código. Pero no habrá que buscarla. La respuesta es la uno, Renate.

Las caras de incredulidad de Yi y Dunia hacen reír a Julia, que rápidamente se dirige al cuadro de números de la puerta blindada y marca el tres, el ocho y el uno. Se escucha un sonido metálico y la puerta se abre. La chica sale de la habitación y contempla el reloj. Se ha parado en treinta y siete minutos y dieciocho segundos.

—¡Impresionante! —le grita el doble de Emilio acercándose a ella. Le estrecha la mano y silba—. ¡Creo que habéis batido el récord de esta sala de *escape room*!

Yi y Dunia se reúnen rápidamente con su amiga y aplauden y saltan muy contentas. Julia también se encuentra muy feliz. En cuanto vio el nombre de Renate en la lista, supo que esa era la respuesta final. No podía ser de otra forma. Renate Ramge fue la mujer de Umberto Eco hasta que este murió el año pasado. Más de medio siglo de matrimonio. Ha sido una suerte que su memoria almacenara ese dato tras leer la biografía del escritor milanés después de terminar *El nombre de la rosa*.

—Sigo impresionado —comenta el joven encargado de la *escape room*—. ¿Qué eres? ¿Una especie de Einstein con el pelo corto?

—No ha sido para tanto. Sin mis amigas no lo habríamos conseguido resolver tan deprisa. Ha sido un trabajo en equipo.

Julia les da las gracias a Yi y a Dunia por su colaboración. Unos minutos después, también le agradece a Aria el haberla invitado a esa aventura. Patricia alucina con la hazaña de su amiga, aunque de ella podía esperar algo así. Sin duda alguna, Julia es la persona más inteligente que conoce. Unos meses más tarde le tocará demostrarlo en la prueba más difícil a la que jamás se ha enfrentado. Una prueba que la propia Patricia Herrero le planteará el mismo día en el que su corazón dejará de latir.

CAPÍTULO 38

Madrugada del martes, 23 de mayo de 2017

Resopla por enésima vez y da un golpe con la palma de la mano en el escritorio. Se hace daño, aunque le duele más su inusual incapacidad para encontrar la solución.

—No te tortures, Julia. Ya lo averiguarás —le dice Emilio a su amiga—. Si Aria ha preparado esto para ti es porque estaba convencida de que conseguirías solucionarlo.

La chica ni siquiera lo mira cuando le habla. Lleva dos horas en su habitación examinando aquel tablero de ajedrez repleto de letras, pero no ha logrado dar con la tecla. ¿Le está pudiendo la presión? ¡Allí está escondido el nombre de la persona que ha matado a Aurora y a Patricia! ¿Por qué su amiga no se lo ha puesto más fácil? ¡Aquel enigma parece imposible! Ni siquiera sabe por dónde empezar. ¡Hay millones de combinaciones y posibilidades diferentes! ¿Dónde está la clave? ¿Qué debe buscar?

—Toc, toc. ¿Puedo pasar? —consulta Aitana desde la puerta que los chicos han dejado semiabierta.

—Adelante.

La mujer, que acaba de llegar a casa, entra en el cuarto de su hija y se aproxima a ella. Julia tampoco la mira; sus ojos están fijos en el folio que su padre le ha entregado antes.

—¿Cuánto lleva así? —le pregunta la madre de la joven a Emilio, que está tumbado de costado sobre la cama. Habla como si Julia no estuviera presente.

—Mucho. Más de dos horas. Ni siquiera ha parado para cenar. Se ha comido la pizza sin levantar la cabeza de ese papel.

—¿Pizza? Ahora lo entiendo. He visto que habéis quemado algo. Debe de ser una maldición de esta familia.

El joven sonríe admitiendo su parte de culpa y le explica a la mujer lo que ha sucedido con los espaguetis.

—No volverá a pasar —le promete Emilio.

—No te preocupes. Ahora hay asuntos que me inquietan más que un incendio en mi cocina —dice Aitana haciendo uso de su particular sentido del humor. Coloca la mano sobre el hombro de su hija y lo aprieta con suavidad—. Papá me lo ha contado todo. Siento lo de Patri y siento que estés asumiendo esta responsabilidad.

Julia por fin aparta la vista del tablero de ajedrez y contempla a su madre. Tiene los ojos cansados y vidriosos.

—Debería de haberlo resuelto ya. Ella confiaba en mí.

—No te presiones tanto, cariño. Aunque no logres encontrar la respuesta al enigma, lo atraparemos. Estamos cerca.

—¿Cómo de cerca?

La mujer se encoge de hombros. Da un saltito y se sienta encima del escritorio. Agarra el folio, lee en silencio lo que Patricia escribió y luego echa un vistazo al ajedrez dibujado. Resopla y se peina nerviosa con las manos.

—Menudo galimatías.

—¡No tiene sentido! —protesta Julia al tiempo que le arrebata el papel—. Las letras no siguen ninguna secuencia lógica. Están completamente desordenadas. He intentado construir palabras, pero lo que me sale no tiene sentido. Y lo que tiene sentido no encaja con nada que tenga que ver con un asesinato.

—Quizá debas descansar e intentarlo mañana cuando te despiertes. Más fresca, con otra perspectiva. ¿Tú qué piensas, Emilio?

El chico, que ha estado escuchando atento la conversación entre madre e hija, se rasca la cabeza indeciso. No quiere decir nada que pueda ofender a su amiga. Sabe que está tensa y que aquel desafío es el mayor con el que se ha encontrado jamás. ¿Lo habrá hecho Aria a propósito? Nunca hubo rivalidad entre ellas. Al contrario: eran buenas amigas. Julia, sin duda, es la estudiante más brillante del instituto. Pero Patri también era una joven inteligente. Y le apasionaban los juegos de todo tipo. ¿Ha sido esa su manera de jugar la última partida de su vida con la mejor de las contrincantes? Está seguro de que a Julia también se le ha pasado por la cabeza.

—Yo me iré a dormir en breve —responde Emilio diplomáticamente.

—Eso es lo que deberías hacer tú también, hija: dormir.

—No tengo sueño.

—Descansa y mañana lo verás todo más claro.

—Te he dicho que no tengo sueño.

—Eres igual de cabezota que tu madre —dice Aitana mientras cariñosamente le da unos golpecitos en la coronilla—. Pues yo me voy a dormir, que estoy agotada.

—¿No me vas a contar nada de la autopsia de Patricia?

La mujer se queda mirando fijamente a su hija con los brazos en jarra y cara de pocos amigos. Emilio se da cuenta de que allí está de más y se pone de pie. Les desea buenas noches a las dos y sale del dormitorio. Aitana y Julia oyen como se cierra la puerta del cuarto de invitados.

—Puedes hablar de lo que sea delante de él. Prácticamente lo sabe todo —comenta la joven cuando está segura de que el chico no puede oírla.

—¿Qué? ¿Le has contado los detalles de una investigación que es totalmente confidencial?

—Mamá, es Emilio. Mi mejor amigo desde hace tres años.

—Es material oficial. No está autorizado para disponer de información del caso.

—Estamos juntos siempre y puede ayudar. Como he hecho yo. Es un chico muy listo.

—No lo dudo, pero no deberías haberle contado nada. Y lo sabes.

—Pues se lo he contado. Ya está. Perdón.

—¿Y si ha sido él quien ha hecho las filtraciones a Roberto Méndez?

—¿Qué? Emi odia a Roberto Méndez. No lo soporta. Cree que es el antiperiodista. Pongo la mano en el fuego por él.

—En esta vida no puedes poner la mano en el fuego por nadie, cariño.

—Lo siento, pero ya no hay marcha atrás. Y yo confío plenamente en mi amigo.

Aitana se pasa la mano por la cara, se frota los ojos e intenta calmarse. Esa noche no da para más. Lleva trabajando muchas horas seguidas. Vuelve a acercarse a Julia, le da un beso en la cabeza y le ruega que descanse. No es el momento para discutir con su hija. La chica tampoco quiere llevarle más la contraria a su madre. Así que siente un gran alivio cuando esta sale de su habitación.

¿Emilio el confidente de Roberto Méndez? ¡Qué estupidez!

La chica agacha la cabeza y vuelve a revisar el mensaje encriptado de Patricia. Sin embargo, es incapaz de concentrarse. Pasan varios minutos y solo puede pensar en lo que le ha dicho su madre. ¿Emi un topo?

Imposible. No va a creerse algo así. Aunque él mismo lo dijo: Roberto Méndez es capaz de todo para conseguir protagonismo. Para que la gente hable de él. ¿Se refería a algo en concreto? ¿Habrá sido capaz su amigo de venderse por… qué?

Aquella idea la abruma. Se siente muy cansada mentalmente, como si su cerebro se hubiera cortocircuitado. ¿Qué está pasándole?

Debe irse a dormir. No. Debe resolver el tablero de ajedrez. Patri le ha dicho a ella, solo a ella, quién es el puto Asesino de la brújula. Y no es capaz de encontrar la solución.

—Aria, no te entiendo —susurra mientras se inclina y, utilizando las manos como almohada, apoya la cara en el escritorio. Se le empiezan a cerrar los párpados—. No sé quién te ha matado. No lo sé… Perdóname.

Abre los ojos. ¿Dónde está? La luz de la habitación sigue encendida y ella continúa sentada en la silla, frente al escritorio. Un dolor punzante se ha instalado en su cuello. Se estira, pero todavía le duele más. También le molesta el hombro derecho. ¿Qué hora es? ¿Y dónde está el papel con el tablero de ajedrez dibujado? Se asusta al no verlo, aunque rápidamente descubre que se ha caído al suelo. Se agacha a por él y otro gran pinchazo le sacude el cuello. Es justo lo que le faltaba: una mala postura que le ha provocado tortícolis.

Deja el folio sobre la mesa y consulta la hora en su móvil. ¡Las tres y veinticinco de la madrugada! No sospechaba que pudiera ser tan tarde. El cansancio ha podido con ella. Se queda mirando el tablero de ajedrez unos segundos y desiste. Le duele mucho el cuello. Mejor tumbarse en la cama y dormir en condiciones. Pero antes necesita bajar a la cocina a beber un vaso de agua. Está muerta de sed. Siempre que come pizza, le entra sed por la noche.

Sale de la habitación con cuidado de no hacer ruido. El cuarto de invitados está cerrado. Espera que Emilio descanse bien y no eche mucho de menos su cama. Se pregunta si habrá vuelto a hablar con sus padres o si les habrá escrito algún WhatsApp. Mañana tratará el tema con él. No puede estar siempre mal con ellos.

Despacio, sin encender la luz de la escalera, baja los peldaños apoyando solo las punteras de sus zapatillas al andar. Cuando llega al final, escucha pisadas que provienen de la cocina. Una lucecita evita que la oscuridad sea total en la planta de abajo.

Julia se asoma y observa a su padre husmeando en el frigorífico. El hombre se gira al sentir la presencia de su hija.

—¿Qué haces despierta? Son casi las cuatro de la madrugada. No me digas que sigues buscando la solución al tablero de ajedrez.

—No, me acabo de despertar. Solo he bajado a por un vaso de agua. La pizza de cuatro quesos da mucha sed.

—Yo me he comido una de anchoas en el cuartel. Así que imagínate. Pero ya sabes que me pueden las pizzas con anchoas.

Julia sonríe. Parece mentira que con todo lo que lleva pasado en los últimos días todavía sea capaz de hacerla sonreír. Desde el viernes, apenas ha estado en casa y duerme una media de tres o cuatro horas al día.

El hombre aparta una silla y se sienta en ella a horcajadas con una lata de Coca-Cola en la mano. Da un largo sorbo y después juguetea con la anilla del bote. Julia, por su parte, saca una botella de agua de la nevera y se echa un vaso. Coge otra silla y se coloca frente a su padre. Están prácticamente a oscuras, solo iluminados por la luz que entra por la puerta de la calle.

—Antes no te lo he dicho, pero Emilio y tú tendréis que

declarar esta semana. Mañana nos avisarán del día exacto. Yo estaré contigo —dice muy serio Miguel Ángel—. Y su padre o su madre tendrán que acompañarle a él. Un mayor de edad debe estar delante. Son las normas.

Julia asiente con la cabeza. Imaginaba que tarde o temprano tendría que ir al cuartel a hablar de sus compañeras de clase asesinadas.

—No te preocupes, papá. Es normal que todos aportemos lo que sabemos.

—Esto se ha complicado mucho con el asesinato de Patricia Herrero. A partir de mañana se incorporará la UCO, que viene a echarnos una mano en la investigación. Aunque tengo muchas dudas todavía, desde arriba piensan que hay un asesino en serie entre nosotros. Creen que necesitamos ayuda para agilizar los procesos y gente experimentada en este tipo de casos.

—¿Y a ti qué te parece eso?

—Da igual lo que me parezca a mí. La orden llega de los jefazos y hay que acatarla.

La chica bebe un poco de agua. Percibe cierta incomodidad en su padre. La presencia de la UCO —la Unidad Central Operativa— le quita poder de decisión en la investigación. Si ella consiguiera resolver el enigma del ajedrez, todo cambiaría.

—Hoy hemos hablado con los profesores. Algunos estaban en el instituto cuando mataron a Aurora, pero ninguno vio nada fuera de lo normal —dice el sargento de la Policía Judicial mientras se rasca la barba que lleva un par de días sin afeitar—. ¿Qué tal es Jonathan Vila, el profesor de Filosofía?

—¿Jona? Es uno de los mejores profes que tenemos. ¿Por qué?

—No sé. Lo he visto sobreactuado.

—Bueno, es un poco intenso cuando habla. Pero está siempre pendiente de sus alumnos. Vive su profesión con pasión y una gran devoción.

—¿Os ha contado alguna vez lo de su hermana?

—No. ¿Qué es lo de su hermana?

—Tenía una hermana mayor que se suicidó. Cuando pasó, él tenía quince y ella diecisiete. De eso hace ya dieciocho años, y no fue aquí, sino en el pueblo en el que vivía con sus padres. Nos lo ha contado él mismo. Dice que aquel suceso le marcó la vida. Y que por eso está tan encima de sus estudiantes. No quiere que a ninguno le pase lo que le sucedió a ella.

Ahora entiende la razón por la que Jona se implica tanto con ellos. Tuvo que ser muy duro perder así a una hermana. Debe de estar hundido con la muerte de dos de las chicas de las que era tutor y profesor.

—También nos ha contado que habló con Aurora sobre la ballena azul. ¿Sabes qué es?

—Claro. Todos los chicos de mi edad lo sabemos.

—Él temía que ella estuviera metida en eso. Pero Aurora le enseñó los brazos y no vio ninguna herida. Tuvieron una especie de discusión en su despacho por ese tema. Él no sabía que los cortes se los hacía en el vientre y en la cadera, no en los brazos.

—¿Se lo habéis dicho?

—No. No queremos que ese dato salga a la luz.

De nuevo, Julia asiente. Comprende que haya circunstancias del caso que la policía se guarde para sí. Una investigación requiere discreción y responsabilidad para que el culpable no disponga de información sobre los progresos que van realizando los agentes. Por eso las filtraciones a la prensa resultan tan perjudiciales para ellos.

—No conocía personalmente a Santiago Mantovani —confiesa Miguel Ángel—. Me habían hablado mucho de él. Es un personaje singular. Algo surrealista.

—Tiene unas ideas de hace cinco siglos.

—Lo he notado. También estaba en el Rubén Darío el viernes por la tarde dando clase de Religión. Y Diego Soler, Alberto Montero, Scarlett Smith, Virginia Ayuso, Ana López...

Algunos tenían horas de tutoría y otros daban clases al turno de tarde, a los mayores de dieciocho años. De sus nueve profesores, siete de ellos se encontraban en el centro en el tramo horario en que asesinaron a Aurora. Tan solo Nuria Almagro, que les da Economía, y el director, Lázaro Martínez, también profesor de Francés, no se hallaban en el instituto entre las ocho y cuarto y las nueve del viernes, hora en la que se estima que murió Aurora.

—Es difícil pensar que alguno de ellos pueda haberles hecho eso a Aurora y a Patricia.

—Yo tampoco lo veo claro. Pero nunca se sabe —comenta Miguel Ángel antes de dar otro sorbo a su refresco—. También hemos hablado con algunos chicos del instituto. ¿Iván Pardo es tu amigo?

Un gran escalofrío recorre el cuerpo de Julia de abajo arriba. No esperaba escuchar su nombre ni que su padre le preguntara por él.

—Es el novio de una chica de mi clase —se limita a responder procurando que no se le note el grado de implicación que tiene con el joven del *piercing* en la ceja.

—Nos ha mentido en su declaración. Ayer nos juró que no estaba en el instituto el viernes por la tarde. Sin embargo, un testigo nos dijo que lo vio salir del Rubén Darío con la bici antes de tener el accidente con el coche. Hoy otra persona nos ha asegurado lo mismo. Mañana volveremos a citarlo. No sé qué estaría haciendo este chaval allí, pero es seguro que estuvo en el instituto a la hora en la que mataron a Aurora.

Julia se finge estupefacta. Iván deberá regresar de su retiro cuando lo llamen para declarar. Tendrá que dar la cara. Y eso no sabe si es bueno o malo. Lo que es seguro es que aquel chico dispone de una información que debe proporcionar a la policía. Si vio a una mujer entrar en el vestuario, debe revelar de quién se trata. Quizá ahí esté la resolución del caso. Pero ¿y si le ha mentido y no existe esa mujer? ¿Y si resulta que él tiene algo que ver con la muerte de las dos chicas? No quiere ni imaginarlo. Le destrozaría el corazón.

En cambio, al chico que está escondido detrás de la puerta de la cocina, escuchando la conversación entre padre e hija, esa misma noticia le provocaría una enorme sonrisa. Y es que a Emilio no le desagradaría, ni mucho menos, que detuvieran a Iván, el sospechoso que para él tiene más papeletas de ser El asesino de la brújula. Quizá, sin aquel tío en la partida, Julia termine fijándose en el joven de cabello azul y gafas de pasta que durante unos días dormirá en la habitación de invitados de su casa.

La esperanza es lo último que se pierde, aunque las posibilidades sean remotas.

CAPÍTULO 39

Madrugada del martes, 23 de mayo de 2017

No ha parado de llorar en toda la noche. Sola. En su habitación. Hecha un ovillo en la cama. Una cama para dos en la que no se encuentra él, el hombre que la enamoró en su último año de universidad.

Virginia no puede más.

Demasiadas desgracias en muy poco tiempo. Desgracias que no sabe cómo podrá superar, que no está segura de que supere algún día.

Tiene que reaccionar. Pero ¿cómo hacerlo?

El reloj de cuco que heredó de su padre anuncia que son las cinco de la madrugada. Cómo echa de menos a sus difuntos padres. Ahora Aurora estará junto a ellos, en el lugar que sea. También andará por allí la pobre Patricia Herrero, una de sus alumnas preferidas; aunque Aurora era especial. Muy especial.

La profesora de Matemáticas del Rubén Darío se da la vuelta y mira hacia su mesita de noche. El móvil, que puso en silencio hace unas horas, está iluminado. Imagina quién puede ser. Alarga el brazo y lo alcanza. Ha acertado. Es un WhatsApp de Jona.

«Vir, ¿cómo estás? Ya sabes que, si quieres hablar, estoy aquí a cualquier hora. No puedo dormir. Espero que tú hayas conseguido descansar algo. Un beso».

El mensaje de su amigo le hace esbozar una tímida sonrisa. Jona se está preocupando mucho por ella. Después del entierro, él la llevó en su coche a declarar al cuartel de la Guardia Civil y, cuando terminaron, se fueron a comer juntos. Hablaron de sus vidas actuales y de las pasadas durante varias horas. La comida se juntó con la merienda y la merienda se mezcló con la cena. A las diez y pico de la noche, cada uno regresó a su casa. A pesar de ese constante horrible sentimiento que la taladra por dentro, él la ha hecho sentir un poquito mejor.

«Yo tampoco puedo dormir. Mi marido no ha vuelto a casa. Ni siquiera sé si está en el pueblo. Pero no te voy a aburrir otra vez con mis problemas. Gracias por preocuparte, Jona. Ha sido un día muy difícil. Buenas noches o buenos días».

Y es que al entierro de Aurora y la muerte de Patricia se ha sumado lo que está viviendo con Fernando. La situación se ha vuelto insostenible y su matrimonio está llegando a su fin. El domingo por la tarde ambos se reconocieron que habían sido infieles en la mayor discusión que jamás han tenido entre ellos.

Su móvil vuelve a iluminarse. Otra vez es Jonathan.

«¿Quedamos para desayunar? No me respondas. En media hora estoy en tu casa. Tú pones el café y yo la comida. ¿Galletas de chocolate o magdalenas?».

¿Qué? ¿Va a ir a su casa? Es lo menos importante ahora,

pero está muy desordenada. Y ella está hecha un auténtico desastre. Tiene treinta minutos para recoger un poco y al menos peinarse y cambiarse de ropa. Pero antes Virginia responde con otro mensaje de WhatsApp.

«Galletas de chocolate. Nos vemos en media hora».

El profesor de Filosofía cumple su palabra y es puntual. En veintinueve minutos se presenta en la casa de Virginia. Esta lo recibe con un bonito vestido blanco y una sonrisa a medias. Durante el desayuno, se comen un paquete de galletas de chocolate, beben café con leche y retoman la conversación donde la dejaron pendiente hace unas horas.

—¿Crees que la policía nos volverá a llamar para declarar? —pregunta la mujer después de limpiarse los labios de cacao.

—¿Por la muerte de Patricia? Es posible.

—Estoy rota. Nada volverá a ser lo mismo, Jona.

La mujer suelta el vaso del café sobre la mesa y se cubre la cara con las manos. Otra vez tiene ganas de llorar. Jonathan le pasa un brazo por la espalda y la atrae hacia él. Con dulzura trata de calmarla.

—Nos toca superarlo. La vida continúa. Siempre continúa. Te lo digo por experiencia. Ya sabes lo que viví cuando se suicidó mi hermana. Fue trágico. Pero hay que seguir adelante. ¿Por qué no intentamos desconectar un rato?

—¿Cómo vamos a desconectar de lo que está pasando?

—No se puede desconectar del todo. Es imposible. Pero hay que tomarse un respiro. Debemos ser fuertes, Vir. Por los chicos. Por nosotros mismos. —El hombre se mete la mano en el bolsillo y saca un *pen drive.* Se lo enseña y sonríe—. ¿Puedo ponerlo en tu ordenador? Es *La verdad sobre perros y gatos,* mi película preferida.

Virginia no sabe qué responder. No tiene ganas de ver una película. Pero quizá le venga bien distanciarse un par de horas de la realidad. Se levanta y va a su habitación a por el portátil. Cuando lo enciende, contempla la imagen de fondo de pantalla en la que aparecen ella y su marido. Se están besando en Nueva York, con la Estatua de la Libertad detrás. Regresa la angustia y las lágrimas se asoman a sus ojos. Sabe que besos como aquel no volverán a producirse jamás. Ambos han metido la pata y son responsables de la situación. El amor se fue y llegaron otras personas. Lo que no significa que el recuerdo del pasado no duela. Más pronto que tarde, se tendrán que dar el adiós definitivo para que cada uno reinicie su vida. A pesar de que ahora mismo la suya carezca de cualquier sentido.

Pedro Soria se despierta muy temprano, alrededor de las seis y media, como cada día. Aunque aquel martes es especial. Debe presentar su mejor cara y brillar delante de las cámaras. No puede tener dudas ni fisuras. Su discurso debe ser firme y contundente. Condenar los hechos y transmitir su confianza en las fuerzas del orden. Antena 3, Telecinco y laSexta van a entrevistarle por el caso de las chicas asesinadas. También tiene previstas en su agenda una charla con un periodista de *El Mundo,* otra con *La Razón* y una última con una redactora de *El País.* Aunque la jornada la abrirá hablando con el pesado de Roberto Méndez para el canal local. En un rato han quedado en el ayuntamiento para cambiar impresiones sobre el Asesino de la brújula y todo lo que concierne a aquel caso que es portada en muchos medios nacionales e internacionales. Además, hoy llegan los de la UCO y le corresponde ejercer de anfitrión. Pero antes hará lo de cada mañana. Una rutina que cumple desde que es alcalde. Se prepara un zumo de naranja natural, que exprime mientras canturrea en ropa interior una canción de Dani Martín. Solo hace uno, ya que Milena no ha dormido esa noche en su casa. ¿Se habrá despertado ya?

Ayer estaba rara. Sería por el tema del entierro de Aurora y todo eso. La gente no paraba de mirarlos en el funeral, como si fueran dos bichos raros. Estúpidos. Los habitantes del pueblo se mueren de envidia. Ellos porque no soportan que un tío de más de cuarenta años salga con un bombón como Milena; les encantaría estar en su lugar y no aguantando sus treinta años de casados. Y ellas…, a ellas siempre les puede el ansia de poder. Las mujeres de allí no toleran que una chica de veintitantos años sea la pareja del hombre más poderoso del municipio. La envidian y a la vez la odian por eso.

Cuando se enteren de que pronto le pedirá matrimonio, el zasca va a sonar a quinientos kilómetros a la redonda. Pedro sonríe frente al espejo mientras se viste al imaginar la cara de todos esos cazurros cuando se haga público y oficial.

Aún no sabe cómo va a decirle a Milena que se case con él. La idea que más le seduce es invitarla a un paseo en globo y sorprenderla mientras vuelan. ¡Sería increíble que le diera el «sí, quiero» entre las nubes! Hasta tiene el anillo elegido. Pero debe ir con cuidado porque no es el momento. Si anuncia ahora el enlace, el pueblo se le echará encima y le criticarán por su falta de tacto. Acaban de morir asesinadas dos adolescentes y eso requiere unas cuantas semanas de duelo. Así que a prepararlo todo muy bien y esperar.

Se abrocha la chaqueta del chándal y se mira por última vez en el espejo del baño. Tiene buena cara. No correrá mucho hoy para no cansarse excesivamente. Un par de kilómetros o tres a lo sumo. Simplemente para cumplir con la rutina.

El recorrido que efectúa no es siempre el mismo. Tiene cuatro o cinco rutas diferentes y selecciona una u otra dependiendo de las fuerzas y de las piernas con las que se levante. Esta vez elige uno de los circuitos cortos: el que recorre las calles céntricas de la parte antigua del pueblo. No es el que más le gusta, pero a esa hora no suele haber mucha gente y estará tranquilo.

Mientras corre, piensa en todas las fotos que le van a hacer hoy y en la cantidad de gente que lo va a ver en la televisión. Es muy emocionante. Sí, hoy va a ser un día impresionante.

Las calles están vacías, como presuponía. Nadie aparece en su camino hasta que se cruza con un hombre, que anda encorvado, cerca de la plaza principal. Se trata del director del Instituto Rubén Darío. Pedro lo saluda con un sencillo «buenos días, Lázaro», sin pararse cuando pasa por su lado. El profesor se le queda mirando como si fuera un zombi. ¿Va bebido? Al alcalde le da esa impresión. Es muy temprano para empinar el codo o quizá esté de resaca y se ha pasado toda la noche dándole al *whisky*. Sabe que Martínez es buen aficionado al Cardhu con hielo. Alguna vez han coincidido en algún *pub* del pueblo.

Siempre que sale a correr, Pedro Soria se detiene un par de minutos para recuperar fuerzas y estirar los músculos. No quiere romperse por no hacer bien las cosas, que ya tiene una edad. En esta ocasión elige un banco de la plaza en el que se toma un respiro. Pero en lugar de estirar, coge el móvil que lleva en un bolsillo de la chaqueta del chándal para hacer una llamada. Milena también se suele despertar pronto, así que supone que ya estará levantada. Marca su número y espera a que suene su voz al otro lado. Esto sucede en unos cuantos segundos.

—¿Pedro?

—Cariño, ¿estabas dormida?

—No, pero casi.

Al hombre le sorprende escuchar la voz tan ronca de su novia. Sin duda, acaba de despertarse, aunque no lo admita.

—Perdona, creía que ya te habrías levantado.

—No te preocupes. ¿Qué hora es?

—Las siete y media.

—¿Dónde estás?

—He salido a correr por el centro del pueblo. No quiero sofocarme mucho, que hoy tengo un día duro en el ayuntamiento.

Pedro se da cuenta de que Milena ha apartado el móvil unos centímetros de su boca para bostezar.

—¿Anoche te acostaste muy tarde? Pareces agotada.

—No podía dormir. Me puse a ver una película y me dieron las tres de la madrugada.

—¿Por qué no me enviaste un WhatsApp? ¿O me llamaste? Podríamos haber hecho… algo para que te cansaras un poco y te entrara el sueño.

La chica no responde a su novio. Pedro escucha otro bostezo, este más duradero incluso que el anterior. En ese momento están en dimensiones y sintonías diferentes.

—Cariño, cuelgo ya y te dejo dormir. Voy a volver corriendo a casa, darme una ducha y empezar con la intensa jornada que tengo en el ayuntamiento. Te iré enviando mensajes para decirte en qué canal me van entrevistando.

—Muy bien. No te pongas camisa de rayas, que salen muy mal en la tele.

—Tranquila. Camisa blanca y corbata azul. Y el traje de los plenos.

—Muy guapo. Bien pensado.

—Gracias. Vamos hablando. Te quiero.

Y, sin devolverle el «te quiero», Milena da por terminada

la llamada. Pedro cabecea inquieto, se guarda el móvil y reemprende la marcha a un trote suave. Trata de olvidarse de la charla que acaban de tener y de sus sensaciones. En su cabeza se repite una vez tras otra que no debe ser paranoico y que su novia no está rara, simplemente es que se acaba de despertar. ¿Quién no tiene un día tonto de vez en cuando desde que abre los ojos? Lo quiere; la quiere. No hay dudas sobre eso.

En otro lugar, a unos kilómetros de donde Pedro Soria corre, Milena aparta la sábana que la cubre y sonríe. Se despereza y, a continuación, se pone de pie. Está completamente desnuda. Como la persona que la acompaña.

—¿Era tu novio? —pregunta el hombre, que no les quita ojo a sus imponentes curvas.

—Sí, era Pedro.

—No lo aguanto.

—Yo hace tiempo que tampoco.

—¿Cuándo le vas a dejar?

—Cuando tú dejes a tu mujer.

—¿Me estás poniendo a prueba?

—No. Pero, si quieres una prueba de que te amo, necesito la prueba de que tú también me quieres a mí. Ya lo hemos hablado otras veces. No quiero ser solo la tía buena a la que te tiras a escondidas.

—Sabes que no es así.

—Demuéstralo. Deja de una vez a tu señora esposa.

—Bien. Acepto el reto. Y te prometo, como me llamo Fernando Castellanos, que esta misma mañana le pediré el divorcio a Virginia.

CAPÍTULO 40

Martes, 23 de mayo de 2017

Los periódicos se unen a la prensa digital y a los medios audiovisuales y radiofónicos y amanecen esa mañana anunciando en sus páginas principales que el Asesino de la brújula ha vuelto a matar a otra adolescente. La mayoría le dedica un amplio espacio en la sección de sucesos, y algunos hasta lo sacan en portada, en pequeños recuadros que acompañan a la que cada redacción considera la noticia del día.

También Internet y las redes sociales son un hervidero de opiniones, críticas e hipótesis. Todo el mundo parece saber más que la policía que lleva el caso e incluso *influencers* hablan del tema y sacan sus propias conclusiones.

Julia está despierta desde las siete de la mañana. Bajó a tomarse un café con leche para espabilarse y enseguida se puso con el ajedrez de Patricia.

No ha sido una noche fácil. Otra más para la colección. Sus sueños han estado repletos de pesadillas, muchas de ellas indescifrables, aunque todas relacionadas con las circunstancias que está viviendo en los últimos días. Lo que más ha aparecido en sus sueños ha sido aquel maldito tablero lleno de letras. Pero ni siquiera la Julia durmiente ha sido capaz de dar con la solución planteada por Aria.

Ya ha memorizado las sesenta y cuatro casillas y ha intentado hacer combinaciones de todo tipo. Ha formado palabras como «asesino», «criminal», «crimen», «muerte», «brújula»..., y también nombres que pertenecen a personas del pueblo. Pero es que con tantas letras se pueden construir los nombres y apellidos de todos los profesores y alumnos del instituto, por ejemplo. Incluso el suyo y el de Emilio aparecen. Y el de sus padres. Debe de existir una clave que la ayude a dar sentido a aquel rompecabezas. Pero ¿cuál?

Son algo más de las nueve cuando llaman a la puerta de su habitación. La chica da permiso, sin ningún entusiasmo, para que pasen. Emilio abre y opta por quedarse en la entrada. Lleva una toalla de florecitas en las manos y un montón de ropa limpia doblada.

—Buenos días, Julia. ¿Puedo darme una ducha?

—Claro. ¿Quieres dártela en mi baño?

El chico no sabe qué contestar. Lo piensa un instante y termina aceptando. Entra en la habitación y cuando pasa junto a su amiga observa los folios que esta tiene sobre el escritorio. En ellos hay escritas un montón de palabras y también de nombres. El de él está entre ellos.

—¿Has buscado mi nombre en el ajedrez? —pregunta el joven entre asombrado y molesto.

—No es que lo haya buscado, es que me ha aparecido. Como muchos otros. Estoy apuntando todas las palabras que me salen con estas letras. Tiene que haber algún tipo de conexión coherente, pero no soy capaz de averiguar cuál es.

—Bueno.

—¿Te has enfadado?

—No. Pero espero que no pienses que yo tengo algo que ver con las muertes de Aurora y de Aria.

La chica se gira y se queda mirando a Emilio muy seria.

Luego sonríe y se pone de pie. Apoya las manos en sus hombros y lo zarandea con suavidad.

—Date una ducha fría, anda. Y luego nos vamos a desayunar a la plaza. ¿Te parece bien?

—Me gusta la idea, aunque no me has contestado.

—Emi, por supuesto que pienso que tú no eres capaz de hacer algo así. Tu nombre sale en el tablero, como el de casi todas las personas del planeta. Son sesenta y cuatro letras. Simplemente, estoy tratando de encontrar la combinación que me dé la solución y voy apuntando en folios todas las palabras que tienen sentido. ¿Contento?

Aunque no se le ve muy conforme, el chico asiente. Prefiere evitar una discusión que no le llevará a nada. Le pide a Julia quince minutos para estar listo y se dirige al cuarto de baño para ducharse.

La joven se centra una vez más en el ajedrez; empieza a estar harta de aquella sopa de letras. Le vendrá bien desayunar fuera con Emilio, aunque sigue presionada por ser la única que tiene la solución en sus manos. Se toma una pausa y mira por la ventana. Hace un día de sol reluciente y cielo azul; y ahora, antes de que comiencen a subir las temperaturas, se estará bien en la calle. Justo en ese momento, ve a su madre saliendo de casa. La mujer se da cuenta de que su hija la observa y la saluda con la mano. Aitana le grita algo que no escucha.

—¿Qué me has dicho? —pregunta Julia después de abrir la ventana.

—¡Que te quiero y que espero que pases un buen día!

Las dos ríen. Después de la enrarecida despedida de anoche, antes de irse a dormir, ambas se alegran de recuperar la normalidad. A Aitana continúa sin hacerle gracia que Emilio sepa tanto sobre el caso y a Julia le molesta que su madre desconfíe de su amigo. Pero son conscientes de que ahora mismo hay temas más importantes por los que preocuparse. Discutir entre ellas no les aporta nada positivo.

—¡Yo también te quiero! ¿Vendrás a comer?

—Luego te llamo y te lo confirmo. Hoy tengo mucho trabajo. Seguramente no. Si cocináis vosotros, tened cuidado con no quemar nada.

—Haremos lo que podamos. ¡Suerte, mamá!

—Gracias, hija. Hasta luego.

—¡Adiós!

Aitana se despide de ella con la mano y camina hacia donde tiene aparcado el coche. Julia sigue con la mirada a su madre hasta que se sube al Citroën Picasso y el vehículo desaparece de su campo de visión. Se dirige a la ciudad, a terminar de hacerle las pruebas pertinentes al cuerpo de Patricia Herrero. Es muy probable que hoy se lo entreguen a la familia y mañana o pasado sea el entierro. No han hablado de la autopsia. Ni de nada relacionado con aquel asesinato. Tampoco ha conversado más con su padre del asunto. Lo que sabe es lo que han dicho en la prensa. A Patri la encontraron muerta ayer, sobre las seis y media de la tarde, en el despacho del director del instituto. La habían golpeado con un objeto contundente en la cabeza y tenía una brújula junto a ella.

La chica deja abierta la ventana y sale de su habitación. Emilio sigue en la ducha y todavía tardará algunos minutos en estar preparado. Baja las escaleras y se encuentra con su padre saliendo de la cocina con el móvil en una mano y una taza con café en la otra. Parece alterado.

—Buenos días, papá —dice Julia acercándose a él. Miguel Ángel, que no se había percatado de la presencia de su hija, la saluda con un beso y da luego un sorbo al café—. ¿Pasa algo? Te noto tenso.

—Me acaban de mandar un mensaje desde la comisaría.

Han llegado los resultados de unas pruebas sobre la brújula, el envoltorio de un caramelo y el coletero que aparecieron en el vestuario.

—¿Y... se... pueden saber esos resultados?

El hombre observa a un lado y a otro, como si tuviese miedo de que alguien estuviera escuchándolos. Julia tiene la impresión de que su padre está dudando entre si contárselo o no.

—Papá, si no puedes decirme nada, lo comprendo.

—Ayer hablé con tu madre y me dijo que no te volviera a revelar ni un dato más sobre el caso. Que lo que te contamos a ti luego tú se lo cuentas a Emilio. Y que, aunque nos cae muy bien ese chico, no sabemos si él se lo dice a alguien más.

—Emi es de fiar, te lo aseguro. De todas maneras, ahora le preguntaré si ha hablado con alguien del tema.

Miguel Ángel repite el gesto anterior y mira a izquierda y derecha para asegurarse de que nadie oye lo que va a decirle a su hija.

—Ayer les hicimos a los profesores una prueba de huellas dactilares y otra capilar. Fueron voluntarias, por supuesto, y con el juez Otamendi delante. Todos accedieron sin problema. Eso nos ha servido para determinar que la brújula es de Alberto Montero, el profesor de Educación Física, y el coletero de... Scarlett Smith, la profesora de Inglés.

¡Scarlett! ¿Qué hacía el coletero de su profesora de Inglés en el vestuario? ¿Sería ella la mujer a la que Iván hacía referencia? ¿Para qué entraría allí? ¿Había quedado con Aurora?

—¿Y el papel de caramelo?

—Tiene las huellas de Aurora. Lo que significa que el caramelo era de ella y se lo comió allí mientras esperaba a alguien.

—¿A Scarlett?

—No lo sabemos. Se lo preguntaremos luego. Acaban de citar a Montero y a ella otra vez para que declaren en el cuartel.

Menudo lío. Aquel caso va dando giros continuamente. ¿Serán Scarlett o Alberto los que asesinaron a Aurora y a Patricia? Su profesor de Educación Física ya se lo adelantó el domingo cuando se encontraron en la plaza: no encontraba su brújula y estaba en el Rubén Darío cuando mataron a la chica. ¿Estaba haciendo una confesión?

—Se nos acumula el trabajo —continúa Miguel Ángel—. La UCO está llegando y también tenemos que hablar con Iván Pardo. Aunque eso creo que lo van a dejar para mañana.

Mañana. Eso significa que Iván regresará al pueblo hoy. O tal vez mañana por la mañana. Le gustaría poder charlar con él antes de que la policía lo interrogue. Pero no está muy segura de que el chico desee hablar con ella.

—¿Y Emilio y yo cuándo declararemos?

—No lo sé, hija. Ahora la investigación cambia de manos. Son otros los que tomarán las decisiones importantes. Nosotros nos pondremos a su disposición e intentaremos ayudarles en lo que sea posible.

—Entiendo.

—¡Ah! Se me olvidaba. Necesito que me devuelvas la carta que te escribió Patricia y el sobre en el que iba. Me lo han pedido.

—¿Los necesitas ahora mismo?

—Sí, me voy en cinco minutos. Otamendi me ha preguntado si has conseguido algo. No, ¿verdad?

—Por desgracia, no. Lo siento.

—No te preocupes —la tranquiliza su padre mientras le acaricia durante un instante la cabeza—. Date prisa y cópialo todo. Estoy convencido de que lo terminarás resolviendo.

Ella ya no está tan convencida, pero agradece la confianza plena de su padre. Sube rápidamente la escalera y entra en la habitación. No imaginaba que se encontraría a Emilio de espaldas, completamente desnudo. El chico acaba de salir de la ducha y, cuando se da cuenta de que Julia está allí, se tapa rápidamente de cintura para abajo con la toalla de florecitas. Los dos se miran sin decir nada, avergonzados.

—Perdona. He mirado y he visto que no había nadie. He sido demasiado imprudente. Me visto en el baño.

La joven asiente y esboza sin querer una sonrisita nerviosa mientras Emilio se encierra de nuevo en el cuarto de baño. Nunca se había imaginado a su amigo así. Y... no está nada mal. Tampoco es que ella haya visto a muchos chicos desnudos. De hecho, es el primero. ¡Pero en qué está pensando! ¡Tiene que copiar rápidamente la carta de Patricia antes de que su padre se la lleve!

Podría hacerle una foto, pero, por alguna extraña razón, prefiere hacerlo a mano.

Sentada en el escritorio, dibuja en otro folio un tablero de ajedrez y copia en cada casilla la letra que corresponde. Luego, también manualmente, transcribe el mensaje que Aria le había hecho llegar a través de la carta. Al terminar, mete el folio original en el sobre en el que venía y se pone de pie. Debe devolvérselo a su padre. Sin embargo, antes tiene una curiosidad. Examina el folio en el que ha copiado el ajedrez y comprueba una cosa. No tarda en descubrir que con aquellas letras también se puede construir la frase que se le ha pasado por la cabeza: «La asesina es Scarlett Smith».

CAPÍTULO 41

Martes, 23 de mayo de 2017

No están acostumbrados a desayunar fuera de casa, y menos un martes en el que *a priori* deberían estar en el instituto. Pero hasta el lunes no hay clases y aquel sitio tiene fama de poner los mejores churros con chocolate del pueblo. Se llama El Mirador y se encuentra situado en la plaza.

Julia y Emilio se sientan en la única mesa libre de la terraza. Ha amanecido un día precioso y todavía el calor no ha hecho acto de presencia. Los dos piden lo mismo: una ración de porras con chocolate a la taza.

—Hace años que no desayuno churros —comenta el joven colocándose bien las gafas.

—Mi padre los trae de vez en cuando a casa, algún fin de semana, y nos ponemos morados los tres.

—Esas cosas que hacen las familias felices.

—Esas cosas que hacen las familias a las que les encanta comer —le corrige Julia, que sonríe—. ¿Has hablado hoy con tus padres?

—No. No me apetece. Luego le mandaré un WhatsApp a mi madre para decirle que estoy bien y que no les echo de menos. Del único que me acuerdo es de Casper. Al final va a resultar que le he cogido cariño a ese chucho. ¿Cómo era eso? Cuanto más conozco a las personas, más quiero a mi perro.

—Vamos, Emi, no seas así. Seguro que tus padres no lo están pasando bien.

—Yo pienso justo lo contrario. Se sentirán aliviados de no tenerme cerca durante una temporada. Pero vamos a cambiar de tema, por favor. No quiero seguir hablando de mis padres.

La chica asiente conforme. Le duele que su amigo se sienta mal, porque es obvio que, aunque disimule, le afecta mucho la situación. Pero tampoco desea agobiarle insistiendo sobre lo mismo. En el tiempo que se quede en su casa, intentará convencerle de que lo mejor es buscar soluciones e intentar llegar a acuerdos de convivencia con sus progenitores.

El final de esa conversación coincide con la aparición del camarero que los ha atendido. El hombre porta una bandeja con dos platos, cada uno con tres porras de un tamaño considerable, y un par de tazas hasta arriba de chocolate.

—Esto sí que es un buen desayuno —dice el chico abriendo mucho los ojos y lanzándose a por su primer churro cuando el camarero se ha retirado—. Que aproveche.

—Igualmente. Y no te los comas demasiado rápido, no te vayan a sentar mal.

—Tranquila. Aquí tenemos por lo menos para media hora.

Los dos mojan la porra en la taza al mismo tiempo y después le pegan un gran mordisco. Casi en paralelo, sus bocas se manchan de chocolate, como si se hubieran pintado de negro los labios. Se miran fijamente y terminan riéndose el uno del otro. Acaban la primera porra, también casi a la vez, y se toman un respiro.

—Oye, Julia, les has dicho a tus padres que me has contado todo lo relacionado con el asesinato de Aurora, ¿verdad? —suelta el chico tras unos segundos en silencio.

La chica se sorprende de que su amigo le haga esa pregunta. ¿Debería confesarle la verdad? Es lo que toca, no más mentiras con él. Fue lo que se propuso y debe cumplir.

—Sí, es cierto. Si vas a estar en casa un tiempo, puede que escuches cosas relacionadas con el caso. No quiero que mis padres se callen cuando aparezcas o que tengas que salir de alguna habitación si se habla de algo relacionado con los asesinatos de Aurora o de Patricia.

—No es buena idea que tengas problemas con tus padres por mi culpa.

—Tranquilo. No hay ningún problema —asegura Julia al tiempo que dibuja una amplia sonrisa para darle seguridad a Emilio. Aunque en realidad esa sonrisa es para preparar el terreno para lo que viene—. No te tomes a mal lo que te voy a preguntar, ¿vale? Pero ¿has hablado con alguien de lo que te he ido contando estos días?

—¿Hablar con alguien? Julia, solo hablo contigo.

—Lo sé. Pero no le has dado ningún dato a nadie más, ¿verdad?

—No. Ni siquiera he tratado el tema con mis padres. ¿Los tuyos piensan que he filtrado detalles de la investigación? ¿Es eso?

La chica agarra otra porra y la moja en el chocolate sin darle una respuesta a su amigo. Es su manera de asentir a lo que le está preguntando.

—Si quieres, a partir de ahora, no volveremos a hablar del Asesino de la brújula o de cualquier cosa relacionada con los crímenes.

—Eso es imposible, Emi. Y lo sabes. Además, que no quiero.

—Te repito que no deseo que tus padres se enfaden contigo. Lo último que pretendo es que también en tu casa se pongan las cosas feas. Bastante tengo ya con lo que sucede en la mía.

—Soy mayorcita para elegir lo que digo y lo que no y a quién debo contarle lo que crea oportuno. Así que seguiré hablando contigo del tema hasta que mi padre y la UCO averigüen quién anda detrás de los asesinatos de nuestras compañeras de clase. ¿Comprendido?

Y, tras soltar aquel alegato, Julia da un gran bocado al churro y vuelve a mancharse la boca de chocolate. Mastica exageradamente ante la mirada atónita de Emilio.

—Muy bien. No te llevaré la contraria. Pero tú pones los límites.

—Efo ef lo que tienef que hafé. No llevafme la conftrafia —dice la joven con la boca llena.

Traga como puede y llama al camarero rápidamente para que le lleve un vaso de agua. Este acude de inmediato y Julia bebe como si no hubiera un mañana.

—Al final, a la que le ha sentado mal el desayuno es a ti. Estás un poco torpe últimamente, ¿eh?

—¡No te metas conmigo o no te cuento lo de...! Scarlett y Montero —le amenaza Julia, que baja la voz al pronunciar el nombre de sus profesores.

—¿Qué pasa con Scarlett y Alberto? No me digas que están liados.

—¿Liados? No que yo sepa.

—¿Entonces? ¿Qué ocurre?

Tras empaparla en el chocolate, Julia le da un nuevo bocado a su segunda porra, este más pequeñito, y le cuenta a su amigo lo que su padre le ha revelado en casa hace unos minutos. Cuando termina de explicarle las nuevas noticias, Emilio se queda pensativo.

—De Montero no me extrañaría nada, aunque no lo veo

asesinando a adolescentes sin que lo pillaran a los diez minutos. Es demasiado tosco. Pero lo de Scarlett sí que me sorprendería. Evidentemente, que el coletero sea suyo no indica nada. Pero ¿qué hacía tirado en el suelo del vestuario? Se supone que no podría llevar ahí mucho tiempo.

—Se supone que no. Lo limpian a diario —añade Julia.

—Eso significa que, el viernes, Scarlett Smith estuvo allí.

Scarlett Smith. Aquella mujer de pelo castaño y ojos azules lleva diez años viviendo en España. Natural de Exeter, cambió de país por amor. En Inglaterra conoció a un apuesto piloto de Iberia mientras esperaba en una cafetería del aeropuerto de Heathrow su vuelo retrasado a Sídney. Allí mantuvieron una primera charla muy animada en la que se puede decir que se enamoró a primera vista. Intercambiaron móviles y, cuando ella regresó de visitar a su familia australiana, quedaron unas cuantas veces en Reino Unido hasta que formalizaron su relación. Entonces, hizo una locura, las maletas y se marchó a España a vivir con él. El noviazgo duró dos años. Pero, para cuando llegó a su fin, Scarlett se había adaptado tan bien a su nuevo país que optó por quedarse y buscar trabajo como profesora de Inglés. En septiembre comenzará su octavo curso en el Rubén Darío, un instituto de una localidad cercana a la ciudad en la que vivía. A sus treinta y siete años, Scarlett sigue intentando mejorar su español. No ha vuelto a tener una pareja fija, le apasionan las hamburguesas de pollo y dedica su tiempo libre a cuidar de sus tres gatos y a ver series de Netflix y HBO. En el aula es bastante estricta y no le cae bien a todo el mundo. A sus alumnos les tiene prohibido hablar en español dentro de su clase.

—Scarlett puede ser muy dura algunas veces —dice Julia, que recuerda varios enfrentamientos entre ella y algunos de sus compañeros—. Pero ¿una asesina?

—¿Te acuerdas de si discutió en alguna ocasión con Aurora o con Aria?

La chica alcanza su tercer churro y, mientras lo introduce en la taza, busca en su memoria. No tarda en dar con un par de momentos complicados entre la profesora de Inglés y las dos alumnas asesinadas.

—Nada más comenzar el curso, se enfadó mucho con Aurora. En noviembre, creo. ¿No te acuerdas?

—No, ¿por qué fue?

—Aurora salió a la pizarra a hacer unos ejercicios y no dio ni una. Se puso muy nerviosa y empezó a hablar solo en español. Scarlett se lo recriminó un montón de veces y terminó tan desesperada que se marchó de clase cinco minutos antes de que tocara la campana. Todos nos quedamos alucinados.

—¡Ah! ¡Ahora me acuerdo! ¿Aquello fue por Aurora?

—Sí. Fue por ella. Y le afectó mucho. Estuvo muy triste el resto del día. La miraba de reojo y tenía las lágrimas en los ojos todo el tiempo.

—Pobre. Yo no me di cuenta de eso.

Ella sí, y pensó en acercarse entre clase y clase para preguntarle si se encontraba bien, pero no lo hizo. Más que nada porque no estaba segura de cómo se lo tomaría. Apenas la conocía, y eso que llevaban más de dos años en la misma clase. Unas semanas después les tocó hacer un trabajo en grupo y eso le permitió saber un poco más de Aurora. No mucho, pero sí algo más.

—¿Y con Aria? ¿También tuvo algún problema con ella?

—Que yo viera..., discutieron un par de veces. Una en clase, que no tuvo importancia, por un ejercicio. Patri le dijo que no lo había hecho porque no se había explicado en clase y no sabía cómo resolverlo. Scarlett insistió en que sí lo habíamos dado, aunque nuestra compañera tenía razón y esa parte de la lección cuatro no la habíamos estudiado todavía. Una tontería que no duró mucho. Pero hace un mes sí las vi discutir en la puerta del despacho de Scarlett más acaloradamente. No sé el motivo. Las dos parecían muy tensas. Ya sabes que a veces a Aria se le hinchaba la vena del cuello y que la profe de Inglés también tiene sus días… extraños.

—Un par de discusiones no son motivo para matar a alguien.

—No existe ningún motivo para matar a alguien, Emi. Pero hay dos chicas muertas por alguna razón.

—¿Sigues sin ver lo del asesino en serie?

—Ya no sé lo que pensar. Pero me cuesta creerlo. La muerte de Aurora me sigue pareciendo que no estaba preparada. A pesar de la brújula y de los titulares de los periódicos. Y aunque hablamos siempre en masculino, ni siquiera sabemos si es un hombre o una mujer. Recuerda que Iván vio a una mujer entrando en el vestuario el viernes por la tarde, cuando Aurora ya estaba en su interior.

—No me fío de ese tío. Para mí, sus palabras no tienen ninguna validez.

La chica suspira. No va a discutir con él. Solo desea que Iván regrese al pueblo y aclare las cosas de una vez por todas. Moja inquieta el último trozo del churro que tiene en la mano y se lo come. Mientras mastica, se percata de que Vanesa e Ingrid acaban de sentarse en la terraza de la cafetería de al lado. Sutilmente, haciendo un gesto con la cabeza y susurrando, Julia le pide a su amigo que se gire. Este obedece y mira hacia donde ella le indica. Las dos chicas no los ven, ya que se han colocado la una al lado de la otra, de espaldas a donde se encuentran ellos.

—En ocasiones, maldigo el tamaño de este pueblo. Quieras o no, terminas encontrándote con todo el mundo —lamenta el chico, que también da el último mordisco a su tercera porra—. ¿Pagamos y nos vamos?

—Sí. Voy dentro a pedir la cuenta.

Pero, cuando la chica se pone de pie, observa algo que le resulta curioso e inesperado. Ingrid ha estirado el brazo y, con su mano izquierda, está acariciando suavemente la mano derecha de Vanesa bajo la mesa. Julia se lo comenta a Emilio, que también se fija en el cariñoso gesto de sus compañeras de clase. Sin embargo, no todo queda ahí. La mano de Ingrid se traslada a la rodilla derecha de Vanesa y, con la misma suavidad que anteriormente, la acaricia desde donde termina el *short* hasta la rodilla.

—¿Eso es lo que yo creo que es? —pregunta Emilio, que también se ha levantado de su silla y se dirige con Julia al interior de la cafetería a pagar.

—Me da que sí. Por lo visto, ya no son las mejores amigas del mundo. Ahora son algo más.

—Pues que viva el amor, ¿no?

—Sí. Viva el amor… o lo que sea que tienen esas dos entre ellas.

CAPÍTULO 42

Miércoles, 15 de marzo de 2017

—Se acabó el tiempo. Los folios y los bolígrafos encima de la mesa.

Mantovani se moja con saliva sus labios resecos y agrietados y comienza a recoger los exámenes, mesa por mesa. Algunos de sus alumnos siguen protestando por la dificultad de la prueba y el poco tiempo que ha dado el profesor de Religión para prepararla. ¡Si avisó ayer! ¡No han dispuesto ni de veinticuatro horas! Ni tan siquiera la charla que mantuvo el delegado de clase con él sirvió para que Santiago cambiase de opinión.

A Aurora no le ha salido excesivamente mal. Cree que aprobará. Pero eso no le importa tanto en ese momento. Ayer, por la tarde, llamó a Virginia y quedaron para hablar hoy después de la última clase. La profesora de Matemáticas le dijo que se encontraba mejor y que seguro que al día siguiente se habría recuperado por completo. Por ese motivo la chica prefirió contarle en persona, mejor que por teléfono, lo que tiene entre manos.

Cuando Mantovani se marcha del aula, satisfecho y con los exámenes metidos en una carpeta, Aurora recoge rápidamente sus cosas y se da prisa en salir de allí. Lleva una gran sonrisa en la boca. Solo espera que ella acepte.

Nerviosa, se dirige hacia la zona del Rubén Darío donde están los despachos. El de Virginia tiene la puerta abierta. Cuando Aurora se asoma, comprueba que no está sola. Un hombre moreno, alto y muy guapo se encuentra a su lado. Los dos se giran hacia la joven cuando se dan cuenta de su presencia.

—¡Ah! ¡Hola, Aurora! ¡Pasa!

La chica obedece y entra con paso inseguro. No sabía que estaría acompañada.

—Te presento a Fernando, mi marido.

—Encantado, Aurora —dice el hombre, que se inclina sobre ella y le da dos besos en la mejilla.

—Igualmente.

Es un tipo realmente atractivo. Tiene los ojos muy oscuros y el mentón afilado. Cuando sonríe, presenta unos dientes blancos y perfectamente alineados. No se le ven entradas y tampoco ni una sola cana. Sin duda, es uno de los hombres más interesantes que ha visto en su vida. No le extraña nada que Virginia se enamorara de él.

—Precisamente le estaba hablando de ti a Fernando y de que habíamos quedado ahora para charlar.

—Vir me ha dicho que eres una de sus mejores alumnas.

—Bueno, yo… Exagera. Soy una chica normal.

—En este mundo ser normal significa ser especial —comenta el hombre antes de lucir su blanquísima y espectacular dentadura.

A Aurora la sonrisa de Fernando la intimida. El marido de Virginia posee algo hipnotizador en su expresión. Su profesora le contó muchas cosas sobre él en la comida que tuvieron la semana pasada, el día antes de su cumpleaños. En cuanto a ese magnetismo seductor, que la atrapó cuando se conocieron, estaba completamente en lo cierto.

—Bueno, cariño, ¿me esperas en casa? Voy en cuanto acabe de hablar con ella.

—¿Caliento una lasaña vegetal y frío unos pimientos?

—Perfecto. Gracias, guapo.

La pareja se da un beso en los labios y Fernando sale del despacho de su mujer después de despedirse de Aurora. La profesora se sienta en su sillón e invita a la joven a que haga lo mismo en la silla situada al otro lado de la mesa.

—Esto no siempre es tan bonito como ha podido parecer ahora —le explica Virginia, que se echa hacia adelante, apoya los codos en la mesa y junta las dos manos—. Hoy nos has pillado en un buen día. Fernando es el director comercial de una importante empresa de informática en la ciudad y acaba de cerrar un gran contrato. ¿Ya te conté que trabaja en eso?

Aurora asiente. Sí, se lo explicó el día en que comieron juntas. Entre otras muchas cosas. Fue una velada en la que conoció mucho mejor a su profesora.

—Perdona. No quiero ser pesada. El caso es que ha firmado el contrato y se ha venido corriendo a decírmelo. Estaba muy contento. Y yo también me alegro mucho por él. Le dedica mil horas a su trabajo. En eso es el mejor. Se lo merece.

La chica escucha en silencio a Virginia mientras esta habla de su marido atropelladamente. Se toca constantemente el pelo haciendo tirabuzones con las puntas. Pero lo que más le llama la atención a Aurora es que sus ojos parecen vidriosos, como si estuviera a punto de echarse a llorar en cualquier momento. Es un monólogo en el que la joven no interviene, y eso que la razón por la que han quedado es porque ella desea pedirle algo a su profesora de Matemáticas.

Cuando la mujer termina, se toca la frente, que tiene ardiendo, y baja la mirada hacia la mesa. Solo son tres segundos, pero son tres segundos muy significativos. Al levantar de nuevo la cabeza, contempla a Aurora y se lo suelta:

—En realidad, ayer no estaba resfriada. Me quedé en casa por otro motivo.

—¿Otro motivo?

—Sí, me pasé la noche anterior discutiendo con Fernando. Creo que me está siendo infiel —suelta Virginia. Le tiemblan los labios y la barbilla—. Hace tiempo que sospecho que tiene una amante. Aunque él lo niega. Son solo especulaciones mías, basadas más en sensaciones y en detalles tontos que en pruebas convincentes. Sea verdad o no, nuestra relación pasa por un momento complicado. Eso sí lo tengo muy claro.

—Vaya, lo siento.

Es todo lo que a Aurora le sale decir en ese instante. Le hubiera gustado sonar más contundente. Más madura. Pero ella misma es consciente de que solo es una adolescente de diecisiete años recién cumplidos, sin experiencia en esos temas. Simplemente, puede sentirlo. Nada más.

—Yo sí que lo siento —dice Virginia, que trata de recuperar la compostura. Respira hondo y fuerza una sonrisa—. Discúlpame. No tendría que contarte estas cosas. Son mis problemas. No suelo abrirme de esta manera. Pero me das muy buenas vibraciones. Perdona, de verdad. Tú ya tienes bastante con lo tuyo.

—No te preocupes. Me alegro de que confíes en mí.

—Es que me resulta fácil hablar contigo. Pero no voy a agobiarte más con este tema.

—No me agobias, tranquila.

—Gracias, Aurora. Eres una gran chica... Bueno, ¿de qué querías hablar conmigo?

Aurora de repente se sonroja y se encuentra de golpe con la mirada fija y la sonrisa de su profesora. Comida por los nervios, le pide un segundo y abre el bolsillo de su mochila. De este saca un sobre que coloca encima de la mesa del despacho.

—A ver..., no quiero obligarte a nada. Ni que te sientas en un compromiso —comenta la chica mientras extrae algo del sobre—. ¿Te gusta Ed Sheeran?

—Claro. ¿Hay alguien a quien no le guste? —pregunta Virginia, que se queda embobada contemplando lo que Aurora acaba de poner sobre la mesa—. ¿Son entradas para el concierto?

—Sí, me las regaló mi madre por mi cumpleaños.

—¡Qué suerte! ¡Son imposibles de conseguir! ¡Están agotadas desde hace tiempo!

—¿Quieres venir conmigo? —le propone muerta de la vergüenza, sin mirarla a los ojos—. Solo... si te apetece... Pero, si... no, no pasa nada.

Tras escuchar a su alumna, Virginia se queda boquiabierta. Confusa. Sin embargo, enseguida reacciona y sonríe.

—Me encantaría. Pero ¿estás segura de que yo soy la persona adecuada para disfrutar de ese concierto?

—Estoy segura. Completamente segura.

—Entonces, iremos juntas. Mil gracias por invitarme. Pero que sepas que con esto no tendrás mejores notas en Matemáticas, ¿eh?

Aurora es feliz. Muy feliz. Sale del instituto rebosante de alegría y con una sonrisa que refleja su inmensa ilusión. Tenía miedo de que Virginia le respondiera que no, pero ni siquiera ha hecho falta convencerla. ¡Ya tiene con quien ir al concierto de su pelirrojo preferido!

De momento, no va a decirle nada a su madre. No quiere que piense que está tan sola y desesperada como para pedirle a una profesora que la acompañe.

¡Qué ganas de que llegue el ocho de abril!

Pero hasta entonces faltan muchos días. Aquello solo será un oasis dentro de un inmenso desierto. Aunque también es un gran aliciente para sobrevivir. Ed Sheeran y su profesora preferida. Plan perfecto.

Esa sonrisa no se le borra de la cara mientras camina de vuelta a casa, hasta que en una esquina observa a una pareja besándose. El chico tiene las manos situadas en la cintura de la chica y ella le rodea el cuello con los brazos. Vanesa y su novio se están despidiendo hasta la tarde de una forma apasionada. A Aurora le da pena el joven. Seguro que no sabe que no es el único con permiso para saborear aquellos labios. Y enseguida le viene a la cabeza lo que acaba de contarle su profesora de Matemáticas acerca de su marido. ¿Es que nadie es capaz de ser fiel? Si ella saliera con alguien, sería incapaz de ponerle los cuernos. Teniendo pareja, ¿cómo se puede besar a una persona y mantener la conciencia tranquila?

Pero no es asunto suyo. Acelera el paso cuando pasa delante de ellos y los ignora. En cambio, Vanesa advierte la presencia de Aurora y se la queda mirando. Le da un último beso cortito a Iván y corre tras su compañera de clase. Cuando llega a su altura, se pone delante de ella para impedir que continúe andando. A pesar de que intenta esquivarla, la maniobra obtiene sus frutos y Aurora cede.

—Quiero hablar contigo —le dice Vanesa muy tensa.

—¿Sí? Pues yo no.

—Necesito que me escuches y aclarar las cosas —insiste la chica rubia de pelo rizado suavizando el tono de voz—. Por favor.

Aurora no tiene ganas de oír lo que Vanesa quiere contarle, pero termina aceptando. Las dos se dirigen a una calle cercana muy tranquila, por la que no suele pasar mucha gente, y allí continúan la conversación.

—Dime. Rápido, que no tengo mucho tiempo. Mi madre me está esperando para comer.

—Solo será un minuto —indica Vanesa, que parece más nerviosa de lo habitual. Su acostumbrada seguridad en sí misma se ha evaporado—. No le has dicho a nadie lo que pasó ayer en el cuarto de baño, ¿verdad?

—Ya os dije que no me importa lo que hagáis con vuestras vidas.

Vanesa mira al suelo y taconea inquieta. Hablar de aquel tema no le agrada en absoluto. Sufre. Pero en esta ocasión no le queda más remedio.

—Verás. Quiero muchísimo a Iván. Estoy enamorada de él. Pero me está pasando lo mismo con Ingrid. Estoy hecha un lío. Y no soy lesbiana. Solo me sucede con ella.

—Es asunto tuyo.

—Lo sé. Pero tú nos viste.

—Os escuché. No vi nada.

—Vale, no viste nada. Solo lo oíste. El resultado es el mismo. Sabes que entre Ingrid y yo hay algo más que una buena amistad.

—Te repito que me da igual si sales con uno, con dos o con cinco, y si eres lesbiana, bisexual, hetero o pansexual. No me importa.

—Bien. Y no se lo vas a contar a nadie.

—No.

Vanesa asiente conforme. Parece algo más tranquila. No sabe si puede fiarse de la tía rara de clase o no, aunque no cree que esté fingiendo. Sin embargo, a su acompañante le cambia la cara de repente. Sonríe de una manera extraña, como si se le hubiera ocurrido algo.

—No voy a contárselo a nadie —asegura Aurora acompañándose de una sonrisa cínica—. Pero quiero algo a cambio de mi silencio.

—¿Estás de broma? ¿Qué es lo que quieres?

—Inmunidad. Quiero que ni tú ni Ingrid me volváis a molestar. Ni tampoco nadie del instituto. Estoy cansada de cuchicheos a mis espaldas. Llevo tres años aguantándolos.

—¿Y cómo hago eso? No puedo controlar lo que dice todo el mundo.

—Eres una de las chicas más populares, y también temidas, del Rubén Darío. Sabrás cómo hacerlo. Si quieres que yo guarde tu secreto, esfuérzate para que nadie vuelva a fastidiarme. Así que ya sabes lo que hay. Si cumples con tu parte, nadie se enterará por mí de lo tuyo con Ingrid. ¿Trato hecho?

CAPÍTULO 43

Martes, 23 de mayo de 2017

Mientras Emilio ve en la televisión local la entrevista que Roberto Méndez le hace a Pedro Soria, Julia examina el tablero de ajedrez de Patricia. Continúa sin encontrar la solución o, para ser más exactos, ha conseguido formar muchas frases con aquellas letras, pero ninguna sigue un orden determinado u obedece a una sucesión lógica. Lo último que está probando es la famosa jugada del caballo partiendo desde varias casillas.

—¿En qué consiste lo que estás haciendo?

—Sabes que el caballo se mueve en forma de ele, ¿verdad?

—Hasta ahí llego.

—Bien. Pues hay una fórmula según la cual puedes llevar al caballo a todas las casillas del tablero sin repetir ninguna a través de su movimiento en ele. He pensado que tal vez Aria ha usado este método para dejarme el mensaje. Estoy tratando de encontrar una frase de sesenta y cuatro letras iniciando el caballo desde diferentes posiciones. ¿Comprendes?

—Más o menos. Cada casilla a la que va el caballo tiene una letra diferente. Y uniendo esos sesenta y cuatro movimientos, esas sesenta y cuatro letras, debería formarse un mensaje en el que Patricia indique quién es el asesino.

—Exacto. Pero ni siquiera sé si es así como debería buscar —se lamenta Julia, que coloca el caballo blanco en D4 y enseguida comprueba que tampoco desde ahí va a lograr nada que tenga sentido.

Desesperada, aparta la mirada del tablero y alcanza el cubo de Rubik, que está sobre la mesa. Lo gira a toda velocidad, enfadada consigo misma. En menos de un minuto logra resolverlo. Ojalá el problema que le ha planteado Patricia le resultara tan sencillo.

—Voy a terminar odiando el ajedrez. Esto me está superando.

—No puedes darte por vencida. La clave está ahí y acabarás hallándola.

Pero Julia comienza a dudar seriamente de si será capaz. El problema real es que no tiene manera de saber qué pretendía Aria. No hay ninguna clave o fórmula que le indique lo que ha de encontrar. Tampoco sabe desde dónde parte el supuesto juego. Un tablero tiene sesenta y cuatro casillas. ¡Existen millones de posibilidades! ¿En qué se ha basado Patri para colocar aquellas letras en ese orden?

La joven suelta el cubo en la mesa y mira la televisión. En la pantalla, el alcalde continúa hablando con el periodista para todo del pueblo.

—Entonces, don Pedro, la UCO se hace cargo de la investigación. —No es una pregunta. Roberto Méndez lo da por hecho. A Julia le entran arcadas al escuchar el trato de «don» que el periodista le da al alcalde.

—Sí. Desde hoy, nuestro gran equipo de profesionales tendrá el respaldo de la Unidad Central Operativa de la Guardia Civil.

—Eso significa que desde arriba se están tomando muy en serio el caso del Asesino de la brújula.

—Es una prioridad absoluta. Han muerto asesinadas dos

jóvenes de nuestro amado y respetado pueblo. No puede volver a pasar. Estamos tomando todas las medidas oportunas para que ese indeseable no actúe de nuevo.

—¿Eso quiere decir que podemos dormir tranquilos?

—Por supuesto, Roberto. El único que no puede dormir tranquilo es el asesino. El miedo puede convertirse en nuestro principal enemigo. No hay que tener miedo. La investigación avanza en buena línea y esperamos que pronto nos podamos llevar una alegría. Confío plenamente en nuestros agentes y en la UCO.

Por lo menos, Pedro Soria no le está tirando piedras al tejado de su padre y de sus compañeros de la Policía Judicial. A pesar de que aquel hombre no sea de su agrado, el mensaje que lanza es el adecuado. A Julia le sorprende que acierte; aunque, por otra parte, lo que ha dicho es lo que el alcalde de cualquier localidad debe subrayar por encima de todo: apoyo a la policía y que los vecinos del pueblo estén tranquilos.

—Habla como un político —suelta Emilio—. Un político en plenas elecciones. Desconfío de él hasta cuando lleva la razón. Eso es grave.

—Dentro de un par de años, podremos elegir si sigue o no en el cargo.

—Nuestras primeras elecciones con edad para votar. Nos hacemos mayores.

Se hacen mayores y, por suerte, pueden contarlo, piensa Julia, que se acuerda de Aurora y de Patricia. Ellas no podrán votar jamás, ni realizar otras muchas cosas que seguro habían previsto hacer en su vida. Ese pensamiento le hace daño. Y más al observar el folio que tiene delante. Por muy complicada que sea, debe dar con la solución.

—Don Pedro, una cuestión más antes de que continúe con su apretada agenda, que sabemos que hoy está hasta arriba. Esta noche entrevistaremos a Bernardo Ríos, que ha sido puesto en libertad sin cargos, ni fianza, por el juez Otamendi. Descartado el padre de Aurora, ¿qué línea de investigación está siguiendo la policía? Hemos sabido que ayer se les tomó declaración a los profesores del Rubén Darío. ¿Se sospecha de alguno de ellos?

El rostro de Pedro Soria es un poema al escuchar la pregunta de Roberto Méndez. Antes de hacer la entrevista, pactaron que no se especularía con la identidad del Asesino de la brújula ni se hablaría de supuestos sospechosos. El alcalde se rasca la oreja y cruza las piernas. A continuación, busca las palabras adecuadas para contestar sin ser excesivamente brusco y ocultando su enfado.

—No podemos hablar de sospechosos. Ni los profesores del instituto lo son, ni tampoco las personas que son citadas en el cuartel de la Guardia Civil para declarar. Insisto: hay que confiar en nuestros agentes y respetar la presunción de inocencia de todos los habitantes de este pueblo.

—Pero yo también insisto: una fuente, que evidentemente no podemos desvelar, nos ha informado de que tanto el coletero como la brújula que aparecieron en el vestuario la tarde en que asesinaron a Aurora pertenecen a profesores del instituto. ¿Esto es cierto?

Los ojos de Pedro Soria se le van a salir de las órbitas. También Julia se queda con la boca abierta al escuchar la pregunta de Roberto Méndez. ¿Cómo se ha enterado de eso si a su padre se lo contaron hace solo un par de horas? La chica mira a Emilio, que parece aturdido. Los dos esperan impacientes la respuesta del alcalde, que traga saliva y tarda unos segundos en contestar.

—No puedo decir nada sobre la investigación. Además, ese asunto le corresponde a la Policía Judicial y a la UCO. Yo estoy al margen. Simplemente, me van informando de los adelantos que se van produciendo.

—Entonces, ¿no va a confirmarle a la audiencia, a sus votantes, que el coletero y la brújula pertenecen a dos de sus profesores? ¿Prefiere ocultarles la verdad?

Aquella es la gota que colma el vaso. Pedro Soria, muy nervioso, se levanta del sillón, trastabilla y, tras estrecharle la mano a Roberto Méndez, desaparece de la pantalla.

—¡Se ha ido! —grita asombrado Emilio—. ¡Alcalde a la fuga!

Sin embargo, a Julia no le hace tanta gracia lo que acaba de ocurrir en directo en el plató de la televisión local. El periodista da paso a publicidad pidiendo disculpas por la espantada de Pedro Soria y promete a su audiencia transparencia en todo lo referente al Asesino de la brújula. ¡Que nadie se mueva del sofá!

Definitivamente, alguien está informando a aquel hombre de los detalles del caso, y prácticamente al mismo tiempo que la policía va descubriéndolos. ¿Sabrá ya su padre lo que acaba de pasar?

—Este tío es un inconsciente —dice preocupada la chica—. Acaba de echar al pueblo encima de los profesores del instituto.

—Pobres. Espero que la gente sea lista y no la tome con ellos.

—¿Quién le habrá dicho a Roberto que el coletero y la brújula pertenecen a dos profesores de nuestro instituto?

Julia mira a su amigo, que se encoge de hombros. Es muy peligroso lo que está sucediendo. La información confidencial de las fuerzas de seguridad está llegando a la prensa, concretamente a Roberto Méndez, que a su vez no tiene ningún reparo en ponerla en conocimiento de la opinión pública.

—¿Y si lo ha filtrado la propia policía a propósito? —pregunta el chico, que se quita las gafas empañadas y las limpia con la camiseta.

—¿Con qué objetivo?

—No lo sé. Igual quieren ver cómo reacciona la gente. Detectar algún movimiento extraño.

—La policía no va a filtrar noticias a la prensa que puedan perjudicar a alguien. Lo del coletero y la brújula pone entre la espada y la pared a los profesores del instituto. Roberto Méndez ha sacado la información de otra parte. Sin duda, alguien se lo está contando a escondidas a cambio de algo.

—En un pueblo pequeño, al final todo se sabe. Tarde o temprano sale a la luz. Lo importante es que encuentren pronto a quien mató a Aurora y a Patricia y que no haya más asesinatos.

Cuando Roberto Méndez regresa de publicidad, vuelve a valorar el incidente con el alcalde y explica los últimos descubrimientos relacionados con los crímenes de las estudiantes del Rubén Darío. También revela algo más: los móviles de Aurora Ríos y de Patricia Herrero no han aparecido. Ninguna de las dos chicas lo llevaba encima en la escena del crimen y tampoco los habían localizado en sus respectivas habitaciones.

—Eso sí que no lo sabíamos —comenta extrañado Emilio—. ¿Aria tampoco tenía el móvil cuando la encontraron?

—Mis padres no me han dicho nada sobre eso.

—¿Habría algo en los teléfonos de las chicas que incriminara al que las mató?

—No tengo ni idea, Emi. No podemos saberlo. Habría que encontrar primero esos teléfonos y buscar en sus memorias. Aunque veo difícil que den con ellos.

—Hoy en día se puede descubrir la localización de un móvil mediante la triangulación de la señal. Además, se puede saber si ese teléfono se mueve de un sitio a otro. La compañía puede facilitar a la policía ese tipo de datos.

—Ya. Pero para eso tiene que estar encendido —le aclara

Julia, que ya había pensado en esa posibilidad—. Y el asesino no creo que sea tan tonto como para llevar encendidos los móviles de las chicas a las que ha matado y dejar un rastro tan evidente.

—Tienes razón.

—Ni siquiera los tendrá encima. Se los quitaría a Aurora y a Patri y los destruiría en algún descampado. O a lo mejor los guarda en su propia casa apagados.

—Eso supondría un gran riesgo para él.

—Sí, pero ¿quién sabe el valor que esos móviles tienen para el asesino? Tal vez los necesita para algo y no puede eliminarlos. Además, si los deja en algún lugar, sea el que sea, y aunque estén hechos añicos, también se estará arriesgando a que alguien los encuentre por casualidad. O a que alguien lo vea deshacerse de los aparatos.

Emilio asiente para darle la razón a su amiga. Después examina su propio móvil. En el grupo de WhatsApp de la clase no paran de comentar lo que Roberto Méndez ha anunciado sobre el Asesino de la brújula. Algunas, como Yi o Ana, dicen que no piensan salir de casa hasta que lo atrapen. Jason, por su parte, pregunta si alguien sabe de quién es el coletero y la brújula que aparecieron en el vestuario. Algo a lo que nadie responde con seguridad, aunque salen los nombres de varios de sus profesores a relucir. El que más se repite es el de Alberto Montero.

—Esto se va a convertir en una caza de brujas —comenta Emilio tras leerle en voz alta a Julia los últimos comentarios del grupo de WhatsApp.

—No podemos caer en eso.

—Claro que no, pero ¿quién lo impide?

Julia suspira y nota el peso de la responsabilidad sobre sus hombros. La responsabilidad que Patricia le dejó en vida, pero que tanto le está costando asumir tras su muerte.

¿Quién puede impedirlo?

Ella. Ella es quien puede poner fin a toda aquella locura.

Coge el mando a distancia, apaga la televisión y, una vez más, se dispone a analizar el tablero de ajedrez dibujado en un folio. Allí está la respuesta.

Emilio se levanta del sillón en el que estaba y se coloca a su lado.

—A lo mejor puedo ayudarte. Cuatro ojos ven más que dos, aunque nunca te haya ganado ni una partida.

—Gracias, Emi —dice Julia sonriendo. Y coloca la hoja entre los dos—. A ver si tú consigues ver algo que yo no veo.

En ese instante, el papel se les escurre entre las piernas. Como por arte de magia, vuela hacia el suelo y cae por la otra cara, donde están las palabras de Patricia. Julia suspira y se agacha a por el folio. Lo alcanza y lo pone encima de la mesa. Entonces se acuerda de algo. Es posible que…

Lee otra vez el mensaje que le dejó Aria. La premisa de encontrar a su asesino en un tablero de ajedrez lleno de letras. Pero en aquellas palabras hay algo más. ¡Por supuesto que hay algo más!

—¡Joder! ¡Esto era! ¡Esto era! —grita desbocada. Se pone de pie y le enseña el folio a Emilio, que no entiende nada—. ¡Ya está! ¡Tenemos la pista que necesitábamos!

—¿Qué? ¡Explícate! ¡Me estás poniendo nervioso!

—¡No era tan difícil! Patri era la reina de los acrósticos. ¡Cómo no me di cuenta antes!

—¿La reina de los acrósticos?

—¡Sí! Así me confesó quién era el chico que le gustaba. Y así me ha dicho qué debo hacer para encontrar a su asesino.

—¿Y qué debes hacer?

—Buscar en São Paulo y Bilbao, ¿no lo ves?

—¡No veo nada! ¿Qué hay en São Paulo y Bilbao? ¡No te entiendo!

La chica se levanta del sofá y camina rápidamente hacia una de las estanterías del salón. De una taza, coge un bolígrafo azul y señala con un círculo la primera letra de la primera palabra de cada una de las frases del mensaje de Aria. Juntando todas las mayúsculas se forman las palabras «São Paulo» y «Bilbao». Y una tercera: «Magnus».

Julia sonríe satisfecha. Agarra a Emilio de la mano y suben corriendo a su habitación. Enciende el portátil y, mientras se carga Windows, mira emocionada el póster de su ídolo. Y es que Patricia no podía haber dejado la clave de aquel enigma en otras manos que las de uno de los mejores ajedrecistas de todos los tiempos: el magnífico genio noruego Magnus Carlsen.

CAPÍTULO 44

Martes, 23 de mayo de 2017

Virginia y Jonathan no han visto la entrevista de Roberto Méndez a Pedro Soria. Uno al lado del otro, tumbados en la cama de matrimonio de la profesora de Matemáticas, duermen después de una madrugada insomne y una mañana de lo más extraña.

Era todavía de noche cuando Jona llegó a la casa de su amiga, con un paquete de galletas de chocolate en las manos y un *pen drive* en el bolsillo. Desayunaron y después vieron *La verdad sobre perros y gatos*. Charlaron, entre escena y escena, de varias cuestiones. De cosas buenas, momentos malos, recuerdos de épocas más felices y otras en las que todo resultaba más fácil. Incluso hablaron de Aurora y de Patricia y de la estima que ambos les tenían a las dos chicas fallecidas. Hasta que llegó la escena subida de tono de la película. Esa en la que Janeane Garofalo y Ben Chaplin se dejan llevar y mantienen sexo telefónico; una secuencia de lo más *light*, pero transgresora y muy atrevida para ser una producción de mitad de los años noventa.

Primero, silencio. Después, sonrisillas. Virginia y Jonathan se miraron fijamente a los ojos casi avergonzados. Él fue quien dio el paso: se inclinó sobre ella y la besó. Suavemente.

Un beso, simple y dulce en apariencia, que se transformó rápidamente en un torrente de pasión desenfrenada. Caminaron a tirones hasta el dormitorio sin parar de comerse a besos. Respirando agitados, uno en el oído del otro. La profesora de Matemáticas le quitó la ropa al profesor de Filosofía y viceversa, y, al mismo tiempo, fueron arrojando cada prenda al suelo. Sin control. De repente, los dos se encontraron desfogándose en la cama de matrimonio, descargando la tensión de los últimos días. Sexo intenso e irracional. Un remedio al dolor sin aspirinas. Después, agotados, cayeron rendidos bajo las sábanas. Y se durmieron por fin, exhaustos de realidad.

Es el teléfono de Virginia el que los despierta unas horas más tarde. La mujer corre al salón a buscar su móvil y comprueba en la pantalla que quien la llama es el director del instituto.

—Hola, Lázaro, buenos días.

—¿Has visto la televisión?

—No, ¿qué ha pasado?

—Estamos en la mierda por culpa de un gilipollas.

Lázaro Martínez le hace un resumen de la entrevista que Roberto Méndez le ha hecho a Pedro Soria. Le explica que el periodista ha hablado de las pruebas que demuestran que el coletero y la brújula aparecidos en el vestuario son de profesores del instituto.

—¿Han dicho de quién? —pregunta nerviosa Virginia.

—No. No pueden acusar directamente a nadie. Ese tío parece tonto, pero sabe lo que se hace —reconoce el director—. Hemos quedado todos a las doce en el instituto para hablar del tema.

—¿En el instituto?

—Ya sé que quizá no es el mejor sitio ahora mismo, pero cabemos todos y estaremos tranquilos.

Virginia comprueba en el reloj de pared que preside el salón que son las once y cuarto. Se tiene que dar prisa si quiere llegar a tiempo.

—Está bien. Nos vemos en cuarenta y cinco minutos.

—Si te llaman de algún medio de comunicación, no hables con ellos. Diles que no tienes nada que decir de momento.

—¿Me van a llamar?

—No lo sé. Pero pueden hacerlo. No hagas declaraciones hasta que sepamos cómo vamos a afrontar esta situación. ¿Entendido?

La profesora de Matemáticas le cuelga a Lázaro muy preocupada. Camina hasta su habitación y ve de pie a Jonathan, abrochándose el pantalón vaquero.

—¿Qué pasa? No tienes buena cara.

—Era Lázaro. Imagino que ahora te llamará a ti también. Hemos quedado todos los profesores a las doce en el instituto.

—¿Para qué?

—Reunión de urgencia.

Virginia le cuenta a Jonathan la conversación que ha mantenido con el director del Rubén Darío. El hombre escucha atento mientras se termina de vestir. A diferencia de ella, no se muestra tan preocupado.

—Roberto Méndez es un estúpido, pero no creo que esto nos afecte tanto como parece.

—¿Cómo que no? Le ha preguntado al alcalde si nos consideran sospechosos de los asesinatos. Llevo poco en este pueblo, pero sé cómo se las gastan. Nos mirarán mal por la calle. Solo tienes que fijarte en cómo trataron al padre de Aurora en el entierro. ¡Seguro que muchos piensan que soy una asesina!

Jona se acerca a ella y la calma con un beso en los labios. Luego la abraza con fuerza y le susurra que no debe alarmarse. Están juntos y seguro que la policía da con el Asesino de la brújula pronto y aquella pesadilla se habrá terminado. Las palabras del profesor de Filosofía surten efecto y Virginia se tranquiliza.

—Me voy a dar una ducha y a cambiar de ropa a mi casa —le dice Jonathan después de un nuevo beso—. Te veo dentro de un rato en el instituto.

—Vale. Muchas... muchas gracias por todo. De corazón.

—Gracias a ti. Ha sido una mañana muy especial.

En ese instante, el móvil de Jonathan empieza a sonar. Lázaro Martínez está llamándole. El hombre se despide de Virginia y baja por las escaleras los cuatro pisos del edificio mientras conversa por teléfono con el director del instituto.

Sola de nuevo.

La mujer se dirige pensativa a su habitación. También necesita una ducha. Tal vez eso la relaje un poco.

Un coletero...

¿Qué sabrá y qué no la policía?

Enciende la televisión para ver si dicen algo relacionado con el Asesino de la brújula. Pone la cadena local para informarse de las novedades. Sin embargo, están emitiendo una reposición del partido del equipo de fútbol del pueblo del fin de semana pasado. Se enteró de que perdió por dos a cero. Lo quita y decide seleccionar Antena 3. Quizá revelen algo en *Espejo Público*, que ayer ya trató el tema. Deja la tele encendida y entra en el cuarto de baño.

La ducha, contrariamente a lo que imaginaba, no le sienta muy bien. Demasiado tiempo para recordar. Para acordarse del pasado más cercano. Se pasa más de diez minutos bajo el agua templada; y, en ese tiempo, vuelve a llorar y a sentirse desgraciada. Cuando se está secando, se abre la puerta. Fernando ni siquiera llama antes de entrar.

El hombre se encuentra frente a frente con su mujer desnuda, que lo mira temerosa. Le ha vuelto a ser infiel, pero eso qué más da ya. Él seguro que también viene de estar con otra. Aquello tiene una resolución muy cercana.

—¿Podemos hablar? —pregunta él con decisión.

—Tengo una reunión ahora en el instituto —responde Virginia al tiempo que se pone la ropa interior—. ¿Puedes esperar a después?

—No, no puedo esperar. Seré breve. No te preocupes.

—Bien. Pues dime. Hablemos.

—Esto no es fácil. Lo he pensado durante unos días y…

—Fernando, ve al grano directamente, por favor.

—Sabes que te he querido mucho. Y que durante muchos años has sido lo más importante para mí.

—Lo sé —responde Virginia mientras se viste. Puede contemplar de cerca sus hipnotizantes ojos oscuros. Esos ojos que la enamoraron—. Y también sé que me vas a dejar por otra.

El hombre agacha la cabeza y toda la seguridad con la que había empezado su discurso se diluye como un azucarillo en el café. Virginia percibe sus dudas, pero prefiere que continúe hablando él. Fernando la coge de la mano y la guía hasta el dormitorio. Ese mismo dormitorio en el que ha hecho el amor con Jonathan hace unas horas. Sin embargo, no está arrepentida. Al contrario: acostarse con su compañero de profesión le ha servido para liberarse. Es un gran hombre y un tipo que merece la pena. Le gustó desde la primera vez que le vio, pero entonces estaba felizmente casada. Ni por lo más remoto se planteaba tener una aventura con alguien.

—Quiero terminar esto de la mejor manera, Vir.

—No hay ninguna mejor manera de acabar con lo nuestro, Fernando. No nos engañemos.

El hombre asiente y mira hacia la televisión encendida que tienen en el dormitorio. Una pequeñita que él compró para ver juntos sus series preferidas por la noche, después de cenar. Virginia siempre se quedaba dormida a mitad del capítulo.

—¿No podemos llevarnos bien? —pregunta el hombre intentando no alterarse.

—El tiempo lo dirá. Ahora mismo solo deseo que pasen los días y dejar atrás todo lo que estoy viviendo. Me encuentro mal, Fernando. Muy mal por lo que está pasando.

—Ya. No es el mejor momento para pedirte el divorcio.

La palabra «divorcio» impacta, como un cañonazo, en pleno corazón de Virginia. La profesora se tambalea al escucharla. Una cosa es intuir que el final de la relación se acerca y otra oír de la boca de tu marido que quiere divorciarse. Ni siquiera él le pide disculpas por haber iniciado aquel cúmulo de despropósitos en el que se ha convertido su matrimonio. Si no hubieran llegado sus infidelidades, ella habría evitado las tentaciones. O a lo mejor no. Nunca lo sabrá. Los dos son igual de culpables.

Virginia se sienta en la cama, desolada, y se percata de que en la pantalla de la tele hay un rostro conocido. Una periodista de *Espejo Público* se encuentra en el pueblo y va a entrevistar nada menos que a Roberto Méndez, el rey de las exclusivas relacionadas con el Asesino de la brújula. Aquel hombre orondo y pagado de sí mismo se siente protagonista. Estar en un programa de Antena 3 es el culmen de su carrera. Quién sabe si eso le servirá para saltar a los medios nacionales, para que una gran cadena lo fiche tras su gran labor de información e investigación en aquel caso.

Susanna Griso charla con él desde el plató de Madrid y realiza varias preguntas relacionadas con lo que está sucediendo en la localidad en la que es el periodista para todo.

—Voy a alquilar un piso en la ciudad —comenta Fernando al ver que Virginia no vuelve a hablar—. Tú puedes quedarte aquí el tiempo que quieras.

Pero la mujer no escucha lo que su marido le dice. Sus oídos están pendientes de algo que la presentadora de *Espejo Público* acaba de preguntarle a Méndez.

—¿No vas a decir nada más? ¿Estás de acuerdo? Cuando acabe el curso, si quieres, podemos vender este piso y...

—¡Cállate, joder! —lo interrumpe a voz en grito la profesora de Matemáticas—. ¡Durante un puto minuto, cállate!

El rostro de Virginia está completamente desencajado. Sin apartar los ojos de la televisión, escucha atónita lo que Roberto Méndez explica. Tiembla y se frota la cara con las dos manos, dejando las huellas de los dedos marcadas en su rostro. Fernando jamás la había visto así.

—Vir, ¿qué coño te sucede?

Y, entonces, los acontecimientos se precipitan. Todo sucede muy rápido. En unos cuantos segundos. Es el final de una historia, y concluye de la forma más trágica e inesperada. Un final que empezó a fraguarse en marzo y que en esa mañana de mayo ha firmado su fatídica rúbrica.

CAPÍTULO 45

Martes, 23 de mayo de 2017

São Paulo, Bilbao y Magnus. Son los términos que se forman con la primera letra de cada una de las primeras palabras de las frases del mensaje que Aria le dejó escrito en la carta a Julia. Un acróstico de los de toda la vida y a los que Patricia Herrero era tan aficionada.

—He sido muy tonta por no verlo antes —sigue protestando la chica mientras teclea en su portátil.

Emilio tiene la hoja en la mano y comprueba una vez más lo que su amiga acaba de explicarle. Efectivamente, si coge solo las mayúsculas iniciales después de un punto, salen esas cuatro palabras. No hay duda de la combinación. Pero él todavía no entiende lo que significa.

—¿Y esto adónde nos lleva? —pregunta el joven cada vez más intrigado.

—Ahora lo verás. Paciencia.

Pero la paciencia no es precisamente su fuerte. Tanto misterio e incertidumbre pone de los nervios al chico, que mira la pantalla del ordenador por encima de los hombros de Julia.

—Aquí está. Ya lo tengo —suelta la chica alegremente.

—¿Ya tienes a quien mató a Aurora y a Patricia?

—Me temo, querido amigo, que para eso todavía nos queda mucho que investigar.

—¿En serio? Entonces, ¿qué es lo que has encontrado que te hace tan feliz?

—El lugar. Sé dónde buscar la solución al enigma de Aria.

—¿En São Paulo y Bilbao? No entiendo nada.

Julia sonríe y le pide que vaya a por la silla que está en el cuarto de invitados y que la lleve hasta allí. Emilio obedece y enseguida regresa con el mueble a cuestas. Se sienta junto a la joven y esta le explica lo que ha averiguado.

—São Paulo y Bilbao fueron las sedes que organizaron, de forma conjunta, la cuarta y quinta ediciones de la Final de Maestros del Grand Slam de Ajedrez. Se disputaron en 2011 y 2012, y resultaron dos torneos apasionantes, de los mejores de siempre. Durante esos dos años, una fase de la competición se disputó en Brasil y la otra en España, en Bilbao concretamente.

—¿Cómo puedes acordarte de eso?

—Emi, puedo acordarme de casi todo. Y más aún de lo que me apasiona.

—Lo sé, pero no dejo de asombrarme. Definitivamente, eres mejor que una Supernena.

La chica se sonroja e intenta no hacer demasiado caso a las bromas de Emilio. No es ninguna Supernena, ni tiene mérito lo que hace. Su cerebro almacena datos, imágenes, fechas..., y luego es capaz de recordarlos si se lo propone. Nació así, no hay que darle más vueltas.

—El caso es que estoy segura de que Patri se refiere a esos torneos. Imagino que los buscó en Google y decidió esconder el nombre de su asesino en algo relacionado con las partidas que se jugaron en esos campeonatos.

—¿Y por qué eligió precisamente este torneo y no otro?

—Creo que puedes adivinarlo tú mismo —le dice la chica girándose y señalando con la barbilla el póster de la pared—. ¿Sabes quién los ganó?

—¡Magnus! ¡Tu amor platónico!

—Emmm. Mi ídolo. ¡No estoy enamorada de él! Solo lo admiro como jugador de ajedrez y como persona.

—Bien. Nada de amor platónico. Solo te gusta por cómo mueve las fichas.

—Eso sí que es simplificar —protesta Julia, que finge enfadarse—. ¿Nos centramos en el torneo y en cómo debemos buscar la clave para resolver el enigma de Aria?

—Tienes razón. Disculpa.

La joven se concentra otra vez en la pantalla del portátil y le muestra a Emilio la lista de partidas de Magnus Carlsen.

—No estoy muy segura, pero tengo la intuición de que encontraremos la solución a la sopa de letras del tablero de ajedrez en alguna de las partidas que jugó Magnus en los torneos de São Paulo–Bilbao de 2011 y 2012.

—¿Cuántas jugó sumando los dos torneos?

—En total, veinticuatro. Doce en cada campeonato.

—¿Y qué hay que hacer con esas partidas?

—No tengo ni idea —responde Julia, que dibuja una enorme y, para Emilio, preciosa sonrisa—. Pero ya tenemos el lugar en el que buscar. Habrá que estudiar las veinticuatro partidas que jugó Magnus. Estoy convencida de que en ellas está la respuesta que buscamos.

El chico resopla y se echa hacia atrás en la silla. Le parece increíble que Patricia se dedicara a organizar aquella historia por si acaso no volvía a casa. Pero más increíble le resulta que Julia logre acertar la adivinanza que ella le ha planteado. Aquello parece un libro de Dan Brown. ¡Es como si fuera el protagonista de *El código Da Vinci*!

—Voy a imprimir las veinticuatro partidas de Magnus y a jugarlas en el tablero. ¿Me ayudarás?

—¿Cómo puedo ayudarte?

—Yo moveré las piezas que llevaba Magnus y tú las del contrario.

—¿Y así avanzaremos algo?

—Puede que sí o puede que no. Debemos comprobarlo.

—Esto nos llevará muchísimo tiempo. Y casi vamos a ciegas.

—Yo diría completamente a ciegas, Emi. Pero, de alguna forma, ahí está el nombre que buscamos. ¿No merece la pena intentarlo?

—Supongo que sí. Aparte de preparar los exámenes finales, tampoco tengo nada mejor que hacer.

La chica va seleccionando las partidas de Carlsen y guardándolas en una carpeta para después imprimirlas todas a la vez. Recuerda algunas de ellas por encima de las demás: las que jugó con el número uno de por aquel entonces, Viswanathan Anand, las que le disputó al jugador español Paco Vallejo o las rápidas del desempate con Fabiano Caruana en 2012. Emilio, por su parte, se queda un buen rato mirando el póster del campeón noruego, que ocupa una de las paredes de la habitación. ¿Es ese el tipo de chico que le gusta a Julia? Es un muchacho atractivo y parece simpático. Tiene el pelo alborotado y en esa foto lleva flequillo. No es la imagen que uno se hace de un jugador profesional de ajedrez. Magnus parece más bien un chaval travieso, inquieto, alejado del prototipo intelectual y pinta de cerebrito que muchos podrían presuponer del número uno del ajedrez mundial actual. Su mirada es incluso divertida, de una persona que no siente presión, pese a que seguro que le observan y juzgan constantemente.

Ya le gustaría a él ser como Magnus Carlsen. No por lo que ha conseguido y por lo que representa para mucha gente, sino porque Julia lo miraría con otros ojos. Aunque le daría mucha vergüenza que su amiga tuviera en su cuarto un póster con una foto suya a tamaño natural.

—Te has quedado embobado. ¿En qué estás pensando? —pregunta la chica, que coloca su cara delante de la de Emilio.

—En lo complicado que debe de ser para este chico tener una vida normal —señala el joven del pelo azul mientras se coloca correctamente las gafas.

—Está acostumbrado. El año pasado estuvo en la lista de las cien personas más influyentes del mundo. Aunque, en realidad, la prensa lo respeta mucho y el trabajo «sucio» lo realizan su padre y su agente. Él se centra solo en jugar al ajedrez y en hacer otras cosas que le aporten algo en la vida. No genera polémicas, no vende su privacidad y pocas veces pierde la sonrisa.

—Y además es guapo, elegante, inteligente y rico. El chico perfecto.

—No existe la perfección. Aunque Magnus está bastante cerca de ella.

Emilio descubre un brillo especial en los ojos de Julia cuando habla de Magnus Carlsen. Y eso le genera cierta envidia, pero al mismo tiempo le agrada que su amiga tenga un espejo como el de aquel chico en el que mirarse.

Julia recoge en la impresora los folios en los que se han imprimido las veinticuatro partidas del jugador noruego en el campeonato de maestros de São Paulo–Bilbao, en los dos años que lo ganó.

—¿Y ahora? —pregunta Emilio rascándose la cabeza—. ¿Qué toca?

—Ahora vamos a prepararlo todo.

En la balda más alta del armario de su habitación, la chica guarda un tablero de ajedrez y una caja de madera. Los baja y coloca sobre el escritorio. A continuación, coge un lápiz y la carta de Patricia.

—¿Qué vas a hacer?

—Voy a escribir sobre este tablero las letras tal y como están en el ajedrez de Aria. Y luego vamos a jugar las partidas de Magnus. Puede ser que la clave esté en los movimientos de alguna de ellas.

—Bien pensado, Supernena.

—Deja de llamarme así —se queja Julia antes de entregarle el folio a su amigo—. Anda, ve diciéndome las letras. Me las sé de memoria, pero no vaya a ser que me equivoque.

—Tú nunca te equivocas.

—Emi, déjalo ya. ¡Recítame las letras!

El chico obedece a su amiga y va diciéndole las letras de arriba abajo y de izquierda a derecha, columna a columna. Cuando terminan, Julia coloca las piezas en la posición de inicio. Primero, las blancas; luego, las negras.

—¿Por qué partida empezamos?

—¿Me lo preguntas a mí? Tú eres la experta en ajedrez y en Magnus Carlsen.

—Muy bien. Pues arranquemos en orden: la primera de 2011. La que jugó con negras frente a Anand. Hicieron tablas en São Paulo.

La chica examina el folio en el que se encuentra impresa la primera partida del noruego en aquel campeonato de maestros y le pide a Emilio que mueva e4. En ese instante, su móvil empieza a sonar. En la pantalla aparece iluminado «Papá Móvil». Julia agarra el teléfono y responde.

—Hola, papá. ¿Qué tal?

—Hola, Julia. ¿Estás en casa?

—Sí, acabo de darme cuenta de una cosa relacionada con el tablero de ajedrez que me dio Patri y estoy haciendo pruebas.

—¿No me digas que ya sabes quién es el asesino?

—Por desgracia, no. Pero puede que esté cerca.

—Buen trabajo, hija —la felicita Miguel Ángel—. ¿Está Emilio contigo?

La joven no está muy segura de que aquella pregunta no vaya con segundas. ¿Importa que esté? ¿Le va a recriminar que su amigo participe de aquello? Duda a la hora de responder, pero opta por decir la verdad.

—Sí, me está ayudando.

—Bien. Pues dile que llame a sus padres y que uno de ellos acuda con él al cuartel de la Guardia Civil.

—¿Ahora mismo?

—Sí. La UCO quiere hablar con él. Y también contigo, Julia. Yo estaré a tu lado, no te preocupes.

—¿Tenemos que declarar por las muertes de Aurora y Patricia?

—Sí, es hora de que contéis todo lo que sabéis sobre vuestras compañeras asesinadas. Pero, tranquila, simplemente son entrevistas informativas. Evidentemente, tú no eres sospechosa de nada.

—¿Y Emilio?

—Emilio… creo que tampoco.

CAPÍTULO 46

Martes, 23 de mayo de 2017

A las doce de la mañana, solo seis de los nueve profesores citados por Lázaro Martínez se encuentran en el aula en la que suelen dar clase a los chicos de primero B. Con el resto de los docentes de otros cursos del Rubén Darío, el director hablará después. Al haber fallecido dos chicas del mismo grupo, ha preferido reunir en primera instancia a los que eran sus profesores. Esos a los que la opinión pública va a dirigir todas las miradas.

—¿Dónde están los que faltan? —pregunta Diego Soler, el profesor de Lengua y Literatura, al tiempo que comprueba su reloj.

Como siempre, va elegantemente vestido, con una camisa blanca remangada y una corbata negra. Tiene los ojos hinchados. Sin duda, la muerte de Patricia Herrero debe de haberle afectado mucho. Su padre y él son buenos amigos desde hace bastante tiempo y conocía muy bien a la chica.

—Sentaos. Ahora os lo explico —dice Lázaro mientras ocupa el sillón en el que se sientan los profesores. Su expresión es seria y tampoco parece que haya dormido mucho.

Los otros cinco hacen caso al director y se sitúan en la parte izquierda de la clase, en las dos primeras filas de mesas.

Una vez que todos se han sentado, Martínez carraspea para aclararse la garganta y comienza a hablar.

—Compañeros, os he citado aquí para que entre todos tomemos decisiones. Decisiones consensuadas e importantes. Como sabéis, la prensa local y nacional han informado de que en el vestuario aparecieron dos objetos, un coletero y la famosa brújula, que, según las pruebas, son de algunos de nosotros —comenta el hombre, que se toma una pausa para respirar hondo. Parece agotado—. Bien. He recibido una llamada desde el cuartel de la Guardia Civil de Alberto Montero. Él y Scarlett se encuentran declarando ahora mismo. Alberto me ha confirmado que la brújula hallada junto al cuerpo de Aurora es de él.

—¿Eso qué significa? —interviene Ana López, la profesora de Historia—. ¿Alberto es el Asesino de la brújula?

—No. Simplemente, que la primera brújula que apareció es la que utiliza Montero para las clases de orientación. No está acusado de nada. Tampoco Scarlett. Como ya habréis imaginado, el coletero es de ella. Pero ninguno de los dos ha sido detenido ni puesto a disposición policial. Están hablando con la Policía Judicial libre y voluntariamente.

El silencio se hace en el aula durante varios segundos en los que cada profesor asimila, a su manera, la información que acaba de recibir.

—¿Y Virginia? ¿También está en el cuartel? —pregunta Nuria, la profesora de Economía.

—No, ella debería estar aquí —responde Lázaro—. ¿Alguno de vosotros sabe algo de ella?

Rápidamente y como si fuera un alumno al que preguntan en clase, Jonathan levanta la mano. Evidentemente, no puede explicarles que hace menos de una hora estaban juntos. Tampoco va a confesar que ha desayunado con ella, han visto una película y han hecho el amor apasionadamente.

—A las once y cuarto yo la llamé por teléfono y me dijo que vendría después de ducharse.

—Sí. Más o menos, esa es la hora a la que yo la avisé —indica Lázaro, que está mirando su teléfono móvil—. Bueno, se habrá entretenido. Ya aparecerá.

Sin embargo, a Jonathan le extraña que Virginia todavía no haya llegado. A él le ha dado tiempo a regresar a casa, ducharse, cambiarse de ropa y estar en el Rubén Darío a las doce menos cinco, viviendo más o menos a la misma distancia en coche.

—¿Va a realizar el instituto algún comunicado en el que se informe de quiénes son los dos profesores de los que la prensa habla? —quiere saber Ana López.

—No había pensado en ello. Imagino que la propia prensa se encargará de averiguar y revelar esa información durante el día de hoy. Tal vez mañana.

—¿Y si no lo hace? ¿O hasta que lo haga? —insiste la profesora de Historia—. ¿Tendremos que pasear por las calles del pueblo con todo el mundo cuchicheando a nuestras espaldas?

—Se podría hacer una nota para los medios de comunicación en la que demos el nombre de nuestros dos compañeros y además les mostremos nuestro apoyo incondicional. Así matamos dos pájaros de un tiro: liberamos la presión sobre los demás e indicamos sin fisuras que estamos convencidos de la inocencia de Scarlett y Alberto —propone Diego, que se ha tenido que aflojar el nudo de la corbata.

—Eso es venderlos. Ni siquiera han sido acusados de nada.

—Lo sé, Lázaro, pero es la única forma de que el resto no salga perjudicado. Ya no solo por los otros siete que damos clase a primero B, sino por el resto de los profesores del Rubén Darío. La mayoría de la gente no sabe en qué curso estamos; lo que se sabe es que somos docentes de este instituto. Y eso nos incluye a nosotros y a todos los demás que trabajan aquí.

Las palabras del profesor de Lengua y Literatura hacen reflexionar al director. También al resto de los presentes en el aula.

—Yo optaría por no nombrar a nadie y dejar que los acontecimientos sigan su curso. No hablar con la prensa y esperar a que todo vuelva a la normalidad.

—¿Normalidad? Han muerto asesinadas dos niñas a las que dábamos clase y la prensa nos ha echado toda la mierda encima. ¡No podemos esperar a que todo vuelva a ser normal, porque nunca lo será! —dice alterada la profesora de Economía.

—Te entiendo, Nuria. Yo también pienso que nada volverá a ser como antes. Y si os he reunido aquí ha sido para tomar una decisión entre todos. ¿Qué queréis hacer?

Los profesores se miran entre sí. Santiago Mantovani, que todavía no ha dicho nada, se pone de pie y se dirige al resto de sus compañeros.

—Lo mejor es que votemos. A mano alzada. Así no hay más que discutir. Lo que salga habrá que acatarlo, nos guste o no, y se le comunicará al resto de los profesores del instituto.

—Me parece bien que votemos —comenta Jonathan—. Pero voy a llamar antes a Virginia para preguntarle si va a tardar en llegar.

El profesor de Filosofía recibe el consentimiento del resto y saca el móvil de su bolsillo. Se levanta y sale al pasillo. Apoya la espalda en la pared y llama a la profesora de Matemáticas. Tras varios tonos en los que no responde nadie, salta el contestador automático. Jona arruga la frente extrañado y vuelve a marcar el número de Virginia. El resultado es el mismo. ¿Dónde se habrá metido?

—No me lo coge —explica cuando entra de nuevo en el aula—. Es muy raro.

—Estará ocupada con algo importante.

Pero al profesor de Filosofía le preocupa que su amiga ni esté en el instituto ni responda al teléfono. Cuando salió de su piso, parecía estar bien. Más o menos bien. ¿Se estará arrepintiendo de lo que ha pasado entre ellos y está tratando de evitarlo?

—¿Votamos entonces? —pregunta Ana López.

—Sí. A mano alzada. ¿Alguien tiene algún problema o prefiere que el voto sea secreto?

Ninguno de ellos se opone a que la votación sea pública. El director pide en primer lugar que levanten la mano los que quieren que se haga un comunicado en el que se diga quiénes son los dos profesores señalados por la prensa y, en paralelo, se muestre el apoyo incondicional de sus compañeros. Todos levantan la mano excepto él.

—Bien. Queda claro. Diego, ¿te encargas tú de escribir la nota para la prensa?

El profesor de Lengua y Literatura asiente. Lázaro está a punto de dar por terminada la reunión cuando suena su móvil. El número desde el que le llaman es de un teléfono fijo del pueblo. No lo tiene apuntado en su agenda.

—¿Sí? ¿Quién es?

El hombre escucha atentamente lo que le dicen al otro lado de la línea. Los profesores observan al director, al que le va cambiando el color y el gesto de la cara. Cuando cuelga, se frota los ojos y aprieta los labios. Casi no puede hablar.

—¿Qué ha pasado, Lázaro? ¿Quién era? —pregunta nervioso Jona. Tiene un mal presentimiento, y este no tarda en confirmarse.

—Era la Guardia Civil… Virginia ha saltado por el balcón de su piso. No… no han podido hacer nada. Nuestra compañera… ha fallecido.

CAPÍTULO 47

Martes, 23 de mayo de 2017

Dos coches de policía pasan a toda velocidad por delante de él. Algo gordo ha tenido que ocurrir. Sin embargo, Emilio apenas se inmuta. Va camino de su casa, en donde le están esperando. Cuando Julia le informó de que la UCO solicitaba su presencia en el cuartel y que debía acompañarle uno de sus padres, llamó por teléfono a su madre.

—No me han acusado de nada, mamá —la tranquiliza—. Simplemente quieren hablar conmigo de Aurora y de Patricia. Y, como soy menor, tú o papá tendréis que estar conmigo en la declaración.

—Lo sé, hijo. Soy abogada. Conozco las leyes. Pero no nos ha llegado ninguna notificación a casa para que te persones a declarar.

—Porque se lo han pedido directamente al padre de Julia. También la han citado a ella.

—Los procesos son y están para cumplirlos. Si no hay notificación oficial, no debes ir a declarar.

—Mamá, sí que voy a ir para quitarme esto de encima cuanto antes. Solo tienes que acompañarme. ¿O tenemos que montar otra bronca para que me hagáis caso por una vez en vuestra vida?

Finalmente, Emilio consigue convencer a su madre y esta acudirá al cuartel con él. La mujer le pide que se dirija a su casa y desde allí se desplazarán los dos juntos en coche. El joven accede y la avisa de que llegará en un cuarto de hora.

Una ambulancia atraviesa veloz la calle por la que camina, en la misma dirección que anteriormente lo hicieron los coches de policía. Sí, definitivamente tiene que haber sucedido algo muy grave. Espera que no tenga nada que ver con el Asesino de la brújula. Otro asesinato sería terrible, mortal de necesidad para aquel pueblo.

Preocupado, saca el móvil y llama a Julia unos metros antes de llegar a su casa. La chica responde inmediatamente.

—¿Emi? ¿Todo bien con tus padres? —pregunta su amiga, cuya voz denota cierta intranquilidad.

—Todavía no he llegado a casa.

—Uf. Me había asustado. Yo estoy a punto de salir hacia el cuartel, allí me espera mi padre.

—¿Sabes si ha sucedido algo?

—¿A qué te refieres?

—Acaban de pasar por delante de mí una ambulancia y dos coches de policía. Iban a toda pastilla.

—¿De verdad? ¡Madre mía!

—No hay ninguna novedad sobre el Asesino de la brújula, ¿no?

—No que yo sepa. Mis padres no me han llamado para informarme de nada. Ahora le preguntaré a mi padre cuando lo vea.

—Vamos de susto en susto.

—A ver si pronto dan con el culpable y se acaba esta historia.

—Bien. Solo te llamaba para eso —miente el joven con un tímido hilo de voz. Pero no se puede contener y, a continuación, suelta el verdadero motivo por el que quería hablar con ella—: Julia, estoy nervioso. Me tiemblan las piernas.

—Es lógico. Pero tranquilo, no te preguntarán nada raro. Simplemente querrán saber qué relación tenías con Aurora y con Aria y que les cuentes cosas sobre ellas. A lo mejor algún detalle que les digamos puede servirles de pista.

—No estoy nervioso por eso. Es por ir de nuevo a… mi casa y estar con mi madre y… mi padre.

Las palabras del chico llegan entrecortadas. Incluso ha dudado cuando ha dicho «mi casa».

—Te comprendo, Emi. Pero son tus padres. Debes relajarte y olvidarte de los malos rollos que habéis tenido últimamente. Seguro que ellos están igual de nerviosos que tú. Eres su único hijo y estoy convencida de que lamentan lo que está pasando entre vosotros.

—Es una situación muy desagradable. Con lo bien que estoy contigo, en tu casa, con tu familia y tu cocina que quema comida —dice Emilio con humor, provocando la sonrisa de su amiga—. ¿Has averiguado algo más de las partidas de Magnus?

—No. Cuando te has marchado, he parado. Esto lo vamos a solucionar juntos. Después seguiremos donde lo hemos dejado.

El joven sonríe al oír las palabras de Julia. Después siente un pinchacito en el pecho. No puede dejar de quererla. Y le viene a la cabeza el beso que se dieron.

Juntos. Ojalá todo lo hicieran juntos.

Ahora no es el momento de pensar en eso. Ni ahora ni nunca. Tiene que olvidarse. Pero es tan difícil olvidar lo que uno no quiere olvidar…

—Bien. No te entretengo más. Nos vemos dentro de un rato en el cuartel.

—Sí. Y tranquilo, Emi. Mucho ánimo. Todo irá bien. Te lo dice una Supernena.

—Creía que no te gustaba que te llamara así...

—Depende de la hora del día. Pero soy como Pétalo, nunca como Cactus. ¿De acuerdo?

—Entonces deberías dejarte el pelo más largo y teñirte de pelirroja.

—¡No! Me encanta mi pelo cortito y negro. ¡Eso no va a cambiar!

Emilio escucha una carcajada de Julia que le encanta. Su risa le proporciona un plus de motivación y le da fuerzas para seguir adelante. Sin pretenderlo, su amiga le ha ayudado. Pero lo que viene a continuación depende de él. Le cuelga a la chica, tras darle las gracias mentalmente por existir, y se sitúa delante de la puerta de su casa. Tiene llave, pero prefiere llamar al timbre. Segundos más tarde, aparece su madre vestida con un traje beis, de chaqueta y pantalón, muy elegante. Sonríe al verlo.

—Hola, hijo —lo saluda Almudena, que se atreve a darle dos besos. El chico los acepta y entra en la casa.

El joven camina por el patio central de la vivienda y se dirige al salón. A cada paso que da, mira a un lado y a otro.

—Tu padre se ha ido. Tenía trabajo urgente en el despacho —se anticipa su madre, que intuye lo que Emilio está buscando—. Quizá luego se pase por el cuartel si le da tiempo. Te manda ánimos.

¿Ánimos? No se lo cree. Su madre se lo ha inventado para no hacer quedar mal a su padre. Después de lo de ayer, no le extraña que se haya ausentado para no verle. En un momento tan comprometido, predomina su orgullo en lugar de estar al lado de su hijo. No dice ni una palabra sobre el tema e intenta que no le afecte. Sin embargo, la no presencia de su padre hace que se desmorone un poco y que decaiga su moral.

—Antes de irnos, siéntate. Quiero darte una serie de pautas para seguir en tu declaración.

—No necesito pautas, mamá —responde Emilio, sin saber muy bien a qué se refiere y qué son esas pautas de las que habla.

—Claro que las necesitas. No seas cabezota y escúchame. Soy abogada y sé muy bien de lo que hablo.

El joven resopla y accede a sentarse con su madre en el sofá del salón. Durante quince minutos, Almudena le explica las características de la declaración que va a hacer y que no está obligado a responder a lo que no desee. Es una simple charla voluntaria con la policía sobre un asunto en el que ni está acusado ni es sospechoso de nada ni tampoco testigo.

—¿Entendido? Si no quieres contestar alguna pregunta, lo dices. De todas formas, yo voy a estar contigo. Así que cualquier cosa fuera de lugar que te suelten, cualquier cuestión que no quieras responder, tenga o no tenga que ver con la investigación, me miras y yo intervengo.

—Gracias, pero no creo que haga falta llegar a eso.

—Tú no sabes cómo se las gasta a veces la policía. Pueden ser muy pesados para obtener lo que quieren. Y ten en cuenta que habrá alguien de la UCO presente. Ellos están en otro nivel y no forman parte de este pueblo. Les da igual quién seas. Solo hacen su trabajo para obtener resultados lo antes posible.

En lugar de tranquilizarlo, su madre lo está poniendo más tenso. No tiene miedo de las preguntas que vayan a hacerle, pese a que alguna pueda resultarle comprometida. Porque si tiran del hilo, a lo mejor llegan a diferentes puntos de la historia que no desea contar: la discusión de hace un mes con Aurora y la promesa que le hizo, lo que sentía por ella en su día o que está al tanto de todo lo que tiene que ver con el caso gracias a Julia. Bueno, sí, en ese caso quizá no le quede más remedio que usar el comodín de su madre.

Mientras Almudena termina de explicarle a Emilio las posibilidades que pueden darse en su declaración, Julia entra en el cuartel de la Guardia Civil. Allí ya se encuentra su padre, que está charlando muy serio con otras tres personas. Sin embargo, en cuanto Miguel Ángel ve a la chica, esboza una gran sonrisa y se adelanta a recibirla. La abraza y le da dos besos.

—¿Nerviosa?

—Un poco. Pero no te preocupes.

—Seguro que lo harás muy bien. Ven, te voy a presentar a las personas que hablarán contigo.

La joven asiente con la cabeza y acompaña a su padre hasta donde se encuentran los otros tres hombres, que siguen dialogando entre ellos. Cuando Julia y el sargento de la Policía Judicial llegan al corrillo, dejan de hablar y se centran en la chica, a la que acogen sonrientes.

—Este es el sargento de la UCO Arturo Peñaranda —dice Miguel Ángel, que señala a un señor de unos cuarenta y tantos años, moreno y con bigote. A continuación, fija su atención en otro hombre, algo más joven y más alto que el anterior—. Él es su compañero, el cabo David Ortiz. Y a Jesús Ordóñez, de nuestra Policía Judicial, ya lo conoces.

Todos saludan a Julia estrechándole la mano amablemente. El que más le impone es el sargento Peñaranda, de la UCO. Aquel hombre sonríe, pero su mirada es fría y vigilante. Tiene la impresión de que la está estudiando desde el primer segundo en que la ha visto.

—Un placer, Julia. Tu padre y su equipo ya nos han puesto al corriente de todo. Lamentablemente, ha surgido algo hace unos minutos y tengo que ausentarme. Volveré en cuanto pueda —le explica el sargento Peñaranda—. Ordóñez, Ortiz, ¿puedo hablar un momento con vosotros? Plaza, te veo luego. Y a ti también, Julia.

Los tres hombres se alejan de padre e hija y entablan una nueva conversación a unos metros de ellos. Miguel Ángel y la chica se dirigen a un banco situado en la antesala del cuartel y se sientan en él.

—¿Estás bien?

—Sí, han sido muy majos conmigo.

—¿No te ha impuesto un poco el sargento de la UCO?

—No te voy a mentir. Un poquito. Aunque no parece mal hombre.

—No lo es. Peñaranda es uno de los agentes con mejor reputación del cuerpo. Aunque pueda parecer un tío frío y calculador. Y ese bigote… Me voy a dejar uno igual.

—Papá, no. Ni se te ocurra. Mamá te dejaría de hablar.

El hombre sonríe y, a continuación, se pone de pie. Acaricia el pelo de su hija y se pone muy serio. Julia enseguida se da cuenta de que algo está ocurriendo.

—Voy a despedirme de Peñaranda. Ahora vengo.

—Papá, ¿ha sucedido algo? Emilio ha visto hace unos minutos dos coches de policía y una ambulancia yendo por la calle a toda velocidad. Y ahora el sargento de la UCO tiene que ausentarse porque le ha surgido una urgencia. ¿Es por algo relacionado con los asesinatos? ¿No habrá muerto… nadie más?

Miguel Ángel chasquea con la lengua y mira hacia otro lado. No quería decirle nada a su hija para no ponerla más nerviosa. Pensaba contárselo una vez que terminara su declaración. En eso quedó con Ordóñez, Peñaranda y Ortiz. Sin embargo, Julia es muy lista e intuitiva. No se le pueden ocultar ese tipo de cosas.

—Tienes razón. Ha pasado algo.

Pero justo antes de que el hombre le revele a la chica el fallecimiento de la profesora Virginia Ayuso, un chico con un *piercing* en la ceja entra en el cuartel de la Guardia Civil. Cuando Julia ve a Iván, se le olvida por completo lo que acaba de preguntarle a su padre. Y eso que a ella jamás se le olvida nada.

CAPÍTULO 48

Martes, 23 de mayo de 2017

Iván va acompañado de su madre y de un señor flaco, vestido con un traje gris y corbata, de casi un metro noventa de estatura. Rápidamente, los ojos del joven se encuentran con los de Julia, aunque igual de rápido los aparta y mira hacia otra parte. A la chica le sorprende verlo allí. Sabía que tendría que declarar de nuevo —su padre se lo había advertido—, pero no sospechaba que lo haría al mismo tiempo que ella.

—Papá, ¿qué hace aquí? —le pregunta Julia en voz baja a su padre, que parece tan sorprendido como su hija.

—No lo sé. Espera, voy a hablar con ellos.

Miguel Ángel se levanta del banco y se dirige hacia el mostrador en el que Iván, su madre y el hombre altísimo del traje gris esperan a que los atiendan. El sargento de la Policía Judicial inicia una conversación con aquel señor; por su pinta, Julia imagina que es un abogado. De vez en cuando, el chico del *piercing* echa un vistazo hacia donde ella está sentada, aunque no le queda claro qué significan aquellas miradas.

Un par de minutos después de la aparición del joven del que sigue enamorada, cae en la cuenta de que al final su padre no le ha contado qué es lo que ha pasado hace unos minutos en el pueblo. Tiene que ser algo muy importante y posiblemente relacionado con los asesinatos de sus compañeras de clase. ¿Otro crimen?

Echa un vistazo al grupo de WhatsApp de clase para ver si alguien ha dicho algo sobre el tema. Vanesa e Ingrid han visto lo mismo que Emilio: dos coches de policía y una ambulancia circulando por una de las calles principales a toda velocidad. Pero nadie sabe adónde iban ni lo que ha ocurrido. Sin embargo, muchos se han puesto a especular y a pronosticar que el Asesino de la brújula ha actuado de nuevo.

Julia quiere preguntarle a su padre, pero continúa dialogando con el hombre que acompaña a Iván. También la madre de este interviene de vez en cuando con excesiva efusividad y haciendo aspavientos. Aquella mujer no le cae bien. Piensa en lo que el chico le confesó hace unos días. En la fuerte presión que sus padres ejercen sobre él para que saque las mejores notas y pueda estudiar la carrera que ellos han elegido para él. Selectividad se acerca; debe de estar muerto de miedo.

Parece que por fin la charla termina. De pie, su padre hace una breve llamada de teléfono y después regresa al banco en el que lo espera su hija, aunque no se sienta.

—Iván quiere decirnos algo importante —suelta Miguel Ángel sin más rodeos—. Ha venido con su madre y un abogado.

—¿Y qué quiere contaros? —pregunta Julia muy sorprendida. ¿Va a confesar por fin qué hacía en el instituto el viernes por la tarde y a quién vio entrar en el vestuario?

—No lo sé. Le he pedido que espere a que regrese el sargento Peñaranda. He llamado a Arturo y hemos optado por aplazar tu declaración y la de Emilio para mañana. Se nos está acumulando el trabajo. Vete a casa. Ahora llamaré a la madre de tu amigo para decirle que no hace falta que vengan hoy.

La joven asiente, aunque está ansiosa por saber qué es lo que quiere explicarles Iván. Se pone de pie para marcharse, pero no va a irse de allí sin antes enterarse de qué es lo que está sucediendo en el pueblo y adónde se dirigían los coches de policía y la ambulancia.

—Papá, antes me has dicho que estaba pasando algo. ¿Qué es lo que ocurre exactamente?

—Luego lo hablamos.

—No. Cuéntamelo, por favor. O no voy a poder dejar de pensar en ello.

El hombre suspira y termina por revelarle a su hija la tragedia que se ha producido hace un rato. Julia escucha con el corazón latiendo a mil por hora que su profesora de Matemáticas ha muerto. La chica trata de contener el llanto, pero le resulta imposible. No puede creerse que Virginia se haya lanzado por el balcón del piso en el que vivía.

—Se supone que no te íbamos a contar nada hasta después de que declararas. No te queríamos poner más nerviosa —le explica su padre mientras la abraza.

El hombre sabe que aquella noticia es un gran palo para ella y para todos los que conocían a la profesora. Cuando deja de estrecharla contra su pecho, le dice que, tras llamar a la madre de su amigo, tiene que ir a la calle en la que vivía Virginia para investigar el suceso y su posible relación con los asesinatos de Aurora y Patricia. La UCO, el juez Otamendi y la Científica ya están allí y su madre va de camino. En cuanto termine, regresará con Peñaranda para hablar con Iván.

—Te llamaré luego, Julia. Siento todo lo que está pasando.

Miguel Ángel vuelve a consolar a su hija con otro beso en la mejilla y le pide que vuelva a casa e intente desconectar de todo.

La chica se despide de su padre y, con un gesto de la barbilla, también lo hace de Iván, que está mirándola, sentado en otra zona del cuartel. Ha presenciado el abrazo entre Julia y su padre sin comprender lo que sucede.

Ninguno de los dos se ha atrevido a acercarse al otro. Mejor así, piensa ella. No era el momento para hablar de todo lo que tienen pendiente.

Muy triste y desolada por la noticia del fallecimiento de su profesora de Matemáticas, sale del cuartel y camina lentamente hacia su casa. Sigue sin asimilar que Virginia se haya quitado la vida. ¿Por qué lo habrá hecho? ¿Tanto le han afectado las muertes de sus alumnas? ¿Su suicidio está relacionado con la discusión con su marido que presenció el domingo? Recuerda que ayer, en el entierro de Aurora, fue de las que peor lo pasaron. Incluso tuvo que marcharse antes de que introdujeran el ataúd en la fosa. ¿Cómo combinan todos esos hechos entre sí?

—¡Julia! ¡Espera!

Los gritos llegan a su espalda. La joven se detiene y, al girarse, ve que Iván corre hacia ella. Cuando lo tiene delante, se fija en su rostro, que parece diferente. Es la expresión de alguien agotado. La imagen de una persona que está sufriendo y que soporta una enorme y pesada carga. Por un instante, Julia siente lástima. Sin embargo, el tono que emplea para dirigirse a él parece más como si estuviera enfadada.

—¿Qué quieres, Iván?

—Hablar contigo.

—¿Hablar conmigo de qué?

El chico percibe cierta hostilidad en las palabras de Julia. Así que deberá comenzar por el principio: disculparse.

—Una vez más, te pido perdón. Ayer no estuve muy afortunado colgándote y luego apagando el móvil para no hablar contigo. Fui un cobarde.

—Tus motivos tendrías. Pero no deberías haberme evitado de esa forma.

—Tienes razón. Llevo unos días horribles. Aunque eso no es excusa. ¿Podemos hablar cinco minutos? Quiero explicarte la verdad. Te mereces que te cuente lo mismo que voy a contarle a la policía. Ya no puedo guardármelo más. Solo espero que no me juzgues y que entiendas por qué hice lo que hice.

CAPÍTULO 49

Viernes, 19 de mayo de 2017

Hoy ha preferido dejar la bicicleta en casa e ir al instituto andando. El regreso se le va a hacer interminable. Iván deambula por la calle lamentándose. No está nada contento. Se maldice a sí mismo por no habérselo tomado demasiado en serio. Historia siempre se le dio bien. ¿Qué demonios acaba de pasarle? El peor examen de su vida. Y precisamente el decisivo. ¿Y si suspende y no puede hacer la selectividad? Sus padres lo matan.

De repente, siente cómo alguien llega corriendo por detrás y salta sobre su espalda.

—¡Cariño! ¿Por qué no nos has esperado?

Vanesa se ha subido a caballito sobre él y le obsequia con varios besos a ambos lados del cuello, al que se ha enganchado. Pero Iván no está para muchas bromas. Anoche, se quedó hasta muy tarde en casa de su novia viendo una película. Ella no quería que se fuera y él tampoco opuso mucha resistencia. No es fácil resistirse a aquella chica cuando se pone cariñosa. Además, el examen de Historia en principio estaba controlado… Por desgracia, ahora sabe que debió afrontarlo de otra manera. Era el último de su etapa en el instituto y el último antes de selectividad. Y no lo ha podido hacer peor. ¡Qué estúpido! Durante la hora que ha dado Ana López para responder las cinco preguntas para desarrollar, se ha notado cansado y apático. Por momentos, la mente se le quedaba en blanco y las ideas le bailaban. Eso le puede costar todo un curso. Segundo de bachillerato, Traducción e Interpretación y su futuro a la mierda por culpa de un día malo. Así está montado el sistema.

—Pobre Iván —dice Ingrid, que acaba de llegar junto a la pareja—. Le vas a fastidiar la espalda.

—¡Tía! ¿Qué insinúas? ¿Me estás llamando gorda? —pregunta enfadada Vanesa mientras se baja de encima de su novio—. Ya te gustaría a ti tener este cuerpazo, envidiosa.

—¿Envidiosa yo? No me hagas reír.

Las dos chicas se enzarzan en una discusión en la que al final no hay vencedora ni vencida. Ambas acaban halagando a la otra y presumiendo de amiga buenorra entre carcajadas. A Iván, en cambio, no le hace tanta gracia la charla entre Vanesa e Ingrid.

—¿Quieres que esta tarde vayamos a la ciudad? —le pregunta su novia al tiempo que lo agarra del brazo—. He visto en Internet que han abierto un local en el que hay cachimbas a muy buen precio.

—Por mí, perfecto —dice Ingrid, a la que satisface el plan.

—Yo paso. Tengo que estudiar.

—¿Estudiar? ¡Si acabas de terminar los exámenes!

—Selectividad está a la vuelta de la esquina. Tengo que prepararme bien —dice, aunque, en esos momentos, duda que vaya a poder hacerla. Lo de estudiar solo es una excusa para estar solo. No quiere ir al centro.

—¡Vamos, cariño! ¡Si faltan más de dos semanas!

—Dos semanas no es nada.

—¡Tienes que divertirte un poco! ¡No seas muermo!

—¡He dicho que no! —exclama el joven molesto por la insistencia de su novia.

Las dos chicas se le quedan mirando en silencio. Pocas veces ven alterarse tanto a Iván. Vanesa se da cuenta de que algo le ocurre y le acaricia la cara con las manos.

—¿Qué te sucede? Estás muy tenso. ¿No te ha salido bien el examen de Filosofía?

—Era de Historia —la rectifica Iván, que da unos cuantos pasos hacia atrás para separarse un poco de ella—. Y no, no me ha salido nada bien. De hecho, seguro que he suspendido.

—No me lo creo. Un nueve como mínimo —suelta Ingrid sonriendo.

Vanesa atraviesa con la mirada a su amiga, que le pide perdón en voz baja. Tras reprender a la otra chica, se acerca de nuevo a su novio y le da un beso en los labios. Este lo recibe sin ningún entusiasmo y no tarda en separarse de nuevo de ella.

—Me voy a casa. Ya hablaremos luego —dice cabizbajo mientras se aleja.

—¡Te llamo dentro de un rato! ¡Y anímate!

Las palabras de Vanesa no le sirven de mucho. Al revés. Tiene la impresión de que su novia no lo está tomando en serio. Y le da rabia porque ella está al tanto de las circunstancias que le rodean. Si no aprueba aquel examen de Historia y no puede hacer selectividad, las cosas en su casa se van a poner muy feas. Para sus padres, su futuro universitario está por encima de cualquier cosa. Y ese futuro depende de cada una de sus notas. Un suspenso que le impida hacer selectividad en junio le quita todas las opciones de entrar en la carrera que quieren.

Iván apenas come ese viernes. Y miente a su madre cuando esta le pregunta cómo le ha salido la prueba final de Historia. Enseguida se retira a su habitación. Se tumba en la cama y piensa en qué es lo que debe hacer. No encuentra ninguna solución. Desesperado, intenta dormir algo, pero es incapaz. Demasiado ruido en su cabeza. Son más de las cuatro cuando llama Vanesa. Enseguida, el chico percibe su tono conciliador.

—Cariño, perdona si antes te he molestado. No lo estás pasando bien, ¿verdad?

—No, nada bien.

—¿Tan mal te ha salido el examen?

—Sí, Vane. Fatal. Seguro que he suspendido. Estoy destrozado.

Durante varios minutos, Iván se desahoga con su novia. Incluso llora en un momento de la conversación. Vanesa escucha en silencio. Le sabe muy mal que esté así. Y todo puede ir a peor si realmente suspende y sus padres se enteran.

—No sé qué voy a hacer —se lamenta el joven, y sorbe por la nariz.

—¿Hay alguna posibilidad de que estés equivocado y hayas aprobado?

—Pocas. Un cinco por ciento.

—Pues entonces no te queda más remedio que hacer trampas —señala Vanesa convencida—. Se me ha ocurrido algo.

Iván escucha con incredulidad el plan de su novia. No puede hacer lo que dice. Aquello, sinceramente, no solo está mal, sino que es una completa locura.

Sin embargo, minuto a minuto, conforme van hablando del asunto, la idea no le va pareciendo tan descabellada. Tiene varias lagunas y partes cogidas con pinzas. Pero, con algo de suerte, puede salir bien.

A las siete, Iván toma una decisión: va a hacerle caso a Vanesa. Es muy arriesgado e inmoral, pero no le queda más remedio. Como decía Maquiavelo: «El fin justifica los medios». Le cuelga a Vanesa y se pone manos a la obra.

Mientras lo prepara todo, siente el nerviosismo propio de alguien que nunca se ha saltado las normas. Él siempre se ha movido dentro de la legalidad. Jamás ha utilizado una chuleta ni ha hecho trampas. Claro que nunca ha estado en la situación en la que se encuentra ahora. Supervivencia, pura y dura supervivencia.

Y, si no fuera por Vanesa, no estaría dando aquel paso. ¿Es su novia una mala influencia? Tal vez, dependiendo de cómo termine aquello, lo sepa.

A las ocho de la tarde está listo. Se despide de su madre sin decirle adónde va, se cuelga la mochila, con todo el material que necesita dentro, y coge la bicicleta. Podría ir andando, pero no sabe si tendrá que huir a toda velocidad y salir de allí lo más rápido posible.

Iván pedalea hasta las proximidades del Rubén Darío. No tarda ni diez minutos en llegar. Pero aquello no va a resultar nada fácil. Sobre todo, porque está muerto de miedo. Si falla, no solo suspenderá y no podrá hacer selectividad; posiblemente, también lo echen del centro. ¿Merece la pena aquel riesgo? Piensa en la que le caerá cuando sus padres se enteren de la nota de Historia y decide que sí, que debe seguir adelante.

No le queda otra.

Busca un lugar seguro en el que dejar la bicicleta, donde nadie la vea. En la parte de atrás del instituto es un sitio perfecto, junto al vestuario. Allí no suele ir nadie a esa hora. Entra en el edificio, lo rodea y aparca detrás de un árbol.

Regresa por el mismo camino hasta la puerta principal. Ahora empieza lo más complicado. Atraviesa la puerta del edificio y revisa si está el conserje. Por suerte, no se encuentra en su puesto. Aprovecha y se da prisa para llegar a la zona en la que están los despachos. Parece desierta, así que acelera el ritmo hasta llegar a la oficina de Ana López. Hasta ahí, el plan va bien. Ahora comienzan las mayores dificultades. Va a llamar a su puerta. Si la profesora de Historia está dentro, la saludará, le dirá que se ha equivocado y tendrá que ocultarse hasta que salga. Si no está, entrará, tendrá que encontrar los exámenes y dar el cambiazo. En la mochila lleva dos folios con las cinco respuestas correctas, prácticamente perfectas, que cambiará por los originales. Espera que Ana todavía no haya corregido el suyo. Si lo ha corregido, deberá o bien cambiar la nota manualmente, y rezar para que no se dé cuenta, o bien entrar en su ordenador y comprobar si ya la ha registrado en el programa informático. Todas las opciones son una locura y existen muchas posibilidades de que no funcione nada de lo que ha planteado. Pero debe ir paso a paso.

Llama a la puerta de Ana López con las piernas temblorosas. Sabe que la profesora de Historia tiene clases por la tarde con los mayores de dieciocho años y también tutoría para el que quiera consultarle algo. No responde. Duda si debe entrar o no. Dudas que desaparecen porque la puerta del despacho de otro profesor se abre. No ve de quién se trata, ya que de inmediato se mete en el de Ana para que no lo descubran. Efectivamente, allí dentro no hay nadie.

Iván respira profundamente e intenta calmarse. Está muy nervioso, pero debe apresurarse. Cuanto menos tiempo se quede allí dentro, menos posibilidades existen de que lo pillen.

Lo primero que debe lograr es encontrar los exámenes. Y la suerte vuelve a estar de su parte. Encima de la mesa los ve. Están separados en dos montones. Parece que en uno se encuentran los corregidos y en otro los que no. ¿Por dónde empezar? Es optimista y opta por los que aún no tienen la nota puesta. Y… ¡bingo! El quinto es su nefasto examen de Historia. Resopla y le entran ganas de llorar. Sin duda, la fortuna se ha aliado con él esa tarde. De la mochila saca los dos folios con las respuestas correctas, que ha preparado en casa, y hace el cambio. Sabe que está cometiendo un delito y que los remordimientos de aquello le perseguirán siempre.

Pero no es justo que su vida termine de irse a la mierda por culpa de una estúpida prueba. Una por otra. Además, ya no hay vuelta atrás.

Mete el examen original en la mochila y se la cuelga. Ahora le toca salir del despacho sin que lo vean. Sigilosamente, abre la puerta un poco y supervisa que no haya nadie en el pasillo. Sin embargo, en esta ocasión sí ve a alguien. Diego Soler, el profesor de Literatura, se encuentra mirando el móvil delante de su despacho. No parece muy contento. Iván cierra despacio y procura que no se escuche ni el ruido de su respiración. Le tocará esperar hasta que se vaya.

Se asoma un par de veces en el siguiente minuto, pero Diego permanece en el mismo sitio examinando su teléfono en el pasillo. El miedo se apodera de él. Son las ocho y media y continúa sin poder marcharse. El ruido de puertas abriéndose y cerrándose lo ponen todavía más nervioso. Son cinco minutos desesperantes. Reconoce la voz de Virginia Ayuso despidiéndose de unos padres, escucha los pasos de un par de profesores más y oye a Scarlett Smith hablando en inglés con alguien a través del móvil mientras camina de un lado para otro del pasillo. Ana López no tardará en regresar. Debe huir de allí ya. Se asoma una vez más y comprueba aliviado que está despejado. Es el momento. Sin pensarlo, sale del despacho y, después de cerrar la puerta tras él, corre todo lo rápido que sus piernas le permiten. Son apenas tres o cuatro segundos repletos de miedo, tensión y adrenalina. ¡Reto superado! ¡Está a salvo!

Una vez fuera de la zona de los despachos, se dirige a la puerta principal. El conserje sigue sin estar en su puesto. Mentalmente, le da las gracias a aquel buen hombre. La agonía está cerca de terminar. Ya solo le falta alejarse del Rubén Darío.

En el camino hasta la parte posterior del instituto, no se

cruza con nadie. El corazón se le va a salir del pecho. Llega hasta su bici, la agarra del manillar y se dispone a conducirla hasta la salida del centro. Sin embargo, surge un último e inesperado escollo. Una mujer se acerca al lugar donde se encuentra. No puede ser. Se queda quieto. Quizá ella no lo vea... Y si lo ve, ¿qué podría suceder? Ya ha hecho lo que tenía que hacer. ¿A qué le tiene miedo? ¿Hay alguna forma de que alguien descubra que ha cambiado el examen?

Sin embargo, la mujer no lo ve y entra en el vestuario apresuradamente. Iván no entiende qué ha ido a hacer allí, aunque no es asunto suyo. Lo único que le importa es que no lo ha visto. Mejor pasar desapercibido por si acaso. Se monta en la bicicleta, rodea el edificio y sale por la puerta del instituto a toda velocidad. Tan rápido que no se da cuenta de que alguien lo está observando. Ingrid le ha hecho una fotografía con su móvil y sonríe para sí. La chica entra en el WhatsApp y envía la imagen a Vanesa con un pequeño texto.

«Tu estúpido novio es más valiente de lo que pensabas. Enhorabuena».

Iván sigue muy nervioso y pedalea casi a ciegas. Lo ha hecho. ¡Lo ha conseguido! ¿Debe estar contento? No, no tiene nada que celebrar. Pero, al menos, ha salvado una bola de partido. En selectividad no podrá repetir el error que ha cometido en el examen de Historia. Ni un solo error más. Debe olvidarse lo antes posible de todo aquello y dejar atrás aquella extraña tarde de mayo. Pero, mientras pedalea, segundos antes de que un coche se lo lleve por delante, se pregunta algo que le llena de curiosidad: ¿qué hacía Virginia Ayuso entrando en el vestuario?

CAPÍTULO 50

Martes, 23 de mayo de 2017

—¿Estás seguro de que esa mujer era Virginia?

—Completamente seguro, como que tengo dos ojos.

Julia se tapa la boca con una mano e intenta pensar rápido. Lo que le acaba de confesar Iván no aclara nada. Lo complica todavía más. ¿Mató su profesora de Matemáticas a Aurora y a Patricia? ¿Por eso se ha lanzado por el balcón de su piso? ¿Sentimiento de culpabilidad? Aquello lo cambia todo.

Se va a volver loca. Su mente está funcionando a mil por hora. Pero tiene allí delante a Iván, hecho polvo, con los ojos llorosos y un visible tembleque en el labio superior. Ahora mismo él merece toda su atención.

—Gracias por confiar en mí y contarme tu historia —dice la joven, que aprecia el gran esfuerzo que ha hecho el chico—. ¿Tus padres saben lo que ha pasado?

—No. Solo lo sabéis tú y Vanesa. Y, por desgracia, también Ingrid. Mi madre se enterará ahora, cuando hable con la policía.

—¿Tanto te presionan como para haber hecho algo así?

—Sí, Julia. La presión de mis padres es infernal. Pero el error lo he cometido yo. Y yo soy el que debe pagar el precio de esta tremenda equivocación.

—¿Te expulsarán del instituto?

—Posiblemente.

A la joven le da muchísima pena aquel chico. ¿Cómo pudo dudar de él? Hubo momentos en los que lo vio incluso como un posible asesino. A pesar de la suerte que tuvo aquella tarde en el instituto, en la que no fue descubierto por los profesores y pudo cambiar el examen, realmente estuvo en el peor sitio en el momento menos indicado.

—Eres muy valiente por venir a confesar la verdad a la policía, Iván. No todos habrían dado la cara. Siéntete muy orgulloso de ti mismo.

—No tengo nada de lo que estar orgulloso. Ayer recibí un WhatsApp de Ingrid en el que me decía que tanto ella como Vanesa le habían asegurado a la policía que me habían visto salir con la bicicleta del Rubén Darío el viernes por la tarde. Incluso me envió una foto. Mira.

El chico le muestra la imagen a Julia, que agarra el teléfono y la examina con detenimiento. No hay duda de que se trata de Iván montado en la bici saliendo del instituto.

—Cuando rompí con Vanesa, me advirtió que aquello no terminaría así.

—¿Te amenazó?

—Sí. No le sentó muy bien que decidiera romper la relación. Y he preferido venir yo a contar la verdad, voluntariamente, antes de que me manden una orden judicial a casa y me obliguen a testificar como investigado.

Julia asiente con la cabeza. Elige no decirle que eso iba a pasar en las próximas horas y que la UCO tenía intención de hablar con él hoy o mañana. No está completamente segura de que fueran Vanesa o Ingrid el testigo, pero alguien ya había advertido a la policía de que Iván mentía y se encontraba en el instituto la tarde en la que mataron a Aurora.

—Siento que estés pasando por todo esto. De verdad.

—Bueno. Es lo que hay. Me he quitado un peso de encima al contártelo. No era justo para ti, que tan bien te has portado conmigo estos días. Merecías una explicación.

—Ahora entiendo que no me lo quisieras contar. No era fácil.

—No, no lo era.

Y por primera vez desde que iniciaron la conversación, Julia e Iván se quedan en silencio, sin saber qué decirse, evitando mirarse directamente a los ojos.

—Voy a regresar al cuartel —anuncia por fin el chico después de tomar aire y expulsarlo en un fuerte resoplido—. Mi madre y mi abogado se estarán preguntando dónde me he metido. Les he dicho que necesitaba salir a respirar.

—Bien. Mucho ánimo. Me… Me tienes para… lo que… pueda ayudarte.

—Gracias, Julia. Eres un encanto.

La joven enrojece rápidamente. En un gesto instintivo, se toca las mejillas con las dos manos: le arden como si llevara todo el día bajo el sol.

—Anda. Vete ya. Y suerte.

—¿Te puedo llamar luego?

—Claro. Cuando tú quieras.

—No hagas como yo y desconectes el móvil.

—Tranquilo, no lo haré.

—Bien. Pues me voy. De nuevo, muchas gracias. Me has ayudado más de lo que te imaginas.

Y la sonrisa de Iván contagia a Julia, que también dibuja la mejor de sus sonrisas. Sonrisas que los liberan de aquel corsé que los oprime desde hace unos días.

Pese a que ha anunciado que se marcha, el joven no se mueve. Y, mientras sonríe, no para de mirar a Julia.

—No puedo apartar mis ojos de ti —le suelta Iván, que da un paso adelante para acercarse a la chica. Ella, por su parte, aguanta azorada, como puede, el intercambio de miradas y sonrisas—. Eso dice la canción.

—¿Qué canción?

El joven del *piercing* en la ceja se ríe y tararea la versión española de *Can't take my eyes off you.* Julia logra reconocer el tema, a pesar de que él no canta nada bien. Pero eso le da lo mismo. En ese instante, todo le da lo mismo.

—¿Sabes por qué lo he dejado con Vanesa? —continúa Iván después de canturrear aquella melodía.

Julia mueve la cabeza de izquierda a derecha y sin pronunciar ni una palabra. Pero espera ansiosa la respuesta.

—Porque me di cuenta de que no estaba enamorado de ella. A mí me gusta otra persona —admite mientras le coge las dos manos—. Desde que nos quedamos encerrados en el ascensor de aquel supermercado, he pensado mucho en ti. ¿Todos los días? Puede ser.

Ante aquella confesión, Julia se queda de piedra. No consigue reaccionar. El chico del que lleva enamorada casi un año acaba de reconocer que piensa en ella todos los días. Solo hay dos posibilidades: o está soñando o hay escondida una cámara oculta en alguna parte. Pero aquel instante parece real. Muy real.

—Durante estos meses he tratado de evitar cruzarme contigo en el instituto —prosigue Iván—. Te veía y apartaba la mirada. Incluso decidí no entrar en tus redes sociales.

—¿Hacías eso? ¿Por qué?

—Porque estaba con Vanesa. Y sobre todo porque no me atrevía a decirte nada. ¿Has escuchado lo de «ojos que no ven, corazón que no siente»?

—Sí. Pero no te comprendo.

—Julia, estoy enamorado de ti. Es tan simple como eso.

El tiempo se detiene en su boca y sus palabras suenan como una canción de The Beatles. No asimila lo que cree que han escuchado sus oídos. Pestañea mirando el suelo y, cuando vuelve a alzar la cabeza, sus pupilas se dan de bruces con los ojos más bonitos del mundo.

—Yo… no sé qué decir.

—Yo tampoco. Ya te lo he dicho todo.

Julia es incapaz de pensar. No logra activar sus neuronas. ¿Qué se supone que tiene que hacer ahora? Los dos están frente a frente, inmóviles. Con una media sonrisa tonta en la cara y expresión de niños a los que acaban de visitar los Reyes Magos. La magia se refleja en sus labios.

Entonces, la joven lo ve claro. Meridianamente claro. Avanza hasta él, cierra los ojos y obsequia su atrevimiento con un beso. Ese beso que tantas veces había imaginado y que aquel martes de mayo se hace realidad. El beso de una chica enamorada.

CAPÍTULO 51

Martes, 23 de mayo de 2017

La prensa no tarda en comunicar la desgraciada noticia. Los medios digitales son los primeros que anuncian que, alrededor de las once y cuarenta y cinco de la mañana, la profesora Virginia Ayuso, de treinta años, saltó del cuarto piso del edificio en el que vivía, quitándose la vida. Lo que nadie se atreve es a relacionar su suicidio con el Asesino de la brújula, aunque muchos advierten que la mujer daba clases en el mismo instituto que las chicas fallecidas. Sin embargo, Emilio lo tiene muy claro.

—Si ella es la que entró en el vestuario, no hay otra posibilidad. Virginia es la asesina de Aurora y de Aria. No ha podido soportar más la culpabilidad y se ha lanzado por el balcón de su casa. Caso cerrado.

En cambio, para Julia aquella resolución hace agua por muchas partes. Porque ella vio a Virginia derrumbarse en el entierro de Aurora. ¿También eran lágrimas de culpabilidad? No lo cree. Aquel sentimiento era real. Tristeza. Además, ¿en aquel estado de ánimo fue luego capaz de asesinar a Patri a sangre fría?

—Yo no estoy tan segura, Emi. ¿Con qué motivo las mató?

—Ni idea. Pero tu amigo te ha dicho que fue a ella a la

que vio entrar en el vestuario, ¿no? ¿O es que ya no confías tanto en ese tío?

Sí que confía. Por supuesto que confía en Iván. ¿Cómo no hacerlo? Pese a la situación y los horribles acontecimientos de esos últimos días, Julia sigue volando por las nubes. Incluso se siente culpable por encontrarse tan bien cuando debería estar llorando la muerte de su profesora de Matemáticas y de duelo por las de sus compañeras de clase.

La chica no responde a su amigo. Agacha la cabeza para volver a fijar su atención en el folio que tiene encima del escritorio. Comprueba una vez más, en el tablero de ajedrez dibujado por Aria, que la frase «La asesina es Virginia Ayuso» también es posible. Aunque solo son letras sueltas que une sin ningún criterio aparente. Pero la posibilidad está ahí.

—Deberíamos jugar las partidas de Magnus en el torneo de São Paulo–Bilbao —le sugiere a Emilio—. La clave de todo sigue estando en el tablero.

—¿Para qué? Ya tenemos a la asesina.

—No vayas tan deprisa. Solo es una hipótesis.

—Es cuestión de tiempo que tu padre o la UCO lo comuniquen. No hace falta que sigamos adelante con este rompecabezas imposible.

—Si no quieres ayudarme, lo haré yo sola. Tranquilo.

El joven se ajusta las gafas y aprieta los labios al oír a su amiga. Julia enseguida se da cuenta de que ha sido bastante borde con él y que ha podido ofenderlo con el tono que ha utilizado. No está de acuerdo con lo que dice, pero ese no es motivo para hablarle así. Lo está pasando mal con el asunto de sus padres, y contestaciones como esa no le ayudan precisamente.

—Perdona, he sido muy desagradable —se disculpa la chica, arrepentida—. Si no quieres seguir adelante con lo de las partidas de ajedrez, no te preocupes. Luego me pondré yo. Necesito encontrar la solución, aunque esta me lleve directamente a Virginia.

—Te ayudaré a mover las piezas —asegura rotundo el joven.

—No hace falta, Emi. De verdad. Quizá tengas razón y sea una pérdida de tiempo.

—Entonces, perderé el tiempo contigo. ¿Nos ponemos ahora mismo?

Julia mira a su amigo y ambos se sonríen. De pronto, una gran sensación de tristeza se acumula en su interior. Sabe que, si Emilio se entera de lo que ha ocurrido entre ella e Iván, sufrirá mucho. Cuando le ha contado su conversación de antes con el chico del *piercing*, prefirió omitir la parte del beso y la declaración de amor. Esa información sobra en ese momento. Aunque si las cosas avanzan y se consolida su relación, tendrá que hablar con él. No quiere que se entere por terceros o de casualidad.

Todo a su tiempo.

—Bien. Pues juguemos un rato al ajedrez. A ver si encontramos la solución de una maldita vez.

Julia coge el tablero, en el que por la mañana escribió con lápiz las letras tal como estaban en el dibujo de Patricia, y baja al salón con Emilio. Durante cerca de media hora los chicos reproducen las tres primeras partidas de Magnus Carlsen en el torneo de São Paulo–Bilbao del año 2011. Los contrincantes fueron Anand, Levon Aronian y Paco Vallejo, y se disputaron en Brasil. El noruego hizo tablas con los dos primeros y perdió con negras frente al español. Nadie podría adivinar tras ese mal inicio que ganaría el campeonato.

La chica presta atención a todos los movimientos que realizan los jugadores e intenta descubrir si al desplazar las piezas se forman palabras en el tablero. No tiene éxito. Quizá solo hay que utilizar las fichas de Magnus. Pero tampoco funciona de esa forma.

—Otra vez vamos a ciegas —se queja Emilio, que coloca nuevamente las piezas en la posición de inicio para recrear la cuarta partida de Carlsen en São Paulo 2011.

—Peor que ayer no estamos, Emi. Hay que tener paciencia. Si se necesita algo en el ajedrez es paciencia.

—Vaya. Justo lo que me falta a mí.

—Pero a mí me sobra. Así que te doy un poquito de la mía.

Julia miente. Realmente está al límite. Le desespera probar una cosa tras otra y que nada dé resultado. Aria se lo ha puesto realmente difícil. No le ha dado suficiente información para que aquello solo sea una cuestión deductiva o de inteligencia. Por lo que se ve, aquel enigma se resuelve mediante otros factores. Y la suerte de dar con la tecla está entre ellos. Como en aquella fábula del burro y la flauta.

Además, inquieta, no cesa de examinar el móvil. Quedó con Iván en que la llamaría en cuanto saliera del cuartel de la Guardia Civil. Han pasado varias horas y no tiene noticias del chico. Ni siquiera sabe si ya han empezado a interrogarle. Sus padres tampoco la han llamado y ella no ha querido molestarlos. Su intuición le dice que aquel silencio es como el que antecede a la tormenta. Calma tensa. Y no se equivoca.

La pareja empieza a desarrollar la cuarta partida que enfrentó a Magnus con Hikaru Nakamura y terminó en tablas. Julia sostiene en su mano derecha el alfil blanco de la reina para llevarlo a g5 cuando suena su móvil. La chica suelta la pieza en el tablero y observa la pantalla de su *smartphone.* Se sorprende al ver el nombre de Vanesa. Mira a Emilio, que también se ha percatado de la identidad de la autora de la llamada. Ambos comparten su extrañeza.

Con cierta incertidumbre, Julia responde.

—¿Sí?

—No has esperado ni tres días. Tenías ganas, ¿eh?

—¿Perdona?

—No te hagas la tonta —le advierte muy molesta—. Por lo menos, no os peguéis el lote en medio de la calle. Me ha llamado alguien que os vio para preguntarme si Iván y yo lo habíamos dejado. Qué humillación tan grande. ¡Qué humillación!

—Él ya no es tu…

—Sí lo es. Todavía lo considero mi novio. ¿Qué pasa? ¡Lo íbamos a arreglar! ¡Existen las segundas oportunidades! ¡Y las peleas entre las parejas! ¡Joder! ¡Confiaba en recuperar lo nuestro! Y tú te has metido por medio.

Las palabras salen de la boca de Vanesa con veneno. Se la nota realmente indignada, con ganas de montarle una buena bronca. Julia opta por no responderle y dejar que ella continúe soltando la bilis acumulada.

—¿Cómo te sientes al comerte mis babas? ¿Sabes cuántas veces nos morreamos? ¿Cuántas veces lo hicimos? Follamos casi todos los días. ¡Tantas veces que hace muchos meses que perdí la cuenta!

La chica traga saliva y está a punto de colgar. Pero sabe que eso solo enfadaría más a Vanesa y la siguiente vez que la llamara sería mucho peor. Así que decide aguantar el chaparrón.

—Ese tío es gilipollas. ¿Me deja a mí para estar contigo? ¡Gilipollas! Teniendo el solomillo se conforma con una chuleta de cerdo. Así le va… Así le va.

Vanesa se queda en silencio. Julia permanece callada, preparada para la siguiente descarga de munición, aguardando la próxima sucesión de reproches y de insultos. Piensa que quizá esté en su derecho, aunque rápidamente se recuerda a sí misma que Iván y aquella chica han roto y que ni ella ni él han hecho nada malo.

—¿Qué pasa? —le pregunta Emilio, que solo ha escuchado la estridente voz de su compañera de clase, pero no ha alcanzado a comprender lo que decía.

Julia le susurra que luego se lo cuenta. Pero ¿qué va a decirle? Mientras dura la llamada tendrá que pensarlo. Aunque, entre unas cosas y otras, su cabeza va a explotar. Se siente agotada. Si le explica la verdad, corre el riesgo de que su amigo no se lo tome bien y se genere un nuevo problema.

—No es justo —protesta Vanesa, que cambia completamente el tono. Solloza y sorbe por la nariz. La chica comienza a llorar mientras habla—. ¿Por qué me ha dejado? ¿Por qué se ha ido contigo? Yo le quería. Le quería mucho. Muchísimo. Yo le ayudé. Le salvé de…

La exnovia de Iván se corta y no termina la frase. Aunque Julia sabe perfectamente a qué se refiere. Lo salvó del suspenso en Historia, de que no pudiera hacer selectividad en junio. Y también lo salvó de sus padres y de la escena que estos le iban a montar de enterarse de su fracaso. Ella fue quien ideó el plan y quien lo convenció para que diera el cambiazo a los exámenes.

—Vale, yo lo denuncié a la policía. ¡Pero porque fue un cabrón! Y… porque en comisaría tenían que saber que él estuvo allí. ¿Sabías eso? ¿Sabías que Iván estuvo en el instituto la tarde en la que asesinaron a Aurora?

—Sí, lo sé.

—Claro. ¡Cómo no! Imaginaba que te lo habría contado. Ese cabrón te lo ha contado todo, ¿verdad?

—No lo sé, Vanesa. No lo sé.

Otro silencio en la línea. Un silencio que Julia aprovecha para ponerse de pie y salir del salón. Si aquella chica sigue gritando, es posible que Emilio se entere de lo que sucede. Además, con su amigo delante, no puede hablar con tranquilidad.

—Bueno. En realidad, estaba en su derecho de contártelo. Yo también hablé con Ingrid y con Aria del tema.

—¿Hablaste con Aria?

—Sí, en el entierro de Aurora. Le dije que estaba preocupada porque mi novio se encontraba en el lugar del crimen a la hora en que se produjo. Que lo veía muy raro desde entonces. Y, mira, luego mataron a la pobre Patri. ¡Qué casualidad! ¿Verdad?

Aquella afirmación de Vanesa hiela la sangre de Julia. ¿Aria también estaba al corriente de que Iván había ido al Rubén Darío el viernes por la tarde?

—¿Estás diciendo que...?

—¿Que Iván es el Asesino de la brújula? Piénsalo —la interrumpe Vanesa, que parece recuperar la energía del comienzo de la conversación—. Iván va a cambiar su examen de Historia, Aurora lo descubre y se la carga para que no le diga nada a nadie. Luego la que muere es Patricia, que también sabía que él había estado en el instituto cuando no le correspondía. Curioso, ¿no? Motivo y oportunidad, dicen en las series policíacas.

—Eso que cuentas no es real.

—Claro que lo es. Pero saca tú tus propias conclusiones. ¿No eres tan inteligente?

Y, tras aquel desafío, Vanesa suelta una risa histriónica y cuelga.

Julia está temblando. No se encuentra bien, se le ha revuelto el estómago y tiene ganas de vomitar. Sube las escaleras a toda velocidad y entra en su cuarto de baño.

Emilio aparece en la habitación poco después alarmado por el ruido de las arcadas. Observa a su amiga de rodillas frente al váter y se aproxima a ella. Sin embargo, Julia le pide con la mano que no se acerque más.

—¿Te ha sentado mal la comida? —le pregunta desde

fuera del baño muy preocupado—. ¿Quieres que llame a tu padre o a tu madre?

Julia le dice que no con el dedo y realiza un último esfuerzo. Después se incorpora y se enjuaga la boca con agua. Al mirarse en el espejo, descubre que no había tenido tan mal aspecto desde que sufrió un empacho de turrón hace tres Navidades.

—¿Seguro que no quieres que avise a tus padres?

—No, no te preocupes. Ya estoy bien.

Aunque no es cierto. El estómago continúa dándole vueltas, como si fuera una centrifugadora. La presión, finalmente, ha podido con ella. Las insinuaciones de Vanesa han sido el remate final. ¿Iván, el Asesino de la brújula? No es posible. Aunque, como bien ha dicho ella, existen los motivos y la oportunidad.

No debe desfallecer. Necesita asegurarse de que el chico al que ama no es el culpable. Pero ¿y si lo es? Si lo es, algo en ella se romperá y será muy difícil de pegar los trocitos.

Debe saberlo. Ya. Tiene que averiguar de una vez por todas qué hay oculto en el tablero de Patricia. Qué nombre guarda. Y Magnus es su gran esperanza, ahora más que nunca.

CAPÍTULO 52

Martes, 23 de mayo de 2017

A pesar de que han revisado todas las partidas de Magnus Carlsen en el torneo de São Paulo–Bilbao de 2011, Julia y Emilio siguen igual. No encuentran la clave que les permita averiguar qué nombre se esconde en el tablero que dibujó Patricia Herrero antes de morir.

—Necesito una Coca-Cola o algo que me espabile —dice el chico mientras se frota con fuerza los ojos.

—En la comida nos hemos bebido las dos últimas.

—¿Quieres que salgamos a tomar algo?

—No, no me apetece. Quiero seguir con esto.

—Vale. Pues voy a salir a comprar un par de refrescos. Así me da un poco el aire y me despejo. Veo a cuadros blancos y negros. ¿Treinta minutos de descanso?

Julia fuerza una sonrisa y le dice a su amigo que lo espera allí sentada. Emilio se despide de ella y sale de la casa en busca de la ansiada cafeína.

La chica se quita los zapatos y se tumba de costado en el sofá. Está mejor del estómago, aunque no se encuentra del todo bien. Ensimismada, contempla el tablero con las piezas en la posición final de la última partida de aquel torneo entre Magnus y Vassily Ivanchuk. El noruego, jugando con negras, derrotó al gran ajedrecista ucraniano, contra todo pronóstico, y se proclamó ganador del campeonato en Bilbao.

Mientras observa fijamente el ajedrez, se le ocurre algo. ¿Y si la clave está en el resultado final y no en los movimientos? Tendría sentido. Vuelve a sentarse y prueba su idea con aquella partida. Pero tampoco sale nada entendible. Sin embargo, una corazonada le dice que debería seguir probando con esa fórmula. Cuando desarrolle con Emilio las partidas de 2012, también tendrá en cuenta la posición final de las piezas.

Mira su móvil y ve que las horas se le han pasado volando. Iván continúa sin llamar. ¿Qué estará pasando en el cuartel?

Desde que habló con Vanesa, ha intentado no pensar en él y concentrarse en el ajedrez. Por momentos, lo ha conseguido. En cambio, en ocasiones no ha podido evitar acordarse del joven. Sobre todo de sus labios pegándose a los suyos y de esa sensación inigualable de besar a la persona de quien está enamorada.

No. Él no puede ser el asesino de Aurora y de Aria. Se niega a creerlo. Y va a demostrarlo. Al mundo, a Vanesa y a ella misma.

La puerta de la casa se abre. Sí que se ha dado prisa Emilio. Sin embargo, al instante cae en la cuenta de que su amigo no tiene llaves.

—¿Papá? ¿Mamá? —grita desde el salón esperando ver aparecer a alguno de los dos. Enseguida descubre que se trata de ambos.

Miguel Ángel y Aitana entran en el salón y saludan a su hija con casi peor cara que ella. Parecen exhaustos. Se dejan caer en dos de los sillones y se fijan en el tablero de ajedrez.

—¿Algún progreso? —pregunta su padre, que, como siempre hace cuando llega a casa, se desabrocha un botón de la camisa.

Julia asiente y recuerda que, aunque le adelantó por la mañana que había encontrado una buena pista, con tantos acontecimientos en las últimas horas, al final no había hablado con él del tema. La chica les explica lo del acróstico que ha dejado Patricia en la carta y lo que ha estado haciendo durante toda la tarde.

—¿Estás buscando la solución en unas partidas de Magnus Carlsen? —pregunta su madre, que arroja los tacones al suelo.

—Sí, mamá. Ahí es donde está la clave de la historia.

—Yo que pensaba que mi hija tenía unos gustos muy particulares… y resulta que la pobre Patricia era todavía más rara.

—¡Mamá! ¡Por favor!

—Perdona, Julia. Estoy tan cansada que no sé ni lo que digo. Oye, ¿y Emilio?

—Ha salido a comprar refrescos. Al pobre lo tengo jugando al ajedrez desde hace horas.

Miguel Ángel y Aitana se miran entre sí. La mujer es la que finalmente hace un gesto a su marido dándole el visto bueno para que hable. El sargento de la Policía Judicial tiene que comentarle a su hija diferentes asuntos que han surgido en las últimas horas.

—Tenemos varias cosas que contarte —anuncia el hombre al tiempo que se echa hacia delante en el sillón—. Ha sido una tarde muy intensa y repleta de novedades.

A Julia vuelve a removérsele el estómago. Los nervios se apoderan de ella porque sabe que van a hablar de Iván. El chico todavía no la ha llamado y se teme lo peor. ¿Quiere escuchar lo que sus padres van a decirle?

—En primer lugar, te queríamos pedir disculpas.

Aquello sí que sorprende a la joven, que no imaginaba que su padre fuera a comenzar así su discurso. ¿Disculpas por qué?

—A ti y a Emilio —interviene ahora su madre—. Aunque él no esté aquí o no sepa qué ha sucedido.

—Hoy hemos descubierto que las filtraciones a la prensa las hacía uno de mis compañeros, que tenía acceso a todos los documentos de la investigación —reconoce Miguel Ángel bastante afectado—. No puedo decirte el nombre, claro. Pero lo ha reconocido él mismo. Todo lo que ha salido del micro de Roberto Méndez venía del mismo sitio. Ya hemos tomado las medidas oportunas.

Julia se emociona después de escuchar a su padre. ¡Emilio es inocente! Lo sabía. Sabía que podía confiar en él.

—Ya os lo dije. Emi no haría algo así. Puede ser un friki o un chico complicado de entender, pero no me fallaría de esa manera —dice la joven con una sonrisa de oreja a oreja—. ¿Tendrá consecuencias para tu compañero?

—Eso lo decidirá un comité de disciplina.

—Lo importante es que hemos encontrado la vía por donde se escapaba la información confidencial del caso. Eso no significa que nos haya gustado que le contaras a Emilio determinadas cosas. Pero, bueno, lo entendemos. Pasáis mucho tiempo juntos y entre los dos formáis una especie de dúo intrépido de investigadores. Me recordáis a Amy y Lince.

—¿A quiénes?

—A los personajes de unos libritos amarillos que yo leía de pequeña en los que dos chicos resolvían misterios. La resolución de cada historia venía en las últimas páginas del libro y estaba escrita al revés. Para leerlas correctamente, necesitabas un espejo.

—A mí también me gustaban mucho, como todo lo que tenía que ver con detectives —añade Miguel Ángel.

Julia no ha oído hablar en su vida de aquellos libros, pero le llaman la atención. Tal vez se puedan comprar por Internet. Aunque ahora no es el momento de pensar en eso.

Sus padres se entretienen en los recuerdos de su infancia durante un par de minutos. La chica no los quiere interrumpir, pero está impaciente: es hora de que continúen con las novedades a las que se refirieron. ¿Cuándo van a explicarle lo que ha pasado con Iván?

—Bien. ¿Seguimos? ¿Qué más tenéis que contarme?

En ese instante, su móvil suena. Julia se fija rápidamente en quién la llama. ¡Iván! El pulso se le acelera y siente un cosquilleo por todo el cuerpo. ¿Ahora qué hace? ¿Lo coge o espera a que sus padres le narren los últimos acontecimientos?

Emilio camina por la calle con las manos metidas en los bolsillos. Desde unos minutos antes de salir a la calle, le duele la cabeza. Maldito ajedrez. Es un dolor punzante, a ambos lados, que le molesta especialmente en las sienes. En esa dirección hay una farmacia. Seguro que su amiga tiene pastillas en casa, pero bastante está racaneando ya esos días. Además, seguramente no sea el único dolor de cabeza que sufra en el tiempo que viva con ella. Así que, antes de ir a la tienda a comprar refrescos, decide detenerse a por una caja de Nolotil.

En la farmacia hay cola. Siete personas están delante de él. El último de la fila es Jonathan, su profesor de Filosofía y tutor durante aquel curso. Lo reconoce de espaldas por su figura corpulenta y su corte de pelo a tazón. Sin embargo, él no se ha dado cuenta de su presencia. Emilio le toca en el hombro para saludarle. Cuando Jona se gira, le impresiona su aspecto. Tiene una gran hinchazón en la frente y la cuenca de los ojos de color violeta. Su expresión es la de un zombi, como si le hubiesen absorbido la energía por completo: el rostro de un hombre sin vida.

—Hola, Emilio. ¿Qué tal? ¿Qué te duele?

—La… la cabeza —responde el chico sorprendido por el aspecto de su profesor preferido, que parece salido de un episodio de *The walking dead.*

—A mí también me duele. Un dolor insoportable. Aquí —murmura Jonathan, y se señala el centro de la frente, donde tiene el moratón.

—¿Has ido al médico? Eso tiene una pinta horrible.

—No es para tanto. Un par de aspirinas y mañana estaré como nuevo.

El chico no tiene la misma opinión. Aquel hematoma le durará varios días y el dolor no se le quitará con dos simples aspirinas. Pero no va a llevarle la contraria. Él sabrá lo que hace.

—Ya sabes lo de Virginia, ¿no? —suelta el hombre, que continúa hablando muy bajito, tanto que a Emilio le cuesta entenderle.

—Sí. Me he enterado. Otra tragedia más.

—No es una tragedia más. Ella era la mejor persona que ha llegado a este pueblo. No merecía morir. No lo merecía. Todavía no me lo puedo creer.

Jonathan dibuja una sonrisa en su cara que a Emilio le resulta siniestra. La sonrisa de una persona que ha perdido la cordura.

—Nadie merece morir —comenta el joven mientras, al marcharse uno de los clientes, avanza un par de pasos en la fila—. Pero ella decidió quitarse la vida. ¿Cómo se controla eso? Si alguien toma ese camino, debe de ser muy complicado frenarle, ¿no?

Entonces el hombre se le queda mirando fijamente. Es una mirada extraña, acompañada de la sonrisa de antes. Le asusta. Parece mentira que el profesor al que más admira, y que le ha transmitido más confianza en sus años de instituto, ahora llegue a darle miedo. El joven está a punto de retroceder y marcharse de la farmacia. Sin embargo, no lo hace. Permanece clavado al suelo y escucha a Jonathan.

—Eres muy ingenuo, Emilio Viñales. ¿De verdad piensas que Virginia se ha suicidado? No, querido amigo. Ella no se ha lanzado por el balcón de su piso. A Virginia la han empujado. Y yo no tengo ninguna duda de quién ha sido.

CAPÍTULO 53

Martes, 23 de mayo de 2017

Les dice a sus padres que tiene que responder al móvil y se levanta del sofá. Julia no puede esperar para hablar con Iván. Sale del salón y, en cuanto comienza a subir la escalera, contesta.

—¡Hola! —exclama con entusiasmo. Tal vez con demasiado entusiasmo—. ¿Cómo ha ido todo?

—Bueno… ¿No te ha contado nada tu padre?

—Acaba de llegar. Estaba hablando con él cuando has llamado tú. No me ha dicho nada de ti. ¿Por qué? ¿Ha ido muy mal?

—Por lo menos no me han detenido. Aunque hemos estado varias horas charlando y dándole vueltas a todo una y otra vez. El tipo ese de la UCO me ha puesto muy nervioso. Uno con un bigote.

—¿El sargento Peñaranda?

—Sí, ese mismo. Me lo ha hecho pasar mal. Me ha apretado bien las clavijas.

—Mi padre dice que es uno de los mejores.

—No lo dudo. A los criminales de verdad seguro que los hace confesar.

Julia se da cuenta de que Iván ha acentuado a propósito

lo de «criminales de verdad». Él solo ha dado el cambiazo de un examen, no ha matado a nadie. ¿No?

—Al final, ¿qué les has contado?

—Todo. Exactamente, lo mismo que te dije a ti.

El joven le explica en unos minutos la declaración que ha hecho en el cuartel. Prácticamente es una repetición calcada de la historia que le narró a ella hace unas horas. Como si se la supiera de memoria y la soltara a menudo. Cuando acaba, pasa a relatarle las cuestiones más relevantes que la Policía Judicial y la UCO le han planteado. Julia oye a su amigo mientras piensa en la conversación que ha mantenido antes con Vanesa y en cuál será el mejor momento para hablarle a Iván de esa llamada.

—No sé si me han creído o no —concluye el chico, que parece muy tranquilo—. Pero les he dicho la verdad. Y ahora también lo saben mis padres. En realidad, esto me ha venido bien. Ya no tengo que esconder nada. Mañana iré a hablar con el director del instituto y le confesaré que cambié mi examen de Historia.

La versión de Iván parece creíble. Solo fue al instituto el viernes por la tarde a eso. Ni se encontró con Aurora, ni entró en el vestuario, ni mucho menos asesinó con un bate de béisbol a su compañera de clase. Tampoco le hizo nada a Aria, pese a que esta sabía lo que Vanesa le contó. Aquel joven, que está al otro lado del móvil, es inocente de todas las acusaciones que le ha lanzado su exnovia.

Pero ¿y si está mintiendo? ¿Y si aquello solo es un relato de ficción? Una manera de ocultar la terrible verdad… a cambio de autoinculparse de un delito menor que solo tiene consecuencias a corto plazo.

—¿Tus padres se han enfadado mucho?

—Muchísimo. Pero ya contaba con ello. Dicen que, dependiendo de lo que la dirección del Rubén Darío decida, actuarán conmigo en consecuencia. Tal vez me encierren en mi habitación de por vida o me envíen a alguna ciudad rusa a picar hielo. Quién sabe.

—No será para tanto.

—Eso ya depende de ellos. Pero seguro que el castigo va a ser importante. Tengo que pagar por el error que he cometido.

Aunque seguro que no lo está pasando bien, la chica percibe sosiego en la voz de Iván. Tranquilidad quizá mezclada con cierta resignación. Como él ha dicho, confesar lo que ha hecho a lo mejor le ha servido para quitarse un peso de encima. Aquel no parece el momento más oportuno para mencionarle la llamada telefónica de Vanesa.

—Me gustaría verte antes de que todo se complique más. ¿Te apetece desayunar conmigo mañana?

La pregunta coge en fuera de juego a Julia, que tarda en procesarla. Últimamente le pasa a menudo. El amor es algo indescriptible, precioso, increíble… Pero te resta capacidad de reacción. Al menos a ella. Se siente más torpe, más lenta, como si tuviera una parte del cerebro demasiado ocupada como para ponerla a funcionar.

—No sé si es una buena idea.

—¿Por qué? ¿Te arrepientes de lo de antes?

—¿Te refieres a… al beso? No, claro que no. Me ha encantado —asegura la chica, que de nuevo nota un vergonzoso aumento de la temperatura en sus mejillas.

—¿Entonces? ¿No tienes ganas de verme?

Julia suspira. ¡Por supuesto que tiene ganas de verlo! Muchísimas ganas. Está deseándolo. Pero hay demasiadas circunstancias que la frenan: debe resolver el enigma de Aria; si Vanesa se entera, volverá a la carga; las dudas que todavía le crea la versión de Iván y… Emilio. Sobre todo, Emilio.

—Mejor otro día. Las cosas están muy complicadas ahora mismo.

—Quizá otro día ya no pueda. Vamos, Julia. Solo serán un café y un par de tostadas. ¿Qué hay de malo en ello?

—Nada —responde la joven, que duda. Le apetece quedar con él. Solo son un café y unas tostadas. Sin embargo...—. No puede ser de momento, Iván. Entiéndelo.

—No lo entiendo. Pero lo respeto. Ya hablaremos. Adiós, Julia.

El chico cuelga y ella se queda contemplando el móvil triste y pensativa. Le fastidia mucho la situación. Iván parecía molesto por su negativa. Tal vez no pasa nada porque desayune con él. Están en su derecho. ¿Por qué no pueden quedar como amigos, como pareja o como lo que sea?

Cabizbaja, regresa al salón. Sus padres continúan allí sentados. Han puesto la televisión en el canal local. Roberto Méndez acaba de anunciar que en breves minutos entrevistará a Bernardo Ríos, el padre de Aurora. La chica se sienta en el sofá e intenta disimular para que no se le note su frustración.

—¿Todo bien, Julia? —le pregunta su madre, que percibe cierta angustia en el rostro de su hija.

—Sí, no te preocupes. ¿Por dónde íbamos?

—¿Seguro que estás bien? Te noto rara. ¿Tiene que ver con la llamada de teléfono que has recibido? —insiste Aitana.

—Ya te he dicho que no ocurre nada. ¿Podemos centrarnos en otra cosa, por favor?

Aquella respuesta a la defensiva es la señal de que hay algo que falla. Ella misma se da cuenta de que su contestación invita a pensar que no todo va como debería. Pero su madre no vuelve al tema y su padre tampoco lo menciona.

—Hemos hablado con tu amigo Iván —le dice Miguel Ángel mientras baja el volumen de la televisión—. Y nos ha contado cosas muy interesantes.

Julia escucha a su padre como si no conociera de antemano todo lo que le explica. En realidad, es la tercera vez que oye aquella historia. La misma versión, pero de una boca distinta. La expone a su manera, por supuesto, pero la narración se asemeja bastante a la original de Iván.

—Sus padres son muy estrictos, según él mismo nos ha contado. Cometió esa estupidez de cambiar los exámenes porque tenía miedo a cómo reaccionarían si suspendía y no se podía presentar a selectividad o no le llegaba la nota para estudiar lo que quieren —señala el sargento de la Policía Judicial—. Deberías haber visto la cara de la madre cuando nos lo ha explicado.

—La imagino.

—Hemos estado friendo a preguntas al pobre chico. Sobre todo Peñaranda. Pero, en mi opinión, Iván dice la verdad y no tiene nada que ver con el asesinato de Aurora Ríos. Y tampoco encontramos motivos para que matara a Patricia Herrero. Aun así, su declaración la estudiará el juez Otamendi y él decidirá si lo procesa o no.

Las palabras de su padre alegran un poco a Julia. No sospechan de él. Es positivo. En cambio, hay algo de lo que ni la Policía Judicial ni la UCO están al corriente. Según Vanesa, Aria sabía que Iván había estado en el instituto el viernes por la tarde, y ese es un posible motivo para que la quisiera silenciar. ¿Debería contárselo?

—Hay más —prosigue el hombre—. Antes de marcharse del Rubén Darío en bicicleta, Iván vio a alguien entrar en el vestuario. Esa persona era Virginia.

Julia finge sorpresa. Esa parte de la historia tampoco le supone ninguna novedad. Sigue sin saber muy bien para qué fue allí su profesora de Matemáticas. ¿Eso la convierte en la sospechosa número uno?

—Y eso no es todo sobre Virginia —dice Miguel Ángel al terminar de contarle a Julia lo que ella ya sabía. El hombre mira a su mujer, que hace un gesto afirmativo a su marido para que continúe hablando—. Creemos que tu profesora de Matemáticas…

El hombre deja de hablar y se centra en la pantalla de la televisión. Julia y Aitana también se fijan en ella. En el canal local, Roberto Méndez está saludando a Bernardo Ríos e invitándole a que se siente. El padre de Aurora presenta mejor aspecto que en el entierro de su hija. El traje oscuro que lleva parece nuevo y está recién afeitado. Sus ojos, en cambio, permanecen irritados, vidriosos y con unas ojeras que ni el maquillaje que le han puesto ha logrado eliminar.

—En primer lugar, te quiero agradecer que hayas aceptado concedernos esta entrevista. No es el mejor momento para ti. Tampoco para nosotros, después de los últimos acontecimientos. Este pueblo no se merece lo que está sufriendo. Como tampoco te lo mereces tú, Bernardo. Cuéntanos: ¿cómo han sido estos días?

El padre de Aurora se toma su tiempo antes de responder. Se le ve compungido, emocionado, y cuando habla su voz sale sin fuerza.

El hombre explica lo mal que se ha sentido desde que se enteró de la muerte de su hija y que su dolor fue mayor, si cabe, cuando vio que todo el mundo pensaba que él era el responsable.

—Por si a alguien le queda alguna duda: yo no maté a Aurora, y espero que la policía encuentre pronto al culpable. Que no sigan deteniendo a inocentes y trabajen más para averiguar quién es ese Asesino de la brújula.

—¿Piensas que la policía no está haciendo bien su trabajo?

—Han retenido a la persona equivocada y el que ha matado a mi hija continúa en la calle. ¿Tú qué crees, Roberto?

Instintivamente, Julia y Aitana se giran hacia Miguel Ángel, que niega con la cabeza. El hombre agarra el mando a distancia y apaga la televisión.

—No os importa, ¿verdad?

Madre e hija dicen que no, que no les importa. Ellas también están un poco hartas de Roberto Méndez y de su canal local, aunque a los tres les parece normal que Bernardo Ríos pueda estar enfadado. Es comprensible.

Julia aprovecha el silencio que se ha instalado en el salón para preguntarle a su padre por lo que antes se había quedado a medias de explicar:

—¿Qué es lo que me ibas a contar de Virginia?

Miguel Ángel se echa hacia atrás en el sillón y cruza las piernas. Se acaricia la barbilla y vuelve a mirar a su mujer. Después de un gesto cómplice, observa a Julia y desvela el misterio.

—Hemos encontrado el móvil de Aurora y la cadenita tobillera en su casa.

—¿Qué? ¿Estaban en casa de Virginia?

—Sí, escondidos en el cajón de la ropa interior de su armario. Además, hemos descubierto otro tipo de cabello en el coletero de Scarlett. Ella asegura que no lo ve desde hace unos días y que hace semanas que no entra en el vestuario.

—¿Podría haberlo cogido Virginia?

—Sí, es lo más probable. Que lo llevara en un bolsillo y que se le cayera el viernes por la tarde en el vestuario. Hemos mandado analizar el otro cabello enredado en el coletero para compararlo con el de Virginia. Además, estamos revisando el contenido de su teléfono y el de la chica. Tenemos razones de peso para pensar que tu profesora de Matemáticas y Aurora mantenían una especie de relación sentimental.

—¿Una relación sentimental?

—Exacto. Estamos seguros de que ellas dos se veían a escondidas con frecuencia en el vestuario del Rubén Darío. Los mensajes que se mandaban no ofrecen ninguna duda.

CAPÍTULO 54

Viernes, 17 de marzo de 2017

Mira por la ventana del aula. La lluvia cae con fuerza sobre el suelo del instituto; lleva así desde que amaneció. Sin tregua. El ruido de las gotas golpeando violentamente contra el cristal la atrae más que las explicaciones del profesor de Filosofía, que ha hablado durante toda la hora sobre el mito de la caverna de Platón. Jonathan no ha vuelto a citarla en su despacho, pero tiene la sensación de que la observa a menudo. Él no vio los cortes en su abdomen porque se centró en los brazos. ¿Sospechará algo o solo son imaginaciones suyas?

Lo mejor de aquella clase para Aurora es que termina en un par de minutos, luego viene el recreo y a continuación Matemáticas, su asignatura preferida. Desde que Virginia aceptó ir con ella al concierto de Ed Sheeran, apenas ha pensado en otra cosa. Aquella mujer es increíble. Guapa, simpática, inteligente..., y la trata como nadie en aquel instituto. Cada vez que la ve se le erizan los vellos de los brazos y nota como si le faltara el aire. ¿Qué le está pasando? Lo sabe. O, al menos, cree saberlo.

—¿Alguna pregunta? —dice Jonathan Vila dirigiéndose a toda la clase. Sus ojos se detienen en Aurora, que pasa de su profesor y vuelve a mirar por la ventana. Continúa lloviendo intensamente—. ¿Nada? Pues que tengáis un buen fin de semana y no hagáis demasiadas locuras.

La campana suena coincidiendo con las últimas palabras de Jona. El hombre recoge sus cosas mientras los alumnos salen del aula lo más rápido posible. Aurora no tiene prisa. De hecho, no tiene previsto moverse de allí durante el recreo.

—¿Te quedas aquí, Aurora? —le pregunta el profesor de Filosofía desde su mesa.

—Sí.

—El tiempo no está para paseos.

—Pienso igual.

—¿Estás molesta conmigo? Pareces enfadada.

A Aurora no le apetece tener aquella conversación con Jona. ¿No es evidente que le ocurre algo con él? ¡Para qué lo pregunta! Desde la charla de la semana pasada en su despacho, ve a su tutor con otros ojos. Él le pidió que se remangara la sudadera y le enseñara los brazos. Según le explicó, se trataba de un control rutinario que estaban haciendo a todos los estudiantes del centro por el tema de la ballena azul. Ella sospecha que no fue por eso. La ve como el resto: como la rarita, la chica que va sola y no se relaciona con nadie. Seguro que si alguien del instituto cae en aquel absurdo juego es ella.

—Mira, al final sí que voy a salir un rato —dice Aurora levantándose. Se dirige hacia la puerta y se marcha del aula sin despedirse de Jonathan. Ni siquiera lo mira cuando pasa cerca de él.

Nadie le va a estropear su felicidad momentánea. Ni sus profesores ni sus compañeros. Sin embargo, su tutor no se da por vencido. Camina detrás de ella hasta que la chica se detiene justo antes de abandonar el pasillo.

—¿Qué pasa? —pregunta Aurora tras girarse.

—Hablemos. No quiero estar mal con ningún alumno.

—No tengo ganas de hablar. Quiero estar sola.

—Te dejaré sola cuando hables conmigo. Simplemente serán un par de minutos. Aclaremos lo que te sucede en mi despacho.

—No voy a volver a tu despacho.

—Bien. Pues aquí mismo. Estaremos tranquilos. Charlemos.

Aurora resopla cansada de la insistencia de su tutor. Apoya la espalda contra la pared y acepta conversar con él.

—¿De qué quieres hablar?

—No me gusta verte siempre sola —suelta el profesor de Filosofía, consciente de que debe ir al grano desde el principio—. ¿Por qué te aíslas del resto de tus compañeros?

—¿En serio no sabes la respuesta?

—Cuéntamelo tú. No me gusta hacer conjeturas.

—Pues bien que las hiciste el otro día cuando me obligaste a remangarme el jersey para comprobar si me cortaba los brazos.

—Solo era un control rutinario. Se lo hemos hecho a varios de tus compañeros. Ya te lo dije.

Aurora sigue sin creérselo, pero tampoco va a profundizar en ello. No le interesa llevar la conversación por ahí. No ha hecho nunca lo de la ballena azul, pero su cuerpo sí tiene marcas de cortes. Heridas provocadas con una cuchilla de las que nadie sabe nada. Aunque la última vez fue el día de su cumpleaños.

—No es bueno ir por la vida sola y sin amigos, Aurora.

—Es mejor que ir con gente que habla de ti y de tu familia sin tener ni idea de lo que dice.

—¿Y por qué no le explicas a esa gente la verdad?

—Porque muchas veces la verdad es menos creíble y atractiva que la mentira. Y yo no tengo ganas de convencer a nadie.

Aquella afirmación de la chica descuadra a Jonathan Vila, que no sabe qué decir. Aurora mira al suelo y suspira.

—Profesor, gracias por intentar ayudarme. Pero mi vida

es así. Ni tú ni yo tenemos la culpa. Simplemente, es lo que me ha tocado. Ya está.

—Debes darle la vuelta a esa vida.

—No es tan fácil, ¿sabes?

—No te rindas. Las cosas pueden cambiar. Te lo digo por experiencia.

En ese instante, la puerta del pasillo se abre y aparece ante ellos una mujer que sostiene una carpeta entre los brazos, pegada al pecho, y luce una preciosa sonrisa. Virginia llega hasta su alumna y su compañero de profesión y los saluda alegremente.

—¿Reunión fuera del aula? No estarás intentando convencerla de que los presocráticos son más interesantes que las derivadas, ¿verdad?

—Tranquila. Nada es mejor que una buena derivada —responde Jonathan sonriente—. Quedan unos minutos de recreo. ¿Te apetece un café?

—No, gracias. Acabo de tomarme uno. Voy ya para clase. Tengo que preparar un par de ejercicios antes de que lleguen los chicos.

—Bien. ¿Nos vemos después en la sala de profesores?

—Claro. Hasta luego.

Jonathan se despide de Virginia y mira por última vez a Aurora. La chica no dice nada; solo piensa en lo que él acaba de decirle: «Las cosas pueden cambiar». Reconoce que es un buen profesor y que quiere lo mejor para ella; se preocupa por sus estudiantes. Pero también sabe que las teorías son más sencillas de decir que de llevarlas a la práctica.

Cambiarlo todo no es posible.

—¿Y tú qué haces? ¿Vienes a clase o sales un rato a mojarte bajo la lluvia? —le pregunta Virginia, que parece mucho más contenta que hace un par de días, cuando le contó lo de su marido.

Si le dieran a elegir, saldría con ella al patio y dejaría que el agua las empapase de arriba abajo. No volvería a clase y caminaría junto a su profesora de la mano, sin miedo de que nadie las viera ni las juzgara. Y la besaría bajo la primera farola que se encontrasen iluminada en la oscuridad de aquella mañana invernal.

—Tierra llamando a Aurora. ¿Estás ahí?

—Sí, perdona —responde avergonzada la chica—. Voy a clase. Te acompaño.

—Vamos entonces.

Las dos caminan hasta el aula de primero B en silencio. La profesora se queda junto a su mesa y la chica se dirige a su asiento.

—Jonathan está muy preocupado por ti —comenta Virginia mientras elige el ejercicio que va a copiar en la pizarra—. Ya sabes que desea que todos vosotros seáis felices. Me ha dicho que cree que estás enfadada con él. ¿Es cierto?

—No. Bueno, quizá.

La profesora selecciona un problema y coge el folio en el que está escrito. Deja la carpeta encima de la mesa y agarra una tiza para comenzar a transcribirlo en la pizarra. Aurora la observa fijamente, como si la figura de aquella mujer la hipnotizara.

—No te molestes con él. Es buena persona. Está atento a todo lo que os sucede.

—Miró mis brazos para comprobar si me cortaba.

—Lo sé. Me lo dijo. Y también que no tienes ni un rasguño.

La chica agacha la cabeza y, por primera vez desde que han llegado al aula, no mira a Virginia. La profesora continúa copiando el ejercicio en silencio. Cuando acaba, se gira y observa a Aurora. Esta juguetea con el tapón del bolígrafo, con el que se está pinchando la yema de los dedos. La mujer detecta enseguida que algo no va bien. Suelta el folio y la tiza y acude hasta su alumna. Se sienta a su lado y sonríe.

—¿Quieres hablar de lo que te preocupa? —le pregunta Virginia. Estira su brazo y le acaricia la mano a Aurora.

La chica da un brinco al sentir el contacto. Y de nuevo allí están esos síntomas: el vello erizado, la aceleración de los latidos del corazón y la falta de aire al respirar. Mira a los ojos a su profesora, aunque no dura demasiado en ellos. Su atención ahora se centra en los labios de la mujer. Se pregunta cómo sería rozar su boca con la suya.

—Aurora, a mí puedes contarme lo que sea. Somos compañeras de concierto. ¡Vamos a ir a ver juntas al gran pelirrojo!

La sonrisa de Virginia es contagiosa, y ella también termina sonriendo. Sin embargo, una sensación incontrolable está creciendo en su interior con una intensidad desproporcionada. No lo soporta más. Le brillan las pupilas y le sudan las manos cuando vuelve a hablar.

—No sé si puedo decirte lo que me está pasando ahora por la cabeza.

—¡Claro que puedes decírmelo! Seguro que entre las dos conseguimos solucionarlo.

—Yo no lo creo.

—Haz la prueba. Vamos, Aurora, ¿qué te pasa? Cuéntamelo.

Y la chica, sin poder contenerse más, se pone de pie. Se inclina sobre su profesora de Matemáticas y, con torpeza, emocionada y muy nerviosa, le da un beso en los labios. Ni siquiera cierra los ojos. No es el beso perfecto del final de la película. Es un sencillo y escueto beso que, en cambio, ha supuesto los segundos más maravillosos de su vida.

Al separarse, no quiere mirarla. No desea que Virginia la juzgue ni que opine sobre los motivos por los que lo ha hecho. Después no recordará si le pidió perdón ni si llovía en la calle cuando juntaron por primera vez sus labios. Solo se acordará del «te quiero» que le susurró al oído a su profesora después de que ella le devolviera el beso en la boca.

CAPÍTULO 55

Martes, 23 de mayo de 2017

—Te lo dije. Virginia es la culpable. ¿Qué más pruebas necesitas?

Emilio se tumba bocarriba en la cama de la habitación de invitados, con las manos en la nuca. Julia le acaba de contar lo que sus padres le revelaron antes. Ellos le han dado permiso porque sabían que tarde o temprano su hija se lo diría a su mejor amigo. Además, ya no tienen la preocupación de que sea él quien filtra a la prensa las informaciones del caso. Eso también se lo ha aclarado la chica al joven del cabello azul, que ha recibido la noticia con gran alivio. En cambio, la culpabilidad de su profesora de Matemáticas no es tan evidente para ella.

—Sigo sin verlo demasiado claro, Emi. ¿Por qué iba a matar Virginia a Aurora y después a Patricia?

—Tengo una teoría.

—¿Y a qué estás esperando para explicármela?

—¿Desde cuándo eres tan impaciente? —replica él en un tono sarcástico—. Ha quedado ya demostrado que Virginia y Aurora estaban liadas. ¿Tú sabías que eran lesbianas?

—Lesbianas o bisexualcs. Y no. No tenía ni idea.

—Yo tampoco.

El joven hace una pausa y valora de nuevo lo que acaban de comentar. Desde que Julia le habló de la relación entre la profesora y su alumna, Emilio no ha dejado de preguntarse desde cuándo Aurora sabía que le gustaban las chicas. ¿Era esa la razón por la que le rechazó hace tres años?

—Continúa, por favor.

—Lo que pienso es que ellas quedaron en el vestuario para verse a escondidas. Una vez más. Es el lugar que utilizaban para estar a solas. Por allí pasa poca gente por las tardes, es un buen sitio para encontrarse clandestinamente. El viernes pasado repiten cita, por eso Aurora iba maquillada. Se puso guapa para Virginia. Entonces, una vez allí, discuten por algún motivo, algo muy grave, y Aurora amenaza con hacer pública la relación. Hay que tener en cuenta que ella era menor de edad y lo que eso podía conllevar para Virginia si llegaba a oídos de la opinión pública lo que había pasado entre ellas. Además, Virginia estaba casada. Esta se enfada muchísimo y, en un arrebato en plena disputa, la golpea con el bate de béisbol que tiene a mano. Sin querer o queriendo, la mata. Se asusta y se lleva la pulserita tobillera y su móvil para no dejar ninguna pista. Es verosímil, ¿no?

—¿Y a Aria? ¿Por qué la asesina?

—Imagina que Patri se entera de todo o lo descubre de alguna manera. No sé cómo. Recuerda que ella misma te lo insinuó en el entierro de Aurora. Aria chantajea a Virginia o le pide algo a cambio. Esta no acepta y, para que no hable, también se la carga. Siempre he escuchado eso de que matar por primera vez es lo complicado. Luego, la culpabilidad y los remordimientos son menores y eres capaz de repetirlo si hiciera falta. No digo que sea fácil asesinar a alguien, pero fue una medida de supervivencia: o Aria o ella.

—Si eso es así, no tiene sentido que se haya quitado la vida, Emi. Ya ha sobrevivido y ha eliminado a la persona que conoce su historia con Aurora. ¿Por qué se suicida? ¿Por sentirse culpable? No encaja.

El chico se sienta en la cama y se ajusta las gafas con tanta fuerza que se las clava en la nariz. Se queja y rápidamente se las quita. Las limpia con la camiseta y se las pone de nuevo, esta vez con más suavidad.

—No te he contado el episodio de la farmacia.

—¿A qué te refieres? ¿Has ido a la farmacia?

—Sí, he comprado una cajita de Nolotil en cápsulas. Me ha empezado a doler la cabeza como si tuviera dentro un mono tocando el tambor.

—No hacía falta que la compraras. Tenemos en el botiquín de casa.

—Da lo mismo, ya está bien de abusar de vuestra hospitalidad. El caso es que, antes de ir a por las Coca-Colas, me he pasado por la farmacia, que me pillaba de camino. Allí me he encontrado con Jona.

—¿Has hablado con él?

—Sí. No te puedes imaginar lo raro que estaba —comenta Emilio, y le describe a continuación a su amiga el terrible aspecto que presentaba su profesor de Filosofía—. Parecía como si se hubiera golpeado la frente contra la pared o algo por el estilo. La hinchazón que tenía era del tamaño de una pelota de golf.

—Pobre Jona. Él y Virginia eran uña y carne. Ha debido de sentir muchísimo que se quitara la vida.

—Ahí voy. Jonathan piensa, o más bien asegura, que Virginia no se suicidó, sino que la empujaron por el balcón.

—¿Qué? ¿Cree eso?

—Sí. Está convencido. E incluso se ha atrevido a decirme el nombre del que la ha arrojado al vacío.

—¡Por Dios! ¿De quién sospecha?

—Del marido —dispara Emilio, que, inquieto, se pone

bien las gafas otra vez—. Eso supondría que Virginia no se suicidó destrozada por la culpabilidad, sino que la tiraron por el balcón de su piso. Quizá porque su marido descubrió que le estaba siendo infiel y no se lo perdonó. De esta manera, todas las piezas encajarían y el caso del Asesino de la brújula estaría resuelto. Virginia mató a Aurora y a Patricia y el marido de Virginia hizo lo propio con su mujer para vengarse de su infidelidad. Historia solucionada. Solo falta que tu padre y la UCO investiguen a ese señor, que no sé cómo se llama, tiren del hilo y le aprieten hasta que confiese.

Julia se queda boquiabierta. Todo lo que dice su amigo tiene lógica. Al menos, el esqueleto de la trama. ¿Eso significa que está el puzle resuelto? ¿Ha conseguido Emilio unir todas las piezas correctamente? ¿Se acabó la pesadilla? ¿No habrá más muertes en el pueblo?

—Bueno, ¿qué piensas? ¿Lo he hecho bien? ¿Watson ha superado esta vez a Sherlock?

CAPÍTULO 56

Miércoles, 24 de mayo de 2017

Contra pronóstico, Julia consigue dormirse pronto aquel martes de mayo y apenas se levanta un par de veces durante la noche. Está claro que la tensión y el cansancio de los últimos días le están pasando factura. Su cerebro no para de trabajar intensamente cada segundo en el que permanece despierta y eso le está provocando una gran fatiga, sobre todo mental. Continúa con muchas dudas y cree que algo falla en la solución que plantea Emilio.

Anoche convenció a su amigo de que no les contara nada sobre su teoría a sus padres durante la cena. Lo que piensa es factible, lógico y tiene posibilidades de ser cierto. Pero ella sigue viendo lagunas. Algunas muy importantes. Si se encontraron la cadenita tobillera y el móvil de Aurora en la casa de Virginia, ¿por qué no se halló también allí el teléfono de Patricia? ¿Dónde está el suyo? ¿Por qué parecía tan triste la profesora en el entierro de la chica si fue ella quien la mató? ¿Fingía? ¿Qué pasó tan grave entre Aurora y Virginia para que esta la golpeara con un bate de béisbol? ¿Y las brújulas qué pintan al final en todo aquello?

Emilio respondió una pregunta tras otra, pero sus contestaciones no la terminaron de satisfacer, así que ni mucho menos puede dar por cerrado el caso.

Hay otra cuestión que le rechina en la historia: el perfil de Virginia. Aquella mujer tenía una paciencia infinita, aguantaba comentarios y miradas constantemente, y en ningún momento la vio reaccionar con agresividad ni le dio la impresión de que pudiera actuar violentamente contra nadie. Incluso el domingo, cuando la vio discutir con su marido, su manera de comportarse estaba dentro de un control, pese a su tremendo enfado. ¿Es posible que perdiera tanto los nervios como para golpear a la chica con la que tenía una relación hasta acabar con ella? ¿Y luego asesinar a sangre fría a Aria por saber demasiado? ¿Y si Virginia sufría algún tipo de trastorno? ¿Bipolaridad? ¿Doble personalidad?

Quizá lo que encuentren en su móvil y en el de Aurora pueda dar una respuesta definitiva a aquel misterio.

Si la noche del martes se ha movido dentro de la tranquilidad, la mañana del miércoles se sumerge en la más profunda de las tristezas. El entierro de Patricia es un auténtico drama. A Julia se le parte el alma cuando ve a los padres y a la hermana pequeña de Aria. Lágrimas, dolor y una sensación de impotencia inmensa impregnan primero la misa, y después el funeral, de la que fue su compañera de clase. La chica que le ha dejado la insólita tarea de descubrir a su asesino en un tablero de ajedrez repleto de letras desordenadas. Una maquiavélica travesura que todavía no ha podido resolver y que la sigue aguardando en el salón de su casa.

Ni Miguel Ángel ni Aitana pueden llevar a Julia y a Emilio de vuelta a casa después del entierro. Ambos tienen mucho trabajo. Así que los chicos deciden regresar caminando. Sin embargo, en cuanto salen del cementerio, un coche se detiene a su lado.

—¿Queréis que os lleve? —pregunta desde el asiento del

conductor, tras bajar la ventanilla, un hombre con traje oscuro y corbata negra.

Diego Soler desprende un embriagador olor a fragancia de las caras. Va perfectamente peinado, con una raya en el lado izquierdo de la cabeza que parece trazada con escuadra y cartabón. El profesor de Lengua y Literatura fuerza una sonrisa para ocultar lo mal que lo ha pasado en el entierro de Patricia Herrero, su alumna y la hija de uno de sus mejores amigos.

No va solo. Lo acompaña Lázaro Martínez, el director del Rubén Darío. Su aspecto es totalmente diferente. También viste un traje oscuro, aunque no se ha puesto corbata. El poco viento que corre ese día ha despeinado su escaso cabello y Julia y Emilio jurarían que huele a alcohol.

La pareja se sube a los asientos traseros del vehículo. La chica, detrás de Diego; y el chico, detrás de Lázaro. El coche vuelve a ponerse en marcha en medio de un silencio sepulcral que rompe el conductor.

—¿Vais a ir mañana al entierro de Virginia? No es aquí. Se celebrará en el pueblo de sus padres. Nosotros dos iremos en coche; lo digo por si queréis que os llevemos.

Julia mira a Emilio antes de responder a su profesor de Lengua y Literatura. El joven se encoge de hombros sutilmente.

—Aún no lo sabemos. Ni siquiera hemos hablado con nuestros padres de eso. No nos habíamos enterado de que era mañana. ¿A qué hora?

—A las once. Cuando lo sepáis, me lo decís. Podéis venir conmigo. En coche es una hora más o menos.

—Gracias, Diego.

—Espero que sea el último entierro por una larga temporada. La vida no será la misma después de todo lo que ha pasado, pero necesitamos recuperar la normalidad cuanto antes.

—Eso es imposible. No va a pasar —dice Lázaro cabeceando bruscamente en señal de negación—. ¡No habrá normalidad para ninguno de nosotros en lo que nos queda de existencia!

El director habla un poco más alto de lo que debería y no vocaliza correctamente. No hay duda de que aquel hombre ha ahogado sus penas en alcohol.

Ninguno de los chicos se atreve a contradecir al director del instituto y se quedan callados. En cambio, Diego, aprovechando que se detienen en un semáforo en rojo, lo mira con desagrado.

—No puedes decirles eso a los chicos —protesta el conductor, que sostiene el volante con las dos manos—. Es muy duro lo que ha sucedido en este pueblo. Para todos. Con Aurora tenía una relación más distante por su forma de ser, pero a Patri la veía como si fuera mi sobrina. Y Virginia... Bueno, a Virginia le tenía un gran aprecio. Era fantástica.

Julia comprueba por el espejo del coche que a Diego se le humedecen los ojos. Incluso le ha salido un gallo cuando ha calificado de «fantástica» a su compañera fallecida. ¿Sentiría algo por ella? No le extrañaría en absoluto. ¿Cuántas personas estaban enamoradas de la profesora de Matemáticas?

—Pero tenemos que levantarnos y seguir adelante. Cuando todo esto pase, cojan al Asesino de la brújula y lo encierren, debemos continuar con nuestras vidas.

—Nuestras vidas en este pueblo ya son una mierda. Nada tiene sentido —señala Lázaro, que ladea la cabeza y la apoya contra la ventanilla—. Ni los más jóvenes ni los que tenemos ya una edad podremos olvidar jamás lo que ha sucedido aquí. Ninguno de los implicados, ninguno de los que las conocíamos... podremos... olvidar. ¿Entendéis? ¡Estas muertes nos perseguirán siempre! ¡Joder! ¡Siempre!

El coche se pone de nuevo en marcha, pero enseguida Diego se echa hacia un lado y aparca en doble fila. Pone los intermitentes y se dirige muy serio al director del Rubén Darío.

—Lázaro, es mejor que te bajes y continúes caminando. Tu casa no está lejos.

Julia y Emilio se quedan estupefactos ante la contundencia de las palabras de Diego Soler. El profesor está echando de su coche al director del instituto. Este se le queda mirando desafiante, pero no le lleva la contraria. Ni siquiera replica. Tuerce el labio, en un gesto de fastidio, y abre la puerta después de quitarse el cinturón de seguridad. Se baja torpemente, tropezando con el bordillo de la acera. No se cae, aunque le cuesta enderezarse. Tras echar un último vistazo a los ocupantes del vehículo, les dice adiós a los chicos con la mano y se aleja de allí lentamente.

Cuando lo pierden de vista, Diego vuelve a arrancar el coche.

—Siento que hayáis tenido que presenciar este bochornoso espectáculo —se disculpa el profesor—. Lázaro no sentía lo que decía. Está muy afectado y no controla lo que hace ni lo que suelta por la boca. No lo juzguéis. Seguro que él también continuará con su vida cuando el tiempo nos lo permita.

—¿Estaba bebido? —se atreve a preguntar Emilio, al que Julia propina un leve codazo en el costado después de hablar.

—Es obvio, ¿no? Lleva un tiempo así. Aunque beber para olvidar o para combatir los males no es la solución. El paseo hasta su casa le servirá para despejarse. Por cierto, ¿os viene bien que os deje en la plaza?

—Sí, gracias —responde la chica. Le da pena la situación del director del Rubén Darío.

Aquel hombre es el máximo responsable del instituto en el que han aparecido asesinadas dos de sus alumnas. Una de ellas, en su propio despacho. Y, por si fuera poco, Virginia

Ayuso, una de sus profesoras, se suicida; o, según Jonathan Vila y la teoría de Emilio, la tiran por el balcón desde un cuarto piso. Es normal que Lázaro lo vea todo negro ahora y piense que la vida no volverá a ser igual para nadie que esté relacionado con las víctimas.

—Chicos, hasta que atrapen al Asesino de la brújula, debéis tener mucho cuidado. Procurad no ir solos por la calle y salir de noche lo menos posible.

—Tendremos cuidado, Diego. No te preocupes.

—¿Cómo lleva el caso tu padre? ¿Le sirvió de algo lo que le contamos el lunes en el cuartel?

—No lo sé. Mi padre no me cuenta nada de la investigación —miente Julia extrañada por la pregunta de su profesor.

—Claro. Es confidencial. Perdona. Imagino que, con la presencia de la UCO, todo se acelerará y pronto darán con el asesino.

—Imagino.

De pronto, Julia se siente un poco agobiada. ¿Esto será siempre así? ¿Todo el mundo le va a preguntar por el trabajo de sus padres hasta que descubran quién es el culpable?

Emilio se da cuenta de que su amiga se ha puesto nerviosa. Suelen encendérsele las mejillas, como ha ocurrido ahora. La conoce perfectamente. Hay gestos que forman parte de su personalidad que se sabe de memoria. Gestos que la hacen única y de los que él está locamente enamorado.

—Diego, ¿los exámenes siguen programados para la semana que viene o se aplazan para más adelante? —pregunta el chico, que cambia de tema a propósito, al rescate de Julia.

—Tenemos que hablarlo entre todos. Pero es posible que los atrasemos una semana más. Ahora mismo las condiciones no son las mejores. Aunque, para los de segundo, selectividad está a la vuelta de la esquina.

Durante varios minutos, el joven del cabello azul y el profesor de Lengua y Literatura dialogan sobre ese asunto. Julia, por su parte, se mantiene al margen. Callada. Pensativa. Dándole vueltas, una vez más, a todo lo que fluye por su mente: a la posible culpabilidad de Virginia, a los cabos sueltos que quedan relacionados con el caso, al tablero de ajedrez de Aria... No escucha la conversación entre su amigo y Diego. No le interesa saber cuándo son los exámenes o si los temas que no han podido dar en clase entrarán en la prueba final. Solo le preocupa que aquello termine. Que su padre, la UCO o quien sea concluyan la investigación y pongan al responsable de los asesinatos a disposición judicial. Eso es lo único que desea.

A punto de llegar a la plaza, destino final, su móvil suena y la saca de sus cavilaciones. Es un mensaje de WhatsApp de Iván. Lo abre y lee detenidamente lo que dice:

> «¿Qué tal ha ido el entierro de tu amiga? Yo he preferido no asistir, me lo ha aconsejado mi abogado. Todavía no he hablado con el instituto acerca de las trampas que he hecho en el examen de Historia. Ana aún no ha dado las notas. Con tanto jaleo es normal que se haya retrasado. ¿Quieres quedar a comer conmigo? Necesito verte. Por favor. Solo será un rato. Piénsatelo».

Julia suspira y duda qué responderle a Iván. Él es otro de los motivos por los que no puede parar de darle vueltas al coco. Ella también necesita verlo, pero ¿qué hace con Emilio? No va a dejarlo tirado e irse a comer con el otro chico. Además, ¿cómo se lo explica? «Mira, Emilio, que me voy a ir a comer con el tío que odias y del que estoy enamorada desde hace casi un año. ¡Ah!, se me olvidaba: ayer nos besamos».

No. No puede clavarle un puñal por la espalda a su amigo.

Sin tiempo, ni siquiera para contestar el mensaje de WhatsApp, el teléfono vuelve a sonar. En esta ocasión es una llamada. ¡Vanesa! La ha visto en el entierro de Aria, junto a su inseparable Ingrid y a otros chicos de su clase, pero prefirió no acercarse. Afortunadamente, ella tampoco se aproximó hasta donde estaba con Emilio y ni se saludaron. ¿Qué querrá ahora? Ni lo sabe ni está segura de si desea saberlo. Además, aquel sitio no es precisamente el mejor para hablar con ella. Así que opta por poner en silencio el móvil y no contestar.

—¿Era alguno de tus padres? —susurra Emilio inclinándose hacia ella.

—No, Vanesa.

—Qué pesada. Haces bien en no cogerle el móvil.

No sabe si hace bien o mal; seguramente la llamará más tarde. Lo que sí sabe es que el interior del coche de Diego, con Emilio a su lado, no es el lugar idóneo para mantener una charla con ella. Sobre todo después de lo que le soltó ayer.

¿Querrá otra vez poner en duda la inocencia de Iván en los asesinatos de Aurora y Patricia?

Un minuto después, cuando Diego Soler estaciona su coche en la plaza principal del pueblo, lo averigua con un mensaje de WhatsApp de Vanesa.

«Llámame. Prometo no volver a gritarte ni a insultarte. Pero tenemos que hablar. Es urgente. Hay cosas que tienes que saber».

CAPÍTULO 57

Miércoles, 24 de mayo de 2017

Si Vanesa ha pretendido volver a sembrar dudas e incertidumbre en ella, lo ha conseguido. Julia ya no está segura de nada, a pesar de que confía en la inocencia de Iván. Se niega a llamarla. Tampoco va a mandarle un WhatsApp. Al menos, de momento. No tiene ganas de discutir.

Camina junto a Emilio rumbo a su casa. En los cinco minutos de recorrido, su amigo insiste de nuevo en la teoría acerca de Virginia como la culpable de los asesinatos de Aurora y Aria. Igualmente, el chico sigue pensando que su marido la empujó por el balcón, como le contó Jonathan. Julia finge que le escucha, pero no le está prestando mucha atención. Ya sabe lo que cree y no está del todo de acuerdo. Además, tiene que decidir qué hacer con Iván. ¿Le responde que va a comer con él o que no? Y no puede tardar mucho porque es casi la una y media del mediodía.

—¿Quieres que nos pongamos un rato con el ajedrez? —pregunta Emilio una vez dentro de la casa.

La chica lo mira desconcertada. Anoche, después de cenar, charlaron un poco con sus padres y se fueron pronto a la cama. Ni siquiera se plantearon desarrollar alguna de las partidas.

—¿En serio?

—Claro. Yo tengo muy claro que Virginia es la culpable. Pero sé que tú no estarás conforme hasta que encuentres la secuencia en el tablero que lo confirme. Es un reto para ti, ¿no es así?

Su amigo está en lo cierto. Además, de alguna manera, se lo debe a Patricia. Ella creó aquel enigma para que lo solucionara, posiblemente más como un juego que como algo real. Aunque sospechaba que se metía en la boca del lobo, era imposible que imaginara que estaba escribiendo sus últimas palabras. Quizá, algún día, más adelante, cuando todo hubiese pasado, Patri tenía pensado enseñarle el tablero a ella y ponerla a prueba para ver si era capaz de solucionarlo. Un reto mayúsculo para la chica más inteligente del instituto. Así se vengaría de la derrota sufrida en el *escape room* del día de su cumpleaños. Y luego ambas acabarían riendo y buscando otro rompecabezas que resolver.

Pobre Aria. Su adivinanza había llegado a sus manos demasiado pronto.

Entra en el salón y recuerda las caras de sus padres y de Bely, la hermana pequeña, sumidas en una profunda tristeza. Siente un dolor indescriptible en su interior. Observa el tablero y la posición final de la última partida de Magnus en el torneo de São Paulo–Bilbao de 2011. La que le sirvió para ganar. Esa es la última que analizaron ayer. Debajo de las piezas, en aquella sopa de letras, continúa oculto el nombre del asesino de Patricia Herrero y de Aurora Ríos. Tiene que averiguar la clave que la lleve hasta ese nombre, sea el de Virginia Ayuso o no.

Sí, se lo debe a las dos chicas asesinadas, a sus familias y a ella misma.

—Si quieres, preparamos algo en la cocina y, mientras comemos, jugamos la siguiente partida. Es la primera del torneo de 2012, ¿verdad?

Julia asiente, aunque no muestra el menor entusiasmo. Tal vez eso sea lo mejor: rechazar la invitación de Iván y comer con su querido y fiel Emilio. Es la sonrisa de su amigo la que, en esta ocasión, la contagia a ella.

—¿No prefieres que pidamos algo? No quiero arriesgarme a quemar la cocina.

—Reconócelo: no te apetece cocinar.

—Nada de nada.

—¿Y si hacemos unos sándwiches? Facilito, rápido y no tenemos que encender ningún fuego. Me salen muy bien los vegetales.

—Eso le sale bien a todo el mundo, Emi —comenta Julia, que sonríe divertida—. Venga, haz tú los sándwiches mientras yo me cambio de ropa y llamo a mis padres, a ver por dónde andan. Quizá hoy tengamos que declarar en el cuartel.

—Perfecto. Pero no pienso ponerles tomate. Ya sabes que lo odio.

El joven gesticula como si le diera mucho asco, algo que le sucede desde pequeño. El tomate es superior a él, al nivel que Voldemort odia a Harry Potter. Después abre el frigorífico para buscar los ingredientes necesarios con los que preparar un par de sándwiches vegetales.

Julia aprovecha que su amigo estará distraído unos minutos para subir a su habitación. Cierra la puerta y rápidamente se quita el vestido negro —denominado ya por todos como «el vestido de Miércoles Addams»— y se pone un pantalón corto y una camiseta.

Se sienta en la cama con el móvil en la mano. Suspira resignada. Antes de llamar a sus padres, debe explicarle a Iván que no va a comer con él. Marca su número y espera a que responda. Nadie lo coge. Insiste una segunda vez, pero corre la misma suerte. ¿Una tercera? En esta oportunidad, al tercer *bip*, escucha la voz del joven del que está enamorada.

—¡Hola! ¡Estaba deseando saber de ti! —exclama Iván entusiasmado. Su emoción le pone las cosas más difíciles.

—Hola. ¿Te pillo en buen momento?

—Sí. Perdona que no te lo haya cogido a la primera. Estaba hablando con mis padres.

—¿Todo bien con ellos?

—No. Todo mal. Pero no importa. Ya saben lo que hay. Les toca asumir que este año no haré selectividad y que, casi con toda seguridad, me expulsarán del instituto.

—Uf. Qué duro. ¿Y tú? ¿Ya lo has asumido?

—A medias. Prefiero ponerme en lo peor y que sea lo que tenga que ser. Pero cuando hable con el director y la profesora de Historia, iré con la verdad por delante. Se acabaron las mentiras.

¿Se acabaron las mentiras? ¿Para todo? Es como si le estuviera respondiendo a propósito, pero de forma indirecta, a las dudas que Vanesa ha vuelto a sembrar en ella. Iván no miente, Iván es inocente. ¿Es lo que pretende que su cerebro procese o simplemente ha sido casualidad que haya dicho eso justo en aquel momento de incertidumbres?

—Te veo animado —le dice Julia, que trata de escapar de las idas y venidas a las que la somete su cerebro—. Eso es bueno.

—Aunque no te lo creas, pensar en ti hace que me venga arriba y que los conflictos con mis padres los deje en un segundo plano. Ya no me importa tanto ese examen de Historia ni sus consecuencias.

Julia se derrite al oírle. Se frota los ojos y no sabe si echarse a reír, decirle que se vaya con el cuento a otra parte o colgarle y correr hasta su casa para comérselo a besos. De cualquier forma, no conoce lo suficiente a Iván como para saber si es sincero o está marcándose un papel merecedor de un Goya.

—Eso seguro que también se lo decías a Vanesa y al resto de tus novias —se anima a comentar Julia ruborizada mientras se toca la cara que tiene ardiendo.

—Siento que pienses así.

No lo siente. Está convencida de que no lo siente de verdad. Al contrario. Le gusta jugar, tontear; lo nota en su tono de voz. Es una parte de Iván que no conocía, que hasta ahora no había visto. Ni en el supermercado ni en sus charlas de los últimos días. ¿Será por su liberación? ¿Se ha quitado la presión de encima y ahora actúa con más naturalidad?

—¿Por qué no quedamos para comer, merendar, cenar…, lo que tú quieras, y te demuestro que ahora mismo solo me importas tú?

Es un órdago. Una declaración de intenciones por todo lo alto. ¿Forma parte del juego que se trae entre manos o realmente está desesperado por verla?

La joven no sabe qué hacer. Porque una cosa es lo que desee, otra lo que haga y una tercera alternativa lo que deba hacer: desear, hacer y deber, normalmente, no coinciden en el tiempo.

—Comer no puedo. Que cene fuera no les haría ninguna gracia a mis padres, tal como están las cosas ahora mismo. ¿Merendar? Mmm. Quizá.

—A las seis me paso por tu casa.

—No. Yo te llamo o te escribo y te digo dónde vernos y a qué hora. Aún no estoy segura de que pueda.

—Acepto. Inténtalo. Tengo muchas ganas de verte.

Si fuera de otra manera, le diría que en su Instagram tiene unas cuantas fotos en las que sale más o menos bien para que la vea las veces que quiera. Pero ella no es así. Se limita a responder que lo intentará y que, cuando esté segura de lo que hará, se pondrá en contacto con él. Iván se da por satisfecho y ambos dan por concluida la llamada.

Julia se echa el pelo hacia atrás nerviosa. Sentada en la cama, quiere gritar. Se siente saturada. Confusa. El amor está cortocircuitando sus neuronas y la convierte en una persona tremendamente insegura. Eso la preocupa y le da miedo. Ya no es que fantasee con el chico del que lleva enamorada desde hace tantos meses; es que resulta que ese chico le está proponiendo quedar y le asegura que piensa en ella a todas horas. ¡No hay cociente intelectual, memoria eidética o cubo de Rubik que controle eso!

Hecha un lío, sale de la habitación y baja a la cocina. Emilio ya casi ha preparado los sándwiches y no tienen mal aspecto. Son dos plantas de pan de molde compuestas, a simple vista, de lechuga, aguacate, aceitunas, pepino y mayonesa.

—Voy a abrir esta lata de espárragos que he encontrado en la despensa. No se los he puesto todavía porque no sabía si te gustaban.

—Sí, me gustan. No te preocupes. Adelante.

El chico hace un gesto de conformidad con el dedo pulgar y se dispone a rellenar cada sándwich con los espárragos blancos. En el proceso, pregunta a su amiga por lo que le han dicho sus padres.

—No he hablado con ellos al final —improvisa Julia echándose las manos a la cabeza para darle autenticidad a su olvido—. Me he entretenido mirando las redes sociales después de cambiarme y se me ha ido el santo al cielo. Cuando comamos, los llamaré.

La chica se lamenta de volver a mentirle, pero es por su bien. Solo lo hace para que no sufra. Para que no se sienta mal por lo que está comenzando entre Iván y ella. Seguro que existirá un instante mejor para hablar con él de ese asunto.

—Mientras terminas de hacer eso, voy a poner la mesa.

—Vale. Ya casi está. Tienen buena pinta y no hemos quemado nada esta vez.

—Ni te has cortado.

—Eso también es importante.

Los dos ríen tras el intercambio de comentarios. La chica coge un par de vasos y dos servilletas y lo lleva todo al salón. Los deja encima del sofá mientras quita el ajedrez y coloca un mantel sobre la mesa. Cuando termina, se queda mirando fijamente el tablero. Ensimismada. Como si en aquella habitación solo existieran ella y la partida jugada por Magnus Carlsen. Cierra los ojos, se concentra y despeja la mente. Vuelve a venirle a la cabeza lo que pensó ayer: la clave no está en los movimientos, sino en la posición final de las piezas. Tiene que ser así. El corazón se le acelera de golpe cuando abre otra vez los ojos. Y es que está sonando el timbre de casa. ¡No será Iván!

—¡Están llamando! —grita Emilio desde la cocina.

—¡Voy yo! —exclama ella mientras se apresura a llegar rápido a la puerta.

Si es Iván, no sabe cómo va a actuar, ni si será capaz de ocultarle a Emilio lo que está pasando entre ellos.

Temblorosa, abre la puerta. Pero no es al chico del *piercing* a quien se encuentra al otro lado. Vanesa tiene los ojos rojos de llorar. Va impecablemente vestida, como siempre, pero algo en ella ha cambiado respecto a su aspecto habitual. Algo que Julia no acierta a adivinar, aunque lo percibe. ¿Inseguridad? ¿Miedo? ¿Impotencia?

—Hola —susurra su compañera de clase—. Como no me cogías el móvil ni respondías mis mensajes, me he decidido a venir a verte. Tengo que hablar contigo. Es muy importante.

CAPÍTULO 58

Sábado, 8 de abril de 2017

Llegó el día. El gran y esperado sábado del concierto en el que Ed Sheeran va a desatar la pasión entre sus seguidores. Escuchar en directo a su cantante preferido e ir acompañada de la persona que más quiere en el mundo hacen que aquella tarde de abril sea la mejor de la vida de Aurora.

—¿Estás nerviosa? —le pregunta Virginia después de dar un pequeño sorbo a su bebida y soltar la taza sobre la mesa.

Aurora dice que no con la cabeza, pero enseguida cambia la respuesta y asiente tímidamente. Por supuesto que está nerviosa. ¡Está hecha un flan! ¡Ojalá aquel sábado de abril no terminase nunca! Por primera vez en mucho tiempo, sonríe y tiene verdadera ilusión por algo.

Todavía queda un buen rato para que comience el concierto. Por eso han decidido sentarse en una cafetería y merendar. La chica se ha decantado por un batido de fresa y la profesora, por un café con leche. Comparten un trozo de tarta de manzana, que en aquel sitio está para chuparse los dedos.

—Voy a llamar a mi madre para decirle que ya hemos llegado.

—Muy bien. Mientras, le voy a escribir un WhatsApp a mi marido.

Cada vez que pronuncia la palabra «marido», a Aurora se le resquebraja en pedacitos el corazón. ¿Es que nunca lo va a dejar? ¡Si la quiere a ella! Eso es lo que le dice al menos. Pero entiende que no es una situación fácil. Una profesora saliendo con una alumna menor de edad. Si se enteraran en el instituto, las dos tendrían muchos problemas. Por no hablar de lo que dirían en el pueblo y la que se liaría. La gente se lanzaría al cuello de Virginia y ella volvería a estar en boca de todos, como cuando su padre se largó de casa.

Sin embargo, ninguna de las dos ha mentido respecto a con quién se encuentra en ese momento. Ambas han contado que iban al concierto con la otra. Aurora le ha explicado a su madre que su profesora de Matemáticas es la fan número uno de Ed Sheeran y que ninguno de sus compañeros de clase había querido acompañarla. Aunque a Vera le ha extrañado que le diera a ella la entrada que le regaló, se ha quedado satisfecha al saber que Virginia la llevaría y la traería de vuelta en su coche. Además, es sorprendente lo que la presencia de un adulto tranquiliza a los padres.

Nadie sospecha lo que está ocurriendo entre ambas. No han dado motivos y se han mostrado extremadamente prudentes. Apenas se han visto a solas fuera de horas de instituto. Tres viernes consecutivos por la tarde, en los que la mujer tenía tutoría y clase con los mayores de dieciocho. Clandestinamente, en el vestuario que utilizan para cambiarse en Educación Física sus compañeros, porque Aurora jamás se quita la ropa frente a las chicas de su clase. Esconde algo que nadie puede ver.

En cambio, Virginia ya conoce sus cortes. Fue durante la segunda vez que quedaron en el vestuario. La joven estaba muy excitada. Tan centrada en besar los labios y el cuerpo de su profesora que no se percató de que la mujer había bajado las manos hasta el comienzo de su suéter. Cuando tiró hacia arriba y dejó al aire su abdomen, el que iba a ser su primer contacto sexual terminó convirtiéndose en una charla intensa y reponedora. Una conversación sin complejos, repleta de verdades y de confianza ciega. Aquella tarde no hicieron el amor —algo que sí sucedió siete días después—, pero acabó con una promesa: Aurora no se volvería a cortar más.

—Pásalo bien. Imagino que llegarás tarde a casa, así que cenaré fuera —dice en voz alta Virginia, que lee el WhatsApp con el que Fernando le ha contestado—. Cenará con la que se está tirando, después de fo…

La mujer se contiene. Mira a Aurora, que también la observa a ella fijamente, y chasquea la lengua. ¿A quién pretende engañar? Está haciendo lo mismo que su marido. Peor. Porque la que tiene enfrente es solo una adolescente que ni siquiera ha cumplido la mayoría de edad. Cuántas veces se lo ha recriminado a sí misma en las últimas semanas. Entonces, ¿de qué se queja? Vale, si no estuviera convencida de que Fernando está liado con otra mujer, no habría caído en la tentación... Aunque debe reconocerse a sí misma que no hace aquello por despecho ni venganza; Aurora realmente le gusta mucho. Con aquella joven está descubriendo sensaciones y sentimientos que jamás había experimentado. Sospechaba de su bisexualidad, pero hasta que su alumna la besó no se lo había creído de verdad. Pase lo que pase entre ambas, siempre le estará agradecida a la chica que le ha abierto esa puerta y la ha ayudado a descubrir otra parte de sí misma.

—Perdona. Esta tarde es solo para nosotras —comenta Virginia, que ya ha recuperado la calma—. Nada de marido, de instituto, ni de nada que no tenga que ver con el pelirrojo y contigo y conmigo. ¿Vale?

La chica asiente, aunque en el costado se ha llevado un puñetazo invisible que la ha dejado de primeras sin aliento. Con frecuencia, Fernando es el tema de conversación. Ella escucha y permite que Virginia se desahogue, pero no le hace demasiada gracia que hable tanto de él. Bastante tiene con ser la amante furtiva. Teme que, en cualquier momento, su profesora ponga punto y final a lo que tienen. Que llegue el «no puede ser» de su boca y todo acabe. Lo vería razonable, pero le haría muchísimo daño.

—¿Qué te ha dicho tu madre? —pregunta Virginia, que desea correr cuanto antes un tupido velo.

—Nada. Que disfrute mucho del concierto y que te dé un beso de su parte.

—¡Genial! Quiero ese beso. Pero en la boca.

—¿Qué? ¿Aquí?

—Estamos en la ciudad. Nadie nos conoce —comenta Virginia mirando a un lado y a otro—. Uno pequeñito.

—Me da vergüenza —susurra Aurora.

—Pues entonces tendré que dar yo el paso.

La profesora se pone de pie y se coloca al lado de su estudiante. Coge la servilleta, se inclina sobre ella y finge que le limpia el jersey. Al incorporarse, a mitad de camino, sus rostros se quedan a pocos centímetros de distancia. Es el instante que aprovecha la mujer para darle un beso en los labios a la joven. Muy breve, dulce y prohibido. Pero increíblemente delicioso. Aquello excita a ambas, que planean continuar la merienda en el baño de chicas de la cafetería.

—En lugar de hacerte madurar por estar con una treintañera, yo estoy regresando a mi adolescencia. ¡Esto que hemos hecho es propio de dos jóvenes que no pueden controlar sus hormonas!

Aurora suelta una leve carcajada al escuchar a su profesora. Acaban de salir del baño de la cafetería, donde se han metido mano, y se dirigen caminando tranquilamente al lugar del concierto.

—Tú eres muy joven todavía.

—Ya una va cumpliendo sus añitos. Hay cosas que empiezan a caerse, otras a estar más blandas... —bromea—. Pero no me puedo quejar.

—Vir, mírate. Estás impresionante —dice la joven repasándola de arriba abajo con la mirada—. Todos lo dicen. Eres la tía buena del instituto. Estás en todos esos *top* estúpidos que hacen los de mi clase, por encima de cualquier alumna de bachillerato.

—¿En serio? Ya será para menos.

—¿No escuchas lo que los tíos comentan? A veces, me pongo muy celosa.

La mujer sonríe y, en un gesto inconsciente, agarra la mano de Aurora. Es la primera vez que caminan de la mano en público. A la joven le sorprende, pero no se suelta.

—Todo eso me da lo mismo. Estoy aquí contigo, ¿no?

—Es que no entiendo qué has visto en mí —murmura la joven, que baja la mirada un segundo—. Yo no te llego a la altura de los zapatos.

La profesora entonces se frena en seco. Suelta la mano de Aurora y la mira con seriedad a sus enigmáticos ojos azules.

—No vuelvas a decir eso. Si alguien tendría que estar agradecida soy yo —asegura Virginia casi sin respirar—. Eres una persona increíble. Tienes una personalidad cautivadora y me fascina quedarme perdida en tus ojos claros. Me encanta cómo me hablas y cómo me besas. ¡Y qué coño..., eres muy guapa y muy sexi! ¡Créetelo de una maldita vez! Me pones mucho, ¿sabes?

La chica abre los ojos incrédula. No puede creer que aquella mujer imponente y arrolladora le esté dedicando aquellos halagos. Se sonroja, aunque también esboza una sonrisa. Se vuelven a coger de la mano y continúan caminando.

—Gracias por venir al concierto conmigo. No podía tener una mejor acompañante.

—Gracias a ti por invitarme y por conseguir que hoy sea un poquito más feliz.

A las dos les pide el cuerpo un nuevo beso. Sin embargo, esta vez se retraen y no se animan a entrar en un nuevo local para encerrarse en el baño de chicas. No falta mucho para que abran las puertas del lugar en el que Ed Sheeran está a punto de dar el primer concierto de ese año en España.

Hasta allí se ha desplazado mucha gente de todas partes de España. Y no solo fans y admiradores que entrarán al recinto, también seguidores que se han quedado sin entrada o curiosos que se acercan hasta allí para ver qué es lo que está sucediendo. Entre esos curiosos, hay dos chicas que han descubierto a la pareja desde lejos y se han aproximado discretamente hasta ellas, como las leonas se deslizan sigilosamente hacia su presa. No dan crédito a lo que están viendo.

Vanesa e Ingrid afilan sus garras y se relamen cuando contemplan a Aurora y a Virginia cogidas de la mano. Podría haber alguna duda de si aquello que contemplan no es lo que parece, pero ellas entienden perfectamente lo que está sucediendo. Lo han vivido en sus propias carnes. Una vez que lo descubres, no hay marcha atrás. Es tu propia naturaleza. Ley de vida y sentimientos. Nada más y nada menos que eso.

Ahora lo que deben decidir es cómo jugar con la información que poseen y sacarle el máximo provecho a la situación. Porque, sin duda, aquella jugosa realidad deben exprimirla todo lo que puedan.

CAPÍTULO 59

Miércoles, 24 de mayo de 2017

Lo que Vanesa le cuenta acerca de lo que vieron ella e Ingrid en la ciudad, el día del concierto de Ed Sheeran, no le extraña ni coge desprevenida a Julia. Ya se había enterado por su padre de que Virginia y Aurora mantenían una relación a escondidas.

—Y ahora las dos están muertas. ¿Coincidencia? Yo creo que no —sentencia la joven rubia cruzándose de brazos.

Las chicas han salido a hablar a la calle a petición de Julia, que tenía miedo de que Emilio se entrometiera en la conversación y terminara enterándose antes de tiempo de su beso con Iván. No imaginaba que su compañera de clase iba a contarle otra historia que no tenía nada que ver con su exnovio.

—¿Qué piensas? ¿Que la relación que mantenían Aurora y Virginia es la causa de sus muertes?

—Tú eres la inteligente del pueblo. Saca tus propias conclusiones —señala con vehemencia Vanesa—. Si te cuento esto es para que se lo digas a tu padre. Yo paso de más líos. No quiero volver al cuartel de la Guardia Civil. Me puse muy nerviosa el otro día cuando me hicieron declarar. Pero creo que esta es una información que la policía debe saber, visto lo visto.

Julia está a punto de contestarle que ellos ya están al corriente de aquel romance entre la estudiante de primero de bachillerato y la profesora, pero se lo guarda y simplemente asiente con la cabeza. Sin embargo, parece que hay más. Algo que a Vanesa le cuesta decir, porque no termina de arrancar. Tras iniciar la frase tres o cuatro veces sin éxito, toma aire, respira hondo y continúa hablando.

—Sé que últimamente no he sido una buena persona. ¿Por qué me he portado así? No estoy muy segura —dice mirando a veces hacia arriba y otras hacia el final de la calle—. Tú no lo puedes comprender. En estos tres años que te conozco, ni siquiera te he visto llegar tarde a clase, decir una palabrota en voz alta o discutir con alguien.

—Tengo mis días, no te creas que soy tan buena.

—Estoy segura de que te vas a dormir todas las noches con la conciencia tranquila. A mí no me pasa eso. Hace tiempo que tengo pesadillas y que me cuesta conciliar el sueño.

La chica suspira al confesar sus problemas para dormir. Julia la observa con cierto grado de asombro e incredulidad. No sospechaba que Vanesa fuera consciente de lo que está admitiendo. Incluso llega a sentir empatía.

—No sé si es por mis inseguridades, por mis complejos o por mi amistad con Ingrid. Ella sí que disfruta con nuestra manera de comportarnos. «Somos malotas con clase», dice. —Sonríe y niega con la cabeza—. Pero me he cansado de eso. Por lo que sea, no estoy satisfecha conmigo misma. Especialmente en los últimos meses. Y más en concreto por lo que ha sucedido en estas semanas.

Se detiene para, ahora sí, mirar a los ojos a Julia, que tiene la sensación de que de un momento a otro va a confesarle algo importante. No se equivoca.

—Como a Aurora y a Virginia, a mí también me gustan las chicas —suelta. Pese a que se ha ruborizado, intenta imprimir todo el convencimiento posible a sus palabras—. Y los chicos. No sé si soy rara o no. O si solo me atrae Ingrid. Si soy bisexual o qué coño soy. Paso de etiquetas. El caso es que Aurora descubrió que Ingrid y yo estábamos liadas y lo utilizó para su beneficio.

—¿Ella lo sabía?

—Sí, y nos amenazó con hacerlo público si no cumplía con un cometido.

Durante unos minutos, Vanesa le explica a Julia el episodio de marzo en el que Aurora las pilló enrollándose en el baño del instituto y la protección que esta le pidió a cambio de su silencio.

—No sabía qué hacer. Nosotras podíamos dejarla en paz y no volver a hablar de ella. Pero ¿cómo podíamos controlar a todo el instituto?

—¿Y qué hicisteis?

—Rezar para que nadie se metiera con ella. Si se sentía ofendida por algo, podía revelar nuestro secreto. ¡Y yo seguía estando con Iván! Y te prometo que yo amaba..., amo a Iván, aunque me lie con Ingrid. Sé que no sueno muy convincente y que no comprendes que pueda querer a dos personas al mismo tiempo. Pero es así, Julia. Te prometo que los amo a los dos.

No quiere juzgarla, aunque le resulta inevitable hacerlo. Para ella es imposible asimilar que alguien quiera a dos personas de la misma forma al mismo tiempo. Además, le estaba siendo infiel a Iván con su amiga del alma. Eso no tiene ninguna justificación.

—Fueron días complicados. Nos temíamos lo peor y que Aurora contara lo nuestro en cualquier momento. Hasta que ese sábado de abril la vimos de la mano con Virginia en la ciudad. Ingrid, lista como siempre, les hizo varias fotos, que utilizamos para contraamenazar a Aurora. Si ella iba con lo nuestro a alguien, nosotras desvelaríamos su relación.

—Una por otra.

—Exacto. Ella tenía su secreto; y nosotras, el nuestro. Su poder sobre Ingrid y sobre mí quedaba anulado. Tablas.

—¿Y Virginia qué dijo sobre aquello?

—No tengo ni idea —reconoce Vanesa, que se encoge de hombros—. Sé que sabía de nuestras intenciones porque Aurora medio me lo dejó caer. Solo hablé con ella una vez más durante el curso. Fue a principios de mayo y me dijo que por nuestra culpa su relación estaba tambaleándose. Que la profe de Matemáticas tenía miedo de que todo saltara por los aires y terminara siendo expulsada del instituto. Aunque yo le prometí que ni Ingrid ni yo diríamos nada del tema si ella tampoco hablaba de lo nuestro. Era un pacto sensato y que respetamos a rajatabla. Por la cuenta que nos traía a todas.

Menuda tensión. Imagina lo que tuvo que ser para Virginia vivir con ese yugo a cuestas. Estaba liada con una alumna, le era infiel a su marido y había dos personas que lo sabían y podían contarlo. Sin embargo, no se le notaba nada. Daba las clases con su alegría habitual. Disfrutaba explicando ecuaciones y derivadas y derrochaba la energía de quien ama lo que hace.

—Y ahora las dos están muertas —repite Vanesa echándose las manos a la cabeza—. Están muertas.

Julia tiene la sensación de que aquella chica ha sufrido mucho a pesar de su aparente coraza de superficialidad y seguridad en sí misma. Y también cree que necesita un abrazo sincero. Así que se acerca a ella y la arropa. Por un instante, piensa que se va a apartar, que la va a mandar a paseo, pero es justo al revés. Vanesa la rodea con los brazos y se aprieta con fuerza a ella, pegando su cabeza al hombro de su compañera de clase.

—Siento haberte insultado —masculla la joven rubia mientras se abrazan—. Quiero empezar a cambiar. Quiero dejar atrás a la Vanesa de ayer. Y para eso… tengo que ser sincera contigo.

La joven se separa de Julia y, después de tragar saliva y tomarse unos segundos para recuperar fuerzas, sigue con sus confesiones.

—Hay más cosas que debes saber. Esta vez es sobre un tema que está relacionado directamente contigo. Y… con Iván.

A Julia le tiembla el cuerpo en cuanto escucha el nombre del chico del que está enamorada. Le da pánico oír lo que Vanesa puede decir respecto a él. En aquel alarde de sinceridad que está teniendo frente a la puerta de su casa, lo más probable es que crea cualquier cosa que le cuente. Sea verdad o no.

—¿Qué pasa con él?

—Nada bueno, amiga. Nada bueno —responde tras dar un fuerte resoplido—. Cuando me dejó el otro día, me sentó fatal. Nadie lo había hecho hasta ahora. Me sentí furiosa, decepcionada, traicionada y terriblemente triste.

—Es lógico que te sintieras así.

—Lo sé. Las rupturas son dolorosas. Sobre todo si quieres mucho a la persona con la que rompes y no eres tú quien toma la decisión.

A Julia no le ha sucedido, pero porque ella todavía no ha salido con nadie. Aun así, comprende el dolor de Vanesa.

—Llevaba unos días muy mal y lo único que se me pasaba por la cabeza era hacerle daño a Iván. Quería que sufriera igual que estaba sufriendo yo. No quería ser la única que se iba a la cama llorando. Y… y entonces…, entonces ayer… alguien me comentó que… os vio. Que… os vio. Fuisteis muy estúpidos besándoos en medio de la calle. ¡En este pueblo cotilla que se entera de todo!

—Lo siento. Yo no…

—No lo sientas. Sé que te gusta Iván desde hace tiempo.

Me daba cuenta de cómo lo mirabas cuando pasábamos por tu lado o andábamos cerca de ti. Pero no te veía como rival. Perdona que sea tan directa. Es así. No eres su tipo y tampoco creo que él sea el tuyo.

Julia arquea las cejas al escuchar a su compañera de clase. No se siente ofendida por lo que le ha dicho. En cambio, sí le preocupa que se le notasen tanto sus sentimientos hacia el chico del *piercing* en la ceja.

—Yo te veía más con el friki... Perdona, con Emilio. Hacéis buena pareja. De verdad. Muy buena pareja —dice Vanesa con una sonrisa que Julia no consigue identificar si es sarcástica o sincera—. Pero al saber que Iván y tú estabais enrollados, cambié el objetivo de mi ira. Y me centré en ti. Tienes que perdonarme. Eso lo hizo la Vanesa de ayer, la Vanesa cruel. La Vanesa que intentó que creyeras que Iván podía tener algo que ver con las muertes de Aurora y de Patricia. Por eso te conté que Aria sabía que él había estado en el instituto la tarde en que mataron a Aurora. Es mentira.

—¿Te lo inventaste?

—Sí, Julia. Patri no sabía nada. No sabía nada —repite Vanesa, que ahora no cesa de gesticular con las manos, moviéndolas arriba y abajo muy deprisa—. Así que Iván no tenía motivo para matarla. Tampoco a Aurora. De hecho, con ella no había hablado nunca. Él me aseguró, y le creo al cien por cien porque lo conozco bien, que no entró en el vestuario el viernes por la tarde. Únicamente cambió el examen de Historia, cogió la bicicleta en cuanto pudo y salió del instituto a toda pastilla. Solo quería hacerte dudar, que no tuvieras clara su inocencia. Tonta de mí, ¿cómo alguien como yo podría engañar a la persona más lista del mundo?

Pues lo había conseguido. Vanesa había logrado poner en jaque la credibilidad del chico de sus sueños. Ya puede respirar tranquila: Iván es totalmente inocente.

—Me alegro de que hayas cambiado de parecer y hayas venido a contarme todo esto —le dice Julia aliviada. No está enfadada con ella, aunque motivos tiene de sobra para estarlo—. No te guardo ningún rencor. Por mí, asunto olvidado.

—Hay más.

—¿Más?

¿Todavía más? ¡Aquella chica es una bomba de relojería! ¡Cómo puede una persona guardarse tantas cosas dentro!

—Sí. Aunque Iván es inocente y no tiene nada que ver con los asesinatos de nuestras compañeras de clase, no es precisamente un santo.

—¿A qué te refieres?

—Ayer, después de salir de la comisaría, vino a pedirme explicaciones. Sabía que habíamos sido Ingrid y yo las que habíamos alertado a la policía de que mentía. Él sí que había estado en el instituto cuando mataron a Aurora, y estaba tan enfadada por lo que me había hecho… Bueno, sin avisarme, fue a mi casa. No quería dejarle entrar, pero acabé cediendo. Lo odiaba. Lo odiaba con todas mis fuerzas. Discutimos. Muy fuerte. Gritamos. Nos dijimos un montón de cosas y…

Vanesa se muerde el labio y se pasa las manos por la cabeza. Julia se impacienta al ver que no continúa. ¿Qué va a decirle?

—¿Y…?

—Y terminamos en mi cama echando el mejor polvo que recuerdo. Sí, Julia, Iván se acostó conmigo unas horas después de besarte a ti en medio de la calle.

CAPÍTULO 60

Miércoles, 24 de mayo de 2017

Está cabizbaja y tristona desde que ha entrado de nuevo en la casa. Emilio le ha preguntado en varias oportunidades si le pasa algo, pero Julia le ha repetido una y otra vez que nada. Simplemente, que Vanesa la ha puesto un poco nerviosa.

Mientras comen, la chica le ha explicado la conversación que han mantenido en la calle, salvo las partes directamente relacionadas con Iván y ella. Esas se las reserva.

—¡Menuda tía! Jamás cambiará, por mucha intención que te haya dicho que tiene de hacerlo —comenta Emilio, que se limpia la boca que se ha manchado de mayonesa—. Seguro que pronto encuentra a otra víctima a la que hacerle la vida imposible. Es su naturaleza.

—Yo la he visto sincera.

—No me creo nada de lo que venga de ese triángulo de los horrores. Vanesa, Ingrid e Iván son lo peor.

Julia no dice nada. Se mete en la boca el último trozo de su sándwich vegetal y después bebe un trago de agua. Esta vez no va a defender a Iván. El golpe moral ha sido terrible. Que se acostara con Vanesa unas horas después de que la besara a ella le ha dolido en el alma. No puede confiar en él. No, ya no. Ni siquiera va a llamarle. No se lo merece. Ya decidirá qué hacer cuando procese todo lo que circula ahora por su cabeza.

—Bueno, ¿nos ponemos con el ajedrez? —le pregunta a Emilio después de ir a la cocina y meter en el lavavajillas el vaso y el plato que ha utilizado.

—Muy bien. Regresemos al universo Magnus.

La joven coloca el tablero sobre la mesa del salón. Vuelve a situar las piezas en la posición de inicio y revisa en los folios la próxima partida que tienen que desarrollar. Se disputó en la jornada inicial de la Final de Maestros del Grand Slam de 2012 y enfrentó a Carlsen con Fabiano Caruana. El campeón noruego perdió con negras frente al ajedrecista de origen italiano.

—No te he comentado lo que se me ocurrió ayer —dice Julia pasándole el papel a su amigo para que le cante las jugadas—. He pensado que, tal vez, la resolución al enigma esté en la posición final de las piezas y no en los movimientos.

Emilio analiza lo que la chica le dice y le ve sentido. Es una opción viable y que no han tenido en cuenta hasta ese momento.

—Así que, a partir de esta partida, miraremos si hay alguna posibilidad de formar palabras con el resultado definitivo de cada enfrentamiento.

—¿Y tendremos que volver a las anteriores si en estas no damos con la clave?

—Sí, no nos cuesta nada. Solo tenemos que posicionar las piezas tras el último movimiento y comprobar si nos dicen algo o no. Hay que probarlo todo, Emi.

—Bien. Es una opción interesante. ¡Vamos a ello! ¡Arriba ese ánimo!

Julia sonríe y se deja llevar por el entusiasmo de Emilio. Qué bien le viene tenerle a su lado tras el desengaño de Iván. Pero no va a pensar más en eso. Debe abstraerse y concentrarse plenamente en las partidas de Magnus. Aquello ya le ha hecho perder demasiado tiempo.

La Final de Maestros del Grand Slam de 2012, disputada en Bilbao y São Paulo, es de lo más interesante. Julia disfruta muchísimo desarrollando las partidas de su ídolo mientras las analiza en el tablero. Ajedrez de muchos quilates.

En poco más de dos horas, supervisan las ocho primeras y parte de la novena, la que enfrenta a Magnus con Anand, en un duelo legendario, el clásico del ajedrez moderno. Son casi las cinco de la tarde cuando el móvil de Emilio suena. Al joven casi le da un patatús cuando ve el nombre de su padre en el teléfono. Se lo enseña a Julia mientras se ajusta las gafas. Se levanta y empieza a andar de un lado a otro.

—Contesta, Emi.

—No puedo. No sé qué quiere de mí.

—Si no se lo coges, no lo vas a averiguar.

—Me da miedo. La última vez que hablé con él casi nos pegamos.

En el tiempo que Emilio se debate entre si debe responder al teléfono o no, la llamada se pierde. El chico se queda mirando fijamente su *smartphone* y se sigue cuestionando la razón por la que su padre desea contactar con él. ¿Y si ha pasado algo malo?

Instantes después, apenas cinco o diez segundos más tarde, el móvil vuelve a sonar. Otra vez es él.

—Emi, o lo coges tú o respondo yo. ¡Debes hablar con tu padre!

—¿Y si es para recriminarme algo más?

—Para lo que sea. Responde. Ya.

En esta ocasión, el chico obedece a su amiga. Resopla como si tuviera un huracán en los pulmones y pulsa el telefonito verde que da pie a la conversación.

—Hola, papá. ¿Cómo estás? —dice inseguro mientras

se dirige al patio. Prefiere que Julia no escuche la charla porque, si se altera demasiado o llora, no quiere que su amiga lo vea.

La joven permanece sentada en el sillón. Está igual de nerviosa que Emilio. No tiene ni idea de la razón por la que lo llama su padre, pero teme que sea para algo negativo. Todo lo que ocurre últimamente es negativo. Eso le provoca una gran desazón, porque hasta ahora su vida siempre había estado rodeada de positividad y optimismo, a pesar del duro y muchas veces crudo trabajo de sus padres. ¿Es esa la manera de convertirse en adulta?

Desde allí no escucha lo que Emi habla con su padre. No quiere acercarse para no molestar al chico. Ya se lo dirá él. Así que, para matar el tiempo, continúa el juego entre Carlsen y Anand. Recuerda cómo termina, ya que, según los expertos, es una de las mejores partidas de ajedrez de este siglo. Y es que la manera en que Magnus vence al campeón indio es sublime.

Emilio no tarda mucho en regresar. Intenta averiguar por la expresión de su cara cómo le ha ido, pero su gesto es tibio.

—¿Y bien? ¿Qué te ha contado?

—Quiere hablar conmigo.

—¿Cuándo?

—Ahora mismo. Me espera en una cafetería de la plaza.

—¿No te ha dicho para qué?

—No. Solo que debemos hablar —dice el joven. Aún le tiemblan las rodillas—. Así que voy a ir a ver qué es lo que quiere contarme.

—¿Estás seguro?

—Claro que no. Le tengo miedo, Julia. No sé cómo va a reaccionar. Y no sé cómo voy a reaccionar yo. Pero… tengo que ir.

La chica asiente con la cabeza. Sí, debe acudir a la cafetería y hablar con él. Le tranquiliza que sea en un lugar público; así, por muy fea que se ponga la cosa, no cree que ninguno de los dos pierda los papeles completamente y haga ninguna locura.

Emilio se despide de su amiga, que le observa desde el umbral de la puerta hasta que gira a la izquierda en la calle y desaparece. Julia se mete de nuevo en la casa y ruega para que todo le salga bien. De vuelta en el salón, observa el tablero, aunque en esta ocasión no ve nada. Está preocupada por aquel chico de pelo azul al que quiere tanto. Su chico. Luego piensa en Iván; el que sí debería ser su chico de verdad, al que besó, del que se enamoró perdidamente tras una conversación en el ascensor de un supermercado. ¿Por qué la vida lo pone tan difícil? Todo sale siempre al revés.

Y otra vez esa sensación de desazón. Activa la melancolía de tiempos mejores, en los que su cubo de Rubik y el ajedrez eran sus mayores desafíos. De vez en cuando, se enfrentaba a un libro de Agatha Christie e intentaba averiguar quién era el asesino antes de que la escritora diera la solución final. Al principio, no acertaba ni una, pero poco a poco le fue cogiendo el truco. Y se enfadaba con ella por no engañarla. Quería novelas en las que no resolviera el final antes de tiempo. Y terminaba planteándose la idea de escribir algún día un libro en el que al lector le fuera imposible descubrir al culpable hasta la última página. Algún día…

El móvil, siempre el inoportuno móvil, suena en el salón. Sonríe al comprobar que es su padre. Echa de menos las charlas con él y con su madre al mediodía o durante la cena. Esas charlas…

—Hola, papá. ¿Desde dónde me llamas?

—Pareces la presentadora de un concurso de televisión. Soy Miguel Ángel y llamo desde Villanueva —responde el sargento de la Policía Judicial aguantando la risa—. Sigo en el cuartel. Acabamos de hablar con Fernando, el marido de Virginia.

—¡Ah! ¿Y qué ha dicho?

—Nos ha explicado cómo sucedieron los hechos. Bastante detalladamente. Está afectado, pero no tanto como debería. O esa es la impresión que nos ha dado. Es un tipo bastante frío.

A Julia entonces le viene a la mente la teoría de Emilio sobre el papel de aquel hombre y su posible implicación en la muerte de la profesora del Rubén Darío. Quizá va siendo hora de planteársela a su padre.

—Papá, ¿ha sido realmente un suicidio? ¿Se tiró ella por el balcón de su piso?

—Sí, ¿por qué lo dices?

—¿No hay ninguna posibilidad de que la empujaran?

—No. Ninguna —responde Miguel Ángel con mucha seguridad—. Dos testigos, que estaban en la calle, la vieron lanzarse.

—¿Dos testigos la vieron?

—Sí. También nosotros habíamos pensado en la posibilidad de que su marido tuviera algo que ver en su muerte, ya que estaba con ella en el momento en que saltó. Pero una pareja de turistas asegura que, cuando Virginia se arrojó desde el balcón, estaba completamente sola. Además, tu madre no ha encontrado señales de forcejeo ni de agresiones en ella. Y, para tirarla por ese balcón, habría necesitado forzarla porque es suficientemente alto como para que no bastase solo con un pequeño empujón. La mujer se habría defendido y posiblemente habrían aparecido indicios de lucha, tanto en ella misma como en su marido. A él no lo hemos examinado, aunque no presenta rasguños visibles ni en los brazos ni en la cara.

—No hay duda entonces de que es un suicidio.

—Al noventa y nueve coma nueve por ciento, estamos seguros de ello.

La teoría de Emilio se desvanece por completo con aquella afirmación tan rotunda. Sin esa pata, su versión de los hechos no se sostiene. El marido de Virginia no la mató. Ella se lanzó al vacío por algún motivo. Y no cree que fuera por sentirse culpable de asesinar a sus alumnas. Eso no le cuadra. Ella no lo hizo. Está convencida, aunque fuera al vestuario el viernes por la tarde. Acudió a reunirse con Aurora, como hacía a menudo, pero se la encontró muerta. Recuerda perfectamente su rostro en el entierro de la chica. Sus lágrimas eran reales. Ella se vino abajo con la muerte de su alumna. La quería. Sin duda, la quería mucho.

—Papá, ¿el marido de Virginia la vio lanzarse por el balcón?

—Sí. Lo vio todo. Y no logró reaccionar a tiempo para detenerla —señala el sargento de la Policía Judicial—. Acababa de pedirle el divorcio. Quizá ese fue el motivo por el que saltó. Aunque no lo tenemos claro.

—¿El marido le había pedido el divorcio?

—Exacto. Puede que fuera el desencadenante. Aunque nos ha contado que llevaban un tiempo mal. La separación era algo que se veía venir, según él.

Si era previsible, no debió de suponer un disgusto tan decisivo como para tomar la decisión de suicidarse. Además, Virginia mantenía una relación sentimental con Aurora, por lo que aquello le podría venir hasta bien a medio o largo plazo. A lo mejor lo del divorcio solo fue la gota que colmó el vaso.

—Es todo muy raro. Le pidió el divorcio y saltó. Así, ¿sin más? ¿No discutieron?

—Dice que no. No acaloradamente. Fernando nos ha contado que, mientras le explicaba que él se iría a vivir a un piso de alquiler y que ella podía quedarse allí, Virginia tenía la televisión puesta y estaba viendo *Espejo Público,* en Antena 3. ¿Sabes a quién entrevistaba Susanna Griso?

—No, ¿a quién?

—A nuestro amigo Roberto Méndez, que le contaba sus últimas exclusivas del Asesino de la brújula y jugaba a ser el reportero más dicharachero de la rabiosa actualidad.

—Ese hombre está en todas partes. Qué pesadilla.

—Es muy pesado —comenta Miguel Ángel tras soltar un soplido—. Con la voz de nuestro querido periodista de fondo, Fernando le hablaba de los próximos pasos a dar. Pero, de repente, su mujer se puso muy tensa y le gritó que se callase. Se levantó de la cama donde estaba sentada y empezó a decir cosas sin mucho sentido.

—¿Cosas sin mucho sentido?

—Sí. Palabras sueltas o construcciones cortas que su marido no entendió muy bien. No recuerdo ahora; está anotado en el informe de la declaración —le explica el hombre, que se queda en silencio a continuación. A los pocos segundos, regresa—. Julia, me están llamando. Tengo que irme. ¿Todo bien?

—Sí, papá. Tranquilo. Estoy liada con el ajedrez de Aria —dice mientras observa el tablero de reojo—. Estoy probando una cosa. A ver si…

Y, de pronto, lo ve. En su cabeza escucha la banda sonora de *Una mente maravillosa,* que tararea a veces mientras hace el cubo de Rubik. No puede creerlo. Allí está. ¡Allí está el final del camino! ¡La resolución del enigma de Aria! Como la gran W en la película *El Mundo está loco, loco, loco,* que tanto le gustaba de pequeña y que veía con sus padres todas las Navidades.

Las piezas del lado izquierdo del tablero marcan la palabra «asesino» y el resto…

—¿Julia? ¿Estás ahí? ¿Me escuchas? Oye, ¿me escuchas? —pregunta insistentemente Miguel Ángel al no recibir ninguna respuesta de su hija—. ¿Se ha cortado?

—No, papá. Sigo aquí —contesta emocionada y, al mismo tiempo, abrumada por su descubrimiento mientras se aparta una lágrima que resbala por su mejilla—. ¡Lo he conseguido! Por fin, lo he conseguido. Acabo de averiguarlo... ¡Ya sé quién es el asesino de Aurora Ríos y Patricia Herrero!

CAPÍTULO 61

Miércoles, 24 de mayo de 2017

Desde la casa de Julia hasta las proximidades de la cafetería en la que han quedado, Emilio no para de pensar en la charla que va a mantener con su padre. Le tiembla todo el cuerpo. Los últimos meses han sido muy convulsos, llenos de discusiones y salidas de tono de uno y de otro. Tampoco su madre ha ayudado a que la situación se suavizara. El chico la considera igual de culpable. Aunque con ella la sangre no ha llegado al río, como casi ocurre el lunes por la noche con él. Todavía tiene en la retina la pelea en la que estuvieron a punto de pegarse. Cada vez que la recuerda, le entra mal cuerpo y se arrepiente de lo que hizo. No entiende cómo pudo mostrarse tan agresivo. Demasiada tensión y mal rollo en casa últimamente.

El joven llega a la plaza principal del pueblo. El sitio en el que ha quedado con su padre se encuentra justo al otro lado, enfrente de donde está. Elige el camino de la derecha para llegar hasta allí. Cada paso que da le cuesta más. Es una especie de milla verde para Emilio, en la que tiene la impresión de que al final le está esperando su condena.

Sin embargo, a la mitad del recorrido, al pasar por delante de otro de los bares de la plaza, algo llama su atención. En la terraza de Casa Julián comparten la misma mesa tres personas que conoce muy bien. Son dos hombres y una mujer. Se trata de sus profesores Scarlett Smith y Alberto Montero, acompañados de Roberto Méndez, que es quien parece que lleva la voz cantante. El periodista habla gesticulando constantemente con las manos mientras los otros dos le escuchan muy serios. ¿Qué les estará contando?

Emilio pasa por delante de ellos y los saluda.

—Viñales, ¿qué haces tú por aquí? —pregunta el profesor de Educación Física, que es el único que se levanta de la mesa para darle una palmadita en el hombro.

—Voy a... merendar con mi padre.

—Fenomenal. Hace mucho que no veo a Antonio.

—Está siempre muy ocupado. Se pasa horas y horas en el despacho.

—Es lo que tiene su trabajo. Salúdalo de mi parte.

—Lo haré.

El chico se despide de los tres haciendo un gesto con la cabeza y prosigue su camino. Aunque no se aleja demasiado. Finge que se le ha desatado un cordón de la zapatilla y se agacha detrás de una silla. Desde ahí oye perfectamente lo que se comenta en la mesa. De nuevo saca a relucir el periodista que lleva dentro.

—Como os estaba diciendo —toma de nuevo la palabra Roberto Méndez—, sé que la brújula que encontraron en el vestuario del instituto es tuya, Alberto. Y el coletero, tuyo, Scarlett. Ayer solo di la noticia, sin mencionaros, pero tengo la responsabilidad de informar a la gente de todo lo que cae en mis manos.

—Si das nuestros nombres, nos vas a destrozar.

—No es mi intención, Alberto. Y lo sabes —le asegura el periodista, que se mueve constantemente en una silla en la que no encaja del todo bien—. Por eso os doy la posibilidad de defenderos. De explicar la verdad. Ya que el Rubén Darío no ha dicho nada al respecto.

Porque finalmente, tras conocer la noticia de la trágica muerte de Virginia Ayuso, el instituto no hizo ninguna nota oficial respecto al coletero y la brújula que habían aparecido en la escena del crimen de Aurora Ríos y cuya propiedad se les había atribuido a dos de sus profesores. El suicidio de su compañera de profesión pasó por encima de todos y lo que habían planeado se canceló.

—¿Y qué tenemos que hacer? —interviene ahora Scarlett agobiada—. Ya hemos declarado en el cuartel. El coletero es mío, lo reconocí. Pero hacía unos días que no lo veía. La policía me creyó. O eso me dijeron.

—Pues eso mismo debes contar en la televisión.

—No me gustan las cámaras. Me entrarán los nervios y no me sabré expresar correctamente en español.

—Te lo pondré fácil, Scarlett. Te lo aseguro. Y a ti también, Alberto. Solo debéis contar la verdad. Yo os echaré una mano cuando lo necesitéis y no habrá preguntas trampa. Os lo juro.

El periodista sonríe ampliamente dejando entrever su irregular dentadura, desprovista de algunas piezas. Luego mira hacia donde Emilio todavía se está atando el zapato. El joven se da cuenta de que Méndez se está fijando en él y acelera el procedimiento. Se levanta y se marcha de allí. Ya ha oído suficiente. Sabe las intenciones de aquel hombre y para lo que se ha reunido con los dos profesores: carnaza televisiva. No le sorprende.

Méndez no es el modelo en el que fijarse. Cuando él sea periodista, intentará hacer las cosas de otra forma. Sí, la audiencia es importante, pero no lo es todo. En aquel pueblo han muerto tres personas en los últimos días y parece que lo único que le importa a ese tipo es el sensacionalismo más morboso.

Mientras reflexiona sobre ética periodística y el mal ejemplo que es Roberto Méndez para la profesión más bonita del mundo, llega a la cafetería en la que le espera su padre. Emilio lo ve sentado en la terraza. Tiene una taza humeante sobre la mesa y está revisando el móvil. Seguro que está trabajando. Siempre está trabajando. El hombre no advierte su presencia hasta que su hijo se encuentra a menos de cinco metros de él. No se pone de pie ni sonríe. Simplemente, extiende la palma de la mano derecha y le pide que se siente en la silla libre. El joven le hace caso y ocupa el otro asiento.

—¿Quieres tomar algo?

—No, gracias. Estoy bien.

La tensión entre ambos es evidente. Se puede palpar en aquel ambiente enrarecido. A Emilio le sudan las manos y le entra, en la pierna derecha, un desconcertante tembleque que no logra detener. Aunque ve a su padre tranquilo y de él se puede esperar cualquier cosa, sospecha que también debe de estar nervioso.

—¿Cómo te encuentras, Emilio? —le pregunta Antonio, que cambia radicalmente la expresión de su rostro. De repente, lo ve más amable, más gentil. Le recuerda al hombre con el que jugaba de pequeño y con el que veía los CD de *Campeones* una y otra vez—. ¿Te tratan bien en la casa de tu amiga?

—Muy bien. Julia, Miguel Ángel y Aitana son muy amables conmigo.

—Me alegro de que te sientas a gusto en alguna parte. Luego le escribiré al sargento para darle las gracias.

El chico asiente con la cabeza y contempla a su padre en silencio, aunque sin mirarle a los ojos. Antonio tampoco habla durante varios segundos. Él sí que tiene la vista fija en los ojos de su hijo.

—Quiero que vuelvas a casa, Emilio. Tu madre y yo queremos que regreses hoy mismo. No es una orden, es una petición.

Las palabras del hombre parecen sinceras y no son ninguna imposición. Más bien, al chico le suenan a ruego. Pero no se fía.

—Sabes que, si vuelvo, discutiremos a la mínima. Y yo no puedo más.

—Yo tampoco. Creo que no hemos sido del todo justos contigo. Por eso, quería disculparme. Lo siento si te has sentido mal por mi culpa. Un padre siempre quiere lo mejor para su hijo, pero en ocasiones perdemos la perspectiva.

De nuevo, Emilio se sorprende de lo que su padre le dice y cómo se lo dice. ¡Le está pidiendo perdón! ¡Él, que nunca le pide perdón a nadie y va con la verdad absoluta por bandera! No sabe qué contestarle. ¿Es realmente cierto aquello que está pasando?

—Papá, yo…

—Tú también tienes que poner de tu parte —le interrumpe Antonio—. Reconozco que no he sido el mejor padre contigo. Que debería haber respetado más tus gustos, tu forma de ser…, tus fricadas. — Sonríe mientras señala con la barbilla la cabeza del chico, en clara referencia a su pelo tintado de azul—. Incluso aguantaremos esa música de chinos que escuchas.

—Es J-Pop, papá. Y es japonesa.

—Lo que sea, Emilio. Haremos lo que esté en nuestra mano para que la convivencia mejore. Pero necesitamos, tu madre y yo, que también pongas tu grano de arena. No puedes hacer lo que te dé la gana siempre. Hay una serie de normas que debes cumplir. Si quieres, hablamos sobre ello en casa y lo debatimos.

En casa. Su casa. Volver es algo que no se había planteado. No todavía. Ni siquiera está seguro de que lo que le está proponiendo su padre sea lo que de verdad vaya a ocurrir. Pero es un paso. Un enorme paso basado en el respeto. Y después de una inesperada disculpa.

—No sé si es buena idea que vuelva ya, papá.

—¿Por qué no es buena idea?

El chico está a punto de responderle que es porque tiene miedo de que se repita lo de los últimos meses. Por mucha voluntad que haya de solucionarlo, un asunto así no se resuelve de la noche a la mañana. Pero, en realidad, la verdad es otra: lo que más le costaría sería dejar a Julia. Dormir en la habitación de al lado, disfrutar de cada comida con ella, pasar juntos tantos momentos del día... Todo eso desaparecería si regresara a casa con sus padres. Pero también entiende que aquello no será para siempre y que quizá es mejor cortar antes de que se acostumbre más. Además, Julia no lo quiere como él la quiere a ella. Y terminará sufriendo. Está seguro de ello. Porque es imposible no sentir lo que siente cuando está tan cerca de la chica de quien está enamorado.

—Deja que me lo piense, ¿vale? —dice el joven tras unos segundos de indecisión en los que ha analizado sus posibilidades—. Esta noche te llamaré y te diré lo que haré. ¿Te parece bien?

El hombre se abre de brazos y da un sorbo al café. Luego, alcanza su móvil y hace una llamada.

—Hola, Almudena —saluda Antonio a su mujer cuando esta responde al otro lado de la línea—. Sí, ya he hablado con él... No lo sabe todavía. Esta noche nos dirá algo. Sí, está bien. Todo tranquilo.

Emilio observa atentamente a su padre mientras habla por teléfono con su madre. Ellos sí que se llevan bien. Muy bien. Es curioso que todos los enfrentamientos hayan sido con él. Pocas veces en su vida ha visto discutir a sus padres, que se complementan a la perfección y, después de casi veinte años de matrimonio, todavía parecen enamorados. En este caso el refrán de los polos opuestos no viene al caso. Ellos son muy parecidos y también se atraen.

—No, no le he dicho nada sobre eso —comenta Antonio, que mira a su hijo—. Vale, ahora se lo cuento… Bien… Vale, te veo ahora. Un beso. Yo también te quiero.

El hombre cuelga y deja el móvil encima de la mesa. Da un último sorbo y busca con la mirada al camarero para pedirle la cuenta. Emilio ha escuchado el final de la conversación y lo contempla inquieto. ¿Qué tiene que contarle que todavía no le ha dicho?

—¿Hay algo más de lo que tengamos que hablar? —le pregunta algo ansioso.

—Sí. Tu madre y yo lo hemos pensado detenidamente y creemos que lo mejor para ti es que el año que viene te vayas del pueblo. Solo si tú quieres, por supuesto. Como te dije antes, no te impondremos nada. Solo te lo planteamos.

—¿Irme de aquí? ¿Adónde?

—Adonde tú quieras. A Londres, Madrid, Barcelona, Estocolmo… Cualquier ciudad que te parezca atractiva. Este sitio cada vez es más complicado. Será muy difícil que salga adelante después de lo que está sucediendo. Adolescentes asesinadas, una profesora que se tira por el balcón de su casa, un alcalde que va de escándalo en escándalo, prensa sensacionalista… Esto, en el futuro, se pagará. Y el precio no será barato. Estará marcado para siempre. Incluso nosotros estamos planteándonos montar el despacho lejos del pueblo.

—¿Vais a cambiar el despacho de lugar?

—Probablemente. Y que tú te vayas de aquí dependerá de ti, Emilio. Tuya será la decisión de dónde quieres estar el curso que viene.

CAPÍTULO 62

Miércoles, 24 de mayo de 2017

Estaba deseando llegar a casa para mirar aquellas fotos con tranquilidad. Un grupo de chicas del instituto —cinco estudiantes de segundo de bachillerato— estaban sentadas en una de las cafeterías de la plaza, aprovechando el calorcito de la tarde. Ya han dejado atrás las chaquetas y los vaqueros largos. Cada vez se ponen ropa con menos tela. Si es que van provocando. ¿No se dan cuenta?

No ha podido contenerse.

Con su móvil ha hecho varias fotos disimuladamente, sin que ellas se enterasen. Es una suerte que los teléfonos de hoy en día lleven una cámara incorporada de tan buena resolución. Una gran suerte.

Ya, lo sabe: se dijo a sí mismo, tras la muerte de Aurora Ríos, que nunca más caería en la tentación; que la policía estaba demasiado cerca y que, cuantos menos riesgos corriera, mucho mejor. Aunque, con Patricia Herrero fuera de combate, no tiene nada que temer. O eso es lo que cree.

En cualquier caso, esas imágenes le dan la vida. Y no hacen daño a nadie. Solamente satisfacen su instinto. ¿Es peligroso si las pasa al ordenador? Seguro que no. Ya no hay nada que temer, aunque tiene sus dudas. Miedo de que lo hackeen o algo por el estilo. Pero es que en el móvil no las ve del todo bien, aunque haga *zoom* en determinadas partes de sus cuerpos. Quiere contemplar sus perfectas figuras en plenitud. No, no debe tener miedo. No hay motivos para temer.

Busca el cable USB en su habitación, que no puede estar más desordenada. Hace siglos que no hace la cama y un gran montón de ropa se acumula encima de una silla. Tiene que hacer la colada con urgencia. Luego. Cuando termine. Últimamente le cuesta mucho llegar al final o llega al final enseguida. No lo controla. ¿Será por la edad? ¿Por la tensión? No está seguro, pero espera que las fotos que ha hecho esa tarde le ayuden.

Sí, definitivamente pasará las fotos a su portátil. En la pantalla del ordenador verá cada detalle muchísimo mejor.

No encuentra el cable USB por ninguna parte.

—Mierda, ¿dónde estará? —se pregunta en voz alta. Empieza a desesperarse.

Si no aparece, no podrá transferir las fotografías que ha hecho desde su móvil al portátil y no conseguirá verlas en grande. ¿Y si se conforma con mirarlas en su *smartphone*? ¡No, joder! ¡No! ¡Ya se había hecho a la idea de que las pasaría al ordenador!

¿Y si es una señal? Una indicación del destino de que no debe arriesgarse. A lo mejor, lo que tendría que hacer es borrar las fotos del teléfono y así evitar cualquier peligro.

¡Y una mierda! Ya eliminó su magnífica colección, que tanto trabajo le había costado almacenar durante los últimos años. ¡No piensa cargarse las imágenes que ha obtenido esa tarde! ¡Por encima de su cadáver! Se angustia al pensar en la palabra «cadáver», pero ya no hay marcha atrás. Tiene cosas que hacer. Así que sigue buscando el cable USB hasta que, por fin, da con él en el cuarto de baño. Respira aliviado y, muy nervioso, se pone manos a la obra. Regresa a su habitación y alcanza el portátil. Se tumba en la cama con él y conecta el móvil al ordenador para pasar las fotos de un aparato al otro.

—No estoy enfermo. Solo es instinto —murmura, en un intento de autoconvencerse, al tiempo que observa la pantalla—. Solo es instinto animal. ¿Por qué la sociedad no me entiende? Dios seguro que sabrá perdonarme. Solo él debe juzgarme.

CAPÍTULO 63

Miércoles, 24 de mayo de 2017

«Emi, estoy en el cuartel para declarar. Si vas a casa, he dejado la llave debajo del felpudo de la entrada. Espero que te esté yendo bien con tu padre. Luego te cuento».

Julia le envía el WhatsApp a su amigo y echa un vistazo a su alrededor. Está sentada sola en la sala de reuniones del cuartel de la Guardia Civil. Su padre ha pedido que la lleven allí en lugar de a la fría habitación en la que suelen hacer los interrogatorios y donde se les toma declaración a los testigos. Resulta bastante más acogedora que la otra estancia. También es más luminosa y espaciosa y no transmite sensación de agobio. Su mobiliario es de lo más sencillo. Simplemente consta de una larga mesa con doce sillas en torno a ella. Delante de cada una hay colocados un montoncito de folios, un bolígrafo y un vaso de cristal. Cuatro cuadros sobrios, todos ellos de paisajes, adornan las paredes, aunque su cometido más bien parece el de que no estén totalmente vacías.

La puerta se abre y la chica contempla a un joven uniformado que lleva en las manos una bandeja con refrescos y una jarra de agua. Se trata del policía local Marcos Martín. El muchacho entra y deja las bebidas sobre la mesa.

—Hola, Julia. ¿Qué te apetece? —le pregunta sonriente—. También tenemos café.

—Un poco de agua, gracias. Pero no te preocupes, ya me la echo yo luego, cuando empecemos.

El joven no le hace caso y llena un vaso hasta algo más de la mitad. Se lo entrega a Julia y se queda mirando el ajedrez que la chica ha llevado al cuartel. Las piezas están colocadas en la posición final de la partida entre Carlsen y Anand perteneciente a la ronda nueve del torneo de maestros del Grand Slam de 2012.

—Me gusta jugar al ajedrez, pero soy muy malo —comenta Marcos, que se inclina para observar el tablero con más detenimiento—. ¿Por qué hay letras escritas en cada casilla?

Se ve que a él no le han explicado nada del tema. Julia no sabe si puede contarle algo al policía y se toma su tiempo antes de responder. Coge el vaso de agua y da un trago.

—¿Te gusta jugar? —le pregunta al muchacho, que no aparenta más de veinticinco o veintiséis años, sabiendo que él mismo se lo acaba de decir. Por ahí puede abrir una vía de conversación y no tener que contarle lo de las letras escritas en el tablero.

—Sí, me enseñó mi padre cuando era pequeño. Pero no se me da demasiado bien.

—Es cuestión de práctica. Como todo.

—Lo imagino. Aunque también habrá que tener talento y ser inteligente para ser un buen jugador. De eso no voy sobrado.

—Yo creo que el ajedrez tiene mucho de intuición —comenta Julia, que alcanza la jarra de cristal y vuelve a llenar el vaso—. Y de anticipación. Es tan importante lo que tú piensas como lo que está pensando tu adversario. Si consigues averiguar sus planes, tendrás gran parte de la victoria en tus manos.

—Uf. Para eso hay que ser muy listo —dice Marcos mientras se rasca la cabeza—. Como tú o tu padre. Está claro que de tal palo, tal astilla. Aquí le tenemos un respeto enorme al sargento Plaza.

Julia sonríe ilusionada, como si el halago se lo hubiera hecho a ella. Está muy orgullosa de lo que Marcos Martín acaba de decir. Tanto su padre como su madre gozan de una reputación intachable en sus respectivos trabajos. ¿Cómo alguien pudo cuestionarlos en la investigación del Asesino de la brújula? Afortunadamente, eso se terminó. Ya saben quién es el malo de aquella terrible película que ha puesto patas arriba el pueblo que los acogió hace casi tres años. El final está cerca.

El policía local se despide de Julia y la deja otra vez sola en la sala de reuniones del cuartel. Pasan varios minutos sin que nadie aparezca. Aquel silencio la pone un poco nerviosa. Está deseando contarlo todo y salir de allí. Pero debe tener paciencia. Su padre está ahora mismo hablando con los jefes y debe aguardar órdenes. Él ya sabe quién es el asesino de las que fueron sus compañeras de clase. Sin embargo, lo que toca ahora no es nada fácil, según le ha explicado antes por teléfono. El primer paso es que ella les explique a los responsables del caso qué ha descubierto y cómo lo ha hecho.

«Ya he hablado con mi padre. Todo bien. Mejor de lo esperado. Ya te contaré yo también. Voy camino de tu casa. Luego hablamos. Que te sea leve».

El WhatsApp de Emilio la deja más tranquila. Por lo menos no da la impresión de que la charla con su padre haya sido un desastre. Luego se contarán las novedades de un asunto y del otro. Porque su amigo no sabe nada de su descubrimiento. Él todavía no conoce la identidad del asesino. Cuando se lo revele, se quedará con la boca abierta, tal y como se quedó ella hace un rato tras resolver el enigma de Aria.

Los minutos continúan pasando y casi son las cinco y media de la tarde. A Julia no se le ha olvidado que Iván le había propuesto quedar a merendar a las seis. Ella tenía que llamarlo para confirmarle el sitio y la hora definitiva. Sin embargo, después de la charla con Vanesa y la confesión que esta le ha hecho, en la que ha reconocido que ayer se acostó con su exnovio un rato más tarde de que ellos se besaran, las ganas de estar con el chico del *piercing* en la ceja se han evaporado por completo.

¿Debe llamarle? Está convencida de que, si ella no lo hace, lo hará él. Sí, lo más adecuado es hablar con Iván y poner fin a toda aquella historia sin sentido.

Cuando se coloca el móvil en la cara y suena la señal de llamada, no está muy segura de lo que va a venir a continuación. Escuchar su voz resulta todavía más extraño y las ganas de colgar inmediatamente son enormes. Pero resiste y lo saluda con amabilidad. Intentando controlar sus emociones.

—Bueno, ¿dónde te apetece que merendemos? ¿Quieres que cojamos el bus y nos vayamos a dar una vuelta por la ciudad?

—Iván, no voy a quedar contigo. —La voz de Julia suena seria, tajante. Le cuesta, pero es capaz de refrenar sus ganas de decirle que se vaya a la mierda y que se busque a otra.

—¿No? ¿Por qué? ¿Qué ha pasado?

¿Le da explicaciones o no se las da? ¿Debe enviarlo lo más lejos que pueda o se queda pegada al móvil y le pide que no siga haciendo el ridículo?

—Vanesa vino antes a hablar conmigo.

—¿En serio? ¿Y qué te ha dicho?

La chica se muerde los labios con fuerza, hasta incluso hacerse daño. ¿Le contesta o le cuelga inmediatamente?

Piensa muy deprisa. Y sí, aquello tiene que terminar. Dejarle claro que no se puede reír en su cara.

—Iván. Voy a ser muy clara: me gustas mucho, pero no tolero que…

—No te andes con rodeos, Julia. ¿Qué te dijo? —le interrumpe nervioso el joven—. ¿Qué mentira te contó Vanesa para que estés así conmigo?

—¿Fuiste ayer por la tarde a su casa?

—Sí, fui para pedirle explicaciones. Sabía que ella había sido la que me había delatado a la policía.

—¿Y… os… acostasteis?

El silencio viaja de un lado a otro de la línea durante unos cuantos segundos que a Julia le parecen toda una eternidad. Cuando el chico vuelve a hablar, su voz parece diferente. Como si acabara de ver el final de *El diario de Noa.*

—¿La has creído? ¿Has dado por hecho que ella y yo nos acostamos?

—Parecía muy segura.

—Muy segura. Ya.

—¿Es verdad o no? Solo quiero que me digas eso —le pide Julia, que se siente confusa.

—No. Por supuesto que no. Fui a su casa. Hablamos. Y me fui sin que pasara nada. Esa es la realidad. No nos acostamos. Te lo prometo.

La firmeza de sus palabras la hacen dudar de nuevo. ¿Vanesa se lo ha inventado? ¿Es alguien capaz de hacer algo así solo para fastidiar a otra persona? ¿Pretendía hacerle daño a su exnovio o a ella?

La chica ya no sabe qué pensar ni en quién confiar. De todas maneras, no tiene tiempo de analizarlo ni de darle una contestación al chico. Su padre, acompañado de otras cuatro personas, entra en la sala de reuniones. Julia, sin despedirse de Iván, cuelga, apaga el móvil y lo suelta sobre la mesa. No es buena actriz, pero trata por todos los medios de que no se le note la angustia que ahora mismo pesa sobre ella. Sonríe de oreja a oreja y se pone de pie para darle dos besos a su padre. A continuación, uno por uno, va saludando al resto de la comitiva.

Han ido a escuchar lo que tiene que decir: el sargento de la UCO, Arturo Peñaranda, su compañero en la Unidad Central Operativa de la Guardia Civil, el cabo David Ortiz, y el compañero de su padre en la Policía Judicial, Jesús Ordóñez. A esos tres ya los conoce. Al único que no pone nombre ni cara es a un señor de unos cincuenta años aproximadamente, de más de metro ochenta, rapado al cero y con los ojos azules. Si Peñaranda y su bigote imponen, aquel hombre no se queda corto. De hecho, no le gustaría encontrárselo de noche en una calle desierta. Al menos, no sin uniforme policial.

—Soy el teniente Evaristo Monteagudo. Encantado de conocerte, Julia.

La chica le estrecha la mano a uno de los jefes de su padre. Una mano fría y fuerte, provista de dedos largos y firmes, que le aprieta suavemente la suya.

El propio Monteagudo es el que le pide amablemente a la joven que se siente. Él ocupa la silla colocada a la derecha de la joven y Miguel Ángel, la de la izquierda de su hija. Ambos se miran antes de que empiece la reunión en la que Julia va a explicarles a aquellos hombres quién es el asesino de Aurora Ríos y Patricia Herrero. Cuando todos están sentados, el teniente es quien toma la palabra.

—Bien. El tiempo es oro y, cuanto antes encontremos la manera de meter en prisión a ese canalla, antes habremos completado nuestro trabajo. Julia, cuéntanos: ¿cómo has averiguado la identidad de ese criminal?

La chica toma aire y mira de nuevo a su padre, que le

hace una señal afirmativa con la cabeza. La presencia de aquellos hombres le impone bastante, pero es hora de encerrar al culpable.

—Todo ha sido gracias a mi querida amiga Aria... Mi compañera de clase Patricia Herrero, la segunda víctima del asesino —les aclara—. Ella dejó un enigma escondido para que yo lo resolviera. Ocultó el nombre de esa persona en un tablero de ajedrez repleto de letras y hasta esta tarde no he logrado descifrar su mensaje —dice Julia prácticamente de corrido, sin hacer pausas ni respirar—. La verdad podemos encontrarla en esta partida de Magnus Carlsen, mi jugador de ajedrez preferido.

La joven les explica con todo tipo de detalle cómo ha llegado al nombre del Asesino de la brújula. Desde el acróstico de Aria en la carta en la que venía dibujado el tablero hasta la resolución final en la partida entre Magnus y Anand.

—Si observan, cada pieza está encima de una letra. Si unimos todas las que están sobre casillas ocupadas, de abajo arriba, y de izquierda a derecha, tomando como referencia las fichas blancas, que son las piezas que llevaba Magnus, tenemos la respuesta.

Julia entonces toma uno de los folios y el bolígrafo que tiene delante. Con decisión, y acordándose de las dos chicas asesinadas, escribe en el papel lo que las veintiuna piezas que hay sobre el tablero indican, ahora sí, con absoluta claridad: «asesino es director Lázaro».

CAPÍTULO 64

Jueves, 25 de mayo de 2017

A pesar de que ya está muy claro lo que dice el tablero de ajedrez que dejó Patricia Herrero antes de morir, poner en marcha el dispositivo para detener a Lázaro Martínez no resulta tan sencillo. Aquella prueba no será suficiente para demostrar que el director del Rubén Darío es el asesino de las que fueron sus alumnas.

Necesitan algo más contundente para llevarlo ante un tribunal. Algo que la Policía Judicial encuentra a la mañana siguiente durante el registro de la casa de Lázaro. Fue a primera hora, justo antes de que este se dirigiera al entierro de Virginia Ayuso. Miguel Ángel Plaza, con su equipo, y la secretaria judicial Andrea Torres, en nombre del juez Otamendi, se personaron en el domicilio del director del instituto. El profesor, que ya se había tomado el primer *whisky* solo de la mañana, sabía que su fin estaba muy cerca cuando la Guardia Civil llamó a su puerta. En la cocina, dentro de un bote de Cola Cao vacío, encontraron el móvil de Patricia Herrero. Y en su ordenador, en un primer análisis superficial, aparecieron unas cuantas fotos de varias chicas tomadas el día anterior en la plaza principal del pueblo. Aquello resultó muy sospechoso. Solo era una milésima parte de lo que encontrarían horas después los informáticos en ese mismo ordenador. Una ristra de imágenes que los especialistas consiguieron rescatar sin demasiados problemas del disco duro del ordenador. Cuando vieron todas esas fotos de chicas del Rubén Darío, algunas centradas en determinadas partes de su cuerpo, se echaron las manos a la cabeza.

La detención fue inmediata.

—Es muy fuerte que él sea el Asesino de la brújula —comenta Emilio, sentado en el sofá del salón de la casa de Julia, mientras ven las noticias en la televisión.

Acaban de anunciar que Lázaro Martínez ha sido detenido con relación al caso de las estudiantes asesinadas en las últimas fechas. Sin embargo, el tema de las fotos todavía no ha trascendido.

—Sí, todavía no me lo puedo creer. Me parece increíble. Nuestro propio director.

Desde que Julia regresó ayer del cuartel, apenas han hablado de otra cosa; ni siquiera han ido esa mañana al entierro de Virginia Ayuso, celebrado en el pueblo de su profesora de Matemáticas. Solo se tomaron un receso por la noche, después de la cena, para que Emilio le explicara su decisión de volver a su casa durante el fin de semana. Fue algo que la joven recibió con gran alegría por lo que significaba. Que sus padres y él se plantearan mejorar la convivencia a partir de ahora era una gran noticia, aunque, sin duda, lo echará de menos.

De lo que el chico no le habló a su amiga es de su posible marcha a otro lugar para el curso que viene. Ese asunto todavía no lo tiene nada claro. No se ve viviendo lejos de Julia. Sabe que distanciarse de ella terminaría por poner en peligro su amistad, y eso es lo último que querría en la vida. Pero pronto tendrá que tomar una decisión.

—Nunca habría sospechado de Lázaro, la verdad —continúa Emilio, que no para de reflexionar sobre el gran descubrimiento de su amiga—. Siempre me ha parecido una persona muy sensata. ¿Por qué las mataría?

Esa pregunta, que el joven lanza al aire, se la llevan repitiendo desde ayer. También el resto de la gente, ya que ningún medio ha conseguido dar aún con la posible respuesta. Esta vez no ha habido filtraciones a la prensa. Tampoco Miguel Ángel ha hablado todavía con su hija del «tema fotos». El sargento de la Policía Judicial se fue por la mañana muy temprano y aún no ha regresado.

—Espero que pronto lo sepamos.

—Sí, es lo único que nos queda por conocer del caso, ¿no?

La teoría que Julia y Emilio han elaborado en esas horas no deja muchos cabos sueltos y creen que se ajustará bastante a la realidad. Lázaro Martínez mata con un bate de béisbol, por algún motivo todavía desconocido para ellos, a Aurora Ríos en el vestuario del Rubén Darío. Ese viernes por la tarde, Aurora ha acudido al instituto tras quedar con Virginia Ayuso, con quien mantiene una relación en secreto. Aquel es el sitio de sus encuentros clandestinos. Sin embargo, cuando la profesora entra en el vestuario, ve a la joven tirada en el suelo con un golpe en la cabeza. Le da la vuelta para comprobar si está viva y, al descubrir que no, se asusta. Entonces, se da cuenta de que Aurora lleva encima el móvil repleto de mensajes suyos y la cadenita tobillera que ella le regaló, que pueden implicarla en aquel asesinato o, como mínimo, hacer que salga a la luz su relación con una menor de edad, que además es su alumna. La mujer decide llevarse el teléfono y la cadenita para evitar cualquier sospecha y acusación contra ella y los oculta en su casa, con todo el dolor de su corazón. Pero es completamente necesario. Tal vez prevé deshacerse de ellos definitivamente más adelante, cuando pase un tiempo y descubran al verdadero asesino. En su casa está a buen recaudo; en su habitación, entre la ropa interior, nadie los encontrará.

Así piensan que se fraguó el primer asesinato.

Por otra parte, Patricia Herrero se entera de algo, como bien le dijo a Julia en el entierro de Aurora, que está relacionado con la culpabilidad de Lázaro. Él estaba delante cuando Aria le insinuó a ella que tenía información sobre el asesino y le preguntó si debía de hablar con su padre sobre aquel tema. El director logra quedarse a solas con Patri, quizá en el cementerio, y la convence para que vaya a charlar con él al instituto, que ese día había suspendido las clases y estaba vacío. Allí la mata, en su propio despacho, y le arrebata el móvil para que parezca un crimen idéntico al anterior, propio de un asesino en serie, con brújula incluida. Luego, simula que ha encontrado el cadáver de la estudiante y llama a la policía. De lo que no tenía ni idea el director Lázaro Martínez es de que Patricia había dejado escrito el nombre de su asesino en el tablero de ajedrez. Sin esa pista, posiblemente habría costado mucho dar con el culpable o a lo mejor nunca lo habrían descubierto.

—¿Y Virginia? ¿Por qué se suicida? —se pregunta Julia en voz alta.

—Porque no pudo aguantar más. Aurora estaba muerta y su marido acababa de pedirle el divorcio.

—Ya...

Es bastante lógico. Sin embargo, a Julia no termina de convencerla la opinión de Emilio. Que su marido le pidiera el divorcio unos minutos antes de que saltara por el balcón podría ser el motivo definitivo, el famoso desencadenante, pero Virginia ya sabía que las cosas no estaban bien entre ellos desde hacía bastante tiempo y, además, ella le había sido infiel con Aurora. ¿Por qué perdió los nervios y salió corriendo hacia el balcón de esa forma en plena charla con

Fernando? De nuevo, algo no le cuadra. Su intuición la avisa de que debe de haber más. Un factor que se le escapa.

—En cualquier caso, ya tenemos al culpable —dice Emilio, que coge el mando para cambiar de canal—. Solo nos falta saber los motivos por los que Lázaro asesinó a Aurora y a Aria y cuántos años de cárcel le caerán.

La chica asiente en silencio y continúa viendo la tele sin prestar demasiada atención. Emilio ha sintonizado el canal local. Roberto Méndez aparece sentado en su plató cutre, con la imagen de Lázaro Martínez superpuesta en un recuadro a su derecha.

—Hoy teníamos preparadas dos entrevistas relacionadas con el caso del Asesino de la brújula, muy interesantes, con las que teníamos intención de despejar algunas dudas. Íbamos a hablar con dos profesores del Rubén Darío, Scarlett Smith y Alberto Montero, a los que había invitado para aclarar ciertos aspectos de la investigación en los que su honor estaba en juego. Pero la actualidad manda. Y ya tenemos al culpable. Al maldito Asesino de la brújula. Todavía no me lo puedo creer. No encuentro las palabras para explicar cómo me siento ahora mismo y el tremendo dolor que me invade. Pensaba que conocía bien a Lázaro Martínez. Sin embargo, el tópico esta vez se cumple: nunca terminas de conocer de verdad a alguien…

Emilio no soporta más la cantinela de aquel hombre y cambia de canal. Ni él ni Julia escuchan, pocos minutos después, como Roberto Méndez anuncia su sentidísimo adiós a la cadena en la que, dice, ha sido inmensamente feliz. Pero no es una despedida definitiva: lo han fichado en una televisión nacional, de la que no puede dar el nombre todavía. Seguirá informando al pie del cañón, con la verdad siempre por delante, a sus queridos y fieles espectadores.

—Bueno, ¿y ahora qué? —pregunta el chico desperezándose. Por la noche, apenas ha pegado ojo dándole vueltas a lo que había hablado con su padre—. ¿Quién asumirá el cargo de director del Rubén Darío? ¿Serán los exámenes la semana que viene? ¿Nos darán un aprobado general en Francés? ¿Y en Matemáticas?

Julia se encoge de hombros. Eso, ¿ahora qué? Los últimos días han sido muy intensos y han estado llenos de todo tipo de sobresaltos y hechos sorprendentes. Algunos, muy tristes. La resolución final no ha sido buena, a pesar de que se ha hecho justicia. Le entristece que detrás de los crímenes se encuentre Lázaro Martínez, un hombre al que admiraba y respetaba. ¿Qué tendría en contra de Aurora para que decidiera quitarle la vida?

Esa pregunta no deja de inquietarla, porque ignora la respuesta. Aunque imagina que el director lo va a confesar todo en el interrogatorio al que su padre y la UCO llevan sometiéndole desde por la mañana de aquel jueves de mayo.

—¿Sabes? Me estoy durmiendo —comenta Emilio después de bostezar—. ¿Te importa que me eche una siesta?

—Claro que no me importa. Vete a dormir un rato.

—Luego, si quieres, hacemos tortitas con chocolate para merendar. ¿Te parece?

—Me parece perfecto.

El chico se pone de pie, tras repetir bostezo, y sale del salón. Julia escucha sus pasos subiendo las escaleras hasta la primera planta. Enseguida oye como se cierra la puerta del cuarto de invitados.

Ella también está rendida después de tantas emociones. Tal vez también debería descansar un poco y recuperar fuerzas. Se quita los zapatos y se tumba en el sofá. Cierra los ojos y se duerme en apenas unos segundos. Solo son diez minutos, hasta que el sonido de su móvil le interrumpe el sueño. El que la llama es Iván. Resopla y baja el volumen casi al máximo. No quiere hablar con él. Ya se lo advirtió ayer. Necesita tiempo. Sea verdad o mentira lo que Vanesa le ha contado, no le apetece seguir jugando al gato y al ratón. No quiere coleccionar más desengaños.

Sin embargo, el chico del *piercing* en la ceja insiste. Esta vez con un mensaje de WhatsApp:

> «Julia, ¿qué tengo que hacer para que me creas? ¡Esa tía solo quiere vengarse! Y lo está consiguiendo. ¿Es que no piensas en el beso que nos dimos? ¿No te gustaría repetirlo? ¡Lo nuestro es muy especial! Por favor, recapacita. Llámame. No puedo dejar de pensar en ti».

La joven se pasa la mano por la cara en señal de desesperación, y abandona el teléfono sobre la mesa del salón. No va a responderle. Todavía no. A lo mejor está siendo injusta con Iván y es quien dice la verdad, porque Vanesa no es muy fiable y pudo engañarla, pero prefiere tomarse las cosas con calma. Al menos, de momento. Al menos, hasta que duerma la siesta. Vuelve a cerrar los ojos e intenta conciliar el sueño en el sofá. Lo consigue a los pocos minutos. Sueña con un ajedrez en el que las piezas son personas que conoce. Magnus es el rey blanco y Lázaro Martínez, el rey negro. En un momento de la partida, su padre, que se ha transformado en un caballo, le plantea una cuestión. Julia, con un vestido de reina y una corona en su cabeza, cree entender: «¿Por qué Lázaro ha matado a Aurora si no tenía ningún motivo para hacerlo?».

No lo sabe. ¡No sabe por qué ha asesinado a la chica invisible! ¡No lo puede soportar!

La joven da un respingo y se despierta de golpe. Está empapada en sudor. Abre los ojos y contempla a su padre a su lado. Miguel Ángel no tiene muy buena cara.

—¿Cuándo has vuelto? —le pregunta Julia incorporándose en el sofá.

—Hace un minuto. ¿Y Emilio?

—Arriba, durmiendo. Los dos estábamos muy cansados y hemos decidido echarnos una siesta. ¿Va todo bien?

El hombre mueve la cabeza de un lado a otro. Está tremendamente serio y a su hija le da la impresión de que ha envejecido desde la última vez que lo vio.

—Hemos estado interrogando a Lázaro Martínez —dice el sargento de la Policía Judicial después de desabrocharse el botón de la camisa—. Al principio, no quería hablar. Ni siquiera con su abogado delante. Pero al final ha terminado cediendo.

—¿Sí? ¿Y qué ha dicho?

—Muchas cosas. Una de ellas es la confesión de la autoría del asesinato de Patricia Herrero.

—¿Lo ha confesado?

—Sí. Lázaro dice que él es el responsable de la muerte de Patricia, pero que no tiene nada que ver con el asesinato de Aurora Ríos. Lo hemos comprobado y su coartada es sólida. Él no mató a esa chica. Y eso significa que hay otro asesino en el pueblo.

CAPÍTULO 65

Viernes, 19 de mayo de 2017

—Oye, Lázaro, no te preocupes. No pasa nada. Es normal que de vez en cuando no…

Sin embargo, para aquel hombre no hay consuelo ni excusa que valga. No es la primera vez que le sucede. Ni la segunda. Ni siquiera ella ha podido ayudarle a que aquello se levante.

—Te prometo que no sé por qué me sucede esto.

—Tienes cincuenta y cinco años. La edad hace mucho. ¿O es que pensabas que toda la vida ibas a ser un semental?

Lo sabe. Ya no es un chaval, ni siquiera un cuarentón capaz de darse un par de homenajes a la semana. Pero eso no le ocurre cuando mira su colección de fotos. Entonces, la adrenalina se le dispara. ¿Es que no va a poder hacer el amor nunca más con una mujer de carne y hueso? ¿Solo se excita con imágenes de jóvenes de instituto?

El hombre, sentado en la cama de aquella modesta habitación, deja escapar un suspiro. Hacía tiempo que no visitaba a Mariana, la mujer que antes conseguía que todos sus huesos temblaran sobre el colchón.

—¿Cuánto te debo? —le pregunta Lázaro, que se pone de pie y camina hasta la silla en la que ha dejado la ropa.

—Nada, cariño. No hace falta que me pagues.

—Has perdido el tiempo conmigo. Ya sabes que soy legal. Voy a pagarte. ¿Cuánto quieres?

Mariana resopla y le pide veinte euros. El hombre saca la cartera del pantalón y le da treinta. Después vuelve a sentarse en la cama.

—¿Tienes algo que hacer esta noche? ¿Mucho trabajo?

—No, cariño. Eres mi único cliente. La cosa está muy mal en este pueblo —susurra la mujer mientras se dirige al cuarto de baño—. ¿Te vas ya? Voy a darme una ducha.

—Solo son las ocho y cuarto. Te espero.

—¿Te apetece ducharte conmigo?

Lázaro se lo piensa durante unos segundos. Tal vez de esa forma consiga lo que no ha logrado antes. Mariana le atrae desde que la conoció en un bar de carretera, hace casi veinte años. Su piel oscura, sus ojos negros como el azabache y esa dulzona manera de hablar le ponen. Sin embargo, hoy no ha dado la talla. Quién le ha visto y quién le ve.

Los dos se duchan juntos con agua caliente. Se untan el gel el uno al otro, pero, ni aun así, el director del Instituto Rubén Darío logra su propósito.

—Si esto sigue así, usa Viagra, cariño. Es mano de santo —le dice la mujer al tiempo que se seca con una toalla verde y bastante vieja. Cuando acaba, la coloca sobre la cabeza de Lázaro y le frota las sienes.

—No quiero Viagra. Eso es para enfermos.

—¿Para enfermos? Qué antiguo eres. Pero allá tú.

No va a convencerle de que para tener relaciones sexuales tiene que tomarse una pastillita del amor. Puede que ya no sea el de antes, pero la prueba de que no está todo perdido la tiene en los momentos que pasa frente al portátil. Cuando su instinto animal, como él mismo lo califica, sale a flote.

—¿Quieres que cenemos juntos? —le pregunta Lázaro a Mariana, que se está vistiendo.

—No me apetece salir.

—¿Quién ha hablado de salir? Pido un par de pizzas y nos las comemos viendo una película. ¿Qué te parece?

—La pizzería de aquí es un desastre. Este pueblo es una mierda. No sé por qué me quedé.

—Porque vives muy bien.

—¿Yo? Cada vez que salgo a la calle, la gente me mira como si hubiera matado a alguien. Y ya casi nadie me llama. Solo tengo clientes que vienen de la ciudad o extranjeros.

—Yo te he llamado. Venga, cena conmigo.

La mujer protesta en voz baja y, a continuación, esboza una sonrisilla permisiva. Hace muchos años se enamoró de Lázaro Martínez, pero este pasó de ella. Ahora, en cambio, las tornas han cambiado. Incluso le da lástima que haya terminado más solo que la una. Claro que va a cenar con él.

—Está bien. Pero, en lugar de una pizza, ¿por qué no pedimos al restaurante chino?

Lázaro duda un instante y está a punto de decir que no. Odia la comida del Pato de Pekín. Pero no le apetece dormir solo esa noche, así que termina aceptando. Días después, Mariana y aquel pedido a domicilio demostrarían que él no estuvo en el instituto a la hora en que asesinaron a Aurora Ríos.

Por la mañana, Fermín, el conserje del Rubén Darío, lo llamaría para avisarle de que una joven había aparecido muerta en el suelo del vestuario.

Desde ese instante, Lázaro supo que su existencia iba a complicarse y que, para Patricia Herrero, él sería el principal sospechoso del asesinato de Aurora Ríos.

CAPÍTULO 66

Jueves, 25 de mayo de 2017

—Mariana nos ha confirmado que Lázaro estuvo con ella desde las siete y media de la tarde del viernes hasta las cinco de la mañana del sábado. Además, el restaurante chino graba las llamadas de sus clientes a domicilio. Hemos comprobado que el director llamó para hacer el pedido a las ocho y treinta y siete y que fue quien abrió la puerta al repartidor a las nueve y siete. También hemos revisado una cámara de seguridad cercana a la casa de la mujer, que está a varios kilómetros del instituto. El coche de Lázaro pasa por allí a las siete y veintisiete de la tarde.

—Así que todo indica que él no asesinó a Aurora.

—Todas las pruebas lo confirman —asiente Miguel Ángel—. Creo que nos dice la verdad.

Julia ya se ha espabilado completamente. El sueño que tenía se ha esfumado y ahora vuelve a tener los cinco sentidos puestos en lo que su padre le está contando. Lázaro Martínez mató a Patricia, pero no a Aurora. Eso significa que hay dos asesinos, no solo uno.

—¿Y os ha contado por qué… por qué mató a Aria? —se atreve a preguntar la chica, que enseguida percibe la indignación y la frustración en la expresión de su padre.

El sargento no está muy seguro de si ella debe saber los motivos que Lázaro les ha relatado minuciosamente después de que su abogado hablara con él. La policía había rastreado su ordenador y no le quedaba más remedio que confesar. Quizá, si colaboraba, podría reducir la condena. Aunque, en realidad, para él la vida social ya se ha terminado.

—Venga, papá, necesito saberlo —insiste Julia ante el silencio del hombre, que se lo sigue pensando—. No me voy a quedar tranquila hasta que me entere de la verdad.

—Está bien. Pero, por favor, lo que te voy a contar no puede salir de este salón.

—Sabes que se lo diré a Emilio. No te voy a mentir. Compréndeme. Estamos juntos en esto desde el principio.

—Está bien. Solo puedes contárselo a él, pero los dos tendréis que ser una tumba —le ruega Miguel Ángel, que parece realmente afectado por las circunstancias—. ¿De acuerdo?

Julia le promete, una vez más, que ambos serán prudentes y discretos, como hasta el momento. Ellos no hablarán del tema con nadie más.

—No sé por dónde empezar. Esto es tan horrible que me cuesta hablar sobre ello —reconoce nervioso y dubitativo—. Hace unas semanas, tu amiga Patricia se dio cuenta de algo. Pilló a Lázaro haciéndole una foto a una chica de segundo de bachillerato mientras estaba agachada recogiendo unos folios que se le habían caído al suelo. Esto le llamó mucho la atención y comenzó a hacerle un seguimiento al director sin que él lo detectara. ¿Aquella escena había sido un hecho aislado? ¿Una equivocación? No. Era una costumbre. Un vicio. Lázaro os hacía fotos a escondidas. Tenía un arsenal de imágenes de chicas del instituto en su ordenador. Las intentó borrar del portátil, pero los informáticos las han recuperado sin demasiados problemas. No es precisamente un lince en tecnología.

Miguel Ángel se queda callado y observa la reacción de Julia, que está perpleja. ¿Lo que ha escuchado es real? ¿El director del instituto las fotografiaba? Increíble. Y ella no se dio cuenta de nada.

—Según nos ha confesado Lázaro, Patricia le dijo que lo había descubierto. Estuvo observándole durante un tiempo y no tenía dudas sobre ello. Cuando fue a hablar con él y le contó lo que sabía, lo amenazó con denunciarlo. Pero Lázaro le pidió disculpas y le prometió que no lo volvería a hacer. Además, le aseguró que se suicidaría si ella iba a la policía o se lo contaba a alguien. Imagina el chantaje emocional que ese hombre le hizo a la chica. Ella sabía que lo que él hacía estaba mal, que era asqueroso y denunciable. Pero, al mismo tiempo, de sus decisiones dependía la vida de una persona que, en realidad, era un enfermo. Un enfermo cuyo delito era hacer fotos a escondidas a jóvenes del instituto. Algo muy grave y nauseabundo, pero no había matado a nadie.

—Madre mía. Pobre Aria.

No quiere ni imaginar por lo que su amiga pasó. Seguro que Lázaro la chantajeó y la maniató de diferentes formas en las semanas anteriores a su asesinato. Patricia se vio en el epicentro de un turbio asunto del que era casi imposible salir. Y no se lo dijo a nadie.

—Cuando Aurora apareció muerta en el instituto, Patricia ató cabos. Pensó que ella también podía haber descubierto a Lázaro Martínez y su obsesión por vosotras; aunque supongo que se resistía a creer que vuestro director fuera el asesino y, por esa razón, decidió llamarlo por teléfono para darle la oportunidad de explicarse. El profesor no le respondió y fue entonces cuando habló contigo en el cementerio. Está claro que debía de tener muchas dudas sobre si acudir o no a la policía para contar lo que sabía. Lázaro no se lo iba a permitir.

—Habló con ella, ¿no?

—Sí, en el funeral de Aurora. A solas, deprisa. Le aseguró que él no tenía nada que ver con el asesinato de la otra chica, que incluso tenía una coartada, pero, según he deducido por sus palabras, decidió matarla de todas formas porque no se fiaba de ella. Si Patricia iba a la policía, él estaba perdido. Así que le pidió que fuera al instituto para dialogar y allí… allí terminó todo.

Miguel Ángel le explica a su hija que Lázaro golpeó por detrás a Patricia con un pisapapeles de piedra, que se llevó de su casa al instituto, hasta que se aseguró de que había acabado con su vida. Después, lo preparó todo para que aquel crimen se pareciera al anterior y, de esa manera, aparentar que había sido obra de la misma persona. Dejó junto al cadáver una brújula, una suya que había comprado hace algún tiempo y a la que le limpió las huellas, y se llevó el móvil de Patricia para eliminar cualquier rastro. Después se marchó del Rubén Darío sin que nadie lo viese para, al poco tiempo, regresar acompañado y fingir sorpresa y terror al ver el cuerpo de la chica en el suelo de su despacho.

—Todo estaba muy bien planeado —explica el hombre cuando termina de narrar la historia—. Lázaro lo había calculado perfectamente.

—Sí, pero no había contado con que Patri me iba a dejar un enigma con su nombre oculto.

—No, eso no podía sospecharlo. Y fue una suerte que lo hiciera. Ha sido decisivo para que diéramos con el culpable de su muerte. Aunque no con el asesino de Aurora. Ese está todavía libre.

Julia mira hacia arriba y, en su interior, le da las gracias a su amiga fallecida. Lamenta no haberse dado cuenta de lo que pasaba entre ella y Lázaro. Supo guardárselo sin levantar sospechas y lo pagó muy caro.

—Así que esto es lo que nos ha contado este hombre. Todavía tendremos que seguir interrogándolo y también hablará con él pronto el juez Otamendi, cuando lo pongamos a disposición judicial. Pero al menos ya tenemos su confesión —dice entristecido Miguel Ángel—. Si por mí fuera, no volvía a poner los pies en la calle. Es terrible lo que ha hecho. Terrible.

—Pero no es el asesino de Aurora.

—No, no lo es. Tenemos que seguir investigando. El caso no está cerrado.

—¿Se lo vais a comunicar a la prensa?

—De momento, no. Pero no creo que tarden en saberlo. No sé qué decisión tomará su abogado. No es lo mismo matar a una persona que a dos. Esa información les interesa dejarla muy clara, porque además es la realidad. Lázaro no mató a Aurora Ríos.

¿Y entonces quién lo hizo? ¿Quién es el otro asesino?

—Menudo degenerado es ese tipo. Se me han quitado las ganas de tortitas —comenta Emilio después de escuchar a Julia—. Tengo el estómago revuelto.

Su amiga le ha contado todo lo que le ha explicado su padre en cuanto se ha despertado de la siesta. Miguel Ángel ha regresado al cuartel y le ha vuelto a pedir discreción a su hija sobre lo que le ha revelado. Y precaución si sale a la calle. Todavía hay un criminal suelto en aquel pueblo.

—¿Prefieres un té con limón?

—Una manzanilla mejor.

La pareja baja a la cocina, preparan un par de infusiones y las acompañan con unas cuantas galletas María. Mientras meriendan, continúan conversando sobre los asesinatos de sus compañeras de clase.

—Si ya me costaba imaginar a Lázaro como un asesino, pensar que son dos los implicados me resulta todavía más inverosímil —reconoce Emilio tras tragarse una galleta mojada en su manzanilla—. Es como empezar de nuevo.

—No comenzamos de cero, Emi. Hay mucho camino recorrido que tenemos que aprovechar. Y la policía está haciendo un gran trabajo. Seguro que se encuentran cerca de averiguar la verdad sobre la muerte de Aurora.

—Ojalá sea así. A mí me cuesta enfocar un asesinato sin relacionarlo con el otro.

—A mí lo que me sigue extrañando mucho es el suicidio de Virginia —le recuerda Julia—. Sigo sin verlo claro. Hay algo que se nos escapa.

—¿Crees que está relacionado con alguna de las muertes?

—Tiene que estarlo de alguna forma. Es lo que me dice mi intuición y la lógica.

Los dos piensan en silencio. Se terminan el paquete de galletas y dan los últimos sorbos a sus respectivas infusiones. Julia sigue buscando soluciones. Ya sabe que Lázaro no tenía motivos para matar a Aurora; por eso no encontraba la respuesta a esa pregunta. Y eso, a pesar de todo lo que ha descubierto hoy, la deja más tranquila. Pero continúa sin comprender las circunstancias que llevaron a Virginia al suicidio. Sí, el peso de la muerte de Aurora pudo ser excesivo y la incitó a quitarse la vida. No hay duda de que aquel suceso la afectó. Aunque no cree que fuera el desencadenante por cómo se quitó la vida y el momento en que ocurrió el fatal desenlace. Tampoco piensa que se tirara por el balcón porque Fernando le había pedido el divorcio. ¿Entonces?

Una idea cruza por su cabeza en ese instante. Fue algo que le contó su padre y que no ha analizado en profundidad. Ni siquiera le ha dado demasiada importancia.

—Oye, Emi, ¿tú sabes si en mi tele se pueden ver programas de televisión emitidos hace algunos días?

—Claro. ¿Quieres que veamos alguna serie para relajarnos?

—No es eso. Vamos al salón y te cuento.

Los chicos caminan hasta allí y se sientan en el sofá, uno al lado del otro. Emilio alcanza el mando a distancia, que está sobre la mesa, y enciende la televisión.

—¿Qué busco?

—*Espejo Público.* El programa del martes.

El joven sintoniza Antena 3 y rápidamente encuentra la emisión que le pide Julia del pasado veintitrés de mayo.

—¿Quieres ver el programa entero?

—No. Busca el momento en el que sale Roberto Méndez.

—Ese gran periodista. Me pregunto qué dirá cuando se entere de que Lázaro Martínez no es el asesino de Aurora.

—Nada bueno. Seguro.

Emilio adelanta el programa del martes hasta que por fin da con la entrevista que le hacen al periodista todoterreno del pueblo. Experiodista todoterreno, aunque ellos todavía no saben que ha anunciado su despedida del canal local y su futuro fichaje por una cadena nacional.

—¡Ahí está! ¡Déjalo! —le pide Julia, que se levanta y se pone de rodillas en el suelo, a escasos dos metros de la tele—. Sube el sonido, por favor.

El chico obedece y aumenta el volumen del aparato. Es una entrevista en la que el hombre intenta destacar y darse importancia a sí mismo. Roberto le revela a la presentadora del programa ciertos aspectos del caso relacionados con el Asesino de la brújula. Julia escucha atenta y, de pronto, oye algo que le llama muchísimo la atención.

—Emi, ¿puedes retroceder treinta segundos?

—Por supuesto.

El joven hace caso a su amiga. La chica se acerca todavía un poco más a la televisión y vuelve a escuchar lo que Susanna Griso le pregunta a Méndez, con la respuesta correspondiente de este.

—Roberto, ¿ha encontrado ya la Guardia Civil el objeto con el que golpearon a Aurora Ríos? ¿Sabemos ya qué empleó el asesino?

—Sí, Susana. Podemos asegurar, sin ningún género de dudas, que el objeto que empleó el Asesino de la brújula fue un bate de béisbol. En concreto, uno de los que los chicos de primero de bachillerato del instituto utilizan en Educación Física. Aunque todavía no lo han encontrado.

Julia deja de mirar la televisión, se pone de pie y se lanza corriendo a por su teléfono móvil, que se encuentra encima de la mesa. Emilio la observa sin comprender nada.

—¿Qué sucede? ¿Qué has visto? ¡Cuéntame!

—No estoy segura. Pero ahora te lo cuento —dice la joven ansiosa por que respondan al otro lado de la línea. A los pocos segundos, escucha una voz masculina que la saluda.

—Hola, papá. Perdona que te moleste... No, no ocurre nada. Todo bien. Solo quería hacerte una pregunta. ¿Qué fue lo que dijo Virginia antes de lanzarse por el balcón? Te lo pregunté el otro día... ¿No lo recuerdas? Sí, es muy importante... Bien. Espero.

Julia observa a Emilio, que continúa haciéndole gestos para que le explique lo que está sucediendo. La chica le pide que tenga paciencia, que enseguida se lo cuenta todo.

Algo más de un minuto tarda Miguel Ángel en regresar. Al oír a su padre, le entra un gran cosquilleo en el estómago. Tiene una intuición muy fuerte. De esas que podría apostar sobre seguro que se van a cumplir.

—¿Lo tienes delante? Genial, papá. Bien. Oye, sé que es mucho pedir y que es un informe confidencial..., pero ¿hay alguna manera de que me lo envíes por correo electrónico o a través de WhatsApp? No es posible. Vaya... ¿Una foto del documento? ¡Genial! No, tú no me has dicho nada. Gracias. Te quiero.

Julia cuelga el teléfono y, unos segundos más tarde, recibe un mensaje de su padre a través de WhatsApp. Descarga la imagen que le ha enviado y lee para sí. Sonríe satisfecha. En aquel documento fotografiado encuentra lo que sospechaba. Las últimas palabras de Virginia antes de lanzarse por el balcón del cuarto piso en el que vivía pueden ser determinantes. Todo empieza a tener sentido.

CAPÍTULO 67

Jueves, 25 de mayo de 2017

—«El bate... Qué estúpida he sido... El bate de béisbol... No... No... no puede ser».

Julia lee en voz alta las últimas palabras de Virginia Ayuso antes de que se lanzara por el balcón del cuarto piso en el que vivía. Palabras que aparecen en el documento fotografiado que le acaba de enviar su padre.

—¿Eso es lo que dijo?

—Sí, según Fernando, su marido. Después de mandarlo callar de una forma grosera, algo impropio de ella.

—No entiendo nada. ¿Qué relación tiene lo que dijo Virginia antes de suicidarse, *Espejo Público* y el asesinato de Aurora?

—Te lo explico, Emi —dice Julia, que comienza a ver claros entre tantos nubarrones negros—. Todo es un suponer, ¿eh? Pero yo lo veo de la siguiente manera: Fernando llega a su casa y le pide el divorcio a su mujer. Eso es algo que afecta a Virginia, igual que le ha afectado el asesinato de Aurora. La mujer escucha con tristeza lo que su marido le dice, pero, al fin y al cabo, ella ya era consciente de que su matrimonio iba a terminar tarde o temprano. ¿Hasta aquí entendido?

El joven asiente con la cabeza, algo molesto porque su

amiga parece que le está tratando como a un niño pequeño al que enseñan la tabla del tres.

—Continúa. ¿Qué pasa después?

—Mientras Fernando habla, la televisión está puesta en Antena 3. La profesora está viendo *Espejo Público* o simplemente lo tenía sintonizado de fondo. Hay gente que se pasa el día con la tele encendida solo por no estar en silencio.

—Mi abuela, por ejemplo. Sigue, por favor.

—Bien. Virginia tiene la tele puesta en ese programa y, de repente, aparece algo que le llama la atención.

—¿La entrevista de Susanna Griso a Méndez?

—Exacto. La entrevista a Roberto que hemos visto. En ella nuestro querido periodista le cuenta varias cosas a la presentadora de *Espejo Público.* Una de ellas, de vital importancia: el asesino utilizó un bate de béisbol para matar a Aurora. ¡Un bate de béisbol! ¿Por qué es importante esto?

—¡No lo sé!

—¡Piensa, Emi! ¿Por qué creo que ahí está la clave de todo?

—¡Dímelo! ¡Por favor! ¡No te hagas más de rogar!

En ese instante, suena el móvil de Julia. Piensa que es su padre, que le envía otro WhatsApp. Pero en esta ocasión no se trata de él. Cuando la joven lee el mensaje, no sabe cómo actuar.

«O te veo en diez minutos en la puerta del instituto o no me verás más. O es contigo ahora o sin mí para siempre. No me has dejado otra alternativa, Julia. Tenemos que arreglar lo nuestro de una vez por todas. Te quiero».

—¿Qué pasa? ¿Por qué pones esa cara? ¿Quién es?

Las preguntas de Emilio se mezclan con el ultimátum del WhatsApp de Iván. Julia se bloquea. Por primera vez en su vida, su cerebro se estanca y no tiene recursos para reaccionar. No logra decir nada. Hasta que su amigo le arrebata el teléfono y lee el mensaje del chico con el *piercing* en la ceja.

—¿Y esto? ¿Qué significa?

—Emi, devuélveme mi móvil.

—¿Estás... estás liada con él?

—Emi, por favor. Dame mi teléfono.

—Dice que te quiere...

—Por favor. Emilio. Dame el móvil. Ahora mismo.

El chico asiente, le pide disculpas y le entrega el *smartphone* a su amiga. Esta se lo guarda en el bolsillo trasero del *short*.

—¿Vas a ir?

—No lo sé.

—Solo te quedan nueve minutos. ¿Le quieres?

La joven se deja caer en uno de los sillones del salón y se cubre la cara con las manos. ¿Le quiere? Tiene clara la respuesta. ¿Es bueno que le quiera? También lo sabe. Todo lo que rodea a Iván es complicado: sus padres, su exnovia, su futuro, su relación con Emilio, sus sentimientos y su verdad. No se lo ha puesto nada fácil. No se merece que vaya. Que le den. Pero, por otro lado, su corazón reclama que le conceda una oportunidad.

—Tengo que irme, Emi —dice Julia, que se incorpora y camina hacia la puerta—. Luego seguimos hablando.

—¿Estás segura de lo que vas a hacer?

—Claro que no.

Y, tras regalarle a su amigo otra de sus sonrisas preciosas, la chica abre la puerta y sale de la casa. No mira atrás. No desea ver la cara de Emilio, en la que estarán reflejados la decepción y el dolor derivado de lo que está haciendo. Chicos como él sí merecen la pena. Pero no puede neutralizar sus sentimientos. No, no puede. Está comportándose como debe hacerlo. O de eso intenta convencerse en el trayecto hasta el instituto. Un trayecto en el que se le ocurre algo que cree que puede ayudarla y que concluye en los ojos del joven del que está enamorada.

Se ven casi al mismo tiempo. Lleva una camiseta negra y un pantalón pirata vaquero. Tiene las manos metidas en los bolsillos, aunque las saca en cuanto ella aparece. Iván no se anima a avanzar hasta Julia. Espera en la puerta del Rubén Darío, donde ese día tampoco se han dado clases. La chica cruza la calle y se sitúa frente a él. Le apetece un beso, aunque también le daría un tortazo por complicarle la vida de esa manera, pese a que odia la violencia. No hace ninguna de las dos cosas. Temblar, sí. Un poquito.

—Aquí estoy —dice Julia con una voz finita y aguda que ni parece la suya.

—Me alegro de que hayas venido. No iba de farol. Tenía pensado no volver a hablar contigo nunca más si me dejabas tirado. ¿Nos sentamos en alguna parte?

—Estamos bien de pie.

—Puede ir para largo. ¿Entramos en el instituto?

A Julia no le agrada demasiado la propuesta, pero no hay ningún sitio para sentarse por allí cerca. Así que acepta y juntos cruzan la puerta del Rubén Darío, que está abierta. No entran en el edificio, sino que se quedan en la parte delantera, donde hay un banquito de hierro junto a unos setos. Se acomodan en él y el joven es quien inicia la conversación que tenían pendiente. Iván va directo al grano.

—Entiendo que desconfíes de mí. Vanesa puede llegar a ser muy convincente. Pero no me acosté con ella, Julia. De verdad.

—Yo la creí cuando me lo dijo.

—Es muy buena mintiendo. Te lo aseguro.

—¿Y por qué estabas con ella? Vuestra relación ha durado más de un año, ¿no?

Aquella pregunta coge desprevenido al chico, que se acaricia la barbilla pensativo y busca una respuesta convincente.

—Creo que porque esperaba que algún día cambiase —contesta Iván sin mucha determinación—. Aunque está claro que personas como ella no cambian nunca.

—Todos podemos cambiar.

—Quizá. Pero no hablemos más de ella, por favor. Quiero hablar de nosotros.

El chico extiende el brazo y coloca su mano derecha sobre la izquierda de ella. Julia experimenta un mariposeo tonto en el estómago cuando siente el contacto de su piel. Sin embargo, se convence a sí misma de que no va a perder los papeles. Necesita actuar con racionalidad.

—¿De verdad ves un «nosotros»?

—Por supuesto. Ya te dije que me gustas desde el día en que nos quedamos encerrados en el ascensor del supermercado. He pensado mucho en ti desde entonces.

—En cambio, has estado con otra.

—Sí, cometí un error enorme. Pero no puedo cambiar el pasado ni volver atrás —explica Iván mientras le acaricia la mano—. Lo que sí puedo es prometerte un bonito futuro juntos.

—¿Y el presente?

—¿El presente? ¿Qué le pasa al presente?

—Hablas de futuro, pero ¿piensas que podemos estar juntos ahora? ¿A pesar de lo reciente que tienes lo de Vanesa? ¿No va a haber más problemas con ella? Es una chica muy obstinada. Y continúa enamorada de ti.

—Haré todo lo que esté en mi mano para que no nos moleste. Yo solo deseo estar contigo. Que tengamos una bonita historia de amor.

—Una bonita historia de amor...

—Suena bien, ¿no crees?

Julia cabecea afirmativamente y mira hacia la puerta del instituto. Allí está ella. Acaba de llegar al Rubén Darío. Luce un encantador vestido rosa, que se termina en las rodillas, y unas botas altas blancas. Su habitual pelo rizado, se lo ha alisado. Vanesa está espectacular en aquella tarde de mayo, bajo el sol casi veraniego que ilumina las calles del pueblo.

—¡Vanesa! ¡Estamos aquí! —grita Julia para llamar la atención de la otra chica, que parece algo despistada.

—¿Qué haces? —pregunta Iván completamente desconcertado.

—Le he pedido yo que venga. Le he mandado un WhatsApp mientras venía hacia aquí. Necesito saber quién dice la verdad para seguir con esto. Con los dos delante, seguro que es más fácil averiguar quién miente.

—No me lo puedo creer.

El rostro de Iván parece sacado de un cubo de cal. Se ha quedado blanco. Ve caminar a su exnovia hacia ellos y empieza a temerse lo peor.

Vanesa saluda a Julia, que se levanta para recibirla con dos besos. A Iván, en cambio, lo atraviesa con la mirada y está a punto de insultarle. Pero se contiene y centra su atención en la otra joven.

—¿Me he perdido algo?

—No, acabamos de llegar. Bien. Contadme. ¿Qué pasó el otro día? ¿Os acostasteis o no? Cada uno dice una cosa diferente.

—Este tío es un mentiroso —se anticipa Vanesa, que cada vez está más tensa—. Me arrepiento de ello como no te imaginas, Julia. Pero sí. Lo hicimos en mi casa.

—Miente. No hicimos nada —la contradice Iván mientras no deja de mirar a Julia—. La mentirosa es ella. Solo quiere perjudicarme por terminar la relación. No lo ha superado todavía.

—Eres un cabrón. ¿Cómo puedes engañarla de esa manera? Ella te quiere. O te quería, porque espero que pase de ti y encuentre a un chico que la valore de verdad.

—Nos estás haciendo mucho daño, Vanesa. Pero tus mentiras no podrán con nosotros.

Julia observa la discusión entre ambos como si se tratase de un partido de tenis. Uno de ellos dice la verdad y el otro es un gran actor. ¿A quién debe creer?

—¿Niegas que el martes viniste a mi casa y lo hicimos en mi cuarto?

—Fui a tu casa, pero solo hablamos. ¡Me habías vendido! ¡Tú misma diseñaste el plan para cambiar el examen de Historia! ¡Tú me convenciste! ¡Y por tu culpa casi me veo envuelto en un asesinato! Y, para colmo, me delatas a la Guardia Civil. Es tan triste, Vanesa. Tan triste.

—Estaba muy dolida contigo. Y quería fastidiarte —reconoce la chica con lágrimas en los ojos—. Te quería tanto, Iván…. Muchísimo. Pero he descubierto cómo eres. Capaz de cualquier cosa para conseguir tus propósitos a cualquier precio. Menos mal que me dejaste. Ahora ya no tengo que esconderme más.

—¿A qué te refieres? —pregunta el joven arrugando la frente y desconcertado por completo—. ¿Esconderte?

—Sí, Iván. Ya no tengo que ocultar que, mientras estábamos saliendo, también estaba con Ingrid. Os quería a los dos por igual. Pero era una cobarde para reconocerlo. Me daba mucho miedo lo que pensaran los demás.

—¿Estás hablando en serio? ¿O es otra de tus mentiras para hacerme daño?

—Es verdad, Iván. Tan verdad como que tú y yo nos acostamos el martes, después de que besaras a Julia. Todo es verdad. No quiero seguir mintiendo. No quiero mentirle a nadie más.

El joven emite un gruñido y se levanta del banco. Parece muy nervioso y enfadado. Entonces, su mirada furiosa se detiene en los ojos claros de Vanesa. El odio que transmite esa mirada no pasa desapercibido para ninguna de las dos chicas.

—Eres una puta —le suelta a su exnovia masticando cada sílaba. Y, sin despedirse de ellas, abandona apresuradamente el instituto.

Cuando Iván desaparece de su vista, a Vanesa se le viene el mundo encima. Comienza a llorar desconsoladamente y tiembla como un niño en un cuarto oscuro. Julia se acerca a ella y le da un abrazo más sincero aún que el del otro día.

—Lo siento. Te prometo que siento todo esto. No te he mentido —dice Vanesa entre lágrimas—. Siempre estaré arrepentida de lo que pasó en mi casa con él. Pero… pasó. Y lo siento. Tienes que creerme. Lo siento mucho.

—Te creo, Vane —le susurra Julia al oído, con el corazón hecho añicos y las lágrimas resbalando por sus mejillas—. Tranquila. Todo acabó. Está muy claro que tú decías la verdad. Ahora estoy segura.

CAPÍTULO 68

Jueves, 25 de mayo de 2017

En cualquier momento sonará su móvil y deberá afrontar la dura realidad. Una realidad a la que nunca ha sacado ventaja y que parece ponerle a prueba constantemente. Y sí, el *show* debe continuar. Sin embargo, es tan difícil…

Emilio está solo. Y no únicamente porque en ese momento no tenga a nadie alrededor. Su soledad va un poquito más allá y está relacionada con la falta de amigos. Con no contar con ese confidente al que hablarle del dolor que siente, ni de lo triste que se ha puesto después de leer el mensaje que Iván le ha enviado a Julia. Él se lo ha buscado, o eso es por lo menos lo que no se quita de la cabeza. ¿No merece más? Posiblemente no.

Y el momento llega. El teléfono suena y su nombre aparece en la pantalla. Suspira, cuenta hasta tres y responde.

—Hola, Julia.

—¿Emi? ¿Dónde estás?

—En mi casa.

—¿En tu casa? ¿Y eso?

El chico traga saliva y se encoge hasta hacerse un ovillo. Está en la cama de su habitación con la persiana bajada y la luz apagada.

—He adelantado el regreso —se limita a responder.

—¿Has vuelto a tu casa definitivamente?

—Sí… Definitivamente.

¿Qué sentido tenía seguir viviendo con ella? La angustia en los próximos días se iba a hacer sofocante tras enterarse de lo que hay entre Julia e Iván. En su cuarto podrá llorar a solas, sin que su amiga se entere y sin que tenga que dar explicaciones. Tiene derecho a ir con los ojos húmedos por la vida y no responder por ello ante ningún tribunal. Lo último que desea es darle lástima a la chica de la que continúa enamorado. Debe asumir lo que su abuelo le decía cuando era pequeño: «Lo que no puede ser no puede ser y, además, es imposible».

—Emi, ¿estás bien?

Tan inteligente que es y resulta que hace la pregunta más estúpida y evidente de la historia de las preguntas. ¿No se nota cómo está? ¿No lo percibe en su voz? ¿No es obvio que se ha ido de su casa porque se le vienen encima días de sufrir su desamor? ¿O es que su cociente solo le sirve para resolver el cubo de Rubik en cincuenta segundos? ¿No se da cuenta de que no, de que no está bien por ella?

—Sí, no te preocupes.

—No me lo creo.

—Pues créetelo. Estoy perfectamente.

Ha sonado muy seco. Pero es como le ha salido. No va a disimular. Bastante está haciendo ya con no decirle lo que piensa: «Estás enamorada de un capullo y te has dejado por el camino al chico con el que serías feliz para siempre. El que de verdad te ama».

Aquella contestación tan fría como irreal no ayuda a que la conversación entre los dos amigos resulte fluida. Es más, se paraliza. Julia no le dice nada en unos segundos y Emilio tampoco habla. No debería interesarse por lo que ha sucedido entre ella e Iván. En cambio, el joven necesita saber hasta dónde debe fustigarse.

—¿Cómo ha ido todo con el tipo ese?

—No muy bien —contesta contundente Julia, que no le reprende por hablar despectivamente de Iván.

—¿No? ¿Qué ha pasado?

Aunque no lo pretendía, su tono de voz ha salido más animado tras la respuesta de Julia. Hace mal alegrándose, pero tampoco ha podido evitarlo.

—Que no es trigo limpio.

—Ya te lo avisé, pero no me creías.

—A veces, los malos vienen cubiertos de purpurina y un lacito en la cabeza.

—¿Eso qué significa?

—Que las cosas no son siempre como parecen, Emi. Y que prefiero no hablar más de Iván.

—¿Le sigues queriendo?

Más leña al fuego. Julia le acaba de decir que no quiere continuar conversando sobre ese tema y él insiste. ¿No puede conformarse con saber que las cosas no han ido bien entre ellos? ¿Busca hacerse más daño a sí mismo?

—No lo sé. Pero sí sé que jamás tendré algo con Iván.

Le vale a medias, pero le vale. Es una postura inteligente. A lo mejor, forzada por un desengaño. Él ya sabía que aquel tipo no era tan bueno. Sea como sea, su amiga se ha dado cuenta a tiempo.

—Julia.

—¿Qué?

—Te mereces a alguien mucho mejor que él. Te lo aseguro.

—Bueno. Vamos a cambiar de tema. ¿Vale?

—Vale. Me debes algo. Una respuesta. ¿Lo recuerdas?

—Emi. Puedes cuestionar a mi corazón, pero no a mi memoria —responde la chica más relajada—. ¿Has pensado por qué es importante que Roberto Méndez hablara del bate de béisbol en la tele y que Virginia lo escuchara?

—No, no tengo ni idea. ¿Me lo cuentas?

Holmes y Watson regresan al caso del Asesino de la brújula. Dos jóvenes e intrépidos investigadores en busca de la verdad. Emilio sonríe al volver a formar equipo con la chica más inteligente del planeta. Aunque sabe que, a partir de ahora, las cosas serán diferentes. Tienen que serlo. Definitivamente, debe solucionarlo. Su corazón se lo agradecerá.

—Insisto en que todo son suposiciones. Hipótesis. Pero yo lo veo claro en mi mente y creo que se puede ajustar bastante a lo que pasó en realidad —comenta Julia—. Pongámonos en antecedentes. Cuando Fernando le pide el divorcio a Virginia, ella está viendo la tele y escucha lo del bate de béisbol. Hasta ese instante no había salido a la luz el objeto que el asesino había empleado para matar a Aurora.

—¿Y eso qué tiene de relevante?

—Mucho, Emi. Mucho. Porque Virginia se lanzó al vacío justo después de enterarse de eso. La noticia que dio Roberto Méndez provocó que la profesora se suicidara. ¡Recuerda sus últimas palabras! ¡Menciona el bate de béisbol!

—Sigo sin comprender. ¿Por qué las dos cosas están relacionadas entre sí?

—Muy sencillo. Aunque no lo puedo asegurar por completo. No estaba allí.

—Cuéntame, ¿qué es lo que piensas?

—¿Y si Virginia vio ese mismo bate de béisbol el viernes, cuando mataron a Aurora, antes o después del crimen? ¡Ella no sabía con qué objeto la asesinaron hasta el miércoles por la mañana, cuando escuchó a Méndez en *Espejo Público*! ¡Fue justo a continuación de enterarse de eso cuando se tiró por el balcón!

—¿Lo hizo porque había visto el bate de béisbol en posesión de alguien, no le había dado importancia y se sentía culpable por no haber evitado el crimen de la chica a la que amaba?

—Puede ser. Aunque mi teoría es otra.

CAPÍTULO 69

Jueves, 25 de mayo de 2017

Quizá en esos últimos días está recogiendo lo que ha sembrado. Vanesa camina por una de las calles más transitadas del pueblo que la vio nacer. Se siente observada. Es como si todos aquellos con los que se cruza la miraran y estuvieran pendientes de ella. Es una sensación bastante incómoda. Aunque sabe que su subconsciente es el que la está traicionando. Nadie cuchichea al pasar a su lado ni la insulta en voz baja.

De verdad quiere cambiar. Quiere ser otra persona. Alguien a quien se respete por su forma de ser y no por infundir miedo a los demás. ¿Cuándo se convirtió en esa chica odiosa que observaba al resto por encima del hombro?

Lo primero que debe lograr es centrarse. Intentar huir de los miedos y de sus malditos complejos y dejar de comportarse con otros como no le gustaría que se comportaran con ella.

Y debe ser sincera. Como lo ha sido con Julia en el tema de Iván. Su compañera de primero es un ejemplo en el que fijarse. Sí, un buen ejemplo. A pesar de que se ha enamorado de la persona equivocada. Igual que le sucedió a ella.

Llega hasta la plaza en la que ha quedado ahora con Ingrid. Va a ponerla al día de las novedades mientras toman un café. Su querida amiga ya se encuentra allí, sentada en un banquito, con las piernas cruzadas. La brisa sopla suavemente, despeinándole su flequillo. Está leyendo algo en su teléfono móvil y escuchando música por los auriculares. Posiblemente, una canción de India Martínez, su artista preferida. También a Vanesa le encanta, casi tanto como Dani Martín.

Al verla, Ingrid se quita los auriculares y los guarda en su bolso. El móvil lo mete en un bolsillo de su ajustado pantalón vaquero y se pone de pie para recibir a su amiga. El beso es en la mejilla. No se atreven a más.

—¿Te encuentras bien? Tienes los ojos hinchados —dice Ingrid con preocupación—. Aunque me gusta mucho el alisado de tu pelo. Estás muy sexi.

—Tengo mucho que contarte. Vamos a algún sitio tranquilo.

Las dos jóvenes se sientan en la terraza de uno de los bares de la plaza y piden un café con leche cada una. Vanesa le explica todo lo que su amiga no sabía todavía: los encuentros con Julia, la mentira de Iván y su deseo de convertirse en alguien mejor.

—Tú no necesitas cambiar.

—Sí lo necesito, Ingrid. Quiero ser mejor persona.

—Eres buena, Vane. Mucho más buena, amable y simpática que yo.

—Es que tú también deberías cambiar. No podemos ser unas «malotas con clase» toda la vida. Me encantaría irme a dormir por las noches con la conciencia tranquila, ¿sabes? No paro de tener pesadillas. ¿No te pasa a ti?

No, no le pasa. Ingrid la mira como si lo que le cuenta fuera una quimera. Ella es como es y no puede cambiar. Pero Vanesa está por encima de cualquier imposible. Haría todo lo que estuviera en su mano para que fuera feliz. Incluso convertirse en otra persona y modelar su manera de ser.

—¿Es tan difícil lo que deseo?

—Imagino que no. O sí. No lo sé, Vane. Pero, por ti, lo que sea. ¿Quieres que seamos buenas? Seremos santas a partir de ahora.

—No te pases. Nunca seremos santas.

—Tienes razón. No podemos ser diablesas y, al día siguiente, convertirnos en sor Ingrid y sor Vanesa. No nos pega, cariño.

—Ni falta que nos hace. Simplemente, intentemos dedicarnos a nosotras mismas, vivir en paz y no fastidiar a los demás, a no ser que nos fastidien a nosotras. ¿Te parece bien?

—Será más aburrido —responde Ingrid, que alza la mirada y se encoge de hombros—. Pero acepto. Contigo, hasta el fin del mundo.

—No tiene por qué ser aburrido.

Y, después de levantarse de su silla, Vanesa se acerca a Ingrid y sella el acuerdo al que han llegado con un beso con lengua que las deja sin aliento. Es la primera vez que se besan en público. La primera de muchas.

Contempla estupefacto el beso entre Ingrid y Vanesa y resopla desesperado. Susurra una palabrota, aunque a continuación pide perdón y se persigna. No comprende estos tiempos modernos en los que chicas besan a otras chicas. ¡Y delante de todo el mundo! ¡Sodoma y Gomorra! Está a punto de ir a reprenderlas, pero ya lo tendrá en cuenta cuando corrija sus exámenes. Religión no es una perita en dulce como todos piensan.

Jóvenes irrespetuosos. Cualquier día el cielo caerá sobre ellos y todo empezará de nuevo.

Santiago Mantovani ha salido a dar un paseo por el pueblo. El sol luce sus últimos rayos en aquel jueves de mayo. Son días un poco extraños, en los que se cuestiona algunos asuntos que pensaba que tenía muy claros. La fe en Dios no está entre ellos. Su fe es inquebrantable. Dios lo es todo. Dios es vida y también es muerte. Como ha comprobado últimamente. Las dudas vienen por determinados sentimientos encontrados. Sentimientos que le preocupan y que, en ocasiones, no le permiten descansar tranquilo. ¿Por qué las muertes de aquellas estudiantes y de Virginia Ayuso no le han dado pena?

Por la mañana estuvo en el entierro de la profesora de Matemáticas y lo único que se le pasaba por la cabeza era lo estúpida que había sido al suicidarse. Dios te regala la existencia y tú misma te encargas de desaparecer. Menudo desperdicio. Por muy mal que lo estuviera pasando, debería haber luchado y haberles hecho frente a los problemas.

—Hola, Santiago. ¿Adónde vas?

El profesor de Religión camina tan ensimismado en sus pensamientos que no ha visto a Roberto Méndez llegar de frente.

—A ninguna parte en concreto, aunque luego visitaré San Pedro. Se ha quedado una buena tarde para pasear.

—Es cierto. Hace una tarde estupenda —le reconoce el periodista, que irradia felicidad por cada poro de su cuerpo—. ¿Cómo llevas lo de Lázaro? ¿Tomarás tú las riendas del instituto a partir de ahora?

—¿Yo?

—Eres el subdirector, ¿no?

—Sí, soy yo. Pero no me he planteado nada hasta ahora.

Miente. Se lo planteó desde el momento en que lo llamaron por teléfono para avisarle de que habían detenido a Lázaro Martínez, presuntamente implicado en las muertes de las alumnas del Rubén Darío. A él le corresponde asumir la dirección del instituto, por lo menos hasta que acabe el curso. A partir de septiembre, ya se verá.

—Entiendo que no te haga mucha ilusión por las circunstancias en las que se produce el relevo —insiste el periodista, que saca una pequeña libreta de una bandolera que lleva colgada sobre el hombro—. Oye, ¿me concederías una entrevista? Tengo un hueco mañana a primera hora. Creo que sería muy interesante saber tu punto de vista como nuevo director en el Rubén Darío. Y podrías transmitir un mensaje de tranquilidad a los estudiantes y a sus padres.

—No, gracias. No quiero salir en tu programa. Soy anticámaras.

—Ya no estoy en la televisión local. He fichado por una cadena nacional. Empiezo mañana.

—Me alegro por ti.

—¿Entonces? ¿No te animas? Puedo preguntar si te pagarían la intervención. Estos manejan bastante pasta.

—No. Gracias —responde Santiago, que está deseando desaparecer de allí, algo que no tarda en hacer—. Suerte en tu nuevo trabajo. Por lo menos alguien ha salido favorecido de tanta desgracia.

—Tú tampoco has salido mal parado, ¿eh, señor director?

No, no ha salido mal parado. A pesar de que Dios no lo vea con los mismos ojos que antes del crimen de Aurora Ríos. Pero la vida continúa y él tiene mucho que reflexionar. Siempre pensando y teniendo en cuenta al Creador, eso sí.

Al mismo tiempo, y a unos metros de donde se produce la conversación entre Mantovani y Méndez, un hombre llama a la puerta de una casa en la que nunca ha entrado. A decir verdad, ni siquiera sabía, hasta hace un par de días, que la persona a la que va a visitar vivía allí.

Alberto Montero escucha como Scarlett Smith quita el doble cerrojo y abre. La profesora de Inglés no parece sorprendida por encontrarse al otro lado al profesor de Educación Física. A pesar de que este presenta el aspecto rudo y brutote de siempre, la delicadeza de lo que lleva en las manos sí que la deja con la boca abierta.

—¿Son para mí?

—Sí..., sí. Claro. ¿Te gustan?

—Son preciosas. Muchas gracias.

El hombretón le entrega a su compañera de instituto un ramo con doce rosas rojas. Hacía mil años que no regalaba flores a una mujer, exceptuando a su madre por su cumpleaños, cuando todavía vivía.

—¿Quieres pasar o vamos a tomar algo por ahí?

—Elige tú. Lo que prefieras.

—Bien. Pasa entonces. Estaba viendo las noticias.

—¿Alguna novedad?

—Siguen con lo mismo. La detención de Lázaro es portada en todos los informativos nacionales —comenta Scarlett, que entra en casa mientras olfatea las rosas—. Te invito a cenar.

Alberto se sonroja y termina aceptando. A su edad, y con esa vergüenza encima. Las mujeres siempre le han dado un poquito de miedo. Con Scarlett, en cambio, se siente bastante a gusto. Al final, la brújula y el coletero encontrados en la escena del primer crimen han servido para crear un vínculo muy especial. Y eso que la cosa se complicó hace unos días, cuando los llamaron a declarar al cuartel. Ambos pensaron que los detendrían. Por suerte, se quedó en un susto y ni siquiera los investigaron. El culpable de los asesinatos de las chicas ya está detenido, por lo que ninguno de los dos tiene nada que temer. No sospechan que aquella historia va a tener otro desenlace. Un desenlace totalmente inesperado.

—¿Sabes a quién he visto comprar flores cuando iba a tu casa a recogerte?

—No.

—A Montero. Parecían rosas rojas. No sabía que estaba liado con alguien.

—Yo tampoco.

—¿Será con alguna profesora del instituto?

—Ni idea. No me interesa.

Diego Soler asiente con la cabeza mientras observa inquieto y preocupado a Jonathan Vila. El profesor de Filosofía permanece desde hace unos minutos con la mirada clavada en la silla que usaba Virginia en su despacho. Esa mañana, los dos han ido juntos, en el coche del profesor de Lengua y Literatura, al entierro de la mujer fallecida. Jona no estaba en condiciones de conducir. Demasiados medicamentos para el dolor, el de la cabeza y el del alma.

—Ese moratón no tiene muy buen aspecto. Cada vez que te miro, está peor. Deberías ir al médico.

—Eres un exagerado. No es grave. Se irá en pocos días.

—¿Te duele mucho?

—Solo cuando respiro.

La sonrisa quebrada y desdibujada de Jonathan le pone los pelos de punta a Diego. La muerte de Virginia le ha afectado muchísimo. Durante el funeral, lo ha escuchado decir un montón de cosas en voz baja que no ha sido capaz de entender. Aunque no ha derramado ni una sola lágrima. Tampoco en la comida. Ellos dos, Ana, la profesora de Historia, y Nuria Almagro, la que imparte Economía en primero, han compartido mesa y mantel en un restaurante de carretera tras la ceremonia. Después, cada uno se ha ido a descansar a su casa, hasta que Jonathan lo ha llamado para que le acompañe al Rubén Darío. La familia de Virginia les ha pedido que recojan sus cosas del despacho y se las envíen lo antes posible.

—Era una tía estupenda. La voy a echar mucho de menos —comenta Diego, que examina unos libros que hay sobre la mesa—. Todavía no me creo que se…

—Ella no hizo nada —le interrumpe Jonathan molesto, aunque sin levantar la voz—. La lanzaron por el balcón.

—No sé, Jona.

—Yo sí lo sé. Estoy seguro de que su marido la empujó. La verdad terminará saliendo a la luz.

La firmeza de las palabras del profesor de Filosofía no sorprende a Diego. Ya han hablado del tema durante el trayecto en coche, tanto en la ida como en la vuelta. Esa idea la tiene grabada a fuego en el cerebro.

—Es una acusación muy grave.

—Me da lo mismo. Fernando mató a Virginia. Lo sé.

Diego no quiere entrar otra vez en ese debate. No va a hacerle cambiar de opinión. Así que opta por guardar silencio. Coge la caja que han llevado al instituto y comienza a meter en ella los libros que ve encima de la mesa. Al alcanzar *El asesinato de Pitágoras*, de Marcos Chicot, una foto se cae al suelo. El hombre se agacha y la recoge. En la imagen se ve a Virginia y a Aurora juntas. Se encuentran en las gradas de un pabellón y, detrás de ellas, aparece un escenario repleto de luces. Un joven pelirrojo sujeta con fuerza un micrófono.

—¿Qué es eso? —le pregunta Jonathan, que se percata del descubrimiento de su amigo.

—Una foto.

—Déjame ver.

El profesor de Filosofía le arrebata a Diego la fotografía de las manos y se queda contemplándola unos segundos.

—Es de cuando las dos fueron al concierto de Ed Sheeran —apunta el profesor de Lengua y Literatura—. Me contó que Aurora la invitó.

—¿Te lo contó?

—Sí. Virginia me contaba muchas cosas. Teníamos buena relación —confiesa Diego.

—¿Buena relación? ¿Estabais liados?

Soler no responde. Guarda la imagen de Virginia y Aurora en la caja y coloca un libro de álgebra encima tapándola. No quiere hablar de ese tema. Solo fueron un par de besos en la sala de profesores, nada del otro mundo. Si por él fuera, sí que habrían empezado una relación en serio. Pero Virginia se negaba rotundamente. Estaba enamorada de otra persona. Alguien que no era su marido y de quien nunca le habló. Sin embargo, Diego sabía lo que ella ocultaba. Sabía que la profesora de Matemáticas y Aurora Ríos mantenían un romance en secreto.

CAPÍTULO 70

Viernes, 26 de mayo de 2017

Desayunan los tres sentados a la mesa de la cocina. Julia se ha despertado pronto, alrededor de las seis y media de la mañana, aunque se ha quedado en la cama hasta que escuchó a sus padres bajar las escaleras. Anoche charló un rato con Emilio por Skype sobre su regreso a casa y la mejorada relación con sus padres y después estuvo leyendo hasta que se quedó dormida. A pesar de que intentó desconectar de todo, sus sueños continúan relacionados con la muerte de sus compañeras de clase. Está obsesionada. Tiene la impresión de que guarda en su mano todas las piezas del caso y solo necesita unirlas correctamente. La clave está en pensar con claridad, algo que ayer, antes y después de cenar, no logró. Ni siquiera habló con sus padres del tema. Todavía no era el momento.

—Cuando no os salga u os sintáis bloqueados, guardad la historia en un cajón y dejad que respire. Seguro que la próxima vez que os pongáis con ella fluye con mucha más claridad. —Es el consejo que Diego Soler, su profesor de Lengua y Literatura, les dio para escribir. El instituto se presentó a un concurso literario a nivel provincial y ella quedó entre las tres finalistas.

Julia ha aplicado ese consejo a la cuantiosa y espesa información de la que dispone sobre el asesinato de Aurora Ríos y todo lo relacionado con aquel caso. Necesitaba esconderlo en alguna parte de su mente y que respirara. Unas horas, tampoco demasiado tiempo. Lo justo para que su cerebro se aireara y sus neuronas se desintoxicaran. Y es que esa noche ya se cumplirá una semana desde que Aurora desapareció de su casa. ¿Cómo estará Vera? ¿Y Bernardo? Mal, no puede ser de otra forma. Daría lo que fuese para que pronto encontraran al asesino de su hija y se hiciera justicia. Eso no le va a devolver la vida a la chica, pero quizá así puedan descansar algo más tranquilos.

—¿Me pasas la mantequilla? —le pide Aitana a su hija, que obedece enseguida y se la entrega—. Entonces, Emilio ya ha hecho las paces definitivamente con sus padres, ¿no?

—Eso parece.

—Me alegro mucho. Ahora deberá poner cada uno de su parte para que no vuelva a estropearse lo que han conseguido. Se puede discutir o no estar de acuerdo en algo, pero siempre dialogando y manteniendo las formas.

—Ayer me escribió un WhatsApp Antonio para darnos las gracias por cómo hemos acogido a su hijo —explica Miguel Ángel antes de morder su tostada.

—Es un buen chico. Espero que las cosas le vayan bien —añade Aitana—. Se lo merece.

Julia escucha a sus padres hablar de su amigo y, aunque por supuesto que se alegra de que haya vuelto a casa, no puede negar que lo echa de menos. Además, no tiene claro que el motivo de su repentino regreso solo tenga que ver con haber arreglado la situación con sus padres. El mensaje que vio de Iván en su móvil, en el que decía que la quería, pudo ser la razón real para que Emilio decidiera marcharse antes de lo que tenía pensado.

—Bueno, tengo que irme —dice el sargento de la Policía Judicial, que termina la tostada y se bebe el último trago de su café—. Va a ser un día movidito.

—Uno más para la colección —apunta su mujer, que también se pone de pie—. ¿Qué toca hoy?

—Me ha escrito el juez Otamendi. Por lo visto, el abogado de Lázaro Martínez va a emitir un comunicado a media mañana. Dirá que su cliente no tiene nada que ver con el asesinato de Aurora Ríos.

—Se veía venir.

Julia, como su madre, también lo intuía. Hoy de nuevo se encenderán todas las alarmas en el pueblo. La gente que piensa que el Asesino de la brújula está ya fuera de combate se enterará de que no hay un solo culpable, sino dos. De nuevo aparecerá el miedo y la zozobra y se pedirán responsabilidades a los encargados del caso. Las redes sociales se incendiarán y la gente opinará y hablará más de lo que realmente sabe.

—¿Tú qué harás, hija?

—Creo que hoy me quedaré en casa —responde Julia a su padre antes de dar el último sorbo a su Cola Cao—. Como sola, ¿verdad?

Tanto Aitana como Miguel Ángel asienten. Le tocará cocinar, algo que no le apetece nada. Aunque, hasta la hora de la comida, todavía queda mucho. Y tiene cosas que hacer: ordenar sus ideas y descubrir al otro Asesino de la brújula. Nada más y nada menos. No será fácil, pero está segura de que la solución para resolver la muerte de Aurora está delante de sus narices.

Cuando sus padres se van, Julia sube a su habitación para coger sus auriculares y baja rápidamente. Se dirige al salón y se acomoda en uno de los sillones. Estira las piernas, conecta los audífonos al móvil y busca la banda sonora de la película

Una mente maravillosa. Play. Cierra los ojos y bucea en su memoria. El cerebro está más despejado que anoche. Lo percibe con total claridad. Es hora de ponerlo a funcionar hasta que le salga humo por las orejas. ¿Quién es el asesino o la asesina de Aurora Ríos?

Considerando los motivos y la oportunidad que podrían tener para matar a su compañera de clase, varios sospechosos acuden a su cabeza de inmediato.

Hay algo que se le ocurre de repente y en lo que todavía no había reparado. Si Aurora no había quedado con la persona que la mató, ya que la cita era con Virginia, tuvo que ser casualidad que el asesino la viera entrar en el vestuario. O tal vez sabía que estaría allí a esa hora porque, en otras ocasiones, ya había sido testigo de tales encuentros. ¿Eso significa que fue alguien que ya estaba en el instituto quien la golpeó con el bate de béisbol? ¿Un profesor?

Un profesor…

Mentalmente, repasa los nombres de aquellos que tenían tutoría o clase con los mayores de dieciocho años esa tarde. Su padre se lo dijo: Jonathan Vila, Diego Soler, Santiago Mantovani, Alberto Montero y Scarlett Smith. Descarta a Ana López, que era quien estaba dando clase entre las ocho y las nueve. Su coartada no puede ser más sólida.

Los otros cinco profesores, en cambio, dispusieron de la oportunidad de asesinar a Aurora. ¿Alguno de ellos tendría un motivo para hacerlo?

Reflexiona sobre ese asunto. A ninguno de ellos ve como un asesino. Claro que tampoco veía como un asesino al director Lázaro Martínez. Sin embargo, este no tuvo piedad de Aria. La mató cuando temió que su sórdido secreto podía estar en peligro.

Hay otra cosa a lo que no le ha dado relevancia y sobre lo que Julia también reflexiona: matar no es fácil. No, no lo es.

Y piensa en algo que le dijo Emilio: «Siempre he escuchado eso de que matar por primera vez es lo complicado. Luego, la culpabilidad y los remordimientos son menores y eres capaz de repetirlo si hiciera falta. No digo que sea fácil asesinar a alguien, pero es una medida de supervivencia».

Suicidarse tampoco es fácil. Y hay que tener una gran razón o acumular muchas razones para hacerlo. Virginia debía de estar pasándolo realmente mal. Cada vez cree más en su teoría: la profesora de Matemáticas se lanzó por el balcón al escuchar en la televisión que a Aurora la habían asesinado con un bate de béisbol. ¿Estará en lo cierto?

La música acaba y comienza a sonar otra vez. Tiene activada la opción de repetición.

Julia tiene los ojos cerrados e intenta imaginar lo que sucedió aquel viernes por la tarde. Aurora ha quedado con Virginia, con quien mantiene un romance prohibido, en el vestuario del Rubén Darío. No es la primera vez. Entra y la profesora se retrasa por algún motivo. Sin embargo, alguien la ha visto. Se dirige hacia allí y también entra en el vestuario. Hablan, discuten —quién sabe por qué— y, con un bate de béisbol, de los que utilizan en Educación Física los alumnos de primero, la golpea con tanta fuerza, con tanta rabia, que la mata. Luego llega la pantomima de la brújula, que lo más probable es que se la dejara olvidada en el vestuario Alberto Montero y que el asesino la arrojara junto al cuerpo con el objetivo de crear algún tipo de confusión, empresa en la que tuvo éxito. Después, sale de allí con el bate de béisbol escondido entre la ropa, aunque de esto no está segura. Nadie ve al asesino. ¿Adónde va? ¿Al interior del edificio? ¿A la calle? Está por ver.

Minutos más tarde, Virginia acude al vestuario. Contempla estupefacta a Aurora en el suelo. Le da la vuelta al cuerpo, que está bocabajo, para comprobar su estado y se asusta al verla muerta.

—Y entonces le quita el móvil, repleto de mensajes entre ambas, y la cadenita del tobillo, con su nombre grabado, para no dejar pruebas. No podía permitir que nadie sospechara de ella: ni de que la mató, algo que no hizo, ni de que mantenían una relación —murmura para sí misma.

¿Qué hizo después Virginia?

Salió del vestuario y…

¿Vio el bate de béisbol? ¿Dónde? ¿En las manos de alguien? ¿En el despacho de algún profesor? ¿Tirado en alguna parte?

El caso es que Virginia no sabía que ese bate era el que usó el asesino de la chica a la que amaba.

Virginia. Siempre Virginia. ¿Por qué Virginia aparece siempre en todo lo que le hace dudar en aquel caso? ¿Sabía alguien que ellas estaban liadas? Alguien que…

—¡Oh, Dios mío! ¡Dios mío!

Ella misma se lo preguntó hace unos días. ¿Cuándo fue? Sí, ¡exacto! En el coche de Diego Soler, cuando los llevó a ella y a Emilio desde el cementerio a la plaza. ¡Diego! Pensó que él podía sentir algo por la profesora de Matemáticas.

Recuerda el instante y lo que pensó en ese momento: «¿Cuántas personas estarán enamoradas de Virginia?».

—¿Es un crimen pasional? —susurra Julia mientras coloca las manos sobre la cabeza—. Alguien que estaba enamorado de Virginia se enteró de que estaba con Aurora y se la quitó de en medio. ¿Es una posibilidad?

Pero no hay que estar muy bien de la cabeza para hacer algo así. ¿Quién es capaz de matar a una chica de diecisiete años por…?

Y, de nuevo, los ojos se le abren como platos. Acaba de acordarse de… Solo es una corazonada. ¡Una simple corazonada! Pero tiene que investigarla. Debe hacerlo. Ya. ¡Ya! Sube los peldaños de dos en dos para llegar lo más rápido posible a su cuarto y, entonces, enciende el ordenador. Necesita información. Teclea a toda velocidad. Nerviosa. Google le da la pista para conseguir el material que busca. No hay demasiado, pero sí lo suficiente para entender lo que sucedió. O no sucedió.

Julia suspira. ¿Está en el camino correcto? Le faltan datos, algunas de sus deducciones están cogidas con pinzas, pero su lógica y su instinto le indican que debe seguir por ahí. ¿Y ahora? ¿Cuál es el siguiente paso? ¿Avisar a su padre de lo que sabe? No, todavía no. Él está muy liado. Hasta que esté segura de lo que sospecha, no avisará a nadie. Y, para eso, primero debe hacer una llamada. Tal vez así confirme la idea que ya es imposible que se le vaya de la cabeza.

CAPÍTULO 71

Viernes, 26 de mayo de 2017

Camina de un lado para otro en su habitación. Julia jamás había estado tan nerviosa en su vida. Aquella llamada telefónica le ha revelado incluso más de lo que imaginaba. ¿Llama ya a su padre?

¡No! ¡Todavía no es el momento! Le faltan pruebas. En realidad, no tiene nada seguro. Nada consistente. Solo es una idea. Una teoría con mucho sentido y con una lógica apabullante.

Además, su padre está muy ocupado ahora mismo con todo lo relacionado con Lázaro Martínez y el asesinato de Patricia Herrero. No debe molestarlo. Solo lo llamaría en caso de que sus sospechas se confirmen al cien por cien.

¿Y si llama a Emilio y le cuenta lo que ha descubierto? Él tiene derecho a saberlo.

Marca su número y le salta el contestador. Insiste una segunda vez y obtiene el mismo resultado.

¿Qué hace?

Una tila, tiene que tomarse una tila para tranquilizarse. Después continuará con la investigación. Descubra algo nuevo o no descubra nada más, esa noche, cuando su padre llegue a casa, le explicará la teoría que ha elaborado y, a partir de ahí, que la Policía Judicial y la UCO sean los que saquen sus propias conclusiones y decidan qué hacer con la información.

Baja a la cocina y se prepara una infusión. Se lleva el vaso con la tila al salón y enciende la televisión. Está en Antena 3.

¿Ese no es Roberto Méndez? ¡Sí! ¡Es él!

Vuelve a aparecer en *Espejo Público*, pero… ¡como enviado especial! Lo pone claramente en el rótulo.

Increíble. Ese tío ha conseguido lo que buscaba. El creador del falso *Asesino de la brújula* ha obtenido su premio. Aunque, dada su natural tendencia al sensacionalismo y a la búsqueda continua del morbo, probablemente no dure demasiado en el programa de Susanna Griso.

—Roberto, en unos minutos va a hablar el abogado del director del Instituto Rubén Darío. ¿Qué es lo que va a comunicar? ¿Se sabe algo?

—Exacto, Susanna. A las doce nos ha convocado a la prensa. Como te podrás imaginar, esto está lleno de medios de comunicación y los rumores son constantes sobre este asunto. Sin embargo, ya les podemos adelantar a los espectadores de *Espejo Público*, en exclusiva, lo que va a decir Rubén Expósito, el abogado de Lázaro Martínez. —Méndez hace una pausa y mira durante un par de segundos un papel que hasta ahora no había enseñado a cámara—. El comunicado dice que el director del Rubén Darío no asesinó a Aurora Ríos. Sí se declara culpable de la muerte de Patricia Herrero, pero él no mató a la otra estudiante. Por lo que tenemos dos asesinos de la brújula y, aparentemente, dos casos diferentes.

—Gran trabajo, Roberto. Eso supone un giro de ciento ochenta grados en la investigación.

—Así es, Susanna. Esta revelación significa que la policía y la UCO solo han resuelto parte del caso y que todavía no saben quién es la persona que asesinó a Aurora Ríos.

El tono que usa Roberto Méndez desagrada a Julia, que

se bebe la tila de un trago y apaga la televisión. Ya ha saltado la noticia, de nuevo comienza la psicosis.

¿Qué hace? ¿Llama a su padre y acelera el proceso? ¿Le cuenta lo que piensa? ¡Ella cree que sabe quién es el culpable!

Indecisa, sale al patio con el móvil en la mano. Da vueltas en círculo alrededor de la maceta que está en el centro, un ficus enorme que su padre le regaló a su madre en su anterior cumpleaños. Piensa en su hipótesis y sus posibles fisuras. ¿Y si está equivocada y acusa a alguien que es inocente? No. Tiene que ser culpable. Lo es. Sabe que es culpable.

El sonido del móvil le da un susto tremendo. Es Emilio. Julia contesta de inmediato mientras continúa caminando dando vueltas a la planta, con el corazón a cien.

—¡Emi! ¿Dónde estabas? ¡Te he llamado y me salía apagado!

—Hablaba por teléfono con mi padre —dice el chico, que está muy serio.

—¿Qué pasa? Te noto raro. ¿Os habéis vuelto a pelear?

—No, al contrario. Todo va muy bien.

—Pues no lo parece.

El joven guarda silencio justo antes de soltarle a su amiga una noticia que va a cambiar su vida. Durante toda la noche lo ha estado sopesando y cree que es lo mejor para él. De otra forma, sufrirá un día tras otro.

—Julia, me voy.

—¿Qué? ¿Te vas? ¿A la casa de la playa? ¡Y los exámenes qué!

—No, no. Ahora no. Los exámenes los haré y espero aprobarlo todo. Estoy hablando del curso que viene.

—¿En serio? ¿Adónde te vas?

—Todavía no lo he decidido. Quizá a Londres o a Estocolmo. Pero ya he hablado con mis padres del tema. Ellos quieren que me vaya fuera y me parece una buena solución.

A Julia no se le escapa que su amigo ha usado la palabra

«solución» como motivo para marcharse. ¿Solución a qué? No se lo pregunta, no se atreve a hacerlo.

—¿Estás seguro, Emi?

—Sí. Lo he pensado mucho. La decisión es definitiva.

—Vaya. Me has dejado sin palabras. No sabía que querías irte a estudiar fuera.

—Ya. Ha sido todo muy rápido.

Ninguno de los dos habla durante unos segundos. Julia comienza a imaginarse la vida sin su mejor amigo y le duele muchísimo. Más de lo que podría imaginar. Siente como si se asfixiara, pero al mismo tiempo se alegra de que Emilio tenga esa oportunidad.

—Emi, enhorabuena. Seguro que va a ser una experiencia increíble. Iré a visitarte adonde vayas. No te desharás tan fácilmente de mí.

—Bueno, todavía quedan unos meses para eso.

—Sí. Me queda bastante tiempo para seguir dándote la lata.

El timbre de la casa suena. Julia mira hacia la puerta y se pregunta quién será. ¿Alguno de sus padres que se ha dejado la llave?

—Están llamando a la puerta. Luego te llamo. Tengo cosas que contarte.

—Muy bien, hablamos después.

La joven se despide y cuelga. A continuación, se guarda el móvil en el bolsillo trasero del *short* que lleva puesto. Camina hasta la entrada y abre. No esperaba que fuera él.

—Hola, Julia. ¿Qué tal estás?

La chica no responde. Se ha quedado muda. Mil y una ideas se acumulan en su cabeza. Ni siquiera es capaz de decirle que no entre, porque él lo hace sin pedir permiso. ¿Qué hace allí? Ahora más que nunca desearía estar equivocada. Que su corazonada y la lógica solo fueran fuegos de artificio. Ojalá todo sea un mayúsculo error de cálculo.

—¿Me puedes dar un vaso de agua? Estoy seco. Este calor me está matando.

Los dos se dirigen a la cocina. ¿Y si no está equivocada? ¿Y si él es el culpable? ¿Y si tiene delante al asesino de Aurora?

Temblando, coge una botella de agua del frigorífico y un vaso. Ella misma lo llena y se lo entrega. Espera que no perciba que los nervios la están devorando por dentro.

—Te preguntarás a qué he venido, ¿no?

—Sí —responde escuetamente la chica, inquieta por la teoría que le ronda por la cabeza: «Has venido a matarme porque sé lo que le hiciste a Aurora».

—¿Podemos sentarnos en alguna parte? Me gustaría hablar contigo con calma.

Quizá no quiera matarla. Simplemente está allí por eso, porque quiere hablar con ella. A lo mejor está exagerando la situación. No es posible que sepa que sospecha de él. ¿Cómo va a saberlo si solo hace una hora que ató los cabos del caso?

La chica lo conduce hasta el salón y cada uno ocupa un sillón.

—Bien. Estos días no ha habido clase y vamos algo retrasados. Tú eres la estudiante más brillante de primero, y por eso quería consultarte una cosa —dice el hombre, que bebe de su vaso de agua.

—¿El qué? —pregunta Julia desconcertada.

—¿Crees que debemos hacer un examen final o es preferible que entreguéis un trabajo? Dadas las circunstancias, no sé qué es mejor. Me obligan a poner una nota. Pero no sé si estáis en condiciones de estudiar mucho debido a lo que ha pasado. ¿Tú qué piensas?

Aquella cuestión sorprende todavía más a Julia. ¿Solo quiere su consejo? De alguna forma, que sea ese el motivo de la visita la tranquiliza. Reflexiona sobre la pregunta unos segundos y responde mucho más calmada, aunque alerta. Aquel profesor no deja de ser su principal sospechoso del asesinato de Aurora.

—La clase agradecería que no hubiera examen. Un trabajo final estaría bien. Aunque no sé...

—¿No sabes? Tú lo sabes todo, Julia —dice aquel hombre cambiando el tono de voz. Sus ojos la miran fijamente, acusadores—. ¿Por qué has llamado a mis padres? Son personas mayores a las que no hay que molestar. Han sufrido mucho.

Entonces lo comprende todo. Está ahí por la llamada que ha hecho antes. La mujer lo ha avisado, a pesar de que Julia le ha pedido que no lo hiciera y ella le prometió que no le diría nada a su hijo.

—Mi madre siempre ha pensado que mi pobre hermana no se suicidó. ¿Y sabes qué? Está convencida de que fui yo quien la empujó por aquel barranco. Afortunadamente, mi padre cree en mi inocencia. Él ha sido el que me ha avisado de que una chica había llamado a casa haciendo preguntas raras. Preguntas impertinentes sobre su profesor de Filosofía. Ese hombre es lo único que tengo ahora en la vida. Le quiero.

Jonathan Vila cruza las piernas y da otro sorbo al vaso de agua antes de continuar hablando.

—La vida es muy puta, Julia —dice el hombre tocándose el gran moratón que luce aparatoso en la frente—. Mi madre tiene la mala costumbre de contárselo todo a mi padre. Le explicó que sospechaba de mí cuando Paula se suicidó y, en cuanto te colgó, le contó a mi padre que habías llamado. Aunque no le diste tu nombre, el teléfono fijo de mis padres guarda los números de las llamadas recibidas. Mi padre me lo pasó y solo tuve que buscarlo en la lista de estudiantes que tenemos cada profesor con vuestros datos. En realidad, no me sorprendió que fueras tú. Aunque sí me extrañó que no tomaras más precauciones. Te has expuesto demasiado, Julia.

Sí, se ha expuesto demasiado. Estaba tan emocionada

con lo que había averiguado que no creyó que aquella llamada llegara a oídos de Jonathan Vila. No había dado su nombre y la mujer le prometió que no le contaría nada a su hijo, con el que hacía quince años que no hablaba. Desde que a los dieciocho años se marchó de casa.

—En los años posteriores a la muerte de Paula, mi vida fue un infierno. Mi madre creía que yo la había matado. ¿Te lo puedes creer? Solo porque había discutido varias veces con ella por... ¿Sabes por qué discutimos?

—No.

—Por una chica —responde Jonathan sonriendo—. Sí, como lo oyes. Su mejor amiga, la chica de quien yo estaba enamorado. Mati era preciosa. Y olía tan bien… Fue mi primer amor. Y ellas… se rieron de mí… Las pillé hablando en su habitación… una noche de fiesta de pijamas… Paula le dijo que su insignificante hermano de quince años la tenía pequeña y que se la meneaba pensando en ella; Mati se molestó al principio, pero luego estalló en una carcajada. Paula la incitó a reírse de mí. Y continuaron las bromas. Cada vez que venía a casa, me miraba y se reía. Todo por culpa de Paula. ¿Sabes lo duro que es para un chico de quince años que la chica de quien está enamorado se burle de… del tamaño de…? ¡¿Sabes lo duro que es eso?!

Aquel grito le hiela la sangre a Julia. Empiezan a aclararse los puntos que tenía por resolver. En los artículos que habían abordado el suicidio de la hermana de Jonathan, y que antes buscó en Internet, se escribió que la joven se había caído por un barranco a las afueras. Se hablaba de suicidio. Sin embargo, en declaraciones a varios medios, su madre decía que era imposible que su hija se hubiera quitado la vida. También lo aseguraba Mati, la mejor amiga de la chica. En cambio, el caso quedó archivado y se determinó que Paula se había suicidado. No había pruebas de lo contrario.

—Cómo es esto de la vida, ¿eh? Resulta que a los dieciocho años me voy de casa, harto de las miradas inquisitivas de mi madre, y ahora la historia se repite… Mi estúpida madre. Ella seguro que te ha dicho por teléfono que yo asesiné a Paula, ¿verdad?

No tan directamente, pero sí. Su madre lo insinuó constantemente en los diez minutos que han hablado. Y sin que Julia tuviera que apretarle demasiado las clavijas. Ella también cree que Jonathan lo hizo. Mató a su hermana y ahora ha matado a Aurora. Lo tiene muy claro.

—No hace falta que me respondas. Lo sé —añade el profesor de Filosofía acariciándose la frente—. Como te estaba diciendo… Me duele la cabeza. ¿Qué te decía? Ah, sí. Que me fui de casa con dieciocho años para escapar de las acusaciones de mi madre. Saqué mi carrera, llegué a este pueblo a dar clase y hace unos meses aparece una mujer increíble de la que me enamoro locamente. ¿La vida me daba otra oportunidad? ¿La vida me daba a otra Mati? ¿Era Virginia Ayuso mi nueva Mati? ¡No! ¡Puta vida! Virginia estaba casada.

Él estaba enamorado de Virginia. ¿Y Virginia se enamoró de él? Julia va pensando muy deprisa al mismo tiempo que escucha a Jona. Y, a la vez, trata de buscar la forma de salir de allí por si las cosas se ponen feas. ¿Cómo puede huir o avisar a alguien si aquel hombre pierde los papeles y decide ir a por ella?

—Casada —repite el hombre, y suelta una carcajada—. Casada, joder. Me había enamorado de una preciosa mujer casada. La vida no me da un respiro. Joder. Nada ha sido fácil para mí. Sin embargo, un día la escuché hablar por teléfono con su marido. ¿Sabes qué le preguntó? ¿Sabes qué le preguntó?

—No. ¿Qué?

—¡Que si le ponía los cuernos! —exclama Jonathan. Está exaltado y derrama el agua que le quedaba en el vaso. Ni siquiera se da cuenta—. Fernando… Ese gilipollas tiene a su lado a la mejor mujer del planeta y va y se tira a otra. Los hay estúpidos a más no poder. Aunque eso me dio esperanzas. Si se divorciaban, Virginia quedaría libre y yo tendría mi oportunidad. Esta vez sí. Lo veía en sus ojos. Le gustaba. Sí, le gustaba.

Julia observa como su profesor de Filosofía agacha la cabeza y se tapa la cara con las manos. ¿Y si llama por teléfono a alguien sin que se dé cuenta? Podría intentarlo. Pero está sentada y tiene el móvil en el bolsillo trasero del *short.* Será complicado.

—El destino es un cabrón, Julia. Nunca te fíes de él —continúa hablando el hombre mientras fija de nuevo la vista en ella—. Estaba muy pendiente de Virginia. No te voy a decir que la espiaba, pero casi. Bueno, digamos que estaba atento a lo que hacía sin que ella lo supiera. Así descubrí que… que… se veía con Aurora Ríos en secreto. No te puedes imaginar cómo me quedé al descubrirlo. ¡La persona de la que estaba enamorado salía con una chica! ¡Si Aurora tenía hasta la misma edad que mi hermana cuando murió! ¿Y qué piensas que pasó, Julia? ¿Qué piensa tu privilegiada cabecita?

—Yo no pienso nada —dice la joven, que lleva disimuladamente una mano hasta el bolsillo del pantalón. Con la huella dactilar del dedo pulgar lo desbloqueará. Abajo, a la izquierda del todo, está el icono de las llamadas. Debe tocarlo y luego pulsar en la última llamada hecha. Si lo consigue, Emilio oirá la conversación.

Pero ni siquiera logra iniciar su plan. Jonathan deja el vaso encima de la mesa y niega con la cabeza.

—No hagas eso. Anda, dame tu móvil. Sé que lo tienes en el culo. Te lo he mirado antes y lo he visto —suelta el hombre, que emite una desagradable risilla—. No eres la única superdotada de esta habitación. Yo también tengo más de ciento treinta de cociente intelectual. ¿Lo sabías? Soy muy intuitivo y me doy cuenta de las cosas antes que los demás. ¿No es emocionante anticiparse al resto? Este mundo está lleno de mediocres que no están a nuestra altura. Por eso intento ayudarlos. Vosotros sois mi vida, querida Julia. Los alumnos lo sois todo para mí. No quiero que terminéis como Paula. Esa estúpida tenía un gran futuro por delante. Pero murió con diecisiete años. Vaya. Pobrecita.

Jonathan se pone de pie esbozando una cínica y espectral sonrisa, y se sienta en el brazo del sillón que ocupa Julia. Estira el brazo, mete la mano en el bolsillo del *short* y le arrebata el teléfono a la chica, que no se resiste.

—Mataste a Aurora, ¿verdad? —se atreve a preguntar ella muy asustada por la presencia tan cercana de Jonathan, pero tratando de mostrarse valiente. Sabe que aquello no va a durar mucho más. En cualquier momento, aquel hombre la atacará. Y no tiene escapatoria. Solo un milagro la salvaría.

Sin embargo, Jonathan no responde a su pregunta y se encoge de hombros. Ni lo afirma ni lo niega. Sonríe melancólico y suspira.

—La vida no me quiere. Es injusta conmigo. Sin Aurora, Virginia se fijó en mí. Hasta me acosté con ella. Fue lo más maravilloso que me ha pasado en la vida. Sentir su cuerpo, su piel, sus manos. Estar dentro de ella. Jamás lo olvidaré. Pero ese mismo día… su marido la lanzó por el balcón. Ese hijo de puta me ha arrebatado lo que más quería. ¡Ese cabrón sí que debería estar muerto! Quién sabe si no lo estará pronto.

¡Se acostó con ella! ¡El desencadenante! Julia ahora lo comprende todo. Seguro que, cuando Virginia se enteró de que el bate era el arma del crimen, lo relacionó con Jona, con el que se acababa de acostar.

—¿Te puedo hacer una pregunta? —le pide Julia armándose de valor.

—Claro. Adelante.

—¿Tenías el bate en el despacho el viernes por la tarde? Fue a verte Virginia antes de que te deshicieras de él, ¿verdad? Lo tenías allí después de asesinar a Aurora y ella lo vio. ¿No es así?

Jonathan abre mucho los ojos al escuchar a su alumna. Arruga la frente y mira a su izquierda, hacia arriba, como si tratara de recordar algo. Así se pasa unos cuantos segundos. Absorto. Julia lo observa con atención. No espera su respuesta afirmativa, ya sabe que eso fue lo que sucedió. Tuvo que ocurrir así. Ahora lo que busca es la manera de escabullirse y correr hacia la puerta. Tiene un plan, pero no está muy segura de si lograría llegar a la calle sin que él la alcance antes.

—Aunque fuera así y Virginia hubiera venido a mi despacho el viernes por la tarde para despedirse, no pudo ver ningún bate de béisbol —asegura Jona, al que le tiembla un poco la voz—. No. Ella no vio nada. Porque no había nada. No había nada. Yo no..., yo no maté a Paula..., no maté a Aurora. ¿De acuerdo? Solo son invenciones tuyas y de tu estúpida imaginación de superdotada.

—No es cierto, Jonathan. Tú las mataste a las dos. Y Virginia se suicidó porque descubrió que fuiste tú quien mató a Aurora. Se había acostado con el asesino de la chica a la que amaba. No pudo soportarlo y se tiró por el balcón. Todo fue por tu culpa. Fernando no hizo nada.

—¡Sí que hizo! ¡Él asesinó a Virginia! —grita fuera de control el profesor de Filosofía—. ¡Virginia me quería a mí! ¡Lo de Aurora solo fue un capricho! ¡Un error! ¡Sin ella íbamos a ser felices los dos! ¡Juntos! ¡Y Fernando acabó con nuestro sueño! ¡Con nuestro futuro matrimonio! ¡Con nuestros futuros hijos!

—No, Jonathan. Virginia se suicidó. No te engañes más. Sabes perfectamente que Fernando solo vio como ella se lanzaba desde el cuarto piso. Fue tu culpa, Jona —dice la chica para provocarlo—. Tú mataste a Aurora e indirectamente también mataste a Virginia.

—¡Nooooooooooooo!

Jonathan entonces levanta la mano e intenta golpear con todas sus fuerzas a Julia, que estaba esperándolo. En un ágil movimiento, la joven se desliza por el sillón y logra esquivarlo, pero cae al suelo. Gatea unos metros hasta que logra enderezarse. Jonathan, que no esperaba esa maniobra de la chica, tarda un poco en reaccionar y va tras ella. Ambos corren hacia la puerta de la casa, que en ese momento se abre. El que aparece es Miguel Ángel. Julia se lanza a los brazos de su padre buscando su protección. Está temblando y con lágrimas en los ojos. Después observa a Jonathan Vila, que se queda quieto como una estatua. El sargento no comprende nada de lo que está sucediendo hasta que su hija grita como nunca antes lo había hecho.

—¡Papá! ¡Detenlo! ¡Él es el asesino de Aurora! ¡Jonathan la mató!

CAPÍTULO 72

Jueves, 1 de junio de 2017

Han pasado seis días desde que aparentemente todo terminó. El juez Otamendi envió a prisión tanto a Lázaro Martínez como a Jonathan Vila, sin posibilidad de salir bajo fianza, a la espera de que se celebre el juicio de ambos, cada uno por separado. La opinión pública está satisfecha del resultado y no para de felicitar en las redes sociales a la Policía Judicial de la Guardia Civil y a la UCO. Exceptuando a su familia y a Emilio, nadie sabe que Julia Plaza se encuentra detrás del descubrimiento de ambos asesinos.

—Es alucinante que una chica de dieciséis años haya resuelto el caso más importante que ha sucedido en este pueblo. Si la gente se enterara, te harían un monumento o le pondrían tu nombre a una calle —comenta Emilio, sentado en la cafetería del Rubén Darío y con el libro de Historia delante, aunque él está leyendo en el móvil un artículo sobre los asesinatos—. Pero no apareces mencionada en ninguna parte. Eso también es alucinante.

—Mejor así, Emi. Prefiero pasar desapercibida y que no me metan en líos. Además, sin todas las pruebas que la Policía Judicial y la Científica se encargaron de obtener y la confianza de mi padre para contarme algunos detalles de la investigación, no habría descubierto nada.

—Eres muy modesta. ¡Y una maldita genio!

—No seas exagerado, por favor. Solo utilicé la lógica. La policía no habría tardado mucho en averiguar la verdad. Simplemente, me adelanté un poco. Recuerda que Jonathan estaba entre sus principales sospechosos.

Poco después de la detención del profesor de Filosofía, su padre le reveló que estaban investigando tanto sus movimientos en los últimos días como el pasado de Jonathan Vila. Se habían puesto en contacto con el sargento de la Guardia Civil que llevó el caso del suicidio de su hermana, un hombre septuagenario ya retirado. Este les expuso sus dudas respecto a lo que había sucedido hacía dieciocho años. Él siempre pensó que Paula Vila no se había suicidado, aunque la justicia así lo determinó.

—Sin ti, los culpables todavía estarían en la calle.

—¡No estoy de acuerdo contigo!

—Qué poco te valoras, querida amiga.

Lo importante es que los asesinos se encuentran entre rejas y que la gente ya puede dormir otra vez tranquila. Eso es lo único a lo que ella le da valor. Ahora le toca centrarse en los exámenes finales.

Aquellos días en el instituto están siendo un caos. Con tres profesores fuera de combate —Lázaro y Jona, en la cárcel; y Virginia enterrada en el cementerio del pueblo de sus padres—, nadie sabía hasta hace un par de días qué iba a pasar con el curso de primero B. Al final, Mantovani tomó las riendas del centro y puso todos los exámenes para la semana del cinco al once de junio. Contrató interinamente a tres docentes para sustituir a los ausentes y les encomendó la tarea de dar clases de apoyo a los estudiantes durante esos días, preparar los finales y después corregirlos.

—Emi, ¿por qué no dejamos ya de hablar de este tema y nos centramos en estudiar? No vaya a ser que suspendas y repitas el año que viene en Suecia.

Estocolmo ha sido el destino elegido por Emilio para terminar la secundaria. Lo hará en un instituto privado de la capital sueca. A sus padres les va a costar un ojo de la cara, pero ellos están decididos a realizar esa inversión en su hijo. Quieren alejarlo lo máximo posible de aquel pueblo, que tantas desgracias ha acumulado en las últimas semanas, y de todo el jaleo que se originará cuando comience el juicio.

Él también piensa que una temporada fuera le vendrá muy bien. Echará de menos a Julia y lo pasará mal sin ella. Pero sería peor si continuara a su lado. Lo sabe. Sabe que sufriría por ese amor que siente y no es correspondido. Un año en Suecia posiblemente le ayude a olvidarla. O ese es su planteamiento y su deseo.

—¿Te estoy dando mucho el coñazo alabando y elogiando tu capacidad para resolver crímenes?

—Un poquito —responde Julia sonriente.

Y es que casi no hablan de otra cosa. Por lo menos su amigo, que la ha obligado a contar una decena de veces el episodio en su casa con Jonathan Vila. Por suerte, todo acabó bien gracias a la aparición estelar de su padre, que regresó antes de tiempo porque, otra vez, se había olvidado la carpeta del caso. Si él no hubiese intervenido, no está muy segura de lo que habría pasado. ¿La habría matado el profesor de Filosofía? Hubiera sido su tercera víctima, aunque Jonathan no ha admitido ser el autor de ninguna muerte. Desde que el sargento lo detuvo, no ha vuelto a abrir la boca. Ni siquiera su abogado ha conseguido que hable. Seis días de completo y total silencio.

—Tienes razón. Soy muy pesado. Perdona. Voy a por otro café y sigo con Historia.

—¿Me invitas a uno?

—Vale. Yo invito al café y tú a la magdalena. ¿Te parece bien?

Julia mueve la cabeza mientras sonríe y le da una moneda de dos euros a su amigo. Este se levanta y se pone en la concurrida cola que se ha organizado en la cafetería del instituto.

La vida regresa a la normalidad. Bendita rutina. Aunque en una cosa debe darle la razón a Lázaro Martínez: nada volverá a ser como antes. Las muertes de Aurora, Aria y Virginia pesan muchísimo y están demasiado recientes.

Julia ha decidido que, cuando pasen unos días, visitará a los familiares de sus compañeras de clase. A menudo piensa en Vera, en los padres de Aria y en Bely, su hermana pequeña. Ellos son las otras víctimas de los «Asesinos de las estudiantes del Rubén Darío», como ahora los llama la prensa. Sí, fue Roberto Méndez el que acuñó esa denominación en el plató de *Espejo Público*, donde ahora trabaja. ¿Hasta cuándo durará allí?

—Hola, Julia —le sorprende una voz por detrás—. ¿Puedo sentarme un momento?

La chica observa a Vanesa, que ocupa el lugar en el que antes estaba Emilio. Está irreconocible. Se ha cortado el pelo incluso más que ella y se ha tatuado en el cuello un pequeño delfín que representa una I mayúscula. Lleva una pulsera con los colores del arcoíris en la muñeca derecha y va vestida completamente de negro.

—No te molestaré mucho. ¿Tienes los apuntes que dio Ana sobre la Revolución francesa? No los encuentro, e Ingrid ni siquiera los cogió.

Ingrid y ella ya son pareja oficial. Y aunque la gente murmura y habla a sus espaldas, les da absolutamente igual. Ni siquiera la advertencia de Mantovani de que no se besen por los pasillos del instituto las ha coartado. Son dos chicas felices, enamoradas y que no piensan ocultarse más.

—Sí, los tengo aquí.

—¿Me los dejas y los fotocopio en un momento?

—Claro. Espera un segundo.

Julia busca en su carpeta los apuntes que Vanesa necesita y se los da. Esta se lo agradece con un beso en la mejilla. Se pone de pie para marcharse y hacer una copia lo antes posible. Sin embargo, hay algo importante que tiene que decirle.

—¿Te has enterado de lo de Iván?

—No —responde Julia sobresaltada. No sabe a qué se puede estar refiriendo su compañera—. ¿Le ha pasado algo?

—Lo han echado del instituto. Esta misma mañana. No podrá hacer selectividad.

A pesar de todo lo que ha ocurrido entre ellos, la noticia que le da Vanesa no la alegra. Iván y ella no han vuelto a tener contacto desde que se vieron hace una semana en el instituto, pero aún sigue existiendo algo en su interior que se le remueve cuando piensa en el chico del *piercing* en la ceja. Un sentimiento que se está obligando a olvidar. Poco a poco, lo va consiguiendo.

—Lo siento por él.

—Yo también. No le deseo ningún mal. Que le vaya bien.

Y, sin más, Vanesa se gira y se marcha de la cafetería. Pocos minutos después, Emilio regresa a la mesa cargado con dos cafés con leche y dos magdalenas.

—No sé si es bueno que tomemos tanta cafeína —reconoce el joven mientras se sienta—. Me voy a pasar noches y noches en vela.

—Cuando terminen los exámenes, volveré a mi Cola Cao.

—O a las infusiones.

—O a las infusiones —repite Julia, que le quita el papel

a la magdalena. Da un bocado y observa a su amigo, que también muerde la suya.

Prácticamente al mismo tiempo, tienen que dar un sorbo al café para no atragantarse y ayudar a la masa de la magdalena a bajar por el esófago. También, casi a la vez, resoplan aliviados cuando se tragan por completo el trozo que se han metido en la boca.

Ambos ríen.

—No tengo ganas de estudiar —admite el chico mientras apoya los codos en la mesa y las palmas de las manos en la cara. Luego se ajusta las gafas—. Nada de nada.

—Emi, nos tenemos que poner. Tengas ganas o no.

—Para ti es muy fácil. Ojalá tuviera yo tu capacidad.

—¿Ya estamos con eso de nuevo?

—Es que tienes ventaja sobre los demás —dice Emilio fingiendo que eso le molesta. Y, a continuación, canturrea—: Y mi vida vuela, como una Supernena...

La joven protesta y le pide que pare de cantar. Tras mirarse fijamente, le obliga a centrarse de nuevo en el libro de Historia. Julia sonríe. Le sigue pareciendo que su querido Emilio, tras esas gafas de pasta y esa pinta de friki, tiene una mirada de lo más inquietante. Y eso le gusta. Le gusta mucho.

EPÍLOGO

Martes, 19 de diciembre de 2017

Dos jóvenes se encuentran sentadas en una cafetería del aeropuerto. Toman café mientras esperan a que aterrice un avión procedente de Estocolmo.

—Necesito que se quede Cepeda.

—¿En serio? ¡Pero si ya se ha salvado cuatro veces! Es mejor que no se vaya Roi.

—Pues a mí me gusta Luis. Me daría mucha pena que se fuera. Por él y por Aitana.

Vanesa contempla fijamente a Julia y después niega con la cabeza. No entiende cómo su amiga puede preferir a Cepeda antes que a su *sapoconcho* favorito. En cualquier caso, *Operación Triunfo* se ha convertido en su tema de conversación predilecto y las ha acercado todavía más. En lo que va de curso, su amistad se ha consolidado.

Las dos chicas continúan debatiendo unos minutos más sobre quién debe ser expulsado y quién debe permanecer en la academia de los dos concursantes gallegos del *talent show* de Gestmusic. Están tan entusiasmadas charlando sobre el programa del día anterior que el tiempo se les ha pasado volando.

—¿Qué hora es? —pregunta Vanesa, quien, tras consultar el móvil, se da cuenta de que se ha quedado sin batería.

—¡La una y cuarto! —exclama Julia poniéndose en pie de un brinco—. ¡El vuelo de Emi llegaba a la una y cinco!

—Tranquila. Entre que sale del avión y recoge su maleta, son por lo menos veinte minutos más. Y te habría llamado si nos estuviera esperando.

Julia se limita a asentir. No puede negar que está nerviosa. Hace cuatro meses que su mejor amigo se marchó a estudiar a Suecia. Al principio, charlaban todos los días vía Skype y no pasaban ocho o nueve horas sin que se escribieran algún WhatsApp. Sin embargo, en las últimas semanas la relación entre ellos se ha enfriado un poco y el contacto cada vez es menor. La chica lo asocia a los exámenes de ese primer trimestre y a la cantidad de trabajos que ambos han tenido que hacer. Segundo de bachillerato es más duro de lo que imaginaba. Pero ¿y si es por algo más?

No quiere perder a Emilio. Se niega. Pese a que él vive ahora a más de tres mil kilómetros de distancia y cuatro horas de avión.

—Te noto tensa —dice Vanesa mientras caminan hacia la puerta por la que se supone que saldrá el joven—. Relájate.

—Me da miedo que las cosas hayan cambiado.

—¿Qué va a cambiar?

—No sé. Quizá, cuando nos veamos, nos sintamos extraños.

—Qué tontería. Ni que hubieran pasado veinte años. Solo hace cuatro meses que no os veis. Y habéis hablado mil veces por WhatsApp. ¡No seas paranoica! —le suelta mientras, con el puño, golpea suavemente el hombro de su amiga.

Esta se queja, fingiendo que le ha dolido, pero termina esbozando una sonrisa. Seguramente Vanesa tiene razón y su relación con Emilio continuará siendo la misma. En cambio, un cosquilleo sacude su estómago. Una sensación que no sabe cómo calificar.

—Allí es —comenta Julia señalando una zona de la terminal en la que se ha congregado mucha gente.

Las dos chicas se colocan en segunda fila y, de puntillas, observan a los viajeros que van saliendo por la puerta. Vanesa suelta algún que otro comentario jocoso sobre parejas que se reencuentran o familiares que aguardan la aparición de sus seres queridos con pancartas y globitos; pero, en cuanto observa la cara de pocos amigos que le dedica Julia, se excusa bromeando acerca de la mala influencia que Ingrid ejerce sobre ella. A pesar de algunos altibajos, la relación con su novia va viento en popa. Y cada vez les preocupa menos lo que piensen y digan los demás.

—¡Ahí está! —grita Vanesa en cuanto localiza a un joven con el pelo tintado de azul que lleva unas gafas con la montura roja. Él también las ha visto—. ¿Está más alto o es cosa mía?

A Julia le tiembla todo. No es que Emilio esté más alto, es que camina más erguido. Y sonríe. Sonríe como hasta ahora no le había visto sonreír. Tal vez el motivo de esa sonrisa diferente sea la chica rubia y de piel anaranjada que va de su mano.

¿Quién es ella?

Vanesa propina a Julia un codazo mal disimulado antes de preguntar en un murmullo ligeramente mordaz:

—¿Tiene novia? ¿Lo sabías?

No, no sabía nada. Nunca le ha hablado de nadie. Tampoco ella le ha preguntado. Es que ni siquiera se lo había planteado.

Emilio suelta la mano de la chica rubia y se apresura a abrazar a sus antiguas compañeras de clase. Primero a Vanesa y después a Julia, a la que susurra al oído un «te he echado de menos». La joven, en cambio, no es capaz de articular palabra.

—¡Qué contento estoy de veros! Las dos estáis muy guapas —comenta Emi. De nuevo ha tomado la mano de su acompañante, que sonríe de una manera muy dulce—. Esta es Kerstin. Es sueca y no tiene ni idea de español.

La muchacha hace una graciosa reverencia al escuchar su nombre y continúa sonriendo. Mientras los cuatro caminan hacia la estación de metro del aeropuerto, Emilio les cuenta que llevan dos meses saliendo y que están en la misma clase. Kerstin pasará con él las vacaciones de Navidad y a ver si consigue aprender algo de español.

Julia escucha hablar a su amigo y tiene la impresión de que se trata de una persona distinta a la que ella conocía. Definitivamente, las cosas sí han cambiado.

¿Por qué no le habrá dicho que tenía novia?

—En Estocolmo hablamos en inglés —explica Emilio—. Pero ya es hora de que aprenda algo de castellano. Yo se lo voy a enseñar y ella, a cambio, me va a dar clases de esquí.

—¿Vais a ir a esquiar? —pregunta Julia algo desconcertada.

—Sí, con mis padres, después de Nochebuena. Si te quieres apuntar, estás invitada.

La chica rechaza la propuesta inmediatamente. No sabe aún lo que va a hacer en las fiestas navideñas, pero no piensa actuar de *sujetavelas* de la parejita. Además, eso de esquiar no es precisamente lo suyo. Resopla y sigue escuchando lo que dice el joven del pelo azul, aunque está deseando llegar a su casa para poder reflexionar, en la soledad de su cuarto, sobre aquella situación del todo inesperada. El cosquilleo de su estómago ha desaparecido. O más bien se ha transformado: porque ahora la invade un sentimiento negativo. ¿Le molesta que Emilio salga con alguien? No debería. Sin embargo, por alguna extraña circunstancia, le fastidia la presencia de aquella chica sueca que, por otra parte, parece de lo más agradable. Sí, Kerstin tiene pinta de ser un pedacito de pan y no tiene culpa de nada. Aquel reencuentro no ha sido como ella planeaba, pero no le queda otra que mostrarse amable y tomárselo con filosofía.

—¿Es tu móvil el que suena? —le pregunta Vanesa antes de entrar en la estación de metro.

Julia saca su teléfono del bolsillo del abrigo y descubre que su amiga tiene razón. Es su padre.

—Hola, papá. ¿Qué tal?

—Te llamo para decirte que acaban de avisarnos de que el jurado está listo para emitir su veredicto. En unos minutos tendremos la resolución.

—¿De verdad?

—Sí. Por fin han tomado una decisión.

El jurado del caso Ríos lleva encerrado en un hotel de la capital más de un mes y medio. Nadie sospechaba que tardarían tanto en resolver si Jonathan Vila es culpable o no del asesinato de Aurora.

—¿Vas de camino al juzgado?

—Sí, tu madre y yo vamos para allá ahora. Quería que lo supieras. Te llamaremos en cuanto se dé a conocer la sentencia.

—Gracias, papá. Mantenme in…

En ese instante, la voz de la chica se corta repentinamente y es sustituida por un ruido devastador. Miguel Ángel se queda de piedra al escuchar al otro lado de la línea una gran explosión. No sabe qué ha ocurrido, pero el pánico se apodera de él. Le ruega a su hija que conteste. Que diga algo. ¡Cualquier cosa!

Pero de poco sirven sus desesperadas súplicas, porque Julia no responde nada.

AGRADECIMIENTOS

Quiero comenzar esta parte del libro, tan importante para mí, dándole las gracias a todo el que se ha comprado esta novela y la ha leído con ilusión, con dudas, por curiosidad, con miedo, con expectativas, por fidelidad… Te haya gustado más o menos, pienses que lo he hecho mejor o peor que en anteriores novelas o sea la primera vez o no que llegas a una de mis historias. A todos por igual os estoy agradecido. Porque no es fácil cambiar y afrontar nuevas etapas, y menos cuando las cosas te van bien y te has hecho un hueco en un mundo tan difícil como el de la literatura. Así que GRACIAS por esta oportunidad. Espero que haya sido de vuestro agrado.

La chica invisible es una historia que tenía desde hace tiempo en la cabeza. Siempre me han gustado las novelas de misterio y soñaba con que algún día pudiera publicar algo parecido a lo que ha salido en este libro. Gracias, mamá, papá, por ofrecerme la posibilidad de leer tanto y rodearme desde que era un niño de personajes como Hércules Poirot, Miss Marple, Sherlock Holmes y el doctor Watson, Amy Adams y Lince Collins…, y otros muchos que me dieron en mi infancia y adolescencia un montón de casos por resolver. Era imposible irme a dormir sin averiguar antes quién era el culpable. Si mis padres no me hubieran mostrado esta clase de libros, posiblemente hoy no existiría este que acabáis de terminar de leer. Es la novela número once que os dedico. Tal vez la más especial de todas y en la que más influencia tengáis. Y no solo lo digo por la cantidad de horas que hemos hablado de la trama y la ayuda y los consejos que me habéis brindado para que todo quedara perfecto y sin errores. Todo pasa por algo y tiene un inicio. Esta novela, papá, mamá, os la debo en un gran porcentaje a vosotros. Gracias.

También se la quiero dedicar a mi hermana María, por supuesto. Ella es igual de importante para mí que mis padres, y una lectora empedernida. Yo soy más de Agatha Christie y tú de Jack el Destripador, pero nos entendemos. La lucha, las horas de esfuerzo, el trabajo bien realizado, arriesgarte, apostar por nuevas experiencias..., al final, tendrán su recompensa. Y talento no te falta. A por todas en este 2018. Estoy para lo que necesites.

Aunque yo vivo en Madrid y mi familia no está cerca —la mayoría reside en Sevilla—, me acuerdo cada vez más de vosotros. Sé que a veces puedo parecer distante o incluso frío. Pero os aseguro que es al contrario. Intento estar al día de todo lo que sucede. Sufro mucho cuando las circunstancias no son buenas y me alegro inmensamente cuando hay noticias positivas. Mucha fuerza para vosotros, titos y primos. Os merecéis lo mejor porque sois los mejores y me habéis enseñado que, en las malas, la unión es la medicina más poderosa.

¿Sabes una cosa? Me encanta cómo te enfadas cuando pierdes al Risk. Tenía que ponerlo. Buah, lo siento, qué horror. Porque nuestras discusiones siempre terminan con una sonrisa y un beso de reconciliación. La palabra «enamorado» se queda muy corta para definir lo que siento por ti. Este libro también habría sido imposible si no hubiera estado a tu lado. Julia tiene cosas de ti y de tu brillante personalidad. Nunca aprenderé a hacer el cubo de Rubik ni a orientarme por las ciudades como lo haces tú. Viajar contigo es mi pasatiempo preferido, a la par que verte sonreír. Que seas feliz es el mayor regalo que la vida me puede dar. Y no será porque no estamos trabajando en ello. Mantén tu esencia siempre, Ester. Lo demás importa menos. Mucho menos. Te quiero. Y diles a tus padres y a tu familia que soy un desastre para las reuniones familiares. Bueno, ya lo leerán ellos cuando lleguen a este párrafo.

Hace unos meses me planteaba qué pondría en los agradecimientos de este libro cuando llegara el momento de referirme a la editorial. Me gusta ser sincero con lo que siento y Planeta para mí ha sido tan importante que considero a la gente con quien trabajo como mi segunda familia. Pero en todas las familias hay momentos de dudas y de incertidumbre. El 2017 no ha sido fácil. Lo sabéis, lo sé. Sin embargo, en la tensión, en las dificultades, es donde se aprecia la realidad de las cosas. La pasta de la que están hechas las personas. Y, en este comienzo de año, la realidad es que no me puedo sentir más querido, apoyado y valorado por mi editorial. Mil gracias, Raquel Gisbert, por escucharme y entenderme. Y gracias de corazón, Puri Plaza, por arroparme de esa forma tan mágica. ¡Me habéis hecho esforzarme como nunca! Millones de gracias, Lolita Torelló, Laura Franch, Isa Santos, Silvia Axpe y Belén López, por mimarme y apoyarme en este nuevo proyecto. Necesitaba justo lo que me habéis dado en estos meses. Gracias, Laia, volvemos a encontrarnos. Y gracias, Laura, suerte en tu nuevo camino. Ha sido un placer trabajar contigo tantos años. Eres parte del éxito. Como tú, Sergi. Estés más o menos, eres como mi hermano dentro de la editorial. También les quiero dar las gracias al gran Javier Sanz y a su equipo, espero que sean nuevos y buenos tiempos para la lírica. Gracias, como siempre, al señor Creuheras, a Marc, a Marisol Palés, a Carlos Revés, a Paco Barrera, a Ana Gavín, a Carmen Ramírez, a Zoa, a Vanesa, a Laura Verdura, a Ferran, a Sabrina, a Begoña... y a todos los componentes de ese equipazo que es la editorial Planeta. También gracias a los comerciales, que tan buen y necesario trabajo hacen, y a las delegaciones de Latinoamérica (especialmente, a las de Argentina, Perú, Colombia y México, que tan bien me han tratado en la última gira). ¡Gracias a los chicos de Booket! ¡Y también a los de Columna Edicions y labutxaca!

Raquel de la Morena, eres una especie de ángel de la guarda para mí. Ojalá corrigieras mis libros toda la vida. Mis novelas no serían lo mismo sin ti. Te mereces un monumento y que tus libros tengan reconocimiento mundial.

Al cierre de estas páginas, somos más de 171.000 en Twitter, 49.000 en Instagram, más de 70.000 en Facebook y casi 29.000 en el canal de YouTube. ¡Seguimos creciendo! En representación de todos los seguidores, quiero nombrar y dar las gracias por continuar ahí a estos chicos: Alejandra Moya, Laura Cagiao, Paula Arenas, Laura Pérez, Belén Álvarez, María José Calvo, Francesc Sánchez, Abril Neukirchen, Rebeca Quilantán, Elizabeth Pérez, Jessica Cuenca, Enara Alcalde, Ainhoa Cortázar, Cristina Garrido, Melina Hermida, Santiago Aranciaga, Vanessa Avecilla, María Tomás, Carmen Navarro, Laura Rosete, Inma Mora, Paula Montes, Rocío Mora y Judith Matesanz. No me cansaré de repetirlo: los lectores sois la parte más importante de esta historia. Tengo muchas ganas de que leáis esta novela y me digáis qué os parece. Os tengo muy en cuenta, Afortunados de Blue, Bluecitas de Madrid, Clásicas, chicas de los grupos de WhatsApp... Vuestra opinión será fundamental para mí.

Irene Contenta, gracias. Para qué me voy a andar con rodeos. Aunque tu hermana Paula es más simpática. Candela, gracias por esas ferias del libro de Madrid. Muchas gracias por vuestra amistad, Niko, Carlos G. Miranda, Piñol, Iria, Andrea, Gema, Dani, Chris, Nieves, David, Pedro, Javier y Vero,

Ibra, Vanesita, Paula Dalli, hermanas Miramón, José Luis, Marina, Albanta, Omai, Borja y mucha gente que me dejo o que he nombrado en otros libros. Afortunadamente, sois muchos.

Sigo escribiendo en la cafetería de Callao (tras un fuerte desengaño, no voy a nombrarla más). Los que trabajáis allí sois increíbles. Gracias, chicos, de verdad, por vuestra amabilidad, por vuestro cariño y por recibirme siempre con una sonrisa.

Voy a terminar este libro con un alegato, como siempre hago. Quizá no sea el sitio más adecuado, porque esta parte de la novela es para dar las gracias y acordarte de gente a la que aprecias y quieres. Pero tenía la necesidad de incluir un mensaje sobre un tema que cada vez me preocupa más. Y no, no es la piratería; aunque, por supuesto, sigo estando en contra —comprad libros originales, no os descarguéis el PDF gratis pirateado—. En esta oportunidad quería referirme a los linchamientos que cada vez son más frecuentes en las redes sociales. Debemos parar esto. Hay que respetar las opiniones de los demás, conocer la verdad de las cosas antes de juzgar a alguien y no dejarnos llevar por el odio. Ya no solo por las personas sobre las que nos tiramos al cuello, sino por sus familias. Pensad en que todos tenemos a gente que nos quiere y que, si machacamos a alguien, estamos perjudicando a muchas más personas. Hemos llegado a un punto en el que las redes sociales se han convertido en una jungla. En un todo vale. No os dejéis influir por cuentas sin caras que solo buscan el conflicto. No llevéis nada al extremo. Y, sobre todo, contad hasta diez antes de insultar, menospreciar o humillar a alguien. Hasta veinte si hace falta. Y si sois de los que tenéis cuentas de esas que provocan el odio, inventan historias o las tergiversan para radicalizar a la gente, parad. Parad, por favor. Estáis haciendo mucho daño. De verdad, chicos, no caigáis en este tipo de cosas.

Y hasta aquí los agradecimientos. Solo me queda daros una vez más las gracias y esperar vuestras reacciones. Estoy nervioso. De vosotros dependerá que este sea el comienzo de una nueva etapa. He disfrutado como nunca escribiendo. Espero que se haya notado y que llegar hasta aquí os haya merecido la pena. Nos vemos en las firmas y en las redes sociales. ¡Hasta la próxima novela!

Si te has quedado con ganas de más,
no te pierdas *El puzle de cristal*, la segunda
parte de la trilogía de *La chica invisible*